读古人书　友天下士

百余年前，崇文书局于武昌正觉寺开馆刻书，成晚清四大书局之一。所刻经籍，镌工精雅，数量众多，流布甚广，影响巨大。为赓续前贤，昌明国学，弘扬文化，本社现致力于传统典籍的出版。既专事文献整理，效力学术，亦重文化普及，面向大众。或经学，或史论，或诸子，或诗词，各成系列，统一标识，名之为"崇文馆"。

崇文馆

中华诗文
鉴赏典丛

历代爱情诗鉴赏辞典

汤克勤　主编

长江出版传媒｜崇文书局

历代爱情诗鉴赏辞典

丛书主编：乐　云
本卷主编：汤克勤
主要撰稿人：（以姓氏笔画为序）

马文晓	叶阳紫梧	丘娴	丘雯娟
丘鑫琳	朱与君	庄陆彬	刘一增
刘若珊	刘咏诗	刘诗琦	关泳华
汤克勤	麦子晴	李丽荣	李凯虹
李佳瞳	李泳楷	李莹莹	邹欣
张丽馨	张建泽	陈庆之	陈钰
陈嘉玉	陈漾	陈麒羽	林洁虹
林珮东	林锦兰	郑雪琪	相慧玲
钟嘉敏	侯慧敏	郭宝蔓	黄怡宁
黄涵	黄楷	黄瀚玉	廖丽英
廖艳爱	魏丽根		

序

王国维《宋元戏曲考》自序云:"凡一代有一代之文学:楚之骚、汉之赋、六代之骈语、唐之诗、宋之词、元之曲,皆所谓一代之文学,而后世莫能继焉者也。"王氏意在强调每一时代都有其最具特色之文学,这种文学样式在这一时代所达到的繁荣程度和艺术高度,"后世莫能继焉"。王氏此说影响巨大,其后文学史家常常称引此说,几成共识。

诗、词、文、曲是中国古代文学的主要品类,是中华传统文化标志性的艺术成果。它们在其悠久的存在历程中,各有其发生发展期、高峰期、持续发展期。在其高峰期,成为"一代之文学"。

每一时代之文学,对后世的影响除了其自身元素之外,后人的诠选和笺解也是一个反复阐释、不断增益的经典确认和影响过程。

人类对经典的确认不是有限行为,而是持续性的无限行为。意大利著名学者贝奈戴托·克罗齐(1866—1952)在其《历史学的理论和实际》中提出了一个著名的命题——"一切历史都是当代史"。这是一个耐人寻味的历史哲学命题,它指向人类对历史之意义的理解和不断阐释,每一次阐释,既是对历史的,也是对现实的;既是对非我之既往的,也是对自我心灵之已然与未然的。每一次阐释都是当代人与古人的心灵对话和文化默契。历史因为这种持续的阐释而对人类的存续不断地产生价值和意义。

丹麦文学理论家勃兰兑斯曾经说过:"文学史,就其本质意义上来说,是心灵史,是一个民族心灵的历史。"(《十九世纪文学主潮·序》)中国古代文学数千年的积淀,淘洗出许多堪称经典的作品,它们是中华民族心灵史的记录,对未来人类的心灵史不断发生着深刻微妙的持续影响。

这套丛书以唐诗、宋词、元曲为主,三者都是文学中的文学,是各种文学样式中审美抒情意味最浓郁的文学样式。相对于小说戏剧,诗词曲短小优美有韵的体性特质,便于读者随时阅读和记忆,尤其是其中的秀句名言,特别容易记忆和传诵。因此经典的诗、词、曲作品,既适合用作童蒙读物,也方便入选小学、中学、大学教材。在此基础上，比较集中的精选笺释读物，则可以满足不同层次的爱好者进一步拓展阅读。

文化和文明与时俱进，每一时代有每一时代的文化背景、阅读方式和思考习惯。因此，对经典文化遗产的重新诠选、笺释、鉴赏导读，便成为每一时代专家学者对文化传播义不容辞的责任。而优秀的学者善于将自己的阅读经验通过这种方式传达给大众，又往往能做到后出转精，既充分参考前人的选读经验和解释成果，又利用自己的智慧和文化积累，用最适合当代人审美趣味的话语方式重新阐释经典，为当代人理解古人以滋养自己的心灵疏通脉络，化解障碍。这就是唐诗、宋词、元曲、经典美文总能以"一百首"、"三百首"、"鉴赏辞典"等形式不断翻新的心灵史依据和文化史价值。

每一次"翻新"，都是一次重新阐释、解读、鉴赏。其方式方法就会有许多因人而异的因素。陈寅恪先生倡导阅读古人须具备"理解之同情"。理解古人之处境、身世、写作背景、写作意图，都是基本前提。面对既成而不可变的文本，这些基本的阅读准备是不可或缺的，这就是作者小传、作品注释的基本任务。在此基础上，将古人的作品置于当代文化视阈中，与解读者个人的学养、人生经验、人生观和世界观相融洽会通，碰撞出心情志趣审美趣味的火花，古人的作品便在这碰撞和融洽中得到了新的文化和审美的阐释。所谓"作者未必然而读者未必不然"，"一千个读者就有一千个哈姆雷特"，道理正在于此。至于具体而微的解读视角、鉴赏技巧，正是每一位选注笺释者可以发挥之处。

广东工业大学通识教育中心乐云教授是一位优秀学者，学养深富，多年来致力于传统文化的研究与传播工作，又比普通学者更具文化担当的责任感和使命感，因而他在繁忙的教学和研究之余，又主编这套《中华诗文鉴赏典丛》，其意义和价值已如上述。相信他对丛书编著团队的选择一定是有新意的，这套丛书必将是一项优质的文化传承工程。我期待其早日刊行，以慰读者之期盼。

中山大学中文系教授、博士生导师
中华诗教学会常务副会长及秘书长

张海鸥

凡　　例

一、本书收录从先秦至清代爱情诗共 314 篇,其中先秦 26 篇,汉代 26 篇,魏晋 24 篇,南北朝 48 篇,隋唐 120 篇,五代 3 篇,宋代 26 篇,元代 7 篇,明代 12 篇,清代 22 篇。

二、本书诗作作者的排列,大致以生年先后为序,个别情况依据卒年;生卒年及大致生存年代均无考的,则置于该朝代末尾。作者生平简介约 100 字,主要内容包括生卒年、籍贯、生平事迹、主要作品等。诗作无确实作者的,为所出著作撰写简介,主要内容包括产生时代、结构组成、思想内容、艺术成就等。

三、诗作原文后有注释,对生僻字词、名物、典故等进行解释,力求明白晓畅,简洁易懂。

四、本书以一首(组)诗为单位,撰写赏析文章。每篇鉴赏大致为 800—1000 字,内容包括作品背景、内容讲析、艺术特色、后世影响等。务求行文简练,达意为主。注重吸收近年学术研究的新成果。

五、本书使用简化字。在可能产生歧义时,酌用繁体字或异体字。

六、本书涉及古代历史纪年,一般用旧纪年,并括注公元纪年。

　　本书系广东省 2020 年教育科学"十三五"规划课题"古代爱情诗鉴赏与中文专业核心素质的培养"（2020GXJK434）、广东省 2021 年高等教育教学改革项目"中国古代文学实践教学与中文核心素养的培养——以古代爱情诗校注、鉴赏为例"和嘉应学院 2020 年高等教育教学改革重点项目"基于'人才核心素质'培养的相关课程与实践——中文专业大学生与中国古代爱情诗鉴赏"（JYJG20200117）的最终成果。

目　录

先　秦

汉　代

1

魏　晋

3

隋　唐

五　代

宋　代

元　代

明　代

清　代

先　秦

《诗经》　《诗经》,中国古代最早的一部诗歌总集,收录了自西周初年(前11世纪)至春秋中叶(前6世纪)共311篇诗歌,反映了周朝初年至末年约500年间的社会面貌。作者佚名,相传经过孔子编订。先秦时称为《诗》,或取其整数称《诗三百》。到西汉时被尊为儒家经典,始称《诗经》,并沿用至今。分为"风""雅""颂"三部分。"风"是周代各诸侯国具有地方色彩的歌谣,计有十五国风,即"周南""召南""邶风""鄘风""卫风""王风""郑风""齐风""魏风""唐风""秦风""陈风""桧风""曹风""豳风",共160篇;"雅"是朝廷正声,分为"小雅"和"大雅",共105篇;"颂"是王室宗庙祭祀用的乐歌,分为"周颂""鲁颂"和"商颂",共40篇。还有6篇为笙诗,只有标题,没有内容,称为笙诗六篇(《南陔》《白华》《华黍》《由庚》《崇丘》《由仪》)。《诗经》主要采用"赋""比""兴"三种表现手法,是中国四言诗的一个高峰,其"饥者歌其食,劳者歌其事"的现实主义精神和讽喻精神,影响深远。

关　雎　　　　　　　　　　　《诗经》

关关雎鸠①,在河之洲。窈窕淑女,君子好逑②。
参差荇菜③,左右流之④。窈窕淑女,寤寐求之。
求之不得,寤寐思服⑤。悠哉悠哉,辗转反侧。
参差荇菜,左右采之。窈窕淑女,琴瑟友之。
参差荇菜,左右芼之⑥。窈窕淑女,钟鼓乐之。

【注释】①关关:指雌雄雎鸠的和鸣声。雎鸠:水鸟名,雌雄有固定的配偶,古称贞鸟。②好逑:理想的配偶。③荇(xìng)菜:一种水生植物,叶圆茎细,浮于水面,可食用。④流:求取。⑤思服:思念。⑥芼(mào):择取。

【鉴赏】《关雎》是《诗经》中的第一首诗,也是十五国风之一"周南"的第一篇。《诗经》分为"风、雅、颂"三种类型,"风"是指各诸侯国的民歌,是《诗经》的精华部分。周南的含义古来争议颇多,其中一说指周公统治的南国,位置大概是从今河南洛阳向南抵湖北北部汉水一带。

这首诗描写君子对淑女的爱情追求。从君子见到淑女的那一刻起,他就心生向往,极度相思,为她辗转反侧,难以入眠。他的爱是以婚姻为目的的,是一种负责任的爱情,为社会所赞同。雎鸠,是一种成双成对的水鸟,"关关"是它们合鸣的声音。成双成对的雎鸠,在河中的沙洲小岛上欢快地鸣唱着;身材姣好、美丽善良的女子,是君子心中理想的对象。这首诗的第一章,以"兴"的表现手法,借比翼齐飞、相向和鸣的雎鸠,来抒发君子对淑女的爱慕以及对美好爱情的向往。"窈窕淑女,君子好逑",是千古传诵的佳句,"窈窕"和"淑",是古人对于美好女子的两个标准,前者指形态美,后者指心灵美。

第二章,从雎鸠写到荇菜,在雎鸠栖息的小河边,参差不齐地长着许多荇菜,人们顺着河流采集它。君子思念窈窕淑女,朝朝暮暮,一门心思想着怎么才能追到她。《礼记·礼运》曰:"饮食男女,人之大欲存焉。"荇菜可食,淑女欲求。这一部分上接前两句,点明君子自从见到淑女以后,日夜思念,"寤寐"指醒来和睡着,泛指日日夜夜,表明君子对淑女的思恋之情日夜不息,不能抑制。

第三章,"求之不得",写君子用了很多办法去追求淑女,可仍没有获得她的芳心,或许矜持的淑女一开始是拒绝君子的追求的。在一次次失败后,君子很伤心,但对淑女的思念一刻也没有停息。"思"和"服",都是思念、想念的意思。悠悠的思念,绵延不断,君子对淑女的思念让他辗转反侧,难以入睡,甚至害上了"相思病"。"辗转反侧",传神地表达出相思之苦,这是恋爱中的人必经的一个心理过程。

第四章,"参差荇菜,左右采之",又用了"兴"的表现手法。人们要在河的两侧不停地采集,才能收集到足够的荇菜,君子追求淑女,也需要一个努力的过程。虽然一开始被淑女拒绝,但是君子并没有放弃,他带着琴和瑟,来到淑女的身边,为她鼓瑟弹琴,希望通过音乐的表达来获取她的芳心。面对君子的爱慕之情和孜孜不倦的追求,淑女渐渐地被打动,慢慢地愿意和他交往了。这种恋爱方式,展现出恋爱行为的节制和文明,是一种美德。

最后一章，又以"参差荇菜"起兴，只是后一句改成"左右芼之"，"芼"是挑选的意思。从爱情到婚姻是一个相互选择的过程，淑女被君子的真挚感情打动，在琴瑟和鸣的相处中，淑女慢慢了解了君子的道德品质和情趣向往，觉得他可以托付终身。这时，琴瑟之乐变成了宴会上欢乐的钟鼓之乐，暗示出君子与淑女的爱情，有了一个完满美好的结局。他们琴瑟和谐，鸾凤和鸣，像那幸福的雎鸠一样，快乐甜蜜地生活在一起。君子与淑女的结合，是古代爱情婚姻的理想形态。

《关雎》是一首很美的爱情诗，句子优美，蕴含深意。孔子在《论语·八佾》中说这首诗"乐而不淫，哀而不伤"。因为这首诗是男女之情最自然、雅正的表达，情意绵绵，又收敛有度，让人读起来赏心悦目。诗中的"窈窕淑女"和"辗转反侧"，是被经常引用的千古佳句。后世有人认为，这首诗是当时婚礼上的赞歌。是否如此，已不得而知，但它确实适合在婚礼上咏唱，至今依然。

（陈庆之　汤克勤）

卷　耳　　　　　　《诗经》

采采卷耳①，不盈顷筐。嗟我怀人，寘彼周行②。
陟彼崔嵬③，我马虺隤④。我姑酌彼金罍⑤，维以不永怀。
陟彼高冈，我马玄黄⑥。我姑酌彼兕觥⑦，维以不永伤。
陟彼砠矣⑧，我马瘏矣⑨。我仆痡矣⑩，云何吁矣！

【注释】①采采：采了又采。一说，鲜嫩茂盛的样子。卷耳：又称"苓耳"，嫩叶可食，也可药用。②寘：同"置"，放置。周行（háng）：大路。③陟：登高。崔嵬：高峻的土石山。④虺隤（huī tuí）：因疲劳而生病。⑤姑：姑且。金罍（léi）：青铜酒器，当时为贵族用品。⑥玄黄：患病。⑦兕觥（sì gōng）：一种用犀牛角制成的酒器。⑧砠（jū）：覆盖泥土的石山。⑨瘏（tú）：马病不能前行。⑩痡（pū）：人极度疲劳不能前行。

【鉴赏】《卷耳》是《诗经·国风·周南》中的一首怀人之作。这类诗歌在古代很多，《卷耳》可能是现存最早的一篇。

《卷耳》以两个人物的口吻来写，开头四句是以思妇的口吻来写，后面则以出门在外的丈夫的口吻来写。开头四句"采采卷耳,不盈顷筐。嗟我怀人,寘彼周行",描写家中的妇女思念远方的丈夫。"采采"是采了又采的意思,重叠表反复。卷耳是一种野菜。丈夫远行,留在家中的妻子上山采集卷耳,采了又采,采了很长时间,却连一小筐卷耳都没有采到,这是为什么呢?因为她在思念远方的丈夫,心思都不在采卷耳上。一想到丈夫在外已很长时间,又音讯全无,妻子不由长叹一声,把装野菜的筐扔在了路边,她内心的苦楚能向谁倾诉呢?她感叹道:卷耳啊,卷耳,我思念我那出门未归的丈夫,日思夜想,茶饭不思呀!

她的丈夫在何处,现在做什么呢?第五句开始转到丈夫的口吻上来,中间没有任何过渡,就像是戏剧场景的转换,同一时间的另一个空间,她的丈夫正在远方的路途上艰难地跋涉。"陟彼崔嵬,我马虺隤。我姑酌彼金罍,维以不永怀。"丈夫表达:我在那高高的山坡上攀爬,我的马又累又瘦,已不堪路途的遥远,我暂停下来打开我的酒壶,斟满一杯酒,只有这满满的酒杯,才能稍稍抚慰我心中的思念和忧伤。丈夫的思念是对妻子和家园的思念,丈夫的忧伤是对前路漫漫、旅途劳顿、归期无期的忧伤。从这不难看出,丈夫可能是一名行军在外的军人,也可能是一位为生计奔波的行贾。

诗接着写,登上那高高的山脊,我的马生病了。"玄黄"指黑色和黄色相杂,朱熹认为"玄马而黄,病极而变色也"。漫长的路程,让我的马不堪重负,疲病交加,马犹如此,人何以堪?此时我已劳累不堪,怎么办啊?我姑且停下来打开酒壶,满满地斟上一大碗酒,将它饮下,才能抚慰我心中的思念和忧伤。"陟彼崔嵬""陟彼高冈""陟彼砠矣",这三处同"采采卷耳"一样,都是用"兴"的表现手法,这是《诗经》常用的手法。

最后四句,"陟彼砠矣,我马瘏矣。我仆痡矣,云何吁矣!"继续以丈夫的口吻,表述出门在外,路途艰辛和遥远,以及他对妻子和家人的持久思念。这四句,又出现了一个人——"我仆"。艰难地攀登上险阻的山冈,我的马疲病交加,再也不堪重负,倒卧在一旁。我的仆人也精疲力尽,不能继续走路,只能就地休息。奈何?我思念家中的妻子,感受旅途的艰辛,长路漫漫,归途无期,只有一声长叹。然而,只能一步一步走下去,终究会有相聚的那一天。

《卷耳》这首诗结构特别,男女主人公,两个口吻,同一时间,两处场景,就像表演一场戏剧,场景生动。清代方玉润《诗经原始》认为:"因采卷耳而动怀人念,故未盈筐而'寘彼周行',已有一往深情之概。下三章皆从对面著笔,历想其劳苦之状,强自宽而愈不能宽。末乃极意摹写,有急管繁弦之意。"这首诗语言优美自然,用实境描写来衬托情感,明代戴君恩《读风臆评》说:"情中之景,景中之情,宛转关生,摹写曲至,故是古今闺思之祖。"

(陈庆之　汤克勤)

汉　广　　　　　　　　　《诗经》

　　南有乔木,不可休思①;汉有游女②,不可求思。汉之广矣,不可泳思;江之永矣,不可方思③。

　　翘翘错薪④,言刈其楚⑤;之子于归,言秣其马⑥。汉之广矣,不可泳思;江之永矣,不可方思。

　　翘翘错薪,言刈其蒌;之子于归,言秣其驹。汉之广矣,不可泳思;江之永矣,不可方思。

【注释】①休思:休息。思,语气助词,一作"息"。②游女:游玩的女子,一说汉水女神。③方:同"舫",用竹木编的筏子,这里作动词,指用筏子渡江。④翘翘:高高的样子。错薪:杂乱的柴草。⑤刈(yì):割。楚:植物名,又名荆,一种落叶灌木。⑥秣(mò):喂马。

【鉴赏】《汉广》是《诗经·国风·周南》中的一首,是描写男子追求女子而不得的情诗,或者说,是描写"单相思"的诗。

　　分为三章,前八句为第一章,第一章相对独立,后两章叠咏反复。"南有乔木,不可休思;汉有游女,不可求思。汉之广矣,不可泳思;江之永矣,不可方思。"主人公应该是一位青年樵夫,以"南有乔木"起兴,南山的乔木又高又大,枝繁叶茂,但南山很远,我不能去乔木树荫下休息。一个漂亮的女子在汉江游玩,我想去追求她,然而也不可能做得到。还有一说,"游女"指汉水女神。主人公只是普通的樵夫,"游女"与他身份悬殊,他不可能追求得到她,只能望着汉江兴叹。汉水汹涌宽广,要想游过去是不可能的;长江源远流长,要想乘着木筏渡过去,也是不可能的。阻隔他们的不只是汉水和长江,更是悬殊的身份地位:一个是樵夫,一个是神一般的女子。

第二章"翘翘错薪,言刈其楚",描写樵夫劳动,柴草丛丛,错杂而生,用柴刀割取荆条,用来捆绑柴草。其中暗含深意,古代嫁娶必以燎炬为烛,故《诗经》嫁娶多以折薪、刈楚为兴。青年樵夫幻想游女要嫁给他,赶紧把游女的马喂饱,这样她就能坐着马车过来。后面话锋一转,又唱道:"汉之广矣,不可泳思;江之永矣,不可方思。"再次点明,樵夫对游女的爱慕和追求,只是幻想,不可能实现。

第三章"翘翘错薪,言刈其蒌",仍描写樵夫劳动,用柴刀割取蒌蒿。"蒌"指蒌蒿,嫩时可食,老则为薪。青年樵夫幻想去喂饱游女的马驹,这样游女就可以骑着马来到自己的身边。可话锋再一转,再次言其无法渡过汉水与长江追求淑女。

这首诗描述青年樵夫对汉江游女的爱慕和相思之情,意趣在于"可见而不可求"。青年樵夫钟情于汉江游女,但她在对岸,在远方,在自己不可企及的地方,青年樵夫的思恋从希望到幻想,直至破灭。他对着高高的南山木,悠悠的汉江水,倾吐出自己心中的惆怅。这种眼可望,心可至,却始终不能手触身接的情境,正是"单相思"特有的情绪表现。

（陈庆之　汤克勤）

摽　有　梅　　　　　　　《诗经》

摽有梅①,其实七兮。求我庶士②,迨其吉兮。
摽有梅,其实三兮。求我庶士,迨其今兮。
摽有梅,顷筐塈之③。求我庶士,迨其谓之。

【注释】①摽(biào):落。有:语助词,无义。②庶:众多。士:指未婚的青年男子。③顷筐:有斜口的筐。塈(jì):取。

【鉴赏】《摽有梅》是《诗经·国风·召南》中的一首诗。召南的含义暂无定论,其中一说指召公统治的南国,大概位置在今汉水流域一带。这首诗是一首委婉而大胆的求爱诗,质朴而纯真,清新而深情。

诗分三章,都以"摽有梅"起兴。第一章:"摽有梅,其实七兮。求我庶士,迨其吉兮。""摽"的意思是坠落,"摽有梅"应解作"梅摽","庶"的意思是众多,"吉"是好日子。树上的梅子纷纷落地,树上还留着七成。追求我的小伙子啊,请你不要犹豫徘徊,选定一个好日子吧,别耽误了我的青春。这是以一个未婚待嫁的青春少女的口吻写的。"梅"与"媒"声同,这或许是以梅为兴的原因。清人陈奂在《诗毛氏传疏》中说:"梅由盛而衰,犹男女之年齿也。梅、媒声同,故诗人见梅而起兴。"

第二章:"摽有梅,其实三兮。求我庶士,迨其今兮。"树上的梅子纷纷落地,树上还留着三成。追求我的小伙子啊,请你不要再犹豫徘徊,就在今天向我示爱吧,否则我就老了。"其实七兮"到"其实三兮",用的是夸张的手法,比喻时间流逝之快,青春之短暂。大好年华稍纵即逝,姑娘内心着急了,为什么还没有小伙子向我示爱呢?

最后一章,"摽有梅,顷筐塈之",梅子已纷纷落地了,用筐将它们收集起来。"顷筐",古代一种斜口浅筐,类似于今天的簸箕。"塈"是取的意思。"求我庶士,迨其谓之。"追求我的小伙子啊,请你不要再犹豫徘徊,你现在不开口向我求爱,更待何时呢?"谓",说话,意指说求爱的情话。诗歌以梅子的坠落起兴,以梅子越落越多,喻示时间流逝之快,女子由于青春将逝,故而急切地呼唤男子向她示爱。龚橙《诗本谊》说:"《摽有梅》,急婿也。"揭示出女子渴求爱情的心理。

先秦时代,在召南地区,每逢梅子成熟时,主管婚姻的地方官员会组织青年男女集体聚会,有点类似于今天南方少数民族的三月三踏青节,为青年男女创造相亲的机会。《周礼·媒氏》曰:"中春之月,令会男女。于是时也,奔者不禁。若无故而不用令者,罚之。司男女之无夫家者而会之。"在这种集体约会中,歌咏是重要的内容,《摽有梅》就是当时一位姑娘所唱的情歌。诗歌三章重唱,循序渐进,一层紧一层。先是"迨其吉兮",接着"迨其今兮",最后"迨其谓之",从最初的从容等待,到焦急地催促,最后直接道出:小伙子,赶紧向我表达爱意吧。可见姑娘的心情越来越急切,最后已经迫不及待了。诗歌揭示出珍惜青春、渴望爱情的思想。

(陈庆之　汤克勤)

野有死麕

《诗经》

野有死麕^①，白茅包之。有女怀春，吉士诱之。
林有朴樕^②，野有死鹿。白茅纯束，有女如玉。
舒而脱脱兮！无感我帨兮^③！无使尨也吠^④！

【注释】①麕(jūn)：獐子。②朴樕(sù)：丛木，小树。③感：同"撼"，动。帨(shuì)：佩巾。④尨(máng)：长毛狗。

【鉴赏】《野有死麕》是《诗经·国风·召南》中的一首诗。这是一首优美的爱情诗，通过情节、细节和对话描写，赞美了青年男女纯真的爱情，多用口语、方言，颇有情趣。

前四句，"野有死麕，白茅包之。有女怀春，吉士诱之"，以野有死麕为兴，"麕"是獐子，一种比鹿小的动物。猎人打死了一只獐子，他用白茅草将它包裹起来，送给心爱的姑娘，向她表达爱意。"有女怀春"，指一个纯洁可爱的姑娘，看到英俊的猎人用白茅草包着猎物，心生了爱慕之情。"吉士"原本是男子的美称，这里指猎人。用自己射杀的猎物赠给心爱的姑娘，表达爱慕之情，这是渔猎民族文化中一种常见的表达爱意的方式。姑娘有没有收下猎物，不得而知，但是，她对这位年轻的猎人没有厌恶之情，只是含蓄不言。无论猎人怎么用言语引诱她，她即使心生欣喜，也羞不作答。

"林有朴樕，野有死鹿。白茅纯束，有女如玉。"年轻猎人见少女没有答应，又打来了一只小鹿。"林有朴樕"，树林里长了很多小树，这是猎人与少女将要相见的地方。猎人用白茅草把小鹿包裹起来，打算送给谁呢？当然是那位"如玉"的少女。在古代白茅多用于祭祀时包裹祭品，猎人用白茅草包裹起麕和鹿，以示郑重。"有女如玉"，玉者无瑕，玉者美也。这是一位美丽的、纯洁无瑕的少女。猎人爱慕她，先后用麕和鹿作为礼物送给她，并用白茅草郑重地包装。少女不是一个随便之人，虽然心里也爱慕这个年轻的猎人，但懂得自爱，没有轻易地接受猎人的求爱，更体现出她是洁白无瑕的。

"舒而脱脱兮！无感我帨兮！无使尨也吠！"面对心爱的姑娘，年轻的猎人按捺不住，去扯少女的佩巾。这几句写得较含蓄，大概是猎人想与少女行夫妻之礼，云雨一番。但是少女希望猎人不要着急，等一等，不要掀动自己的佩巾，更不要惊动她家的狗。这种描写很符合恋爱中青年男女的心理特征，男子比较感性，女子比较理性，考虑得更为周全。面对男子的言语挑逗，甚至身体的接触，女子婉劝男子不要着急，表示：你若是真心爱我，就上门提亲，我一定会嫁给你。

一般认为，这首诗创作于西周初期，当时男女之间并无"礼"之大防，乡村青年之间产生纯朴的爱情，自然是率性而为。但少女如玉，洁身自爱，她虽然接受了男子的追求，但并不想草率地与他结合，而是希望男子耐心地等到他们结婚的那一天。她的这种表现，真挚纯洁，令人珍视，体现了《国风》好色而不淫的特点。

（陈庆之　汤克勤）

绿　衣　　　　《诗经》

绿兮衣兮，绿衣黄里。心之忧矣，曷维其已！
绿兮衣兮，绿衣黄裳。心之忧矣，曷维其亡①！
绿兮丝兮，女所治兮。我思古人②，俾无訧兮③。
绨兮绤兮④，凄其以风。我思古人，实获我心！

【注释】①亡：同"忘"，遗忘。②古人：即故人，指亡妻。③俾(bǐ)：使。訧(yóu)：过失。④绨(chī)：细葛布。绤(xì)：粗葛布。

【鉴赏】《绿衣》是《诗经·国风·邶风》中的一首诗。邶风是邶国之风，指邶地的民歌。邶是周代的诸侯国，在今河北省境内。《绿衣》是一首爱情诗，也是一首悼亡诗。悼亡是中国古代诗歌的一个重要主题，这首诗应该是现存最早的悼亡诗。

诗分为四章，以"绿衣"起兴，并作为线索，由物及人，抒发作者悼念亡妻的悲伤之情。第一章："绿兮衣兮，绿衣黄里。心之忧矣，曷维其已！"绿衣裳啊绿衣裳，绿色的面子、黄色的里子。我心忧伤啊，我心忧伤，这忧伤不知道要到哪年哪月哪日才能停止。妻子去世以后，丈夫在箱柜中翻出了妻子当年缝制的衣服，睹物思人，看到妻子亲手缝制的衣服，想起妻子在世时，与她相处的点点滴滴和各种温存，而今物是人非，二人已是阴阳两隔。丈夫只能拿着妻子当年缝制的绿色衣服,心生哀伤,这种哀伤没有尽头。

第二章,依旧以"绿衣"起兴:"绿兮衣兮,绿衣黄裳。心之忧矣,曷维其亡!"绿衣裳啊绿衣裳,绿色的上衣、黄色的下衣。我心忧伤啊,我心忧伤,这忧伤不知道要到哪年哪月哪日才能停止。这里的"裳"是指下衣,类似今天的裙子。丈夫翻出妻子亲手缝制的绿色衣服,又发现了与之搭配的黄色下衣,绿色上衣和黄色下衣是多么搭配。而今妻子去世了,伊人不在,再也没人给我缝制这么合身的衣服了,我的心多么忧伤。我与亡妻阴阳两隔,日夜思念,过去的美好生活历历在目,拿起她为我亲手缝制的衣服,我忘不了妻子的深情。

第三章,"绿兮丝兮,女所治兮",诗的起兴由"绿衣"转为"绿丝",衣服是用绿色的丝线缝制而成的。"女"指亡故的妻子,"治"在这里是缝制的意思。"我思古人,俾无訧兮。""古人"应作"故人",因为妻子已经去世,故称为"古人"。我怀念亡妻,她在世时,常能提醒我,让我很少有过失。可见妻子不仅心灵手巧,能为丈夫缝制衣服,而且善良贤惠,生前常提醒丈夫注意言行,堪为道德的表率。

最后一章:"絺兮绤兮,凄其以风。我思古人,实获我心!"起兴由"绿衣""绿丝"变成了"絺兮绤兮"。丈夫从对亡妻的怀念回到了现实当中,细葛布啊粗葛布,穿上漏风使我寒冷。絺绤缝制的衣服是夏天穿的,前面提到的"绿衣黄里""绿衣黄裳",是秋天穿的。因为换季天冷了,丈夫要换下"絺兮绤兮",改穿"绿衣黄裳",这才会翻出亡妻所缝的衣服。当年这些事都是妻子做的,如今妻子不在了,没有人再对他嘘寒问暖。丈夫不由感慨,妻子当年非常贴心。从换衣这个细节可以看出,当妻子活着时,四季换衣都是妻子为他操劳,他衣来伸手,当妻子过世后,再也找不到那样贴心的人了。

古人认为这首诗是庄姜夫人因失位而写的伤己之作,今人读来,更觉得它应是一首丈夫悼念亡妻的诗。重章叠句,构思巧妙,由表入里,层层生发,情感表达含蓄婉转,悠长真挚,缠绵悱恻,读来令人伤感,让人不禁被作者怀念亡妻的深情打动。这首诗对后来的悼亡诗影响很大。

(陈庆之 汤克勤)

静　女　　　　　　　　　　《诗经》

静女其姝[①]，俟我于城隅。爱而不见[②]，搔首踟蹰。
静女其娈[③]，贻我彤管。彤管有炜，说怿女美[④]。
自牧归荑[⑤]，洵美且异。匪女之为美，美人之贻。

【注释】①静：娴静。姝：美丽。②爱：通"薆"，隐蔽。③娈：容貌俊俏。④说
怿：喜爱。说，同"悦"。怿，喜悦。女：通"汝"，表面上指彤管，实际上指静女。⑤
牧：郊外。归：通"馈"，赠送。荑(tí)：初生的茅草。

【鉴赏】《静女》是《诗经·国风·邶风》中的一首诗，描写青年男女的
约会，表达男子对温柔娴静的女子的赞美和对她深挚的爱慕之情。

　　第一章"静女其姝，俟我于城隅"，"静"，贞静娴雅，"俟"，等待。贞静
娴雅的姑娘身材姣好，她约我在城角隐蔽的地方相会。古代青年男女偷
偷幽会，为了避嫌或者秘密行事，通常会选择一些比较隐蔽的地方。"爱
而不见，搔首踟蹰。"这里的"爱"，并非指爱情，而是"薆"的假借字，意思
是躲藏。"踟蹰"，徘徊不定，表示心里着急。这位可爱的"静女"，或许是
想与心上人开玩笑，故意躲起来。心上人来了，找不到"静女"，急得抓耳
挠腮。"搔首踟蹰"的外在动作，很好地表现出男子内心的焦躁不安，刻画
出一个陷入爱河的痴情者形象。他东找西寻、坐立不安的样子，让静女看
了很是开心。

　　第二章"静女其娈，贻我彤管"，小伙子找不到姑娘，很着急，这时姑娘
从藏身处走了出来，手里拿着一支"彤管"，送给小伙子。关于"彤管"，有
三种说法：一说是红管的笔；二说是下文的"荑"，荑初生时呈红色，颜色鲜
艳，可食；三说是涂了红颜色的管状乐器。"彤管有炜，说怿女美。"鲜红的
彤管闪射光泽，颜色艳丽，好像眼前这位美丽的姑娘。"说怿"，喜悦的意
思，"女"，你，既指彤管，也指姑娘。这章描写小伙子与姑娘幽会时的情
景，姑娘手持彤管，送给心上人，小伙子非常欣喜，称赞彤管很美，姑娘
更美。

　　第三章"自牧归荑，洵美且异"，姑娘从郊外采来鲜红的荑草，实在是
美，而且独特，因为是姑娘亲手采撷馈赠给小伙子的。"匪女之为美，美人

11

之贻"，不是荑草你本身长得美，而是因为姑娘所赠产生了美。"美人"，指与小伙子约会的姑娘。小伙子借荑草表现出姑娘的美丽。荑草是郊外生长的一种普通的野草，诗歌赞美荑草，实际上是赞美美丽的姑娘，赞美小伙子和姑娘之间纯洁的爱情。普通的野草，因为爱情的滋润而绽放炫目的光彩，分外美丽。

这首诗构思巧妙，活灵活现，令人仿佛看到了"人约黄昏后"的美好图景。小伙子在城角等待心爱的姑娘，"搔首踟蹰"，十分着急；这位姑娘有些可爱，故意躲了起来，当她拿着彤管出现时，小伙子马上欣喜万分，别具率真纯朴之趣。姑娘的狡黠活泼和小伙子的淳朴憨厚，得到了生动的刻画。诗以小伙子的口吻来写，充满了幽默和快乐的情绪，把恋爱中青年人的心理揭示得惟妙惟肖。

（陈庆之　汤克勤）

柏　　舟　　　　　　　　《诗经》

泛彼柏舟①，在彼中河。髧彼两髦②，实维我仪③，之死矢靡它④。母也天只⑤，不谅人只！

泛彼柏舟，在彼河侧。髧彼两髦，实维我特⑥，之死矢靡慝⑦。母也天只，不谅人只！

【注释】①柏舟：用柏木制造的船。②髧(dàn)：头发下垂的样子。两髦(máo)：古时未成年男子的发式，长发齐眉，分拢两旁。③维：是，为。仪：配偶。④之死：至死。之，到。矢：通"誓"。靡它：无二心，这里指不嫁给别人。⑤只：啊，语助词。⑥特：配偶。⑦慝(tè)：通"忒"，变更，差错。这里指变心。

【鉴赏】《柏舟》选自《诗经·鄘风》。鄘(yōng)，周代诸侯国名，在今河南省新乡县。此诗的抒情主人公是一个怀春待嫁的女子，热烈渴望爱情，坚贞不贰。她单相思的痛苦体验，也被诗歌表现出来。

女子看见一个在河中柏木舟上的少年，长发拂眉，青春俊朗，心生好感，一见钟情。她内心情不自禁地呼喊：他就是我的心上人啊，他就是我一生的伴侣！我愿意嫁给他，誓死无二念！我愿意嫁给他，誓死不变心！女子的情感，犹如河水般奔涌澎湃……

但是，女子在河岸，意中人在舟中，她内心的情愫，他无从知道呀。女子发出了声声叹息:娘啊! 天啊! 不体谅人啊! 她那无依无靠的感情,还不如一只随波逐流的柏木舟……

诗歌共两章,采取先叙事、后抒情的结构手法,重章叠句,将感情推向了高潮。其突出的艺术特点是直抒胸臆,情感炽烈,生动地表现出单恋的深挚与痛苦。抒情主人公毫不掩饰她对异性的向往、爱慕,她完全跟着感觉走,当判断舟中的男子就是她理想的对象时,便愿意将终身托付于他,态度极其鲜明,立场极其坚定。她的真挚、纯洁、热烈的感情,发自肺腑,倾泻而出,动人至深。然而,单恋最大的烦恼是心曲难以传递,两情不能相悦。抒情主人公深切的烦恼,感染了读者。这是具有丰富内涵的爱情书写。

(汤克勤 魏丽根)

桑 中 《诗经》

爰采唐矣①? 沫之乡矣②。云谁之思③? 美孟姜矣④。期我乎桑中⑤,要我乎上宫⑥,送我乎淇之上矣⑦。

爰采麦矣? 沫之北矣。云谁之思? 美孟弋矣。期我乎桑中,要我乎上宫,送我乎淇之上矣。

爰采葑矣⑧? 沫之东矣。云谁之思? 美孟庸矣。期我乎桑中,要我乎上宫,送我乎淇之上矣。

【注释】①爰(yuán):哪里,何处。唐:即唐蒙、女萝,俗称菟丝子,植物名。蔓生,秋初开小花,籽实入药。②沫(mèi):春秋时期卫国地名,在今河南淇县南。乡:郊外。③云:句首助词,无义。谁之思:即思谁,思念的是谁。④孟姜:姓姜的大姑娘。孟,古代兄弟姊妹中排行第一的。姜、弋(yì)、庸,皆贵族姓。⑤桑中:亦名桑间,卫国地名,在今河南滑县东北。一说指桑树林中。⑥要(yāo):同"邀",邀约。上宫:楼名。⑦淇:水名,古为黄河支流,即今淇河。⑧葑(fēng):即芜菁,也叫蔓菁。块根肉质,多为白色,呈圆形、扁球形或圆锥形,可作菜。叶子狭长,花黄色。

【鉴赏】《桑中》出自《诗经·鄘风》。这是一首描写男女约会的情诗,为男子所唱。他在劳动时心有所动,回忆起与心爱的姑娘约会的情景,心中充满了柔情蜜意,不由发而为歌,表达出对幽会的缠绵难舍和对美好爱情的热烈追求。全诗分为三章,每章七句,采取自问自答的形式,语言流畅,情绪欢快,音韵圆美,读来朗朗上口。

劳动中男子自问,去哪儿采摘植物呢?他自答,去卫国的沫地吧,那里有菟丝、麦穗和蔓菁,是他想要采摘的植物。他又问:为什么我的心儿空空,是在思念谁呢?他回答,是姜家的大姑娘、弋家的大姑娘、庸家的大姑娘,她们让他想念。她们对应着唐、麦、葑这些他想要采摘的食物,代表着他心中喜爱的姑娘。男子接着唱道:我心爱的姑娘啊,你邀请我去桑间相会,去上宫中约会,还将我送行到淇水边上,我俩难舍难分呀。

男子与他心爱的姑娘约会,甜蜜幸福,但是,快乐的时间总是短暂,两人在淇水边不得不分离。分别时的留恋,更加令人珍视幽会时的欢乐。

诗歌各章开头以"采唐""采麦""采葑"起兴,表达了男女收获爱情的甜蜜美好。采摘植物与收获爱情,一个满足物质需要,一个满足精神需要,物欲与爱欲,达成了和谐完美的统一,形象地诠释了"食色,性也"的道理。

诗歌三章,除了更换采摘的植物和地点、约会的人物以外,其余语言完全相同。"三人、三地、三物,各章所咏不同,而所期、所要、所送之地则一,章法板中寓活。"(清·方玉润《诗经原始》卷四)诗歌反复地咏唱在"桑中""上宫"幽会的销魂时刻和相送淇水的缠绵难分,写来直露无碍,让读者深切地感受到情人相恋时的热情似火、柔情似水。

(魏丽根　汤克勤)

氓　　　　　　　　《诗经》

氓之蚩蚩①,抱布贸丝②。匪来贸丝,来即我谋③。送子涉淇④,至于顿丘⑤。匪我愆期⑥,子无良媒。将子无怒⑦,秋以为期。

乘彼垝垣⑧,以望复关⑨。不见复关,泣涕涟涟⑩。既见复关,载笑载言⑪。尔卜尔筮⑫,体无咎言⑬。以尔车来,以我贿迁⑭。

桑之未落,其叶沃若⑮。于嗟鸠兮⑯,无食桑葚!于嗟女兮,无与士耽⑰!士之耽兮,犹可说也⑱。女之耽兮,不可说也。

桑之落矣,其黄而陨⑲。自我徂尔⑳,三岁食贫㉑。淇水汤汤㉒,渐车帷裳㉓。女也不爽㉔,士贰其行㉕。士也罔极㉖,二三其德㉗。

三岁为妇,靡室劳矣㉘。夙兴夜寐㉙,靡有朝矣。言既遂矣㉚,至于暴矣。兄弟不知,咥其笑矣㉛。静言思之,躬自悼矣㉜。

及尔偕老,老使我怨。淇则有岸,隰则有泮㉝。总角之宴㉞,言笑晏晏㉟。信誓旦旦㊱,不思其反㊲。反是不思㊳,亦已焉哉㊴!

【注释】①氓(méng):农民。《说文》:"氓,民也。"蚩(chī)蚩:通"嗤嗤",笑嘻嘻的样子。一说憨厚、老实的样子。②贸:交易,交换。③即:走近,靠近。谋:商量,指商量结婚的事。④淇:卫国的河名,即今河南淇水,古代黄河支流,今入卫河。⑤顿丘:卫国的地名,在淇水南。一说泛指土丘。⑥愆(qiān):过失,过错,这里指延误。⑦将(qiāng):愿,请。无:通"毋",不要。⑧乘:登上。垝垣(guǐ yuán):倒塌的墙壁。垝,倒塌。垣,墙壁。⑨复关:卫国的地名,指"氓"所居的地方。一说指回来的车,"复"为返回,"关"为车厢。另一说"复"是关名。又一说男子的名叫"复关"。⑩涕:眼泪。涟涟:涕泪下流的样子。⑪载(zài):动词词头,助词,无义。⑫尔:你。卜:烧灼龟甲的裂纹以判吉凶。筮(shì):用蓍(shī)草占卦以判吉凶。⑬体:指龟兆和卦兆,即卜筮的结果。咎(jiù):不吉利,灾祸。⑭贿:财物,指嫁妆,妆奁(lián)。⑮沃若:像水浸润过一样有光泽。以上二句以桑叶光泽茂盛比喻女子容貌亮丽。⑯于嗟:悲叹声。于,叹词,表示感慨。鸠:斑鸠,俗称布谷鸟。⑰耽(dān):迷恋,沉溺。⑱说:通"脱",解脱。⑲黄:变黄。陨(yǔn):坠落,掉下。这里用黄叶凋落比喻女子年老色衰。⑳徂(cú):往,指出嫁。㉑食贫:过贫穷的生活。㉒汤(shāng)汤:水势浩大的样子。㉓渐(jiān):浸湿。帷裳(wéi cháng):车厢旁的布幔。以上两句说女子被弃逐后渡淇水而归。㉔爽:差错。㉕贰其行:行为前后不一致,这里指对爱情不专一。㉖罔:无,没有。极:标准,准则。㉗二三其德:指品德上三心二意,朝三暮四。㉘靡室劳矣:指承担所有的家庭劳作,没有怨言。靡,无。室劳,家务劳动。㉙夙兴夜寐:起早睡晚。夙,早。兴,起床。㉚言:语助词,无义。遂:实现,指家业有了成就。㉛咥(xì):讥笑。㉜躬:自身。悼:伤心。㉝隰(xí):低湿的地方。这里指水名,即漯河,黄河的支流。泮(pàn):通"畔",水边,岸边。㉞总角:古代男女未成年时把头发扎成丫髻,形同牛角,这里指代童年。宴:快乐。㉟晏(yàn)晏:欢乐、和悦的样子。㊱

旦旦：诚恳的样子。㊲反：通“返”，违背，违反。㊳是：指示代词，指代誓言。㊴已：了结，终止。焉哉：语气词连用，加强语气，表示感叹。

【鉴赏】《氓》出自《诗经·卫风》。“卫风”是卫国之风，卫地的民歌。卫是周代的诸侯国，在今天河南淇县附近。这是一首弃妇诗。弃妇自诉其婚姻的不幸，她以沉痛的语气，回忆往日的恋爱生活和婚后辛勤操持家务，却遭受丈夫家暴和抛弃的命运，以及回到娘家后又遭到兄弟讥笑的经历。诗歌表达了她悔恨的心情与决绝的态度，深刻地反映了古代妇女在爱情婚姻上备受压迫和摧残的状况，开启了后世文学“痴情女子负心汉”的创作主题。

《氓》是中国现存最早的一首叙事诗之一，叙事中夹杂着抒情。全诗共六章，每章十句，它不像《诗经》其他诗篇那样采用复沓的形式，而是以女主人公婚前婚后命运发展的顺序来叙写。以赋为主，兼用比兴。铺陈其事用“赋”，抒发情感用“兴”，通过“比”加强叙事和抒情的色彩。

第一、二章，具体叙述女主人公被男子追求和结婚的经过。女子因男子“抱布贸丝”而与他接触、相识，被他甜言蜜语的求婚打动。他一会儿笑嘻嘻，一会儿发脾气，用软硬兼施的手段，扰乱了她纯洁善良的心。痴情的女子决定不经父母之命、媒妁之言，当秋天到来时私自嫁给他。第二章细腻地描写处于恋爱中的女主人公的心理活动，恰如清代方玉润《诗经原始》所论：“不见则忧，既见则喜，亦情之所不容已者，女殆痴于情焉者耳。”一个“痴”字，道出了女子此时的心理。在恋爱中，女子往往处于被动的地位，不能掌控全局，也就难以掌握自己的命运了。

第三、四章以抒情为主，借桑叶起兴，从女主人公年轻貌美写到其年老色衰，揭示出男子对她由喜爱到厌弃的情感转变。“桑之未落，其叶沃若”，以鲜嫩茂盛的桑叶，比喻女子靓丽的容颜；“桑之落矣，其黄而陨”，以桑叶的枯黄零落，比喻女子的憔悴和被弃的命运。“自我徂尔，三岁食贫”，“三岁”并非实指，而指多年，“三”为虚数，言其多。男子对她的态度发生了根本性变化，原因并不在于她出了什么差错，而是由于男子“二三其德”。当沦落到被抛弃的命运时，她终于清醒过来，“于嗟女兮，无与士耽！士之耽兮，犹可说也。女之耽兮，不可说也”。她的看法虽然立足于个人的惨痛命运有感而发，却同时也是古代社会千千万万遭受压迫的妇女的痛苦教训，见识深刻，获得了后世读者的共鸣。

第五章用赋的手法叙述女主人公被抛弃前后的处境。首先补叙多年为妇，夙兴夜寐，勤俭持家的往事，等她把家庭经营好后，丈夫狰狞的面目却暴露无遗。"暴"字，精准地描写她被家暴虐待的情景。接着写她被赶出家门，寄身娘家，被兄弟耻笑的尴尬处境。朱熹《诗集传》论道："盖淫奔从人，不为兄弟所齿，故其见弃而归，亦不为兄弟所恤，理固有必然者，亦何所归咎哉，但自痛悼而已。"朱熹站在礼教的角度说女主人公私订终身为"淫奔"，是不可取的；但是他的话揭示出一个真相，即女主人公当时确实受到极大的精神压力，产生剧烈的内心矛盾。情与礼的矛盾冲突以及夫权、父权对妇女的压迫，是导致这起婚姻悲剧的本质原因。《孟子·滕文公》说："不待父母之命，媒妁之言，钻穴隙相窥，逾墙相从，则父母国人皆贱之。"这场婚姻悲剧，在古代社会具有典型意义。

　　第六章赋兼比兴，在抒情中叙事。"淇则有岸，隰则有泮"，浩荡淇水，总有堤岸；广阔隰地，也有边界。这两个比喻，反衬出"老使我怨"的无穷无尽。男子当年的"言笑晏晏""信誓旦旦"，已一去不复返。醒悟了的女子悬崖勒马，"反是不思，亦已焉哉"！她再也不向命运低头，她下定决心与那负心人一刀两断。清人牛运震《诗志》分析诗中对那男子的称呼，道："称之曰'氓'，鄙之也；曰'子'曰'尔'，亲之也……曰'士'，欲深斥之，而谬为贵之也。称谓变换，俱有用意处。"这些称呼，反映出女子的心态变换和命运变化。

　　在诗尾，读者可以看见女主人公为维护自己的人格尊严而展现出的坚强和果决。但是，读者相信她能做到吗？可能更多人像方玉润那样认为："虽然口纵言已，心岂能忘？"（《诗经原始》）

　　此诗艺术手法高超，交替使用赋比兴的手法，叙事清楚，抒情强烈。诗歌还成功地塑造出女主人公的鲜明形象，她是一个善解人意、勤劳聪慧、任劳任怨、果敢率真的女子。她的爱情、婚姻的不幸，让读者为她掬一把同情泪，引起警戒之心。正如方玉润《诗经原始》卷四所说："此女始终总为情误，固非私奔失节者比，特其一念之差，所托非人，以致不终，徒为世笑。士之无识而失身以事人者何以异？是故可以为戒也。"

（魏丽根　汤克勤）

伯 兮

《诗经》

伯兮揭兮①，邦之桀兮②。伯也执殳，为王前驱。
自伯之东，首如飞蓬。岂无膏沐，谁适为容③？
其雨其雨，杲杲出日。愿言思伯，甘心首疾。
焉得谖草④，言树之背。愿言思伯，使我心痗⑤。

【注释】①伯：指兄弟姐妹中年长者，这里是女子对丈夫的称呼。揭（qiè）：健壮英武的样子。②桀：同"杰"，杰出人物。③适：悦。容：修饰容貌。④谖（xuān）草：即萱草，古人认为食之可忘忧，又名忘忧草。⑤痗（mèi）：病，痛苦。

【鉴赏】《伯兮》是《诗经·国风·卫风》中的一首诗。《伯兮》是一首思妇怀人诗，以思妇的口吻叙事抒情，表达对从军在外的丈夫的思念。

第一章"伯兮揭兮，邦之桀兮"，"伯"本义指兄弟中的年长者，这里代指丈夫。思妇以自豪的口吻称赞她的丈夫：健壮，英武，勇敢，是国家的杰出人才。她想象着丈夫手执武器，为国家冲锋陷阵的英雄形象。丈夫的英勇才干，是思妇向人夸耀的资本，也是她深爱他的原因。

在丈夫为国出征后，她的心便随他而去，再也无心打扮自己了。第二章"自伯之东，首如飞蓬。岂无膏沐，谁适为容？"，便表达了她的这种心情。自丈夫东行出征以后，她的头发散乱得像飞蓬，不是缺少膏脂一样的化妆品，而是她为了谁去修饰容颜呢？诗歌以无心梳洗、蓬头垢面的细节，生动地表现出女子对丈夫的思念以及无精打采的情绪，将"女为悦己者容"的爱情心理具象化了。后来汉末"建安七子"之一的诗人徐干作诗"自君之出矣，明镜暗不治"（《室思》），即本于此；"诗圣"杜甫写《新婚别》，新娘对从军的丈夫表示"罗襦不复施"，还要"当君洗红妆"，也是类似心理的表达。

第三、四章写思妇盼望丈夫归来，却一次次落空，这给她带来了痛苦。诗歌以比喻和反衬的手法来写——就像天天盼望下雨，太阳却总是红灿灿地从东方升起一样，思妇天天盼望着丈夫归来，丈夫却总是不能回来。纵然如此，女子仍思念丈夫，即使想得头痛也心甘情愿。这越发反衬出思妇对丈夫的思念之深，对爱情的忠贞不贰。思妇想找来忘忧的萱草，将它栽种到北堂（即后庭），以此消解她思念丈夫的忧愁。她希望自己能够"忘忧"，这反过来说明"忧愁"已使她不堪重负了。然而，让她不思念丈夫是绝对做不到的，思妇一心想着丈夫，弄得自己伤身伤心病恹恹。

诗歌表达的感情大起大落，先是夸夫自豪，兴高采烈，后是思夫自怜，忧愁满面，二者有机地统一在一首诗里。思妇一方面为丈夫保卫国家而自豪，另一方面又因丈夫久久未归而痛苦。出于爱国爱家的考虑，她情愿忍受思夫之苦，她的崇高形象正是从这一貌似矛盾的情感中显现出来的。全诗采用赋法，边叙事，边抒情，具有一种抑扬顿挫的跌宕之势，感情起伏，层层加深，情节层层推展，富有强烈的艺术感染力。

这首诗具有鲜明而深刻的教育意义，正如清人崔述《读风偶识》所说："故诵此诗有三益焉：一则为人上者，知夫妇离别之苦，而兵非不得已而不用；一则为丈夫者，念闺中有甘心首疾之人，而路柳墙花不以介意；一则为妇人者，知膏沐本为夫容，而不可学时世梳妆以悦观者之目。"分别对统治者和为人夫、为人妇者，提出警戒之意。

（汤克勤）

木　瓜　《诗经》

投我以木瓜①，报之以琼琚②。匪报也③，永以为好也！
投我以木桃④，报之以琼瑶。匪报也，永以为好也！
投我以木李⑤，报之以琼玖。匪报也，永以为好也！

【注释】①木瓜：植物名，一种落叶灌木，蔷薇科，果实于秋天成熟，长椭圆形，色黄而香，蒸煮或蜜渍后可供食用，可入药。古代男女常用之作为定情信物。②报：报答，回谢。琼琚(jū)：美玉名。下文的"琼瑶""琼玖"意同。③匪(fěi)：通"非"，不是。④木桃：果名，比木瓜小，味酸。⑤木李：果名，即榠楂，义名木梨。

【鉴赏】《木瓜》选自《诗经》中的"卫风"，是一首写男女互赠信物定情的民歌。

全诗三章，每章四句，只有两个字不同，其余内容完全一样，意思也相似。语言质朴晓畅，重叠复沓，句式错落有致，富有很强的音乐性，有着声情并茂的效果。

诗以"我"（男子）的口吻，写心仪的姑娘给他投来了木瓜、木桃、木李，"投"本是"扔""掷"的意思，引申为"赠送"，姑娘并不偷偷摸摸，而是大胆、公开地投赠，显示出她热情、活泼、勇敢的性格。男子并不傻，他心有灵犀一点通，马上给予报答，将琼琚、琼瑶、琼玖作为回报。这样的互赠礼物，并非"投桃报李"那么简单，回报之物远比受赠之物昂贵得多。之所以如此，是因为男子十分明白女子的心意，木瓜、木桃、木李，实质上代表了姑娘的那颗珍珠般的爱心，极其珍贵，当以琼琚、琼瑶、琼玖回报才相当。两者其实都是爱情的信物，因而从感情上说，具有同等的价值。宋代朱熹《诗集传》卷三曰："言人有赠我以微物，我当报之以重宝，而犹未足以为报也，但欲其长以为好而不忘耳。疑亦男女相赠答之词，如《静女》之类。"

每一章末尾，都重唱"匪报也，永以为好也"，这是此诗的重心所在，在艺术上产生韵味悠长的效果。所赠之物不过是表达男女双方情意的信物而已，只有真挚无我、深情投入的爱情，才是男女相恋所真正想要得到的东西。情意相通，心心相印，精神契合，才是爱情的真谛。恰似清人牛运震《诗志》卷一所言："'匪报也'，三字一逗，婉曲之极。分明是'报'，却说'匪报'，妙。三叠三复，缠绵浓致。……笔端缭绕，言外含蓄。"

诗中的姑娘活泼、可爱，小伙子忠厚、钟情。姑娘热情勇敢地表达了爱意，小伙子坦率热烈地给予回应，这种你情我愿、两情相悦的爱情，是人世间最美好的存在。诗歌直截了当地叙事、抒情，抓住了爱情的本质。诗歌千古流传，成了后世男女互赠爱情信物时常用的佳句。

（汤克勤　魏丽根）

君子于役　　　　　《诗经》

君子于役①，不知其期②，曷至哉③？鸡栖于埘④，日之夕矣，羊牛下来。君子于役，如之何勿思⑤！

君子于役，不日不月⑥，曷其有佸⑦？鸡栖于桀⑧，日之夕矣，羊牛下括⑨。君子于役，苟无饥渴⑩！

【注释】①君子：妻子对丈夫的称谓。于：往。役：服役。②期：时间，期限。③曷（hé）：何时。至：到，这里指归家。④埘（shí）：鸡舍。⑤如之：对此。⑥不日不月：没法用日月来计算时间，说明时间很长。⑦佸（huó）：相会。⑧桀：鸡栖的木桩。一说用木头搭成的鸡窝。⑨括:来到。⑩苟:表示希望。

【鉴赏】《君子于役》选自《诗经》十五国风中的"王风",是一首妻子思念在外服役的丈夫的诗歌。丈夫离家外出服役,杳无音信,他回家的日子,遥遥无期;妻子对他的思念,绵绵不绝,她每天都在盼望丈夫归来的希望与失望中度过,尤其傍晚时分,鸡都知道归窝,牛羊也知道归栏,但是丈夫"无情"地就是不归家。妻子没有埋怨丈夫,她仍然无限深情地思念他,希望他在外面安全,没有忍饥受渴。

这首诗突出的艺术特点,是采取对比手法:一是时间上的对比。在外服役的丈夫,归家"不知其期""不日不月",行役时间漫长,又没有确定性,让人怅惘;而"日之夕",是一天中具体的、确定的一段时间——傍晚。两相对照,愈觉丈夫外出时日之久长。二是人与物的对比。人本有情,但"君子"迟迟未归,音信全无,显示出"无情";物本无情,但鸡、牛、羊按时归巢,欢乐祥和,显示出"有情"。两相对照,愈显示出独守家门的妻子的凄苦以及她对丈夫思念的浓厚。在对比中,妻子的相思之情得到了生动、形象的刻画。

诗中的"乡村暮归图",令人感动。鸡、牛、羊缓缓而归,温馨祥和,妻子安静地凝视着它们一步一步地踏进家门。她看着这样一幅图景,感受到鸡、牛、羊所辐射出的家的温暖,心中更增添了对丈夫未归的惆怅,心情复杂。"傍晚怀人,真情真境,描写如画,晋、唐人田家诸诗,恐无此真实自然。"(方玉润《诗经原始》)最后,妻子把对丈夫的思念转化成对丈夫的关心和祝愿:不回家也罢,希望他在外面不要忍饥受渴吧。妻子的善良和真爱,由此可见一斑。

在古代,男子服兵役、徭役,造成了多少家庭夫妻离居,男旷女怨。这首诗较早地表现了这种题材,对后世影响较大。　　　　(汤克勤　相慧玲)

大　车

《诗经》

大车槛槛①,毳衣如菼②。岂不尔思? 畏子不敢。
大车啍啍③,毳衣如璊④。岂不尔思? 畏子不奔⑤。
榖则异室⑥,死则同穴⑦。谓予不信,有如皦日⑧!

【注释】①大车:古代牛拉的车,一说古代贵族乘坐的车。槛(kǎn)槛:车轮的响声。②毳(cuì)衣:兽类细毛织的上衣。这里指车篷。菼(tǎn):初生的芦苇,也叫荻,茎较细而中间充实,颜色青绿。这里用以比喻毳衣的颜色。③啍(tūn)啍:车行沉重、缓慢的样子或声音。④璊(mén):红色美玉。⑤奔:私奔。⑥穀(gǔ):生,活着。异室:两地分居。⑦同穴:合葬在同一个墓穴。夫妻离异,不能同居,如果男不另娶,女不改嫁,死后则可以合葬。⑧皦(jiǎo):洁白,光亮。

【鉴赏】《大车》出自《诗经》中的"王风"。这是一首爱情诗,女主人公想争取婚姻自由,鼓动心上人——一位赶大车的小伙子与她一起私奔,但是对方犹豫徘徊,不敢为爱行动,她发誓道:生即使不能同室,死也要同穴! 坚决地表达出对爱情的向往和坚贞之心。

诗三章,每章四句。前两章采取重章叠句的形式,意思重复而又递进。"槛槛""啍啍",车轮沉重而迟缓,暗示爱情滞碍,不明朗。"不敢""不奔",表明男子胆怯畏惧。而"如菼""如璊",车篷由青色换成红色,暗示女主人公的恋情逐渐升温,达到狂热的阶段。以至于第三章,女主人公指天发誓,表白爱的心迹:"穀则异室,死则同穴!"诗将环境描写与人物的心情结合起来,相互烘托,并以心理推想代替故事情节的发展,将感情推向了高潮。这种结构安排很有特色。

诗很好地塑造了一位大胆追求爱情的痴情女子形象。她向心上人完全敞开心扉,愿意与心上人一同私奔,去只有两个人的地方长相厮守。当然,女子这样做是需要做出牺牲的,她爱得义无反顾,爱得轰轰烈烈,爱得可以舍弃一切。然而,女子热恋的那个男人却畏首畏尾,迟迟不敢给女子明确的爱。女子以为他犹豫是出于对她心意的怀疑,便对天发誓她一定会忠于爱情。古人指天发誓,是一种极其慎重的行为,在自然崇拜与祖先崇拜盛行的时代,这是极为庄严的仪式。当时人们相信,如果违背了诺言便会遭到天谴。于是,一个大胆热烈而毫不给自己留退路的女子形象,就鲜明地矗立在读者面前。她与《诗经》中那些含蓄表达爱意的女子不同,她大胆热烈,直白鲜明,就连一般男子都不具备她那样的豪爽、勇敢,她是一个做事果敢、敢作敢当的姑娘。可是,姑娘毕竟是姑娘,她即使性情豪放,也没有失掉女子该有的矜持,她没有矫揉造作,也没有轻浮的语言和动作。

从诗中描写的大车,我们可以看出男子的身份高贵,他应是一位贵族。他面对女子的誓言，是"不敢""不奔"，他对女子并非没有好感，他爱她，但是他又有顾虑。他有什么顾虑呢？或许是因为地位悬殊，门不当户不对，怕自己的父母反对，或许是舍不得放弃现有的富裕生活，或许是顾虑姑娘是否真心，或者还有其他原因，我们不得而知。但有一点是肯定的，他并不像那个女子爱他一样狂热，他爱的程度要浅很多。我们不由为那个为了爱而不顾一切的痴情女子生出几许同情。　　（魏丽根　汤克勤）

将 仲 子

《诗经》

将仲子兮①，无逾我里②，无折我树杞③。岂敢爱之④？畏我父母。仲可怀也⑤，父母之言，亦可畏也。

将仲子兮，无逾我墙，无折我树桑。岂敢爱之？畏我诸兄。仲可怀也，诸兄之言，亦可畏也。

将仲子兮，无逾我园，无折我树檀⑥。岂敢爱之？畏人之多言。仲可怀也，人之多言，亦可畏也。

【注释】①将（qiāng）：愿，请。一说发语词，无义。仲子：对兄弟行列第二者的称呼。②无：同"毋"，不要。逾：翻越。里：宅院。③杞（qǐ）：木名，即杞柳，也叫红皮柳。落叶乔木，树如柳，木质坚实。树杞、树桑、树檀，即杞树、桑树、檀树，倒文以叶韵。④爱：爱惜，舍不得。⑤怀：思念。⑥檀：木名，常绿乔木，一名紫檀。

【鉴赏】《将仲子》选自《诗经》十五国风中的"郑风"，写女子因害怕家人反对和社会舆论而劝阻情人前来约会的诗。诗中塑造了两个性格不同的年轻人，反映出礼教对自由恋爱的严重束缚。

诗三章，每章八句，采用重章叠句、层层递进的表现手法，语句基本相同，只换了几个字，使诗韵不至于单调，一唱三叹，意思层层深入。运用呼告、劝慰的口吻，结合女子家庭住处的环境展开情节，具有一种絮絮而语的韵致。

诗开头突兀地发出呼告："将仲子兮，无逾我里，无折我树杞。"这一呼告让人莫名其妙，但细加品味，便不由莞尔一笑。一对热恋中的情人准备私下约会，男子可能有点急不可耐，竟然提出要翻越女子家的院墙来相会。女子一听，吓坏了，内心惶恐不安，脸色苍白。她想，如果让父母知道了,她的脸往哪里搁呀?!于是就有了诗开头的三句。

也许女子发现她的拒绝让男子的脸色变了,她担心男子因失望而对她产生误解,就赶紧向他表白,说:"岂敢爱之?畏我父母。"我不是爱惜杞树,而是害怕让我父母知道。话语吐露出她对父母的敬畏和恐惧。也许一想到父母的斥骂,她就不由得心惊胆战。然而,她的心又牵挂着心上人,她安慰他,要让他明白她的难处:"仲可怀也,父母之言,亦可畏也!"我确实想念你啊,只是父母的责骂,让我害怕。这些话絮絮叨叨,私自恋爱的女子的痴情、担忧和恐慌,五味杂陈,都跃然纸上。

第二、三章看似是对第一章的重复,其实情意有了加深。为了相爱,这个痴情狂热的男子,一次又一次地想要"逾里""逾墙""逾园",显得无所顾忌,鲁莽执着。女子只好一遍又一遍地加以拒绝,"无逾我里""无逾我墙""无逾我园"。男子不顾一切的冲动,让女子内心的恐慌越来越大。她害怕父母和兄长们的责骂,也怕街坊邻居的议论。为什么她这么害怕呢?因为有一张无形的大网,从家庭到社会,严重地桎梏着自由恋爱之人。那便是一张限制男女私自恋爱的礼法之网,森严可怕。因此,女子的呼告一次比一次急切,一次比一次焦灼!

诗歌塑造出两个性格看似矛盾却相映成趣的人物:一个品格端庄,处事谨慎;一个热情似火,做事鲁莽。两人的戏剧冲突,显示出古代自由恋爱的艰难困境和受社会礼法约束的严肃氛围。"夫妇之命,媒妁之言",严重地左右着社会舆论,干扰着年轻人的爱情生活。要突破这张网,在当时的社会确实艰难。

(相慧玲　汤克勤)

女曰鸡鸣　　　《诗经》

女曰"鸡鸣①",士曰"昧旦②"。子兴视夜③,明星有烂④"。"将翱将翔⑤,弋凫与雁⑥。"

"弋言加之⑦,与子宜之⑧。宜言饮酒,与子偕老⑨。"琴瑟在御⑩,莫不静好⑪。

"知子之来之⑫,杂佩以赠之⑬。知子之顺之⑭,杂佩以问之⑮。知子之好之⑯,杂佩以报之⑰。"

【注释】①鸡鸣：雄鸡啼叫报晓，指黎明时分。②士：古代男子的通称。昧旦：指天将亮未亮之际。昧，暗。旦，亮。③子：你。兴：起来。视夜：察看夜色。④明星：启明星，即金星。烂：明亮。⑤将翱将翔：指破晓时分，宿鸟将出巢飞翔。⑥弋(yì)：射，用生丝做绳，系在箭上射鸟。凫：野鸭。⑦言：语助词，无义。加：射中。⑧与：为，替。宜：烹调菜肴。⑨偕老：终生相伴，白头到老。⑩御：用。这里指弹奏。⑪静好：和睦安好。⑫来(lài)：慰劳，关怀。⑬杂佩：古人佩饰，上系珠、玉等，质料和形状不一，故称杂佩。⑭顺：柔顺。⑮问：赠送。⑯好(hào)：爱。⑰报：报答。

【鉴赏】《女曰鸡鸣》选自《诗经》十五国风中的"郑风"，是赞美年轻夫妇生活和睦、感情诚笃、心灵美好的一首诗。

诗三章，每章六句，通过夫妻对话的方式，表现出家庭生活的和睦勤勉、夫妻爱情的真挚亲密。对话由短而长，节奏由慢而快，感情由平静而热烈，人物形象由隐约而鲜明。除了夫妻对话，还加了作者旁白，情节丰富，生动逼真，情趣盎然。

勤劳的妻子很早就起床了，她催促丈夫起床，说"公鸡打鸣了"。她催得委婉，言辞中蕴含着爱怜之意。丈夫贪睡，迷糊中显露出丁点儿不高兴，说"天还没亮呢"，"不信，你开窗看一下天，天上的星星还闪亮"。但是，当他听到妻子说"宿巢的野鸭、大雁将要飞翔，快去射猎吧"之后，家庭生活的责任促使他起了床。他整理好弓箭，出门去"弋凫与雁"。

妻子对丈夫的反应是满意的，但当看着丈夫披星戴月出门去打猎以后，她又对自己的性急产生了愧疚之情。于是心中暗暗祈祷：射下野鸭大雁，为你烹调做佳肴；一同欢庆共饮酒，白头偕老永相爱！

作者写到这一场景时，为之感动，不由说道："琴瑟在御，莫不静好。"妻弹琴，夫鼓瑟，夫妻和美谐调，生活是那么美好。对此，清人张尔岐在《蒿庵闲话》中论道："此诗人拟想点缀之辞，若作女子口中语，似觉少味，盖诗人一面叙述，一面点缀，大类后世弦索曲子。"

丈夫狩猎归来，因为离开妻子一阵子而愈加爱她，所谓"小别胜新婚"。丈夫深知妻子对自己的关心和温柔——"来之""顺之"与"好之"，便解下杂佩表达感激与回报——"赠之""问之"与"报之"。这种赠佩示爱的热烈举动，表现出丈夫对妻子深切的爱意。关于这种感情，宋人辅广在《诗童子问》卷二中说："第三章一意而三叠之，以见其情之不能自

25

已也。"

全诗以对话的方式、富于跳跃性的笔墨，表现出男耕女织、男猎女厨、男主外女主内的夫妻恩爱和谐的日常生活，写出了"只羡鸳鸯不羡仙"的理想境界。

（相慧玲　汤克勤）

褰　裳　　　　　　　《诗经》

子惠思我^①，褰裳涉溱^②。子不我思^③，岂无他人？狂童之狂也且^④！

子惠思我，褰裳涉洧^⑤。子不我思，岂无他士？狂童之狂也且！

【注释】①惠：爱。②褰(qiān)：提起。裳(cháng)：裤子。古代，上衣为衣，下衣为裳。溱(zhēn)：郑国水名，源出今河南省新密市东北。③不我思：即"不思我"，不思念我。④狂童：谑称，犹言"傻小子"。狂，痴。且(jū)：语气助词，无义。⑤洧(wěi)：郑国水名，即今河南双洧河。

【鉴赏】《褰裳》选自《诗经》十五国风中的"郑风"，是一首女子戏谑情人的情诗。诗中女主人公用娇嗔的口气责备情郎：你若不爱我，我自会有别人爱。因为是玩笑话，诗歌的叙事和抒情显得跌宕多姿，传递出微妙的内心情感，谑而不虐，饶有情趣。

诗共二章，每章五句，在重章叠句中，显示出主人公是一个心直口快的女子，她对爱情充满渴望，并毫无掩饰地表达出来。她一再说："子惠思我，褰裳涉溱。""子惠思我，褰裳涉洧。"你如果爱我，就提起衣裳，渡过溱水来找我；你如果爱我，就提起衣裳，渡过洧水来找我。她的快人快语、爱得明明白白的形象，与《将仲子》"无逾我里，无折我树杞"的那个瞻前顾后的姑娘完全相反。然而，她的情人反应迟钝，这让她有些羞恼了。她生气地说："子不我思，岂无他人？""子不我思，岂无他士？"你不要以为你不爱我想我，就会没有其他人来追我，想追我的人多着呢！她不由嗔骂道："狂童！狂童！"傻小子呀，傻小子呀！姑娘爽朗、泼辣的性格，跃然纸上。

女主人公态度旷达，她清楚爱情是你情我愿的事，如果不能两厢情愿，两情相悦，那么强扭的瓜是不会甜的。所谓"天涯何处无芳草"，正可为"岂无他人"四字作注解。相比较《狡童》中"彼狡童兮,不与我言兮。维子之故,使我不能餐兮"的哀怨软弱的女子,此诗的女主人公显得通达和坚强得多。她的自信、自强的爱情观,给天下弱女子以精神鼓舞。

其实,女主人公是看重这份爱情的,从"狂童之狂也且"的戏谑语气,可以判断。她只是嗔怪情郎的麻木、迟钝,她满心渴望情郎给予她大胆火热的爱情;在与情郎开玩笑之中,透露出她的几分狡黠。她的形象可亲可爱。

远古的接近自然状态的男欢女爱,与现代建立在个人独立意识基础上的男欢女爱,固然有许多不同,但是在符合人性、自由选择这一点上,却异曲同工。从这个意义上说,《褰裳》中的自由恋爱精神是具有现代性的。

(相慧玲 汤克勤)

风 雨 《诗经》

风雨凄凄①,鸡鸣喈喈②。既见君子,云胡不夷③?
风雨潇潇④,鸡鸣胶胶⑤。既见君子,云胡不瘳⑥?
风雨如晦⑦,鸡鸣不已。既见君子,云胡不喜?

【注释】①凄凄:寒凉。形容风雨飘摇,寒气袭人。②喈(jiē)喈:象声词,鸣叫声。③云:语助词。胡:怎么,为什么。夷:平,指心情平静。④潇潇:风急雨骤的声音。⑤胶胶:鸡叫声。⑥瘳(chōu):病愈。⑦晦:昏暗。

【鉴赏】《风雨》选自《诗经》十五国风中的"郑风",是一首风雨时节怀人、欢会之诗。诗分三章,每章各换五字,含义层层递进;每章四句,前两句写哀景,后两句抒乐情,情景交融,恰如清代学者王夫之《姜斋诗话》所言:"以乐景写哀,以哀景写乐,一倍增其哀乐。"

每一章前两句渲染环境:"风雨凄凄,鸡鸣喈喈。""风雨潇潇,鸡鸣胶胶。""风雨如晦,鸡鸣不已。"窗外的风雨越来越大,环境愈来愈恶劣;屋内的鸡叫也越来越响,越来越嘈杂。在这种凄凉甚至凄厉的环境中,女主人公孤独地思念她的心上人,心绪越来越不安,悲愁越来越沉重。"夫风雨晦冥,独处无聊,此时最易怀人。"(方玉润《诗经原始》)女主人公就是在这"风雨如晦"的夜晚,辗转难眠,可能要听一夜风雨声,思一夜心上人。

"山重水复疑无路,柳暗花明又一村。"(陆游《游山西村》)在每一章的后两句,女主人公的情绪陡然发生了一百八十度大转变。她千呼万唤的心上人突然出现在她的眼前,这对她来说是多么惊喜啊!"既见君子,云胡不夷?""既见君子,云胡不瘳?""既见君子,云胡不喜?"三个问句,显示出女主人公不敢相信眼前情景是真的,"了知不是梦,忽忽心未稳"(陈师道《示三子》)。"夷""瘳""喜"三个字,有层次地写出女主人公忽然见到心上人时感情的变化,由心境平静到相思病愈,再到满心欢喜,她的喜悦之情越来越强烈。先抑后扬,正是由于前面渲染环境如此孤寂愁苦,后面的喜悦才遏制不住,如山泉迸发。余冠英在《诗经选》中说:"在风雨交加,天色昏暗,群鸡乱叫的时候,一个女子正想念她的'君子',如饥如渴,像久病望愈似的。就在这时候,她所盼的人来到了。这怎能不高兴呢?"

此诗每一章前半写景,后半抒情,情景相生,以哀景写乐,情感跌宕起伏,具有很强的艺术效果。正如方玉润《诗经原始》所说:"此诗人善于言情,又善于即景以抒怀,故为千秋绝调也。"

（廖艳爱 汤克勤）

野有蔓草 　　　　　　《诗经》

野有蔓草①,零露漙兮②。有美一人,清扬婉兮③。邂逅相遇④,适我愿兮⑤。

野有蔓草,零露瀼瀼⑥。有美一人,婉如清扬。邂逅相遇,与子偕臧⑦。

【注释】①蔓:蔓延。形容野草生长茂盛。②零:降落。漙(tuán):露水多的样子。③清扬:眉目清秀。婉:美好。④邂逅:不期而遇。⑤适:适合。愿:心愿。⑥瀼(ráng)瀼:形容露水多。⑦偕臧:一同藏起来。一说都满意。臧,同"藏",一说好,善。

【鉴赏】《野有蔓草》选自《诗经》十五国风中的"郑风",是一首描写一见钟情的爱情诗。一对青年男女在清晨野草茂盛、草尖凝露的田野邂逅,一见倾心,两情相悦。诗写得欢快自然,真挚洒脱。

诗分两章,重章叠咏,每章六句,两句一层,分为描景、写人、抒情三个层次。开头两句:"野有蔓草,零露漙兮。"描绘出一幅生机勃勃的图画:田

28

野里绿色的春草,连绵不断,蔓延到天边;嫩绿的叶子,上面缀满颗颗晶莹的露珠,在阳光下,闪烁一片光芒。在这清新醉人的美景中,"有一美人,清扬婉兮"。当俏丽的姑娘一出现在这如画的风景中,再美的风景也都成了她的陪衬。姑娘美在哪里呢?诗中只写及她的眉目,"清扬婉兮"。这就够了,鲁迅说:"要极省俭的画出一个人的特点,最好是画他的眼睛。"(《我怎么做起小说来》)眼睛是心灵的窗户,美丽的眼睛后面必定有一颗美丽的心灵。诗歌在绘景写人后,接着抒情:"邂逅相遇,适我愿兮。"与姑娘邂逅相遇的男主人公怦然心动,直接抒发了他一见钟情的欣喜。

第二章整体上是对第一章的重复,但也有细微的差别,表达的感情更加强烈。"野有蔓草,零露瀼瀼。有美一人,婉如清扬。""零露浼兮"改为"零露瀼瀼",虽然两者都是形容露水多,但是"瀼瀼"这一叠词,让人感觉露水具有了动感。此时"瀼瀼"的已不仅是露水,也是姑娘"婉如清扬"的眼波,从她的心田里绵绵流出,缓缓地流入了男子的心间。眼波流转,顾盼生辉,两个人的情意,通过眼波流转,交融在一起,让彼此产生触电般的感觉。于是"邂逅相遇,与子偕臧",双方互生好感,愿意结成百年之好。

这首诗绘景、写人、抒情,层层递进,和谐统一。景色:春意盎然的郊外,清晨芳草萋萋,露珠晶莹;人物:一个美丽的女子与一个年轻的男子,都是花样年华;感情:邂逅相遇,两情相悦。诗歌将心旷神怡的美景与醇酽如蜜的恋情写得水乳交融,呈现出一种和谐之美。 （廖艳爱　汤克勤）

溱　洧　　　　　　　　　　　　《诗经》

溱与洧①,方涣涣兮②。士与女③,方秉蕑兮④。女曰:"观乎?"士曰:"既且⑤"。"且往观乎? 洧之外,洵訏且乐⑥。"维士与女,伊其相谑⑦,赠之以勺药。

溱与洧,浏其清矣⑧。士与女,殷其盈矣⑨。女曰:"观乎?"士曰:"既且。""且往观乎? 洧之外,洵訏且乐。"维士与女,伊其将谑,赠之以勺药。

【注释】①溱(zhēn)、洧(wěi):郑国的两条河流名。②方:正。涣涣:水流浩大。③士与女:泛指去春游的男男女女。后文的"女""士",特指某个女子和男

29

子。④秉：执，拿。蕳（jiān）：香草名，又名兰。古人认为它可以祛除不祥。⑤既且（cú）：已经过去了。且，通"徂"，前往。⑥洵（xún）讦（xū）：实在宽广。洵，实在。讦，大。⑦伊：语助词，无义。相谑：相互调笑。⑧浏：水清亮。⑨殷：众多。盈：满。

【鉴赏】《溱洧》选自《诗经》十五国风中的"郑风"，是一首游春恋爱诗。郑国三月三日上巳节，溱水和洧水的岸边举行盛大集会，青年男女成群结队，踏春游玩，互赠礼物，表达爱慕之情。诗歌通过写一对男女对话、游乐和互赠定情信物，反映出郑国人民追求自由、幸福生活的情景。

诗的开头展现出一幅美好的风俗画："溱与洧，方涣涣兮。士与女，方秉蕳兮。"天气回暖，冰川融化，溱水、洧水的河水奔腾，和煦的春风吹拂，温暖的阳光照耀，郑国的男男女女手拿着祈求吉祥的兰草来到河边游玩。这种欢快的景象，令人心动。一个女子主动约会一个小伙子，说："我们去瞧瞧热闹，好吗？"小伙子似乎不解风情，傻傻地说："我已经看过了。"姑娘深情地说："再去看看吗？河那边宽广辽阔，有无穷的乐趣呢。"这一大胆的暗示打动了小伙子，于是两人结伴去游玩。他们手执兰草，撩水相戏，又互赠芍药，永结情好。一派天真烂漫、淳朴无邪的景象，展示出郑国民风的开放、人民对美好爱情的追求和享受。

第二章在第一章的基础上，稍作改动，表现出不一样的内容和感情。第一章描写溱水和洧水用"方涣涣兮"，第二章用"浏其清矣"，前者形容河水刚解冻，奔腾浩大的样子，与青年男女爱情刚发生时的心潮澎湃相契合，后者写河水清澈，象征爱情稳定时心情的纯洁、宁静和欢愉。第一章写"士与女，方秉蕳兮"，交代了郑国上巳节的风俗；第二章写"士与女，殷其盈矣"，说明郑国广大的民众沉醉在节日、爱情的狂欢中。

诗歌热烈欢快，自然淳朴，宛如一首欢畅流动的乐曲，又像一幅生动的山水风情画，写景与叙事结合完美。

（廖艳爱　汤克勤）

绸　　缪　　　　　　　《诗经》

绸缪束薪①，三星在天②。今夕何夕，见此良人③。子兮子兮④，如此良人何！

绸缪束刍⑤，三星在隅⑥。今夕何夕，见此邂逅⑦。子兮子兮,如此邂逅何!

绸缪束楚⑧,三星在户⑨。今夕何夕,见此粲者⑩。子兮子兮,如此粲者何!

【注释】①绸缪(chóu móu):缠绕,捆缚。束薪:捆缚柴草。②三星:参星。③良人:好人,这里指新郎对新娘的称呼。④子兮(xī):你呀。⑤刍(chú):喂牲口的草料。⑥隅(yú):角落。⑦邂逅(xiè hòu):喜悦。这里用作名词,指使人喜悦的人。⑧楚:荆条。⑨户:门。⑩粲(càn):鲜明,美丽。这里指漂亮的人,即新娘。

【鉴赏】《绸缪》选自《诗经》十五国风中的"唐风",写新婚之夜夫妇温馨、甜蜜的情爱,生动地表现出古人所谓"人生四大喜"之一"洞房花烛夜"的喜悦和幸福。"唯此诗无甚深义,只描摹男女初遇,神情逼真,自是绝作。"(方玉润《诗经原始》)

全诗三章,每章开头两句是起兴,"绸缪束薪""绸缪束刍"和"绸缪束楚",以用绳子把柴、草、荆条紧紧地捆缚在一起,形象地比喻新婚夫妇如胶似漆地结合,为下文直接抒发夫妇的喜悦作铺垫。

这种"洞房花烛夜"的喜悦,借时间的快速推移进行烘托。三星"在天""在隅""在户",以参星运行的位置变化说明时间的流逝,然而新婚的人儿几乎没有觉察,他们沉醉在爱河里忘了时间。"快乐的时光总是短暂",说的就是这种情形吧。

诗接着写道:"今夕何夕,见此良人。""今夕何夕,见此邂逅。""今夕何夕,见此粲者。"新郎与这么美好的新娘结合,他对这一奇妙的体验产生了恍惚之感:"今夕何夕?"今日晚上是什么样的夜晚啊?这种迷惘感,真切地表现出幸福的突如其来和巨大无比。这一词语,对后世影响甚大。

诗歌最后写道:"子兮子兮,如此良人何!""子兮子兮,如此邂逅何!""子兮子兮,如此粲者何!"三次重复,加以强调:在新郎的眼里,新娘那么美好,惊如天人啊!这种感觉道出了"洞房花烛夜"令人幸福的缘由!

此诗抓住新婚这个特定的时刻和情境,写出了人生中最大的一种幸福。采取复沓的手法,将喜悦写得浓得化不开,令人羡慕、向往。

（相慧玲　汤克勤）

31

葛　生

《诗经》

葛生蒙楚①，蔹蔓于野②。予美亡此③，谁与独处④？
葛生蒙棘⑤，蔹蔓于域⑥。予美亡此，谁与独息？
角枕粲兮⑦，锦衾烂兮⑧。予美亡此，谁与独旦⑨？
夏之日，冬之夜。百岁之后⑩，归于其居⑪。
冬之夜，夏之日。百岁之后，归于其室。

【注释】①葛：植物名，藤本植物，茎皮纤维可织葛布，块根可食，花可解酒毒。蒙：覆盖。楚：灌木名，荆条。②蔹(liǎn)：多年生蔓草，根可入药，有白蔹、赤蔹、乌蔹等。蔓：蔓延。③予美：我的好人，即我的丈夫。亡此：死于此处，指死后埋于此地。④谁与：谁和他在一起，意思指丈夫独眠地下。独处：独自居住。⑤棘：酸枣树，落叶灌木，有刺，果小味酸。⑥域：指坟地。⑦角枕：有兽角做装饰的枕头。粲：同"灿"，鲜明。⑧锦衾：锦缎被褥。闻一多《风诗类钞》说："角枕、锦衾，皆敛死者所用。"烂：灿烂。⑨旦：天亮。⑩百岁：即百年，指人死后。⑪其居：指亡夫的墓穴。

【鉴赏】《葛生》选自《诗经》十五国风中的"唐风"，是一首妻子悼念亡夫的诗。诗分五章，每章四句，前三章与后两章在内容与形式上有较大区别。分为两层，前三章为第一层，后两章为第二层。诗歌感情悲痛，如泣如诉。

前两章的开头两句主要描写野外环境："葛生蒙楚，蔹蔓于野。""葛生蒙棘，蔹蔓于域。"野外的葛、蔹蔓延，棘、楚丛生，显示出野地的空旷和墓地的荒凉，说明女主人公的丈夫埋于此处，已有较长时间。这一环境描写，给全诗营造出一种凄凉冷落的氛围。更换了两个字，让人感觉空间由空旷的野地转到逼仄的墓地。第三章的视角拉近了，"角枕粲兮，锦衾烂兮"，描绘死者华贵、璀璨的枕头和被子。灿烂的角枕、锦衾与荒凉孤寂的荒野、墓地，形成了鲜明的对照。灿烂夺目的陪葬品，不但不能减弱生者的悲伤情感，反而更显出死者葬于此地的孤独凄凉。"予美亡此，谁与独处？""予美亡此，谁与独息？""予美亡此，谁与独旦？"我的丈夫被埋在此地，有谁与他做伴呢？这一问题，一直折磨着女主人公。答案不言而喻。

诗歌的后两章试图对此提出解决方案。首先,写女子在丈夫死后饱受相思之苦。"夏之日,冬之夜""冬之夜,夏之日",白天和黑夜都变得特别漫长,由此可见女主人公遭受的痛苦和煎熬。清人方玉润在《诗经原始》卷六曰:"二章句法只一互换,觉时光流转,晌息百年,人生几何,能不伤心?"接着,写她提出与丈夫"生同衾,死同穴"的办法,即自己死后与丈夫合葬在一处,以解决丈夫死后凄凉的困境。"百岁之后,归于其居。""百岁之后,归于其室。"死本是一件可怕的事,但是她视死如"归"。"归"字表明回到丈夫的身边是她的归宿,她对丈夫的爱生死不渝。

这一首诗被认为是"悼亡之祖,亦悼亡诗之绝唱也"(朱守亮《诗经评释》),影响深远,"后代潘岳、元稹的悼亡诗杰作""不出此诗窠臼"(周蒙、冯宇《诗经百首译释》)。

(廖艳爱　汤克勤)

蒹 葭 《诗经》

蒹葭苍苍①,白露为霜②。所谓伊人③,在水一方④。溯洄从之⑤,道阻且长⑥。溯游从之⑦,宛在水中央⑧。

蒹葭凄凄⑨,白露未晞⑩。所谓伊人,在水之湄⑪。溯洄从之,道阻且跻⑫。溯游从之,宛在水中坻⑬。

蒹葭采采⑭,白露未已。所谓伊人,在水之涘⑮。溯洄从之,道阻且右⑯。溯游从之,宛在水中沚⑰。

【注释】①蒹(jiān):没长穗的芦苇。葭(jiā):初生的芦苇。苍苍:茂盛的样子,一说青色。②白露:露水是无色的,因凝结成霜呈现白色,故称"白露"。③所谓:所说的,指心中想念的。伊人:那个人,指心上人。④一方:那一边。⑤溯(sù):逆流而上。洄:弯曲的水道。从:追寻,追随。⑥阻:险阻。⑦游:流,指直流的水道。⑧宛:宛如,好像。⑨凄凄:同"萋萋",茂盛的样子。⑩晞(xī):晒干。⑪湄(méi):岸边,指水、草相接的地方。⑫跻(jī):上升。指地势渐高,需要攀登。⑬坻(chí):水中高地。⑭采采:众多,茂盛。⑮涘(sì):水边。⑯右:向右拐弯,指道路弯曲。⑰沚(zhǐ):水中小沙洲。

【鉴赏】《蒹葭》选自《诗经》十五国风中的"秦风",是一首写追求"伊人"的爱情诗,表达诗人执着的追求。情景交融,给读者留下"空白",具有凄婉、朦胧的美感。

首先，"伊人"不确指。"伊人"是谁，是实写还是虚写，自古以来众说纷纭，迄无定论，亦难有定论。"伊人"，那个人，既可指袅娜的女子，也可指翩翩的男子；既可指君王，也可指贤臣；甚至有人认为是真理的化身。"伊人"意象模糊甚至虚化，是本诗的一大特点。由于这种朦胧和不确定性，不同的人读《蒹葭》就有不同的看法，但在情感上都能得到触动。

其次，诗歌的整体意境朦胧。《蒹葭》的环境描写迷蒙，"蒹葭苍苍，白露为霜"。这是一个深秋的清晨，茂密的芦苇呈现出苍青色，晶莹的露珠凝结成一层薄薄的霜花。这不仅点明时节、环境，也营造出一种萧瑟凄清、朦胧寂静的氛围，恰切地衬托出诗人当时的惆怅心情，言简意赅，内蕴深远。"所谓伊人，在水一方"，诗人思念的那个人，就在茂密的芦苇丛后面，就在河的那一边。诗人无论怎样历尽艰险去寻找，都无法到达伊人的身边。逆流而上，顺流而下，沿着弯曲的河道，顺着笔直的河道，有时攀爬，有时下坡，道路险阻又漫长。伊人有时仿佛在河中央，有时隐约在小沙洲上，始终和诗人保持着一段距离，似乎近在眼前，却又遥不可及。诗营造出一种距离美，一种朦胧的神秘感，好像梦境一般，似真似幻，空灵缥缈，难以捉摸。给人希望，又使人失望，形成了悲伤惆怅的感情。

诗分为三章，诗意大体相同，采用重章叠句的方式，句数相等，字数相同，给人形式整齐的美感。三章变换了个别字词，意思有所变化，避免了单调呆板，形成回环往复、一唱三叹的艺术效果。每章的开头是兴，着重写景，接着是赋，叙事。反复追寻伊人，持之以恒，渲染出因追寻不到而生发的惆怅情绪，却又不轻言放弃。全诗意在抒情，却无一"情"字，通过以景衬情、叙事言情，创造出一种情景交融、凄婉朦胧的意境。

（廖艳爱　汤克勤）

屈原　屈原(约前340—约前278)，名平，字原，又名正则，字灵均，战国后期楚国人，出生于丹阳(今湖北省宜昌市秭归县)，贵族出身。初辅佐楚怀王，任左徒、三闾大夫。学识渊博，怀有远大的政治理想，主张举贤授能，修明法度，联齐抗秦，后遭谗去职。楚顷襄王时被放逐至沅湘流域。公元前278年，楚国郢都被秦兵攻破，屈原忧国忧民，自投汩罗江,以身殉国,传说端午节是他的忌日。屈原是我国文学史上第一位浪漫主义的伟大诗人,写下《离骚》《九歌》《天问》《九章》等不朽诗篇。他在楚国民歌的基础上创造出一种新的诗歌体裁——楚辞。西汉刘向辑屈原、宋玉等人辞赋十六篇,名《楚辞》,与《诗经》并称为"风骚",对后世诗歌创作产生了积极深远的影响,正如刘勰《文心雕龙·辨骚》指出:"其衣被词人,非一代也!"

湘　君

屈　原

君不行兮夷犹①,蹇谁留兮中洲②?美要眇兮宜修③,沛吾乘兮桂舟④。令沅湘兮无波⑤,使江水兮安流⑥。望夫君兮未来⑦,吹参差兮谁思⑧?

驾飞龙兮北征⑨,邅吾道兮洞庭⑩。薜荔柏兮蕙绸⑪,荪桡兮兰旌⑫。望涔阳兮极浦⑬,横大江兮扬灵⑭。扬灵兮未极⑮,女婵媛兮为余太息⑯。横流涕兮潺湲⑰,隐思君兮陫侧⑱。

桂棹兮兰枻⑲,斲冰兮积雪⑳。采薜荔兮水中,搴芙蓉兮木末㉑。心不同兮媒劳㉒,恩不甚兮轻绝㉓。石濑兮浅浅㉔,飞龙兮翩翩。交不忠兮怨长㉕,期不信兮告余以不闲㉖。

鼂骋骛兮江皋㉗,夕弭节兮北渚㉘。鸟次兮屋上㉙,水周兮堂下㉚。捐余玦兮江中㉛,遗余佩兮醴浦㉜。采芳洲兮杜若㉝,将以遗兮下女㉞。时不可兮再得,聊逍遥兮容与㉟。

【注释】①君:指湘君,湘水之神,男性。一说指巡视南方死于苍梧的舜帝。夷犹:迟疑不决。②蹇(jiǎn):发语词,无义。谁留:为谁留。中洲:洲中。洲,水中陆地。③要眇(miǎo):美好的样子。宜修:恰到好处的修饰。④沛:水大而急。这里形容船行迅速。桂舟:用桂木制造的船。⑤沅湘:沅水和湘水,在今湖南省境内,都流入洞庭湖。⑥江:长江。⑦夫:语助词,无义。⑧参差:高低错落不齐,这里指洞箫或排箫,相传为舜所造。谁思:思念谁。⑨飞龙:指雕龙的船。⑩邅(zhān):转,改变方向。⑪薜(bì)荔:一种蔓生的香草。柏:通"箔",帘子。蕙:香草名。绸:指帷帐。⑫荪桡(sūn ráo):用荪装饰的短桨。荪,香草名,即石菖蒲。

35

兰旌：用兰草装饰的旗帜。⑬涔(cén)阳：涔水北岸，在今湖南澧县。极浦：遥远的水边。⑭横：横渡。扬灵：显灵。一说扬帆前行。⑮极：至，到达。⑯女：指湘夫人的侍女。婵媛：眷念多情的样子。太息：叹息。⑰潺湲(chán yuán)：缓慢流动的样子，形容泪流不止。⑱陫侧：即"悱恻"，内心悲痛。⑲棹(zhào)：长桨。枻(yì)：短桨。⑳斲(zhuó)：砍。㉑搴(qiān)：拔取。木末：树梢。㉒媒：媒人。劳：徒劳。㉓甚：深厚。轻绝：轻易断绝。㉔石濑(lài)：石上急流。浅(jiān)浅：水流湍急的样子。㉕交：交往。㉖期：约会。不信：不守信用。㉗鼌(zhāo)：同"朝"，早晨。骋骛：疾驰。皋：水边高地。㉘弭节：停止鞭马使车停止。弭，停止。节，马鞭。渚：水中小洲。㉙次：栖息。㉚周：围绕。㉛捐：抛弃。玦(jué)：玉佩的一种，形如环而有缺口。㉜佩：玉佩。醴浦：指澧水，在今湖南，流入洞庭湖。醴，通"澧"。㉝芳洲：香草丛生的水中陆地。杜若：香草名。㉞遗(wèi)：赠送。下女：侍女。㉟容与：安逸放松的样子。

【鉴赏】《湘君》《湘夫人》是组诗《九歌》中祭祀水神的祭歌，可称姊妹篇。湘君与湘夫人是一对配偶神。传说舜帝巡视南方，死于苍梧之野，葬于九嶷山。娥皇、女英二妃追至洞庭湖，听闻舜死了，痛哭，泪洒竹子，染竹成斑，后称斑竹，她俩投湘水而死。楚人尊她们为湘水女神，即湘夫人，尊舜为湘水男神，即湘君。《湘君》是祭祀湘君的诗歌，描写湘夫人对湘君的思念，她因久候不见湘君依约来相会而产生了怨慕神伤的心情。

全诗分为四部分。第一部分写为了与爱人相见，湘夫人做了一番精心的准备：一、打扮自己，"美要眇兮宜修"；二、安排赴约工具，"沛吾乘兮桂舟"；三、安排行程，"令沅湘兮无波，使江水兮安流"。可是，等她兴致勃勃地到达约会地点以后，却不见心上人，湘夫人顿生疑惑：为什么湘君犹豫不来呢？他为了谁留在远方的沙洲呢？作者将这种疑惑摆在了诗的开头，以问句出之，这种倒置手法抓住了读者的心，也奠定了全诗的感情基调。湘夫人在失望中，抑郁地吹起了哀怨的排箫，倾诉对湘君的无限思念。

第二部分写湘夫人等不到湘君，便驾着龙舟去洞庭湖寻找。这强烈地表达出湘夫人对湘君的爱恋。湘夫人将龙舟装饰精美，正像将自己打扮得姣美得体一样，但是，"女为悦己者容"，湘君见不到，这又有什么用呢？湘夫人顾不了那么多，一门心思去寻找湘君，在大江大湖中纵横驰骋，"望""横""扬灵"等词，生动地表现了湘夫人的急切之情。作者将湘夫人四处寻找的行动和她内心的感受紧密地结合，写来生动感人。湘夫人总是找不见湘君的踪影，连她身边的侍女也叹息起来。这一侧面描写，烘托出湘夫人的失望，她泪水纵横，心口作痛。诗歌的感情表达，越来越强烈。

第三部分直接宣泄湘夫人失望至极的哀怨之情。首先，写湘夫人经多方努力仍找不见湘君。她在水中泛舟，船桨划水如划开冰雪一般，行动迟缓，这实际上是湘夫人沉重内心的外在表现。接着，用在水中采摘薜荔和在树上摘取芙蓉花来比兴，不仅点明寻找、追求的徒劳，也为后面对湘君进行一连串斥责和埋怨埋下伏笔。这其实是湘夫人在极度失望的情形下说出的激愤之语，在它表面的绝情和激烈的责备中，是希望一次次破灭之后的痛苦之情；然而从深层次来说，这种由爱而生的恨，本质上还是爱。作者将一个爱至深、恨至切的女子的内心世界，表达得淋漓尽致。

第四部分可分为二层。前四句为第一层，补叙湘夫人游湖横江、从早到晚地寻找，绕了一大圈后重回约会地"北渚"，仍然没有见到湘君。第二层从"捐余玦"至末尾，是整首乐曲的卒章。湘夫人将玉玦抛入江中，把玉佩留在岸边，这是她在爱而不得的过激情绪下所做的过激举动。这一举动，也是第三部分湘夫人发出"心不同""恩不甚""交不忠""期不信"四个"不"字后的必然结果。玉玦和玉佩是湘君给她的定情之物，湘君既然不念旧情，一再失约，那么这些代表爱情和忠贞的信物只会令人徒增伤感，不如将它们丢弃算了。这给读者留下了极大的惋惜和遗憾。但是最后四句又有了转折，当湘夫人的心情逐渐平静以后，她在芳洲上采集杜若，准备送给侍女，她的珍惜之情又油然而生。于是她决定从长计议，放松绷紧的心弦，耐心地等待。这一结尾，使整个故事和全首歌曲都余音袅袅，并与篇首的疑问相呼应，给读者留下了较大的想象空间。

（关泳华　汤克勤）

湘　夫　人　屈　原

帝子降兮北渚①，目眇眇兮愁予②。袅袅兮秋风③，洞庭波兮木叶下④。登白薠兮骋望⑤，与佳期兮夕张⑥。鸟何萃兮蘋中⑦，罾何为兮木上⑧？

沅有茝兮醴有兰⑨，思公子兮未敢言⑩。荒忽兮远望⑪，观流水兮潺湲⑫。麋何食兮庭中，蛟何为兮水裔⑬？朝驰余马兮江皋，夕济兮西澨⑭。闻佳人兮召予，将腾驾兮偕逝⑮。

筑室兮水中，葺之兮荷盖⑯。荪壁兮紫坛⑰，播芳椒兮成堂。桂栋兮兰橑⑱，辛夷楣兮药房⑲。罔薜荔兮为帷⑳，擗蕙櫋兮既张㉑。白玉兮为镇，疏石兰兮为芳㉓。芷葺兮荷屋㉔，缭之兮杜衡㉕。合百草兮实庭，建芳馨兮庑门㉖。九嶷缤兮并迎㉗，灵之来兮如云㉘。

捐余袂兮江中，遗余褋兮澧浦㉙。搴汀洲兮杜若㉚，将以遗兮远者。时不可兮骤得，聊逍遥兮容与！

【注释】①帝子：指湘夫人。传说湘夫人为尧帝的女儿，故称帝子。②眇(miǎo)眇：望而不见的样子。愁予：使我忧愁。③袅袅：微风吹拂的样子。④波：名词作动词用，生波，波浪泛起。下：落。⑤白蘋(fán)：水草名，这里指长着白蘋的地方。骋望：纵目远望。⑥佳：佳人，指湘夫人。期：约会。夕张：晚上陈设帷帐。⑦萃：聚集。⑧罾(zēng)：渔网。⑨茝(zhǐ)：同"芷"，即白芷，一种香草。⑩公子：指湘夫人。古代称诸侯贵族为公族，称诸侯的女儿为"公子"。⑪荒忽：通"恍惚"，迷糊不清的样子。⑫潺湲(chán yuán)：水缓缓流动。⑬水裔：水边。⑭澨(shì)：水边。⑮偕逝：同往。⑯葺(qì)：修补，这里指用茅草覆盖房子。荷盖：用荷叶作屋顶。⑰荪(sūn)壁：用荪草装饰墙壁。荪，一种香草。紫：紫贝。⑱桂栋：用桂木做房梁。兰橑(lǎo)：用兰木做房椽(chuán)。⑲辛夷楣：用辛夷木做门上横梁。药房：用白芷装饰卧房。⑳罔：通"网"，编织。帷：帷帐。㉑擗(pǐ)：擗开，分开。蕙櫋(mián)：用蕙草铺成的屋檐板。㉒镇：压座席的物品。㉓疏：分布，分列。石兰：一种香草。㉔芷葺：用白芷覆盖房顶。荷屋：用荷叶覆顶的房屋。㉕缭：缠绕。杜衡：香草名。㉖庑(wǔ)：厅堂旁的廊屋。㉗九嶷(yí)：山名，传说为舜的葬地，在今湖南宁远县南。这里指九嶷山众神。㉘灵：神。㉙褋(dié)：单衣。㉚搴(qiān)：摘取。汀(tīng)洲：水中或水边的平地。

【鉴赏】《湘夫人》是组诗《九歌》中的一首，为祭祀湘水女神而作。诗歌主人公湘君，赴湘夫人之约却没有见到她，抒发他的失落、惆怅之情。此诗延续了《湘君》诗歌的主题，表达了相爱者会合无缘、死生契阔的悲哀。

湘君到达约会地点——北渚，没有见到湘夫人，就怀着虔诚的期盼，徘徊在洞庭湖边,期待湘夫人的到来。"袅袅兮秋风,洞庭波兮木叶下",这两句景物描写很好地渲染气氛,映射心境,极为感人,成为千古名句。到了黄昏,湘夫人仍未前来。"目眇眇""骋望""远望",刻画湘君望眼欲穿的神态。作者以"鸟何萃兮蘋中,罾何为兮木上"的反常现象作比兴,表现出湘君内心的失望和困惑,显示出他所求不得、徒劳无益的窘境。

湘君与上篇中的湘夫人一样,在等待中不断地寻找。与湘夫人不同的是,湘君在急切的寻觅中,恍惚听到了湘夫人的召唤,产生了与她乘车同去的幻觉。这是作品极富想象力和浪漫色彩的一笔。

湘君幻想着与湘夫人幸福相会的情景。这是一个令人眼花缭乱的神奇世界。建在水中的房屋庭堂,是用奇花、异草、香木构筑装饰而成的:荷叶盖屋顶,荪草编织为墙,紫贝点缀花坛,花椒散布厅堂,薜荔编成帷帐,蕙草悬挂檐际,白玉压住座席,石兰散发香气,白芷覆盖屋顶,杜衡环绕房屋,百草汇集在院子里……色彩缤纷,香味浓烈,把相会的美好烘托得充分无遗。九嶷山的众神也纷纷前来祝福。这种流光溢彩的环境描写,很好地烘托和反映出人物内心的欢乐与幸福。

幻觉越美好,越表现出现实的凄凉。湘夫人最终没有到来。这种"黄粱美梦",更增添了湘君的痛苦,他一气之下,将湘夫人所赠的衣物全部抛入水中。然而,表面的决绝却无法抑制内心的恋情。他最终平静下来,在汀洲上采集芳香的杜若,耐心地等待,希望把它赠给将远道而来的湘夫人。

诗歌表现出多种情感,有企盼,有忧伤,有喜悦,有懊丧,有愤怒,有平静,复杂多变,跌宕起伏,刻画出情人相恋时的微妙心理。诗歌大量运用比喻,用美丽芬芳的花草比喻恋人或美好的事物,用自然界的反常现象比喻徒劳无益的人间事理,形象生动,富有想象力。诗歌具有鲜明的楚国地方特色,描写的对象和运用的语言,例如沅水、湘水、澧水、洞庭湖、白芷、白蘋、薜荔、杜衡、九嶷山等,都具有楚地的特色。

诗歌的景物描写尤其受人称道,影响深远。明代胡应麟《诗薮·内编》卷一道:"'袅袅兮秋风,洞庭波兮木叶下',形容秋景入画;'悲哉秋之为气也,憭栗兮若远行,登山临水兮送将归',模写秋意入神,皆千古言秋之祖。六代、唐人诗赋,靡不自此出者。"

(关泳华　汤克勤)

山　鬼
屈　原

若有人兮山之阿[1]，被薜荔兮带女罗[2]。既含睇兮又宜笑[3]，子慕予兮善窈窕[4]。乘赤豹兮从文狸[5]，辛夷车兮结桂旗[6]。被石兰兮带杜衡[7]，折芳馨兮遗所思[8]。

余处幽篁兮终不见天[9]，路险难兮独后来[10]。表独立兮山之上[11]，云容容兮而在下[12]。杳冥冥兮羌昼晦[13]，东风飘兮神灵雨[14]。留灵修兮憺忘归[15]，岁既晏兮孰华予[16]。

采三秀兮于山间[17]，石磊磊兮葛蔓蔓。怨公子兮怅忘归[18]，君思我兮不得闲。山中人兮芳杜若[19]，饮石泉兮荫松柏，君思我兮然疑作[20]。雷填填兮雨冥冥[21]，猿啾啾兮又夜鸣[22]。风飒飒兮木萧萧，思公子兮徒离忧[23]。

【注释】①人：指山鬼，即山中女神。山之阿(ē)：山坳。②被：同"披"。薜荔：一种蔓生木本植物，又称木莲。带女罗：以女萝为带。女罗，同"女萝"，一种地生类植物，俗称菟丝、松萝。③含睇(dì)：含情凝视。睇，斜视。宜笑：得体优雅的笑。④子：你，山鬼对所爱慕男子的称呼。予：我，山鬼自称。⑤赤豹：皮毛呈赤褐色的豹。从：使……随从。文狸：毛色有花纹的狸。文，花纹。⑥辛夷车：以辛夷木做成的车。辛夷，香木名。结桂旗：系着用桂枝编成的旗。⑦石兰、杜衡：皆香草名。⑧芳馨(xīn)：指有芳香的花草。遗(wèi)：赠给。⑨余：我，山鬼自指。幽篁：深密的竹林。⑩后来：迟到。⑪表：独立突出的样子。⑫容容：同"溶溶"，水或烟、云流动的样子。⑬杳冥冥：幽深昏暗。羌：语助词，无义。昼晦：白天昏暗。⑭神灵雨：神灵降下雨水。雨，下雨。⑮灵修：山鬼，一说山鬼的意中人。憺(dàn)：安乐。⑯晏：晚。华予：让我像花一样美丽。⑰三秀：指灵芝草，一年开三次花，传说服食了能延年益寿。⑱公子：指山鬼的心上人。⑲山中人：指山鬼。杜若：香草名。⑳然疑作：半信半疑。然，相信。㉑填填：雷声。㉒猿：同"猿"。又：一通"狖"(yòu)，长尾猿。㉓离：通"罹"，遭受。

【鉴赏】《九歌》是一组祀神的乐歌，共十一首诗，是屈原在民间祀神祭歌的基础上加工而成的，充满浪漫主义色彩。《山鬼》是《九歌》的第九首诗，祭祀山间女神。写她兴冲冲去赴情人的约会，没有见到意中人，而忧愁悲伤、黯然离去的情景。

诗分三部分。第一部分写山中女神为了见情人,盛装打扮,壮观出行,兴高采烈去赴约。"被薜荔兮带女罗",身披薜荔,腰束女萝;"既含睇兮又宜笑,子慕予兮善窈窕",眼睛含情,面带笑容,身材窈窕。她不说自己美丽,却说意中人欣赏她长得美丽,从中可见她的自信、喜悦和青春亮丽。与她美丽的容颜相匹配的,是她的车驾随从的壮观:"乘赤豹兮从文狸,辛夷车兮结桂旗。被石兰兮带杜衡,折芳馨兮遗所思。"豹子赤红,花狸斑斓,车由辛夷木制造,旗由桂枝编织,她身披石兰,腰系杜衡,手执鲜花。她打算将鲜花赠给情人,这表明她对爱情的主动、渴望以及对情人的温存。

第二部分内容与情绪都出现了波折。由于山高路险耽误了时间,山中女神没能见到心上人。"余处幽篁兮终不见天,路险难兮独后来。"山中女神自责她来晚了。她十分懊悔,又心怀一丝希冀,在山巅幽林中四处寻找,"表独立兮山之上""杳冥冥兮羌昼晦"。云雾在山谷中舒卷,白天的幽林恍如黑夜,雨淅淅沥沥地下着。为了与情人相见,女神在此逗留徘徊,但总找不见情人,她不由感叹道:"岁既晏兮孰华予。"她的内心充满了"美人迟暮"的哀怨。情绪由憧憬变为失望,由欢快变成了忧伤。

第三部分写女神强作打扮,强作保养,但因思念情人,显现出犹疑不定、愁肠满怀的状态。"采三秀兮于山间,石磊磊兮葛蔓蔓",在乱石堆积、葛藤蔓延的山间,她采摘益寿的灵芝,为了不让自己的容颜老去,为了能得到情人的欢心。"山中人兮芳杜若,饮石泉兮荫松柏",饮清泉,遮松柏,女神就像杜若那么芬芳。但是情人久久没有出现,女神安慰自己道:"君思我兮不得闲。"他肯定也在思念我吧,只是因为没有空闲的缘故。她对情人仍爱得那么一往情深。可是,左等不来,右等不来,"君思我兮然疑作",女神开始怀疑了:他真的想念我吗?女神内心的忐忑不安,暴露出她对爱情的渴望与失望。"雷填填兮雨冥冥,猨啾啾兮又夜鸣。风飒飒兮木萧萧,思公子兮徒离忧。"雷滚滚啊雨蒙蒙,猿啾啾啊狖亦鸣,风飕飕啊叶萧萧,女神所处的环境增添了她思念情人的痛苦,情与景交融,达到了高度的和谐统一。最后,在极度痛苦的心情下,女神终于明白:"我想念你啊,真是徒增烦恼!"她的这种醒悟,既有愤慨,也有哀怨,但是没有决裂。女神缠绵多情又坚贞不渝的性格,让后人对她的不幸爱情掬一把同情之泪。

　　诗歌在景物描写和心理刻画上颇见功力。景物描写渲染出或者明快或者阴沉的氛围,很好地表现出女神欢乐或悲伤的内心世界。

　　此诗表面写"山鬼"失恋的故事,实质上有所寄托。《离骚》多次提到"灵修",一般认为指楚怀王。此诗中的"灵修",也可能指楚怀王。如果真是这样,那么"山鬼"则指作者屈原。屈原通过山鬼等待恋人不遇的遭遇,寄寓了自己失宠、怀才不遇的感慨。　　　　　　　　（关泳华　汤克勤）

汉　代

司马相如　司马相如(前179—前118),原名犬子,字长卿,蜀郡成都(今属四川省)人。为汉武帝欣赏,任为郎,又拜中郎将,后为孝文园令。西汉大辞赋家,后人称其为"赋圣"或"辞宗"。其辞赋代表作《子虚赋》《上林赋》,辞藻富丽,结构宏大,极尽铺张之能事,为汉赋的代表作。鲁迅《汉文学史纲要》说:"武帝时文人,赋莫若司马相如,文莫若司马迁。"

琴歌二首　　　　　司马相如

其一

凤兮凤兮归故乡①,遨游四海求其皇②。时未遇兮无所将,何悟今兮升斯堂③。有艳淑女在闺房,室迩人遐毒我肠④。何缘交颈为鸳鸯,胡颉颃兮共翱翔⑤!

其二

皇兮皇兮从我栖,得托孳尾永为妃⑥。交情通体心和谐,中夜相从知者谁⑦?双翼俱起翻高飞,无感我思使余悲。

【注释】①凤:指雄凤凰。司马相如以此自比。②皇:同"凰",指雌凤凰。③悟:想到。斯:这,这个。④迩(ěr):近。遐(xiá):远。毒:使……难受痛苦。⑤颉颃(xié háng):形容鸟飞上飞下的样子。⑥孳(zī)尾:动物交尾繁殖,借指结为夫妇,婚配。⑦中夜:半夜。

【鉴赏】《琴歌二首》也名《凤求皇》,是司马相如弹琴唱给卓文君的情歌,表达司马相如愿与卓文君结成伴侣的愿望。司马相如自幼好读书,学识渊博,擅长辞赋,并好击剑,曾为汉景帝的武骑常侍,后入梁孝王幕僚。

梁孝王死后,司马相如落魄归蜀,投奔临邛令王吉。临邛大富商卓王孙久闻司马相如大名,邀请他到家作客。当时卓王孙的女儿卓文君守寡在家,年方十七,貌美,好音乐。司马相如得知后,借席间弹琴之机,奏出《琴歌二首》,意在吸引、挑动卓文君。

司马相如从自己的人生经历出发,引出认识卓文君的过程,如今一个在客厅,一个在闺房,以琴传情,他明确地表达欲与卓文君结成夫妻、颉颃比翼的愿望。随着琴声的飞扬,司马相如激情飞越,大胆地呼唤两人冲破礼教束缚,希望卓文君能与他私奔,共同生活在一起。

这种真挚的爱情呼唤,并不低俗,因为司马相如是用比喻、象征的手法加以表达的。在诗中,司马相如将自己比作“凤”,将他爱慕的卓文君比作“凰”,凤凰是鸟中的王,高贵神圣,而且“凤凰于飞”“鸾凤和鸣”常常比喻夫妻和谐美好;诗中“凤求凰”的意象,象征强烈的求偶、寻求知音的理想。诗中以“交颈”“鸳鸯”“颉颃”“翱翔”“孳尾”“交情通体心和谐”“中夜相从”“双翼俱起翻高飞”等词句,描绘出一幅和谐、优美、恩爱、缠绵、平等、自由的爱情图景,令人遐想神往。比喻贴切自然,形象生动活泼,情感真挚热烈,诗歌吸收了辞赋铺陈叙事的特点,将楚辞骚体的华丽旖旎和汉代民歌的清新明快融为一体。

诗歌具有极强的艺术魅力,难怪卓文君被深深地打动,“文君窃从户窥,心悦而好之。乃夜亡奔相如,相如与驰归成都”(郭茂倩《乐府诗集》卷六十)。卓文君勇敢地私奔于司马相如,谱写了一曲才子佳人自由结合的赞歌,具有强烈的反礼教思想,被后世传为佳话,成为后代青年男女争取婚姻自主、恋爱自由的一面旗帜。 (汤克勤 关泳华)

卓文君 卓文君,生卒年不详。西汉蜀郡临邛(今四川省邛崃市)人。貌美,喜音乐,十七岁寡居,后私奔于司马相如。据《西京杂记》载:晚年,相如欲聘茂陵女为妻,文君作《白头吟》以示决绝,相如乃止。

白 头 吟

卓文君

皑如山上雪,皎若云间月。闻君有两意,故来相决绝。今日斗酒会,明旦沟水头。躞蹀御沟上①,沟水东西流。凄凄复凄凄,嫁娶不须啼。愿得一心人,白头不相离。竹竿何袅袅,鱼尾何簁簁②!男儿重意气,何用钱刀为③!

【注释】①躞蹀(xié dié):小步缓行。②簁(shāi)簁:鱼跳跃的样子。③钱刀:古时铸成刀形的钱币。

【鉴赏】《白头吟》收录于《玉台新咏》,题为《皑如山上雪》,属于"古乐府诗",后《乐府诗集》将它收入"相和歌辞"中。传说为汉代才女卓文君所作,此说争议较大,不过从诗的体裁和格律来看,不大可能为卓文君所作。卓文君是汉武帝时人,难以写出如此成熟的五言诗,应是后人附会之作。不过将此诗放入卓文君与其丈夫司马相如的爱情故事中,倒也合情合理。

诗的前八句为第一部分,后八句为第二部分。第一二句"皑如山上雪,皎若云间月",点明作者对爱情的看法,爱情就像高山上的雪一样纯洁,像云间的月一样皎洁,这样的爱情才是纯粹的爱情,圣洁得不掺半点儿杂质。如果违背了爱情该怎么办呢?"闻君有两意,故来相决绝",听说你有二心,我要与你决绝。第五至八句,"今日斗酒会,明旦沟水头。躞蹀御沟上,沟水东西流"。意思是说,这是我俩最后一次相聚饮酒,散席后就分手,各奔东西。饮酒的地方在沟渠旁,今日一别,两人就像沟渠中的流水一样,分道扬镳,再不相见。这里的"东西流",既代表两人从此各奔东西,也寓意他俩的爱情如沟渠之水,永不汇合。这一部分,阐明了作者的心迹,如果爱情不能像山顶的白雪、云间的明月一样纯洁无瑕,那两人就宁可不要在一起。作者心目中的爱情,是非常神圣与专一的。

第二部分,表达作者对爱情和人生的感悟。前四句"凄凄复凄凄,嫁娶不须啼。愿得一心人,白头不相离",作者作为过来人,对爱情和婚姻有着真知灼见。结婚时不必凄凄哭泣,回想自己结婚时,作者就没有像平常女孩一样凄凄啼哭,因为她认为只要找到一个一心一意对自己好的男人,就可以相爱到白头,至死不分离。这里似乎还隐藏着另外一层意思,作者在出嫁时没有哭,现在被抛弃,也不应该哭泣。最后四句,作者的婚姻观上升到了人生观。首先,她用两个比喻,分别以鱼竿和鱼作比,"竹竿何袅袅,鱼尾何簁簁!"男女如果真的情投意合,他们的感情就应该像鱼竿一样纤

45

细柔长,他们的生活应该像鱼儿一样欢悦活泼,只有这样的爱情,才能真正地维系长久。最后,作者对负心人展开批判:"男儿重意气,何用钱刀为!"作为一个男子、丈夫,你就应该以情义为重,失去了真挚纯洁的爱情,是金钱也补偿不了的。作者把真挚的爱情看得比金钱还贵重,正所谓"易求无价宝,难得有心郎"。这既是作者的爱情观,也是她的义利观、人生观。

此诗通过作者爱情观和人生观的表达,塑造出一个性格爽朗、感情真挚且追求完美的女性形象,从中可见她对真挚爱情的渴望和呵护,对丈夫背叛爱情的谴责和悲愤。卓文君歌颂真挚专一的爱情,抨击男子喜新厌旧、始乱终弃的行径,至今令人赞叹!

(陈庆之　汤克勤)

班婕妤　班婕妤,生卒年不详,祖籍楼烦(今山西省宁武县附近),汉成帝妃子,初为少使(下等女官),被立为婕妤。成帝卒,奉其园陵以终。善诗赋,现存作品三篇,即《自悼赋》《捣素赋》和一首五言诗《怨歌行》。

怨 歌 行

班婕妤

新裂齐纨素①,皎洁如霜雪②。裁为合欢扇③,团团似明月④。出入君怀袖⑤,动摇微风发⑥。常恐秋节至,凉飙夺炎热⑦。弃捐箧笥中⑧,恩情中道绝。

【注释】①新裂:指刚从织机上扯下来。裂,裁,扯。齐纨素:古时齐国的纨素质量最好,这里泛指精美的丝绢。②皎洁:一作"鲜洁",洁白。③合欢扇:绘有或绣有合欢图案的圆形扇子。合欢,一种对称图案,象征男女和合欢乐。④团团:圆圆的样子。⑤怀袖:胸口和袖口。⑥动摇:摇动。⑦凉飙:凉风。飙,疾风。⑧箧笥(qiè sì):盛物的竹箱子。

【鉴赏】《怨歌行》又名《团扇诗》《纨扇诗》《怨诗》,是一首著名的宫怨诗。通篇用比体,以秋扇见捐比喻嫔妃(女子)遭受帝王(男子)玩弄终遭遗弃的不幸命运。诗歌咏物,却表达出女子向往天长地久的爱情,担心爱情中途断绝,揭示了古代女子的不幸命运。

"新裂齐纨素,皎洁如霜雪",以团扇质地精美绝伦,比喻女子出身名门,品质纯美,志节高尚。"裁为合欢扇,团团似明月",以扇子的美比喻女子的体态美,犹如天上明月。"合欢",不仅突出团扇的精致美观,比喻女子的外貌出众,也寄托她对美满爱情的向往。

"出入君怀袖,动摇微风发",古人的衣服宽大,因此扇子可以放怀、袖之中,天气炎热时取出摇动,顿生凉风,使人爽快。这两句诗的深层含义是:女子因年轻貌美,得到男子宠爱,不过是侍候其侧、供其欢娱的玩物而已;如果女人年老色衰,就会面临被抛弃的命运。"常恐秋节至,凉飙夺炎热。弃捐箧笥中,恩情中道绝。"扇子的被"弃捐",正是女子被抛弃的生动写照。女子受宠时可以和男子形影相伴,共涉爱河,一旦不幸,便遭冷落、抛弃,形单影只地在幽怨中聊以度日。"常恐",经常担心,因为这是自然而然的事;"秋节",秋天,比喻韶华已衰;"凉飙",冷风,比喻男子有了新欢;"炎热",比喻旧爱;"箧笥",箱笼,比喻幽闭的冷宫。这些语言,语义双关。作者用语隐微,感情幽怨,其才情丽,见识深,令人惊叹!

诗借扇拟人,巧言宫怨之情;设喻取象,贴切生动,物人合一,浑然难分,充分体现出咏物"不即不离"(刘熙载《艺概》)的妙趣,既不拘泥于物,又能贴合于物。诗以秋扇见捐比喻女子像玩物般遭受抛弃,新奇贴切,超越了宫怨范围而具有典型、普遍的意义,反映了古代妇女被玩弄、被遗弃的普遍悲剧命运。从此,"团扇"在后代诗词中,几乎成为红颜薄命、佳人失意的象征。

(关泳华　汤克勤)

张衡　张衡(78—139),字平子,南阳西鄂(今河南省南阳市石桥镇)人。任太史令、河间相等职。精于天文历算,创造出世界上最早利用水力转动的浑天仪和测定地震方位的候风地动仪。有天文著作《灵宪》,赋《二京赋》《归田赋》,诗《四愁诗》《同声歌》等。

四愁诗

张　衡

我所思兮在太山①,欲往从之梁父艰②,侧身东望涕沾翰③。美人赠我金错刀④,何以报之英琼瑶⑤? 路远莫致倚逍遥⑥,何为怀忧心烦劳?

我所思兮在桂林⑦，欲往从之湘水深⑧，侧身南望涕沾襟。美人赠我琴琅玕⑨，何以报之双玉盘？路远莫致倚惆怅，何为怀忧心烦伤？

我所思兮在汉阳⑩，欲往从之陇阪长⑪，侧身西望涕沾裳。美人赠我貂襜褕⑫，何以报之明月珠？路远莫致倚踟蹰，何为怀忧心烦纡？

我所思兮在雁门⑬，欲往从之雪雰雰⑭，侧身北望涕沾巾。美人赠我锦绣段⑮，何以报之青玉案⑯？路远莫致倚增叹⑰，何为怀忧心烦惋？

【注释】 ①**太山**：即泰山，在今山东省泰安市境内。②**梁父**：山名，泰山主峰附近的小山。③**翰**：衣襟。④**金错刀**：指刀环或刀柄上饰金的佩刀。错，嵌饰。⑤**英**：同"瑛"，似玉的美石。**琼、瑶**：两种美玉。⑥**倚**：通"猗"，语助词。**逍遥**：彷徨。⑦**桂林**：郡名，治所在今广西桂林市。⑧**湘水**：自广西向东北流入湖南，经长沙入洞庭湖。⑨**琴琅玕(gān)**：用琅玕装饰的琴。琅玕，一种似玉的美石。⑩**汉阳**：郡名，西汉称天水郡，东汉改为汉阳郡，郡治在今甘肃省甘谷县东南。⑪**陇阪**：六盘山南段别称陇山，古称陇坂。在今陕西省陇县西南，延伸于陕、甘边境，山势险峻。阪，同"坂"，山坡。⑫**襜褕(chān yú)**：直襟的单衣。⑬**雁门**：郡名，在今山西省西北部。⑭**雰(fēn)雰**：形容雪下得很大。⑮**段**：同"缎"。⑯**案**：放食器的小几，形如有脚的托盘。⑰**增叹**：多次叹息。

【鉴赏】 此诗选自《文选》，是一首叙写因思念而忧愁的诗。诗人思念远方的"美人"，无奈路途遥远艰险，不能相会，只能赠予礼物，表达忧思之情。全诗分四章，重章叠句，分别写东、南、西、北四个方位"美人"的居处和所赠的信物，表达诗人四处寻求"美人"而不得的惆怅之情。

第一章写所思念的"美人"在泰山，我想去追寻她，但因梁父山的艰险阻隔，只能侧身东望，眼泪沾湿了衣襟。美人曾赠给我一把"金错刀"，我只用"英琼瑶"几种美玉回赠她。路途遥远使我徘徊不前，心中烦忧。其余三章结构相同，也按"所思、欲往、涕泪、相赠、伤情"的顺序来写，除了每章方位地名不同之外，美人所赠以及诗人回赠之物都不相同。回环反复，缠绵不已。

值得注意的是，诗中四个方位的地名不是随便选择的。第一章地点是泰山,古人认为"王者有德功成则东封泰山,故思之"。可见诗人希望在政治上有所作为,愿报效君王,实现天下大治,但是要得到君王的重用,却很难实现。因许多条件限制,诗人的政治理想无法实现,只能徘徊忧伤。第二章地点是桂林,据史载,东汉这一带民族矛盾尖锐。第三章地点是汉阳,史载这一带羌人时时入侵,大将不能守边。第四章地点是雁门,为东汉的北疆,鲜卑人常来攻略,掳掠人口。朝廷非常关注这些地方,诗人也为之忧虑。诗人愿去这些地方建功立业,却无法实现这一抱负。因此,对居于这四个地方的"美人",作者别有寄托。

诗人思慕"美人",却只能四处瞭望,无法亲近,赠物传情,落得个泪湿衣衫,心情惆怅。"一思"既已,"二思""三思""四思"源源不断,愁绪绵绵不绝。诗人的痴情,宛然可见。虽然"求女"告挫,但是诗人绝不停止追求的脚步,"欲往"四方寻求,即使路远,也要回赠礼物。诗人的孜孜不倦,矢志不移,可见一斑。

此诗运用传统的比兴手法,以香草美人寄托作者的理想,并采用《诗经》常用的回环重叠、反复咏叹的艺术手法,使全诗具有吟咏不已、含蓄悠长的韵味。正如明代胡应麟《诗薮·内编》卷三所道:"平子《四愁》,优柔宛丽,百代情语,独畅此篇。其章法实本风人,句法率由骚体,但结构天然,绝无痕迹,所以为工。"

(关泳华　汤克勤)

同声歌　　　　张　衡

邂逅承际会①,得充君后房②。情好新交接,恐栗若探汤③。不才勉自竭,贱妾职所当。绸缪主中馈④,奉礼助蒸尝⑤。思为莞蒻席⑥,在下蔽匡床⑦。愿为罗衾帱⑧,在上卫风霜。洒扫清枕席,鞮芬以狄香⑨。重户结金扃⑩,高下华灯光。衣解巾粉卸,列图陈枕张。素女为我师⑪,仪态盈万方。众夫所希见,天老教轩皇⑫。乐莫斯夜乐,没齿焉可忘。

⑦匡床：方正安适的床。⑧罗衾（qīn）帱（chóu）：绸做的被子。帱，床帐。⑨鞮（dī）：古代一种皮制的鞋。狄香：一种外来的香料。⑩扃（jiōng）：指从外面关门的门闩。⑪素女：天上的仙女。⑫天老：皇帝的辅臣。轩皇：轩辕帝。

【鉴赏】《同声歌》是以女性第一人称为视角，描述她与心仪的男子相遇、结婚的经历，表达她愿意恪尽妇职，与丈夫恩爱长久。"同声歌"，有"同声相应"的意思。

全诗共二十四句，分为三层。第一层从开头至"贱妾职所当"，叙述她与夫君相遇到谈婚论嫁的过程，虽战栗担心，但愿意侍候郎君。第二层从"绸缪主中馈"至"鞮芬以狄香"，具体地叙述新妇谨守妇道的种种表现。第三层从"重户结金扃"至末尾，重点描写洞房花烛夜的美好感受。

作为新妇，她内心既有期待，也有惶恐。为了能更好更快地融入新家庭，她尽力扮演好她应承担的角色，整顿好仪表，准备主管厨中飨客的菜肴，主持秋冬的祭祀。她贤惠地把枕席清扫干净，用狄香为丈夫熏鞋。"思为莞蒻席，在下蔽匡床。愿为罗衾帱，在上卫风霜。"通过具体的细节，用比喻的手法，写出新妇甘于奉献、勤俭持家的品德。她难忘洞房花烛夜的美好，愿意以素女为师，像天老辅助黄帝那样，尽心辅助自己的丈夫。

有人从性爱的角度分析此诗女子所享受的幸福和她遵守传统礼教相夫持家的奉献精神。但更多的人认为此诗不是单纯的描写女性新婚，而是有所寄托。唐代吴兢《乐府古题要解》卷下道："妇人自言幸得充闺房，愿勉供妇职，不离君子。思为筳篿，在下以蔽匡床，思为衾帱，在上以卫霜露，缱绻枕席，没齿不忘焉。盖以喻当时士君子事君之心焉。"清代乔亿《剑溪说诗》卷下亦曰："张衡《同声歌》，繁钦《定情篇》，托为男子之辞，不废君臣之义，犹古之遗风焉。"吕晴飞等编著的《汉魏六朝诗歌赏析辞典》认为，诗中的主人公是指国家的要臣，而男子则是国家君主。原诗"恐栗若探汤"表面写女子新婚紧张而显得战战兢兢，实则写大臣拜见君王时的小心翼翼。如果夫妻感情很好，她是不会战战兢兢，终日忧惧的。这就暗示作者明写夫妻，而实际上写作为丈夫的"君"是"君王"，"充后房"的"贱妾"是大臣。"绸缪主中馈"指女子出嫁后主掌家庭琐事，引申为辅佐君王的臣子处理国家大小事宜，包括经济大计。其中，"奉礼助蒸尝"并不是普通的祭祀。《诗经·小雅·天保》中的"禴祠烝尝"，分别指"夏祭、春祭、冬祭、秋祭"；《周礼·春官·大宗伯》中有"以烝冬享先王"，这是祭祀先王的仪式，可见诗人设想中的"丈夫"显然具有"君王"的地位。"天老教轩皇"更是直接用大臣口吻委婉地劝诫君王勿沉迷于三千后宫佳丽、声色犬马的生活，要以伟大的政治家轩辕黄帝为榜样，而这个忠告也正是诗人想要传达给君王的。此诗名为爱情诗，实为政治诗，有所寄托。

（李莹莹　汤克勤）

秦嘉　秦嘉，生卒年不详，字士会，陇西（今甘肃省临洮县）人，东汉诗人。桓帝时，为郡吏，后为郡上计入京，留为黄门郎。

赠妇诗三首（并序） 秦　嘉

秦嘉，字士会，陇西人也。为郡上计①。其妻徐淑，寝疾还家②，不获面别。赠诗云尔。

其一

人生譬朝露，居世多屯蹇③。忧艰常早至，欢会常苦晚。念当奉时役④，去尔日遥远⑤。遣车迎子还，空往复空返。省书情凄怆⑥，临食不能饭⑦。独坐空房中，谁与相劝勉？长夜不能眠，伏枕独展转。忧来如寻环⑧，匪席不可卷⑨。

其二

皇灵无私亲⑩，为善荷天禄⑪。伤我与尔身，少小罹茕独⑫。既得结大义⑬，欢乐苦不足。念当远离别，思念叙款曲⑭。河广无舟梁，道近隔丘陆⑮。临路怀惆怅⑯，中驾正踯躅⑰。浮云起高山，悲风激深谷。良马不回鞍，轻车不转毂⑱。针药可屡进⑲，愁思难为数。贞士笃终始⑳，恩义不可属㉑。

其三

肃肃仆夫征㉒，锵锵扬和铃㉓。清晨当引迈㉔，束带待鸡鸣。顾看空室中，仿佛想姿形。一别怀万恨，起坐为不宁。何用叙我心，遗思致款诚㉕。宝钗好耀首，明镜可鉴形。芳香去垢秽，素琴有清声。诗人感木瓜，乃欲答瑶琼㉖。愧彼赠我厚，惭此往物轻㉗。虽知未足报，贵用叙我情㉘。

【注释】①上计：汉代郡国每年派吏员到京师致事，报告当年人口、土地、财政、刑狱等情况，谓之上计，所派之人，也称上计。②寝疾：卧病。家：指娘家。③居世：处世生活。屯、蹇(jiǎn)：《周易》的两个卦名，都表示艰难不顺利，用以表达艰难阻滞。④时：通"是"，这个。⑤去：离开。尔：你，指徐淑。⑥省(xǐng)书：阅读书信。秦嘉派遣车子去接徐淑时，写了一封信，即《与妻徐淑书》。妻子不能回来，回了一封信，即《答夫秦嘉书》。省，察看，阅看。书，即指徐淑的《答夫秦嘉书》。凄怆(chuàng)：伤感，悲痛。⑦饭：吃饭。⑧寻环：同"循环"，周而复始，比喻愁思无穷无尽。⑨匪席不可卷：借用《诗经·柏舟》的句子"我心匪席，不可卷也"。席子可卷，人心不可卷，说明思想意志不可改变。这里说席子可卷，心的忧思不是席子，不能卷起来，形容忧思不可解脱。⑩皇灵：神灵。⑪荷(hè)天禄：享受天赐之福。荷，担负，承受。⑫少小：指年轻。罹(lí)：遭遇。茕(qióng)独：孤独。茕，孤单。⑬结大义：指结婚。⑭款曲：衷肠话，心里话。⑮丘：丘陵。陆：指高平之地。⑯临路：起程。⑰中驾：指车在途中。踟蹰(zhí zhú)：徘徊不进的样子。⑱毂(gǔ)：指车轮中心的圆木。其周围与车辐的一端相接，中有圆孔，用以插轴。车行则毂转。⑲针药：针刺和药物。⑳贞士：指言行一致、守志不移的人。㉑属：同"续"。㉒肃肃：迅疾的样子。仆夫：赶车的人。征：行。㉓和铃：指系在车前横木上的铃。㉔引迈：启程，出发。㉕遗思：留赠物品表示思念。款诚：真心实意。㉖答：回赠。瑶琼(yáo qióng)：美玉。《诗经·木瓜》曰："投我以木瓜，报之以琼瑶。"㉗往物：指赠给妻子的钗、镜、香、琴四件物品。㉘贵：重视，珍惜，以……为贵。用：用此，用这些礼物。

【鉴赏】这三首诗被《玉台新咏》收录，收录时增加了序言。序言交代作者秦嘉奉役赴京，临行时想与妻子当面辞行，但是妻子因病在娘家不能回来相见。秦嘉在悲伤之际，写下这三首诗，抒发对妻子的惜别、相思之情。

第一首诗的开头，以议论的方式大发人生感慨："人生譬朝露，居世多屯蹇。忧艰常早至，欢会常苦晚。"诗中带着强烈的感情，高度概括了人生的短暂和艰辛，字字含泪，深切感人。如此强烈的感慨，源于作者夫妻俩聚少离多、甘少苦多的生活现状。接着叙事，作者因"奉时役"要与妻子长久分离，便派车将她从娘家接回，但是车子"空往复空返"，只带回了妻子的一封书信。他睹信思妻，心情凄怆，"临食不能饭"，独坐空房，长夜不眠，辗转反侧。叙事中饱含感情，抒情凝聚在苦难之事上，事惨情悲，令人伤感。清代陈祚明《采菽堂古诗选》卷四评论道："伉俪之情甚真。"

第二首诗起笔突兀，向神灵发问，一下子将情感推向高潮。既然"皇灵无私亲，为善荷天禄"，那为什么"伤我与尔身，少小罹茕独""既得结大义，欢乐苦不足"呢？这一质问，神灵是无法回答的；这种情感宣泄，达到极致。作者愤愤不平的情绪，给全诗奠定了悲愤的感情基调。作者面对离别之苦，或者通过以"河广无舟梁，道近隔丘陆"作比，表示分别之路不论远近，中间都有种种阻隔，使他与妻子难以相见；或者寓情于景，"浮云起高山，悲风激深谷"，感觉愁云悲风，弥漫高山，呜咽深谷，气氛极其凄凉；或者寓情于物，连好马也不听使唤，车在途中不肯前进，衬托自己的依依惜别之情。最后四句直抒胸怀，使情感又激起了一个高潮。愁思绵绵不绝，难以忍受，但是，作者对爱情始终坚贞不渝，一往情深。正因为如此，惜别之情才那么荡气回肠。

第三首诗一开头营造出起程的气氛。屋外，车夫来了，叠字"肃肃""锵锵"，表达车行速度之快，和铃声音之响，突出了离别的无情。而室内，作者恋恋不舍，似乎妻子的音容笑貌出现在空房之内。室外室内，不同的情形，强烈地对比出有情和无情的悬殊。最后，作者留赠礼物：宝钗、明镜、芳香、素琴，寄托他对妻子的深情厚意。秦嘉临行前，又给徐淑写了一封信，题为《重报妻书》，其中写道："间得此镜，既明且好，形观文彩，世所希有，意甚爱之。故以相与，并致宝钗一双，价值千金，龙虎组履一纳，好香四种各一斤。素琴一张，常所自弹也。明镜可以鉴形，宝钗可以耀首，芳香可以馥身去秽，麝香可以辟恶气，素琴可以娱耳。"可见他留赠给妻子的这四件东西十分珍贵。因为珍贵，足以表达作者的一片真心。作者仍然有遗憾，自己赠给妻子的东西太少了，又不值钱，不能报答妻子对自己的万千深恩。虽珍贵却自谦，愈显出作者爱得深沉。

这二首诗不借助《诗经》的比兴，不采用《楚辞》的夸张想象，直抒胸臆，朴实抒情，感人至深。恰如明代胡应麟《诗薮·内编》卷二所云："秦嘉夫妇往还曲折，具载诗中。真事真情，千秋如在，非他托兴可以比肩。"

（李莹莹　汤克勤）

徐淑　徐淑,生卒年不详,陇西(治今甘肃省临洮县)人。上计吏秦嘉之妻。秦嘉病死后,她哀痛过甚而卒。一说其兄弟逼她改嫁,她守节不从,哀恸而死。

答秦嘉诗
徐　淑

　　妾身兮不令①,婴疾兮来归。沉滞兮家门,历时兮不差②。旷废兮侍觐③,情敬兮有违。君今兮奉命,远适兮京师。悠悠兮离别,无因兮叙怀。瞻望兮踊跃,伫立兮徘徊。思君兮感结,梦想兮容辉④。君发兮引迈⑤,去我兮日乖。恨无兮羽翼,高飞兮相追。长吟兮永叹,泪下兮沾衣。

　　【注释】①令:善。②差:同"瘥",病愈。③侍觐:原指朝拜天子、诸侯,或拜见尊长,这里指侍奉公婆。侍,侍候。觐,进见。④容辉:形容仪容丰采。⑤引迈:启程。

　　【鉴赏】《答秦嘉诗》是东汉徐淑创作的一首骚体诗。她的丈夫秦嘉,奉长官命令去洛阳,她正生病,住在娘家,未能给丈夫送行。秦嘉作《赠妇诗》三首留别妻子,徐淑读后,作《答秦嘉诗》,表达自己不能与丈夫相随而行的悲伤,以及对丈夫的深情挚爱。

　　诗分为两部分,前十句化情为事,于事见情,是第一部分。"妾身兮不令,婴疾兮来归。沉滞兮家门,历时兮不差。旷废兮侍觐,情敬兮有违。"交代作者身体不好,抱病回了娘家,一直未能好转,既没有侍奉好公婆,又没有尽到妻子的责任,有违丈夫的情敬,对此作者怀着深深的内疚。"婴疾",指抱病。"君今兮奉命,远适兮京师。悠悠兮离别,无因兮叙怀。"你如今奉命远赴京城,今日一别,不知何日才能相见,在你出行之前,我却不能与你相见,一叙衷肠,留下了深深的遗憾。这十句诗,看似平常,皆是叙事,但深情全藏于叙事之中。诗虽无缠绵之意,却是真正的夫妻之情,"平平淡淡却是真。"

　　后十句为第二部分,直抒胸臆:"瞻望兮踊跃,伫立兮徘徊。思君兮感结,梦想兮容辉。君发兮引迈,去我兮日乖。恨无兮羽翼,高飞兮相追。长吟兮永叹,泪下兮沾衣。"作者写道,我伫立,我徘徊,遥望远方的你,我抑制不住内心的思念。因为对你的思念，我郁结于心，无法释怀，常在梦中见到你的容颜。你出发远行后，每过一天，便离我越来越远。我恨身上长不出翅膀来，不能高飞与你同行，只能悲伤叹息，痛哭流泪，泪水沾湿了我的衣襟。"瞻望兮踊跃，伫立兮徘徊"，化用了《诗经·邶风·燕燕》"瞻望弗及，伫立以泣"。"恨无兮羽翼，高飞兮相追"，让人想起后人唐代李商隐的诗"身无彩凤双飞翼，心有灵犀一点通"，令人唏嘘不已。

此诗情真意切，凄凉哀怨，梁代钟嵘《诗品》评论道："夫妻事既可伤，文亦凄怨。为五言者，不过数家，而妇人居二。徐淑叙别之作，亚于《团扇》矣。"

（陈庆之　汤克勤）

辛延年　辛延年，东汉人，生卒年、身世皆不详。

羽 林 郎

辛延年

昔有霍家奴①，姓冯名子都。依倚将军势，调笑酒家胡②。胡姬年十五，春日独当垆③。长裾连理带④，广袖合欢襦⑤。头上蓝田玉⑥，耳后大秦珠。两鬟何窈窕，一世良所无。一鬟五百万，两鬟千万余。不意金吾子⑦，娉婷过我庐⑧。银鞍何煜爚⑨，翠盖空踟蹰。就我求清酒，丝绳提玉壶。就我求珍肴，金盘脍鲤鱼。贻我青铜镜，结我红罗裾。不惜红罗裂，何论轻贱躯。男儿爱后妇，女子重前夫。人生有新故，贵贱不相逾。多谢金吾子⑩，私爱徒区区⑪。

【注释】①霍家：指霍光家。霍光是西汉昭帝时的大司马、大将军。奴：另本作"妹"。②胡：北方少数民族的统称。这里指卖酒的少数民族女子。③当垆(lú)：卖酒。垆，放酒坛子的土台。④裾：衣的前襟。连理带：两条对称的带子，用以联结两边的衣襟。⑤广袖：宽大的衣袖。襦：短袄。⑥蓝田：地名，在今陕西省蓝田县东，传说该地盛产美玉。⑦金吾：即执金吾，汉代掌管京师治安的武官。这里以"金吾子"称霍光的家奴冯子都，是语含讽意的"敬称"。⑧娉婷(pīng tíng)：形容姿态美好，这里指豪奴和颜悦色的样子。⑨煜爚(yù yuè)：光辉闪烁，光耀。

55

⑩**多谢**:奉告,郑重告知。⑪**徒区区**:白白地献殷勤。

【鉴赏】此诗最早见于南朝陈代徐陵所编《玉台新咏》,后收录于宋朝郭茂倩《乐府诗集》的《杂曲歌辞》。羽林郎,汉代官名,是皇家禁卫军的军官。此诗内容与"羽林郎"无关,可能是以乐府旧题咏新事。诗写一位卖酒的胡姬,义正词严却又委婉得体地拒绝了一位权贵家奴的调戏,谱写了一曲反抗强暴凌辱、维护女性尊严的赞歌。

前四句交代全诗的两个正反面人物及其矛盾冲突,戳穿了豪门恶奴狗仗人势的丑恶嘴脸。《汉书·霍光传》云:"初,光爱幸监奴冯子都,常与计事,及显寡居,与子都乱。"这说明冯子都既是霍光的家奴头子,又是霍光的男宠,其骄纵豪奢自非一般家奴可比。清人朱乾《乐府正义》认为:"后汉和帝永元元年,以窦宪为大将军。窦氏兄弟骄纵,而执金吾景尤甚;奴客缇骑强夺财货,篡取罪人妻,略妇女,商贾闭塞,如避寇仇。此诗疑为窦景而作,盖托往事以讽今也。"窦景是东汉大将军窦融之弟,《后汉书·窦融传》曰:"景为执金吾,瑰光禄勋,权贵显赫,倾动京都,虽俱骄纵,而景为尤甚。奴客缇骑依倚形势,侵陵小人,强夺财货,篡取罪人妻,略妇女。……有司畏懦,莫敢举奏。"此诗所写的恶奴"依倚将军势",又混称"金吾子",与窦景手下的"奴客缇骑"极为相似。后人多从朱乾之说。

"胡姬年十五"以下十句,极写胡姬的美貌和盛装打扮。撇开恶奴,专叙胡姬,为下文恶奴垂涎胡姬之美色做铺垫,在情节上做到了急处先缓,形成张弛有致的节奏。胡姬芳龄十五,在一个明媚的春日独自守垆卖酒。她内穿一件长襟衣衫,腰系两条对称的连理罗带,外罩一件袖子宽大、绣着象征男女合欢图案的短祆,发上插着蓝田美玉做的玉簪,耳后缀着两串大秦国(罗马帝国的古称)产的宝珠,流光溢彩。她的两个高耸的发髻非常秀美,世间罕见;发髻上的首饰,价值超过千万。诗歌着力从胡姬的年龄、环境、服装、首饰、发髻等多个方面铺陈,烘托出胡姬的美丽容貌,又紧扣其"胡人"的民族特点,给人留下深刻的印象,与《陌上桑》浓墨重彩描绘罗敷的美貌有异曲同工之妙。

接着,作者笔锋一转,由第三人称改为第一人称,后面十八句胡姬直接揭露、控诉豪奴调戏妇女的无耻罪行。"不意"一词承上启下,表示情节突变。豪奴被敬称为"金吾子",语含讽刺。"娉婷"一词说明豪奴调戏胡姬而假作温婉和善之态。他驾着车马而来,镀银的马鞍闪耀光彩,车盖装饰着翠鸟的羽毛，派头十足。他进入店内，向胡姬要酒要菜，大摆排场，强作阔气。要美酒，胡姬便提着丝绳系的玉壶给他斟酒；要菜肴，胡姬便用讲究的金盘盛了鲤鱼肉片送给他。恶奴两次靠近胡姬，动机不纯露端倪，在酒醋菜饱后，按捺不住欲火，公然对胡姬调戏、轻薄，他赠给胡姬一面青铜镜，又送上一件红罗衣，无耻地向她求欢。面对豪奴的垂涎和调戏，胡姬刚烈如火、义不容辱地严词拒绝。她有理有节、刚柔并济地应对：首先旗帜鲜明地反对，不惜将红罗衣撕裂，微贱之躯岂容玷污！接着语气变缓地说："男人总是喜新厌旧，爱娶新妇；女子却珍重旧情，忠于前夫。"其实，十五岁的胡姬未必真有丈夫，她之所以表示自己"重前夫"，主要是借礼法规范作为抗暴的武器，并表明自己忠于爱情。"我坚决从一而终，决不会以新易故，岂能弃贫贱攀富贵呢！"话中绵里藏针，义正词严，表现胡姬朴素的阶级意识和高洁的人格。最后，胡姬奉告豪奴："高贵的'金吾子'，你的爱只是自作多情而已！"诗歌到此结束，给读者留下了"言有尽而意无穷"的想象余地：狐假虎威的豪奴尴尬得哭笑不得，可耻地狼狈而逃。

此诗的艺术成就很高，恰如清人陈祚明在《采菽堂古诗选》卷四所言："此自是乐府骈丽之调，持旨甚正，有裨风化。乐府写事须华缛，言情须婉转，华缛易得痴，定须作致。前段华缛，中著两鬓四句，缥缈流逸，大佳。"

（汤克勤）

宋子侯　宋子侯，东汉人，生平事迹不详。

董　娇　娆

宋子侯

洛阳城东路，桃李生路旁。花花自相对，叶叶自相当。春风东北起，花叶正低昂。不知谁家子，提笼行采桑。纤手折其枝，花落何飘飏[①]。"请谢彼姝子[②]，何为见损伤？""高秋八九月，白露变为霜。终年会飘堕，安得久馨香？""秋时自零落，春月复芬芳。何如盛年去，欢爱永相忘？"吾欲竟此曲，此曲愁人肠。归来酌美酒，挟瑟上高堂[③]。

57

【注释】①飘飏(yáng):落花缤纷的样子。②彼姝(shū)子:那个美丽的女子。③高堂:高大的厅堂,指宽敞的房屋。

【鉴赏】《董娇娆》由东汉文人宋子侯所作,最早见于南朝梁时徐陵编的《玉台新咏》。此诗学习乐府民歌,代女子立言,拿桃李与女子作比,以采桑女的口吻表达青春易逝、欢爱相忘的无奈,抒发了对女子容易被抛弃的悲惨命运的同情。

诗分为三部分。开头六句为第一部分,以写景起兴,诗意由此生发。洛阳城东阳光明媚,百花盛开,桃李生长在路旁,花叶掩映,迎风低昂。这种景物描写包含了欢快之情,呈现出一种情景交融的意境。

中间十句写采桑女攀折桃李,弄得枝残叶败,落花缤纷,引出花朵与采桑女间的问答对话。"花"诘责道:为何要损伤我呢? 采桑女回答:不要顾惜这点小损伤吧,反正你早晚是要凋落的。采桑女没有正面回答"花"的责问,有点强词夺理。"花"于是讥讽道,"秋时自零落,春日复芬芳",花自然凋落,还会有再荣之期,"何如盛年去,欢爱永相忘",而作为一个女人,青春一消逝就永不再返,一晌欢爱也容易被人忘记,这才是最大的悲哀。"花"把采桑女折花时的复杂、微妙的心理清楚地揭示出来,这其实是采桑女自伤情怀的表现。这一部分主要是叙事,通过动作描写和语言描写,一波三折,层见叠出,"事化为境"。

最后四句写作者的总结和感慨:我想把这支曲子唱完,可是这支曲子实在太令人难过,我只好饮美酒以消愁,挟琴瑟登高堂以解忧了。

此诗艺术上独具特色,最为突出的是成功运用了心理映衬的手法。明媚的春光,让采桑女容易产生盛年易去、欢爱永忘的感慨;她"纤手折其枝",摧残花朵,实际上是这种心理的外在行为表现;"花"与人一波三折的对话,把女子的这种隐秘心理揭示出来。这是这首诗的主题。最后作者直抒胸臆,抒写了深沉感伤的情怀,表达对妇女不幸命运的深切同情,从而强化了这一主题。

诗人借鉴乐府民歌的艺术手法,如设为问答的形式,叙事中穿插对话,并运用以花写人的笔法,语言保留了民歌朴素、自然的本色。诗借物传神,显得含蓄蕴藉,委婉动人,又具有文人诗的特点。

(李莹莹 汤克勤)

汉乐府　汉乐府,汉代管理音乐的机构,主要有采集民间歌谣和杂曲、训练乐工、制作乐谱等作用。魏晋以后,人们将汉代乐府机关采集的可以演唱的诗歌,称为乐府。乐府由音乐机关变成入乐诗体的名称,即《文心雕龙》所曰:"乐府者,声依永,律和声也。"汉乐府包括民歌和文人诗。其民歌"感于哀乐,缘事而发",反映了丰富的社会内容,主要继承《诗经》的现实主义传统,也有一些浪漫主义作品。其风格刚健清新,语言通俗流畅,句式长短不齐。现存汉乐府诗,大多收录在宋人郭茂倩编的《乐府诗集》中。

有 所 思

汉乐府

　　有所思①,乃在大海南。何用问遗君②?双珠玳瑁簪③,用玉绍缭之④。闻君有他心,拉杂摧烧之⑤。摧烧之,当风扬其灰!从今以往,勿复相思,相思与君绝!鸡鸣狗吠,兄嫂当知之。妃呼狶⑥!秋风肃肃晨风飔⑦,东方须臾高知之⑧!

【注释】①有所思:指所思念的人。②何用:即用何,用什么。问遗(wèi):"问""遗"同义,指赠送。③玳瑁(dài mào):一种龟类动物,甲壳光滑,有花纹,可制作装饰品。④绍缭:缠绕。⑤拉杂:折断。⑥妃呼狶(xī):叹息声。⑦肃肃:象风声,飔飔。晨风:鸟名。飔(sī):疾速。⑧高(hào):同"皓",白,指天亮。

【鉴赏】《有所思》在《乐府诗集》中被列为《鼓吹曲辞·汉铙歌十八曲》,是一首写失恋的诗歌。

　　诗歌采用第一人称,以女子自述的口吻,围绕"双珠玳瑁簪"而展开叙述,表达她在遭受爱情挫折前后的复杂情绪。起初,她对远方的情郎怀着真挚的相思之情。情郎远在万里之遥的大海之南,用什么信物赠予他呢?她精心地挑选了"双珠玳瑁簪",细心地用美玉加以缠绕、装饰。她非比寻常,不厌其烦地准备礼物,出于内心积聚的深沉的柔情蜜意。她怀着一个小心思,这件精美绝伦的佩饰品戴在情郎身上,他便能睹此物而思念她了。诗句通过写物寄情,言简意丰,寓含了缠绵悱恻之情。

　　诗接着写道,天有不测风云,爱情陡生风波,"闻君有他心",如晴天霹雳般让女子猝不及防。情人竟然变心了,她惊愕,羞愧,愤怒!遭到严重伤害的她,内心掀起了惊涛骇浪,原来爱的柔情蜜意骤然间化作了恨的风刀雨剑。她将那凝聚着一腔爱意的精美信物,愤然地折断,砸碎,烧毁。在烧毁后仍然不能泄其愤恨,又迎风将它的灰烬扬尽。"拉、摧、烧、扬",一连串动作,如快刀斩乱麻般干脆利落,反映出女子的愤激、狂躁的情绪。"从今以后,勿复相思!"从此一刀两断,不再相思,何等决绝!此所谓"爱之深,恨之切"也!

当激怒狂暴渐趋冷静以后,女子的内心弥漫起欲断不能、矛盾彷徨的复杂心绪。"相思与君绝"相较上文的"勿复相思",口气弱了很多。"相思"是长期的感情积淀,"与君绝"是一时的愤激之念,人的感情很难做到非此即彼、非白即黑,往往充满了"剪不断,理还乱"的心绪,难免生出"鸡鸣狗吠,兄嫂当知之"的回忆和忧虑。女子回忆往昔与情人幽会往来,不免风吹草动,让兄嫂知道秘密,如果从此断绝,怎么向兄嫂解释呢?私自恋爱,又有始乱终弃的令人耻笑的后果,不能不使她有所顾虑和动摇。而且,那"鸡鸣狗吠"幽会时的慌乱和甜蜜,还顽固地盘踞在她柔软的心间,使她恋恋不舍呢!"妃呼狶",一声唏嘘长叹,正是女子在凌乱如麻的心境下情不自禁的举动。清人陈本礼《汉诗统笺》云:"妃呼狶,人皆作声词读,细玩其上下语气,有此一转,便通身灵豁,岂可漫然作声词读耶?"确实是如此。最后两句表达,屋外秋风凄紧,晨风鸟悲鸣疾飞。女子犹豫不决,辗转反侧,不觉间东方发白,她心里说,那就等天亮以后再定吧。诗歌到此结束,结果不得而知,留下了悬念,产生了余音绕梁的艺术效果。

此诗写爱情风波引起的感情变动,以"双珠玳瑁簪"这一爱情信物为线索,通过赠、毁、毁后三个阶段,层次分明地表现了女子的热恋、失恋和眷恋的心理三部曲。女子相思时柔情似水,愤怒时风起云涌,冷静时藕断丝连,感情跌宕起伏,生动地刻画出处于爱情漩涡中的女子的真实形象。

(李莹莹 汤克勤)

上　邪　　　　汉乐府

上邪①!我欲与君相知,长命无绝衰。山无陵②,江水为竭,冬雷震震,夏雨雪③,天地合,乃敢与君绝。

【注释】①上邪：天啊。上，指天。邪，同"耶"。②山无陵：指高山变成平地。陵，山峰。③雨雪：下雪。雨，降，落。

【鉴赏】《上邪》是一首民间情歌，是《汉铙歌十八曲》之一，属乐府《鼓吹曲辞》，收录于《乐府诗集》中。这首情歌，是女子对忠贞爱情的自誓之词，热情泼辣，直白强烈。

此诗分为两部分，第一部分为前三句，"上邪，我欲与君相知，长命无绝衰"。"上邪"的意思是上天啊，老天爷啊。上天啊，我渴望与情郎你相知相爱，情意一辈子不衰减。这里的"君"，指的是女子心爱的人。诗一开篇，就直接抒情，表达了女子对心上人的爱情：有上天为证，她对心上人的爱情天地可鉴，至死不渝。

第二部分为后面六句，"山无陵，江水为竭，冬雷震震，夏雨雪，天地合，乃敢与君绝"。女子接连用了五种自然界几乎不可能出现的变异现象来表达她对爱情的忠贞，对爱情的至死不渝。这五种现象分别是：山峰变为平地，江水干涸，冬天雷声阵阵，夏天大雪纷纷，天与地合二为一。女子穷尽其想象力，赌誓之词层层递进，从山到水，从冬日到夏日，再到天地合，一件比一件想象得离奇，一件比一件更加不可思议。如果这些不可能发生的自然现象都真的发生了，"乃敢与君绝"，意思表达得很明白，这些自然现象是不可能发生的，"与君绝"也就不可能会发生。这种赌誓之词，想象奇特，强烈地表达出女子要与爱人永远相爱下去的炽热、执着之情。清代张玉毂《古诗赏析》卷五评论道："首三，正说，意言已尽；后五，反面竭力申说。如此，然后敢绝，是终不可绝也。叠用五事，两就地维说，两就天时说，直说到天地混合，一气赶落，不见堆垛，局奇笔横。"

这首诗对忠贞爱情的表达，无与伦比，可谓是千古绝唱。这种强烈而真挚的感情，只有在热恋中人特有的心理情境中才会出现。诗中的誓言新颖泼辣，充满奇思妙想，气势磅礴，读来感人肺腑，对后世影响甚大。敦煌曲子词《菩萨蛮》："枕前发尽千般愿，要休且待青山烂。水面上秤锤浮，直待黄河彻底枯。　　白日参辰现，北斗回南面。休即未能休，且待三更见日头。"明显受其影响。

（陈庆之　汤克勤）

陌 上 桑

汉乐府

日出东南隅①，照我秦氏楼。秦氏有好女，自名为罗敷。罗敷善蚕桑②，采桑城南隅。青丝为笼系③，桂枝为笼钩。头上倭堕髻④，耳中明月珠。缃绮为下裙⑤，紫绮为上襦。行者见罗敷，下担捋髭须。少年见罗敷，脱帽著帩头⑥。耕者忘其犁，锄者忘其锄。来归相怨怒，但坐观罗敷⑦。

使君从南来⑧，五马立踟蹰。使君遣吏往，问是谁家姝⑨？"秦氏有好女，自名为罗敷。""罗敷年几何?""二十尚不足，十五颇有余。"使君谢罗敷⑩："宁可共载不?"罗敷前置辞："使君一何愚! 使君自有妇，罗敷自有夫。"

"东方千余骑，夫婿居上头⑪。何用识夫婿? 白马从骊驹⑫；青丝系马尾，黄金络马头；腰中鹿卢剑⑬，可值千万余。十五府小史，二十朝大夫，三十侍中郎⑭，四十专城居⑮。为人洁白皙，鬑鬑颇有须⑯。盈盈公府步，冉冉府中趋。坐中数千人，皆言夫婿殊⑰。"

【注释】①隅:方位，角落。②善:一作"喜"。③青丝:黑色的丝线。笼:竹篮子。系:系物的绳子。④倭堕髻:即堕马髻，发髻偏在一边，呈垂落之状。⑤缃绮:有花纹的浅黄色的丝织品。⑥帩(qiào)头:即绡头，包头发的纱巾。⑦但:只是。坐:因为，由于。⑧使君:汉代对太守、刺史的称呼。⑨姝:美女。⑩谢:问，告。⑪居上头:在行列的前端，意思是地位高，受人尊重。⑫骊驹(lí jū):深黑色的小马。⑬鹿卢剑:宝剑名，剑把用丝绦缠绕起来，像辘轳的样子。鹿卢，同"辘轳"，井上汲水的滑轮。⑭侍中郎:官名，在原官上特加的荣衔，常在皇帝身边侍奉。⑮专城居:一城之主，如太守、刺史等官。⑯鬑(lián)鬑:须发稀疏的样子。⑰殊:优秀，出众。

【鉴赏】《陌上桑》又名《艳歌罗敷行》《日出东南隅行》，在《乐府诗集》中属《相和歌辞·相和曲》，是一篇立意严肃、笔调诙谐的乐府叙事诗。诗分为三部分:第一部分通过侧面描写，主要叙述罗敷的美貌;第二部分以对话的方式,写使君觊觎罗敷美貌,要她"共载"同归,却遭到罗敷的严词拒绝;第三部分以罗敷自述的方式,写她夸赞自己的丈夫,意在压倒使君,彻底打消他的邪念。

《陌上桑》成功塑造了一位品貌俱佳、机智活泼、不慕富贵的女性形象。从容貌到品行,诗歌刻画出采桑女罗敷的外在形象和内在心灵的美好。她一出场,诗歌就称她为"好女",接着铺陈描叙:先正面描写她的服饰装扮之美,表现她美丽的形体姿容;再侧面描写路人无不倾倒于她的表现,烘托出她惊为天人的外在形象;然后,叙述她严肃而机智地拒绝使君"共载"的引诱,维护自己的尊严,展现出她不卑不亢、不慕虚荣、刚正高洁的品格。她抗恶拒诱,运用智慧保护自己不受侵害,语言得体,落落大方,反映出她开朗活泼、聪明机智、充满自信的性格。罗敷不慕富贵的高尚品格,赢得了后人对她的尊敬。

《陌上桑》在摹绘美人的形象方面显然比《诗经·硕人》更进一步,它不仅像《诗经·硕人》一样刻画了人物的容貌之美,还表现出她的性情之美。它不仅直接描绘人物的容貌,还采用侧面烘托的手法来表现人物美。"青丝为笼系,桂枝为笼钩。头上倭堕髻,耳中明月珠。缃绮为下裙,紫绮为上襦。"越铺叙其服饰之美,越映衬出其容貌之美。而且,诗歌通过描摹旁观者的种种神态动作,使罗敷的美貌被表现得更加强烈、鲜明。"行者见罗敷,下担捋髭须。少年见罗敷,脱帽著帩头。耕者忘其犁,锄者忘其锄。来归相怨怒,但坐观罗敷。"因为加入了旁观者的反应,作品的艺术容量得到了扩充,更加富有情趣。《陌上桑》在描写文学形象方面提供了新鲜经验,在文学形象的创作史上具有重要的意义。

《陌上桑》具有喜剧风格,写旁观者见到罗敷的各种神态,无不是乡民真性情的流露,饶有趣味;罗敷讲到自己的年龄,"二十尚不足,十五颇有余",口齿伶俐,略带调皮,"尚""颇"二字,尤见其语态之妙;罗敷盛赞夫婿,让那位自以为是的使君羞愧难当,灰溜溜地退走,充分表现出罗敷的乐观和智慧,具有反压迫、反污辱的严肃主题,大快人心。

(李莹莹　汤克勤)

饮马长城窟行①

汉乐府

　　青青河畔草,绵绵思远道②。远道不可思,宿昔梦见之③。梦见在我傍,忽觉在他乡④。他乡各异县,展转不相见⑤。枯桑知天风,海水知天寒。入门各自媚,谁肯相为言⑥!客从远方来,遗我双鲤鱼⑦。呼儿烹鲤鱼⑧,中有尺素书⑨。长跪读素书⑩,书中竟何如?上言加餐食⑪,下言长相忆⑫。

【注释】①饮马长城窟行:乐府旧题,在《乐府诗集》中属《相和歌辞·瑟调曲》,又名《饮马行》。②绵绵:连绵不断。意含双关,一指青草连绵不断,二指对丈夫的情思缠绵不断。远道:远路,借指身在远方的丈夫。③宿昔:夜里。④觉:醒来。⑤展转:同"辗转",转移不定。或指丈夫在外行踪不定,或指作者醒后翻来覆去睡不着。⑥言:问讯。⑦遗(wèi):赠给。双鲤鱼:古人用刻为鱼形的两块木板制成木函,藏寄书信,故称"双鲤鱼"。鲤鱼,古代书信的代称。⑧烹鲤鱼:指打开信函。⑨尺素:指书信。古人写信用绢帛或木板,长不过尺,故称"尺素"或"尺牍"。⑩长跪:挺直了腰跪着。⑪上言:前面说。⑫下言:后面说。

【鉴赏】《饮马长城窟行》是一首汉乐府诗,最早收录于南朝梁萧统的《文选》。这是一首思妇怀人诗,以思妇为第一人称,以自述的口吻写她对远出不归的丈夫的思念。主要写了两个情景,一个是日夜思夫的苦楚,一个是见信如见人的惊喜。

　　第一个情景运用比兴手法,内容上一环套一环,表现悲喜交加的相思情。"青青河畔草"是起兴,河边连绵不断的青草,让思妇联想起远方的丈夫,引起她对亲人缠绵不尽的情思。面对又一年春草新绿,想着丈夫今年应该会回家吧,思妇心里油然而生一丝希望。但残酷的现实让她不得不理智起来,"远道不可思",亲人远在天边,对他的思念是徒劳的,希望很渺茫。也许日有所思,夜有所梦,丈夫出现在她昨夜的梦中,真真切切地就在她的身边,她多么高兴啊。可是,醒来发觉他仍在他乡,夫妻两地分离,"展转不相见",她的心境马上转为悲伤。这八句诗,喜悲交递,一波三折,环环相扣,情思恍惚,充分写出思妇思念丈夫的热烈缠绵、忧愁婉转的感情。"枯桑知天风,海水知天寒",连无叶的枯桑也能感到风吹,不冻的海水也能感到天寒，那么，思妇作为人，怎能不知自己的伤心痛苦呢？这里又运用了比兴手法。闻一多《乐府诗笺》评论道："喻夫妇久别，口虽不言而心自知苦。"在日夜思夫的情境中，思妇更难忍受的是：乡邻从远方回家了，他们一家人团聚亲热，有谁能捎个信来安慰她呢？邻居家都享受着欢聚团圆的幸福，相形之下，思妇更加孤凄痛苦。

第二个情景是"客从远方来"，捎来了丈夫的书信，思妇的内心顿时充满了喜悦。"呼儿烹鲤鱼"，赶快喊儿子来，一起打开信，思妇希望家里人都能得到安慰和快乐。"长跪读素书"，可见对书信极其珍重。信中只有两句话："上言加餐食，下言长相忆。"丈夫劝告妻儿吃好睡好，保重身体，并表达了对妻儿的思念。信没有一个字提及妻儿最想看到的归期。丈夫归家无期，信中的语气近于永诀，思妇的绝望可想而知。诗歌至此戛然而止，给读者留下了无限的遐想和感伤。

此诗笔法委曲多致，叙事抒情层层递进，完全随着思妇复杂多变的思绪而曲折回旋，语言质朴，人物形象刻画得十分生动。清代沈德潜在《古诗源》卷三中对它作了较高的评价："通首皆思妇之词，缠绵宛折，篇法极妙。……前面一路换韵，联折而下，节拍甚急。'枯桑'二句，忽用排偶承接。急者缓之，最是古人神妙处。"

（汤克勤　陈钰）

孔雀东南飞　汉乐府

汉末建安中①，庐江府小吏焦仲卿妻刘氏②，为仲卿母所遣③，自誓不嫁。其家逼之，乃没水而死。仲卿闻之，亦自缢于庭树。时人伤之，为诗云尔。

孔雀东南飞，五里一徘徊④。"十三能织素，十四学裁衣。十五弹箜篌⑤，十六诵诗书。十七为君妇，心中常苦悲。君既为府吏，守节情不移⑥。贱妾守空房，相见常日稀。鸡鸣入机织，夜夜不得息。三日断五匹，大人故嫌迟⑦。非为织作迟，君家妇难为！妾不堪驱使，徒留无所施。便可白公姥⑧，及时相遣归。"

府吏得闻之，堂上启阿母："儿已薄禄相，幸复得此妇。结发同枕席，黄泉共为友。共事二三年⑨，始尔未为久。女行无偏斜，何意致不厚?"阿母谓府吏:"何乃太区区! 此妇无礼节,举动自专由⑩。吾意久怀忿,汝岂得自由! 东家有贤女,自名秦罗敷,可怜体无比,阿母为汝求。便可速遣之,遣去慎莫留!"府吏长跪告,伏惟启阿母⑪:"今若遣此妇,终老不复取⑫!"阿母得闻之,槌床便大怒:"小子无所畏,何敢助妇语! 吾已失恩义,会不相从许!"

府吏默无声,再拜还入户。举言谓新妇,哽咽不能语:"我自不驱卿,逼迫有阿母。卿但暂还家,吾今且报府⑬。不久当归还,还必相迎取。以此下心意⑭,慎勿违吾语。"新妇谓府吏:"勿复重纷纭。往昔初阳岁⑮,谢家来贵门⑯。奉事循公姥,进止敢自专? 昼夜勤作息⑰,伶俜萦苦辛⑱。谓言无罪过,供养卒大恩。仍更被驱遣,何言复来还! 妾有绣腰襦⑲,葳蕤自生光⑳;红罗复斗帐,四角垂香囊;箱帘六七十,绿碧青丝绳。物物各自异,种种在其中。人贱物亦鄙,不足迎后人。留待作遗施㉑,于今无会因㉒。时时为安慰,久久莫相忘!"

鸡鸣外欲曙,新妇起严妆㉓。著我绣袷裙,事事四五通㉔。足下蹑丝履,头上玳瑁光。腰若流纨素,耳著明月珰。指如削葱根,口如含朱丹。纤纤作细步,精妙世无双。上堂谢阿母,母听去不止。"昔作女儿时,生小出野里。本自无教训,兼愧贵家子。受母钱帛多,不堪母驱使。今日还家去,念母劳家里。"却与小姑别,泪落连珠子。"新妇初来时,小姑始扶床;今日被驱遣,小姑如我长。勤心养公姥,好自相扶将㉕。初七及下九㉖,嬉戏莫相忘。"出门登车去,涕落百余行。

府吏马在前,新妇车在后。隐隐何甸甸,俱会大道口。下马入车中,低头共耳语:"誓不相隔卿,且暂还家去;吾今且赴府,不久当还归。誓天不相负!"新妇谓府吏:"感君区区怀! 君既若见录,不久望君来。君当作磐石,妾当作蒲苇;蒲苇纫如丝㉗,磐石无转移。我有亲父兄㉘,性行暴如雷。恐不任我意,逆以煎我怀。"举手长劳劳㉙，二情同依依。

入门上家堂，进退无颜仪。阿母大拊掌㉚："不图子自归㉛！十三教汝织，十四能裁衣，十五弹箜篌，十六知礼仪，十七遣汝嫁，谓言无誓违。汝今无罪过，不迎而自归?"兰芝惭阿母："儿实无罪过。"阿母大悲摧。

还家十余日，县令遣媒来。云有第三郎，窈窕世无双。年始十八九，便言多令才㉜。阿母谓阿女："汝可去应之。"阿女衔泪答："兰芝初还时，府吏见丁宁，结誓不别离。今日违情义，恐此事非奇。自可断来信㉝，徐徐更谓之。"阿母白媒人："贫贱有此女，始适还家门㉞。不堪吏人妇，岂合令郎君? 幸可广问讯，不得便相许。"

媒人去数日，寻遣丞请还。说有兰家女，承籍有宦官㉟。云有第五郎，娇逸未有婚。遣丞为媒人，主簿通语言。直说太守家，有此令郎君，既欲结大义，故遣来贵门。阿母谢媒人："女子先有誓，老姥岂敢言!"阿兄得闻之，怅然心中烦。举言谓阿妹："作计何不量! 先嫁得府吏，后嫁得郎君。否泰如天地㊱，足以荣汝身。不嫁义郎体，其往欲何云?"兰芝仰头答："理实如兄言。谢家事夫婿，中道还兄门。处分适兄意，那得自任专! 虽与府吏要，渠会永无缘。登即相许和，便可作婚姻。"

媒人下床去，诺诺复尔尔。还部白府君："下官奉使命，言谈大有缘。"府君得闻之，心中大欢喜。视历复开书，便利此月内，六合正相应㊲。"良吉三十日，今已二十七，卿可去成婚。"交语速装束，络绎如浮云。青雀白鹄舫，四角龙子幡。婀娜随风转，金车玉作轮。踯躅青骢马㊳，流苏金镂鞍㊴。赍钱三百万，皆用青丝穿。杂彩三百匹，交广市鲑珍㊵。从人四五百，郁郁登郡门。

阿母谓阿女："适得府君书，明日来迎汝。何不作衣裳? 莫令事不举!"阿女默无声，手巾掩口啼，泪落便如泻。移我琉璃榻，出置前窗下。左手持刀尺，右手执绫罗。朝成绣袷裙，晚成单罗衫。晻晻日欲暝[41]，愁思出门啼。

府吏闻此变，因求假暂归。未至二三里，摧藏马悲哀[42]。新妇识马声，蹑履相逢迎。怅然遥相望，知是故人来。举手拍马鞍，嗟叹使心伤："自君别我后，人事不可量。果不如先愿，又非君所详。我有亲父母[43]，逼迫兼弟兄。以我应他人，君还何所望！"府吏谓新妇："贺卿得高迁！磐石方且厚，可以卒千年；蒲苇一时纫，便作旦夕间。卿当日胜贵，吾独向黄泉！"新妇谓府吏："何意出此言！同是被逼迫，君尔妾亦然。黄泉下相见，勿违今日言！"执手分道去，各各还家门。生人作死别，恨恨那可论？念与世间辞，千万不复全！

府吏还家去，上堂拜阿母："今日大风寒，寒风摧树木，严霜结庭兰。儿今日冥冥，令母在后单。故作不良计，勿复怨鬼神！命如南山石，四体康且直！"阿母得闻之，零泪应声落："汝是大家子，仕宦于台阁。慎勿为妇死，贵贱情何薄！东家有贤女，窈窕艳城郭。阿母为汝求，便复在旦夕。"府吏再拜还，长叹空房中，作计乃尔立。转头向户里，渐见愁煎迫。

其日牛马嘶，新妇入青庐。菴菴黄昏后[44]，寂寂人定初。"我命绝今日，魂去尸长留！"揽裙脱丝履，举身赴清池。府吏闻此事，心知长别离。徘徊庭树下，自挂东南枝。

两家求合葬，合葬华山傍。东西植松柏，左右种梧桐。枝枝相覆盖，叶叶相交通[45]。中有双飞鸟，自名为鸳鸯。仰头相向鸣，夜夜达五更。行人驻足听，寡妇起彷徨。多谢后世人[46]，戒之慎勿忘！

【注释】①建安：东汉献帝刘协的年号（196—220）。②庐江：汉代郡名，郡治在今安徽省庐江县西南。③遣：指女子出嫁后被夫家休回娘家。④徘徊：来回走动，表示恋恋不舍。这两句是全诗的起兴，以依恋飞翔的两只孔雀写夫妇离别的悲伤。⑤箜篌（kōng hóu）：古代一种弦乐器，体曲而长。⑥节：节操。一说爱情坚贞不变，一说忠于职守。⑦大人：对长辈的尊称，这里指婆婆。⑧白：告诉，禀

告。**公姥**(mǔ)：公公婆婆，这里是偏义复词，专指婆婆。⑨**共事**：共同生活。⑩**自专由**：自作主张，不向尊长请示而自由行动。⑪**伏惟**：古代对尊长的恭敬语。伏，俯伏，表示恭敬。惟，思。⑫**取**：同"娶"，娶妻。⑬**报府**：指到庐江府衙去办公。报，犹"赴"。⑭**下心意**：低心下意，受些委屈。⑮**初阳岁**：指农历冬末春初。⑯**谢家**：辞别娘家。⑰**作息**：劳作和休息。这里是偏义复词，专指劳作。⑱**伶俜**(pīng)**萦**(yíng)**苦辛**：孤孤单单，受尽辛苦折磨。伶俜，孤单的样子。萦，缠绕。⑲**绣腰襦**(rú)：绣花的齐腰短袄。⑳**葳蕤**(wēi ruí)：草木繁盛的样子。这里形容短袄上刺绣的花叶繁多而美丽。㉑**遗**(wèi)**施**：赠送，施与。㉒**会因**：会面的机会。㉓**严妆**：梳妆打扮得十分齐整。㉔**通**：次，遍。㉕**扶将**：扶持。㉖**初七**：指农历七月七日，古时妇女在这天晚上陈设瓜果，供祭织女，祈求提高刺绣缝纫技巧，称为"乞巧"。**下九**：古人以每月的二十九日为上九，初九日为中九，十九日为下九。妇女们常在下九日置酒集会，游戏玩耍，叫作"阳会"。㉗**纫**：通"韧"，柔韧坚固。㉘**父兄**：这里是偏义复词，单指兄。㉙**劳劳**：怅惘若失的样子。㉚**拊**(fǔ)**掌**：拍手，这里表示惊异。㉛**自归**：自己回家，意指被婆家休弃。古代女子出嫁后，要娘家派人去接才能回家，自行回家是被休弃的表现。㉜**便言**：很会说话，有口才。㉝**断来信**：回绝来做媒的人。信，使者，指媒人。㉞**适**：出嫁。㉟**承籍**：承继祖先的仕籍。**宦官**：即"官宦"，指做官的人。㊱**否**(pǐ)**泰**：《易经》中的两个卦名，指运气的坏与好。否，坏运气；泰，好运气。㊲**六合**：古人选择吉日，要月和日的地支都相适合叫六合，即子与丑合，寅与亥合，卯与戌合，辰与酉合，巳与申合，午与未合。㊳**青骢**(cōng)**马**：青白杂毛的马。㊴**流苏**：用五彩羽毛或丝线做的下垂的缨子。㊵**交广**：交州、广州，古代郡名，这里泛指今广西、广东一带。**鲑**(xié)**珍**：鱼类菜肴的总称。㊶**晻**(yǎn)**晻**：太阳昏暗无光的样子。㊷**摧藏**(zàng)：摧折心肝。藏，脏腑。㊸**父母**：这里是偏义复词，单指母。㊹**菴菴**：通"晻晻"，昏暗无光的样子。㊺**交通**：交错，交接。㊻**多谢**：敬告。

【鉴赏】《孔雀东南飞》原名《古诗为焦仲卿妻作》，最早见于南朝陈徐陵编的《玉台新咏》，后收录于宋朝郭茂倩编《乐府诗集》中的《杂曲歌辞》，题作《焦仲卿妻》。全诗共三百五十余句，一千七百余字，是我国古代乐府民歌中最长的一首叙事诗。

诗可分为十四章。第一章从开头至"及时相遣归"，以"孔雀东南飞，五里一徘徊"起兴，写刘兰芝对丈夫焦仲卿诉说冤屈和痛苦。由于婆婆的故意挑剔，她在焦家难以再生活下去，被迫自己提出回娘家。第二章从"府吏得闻之"到"会不相从许"，叙述焦仲卿向母亲请求不要休弃刘兰

69

芝,但焦母大怒,坚决不答应。第三章从"府吏默无声"到"久久莫相忘",叙写焦仲卿复述母亲的话后他和刘兰芝痛苦的心情、发自肺腑的对话以及兰芝准备离开焦家的决定。第四章从"鸡鸣外欲曙"到"涕落百余行",描写兰芝离开焦家,分别与焦母、小姑告别,挥泪登车的情景。第五章从"府吏马在前"到"二情同依依",描写仲卿与兰芝恋恋不舍,挥泪而别,并立誓互不相负的情景。第六章从"入门上家堂"到"阿母大悲摧",描述兰芝回家后与母亲相见的羞惭情形。第七章从"还家十余日"到"不得便相许",叙述县令遣媒说亲,兰芝说服母亲加以拒绝。第八章从"媒人去数日"到"便可作婚姻",写兰芝在哥哥逼迫下,终于答应嫁给太守的儿子。第九章从"媒人下床去"到"郁郁登郡门",写太守家紧张忙碌,准备迎亲的盛况。第十章从"阿母谓阿女"到"愁思出门啼",写兰芝在听到明日迎亲的消息后心情悲愤无奈,乔装伪饰做嫁衣。第十一章从"府吏闻此变"到"千万不复全",写仲卿闻变来见兰芝,两人相约殉情而死。第十二章从"府吏还家去"到"渐见愁煎迫",写仲卿回家与母亲告别,准备自杀的情形。第十三章从"其日牛马嘶"到"自挂东南枝",写仲卿和兰芝双双殉情自杀。第十四章从"两家求合葬"到最后,交代仲卿与兰芝死后,双方家长将他俩合葬。在结尾,作者通过美丽的幻想,歌颂焦仲卿夫妇对爱情的忠贞不渝,以及争取婚姻自由的坚强意志。

诗歌叙事层次井然,结构严谨,浑然一体。采用了两条交替推进的线索。一条线索是刘兰芝、焦仲卿夫妇关系的发展。首先,兰芝向仲卿诉苦,夫妻恩爱信任;接着,仲卿求母失败,致使兰芝被休,夫妻话别,显示出夫妻情深意长;最后,兰芝被迫改嫁,夫妻两人相约殉情,表现出夫妻生死不渝的爱情。另一条线索是刘、焦夫妇与焦母、刘兄的冲突,表现出迫害与反迫害的斗争。两条线索,互为因果,交替发展,完整紧凑地叙述了故事的发生、发展和结局,刻画了人物形象。此诗还注意照应,通过前后呼应,使结构更为严谨。清陈祚明在《采菽堂古诗选》中评论道:"凡长篇不可不频频照应,不则散漫。篇中如'十三织素'云云,'吾今且赴府'云云,'磐石蒲苇'云云,及'鸡鸣'之于'牛马嘶',前后两'默无声',皆是照应法。然用之浑然,初无形迹故佳,乃神化于法度者。"焦仲卿、刘兰芝的死,是凶悍的焦母和势利的刘兄逼迫的结果,显示出封建家长的权威。焦、刘以死捍卫自己的爱情,这种忠于爱情、反抗压迫的叛逆精神,具有强烈的思想意义和现实意义。

此诗突出的艺术成就是塑造出了鲜明的人物形象。清沈德潜《古诗源》卷四论道："淋淋漓漓，反反覆覆，杂述十数人口中语，而各肖其声音面目，岂非化工之笔！"例如，刘兰芝对不同的人说话的态度与语气各不相同，凸显出她那勤劳、善良、备受压迫而又富于反抗精神的外柔内刚的个性。开篇刘兰芝对焦仲卿有一番陈词，她明知被婆婆嫌弃，但并不自轻自贱，她理直气壮地诉说自己的教养和所受到的训练——精通家务又有才学，以及婆婆对她的不公正态度。这些话语，体现出兰芝不甘屈服的坚强性格。她对婆婆不抱幻想，但因焦仲卿矢志不渝的爱而受到感动，于是临别时怀着殷切的希望说："感君区区怀！君既若见录，不久望君来。君当作磐石，妾当作蒲苇；蒲苇纫如丝，磐石无转移。"她忠于爱情的倔强性格导致了后来悲剧的发生。她先后拒绝了县令、太守的遣媒求婚，但是在趋炎附势、薄情寡义的兄长逼迫下，不得不屈从，答应改嫁。当焦仲卿赶来相见，消除误解以后，兰芝斩钉截铁地说："同是被逼迫，君尔妾亦然。黄泉下相见，勿违今日言！"她以赴死的决心和行动来捍卫自己的爱情，使在封建家长面前有些软弱的焦仲卿坚强起来，共同反抗封建礼教和封建家长。除了人物语言，简洁的行动刻画也有助于塑造鲜明的人物形象，即使是次要人物，其动作描写也可以表现其个性。例如，焦母泼辣，以"捶床便大怒"的动作进行刻画；刘母的性格温和，她惊异于兰芝回家而"大拊掌"的动作，也可以说明。

此诗是一曲基于事实而形于吟咏的悲歌，发扬了乐府民歌"缘事而发"的现实主义精神。此诗还兼有浪漫主义色彩。诗歌不仅写出焦、刘两人在现实生活中被拆散、致死的悲惨命运，也写出两人死后合葬、鸳鸯相向合鸣的浪漫理想，寄托了人们的哀思和美好愿望。诗歌在叙事写人时，还注意气氛情感的渲染，如开头的"孔雀东南飞，五里一徘徊"，以孔雀失偶后徘徊反顾造成了一种悲剧气氛，笼罩全诗。写焦、刘两人分手时，"举手长劳劳""二情同依依"，用两个叠词"劳劳""依依"，表现出两人难舍难分的心情。

（汤克勤　陈钰）

结发为夫妻 汉乐府

结发为夫妻①，恩爱两不疑。欢娱在今夕，嬿婉及良时②。征夫怀往路③，起视夜何其④？参辰皆已没⑤，去去从此辞。行役在战场，相见未有期。握手一长叹，泪为生别滋⑥。努力爱春华⑦，莫忘欢乐时。生当复来归，死当长相思。

【注释】①结发：束发，是古代男女成年的标志。古代男子二十岁束发加冠，女子十五岁束发加笄，以示成年。②嬿(yàn)婉：欢好的样子。③往路：出行赴役的路。一作"远路"。④夜何其：夜色已到何时。语出《诗经·庭燎》："夜如何其？"其，语尾助词，无义。⑤参、辰：二星名，这里代指所有星宿。⑥生别：生生别离，难以再见。滋：多。⑦春华：春花，借喻青春少壮年华。华，同"花"。

【鉴赏】此诗最早见于萧统《文选》，乃《旧题苏武诗四首》中的第三首，被认为是西汉苏武出使匈奴之前留别妻子所作。徐陵《玉台新咏》收录了这一首，题作《苏武留别妻一首》。近人研究认为，此系东汉末年人假托，作者不可考。

此诗写丈夫应征入伍与妻分别，这是汉代常见的征夫别妻主题。诗歌立足于特定的时间(临别前夕)和空间(婚房)，细腻地写出了夫妇离别时真挚深厚的感情，反映出在动乱社会中老百姓的无奈悲愁。

前四句写一对夫妇自结婚以来恩爱无比，相互信任，沉浸在幸福之中。明代钟惺、谭元春《古诗归》卷三曰："'两不疑'方是恩爱，妙于'琴瑟'之言。""欢娱""嬿婉"，形容两人的爱情生活融洽，亲密无间。用墨虽不多，却展现出青年夫妇恩爱亲密、琴瑟和谐的欢乐情景，让读者感受到人生、青春的愉悦和美好。然而，这一晚的团聚和恩爱，马上要被分离和相思所取代。"在今夕"三字，点明第二天早上就要分别。留给夫妻团圆的时间不多，今宵被分外珍惜着。因为惜别，所以惜时，这一夜夫妻俩自然有无尽的情话和缠绵。

中间八句写夫妻被迫分离时的难舍难分。首先，点出男子的身份为"征夫"，他不敢耽误应役的时间，不得不从温柔乡中爬起来，察看夜色，星辰不知不觉隐没了，东方欲晓，他必须要启程了。"去去"两字相叠，生动

72

表现出男子无奈、决然的痛苦情态。这四句诗描写丈夫对妻子的恋恋不舍，又担心因为缠绵而耽误了明早行程的内心挣扎。接着，指出这种离别非同一般，"行役在战场"，很可能是生死离别，永无见期。这怎不叫人五内俱裂，泪如泉涌呢？最后，写分别之际夫妻握手长叹，泪雨滂沱。此情此景催人泪下，具有震撼人心的情感力量。宋代词人柳永写"执手相看泪眼，竟无语凝噎"（《雨霖铃·寒蝉凄切》），元代戏剧家王实甫写《西厢记》"长亭送别""听得一声'去也'，松了金钏"，与之有异曲同工之妙。

末尾四句写夫妻临别时的相互叮咛。"努力"二句是妻子对丈夫的嘱托，她要丈夫在行役时爱惜自己，注意保重身体，牢记夫妻间的恩爱与欢乐，表现出妻子的关心和担心。"生当"二句是丈夫对妻子的回答："若能生还，我一定回来与你白头偕老；若死在战场，请你一定要怀念我。"丈夫对爱情的渴望和忠贞不渝，由此可见。这一番对话，既深情，又悲壮，不仅展示出人物内心世界的朴实和美好，也照应了诗歌开头所写"两不疑"的内容，将全诗的情感推向高潮。

诗歌从夫妻恩爱到深夜话别，从黎明分别到互勉誓言，以时间为序，展开叙述，层次清晰，感情逐层加深。语言质朴，生动流畅，读来情真意切，感人肺腑。唐代诗人杜甫的名作《新婚别》，深受此诗的影响。

（陈钰　汤克勤）

上山采蘼芜 汉乐府

上山采蘼芜①，下山逢故夫。长跪问故夫："新人复何如？""新人虽言好，未若故人姝。颜色类相似，手爪不相如。""新人从门入，故人从阁去。""新人工织缣②，故人工织素。织缣日一匹，织素五丈余。将缣来比素，新人不如故。"

【注释】①蘼芜：香草名，叶子晒干后可做香料。②缣：黄色绢，价钱便宜。

【鉴赏】《上山采蘼芜》是一首弃妇诗，最早见于《玉台新咏》。所谓弃妇，指被丈夫抛弃的妇女。此诗描写弃妇与前夫重逢，展开了一番简短的对话。

前四句为诗歌的上半部分。"上山采蘼芜，下山逢故夫"，直接叙事，女子上山采蘼芜,下山时碰见了她的前夫。蘼芜是一种香草,叶子风干可以做香料,古人认为蘼芜可使妇人多子。女子为什么上山去采蘼芜呢?这有点令人费解,可能她再婚了,祈求生子。故夫即前夫。"长跪问故夫,新人复何如?"女子意外遇见前夫,虽然尴尬,但毕竟夫妻一场,她对前夫保持应有的礼仪。长跪,指直身而跪,古时席地而坐,坐时两膝据地,臀部垫足跟,跪则伸直腰股,以示庄敬。女子问前夫:"新人复何如?"你的新任妻子怎么样啊? 这里暗示出女子与前夫之所以被解除婚姻,是因为丈夫要迎娶新人。

诗歌的下半部分全是女子和前夫的对话。前夫开门见山、直言不讳地说:"新人虽言好,未若故人姝。"虽然说新妻子也好,但比不上你这个前妻啊。"姝"的本意是面容姣好,这里延伸指包含容貌、性格、能力、道德等诸方面的好。那么新人到底是哪点不如旧人呢?"颜色类相似,手爪不相如。"颜色指容颜、姿色,手爪指手上功夫,这里指纺织技术。前夫告诉前妻,虽然新娶妻子的姿色与你不相上下,但是她的纺织技术不如你啊。在古代社会,男耕女织,女子的纺织技能相当重要。

女子对前夫说:"新人从门入,故人从阁去。"回应前夫,当时你迎娶新人,我只得从小门离开。阁指旁门、小门。新人与前妻被区别对待,一荣一辱,一喜一悲,尖锐对照。弃妇忍不住重提往事,诉说当时所受到的委屈。

前夫觉得羞愧,于是他岔开话题:"新人工织缣,故人工织素。"他说新娶妻子只会织黄绢,而你会织白绢。缣和素都是绢,缣色黄,素洁白,白绢比黄绢卖的价钱贵。"织缣日一匹,织素五丈余。"新人织黄绢一天只能织一匹,而你织白绢可达五丈多长。匹和丈都是古代度量单位,一匹长四丈,五丈比一匹多一丈。前夫最后总结:"将缣来比素,新人不如故。"拿黄绢和白绢来相比,新人远不如旧人啊。此时说这话已经毫无意义了,他俩复合已无可能。当初他们分手,正因为男子喜新厌旧,但从这一番话来看,男子依旧是一个喜新厌旧的人,他新娶的妻子,因为各种不如意,已变成了旧人,旧不如新,新不如旧,这样的反复,足见男子是一个不值得托付终身的人。

此诗写相遇之事,写相遇时的对话,截取生活中的一场巧遇,没有着一笔写女子是一个怎样的人。然而从事件与对话中,我们不难看出,诗中的女子温柔贤淑、勤劳善良,她被前夫抛弃的悲剧的发生,责任应该完全在前夫身上。前夫喜新厌旧,辜负了女子的真情。前夫虽然现在心生后悔,但为时晚矣。 （陈庆之　汤克勤）

穆穆清风至

汉乐府

穆穆清风至①,吹我罗衣裾。青袍似春草,草长条风舒②。朝登津梁上③,褰裳望所思④。安得抱柱信⑤,皎日以为期⑥?

【注释】①穆穆:形容宁静,柔和。②条风:即调风,立春时的东北风。古人以为春风调理万物,故名"条风"。此句一作"长条随风舒"。③津梁:渡口和桥梁。上:一作"山"。④褰(qiān)裳:提起衣裳。⑤抱柱信:出自《庄子·盗跖》:"尾生与女子期于梁下,女子不来,水至不去,抱梁柱而死。"后人以"尾生抱柱"或"柱下期信"作为守信的代词。⑥皎日以为期:指指着太阳或上天发誓。

【鉴赏】《穆穆清风至》是一首汉乐府民歌,写在风和草长的春天,一个女子痴情地怀念远行的心上人。

前四句写女子因轻柔的春风吹动她的罗衣裾,而想起心上人穿的青袍。袍子的颜色是青的,春草也是青的,春草在春风中舒展,心上人的青袍也一定在春风中飞扬吧。女子由自己身上衣裾的摆动联想到心上人的穿着,可见她对他的思念颇深。春色容易触发人们的怀远之情,女子的怀人之情被称为"春思""春心",十分恰当。

后四句写女子因登桥而想到古代尾生信守诺言,抱桥柱而死的故事,对心上人提出了要求,希望他忠贞专一,言而有信。津梁,这里指桥梁,她思念的那个人也许当初就是从这里远行的。她一大早登上桥梁,提起衣裳久久地远望,她思念爱人的心情十分强烈。自然,她是望不见"所思"的那个人的,但是她固执地希望心上人能像尾生那样坚守信约,如期而归!

此诗即景起兴,即事生发,情景交融,语言自然浅切。明代胡应麟《诗薮》谓其开头二句"穆穆清风至,吹我罗衣裾"为"千古言景叙事之祖","结构天然,绝无痕迹,非大冶熔铸,何能至此"。 （朱与君　汤克勤）

古诗十九首 南朝萧统从东汉无名氏的五言诗中选录十九首编入《文选》,总题为《古诗十九首》,每一首诗以首句为标题。主要写夫妇朋友间的离愁别绪和士子彷徨失意、追求享乐的消极情绪。艺术成就较高,长于抒情,善用比兴,语言质朴自然,富有音乐美。它们是乐府民歌文人化的标志,是早期文人五言诗的重要作品,被刘勰《文心雕龙》称为"五言之冠冕",钟嵘《诗品》更赞其中的陆机《拟古诗十二首》"文温以丽,意悲而远,惊心动魄,可谓几乎一字千金"。

行行重行行 古诗十九首

　　行行重行行,与君生别离。相去万余里,各在天一涯。道路阻且长,会面安可知?胡马依北风,越鸟巢南枝。相去日已远,衣带日已缓①。浮云蔽白日,游子不顾反。思君令人老,岁月忽已晚。弃捐勿复道②,努力加餐饭。

【注释】①缓:宽松。②弃捐:抛弃,丢开。

【鉴赏】《行行重行行》是一首汉代文人五言诗,名列《古诗十九首》第一首,是一首思妇怀人诗,反映了汉末动荡岁月的人民生活。其创作年代,应是东汉末年,作者不可考。

　　此诗内容可以分作两部分,前六句为第一部分,回忆初别,写路途之远,再见之难。第一句"行行重行行",四个"行"字,用一"重"字衔接,非常巧妙。走啊走,走啊走,老是不停地走,形容非常遥远,既指空间,也指时间。"与君生别离",我和你就这样活生生地分开了。"相去万余里,各在天一涯",在不停的行走中,我们已经相距千万里,我在天的这一头,你在天的那一头。"道路阻且长,会面安可知?"我们之间的路途那么遥远,中间又有许多艰难险阻,想再见面真不知道要等到什么时候?从这一部分可以看出,这首情诗其实也是一首反映当时社会生活的诗,因为战乱或者社会动荡,很多人流离失所,人们普遍没有安全感,普通的别离或许就会发展为生离死别。此诗不仅是写小情,更是写大情。

　　后十句为第二部分,描写女子的相思之苦。"胡马依北风,越鸟巢南枝",以"胡马""越鸟"作比,表达人对故土的眷恋,是千古佳句。明代谢榛《四溟诗话》卷一道:"'胡马依北风,越鸟巢南枝',属对虽切,亦自古老。"北来的胡马眷恋着强劲的北风,南方的越鸟依靠向南的枝头筑巢,但远行的人啊,你有什么可以依恋呢?"相去日已远,衣带日已缓",我们分离的时间越来越长,我穿的衣服也越来越宽松。显然,女子因为思念远方的丈夫而形销骨立了。明代王世贞《艺苑卮言》赞曰:"'缓'字妙极。""浮云蔽白日,游子不顾反",飘荡的浮云遮住了太阳,远在他乡的游子没有回来。什么原因让他不能回来呢?"浮云蔽白日"是一个隐喻,暗示天下并不太平,社会动荡,远行的丈夫因此不能归来。接着,写思妇对离人的思念:"思君令人老,岁月忽已晚。"意思是:我对你的思念,使我茶饭不思,日渐衰老。这里的"老",并非指年龄老,而是指容颜憔悴。岁月已晚,指季节变换,相思从年初到年末,一年就这么过去了,暗示女子的青春消逝,产生红颜老去的迟暮之感。最后写道:"弃捐勿复道,努力加餐饭。"女子明白相思无益,与其憔悴下去,不如多吃饭,保重身体;只有把自己的身体养好,才能等到丈夫归来的那一天。明代陆时雍《古诗镜》卷二道:"'弃捐勿复道,努力加餐饭',前为废食,今乃加餐,亦无奈而自宽云耳。……此诗含情之妙,不见其情;畜意之深,不知其意。"

此诗纯朴清新,节奏重叠反复,相思之情婉转缠绵,形象生动,不着数语就把思妇怀人的心理揭示出来,正所谓"情真,景真,事真,意真"(宋陈绎《诗谱》)。

(陈庆之　汤克勤)

涉江采芙蓉

古诗十九首

涉江采芙蓉,兰泽多芳草。采之欲遗谁①,所思在远道。还顾望旧乡,长路漫浩浩。同心而离居,忧伤以终老。

【注释】①遗(wèi):赠送。

【鉴赏】《涉江采芙蓉》是《古代十九首》中的第六首,创作于东汉后期,是一首思妇怀人诗,也是游子思妇诗。诗前半部分为思妇怀人,后半部分为游子思妇,前后呼应,立意奇妙。

前四句为前半部分,描写思妇在家怀念远方的丈夫。"涉江采芙蓉,兰泽多芳草"，女子划着船去江中采集芙蓉，即荷花，又来到江边沼泽地里采摘芬芳的兰草。这是夏秋时节。诗歌在愉悦的气氛中，将景与人融为一体，既彰显出女子的美丽可爱，又表达出她的愉快心情。荷花具有"高洁"的寓意，用来暗指女子像荷花一样高洁美丽。"芙蓉"谐音"夫容"，即丈夫的面容。兰草也代指丈夫，古代以兰草形容君子。女子采芙蓉、兰草，表明她心里装着的全是丈夫。

"采之欲遗谁，所思在远道。"女子采摘了荷花和兰草要送给谁呢？自然是她的丈夫。可是她的丈夫不在身边，在远方。"远道"即远方。这两句诗，自问自答，写出了感情的变化，女子的心情由欢乐转为悲伤，因为思念爱人，却不能与爱人团圆。

后四句为后半部分，主人公发生了变化，由思妇变成了游子。好像有心灵感应一样，远方的丈夫似乎听到了妻子的呼唤，看到妻子正手持荷花、兰草等着他回家。于是他"还顾望旧乡，长路漫浩浩"，他回头遥望故乡，长路漫漫，看不到尽头。诗中没有交代游子远离家乡、亲人的原因，到底是游学、宦旅、徭役，还是战争？不得而知。

最后两句，"同心而离居，忧伤以终老"，既是丈夫的内心独白，也是作者对思妇与游子这种别离处境的感喟。"同心"是古代婚礼的一种仪式，夫妻双方用彩绸编成同心结，相挽而行，这里用以指代夫妻。意思是，两个心心相印的人，在婚礼上永结同心，生死不离，但此时天各一方，饱受着相思之苦，这样的别离如果不能结束，那么忧伤将一直伴随着他们终老。

这首诗，两个抒情主人公，两个场景，一个是妻子在家折荷采兰，一个是丈夫远在他方回顾故乡。诗歌运用借景抒情的手法，书写思妇和游子的相互思念，犹似一唱一和，令人感叹唏嘘。　　　　（陈庆之　汤克勤）

冉冉孤生竹　　　古诗十九首

　　冉冉孤生竹，结根泰山阿。与君为新婚，菟丝附女萝①。菟丝生有时，夫妇会有宜。千里远结婚，悠悠隔山陂。思君令人老，轩车来何迟！伤彼蕙兰花，含英扬光辉。过时而不采，将随秋草萎。君亮执高节，贱妾亦何为？

【注释】①菟丝：一种柔弱蔓生植物。**女萝**：一种缘松而生的蔓生植物。

【鉴赏】《冉冉孤生竹》是《古诗十九首》中的第八首，是一首思妇怀人诗，抒写了新婚女子对丈夫的疑虑，表达新婚久别的怨情。这是一篇表达爱情忠贞的宣言，反映出古代女子的爱情婚姻观。

前四句："冉冉孤生竹，结根泰山阿。与君为新婚，菟丝附女萝。"女子以"孤生竹"自喻，荒野中孤独生长的竹子，希望在大山中找到可以依靠、可以托付终身的伴侣。"冉冉"，柔弱下垂的样子，既形容竹子，也形容女子的柔弱。"泰山"即"太山"，这里指大山。诗表达：我与你结为夫妻，就像是菟丝依附于女萝一样。菟丝和女萝是两种蔓生植物，其茎蔓互相牵缠，比喻两人结为夫妻。从下文可以看出，女子以菟丝自喻，用女萝比喻男子。

第五至第八句："菟丝生有时，夫妇会有宜。千里远结婚，悠悠隔山陂。"夫妻本应像菟丝和女萝一样，趁着新婚时，长相厮守在一起。菟丝的生命是有限的，应好好珍惜。女子千里迢迢嫁给男子，男子却远赴他乡，两人之间隔着"山陂"。这"山陂"实际上就是千山万水。

第九至第十二句："思君令人老，轩车来何迟！伤彼蕙兰花，含英扬光辉。"相思会让女子很快老去，青春有限，相会无期，女子多么希望夫君能早一日回到她的身边。"轩车"指有篷的车，是身份地位的象征。女子为蕙兰花含苞待放，闪耀光辉，却没人采撷而伤心。其实她是伤己，正值青春，芳华璀璨，丈夫却不在身边欣赏、珍惜。

最后四句："过时而不采，将随秋草萎。君亮执高节，贱妾亦何为?"如果过了时节，还不采撷，蕙兰花就会在秋雨中，随着秋草一起枯萎。暗示丈夫：如果你再不归来，我也将老去，后悔就来不及了。最后女子自我安慰道：好在丈夫道德高尚，他一定会回来与我长相厮守的，找就不必忧伤了。

这首诗主题鲜明，形象生动，描写了复杂的情感变化。有人认为此乃婚后夫有远行，妻子怨别之作，也有人认为一对男女已有成约而尚未成婚，男方迟迟不来迎娶，女方遂有疑虑而哀伤，遂作此诗。其实两者并无太大的区别，都表达了女子对忠贞爱情的渴望，对不负青春年华的期盼。

（陈庆之　汤克勤）

庭中有奇树

古诗十九首

庭中有奇树,绿叶发华滋①。攀条折其荣②,将以遗所思。馨香盈怀袖,路远莫致之③。此物何足贡?但感别经时。

【注释】①发:开放。华:同"花"。滋:繁盛。②荣:指花。③致:送达,送到。

【鉴赏】《庭中有奇树》是《古诗十九首》中的第九首,是一首思妇怀念远行丈夫的诗。全诗八句,叙述层次清晰,由树及叶、花,由折花到送人,由"路远莫致"到思念不已;语言朴实自然,感情淳朴真挚。

起笔自然,由"庭中有奇树"说起,切合思妇的身份和生活环境。思妇朝夕相对那棵庭中树,看见叶子渐渐绿了,花儿渐渐开了,它发生的一切变化,思妇都很熟悉,也希望有人与她一同感受。可是她思念的人远在他乡,她产生了折花相送的冲动。清代朱筠《古诗十九首说》道:"'庭中有奇树',因意中有人,然后感树。盖人之相别,却在树未发华之前;睹此华滋,岂能漠然!'攀条折其荣,将以遗所思',因物而思绪百端矣。"等她把花儿折下后,理智却来了,天遥地远,这朵花儿怎么也不可能送到他的手上啊。思妇无奈而自嘲地说:"花儿怎么值得献给你呢?只是因为分别太久了,我想借花表达下思念之情而已。"诗中情感一波三折,到结尾揭示出谜底——折花的冲动和无可奈何,都源于对爱人的思念。

诗歌采用先扬后抑的手法,首先描绘了春天的美好,"奇树""花滋",一株嘉美的树,绿叶扶疏,满树繁花,生机勃勃,春意盎然。思妇折花寄远,馨香盈袖,是一幅美好的图画。然而,"路远莫致之"的无情现实,只能使手执鲜花的思妇痴痴伫立,无可奈何。思妇起初赞扬花儿的珍奇美丽,最后说"此物何足贡",她原来的一番美好憧憬,化作了一声无奈的叹息。这种情感变化,深刻地表达出思妇的相思之苦。 (汤克勤 朱与君)

超超牵牛星

古诗十九首

迢迢牵牛星①,皎皎河汉女②。纤纤擢素手,札札弄机杼。终日不成章,泣涕零如雨。河汉清且浅,相去复几许?盈盈一水间,脉脉不得语。

【注释】①牵牛星:天鹰星座的主星。这里指神话传说中的牛郎。②河汉女:指织女星,天琴星座的主星。这里指神话传说中的织女。

【鉴赏】《古诗十九首》第十首的《迢迢牵牛星》是一首汉代五言诗,写思妇怀人。它不直接写思妇怀人,而是假借神话故事中的牛郎、织女被银河阻隔不能相见的悲剧,来抒发女子的离别相思之苦与夫妻不得团聚之悲。牵牛和织女本是两个星宿的名称。在中国,关于牵牛和织女的民间故事起源较早。《诗经·小雅·大东》已写到牵牛和织女,但只是作为两颗星来写。到了汉代,牛郎织女的神话故事逐渐定型,为众人所知。

第一二句"迢迢牵牛星,皎皎河汉女",从两处着笔,一写牵牛星"迢迢",遥远而明亮,二写河汉女"皎皎",皎洁而杳渺。诗没有直接用"织女星"一词,而是用"河汉女",既是为了押韵,更是用拟人的手法,把织女星写成一个在银河边的女子,既形象,又生动,让人觉得它不是一颗星,而是一个活生生的人。她正静坐在银河边,隔河远望着自己的丈夫,却不能与他团聚。

"纤纤擢素手,札札弄机杼",这两句是对织女的描写,织女正用她的纤纤细手纺织布匹,织布机"札札"地响个不停。一个"弄"字,含有玩和戏的意思,点出织女此时的心思不在织布上,她心中想的全是银河那边的丈夫。

"终日不成章,泣涕零如雨",正是因为无心织布,所以不管织了多久,哪怕是终日都在织,却一匹布也织不出来。"章"原指布帛上的经纬纹理,这里代指整幅的布帛。织女无心织布,整日都在哭泣,她的泪水像雨滴一样滴落不停。

最后四句是诗人的感慨:"河汉清且浅,相去复几许?盈盈一水间,脉脉不得语。"那阻隔牛郎和织女的银河,河水清澈不深,距离也不是很远。然而就是这浅浅的一水之隔,让他们只能彼此含情脉脉地互看,不能说一句话。清代方东树《昭昧詹言》卷二道:"此诗佳丽,只陈别思,旨意明白。妙在收处四语,不著论议,而咏叹深致,托意高妙。"

此诗共十句,其中六句用了叠音词。"迢迢""皎皎""纤纤""札札""盈盈""脉脉",这些叠音词使全诗音律和谐,情趣盎然,谐美地表达出物性和情思。借用神话中牵牛星和织女星的故事，以物喻人，构思巧妙，感情浓郁，真挚感人。开头一句以牵牛作为引子，后文则主要写织女，织女织布"不成章"，思夫"泪如雨"，望郎"不得语"，她的痴情、愁苦形象跃然于纸上。

（陈庆之　汤克勤）

凛凛岁云暮　古诗十九首

　　凛凛岁云暮，蝼蛄夕鸣悲①。凉风率已厉，游子寒无衣。锦衾遗洛浦②，同袍与我违。独宿累长夜，梦想见容辉③。良人惟古欢④，枉驾惠前绥⑤。愿得常巧笑，携手同车归。既来不须臾，又不处重闱⑥。亮无晨风翼⑦，焉能凌风飞？眄睐以适意⑧，引领遥相睎⑨。徙倚怀感伤⑩，垂涕沾双扉。

【注释】①蝼蛄（lóu gū）：虫名，俗称土狗子。②锦衾（qīn）：锦缎的被子。洛浦：洛水之滨。传说洛水女神名宓妃。③容辉：容颜，风采。④良人：古代妇女对丈夫的尊称。惟古欢：念旧情。惟，思。古，通"故"。⑤枉驾：不惜委屈自己驾车而来。惠：赐予。绥：车上的绳索。古代结婚时，丈夫驾着车去迎接新妇，把绥授给她，引导她上车。⑥重闱：深闺。⑦亮：确实。晨风：鸟名，即鹯，飞行迅疾。⑧眄睐（miǎn lài）：斜着眼看。⑨引领：伸长脖子。睎（xī）：远望。⑩徙倚：徘徊，来回走动。

【鉴赏】《古诗十九首》第十六首的《凛凛岁云暮》，是一首闺妇思念远行丈夫的诗，描写因相思而产生的恍惚迷离的心境和情景。诗共二十句，可分为五节，每节四句，层次分明。

　　第一层从时序写起，岁暮严寒，百虫非死即藏，唯独蝼蛄夜鸣而悲。寒风凛冽，思妇推己及人，想起远在他乡的游子丈夫并无御寒之衣。这四句中，凉风厉，蝼蛄鸣，主要写实，皆眼前所闻所见之景，而远在他乡的丈夫无寒衣，则是想象之词。通过视觉、触觉和听觉的描写，突出天气的寒冷，渲染生活的窘迫，烘托出相思之苦。

　　第二节写婚后两人聚少离多，思妇独守空房，梦见丈夫。"锦衾遗洛浦"是活用洛水宓妃典故，指男女定情结婚；"同袍"出于《诗经·秦风·无衣》，原指战友同僚，这里指夫妇。这两句说婚后不久，良人（丈夫）便离家远去。这是"思"的起因。正因为长久"独宿",相思日深,以至梦中见到了容光焕发的丈夫。

第三节专写梦境。她梦见丈夫来迎娶她的情景。丈夫是那么殷殷深情,眷恋着与她的欢爱,驾车前来,递给她绳索,扶她上车,希望能永远看见她的笑容。他俩手拉手,同坐一辆车子回到家中。这种梦境,是以现实生活为基础的。诗歌选取新婚的场景,有力地表现出夫妻往日的欢乐和恩爱。

第四节语气急转直下,写思妇突然从梦中醒来恍恍惚惚的感受,半嗔半诧,惊疑不定。丈夫并没有停留多久,更没有走进深闺。思妇怀疑道,丈夫没有像晨风鸟那样的翅膀,怎么能奋飞,一刹那便不见了呢?

最后一节写梦醒后的伤感。思妇仍独守空房,唯能引领遥望。此时蟋蟀声满耳,寒风侵窗,她"徒倚感伤""垂涕沾扉"。诗歌感情发展到最高潮,却又戛然而止,很好地表达出思妇的相思之情,意味深长。

此诗的虚实处理较好。清代金圣叹《唱经堂古诗解》道:"于实情中幻出虚景,又于虚景中写出实情,总是空中楼阁。"　　（朱与君　汤克勤）

孟冬寒气至

古诗十九首

孟冬寒气至①,北风何惨栗。愁多知夜长,仰观众星列。三五明月满,四五蟾兔缺②。客从远方来,遗我一书札。上言长相思,下言久离别。置书怀袖中,三岁字不灭。一心抱区区③,惧君不识察。

【注释】①孟冬:指农历十月。每季开头的一个月称孟月。②蟾兔:月亮的代称。③区区:心意诚恳而坚定。

【鉴赏】《孟冬寒气至》是《古诗十九首》中的第十七首,是一首思妇怀人诗,描写初冬一个寒风凛冽的长夜,思妇抒发对丈夫的离愁别恨,表现她对爱情的忠贞之情。

"孟冬寒气至,北风何惨栗",初冬十月,寒气袭来,北风呼啸,好像惨烈的嚎叫与哭泣。女子等待丈夫,思念丈夫,在煎熬中,已度过春、夏、秋了三个季节,此时是初冬时节,丈夫还没有回来。丈夫未归而"寒气至",

女子日夜思念丈夫归来，而她等到的只是凛冽的寒风。这种凄凉不仅是因为天气寒冷，更是因为女子内心的感受，丈夫迟迟未归，让她寒彻心底，呼啸的北风，就如同她的哭泣。

"愁多知夜长，仰观众星列"，因为思念丈夫，她难以入眠，辗转反侧，感受着彻骨的寒风，长夜漫漫。心有多忧愁，夜就有多漫长。她披衣起床，在屋外徘徊，眼望着天上的星星，密密丛丛，想着自己不能与丈夫相见，苦闷至极。

"三五明月满，四五蟾兔缺"，三五指十五日，四五指二十日，天上的月亮到了十五便会圆满，到了二十日就已残缺。女子从看星星到看月亮，无数个夜晚，她披着衣服盼星星、盼月亮，却盼不到丈夫归来，她的内心充满了悲伤。

"客从远方来，遗我一书札"，女子的丈夫并不是完全没有音讯，他托归乡的人给妻子捎了一封信。信里写了什么呢？"上言长相思，下言久离别。"上半部分写满了刻骨的相思之情，下半部分写满了长久的离别之恨。从信中可见，丈夫出门在外，对她也是充满了相思之情，也饱尝了离别之苦。不过，信却没有写明丈夫归来的日期，留给女子遥遥无期的等待。

"置书怀袖中，三岁字不灭"，她把丈夫写来的信，放在衣袖里，时常拿出来阅读，一读三年多，书信上的字迹却没有泯灭。"三岁"两字，点出女子收到信已经三年，可见丈夫离家时间之久。

"一心抱区区，惧君不识察"，即便是这样，她对丈夫的痴情一丝一毫都不曾更改。"区区"，是诚恳而坚定的意思。最后两句，表明女子的心迹：我对你的一片痴情，坚定不移，我只担心你不知道这一切而已。"不识察"，意思是不知道。女子全心全意地爱着丈夫，忠于丈夫，但是分别这么久，丈夫只捎来了一封信，他是否知道女子在家中等着他归来，一心爱着他呢？

诗以寒冬的凄惨景象来衬托女子内心的凄凉，通过写她夜不能寐，仰观星月，反复读丈夫的书信，表现她饱受的离别相思之苦以及对丈夫至死不渝的感情。此诗以第一人称自诉衷肠的形式，展现出思妇的心理活动，曲折婉转，意蕴深厚。

（陈庆之　汤克勤）

客从远方来

客从远方来,遗我一端绮①。相去万余里,故人心尚尔! 文彩双鸳鸯,裁为合欢被。著以长相思②,缘以结不解。以胶投漆中,谁能别离此?

【注释】①端:即半匹。古人以二丈为一"端",二端为一"匹"。绮:有花纹的丝织品。②著:通"褚",这里指在被褥里铺摊丝绵。

【鉴赏】《客从远方来》是《古诗十九首》中的第十八首。这首思妇怀人诗,似乎是《孟冬寒气至》的姊妹篇,以奇妙的思致,描写思妇的意外喜悦和心中充满痴情的浮想。如果真的是《孟冬寒气至》的姊妹篇,那诗中描写的不过是女子的幻想,实在是太可悲了。

第一二句"客从远方来,遗我一端绮",一改《古诗十九首》从写景入手的惯例,直叙其事。客人从远方风尘仆仆而来,给我带来了半匹织有彩图的锦帛,这是远在异乡的丈夫捎给我的。《孟冬寒气至》曾曰:"客从远方来,遗我一书札。"丈夫托人寄给女子的是书信,而此诗丈夫托人送来的是"一端绮",不由让人生疑,这到底是真实发生的事情,还是女子痴心所致的幻想呢? 我们不得而知,姑且相信吧。

"相去万余里,故人心尚尔!"女子感叹:丈夫从万里之遥送来锦帛,饱含着他对我的无尽相思和关切啊。丈夫没有变心,他爱我的心和原来一样。此时女子的心情,由刚开始时的欣喜,变成了感动。

"文采双鸳鸯,裁为合欢被",女子把丈夫捎来的半匹锦帛打开一看,漂亮的彩饰中绣着鸳鸯。"鸳鸯"象征着夫妻恩爱。这饱含着丈夫对妻子的相爱之情,以及与妻子双宿双栖、长相厮守、永不分离的美好愿望。女子决定将它裁作被面,做成一床"合欢被"。"合欢被"原指绣有合欢图案的被子,这里指夫妻共眠时所用的被子。

"著以长相思,缘以结不解","著"指往被子中填装丝绵,"思"为"丝"的谐音,意思是说,在这床合欢被中,要填满长长的丝绵,就像填满女子对丈夫绵绵不绝的思念一样;"缘"指给被子缝上边线,又指缘分和情缘,意思是说,给合欢被缝上边线,就像女子与丈夫的情缘一样,永结同

85

心,永不分离,故称"结不解"。这里用"思"和"缘"两个双关的字眼,来表达女子的痴情,既巧妙又生动。

最后两句,"以胶投漆中,谁能别离此",做一床这样情意绵绵的合欢被,女子与丈夫在一起,如胶似漆,看谁能够把二人分离开来?"以胶投漆"是一个比喻,古人认为夫妻之情,就如同胶和漆一样,粘在一起,不能分开。"谁能别离此?"这一句道出了女子的痛处,别离才是女子真正害怕的,她希望谁也不能让她和丈夫分离。然而现实残酷,此时她与丈夫正处在别离之中……

纵观全诗,不难发现,诗中描写的一切,不过是女子的幻想罢了,根本不曾有远客捎来丈夫的礼物。这首诗看似描写的是喜悦,而实际上真正的意思是完全在诗之外的。现实的情况是,丈夫远出,没有音讯,妻子只能在家中相思苦等,心生幻觉,待幻想破灭之后,只剩下无声的哭泣。对此,清代朱筠《古诗十九首说》道:"于不能合欢时作'合欢'想,口里是喜,心里是悲。更'著以长相思,缘以结不解',无中生有,奇绝幻绝!说至此,一似方成鸾交,未曾离别者。结曰'谁能',形神俱忘矣。又谁知'不能别离'者现已别离,'一端绮'是悬想,'合欢被'乃乌有也?"

(陈庆之　汤克勤)

明月何皎皎 古诗十九首

明月何皎皎,照我罗床帏①。忧愁不能寐,揽衣起徘徊。客行虽云乐,不如早旋归②。出户独彷徨,愁思当告谁?引领还入房,泪下沾裳衣。

【注释】 ①罗床帏:用罗绮做成的床帐。②旋归:回归,归家。

【鉴赏】《明月何皎皎》为《古诗十九首》中的第十九首,一般被认为是游子思归之作。诗歌运用动作描写和心理描写,先写月夜思归,徘徊不寐,次写出户彷徨,愁思难诉,后写引领回房,泪下沾裳。诗歌生动地展现出主人公盼望早归的痛苦心情。

先从明月写起,夜深人未眠,本是孤寂难耐之时,皎洁的月光照耀着床帐,更勾起了主人公许多愁思。他只好披衣而起,徘徊于房间之内。不能归家,是他忧愁的根本原因。这种忧愁没人可以倾诉,自己又无法排解,只能郁积于心,表现在行动上则是彷徨不已,即使走出户外,引领远望,也无法得到一丁点慰藉,不得不又回到房屋里去,止不住的泪水打湿了衣裳。动作一个接一个,细致地刻画了主人公无法排遣的痛苦,塑造出一个徘徊忧伤的游子形象。

"客行虽云乐,不如早旋归",这两句真切地刻画出行乐不如旋归、欲归却不得归的复杂心理,是诗歌的点题之笔,为后人所推崇。清代陈祚明《采菽堂古诗选》道:"客行有何乐?故言乐者,言虽乐亦不如归,况不乐乎!"

此诗语言平淡,音韵谐美,善用环境烘托,意蕴悠长。正如清代吴淇《六朝选诗定论》所论:"无甚意思,无甚异藻,只是平常口头,却字字句句用得合拍,使尔音节响亮,意味深远,令人千读不厌,无限徘徊。虽主忧愁,实是明月逼来。若无明月,只是捶床捣枕而已,那得出户入房许多态。"

(朱与君 汤克勤)

魏　晋

陈琳　陈琳(？—217)，字孔璋，广陵射阳(今江苏省宝应县东北)人。"建安七子"之一。初为袁绍记室，曾作檄诋毁曹操父祖。后归曹操，为司空军谋祭酒，管记室。擅长章表书记。明代张溥辑有《陈记室集》。

饮马长城窟行

陈　琳

饮马长城窟，水寒伤马骨。往谓长城吏："慎莫稽留太原卒^①！""官作自有程^②，举筑谐汝声！""男儿宁当格斗死，何能怫郁筑长城^③？"长城何连连，连连三千里。边城多健少，内舍多寡妇^④。作书与内舍："便嫁莫留住。善事新姑嫜，时时念我故夫子！"报书往边地："君今出言一何鄙^⑤！""身在祸难中，何为稽留他家子^⑥？生男慎莫举^⑦，生女哺用脯^⑧。君独不见长城下，死人骸骨相撑拄！""结发行事君，慊慊心意关。明知边地苦，贱妾何能久自全？"

【注释】 ①稽留：滞留，指延长服役期限。②官作：官府工程。程：期限。③怫郁：忧郁，烦闷。④内舍：指戍卒的家中。寡妇：指没夫的妻子。古时凡独居守候丈夫的妇人皆称为寡妇。⑤鄙：粗野，浅薄。⑥他家子：别人家的女子，这里指妻子。⑦举：养育成人。⑧哺：喂养。脯：干肉。

【鉴赏】 "饮马长城窟行"，汉乐府旧题，属《相和歌辞·瑟调曲》。长城窟，指长城侧畔的泉眼。窟，泉窟，泉眼。郦道元《水经注》曰："余至长城，其下有泉窟，可饮马。古诗《饮马长城窟行》，信不虚也。"此诗采用乐府旧题，以秦代统治者驱使百姓修筑长城的史实作为背景，通过筑城役卒夫妻俩的书信对话，揭露出无休止的徭役给人民带来的深重灾难。诗歌采用书信对话体,展现出男女主人公的内心世界和彼此间的关心牵挂,赞美了筑城役卒夫妻相互关爱、至死不渝的爱情。语言简洁生动,情感真挚动人。

诗可分为三层。第一层是筑城役卒与长城官吏的对话。筑城役卒恳求官吏不要延长服役的时间,但官吏毫不关心役卒,只站在统治者的立场上来行事。这就激起了役卒的义愤:"男儿宁当格斗死,何能怫郁筑长城?"男子汉大丈夫,宁愿战斗而死,也比压抑着修筑长城要好。这反映出秦王朝的暴政和沉重的徭役,激起了被压迫、被奴役人民的强烈不满,阶级矛盾日益激化。清代张玉毂《古诗赏析》道:"三层往复之辞,第一层用明点,下二层皆用暗递,为久筑难归立案,文势一顿。"

第二层为过渡段,由四句组成。"长城何连连,连连三千里",表明长城长,连绵不断。由此可见,修筑长城不知需要多少役卒,也可以推知,不知有多少妻子独守家中,盼望丈夫回家。两个"多"字,强调、突出了广大人民遭受的苦难。这一层承上启下,承接上层役卒与官吏的对话内容,又开启了下层役卒与妻子的书信往来。

第三层叙写筑城役卒与妻子的书信对话,将全诗的感情推向了高潮。役卒写信回家劝说妻子改嫁,侍奉新的公婆,希望她还能偶尔想念一下自己。从中可见役卒心地善良。妻子回信责问丈夫:"君今出言一何鄙!"妻子深知丈夫心中的苦楚和对她的关爱,她的"责骂"是要打消丈夫内疚之心,却引发了役卒心中的悲凉之感。他再次写信道:"生男慎莫举,生女哺用脯。君独不见长城下,死人骸骨相撑拄!"化用秦时民谣"生男慎勿举,生女哺用脯。不见长城下,尸骸相支拄!"表达他对繁重徭役的怨愤,以达到劝说妻子改嫁的目的。妻子接着复信,不再责备,而是对丈夫表达牵挂与体贴之情,并以死明志,"贱妾何能久自全",明确地表达至死不渝的决心。夫妻俩相濡以沫、共克时艰的真情,在来往的书信中传递,令人感动。

此诗点面结合,不仅表现出秦代繁重的徭役对底层人民的残害,也刻画出底层老百姓相互爱护、坚贞不渝的美好爱情。诗中的对话自然而富于变化,深得人们称赞。明人钟惺、谭元春《古诗归》道:"问答时藏时露,渡关不觉为妙。"清人沈德潜《古诗源》道:"无问答之痕,而神理井然。"

(陈漾　汤克勤)

徐幹　徐幹（170—217），字伟长，北海（治今山东省潍坊市西南）人，汉末文学家，"建安七子"之一。为曹操司空军谋祭酒掾属、五官将文学。性恬淡，不慕荣利，以著述自娱。受曹丕称道："观古今文人，类不护细行，鲜能以名节自立，而伟长独怀文抱质，恬淡寡欲，有箕山之志，可谓彬彬君子矣！"

室思六首　　　　　　　　　　徐　幹

其一

沉阴结愁忧①，愁忧为谁兴？念与君生别，各在天一方。良会未有期，中心摧且伤。不聊忧餐食②，慊慊常饥空③。端坐而无为，仿佛君容光。

其二

峨峨高山首④，悠悠万里道。君去日已远，郁结令人老。人生一世间，忽若暮春草。时不可再得，何为自愁恼？每诵昔鸿恩，贱躯焉足保？

其三

浮云何洋洋⑤，愿因通我辞。飘飘不可寄⑥，徙倚徒相思⑦。人离皆复会，君独无反期。自君之出矣，明镜暗不治。思君如流水，何有穷已时。

其四

惨惨时节尽，兰华凋复零⑧。喟然长叹息，君期慰我情。展转不能寐，长夜何绵绵。蹑履起出户，仰观三星连。自恨志不遂，泣涕如涌泉。

其五

思君见巾栉⑨，以益我劳勤⑩。安得鸿鸾羽，觏此心中人。诚心亮不遂，搔首立惆惆⑪。何言一不见，复会无因缘。故如比目鱼，今隔如参辰⑫。

90

其六

人靡不有初，想君能终之。别来历年岁，旧恩何可期。重新而忘故，君子所尤讥。寄身虽在远，岂忘君须臾。既厚不为薄，想君时见思。

【注释】①沉阴：忧伤的样子。②不聊：不是因为。聊，赖，因。③慊（qiàn）慊：空虚不满的样子。④峨峨：高大险峻的样子。⑤洋洋：舒卷自如的样子。⑥飘飘：即飘摇，随风飘扬的样子。⑦徙（xǐ）倚：低回流连的样子。⑧兰华：即兰花。⑨巾栉：手巾、梳子，泛指洗梳用具。⑩劳勤：忧苦思念之情。⑪悁（yuān）悁：忧劳的样子。⑫参辰：二星名，参在西方，辰在东方，两星出没互不相见。

【鉴赏】《室思六首》选自《玉台新咏》卷一，写闺中妇女对远方爱人的思念。古人称妻子为妻室、家室，"室思"便指妻子的闺中之思。此诗共六首，将闺妇的相思之情曲折反复、细腻深入地表达出来。

第一首总写相思愁苦，刻画出一个相思闺妇的形象。开头运用一问一答的方式交代了闺妇愁思的原因：与丈夫别离，各在一方。她内心悲伤，茶饭不思，以至于腹中经常饥空。她什么事情也干不成，脑海里总是浮现出丈夫光彩的仪容。整日痴呆呆的，相思成了她精神上沉重的负担。

第二首用反衬的手法表现闺妇相思之深。丈夫远出，山高路长，离别时间越来越长，忧愁让她过早地衰老。人生犹如春草不长久，时光易逝，为什么要自寻烦恼呢？但是，一想到丈夫往日对她的深情厚谊，她就觉得受再大的苦也是值得的，贱躯不值得保重啊。此诗先写相思之愁大可不必，后却写思念丈夫可以不惜生命。这就反衬出闺妇对丈夫的情谊多么深切！

第三首从愿望的角度表达闺妇相思之深。她希望白云能将她的相思之情捎给丈夫，可是这一愿望并不能实现；她盼望人离能复会，然而，她的丈夫偏偏没有归期。一切愿望都达不成，她懒得收拾自己，明镜都沾满了灰尘。她的相思之情就像流水一样无穷无尽，白白地流逝。

第四首通过时节变化与人物行动来表现闺妇的相思之情。先写时序变化，秋去冬来，兰花凋零，随着气候的变冷，闺妇的情绪越来越凄凉。她不时喟叹，只有对丈夫归期的想象才能安慰一下她孤寂的心情。此诗很好地将情与景融为一体。接着写闺妇的行动：辗转难眠，蹑履出户，仰观三星,泣涕如泉。痛苦的情感随着这些动作被推向了高潮。

第五首通过睹物思人的方式表现闺妇的相思之情。闺妇看见丈夫的梳洗用具,更增添了她的忧愁。她希望像鸿雁、鸾凤一样展翅高飞,能寻见心上人。然而,这一希望必定会落空,她只得"搔首立悁悁"。她感叹,昔日像比目鱼般亲密相伴,现在却像参星与辰星一样相隔遥远。这两个比喻形象地表现出丈夫在家与不在家时闺妇的情感体验,对比强烈,很好地表现出闺妇的相思之情。

第六首写闺妇坚信丈夫不会变心,正像她片刻不能忘情一样。夫妻俩心意相通,即使身处两地,也相互忠于这份感情,再大的相思之苦也总会苦尽甘来。诗歌最后表达希望,给了闺妇一份安慰,也给了读者一份美好的想象。

此组诗多角度、多层次地表达出相思之情,曲折起伏,形成一个环环相扣的统一整体。

(汤克勤 朱与君)

于清河见挽船士新婚与妻别诗　　徐　幹

与君结新婚,宿昔当别离①。凉风动秋草,蟋蟀鸣相随。冽冽寒蝉吟,蝉吟抱枯枝。枯枝时飞扬,身体忽迁移。不悲身迁移,但惜岁月驰。岁月无穷极,会合安可知? 愿为双黄鹄②,比翼戏清池。

【注释】①宿昔:早晚,表示时间很短。②黄鹄:鸟名。

【鉴赏】此诗写新婚别离。意思是:我和你刚刚结婚,旦夕就要分离。凉风吹动着秋草,蟋蟀应和着鸣叫。寒蝉在寒风中嘶吟,嘶吟时抱着枯枝。枯枝不时被风吹起,蝉儿的身体忽然随风飘荡。不悲伤蝉儿被风吹动,只可惜岁月飞驰。岁月飞驰无尽头啊! 相会的日子不知在何时? 真愿我俩化作一双黄鹄鸟,亲密地在清池上游戏。

作者想象着新婚妻子与丈夫分别时的痛苦心情,揭示出挽船士从役的艰辛和身不由己的苦楚,反映出当时妇女嫁给服役士人的悲凉处境。诗人对他们寄予了深切的同情。

此诗的艺术特色主要在于寓情于景。起笔点明新婚离别时的悲伤之情,接着描绘凉风、秋草、蟋蟀、寒蝉、枯枝等物象,构造出一幅荒凉肃杀的图景,渲染出凄凉悲惨的感情,最后以浪漫主义的手法感叹"愿为双黄鹄,比翼戏清池",道出隐痛和希望。诗歌情景交融,悲怨之情寓含在肃杀的景物之中,情真意切。

(朱与君　汤克勤)

繁钦　繁钦(?—218),字休伯,东汉颍川(郡治今河南省禹州市)人。曾任丞相曹操的主簿,以善写诗赋知名于世。其《定情诗》影响较大。

定 情 诗

繁　钦

　　我出东门游,邂逅承清尘[①]。思君即幽房,侍寝执衣巾。时无桑中契[②],迫此路侧人[③]。我既媚君姿,君亦悦我颜。何以致拳拳[④]? 绾臂双金环。何以致殷勤? 约指一双银[⑤]。何以致区区? 耳中双明珠。何以致叩叩? 香囊系肘后。何以致契阔[⑥]? 绕腕双跳脱。何以结恩情? 美玉缀罗缨。何以结中心[⑦]? 素缕连双针。何以结相于? 金薄画搔头。何以慰别离? 耳后玳瑁钗。何以答欢欣? 纨素三条裙。何以结愁悲? 白绢双中衣。与我期何所? 乃期东山隅。日旰兮不来[⑧],谷风吹我襦。远望无所见,涕泣起踟蹰。与我期何所? 乃期山南阳。日中兮不来,飘风吹我裳。逍遥莫谁睹[⑨],望君愁我肠。与我期何所? 乃期西山侧。日夕兮不来,踯躅长太息。远望凉风至,俯仰正衣服。与我期何所? 乃期山北岑。日暮兮不来,凄风吹我襟。望君不能坐,悲苦愁我心。爱身以何为,惜我华色时。中情既款款,然后克密期。褰衣蹑茂草,谓君不我欺。厕此丑陋质,徙倚无所之。自伤失所欲,泪下如连丝。

【注释】①承:承蒙。清尘:车后扬起的尘土,用以敬称尊贵者,这里指代男主人公。②桑中契:幽会的约定。《诗经·桑中》是一首写男女幽会的诗,后称幽会的地方为桑中。③迫:接近。④拳拳:真挚的感情。⑤约指:戒指。⑥契阔:久

93

别的情愫。⑦结中心:指两心相系。⑧日旰(gàn):日落时。⑨逍遥:这里指茫然徘徊。

【鉴赏】定情,指男女互赠信物,确定恋爱关系。繁钦的《定情诗》却写一个女子爱上一个男子,精心打扮自己以表达对他的爱意,与他约会却惨遭失约欺骗,陷入痛苦之中。有人认为这是繁钦借女子被弃来自喻身世,表达怀才不遇的感慨。

诗歌以女子的口吻来叙写她初遇爱情时的欢喜以及失恋被弃后的痛苦,分为三层:首先,女子追忆与男子邂逅相恋的过程;接着,女子回味与男子热恋时的甜蜜;最后,女子表达对男子失约的绝望和自己被抛弃的悲痛。相识、热恋、被弃,叙事清晰,感情由喜转悲,层次分明。

诗歌第二层描写男女相恋时,作者一连运用了11组设问句,把热恋男女的激动亢奋,恨不得一刻不分离的状态刻画得淋漓尽致。作者在对答的句式里层层铺写二人,特别是女子的浓情蜜意:为了表达对男子的拳拳之爱,女子手臂绕金环;为了向男子献殷勤,女子套上戒指;为了表达对男子的区区之爱,女子耳戴明珠;为了显示对男子的真诚和亲密,女子身系香囊,手套镯环,腰戴佩玉,以白线穿双针,以金箔饰发簪,耳后钗子镶嵌玟瑰,绸裙上绣三道边,以白绢作内衣。这些都是"女为悦己者容"心理的外现。在这一段相恋的时光里,每一次相见,女子都精心地用各种饰物装扮自己,希望见证或者是留住他们的爱情。从中我们看到了古代年轻女子对爱情的大胆追求,也反映出那个时代男女地位的不平等,女子穿着打扮都以讨得男子的欢心作为出发点,揭示了古代女性依附于男性的社会现实。

第三层描写女子被弃时,作者采用民歌的表现手法,重章叠句,排比铺陈,感情强烈而犀利。四次重复使用"与我期何所"的语句,采用结构相同的问答句式,描写女子在约会时等待情人的渴盼、情人没有如约而来的懊恼以及油然而生的凄凉悲苦之情。叙写了女子被欺骗、被抛弃的情形,突出了她的痴情和怨恨。最后十句写女子被弃后心怀不舍,直待明白原因在于人老珠黄,于是"泪下如连丝",悲伤满怀。

诗歌语言明晓通畅,刻画出负心汉和痴情女的形象,表达了作者对女子被弃的怜悯和对男子负心的强烈谴责之情。 　　　　　(刘诗琦　汤克勤)

曹丕　曹丕（187—226），字子桓，沛国谯县（今安徽省亳州市）人，曹操次子，魏国的开国皇帝，即魏文帝。文学上有成就，与其父曹操、弟曹植，并称"三曹"。有《魏文帝集》，已佚，今存辑本。其《典论·论文》是一篇开文学批评风气的重要论文，《燕歌行》是现存最早的完整的七言诗。

燕歌行二首

曹　丕

其一

秋风萧瑟天气凉，草木摇落露为霜，群燕辞归雁南翔。念君客游思断肠，慊慊思归恋故乡①，君何淹留寄他方？贱妾茕茕守空房②，忧来思君不敢忘，不觉泪下沾衣裳。援琴鸣弦发清商③，短歌微吟不能长。明月皎皎照我床，星汉西流夜未央④。牵牛织女遥相望，尔独何辜限河梁⑤？

其二

别日何易会日难，山川悠远路漫漫。郁陶思君未敢言⑥，寄声浮云往不还。涕零雨面毁容颜，谁能怀忧独不叹？展诗清歌聊自宽，乐往哀来摧肺肝。耿耿伏枕不能眠⑦，披衣出户步东西，仰看星月观云间。飞鸧晨鸣声可怜⑧，留连顾怀不能存。

【注释】①慊（qiàn）慊：空虚，不悦。②茕（qióng）茕：孤独无依的样子。③援：取，执。清商：乐调名，音节急促，声音清越。④夜未央：夜深未尽的时候。⑤河梁：指银河上的桥。⑥郁陶：深切思念的样子。⑦耿耿：烦闷不安的样子。⑧鸧（cāng）：鸟名。

【鉴赏】《燕歌行二首》以思妇的口吻，诉说她对征夫的思念和怨恨，笔法细腻委婉。

第一首通过融情入景的方式把思妇对丈夫的思念表现得淋漓尽致。开头三句用"秋风萧瑟""草木摇落""白露为霜""群燕辞归""大雁南翔"等意象起兴，勾勒出一幅萧瑟苍凉的秋景图，为诗歌奠定了凄苦悲凉的基调。用时令物候暗喻思妇对丈夫的思念，表现思妇内心的寂寞凄凉。接着，思妇正式登场，"念君客游思断肠"写她思念丈夫的深重忧愁。"慊慊思归恋故乡"笔锋一转，却写游子在外思念故乡亲人，借写被思念者的心理活动以突出思念者感情的急迫深切，更使人对思妇的不幸感同身受，怜悯哀伤。后面"贱妾茕茕守空房"等五句，描写思妇的日常生活情景：独守空房，忧来思君，泪下沾裳，援琴鸣弦，短歌微吟。这种描写不仅表现思妇生活的孤苦无依和精神的空虚寂寞，也反映出她对丈夫的忠诚和热爱。最后四句写秋夜景色，用牛郎织女的典故自我发问，发出呐喊，表达思妇对夫妻相聚遥遥无期的悲伤和无奈。"夜未央"一语双关，一指长夜漫漫，二是象征像征夫一样的普通老百姓身受战争和徭役的压迫无穷无尽。思妇遥望星空，为牛郎织女双星抱不平：两星遥遥相望，你们有何罪过被河梁所限？这一追问，实际上是为人间遭受迫害、被迫分离的夫妻抱不平，是对不幸命运的抗争，是对战争的愤怒控诉。这一结尾言有尽而意无穷，震慑人心。

第二首直接抒情，从人物心理、情态和自然环境几个方面，细致描写思妇在与丈夫分离以后的凄苦悲凉心境，表现出思妇对丈夫的深切思念之情。"别日何易会日难"，分别太容易了，相聚却实在太难。这句诗着眼于人物心理，寓意深刻。"寄声浮云往不还"，向远方的丈夫"寄声"却毫无回音，就像浮云一去不返。这种虚实相杂的环境描写，将思妇深切思念丈夫又无可奈何的心理表现得出神入化。"涕零雨面毁容颜"，各种担忧、疑虑聚集在一起，使思妇备感煎熬和绝望，于是以泪洗面，忧伤哀叹致使青春消失，容颜无光。一个"毁"字，令人触目惊心。"展诗清歌聊自宽"，展诗清歌，本来可以悠然自乐，谁知"乐往哀来摧肺肝"，强作欢乐，终究被哀伤压倒，反而更加痛彻肝肺。这仍着眼于心理描写。夜不能寐便披衣出门，不知不觉间，星没月隐云散，天亮了。从"出户"看月到听"飞鸹晨鸣"一系列动作，展现出思妇思念丈夫夜不能寐的内心煎熬和孤枕难眠的寂寞忧伤。此诗运用一连串的否定句式——"未敢言""往不还""不能眠""不能存"，形成情感起伏的波浪线，曲折流动，循环往复，把凄凉悲苦的情感细腻地表达出来。

这两首《燕歌行》，主题、情感一致，构思却不相同。前篇借物起兴，情景交融，后篇则不假外物，直抒胸臆。两篇都感情缠绵动人，语言清新华丽，句句押韵，文气一贯到底，形成凄苦悲怨的风格，与当时"建安风骨"的慷慨悲壮完全不同。这两首《燕歌行》,标志着中国古代七言诗的成熟。

(刘诗琦　汤克勤)

曹植　曹植(192—232),字子建,沛国谯县(今安徽省亳州市)人,曹操第四子。封陈王,谥曰“思”,世称陈思王。其生活和创作,以曹丕称帝为界,分为前后两期。前期得到曹操宠爱,一度欲立为太子,怀抱建功立业之志,诗作表现社会动乱和人生抱负,基调开朗豪迈;后期遭受曹丕及曹叡两代皇帝的猜忌排挤,诗作反映其所遭受压迫的苦闷生活,充满郁愤情绪。其诗善用比兴手法,语言精练,辞采华茂,较全面地代表了建安诗歌的成就,对五言诗的发展贡献较大。也善辞赋、散文。有《曹子建集》。

七　哀
曹　植

明月照高楼,流光正徘徊。上有愁思妇,悲叹有余哀。借问叹者谁?言是宕子妻①。君行逾十年,孤妾常独栖。君若清路尘,妾若浊水泥。浮沉各异势,会合何时谐?愿为西南风,长逝入君怀②。君怀良不开,贱妾当何依?

【注释】①宕子:指游荡在外的丈夫。宕,同“荡”。②逝:往,去。

【鉴赏】《七哀》是一首五言闺怨诗,写思妇对丈夫的思念和怨恨。有学者认为,这是一首政治诗,用来比喻曹植与他哥哥曹丕之间的关系,曹植不敢直接吐露失望和不满,故借怨妇之口写出。

开篇两句,“明月照高楼,流光正徘徊”,明月照在高楼上,月亮洒下的光芒如水流转,徘徊不定。这两句写实景,渲染出凄凉冷寂的气氛,为全诗奠定了感情基调。宋代张戒《岁寒堂诗话》卷上云:“子建‘明月照高楼,流光正徘徊’,本以言妇人清夜独居愁思之切,非以咏月也;而后人咏月之句,虽极其工巧,终莫能及。”接着两句,“上有愁思妇,悲叹有余哀”,在高楼上,有一位忧愁的妇女,正在悲哀地叹息。“余哀”是指不尽的哀伤。明月高照，月光流转，思妇独倚高楼，顾影自怜，她叹息不知何时才能与丈夫相聚，她悲伤自己被人冷漠忽视。明月、高楼、怨妇，这样的凄美之景，哀伤之情，具有强烈的感染力。自曹植之后，无数诗人将这种组合写进了自己的诗中。

"借问叹者谁？言是宕子妻。"诗以问答的形式点明叹息之人是谁。"宕子"即荡子，指离乡外游，久而不归的人。设问简单明了，回答直截了当。接着，思妇把自己的悲伤娓娓道来："君行逾十年，孤妾常独栖。"丈夫离家已经十年了，至今未归，思妇一直孤身一人，当愁闷难以排解时，她便独上高楼。

"君若清路尘，妾若浊水泥。"丈夫就像路上的清尘飘忽不定，而我则如污水中的淤泥沉于水底。这两个比喻揭示两人相差甚远，难以融合在一起；也暗示丈夫高高在上，对妻子不屑一顾。有人认为，曹植自比"浊水泥"般的弃妇，把哥哥曹丕比作"清路尘"，丈夫不顾夫妻之情将妻子抛弃，而兄长曹丕不顾手足之情，处处防范亲弟弟。

"浮沉各异势，会合何时谐？"这两句承接上两句"清路尘""浊水泥"的比喻，意思是浮尘和沉泥各自不同，什么时候才能相互融合、和谐一体呢？这显然是不可能的，因为清尘是浮的，淤泥是沉的，两者的位置决定了二者不可能融合。"愿为西南风，长逝入君怀。"思妇的绝望变成了不切实际的幻想，她愿意化作西南风，扑入丈夫的怀抱。

最后，作者无情地指出："君怀良不开，贱妾当何依？"丈夫的胸怀早已不向我开放，我还有什么可依靠的呢？思妇心里明白，离家十年、音讯全无的丈夫，彻底地抛弃了自己，她的哀怨之情，痛彻心扉。

这首诗从表面上看，是写思妇诉说被丈夫抛弃的哀怨情怀，其真实意图是抒发曹植被兄长曹丕疏远排斥的苦闷、抑郁之情。曹操最后把王位传给了曹丕。曹丕即位后，因为当年的王位之争，对曹植极为防范，曹植满腔的抱负无处施展，又不能直抒其怀，于是他将满腔的哀怨寄托在怨妇的愁苦之中。这样的爱情是悲剧，这样的兄弟关系更是悲剧。元代刘必履《选诗补注》卷二道："子建与文帝同母骨肉，今乃浮沉异势，不相亲与，故特以孤妾自喻。"

（陈庆之　汤克勤）

杂诗七首（选二）　　　　曹　植

其三

西北有织妇，绮缟何缤纷①！明晨秉机杼②，日昃不成文③。太息终长夜，悲啸入青云。妾身守空闺，良人行从军。自期三年归，今已历九春。飞鸟绕树翔，嗷嗷鸣索群④。愿为南流景⑤，驰光见我君。

其七

揽衣出中闺，逍遥步两楹⑥。闲房何寂寞，绿草被阶庭。空室自生风，百鸟翩南征。春思安可忘，忧戚与我并。佳人在远道，妾身单且茕。欢会难再遇，芝兰不重荣。人皆弃旧爱，君岂若平生。寄松为女萝，依水如浮萍。赍身奉衿带，朝夕不堕倾。倘终顾眄恩，永副我中情。

【注释】①绮缟（gǎo）：有花纹的绢绸。②明晨：清晨，天明。③日昃（zè）：太阳西斜，指午后。④嗷嗷：鸟悲鸣的声音。⑤南流景：向南流泻的日光。景，同"影"。⑥两楹：房屋正厅当中的两根柱子。两楹之间是房屋正中所在，为举行重大仪式和重要活动的地方。

【鉴赏】曹植的《杂诗》有七首，这里选的是其中第三首、第七首。

第三首诗写空闺织妇思念从军不归的丈夫。一开始直接交代女主人公为西北织妇，她能织出美丽的绢绸。但是她清晨用织布机开始织，到太阳西斜还没能织成花绢。这是为什么呢？原来织妇并没有专心去织，她总是唉声叹气，精神恍惚。"太息""悲啸"，织妇发出长叹声，因为她的丈夫从军去了。丈夫曾答应三年便会回来，可如今过去了九年，他还没归来，她独守空闺，日夜盼夫。诗歌前面设置的悬念，到这里得到了解答。用"长夜"描写织妇独守空闺的寂寞和漫长，用"悲啸入青云"的夸张手法刻画织妇思念丈夫的痛苦之情，用"三年""九春"的时间词表现织妇等待丈夫的时间之长，令人对织妇产生同情，同时侧面表现战事之久、天下不太平的现实。最后，诗歌表现织妇对丈夫既怨且爱的心理。"飞鸟绕树

99

翔,嗷嗷鸣索群",由绕树飞翔的鸟儿嗷嗷鸣叫、寻找伴侣而触景生情,织妇埋怨自己的丈夫不知道回家与她团聚。"愿为南流景,驰光见我君",织妇希望自己变成阳光照见丈夫,这充满了浪漫的想象。此诗将织妇复杂的心理,生动细腻地刻画出来。

第七首诗也是一首以女子的口吻写的闺怨诗。闺妇思念她的丈夫,担心丈夫喜新厌旧,一去不返。诗歌将闺妇对丈夫的担忧、哀怨、失望,以及渴望、希冀描写得淋漓尽致。前八句写景,并抒发感情:闺妇思念丈夫,夜不能眠,于是揽衣走出正厅,来到庭院,发现阶石上长满了绿草,空荡的庭院四面灌风,百鸟纷纷南飞。因为寂寞,闺妇春思难忘,悲伤陡生。"闲房""绿草""空室""百鸟南征"等意象,充分地写出了闺妇的孤独寂寞,哀景与哀情交融,让人更觉哀伤。"春思安可忘,忧戚与我并"两句,让人感觉闺妇对丈夫的思念至深。"欢会难再遇,芝兰不重荣",直接写闺妇和丈夫的团聚之难。丈夫迟迟不归,闺妇难免担心他喜新厌旧。闺妇回忆初嫁时的情景,用"女萝""浮萍"比喻自己命运不能自主,用"奉衿带""不堕倾"描写嫁人后的小心谨慎,表现出夫贵妻贱的不平等关系。最后两句"倘终顾盼恩,永副我中情",表现出闺妇对丈夫的幻想和希冀。虽然丈夫的种种表现使闺妇失望,备受煎熬,但是她仍然对丈夫心存期望。

这两首诗也许是作者曹植借闺怨暗叙自身遭受压抑的悲惨命运,诉说种种不平、委屈、质疑和幻想吧。

(刘诗琦 汤克勤)

种葛篇 曹植

种葛南山下,葛藟自成阴①。与君初婚时,结发恩义深②。欢爱在枕席,宿昔同衣衾③。窃慕《棠棣》篇④,好乐和瑟琴⑤。行年将晚暮,佳人怀异心。恩纪旷不接⑥,我情遂抑沉。出门当何顾,徘徊步北林。下有交颈兽⑦,仰有双栖禽⑧。攀枝长叹息,泪下沾罗衿。良马知我悲,延颈对我吟。昔为同池鱼,今为商与参。往古皆欢遇,我独困于今。弃置委天命⑨,悠悠安可任。

【注释】①葛藟(léi):葛麻或葛藤。②结发:我国古礼,洞房之夜,新人各剪下一缕头发,绾在一起,作为永结同心的信物。③宿昔:往常,向来。④《棠棣》:

100

《诗·小雅》中有一篇诗名为《常棣》,是一首记叙兄弟友爱的诗。这里指新婚夫妇感情亲密,如同手足。"常棣"也作"棠棣"。⑤瑟琴:古瑟和古琴。琴瑟之音和谐,比喻和合友好,多指夫妻和谐。⑥恩纪:恩情。旷:空间的广大,引申为时间的久远,含有空缺、耽搁、荒废的意思。⑦交颈兽:颈项相依偎的禽兽。⑧双栖禽:成双栖息的禽鸟,比喻感情深厚的夫妻或朋友。⑨弃置:抛弃,扔在一边。天命:上天的意志,也指上天主宰下的人们的命运。

【鉴赏】《种葛篇》,开头以葛藟起兴,描写女子与男子结发欢愉、恩爱和谐的初婚生活。首先用"欢爱在枕席,宿昔同衣衾"等诗句表现新婚夫妇的恩爱生活。接着剧情突转,"佳人怀异心",丈夫变心了。"恩纪旷不接,我情遂抑沉",刻画出一个惨遭丈夫冷落而抑郁烦闷的弃妇形象。惨遭冷落的凄凉与初婚欢爱的甜蜜形成了鲜明对比,令人唏嘘。最后,通过具体的场景描写,表现弃妇孤苦无依的生活和痛苦的心境。女子孤独地在北林中漫步,看见了交颈兽和双栖禽。这些成双结对出现的动物反衬出女子遭受冷落、抛弃的孤单凄苦的命运。"攀枝长叹息,泪下沾罗衿",通过动作描写表达弃妇的悲伤之情,并与"北林"相呼应。"良马知我悲,延颈对我吟",用拟人移情手法,赋予良马以人类的同情心。连马儿都知道弃妇的悲苦,似乎要安慰她,由此反衬出丈夫的无情,并对他进行讽刺和批判。马儿嘶吟,似乎是弃妇对自身境遇发出的不平之鸣。"昔为同池鱼,今为商与参",用比喻和对比的手法,揭示出夫妻昔日的恩爱甜蜜和今日的陌路无情,既形象生动,又对比强烈。弃妇面对自己被抛弃的命运,无法排遣痛苦,唯有听天由命。她控诉男子的无情与冷漠,宣泄她的绝望和悲伤,可谓"天若有情天亦老"。此诗结构完整,层次清晰,情感起伏,对比强烈。

纵观全诗,可以看出,这是作者曹植借弃妇来寄寓自己的身世凄苦之感,"借他人之酒杯,浇自己之块垒",曹植被曹丕父子排挤,陷入困境,心境悲愁,与弃妇的命运相似。他以弃妇昔日的欢爱,象征自己年轻时的快意人生;以弃妇今日遭受的冷落和被弃,暗示他中晚年被压制打击的命运。以弃妇之悲愁,写他身为人臣无法建立功业的绝望;以弃妇的哀吟,隐喻他反抗压迫的悲叹和痛诉。

(刘诗琦　汤克勤)

阮籍　阮籍(210—263),字嗣宗,陈留尉氏(今河南省尉氏县)人。"竹林七贤"之一。曾任步兵校尉,故世称阮步兵。任性不羁,崇奉老庄之学,政治上采取谨慎避祸的态度。长于五言诗,为"正始之音"的代表,有《阮步兵集》。

咏怀八十二首(其二)　　阮　籍

　　二妃游江滨,逍遥顺风翔。交甫怀环佩,婉娈有芬芳①。猗靡情欢爱②,千载不相忘。倾城迷下蔡③,容好结中肠。感激生忧思,萱草树兰房④。膏沐为谁施⑤,其雨怨朝阳⑥。如何金石交,一旦更离伤?

　　【注释】①婉娈:年轻貌美的样子。②猗靡:柔顺缠绵。③迷下蔡:形容女子美艳迷人。宋玉《登徒子好色赋》:"东家之子,⋯⋯嫣然一笑,惑阳城,迷下蔡。"④萱草:忘忧草。⑤膏沐:古代妇女用的发油。⑥其雨怨朝阳:盼雨却出太阳,表示埋怨。化用《诗经・卫风・伯兮》句意:"其雨其雨,杲杲出日。"

　　【鉴赏】此诗为阮籍组诗《咏怀八十二首》中的第二首,借神话故事叙写情深意重的男女分离之后恩断义绝的故事,似乎有所寄托。

　　开头四句概括了这则神话故事。据《韩诗内传》记载:"郑交甫遵彼汉皋台下,遇二女,与言曰:'愿请子之佩。'二女与交甫。交甫受而怀之,超然而去,十步循探之,即亡矣。回顾二女,亦即亡矣。"二女,即仙女江妃的两个女儿。诗描写江妃二女畅游长江之滨,随风飘舞,逍遥自在。郑交甫对她俩一见钟情,请她们把环佩赠给他,他陶醉在环佩芬芳的香气里。

　　作者接着借题发挥,脱离神话传说,想象他们在分离以后的缠绵相思和千载难忘的感情。郑交甫爱慕二妃的娇容玉质,完全为她们的美貌所倾倒。二妃感激交甫的多情,心生离愁别恨,她们将忘忧草放置在闺房里以慰相思之情。由于交甫不在她们的身旁而懒施粉黛。她们盼望交甫再次出现,然而,就像盼望下雨,天空偏偏出现太阳一样,她们迟迟看不到他的身影,心里不免生出怨恨。作者似乎将郑交甫刻画成一个负心薄义之人,但并没有明确交代原因。

　　诗结尾发问:"如何金石交,一旦更离伤?"为什么金石一般坚固的情谊会在旦夕之间断绝呢？在上文的铺垫下，这一发问合乎情理。但作者并不回答，在提出问题后便戛然而止，使诗歌意义朦胧而耐人寻味。

（刘诗琦　汤克勤）

傅玄　傅玄（217—278），字休奕，西晋北地泥阳（治今陕西省铜川市耀州区）人。官御史中丞、司隶校尉等职。学问渊博，精通音乐，擅长诗文。

杂 言 诗
傅　玄

雷隐隐①，感妾心，倾耳清听非车音②。

【注释】①隐隐：隐约。②清听：静下心来听。

【鉴赏】"善言儿女"是傅玄诗歌的特点。这首诗抓住一个生活细节，描绘女主人公的心理活动，将爱情心理写得活灵活现。远处传来了隐约的雷声，好像不是雷声，而是车行的声音。这是丈夫归来的车声吧，女主人公不觉心旌摇荡。可是静心再听，不是车声，而真是雷声。她多么失望啊！

这一细节描写，展现出女主人公丰富的内心世界。雷声阵阵，是恶劣的天气状况，让女主人公感到心乱如麻。丈夫此时还没有回家，他会淋到雨吗？他会遭到惊吓吗？女主人公对丈夫的关心、思念，被刻画得十分深刻，把她等待心上人归来的心情渲染得淋漓尽致。在雷声滚滚中，她仿佛听见了隐隐的车声，那是丈夫归回的车声吧。"倾耳清听非车音"，这句诗极为经典，生动描写出女主人公的动作、神态和心理，很好地表现出她的感情由希望转为失望的变化，刻画出一个痴情女子的形象。

诗歌短短12个字，展现出一个痴情女子对心上人的痴迷、盼望以及久待不归的焦虑心情，语少情长，耐人回味。　　（李丽荣　汤克勤）

车遥遥篇　　　　傅　玄

　　车遥遥兮马洋洋①，追思君兮不可忘。君安游兮西入秦，愿为影兮随君身。君在阴兮影不见，君依光兮妾所愿。

　　【注释】 ①遥遥：遥远的样子。洋洋：舒缓安闲的样子。

　　【鉴赏】 这首诗的亮点在于借一位妻子的愿望——做丈夫的影子，来抒发思念丈夫之苦。

　　开头写妻子回忆丈夫离去的情景，那载着丈夫的马车渐行渐远，马走得潇洒安闲，马车在远方消失了，丈夫不知何时才能回来。妻子对丈夫一往情深，她无法忘记丈夫的音容笑貌，对他的相思之情愈来愈深。接着交代丈夫远游的目的地，"君安游兮西入秦"，秦地遥远，也极神秘，让妻子既好奇，又担心。妻子怎么解决自己的思念之苦呢？她想到了"愿为影兮随君身"的办法。这一如影随君的心愿，符合恋爱中人特殊、微妙的心理，是颇为新颖的一种表达情思的手法。正是借形与影的关系，诗歌最后表达"君在阴兮影不见，君依光兮妾所愿"，希望丈夫不要去暗处，若在暗处影子就无法显现；希望丈夫一直处于光亮里，这样影子就能常伴左右。这两句诗具有双关的含义，即还表示希望丈夫走正大光明的大道，不要走黑暗邪恶的小路；如果正大光明，妻子会永远陪伴在他身边，如果黑暗邪恶，妻子将舍弃他而去，不再陪伴。妻子的这种期望，显示出她不仅情深，而且义重。清人张玉穀评曰："前四，追叙别景，正述离怀，犹是夫人能道。妙在后二竟接'影'字，惧其在阴而不得随，愿其依光而得长随。反覆摹拟以摇曳之，真传得一片痴情出。"

　　这首诗连用六个"兮"字，好像是妻子反复的叹息，不仅表现她的多情，也抒发了她因别离而遭受的痛苦，感染力很强。　　（李丽荣　汤克勤）

　　贾充　贾充（217—282），字公闾，西晋平阳襄陵（今山西省临汾市东南）人。三国曹魏末期重臣，西晋开国元勋，任西晋车骑将军、散骑常侍、尚书仆射，后升任司空、太尉等职，封鲁郡公。咸宁末，为使持节、假黄钺、大都督征讨吴国。吴国平定后,增邑八千户。

与妻李夫人联句

贾　充

　　室中是阿谁? 叹息声正悲(贾)。叹息亦何为? 但恐大义亏(李)。大义同胶漆①,匪石心不移(贾)。人谁不虑终,日月有合离(李)。我心子所达,子心我所知(贾)。若能不食言,与君同所宜(李)。

　　【注释】①胶漆:比喻夫妻情投意合,亲密无间。

　　【鉴赏】《与妻李夫人联句》亦作《定情联句》,是贾充与原配夫人李婉联句而成的。联句诗据说最早起源于汉武帝时的《柏梁台诗》(或疑为后人伪托),由两人或多人接续,各作一句或两句,连缀成篇。贾充娶尚书仆射李丰之女李婉,其人淑美有才行。后来李丰被司马师所杀,李婉坐流徙乐浪。此诗是贾充与李婉在被迫分离之前所作,两人联诗互表心意。

　　首句"室中是阿谁? 叹息声正悲"由贾充领起,他关切室中那个发出叹息声的人是谁。显然他明知故问,是要引起李夫人的回应。李夫人回答,可不必关心叹息声,应担心的是夫妻俩的大义情缘将要断绝。贾充安慰她,夫妻大义如胶似漆,难以割舍;他的心不会像石头那样转移,他对妻子的爱坚定不移,不可动摇。李夫人面对被迫与丈夫分离的现实,理智地认识到"人谁不虑终,日月有合离",连日月都有团聚与分离的时候,何况人呢? 人不得不为自己的终身考虑。李夫人心中充满了悲凉、不舍和无可奈何。贾充继续安慰道:我的心你能够懂得,正如你的心我明白一样。李夫人得到了一些安慰,说她可以安心了,"宜"即"宜室宜家"之宜。

　　从这首联句诗看,贾充对李夫人的情意真挚感人。两人一人两句,连缀成诗,语言简洁朴素,表达出特定时刻夫妻俩的情深义重。

(陈澡　汤克勤)

张华　张华(232—300),字茂先,西晋范阳方城(今河北省固安县)

人。出身寒微，博学多闻，官中书令，封广武侯、壮武郡公，进位司空，后被赵王司马伦和孙秀杀害。其诗辞藻华艳，《诗品》评之曰："儿女情多，风云气少。"著有《博物志》。

情诗五首 张　华

其一

北方有佳人，端坐鼓鸣琴。终晨抚管弦，日夕不成音。忧来结不解，我思存所钦[①]。君子寻时役，幽妾怀苦心。初为三载别，于今久滞淫[②]。昔耶生户牖，庭内自成阴。翔鸟鸣翠偶，草虫相和吟。心悲易感激，俯仰泪流衿。愿托晨风翼，束带侍衣衾。

其二

明月曜清景，昽光照玄墀[③]。幽人守静夜，回身入空帷。束带俟将朝，廓落晨星稀。寐假交精爽[④]，觌我佳人姿。巧笑媚欢靥，联娟眄与眉[⑤]。寤言增长叹[⑥]，凄然心独悲。

其三

清风动帷帘，晨月照幽房。佳人处遐远[⑦]，兰室无容光。襟怀拥虚景，轻衾覆空床。居欢惜夜促，在戚怨宵长[⑧]。拊枕独啸叹，感慨心内伤。

其四

君居北海阳，妾在江南阴。悬邈修涂远[⑨]，山川阻且深。承欢注隆爱，结分投所钦。衔思笃守义，万里托微心。

其五

游目四野外，逍遥独延伫。兰蕙缘清渠，繁华荫绿渚。佳人不在兹，取此欲谁与？巢居知风寒，穴处识阴雨。不曾远别离，安知慕俦侣？

106

【注释】①所钦：所钦佩的人。②滞淫：长久停留。③眈光：即胧光，白光。玄墀(chí)：黑褐色的台阶。④精爽：灵魂。⑤联娟：微曲的样子。⑥寤言：醒来说话。⑦佳人：一般指美女，此处指远游的丈夫。古代对品德、长相俱佳的男子亦称佳人。⑧在戚：在悲伤的时候。⑨悬邈：遥远。修涂：长途。

【鉴赏】《情诗》五首虽然各自独立成篇，但是从诗中的环境描写和男女主人公的情绪表达来看，是一个整体，将"爱情"这一主题贯穿始终。

第一首诗开头设下悬念，佳人端坐着，从早到晚抚弄琴弦，却弹不出动听的音乐，她满腹心事，心神不宁，这是为什么呢？原来她的丈夫在外行役久久未归。接着采取插叙的手法，叙写丈夫与妻子约定以三年为归期，如今三年已过，却不见他归回。昔日栽种的树木，已繁茂成荫，可见分离时间之长。"鸟鸣偶""虫和吟"，是思妇日常所见的事物，它们的成双成对更增添了她的孤单寂寞。她整日唉声叹气，以泪洗面。最后两句表达她的愿望，"愿托晨风翼，束带侍衣衾"，希望自己有晨风鸟一样的翅膀，能飞到丈夫的身边侍奉。这一愿望很美好，深切地表达出思妇对丈夫的思念之情。

第二首诗特写思妇夜晚相思失眠的情景。深夜静谧，明月皎洁，白光照射着黑色的台阶和空房。思妇独自守着这一份寂寞，穿戴齐整，望着星辰越来越稀薄。在神情恍惚中，丈夫突然出现在她的身边，她多么高兴啊！"巧笑媚欢靥，联娟眸与眉"，描画出一幅欢欣动人的图景。可是清醒过来后，她仍是孤身一人，唯有长叹一声，凄然独悲。思妇孤苦无依、内心凄苦的形象，被刻画得真切动人。

第三首诗的开头"清风动帷帘，晨月照幽房"，点出闺妇的生活环境和怀人之情。清风吹动罗帐，帷动而无人至；晨月照进闺房，清光撩拨着幽静的心房。这两句暗示出闺妇又熬过了一个无眠之夜。接着两句道出原因："佳人处遐远，兰室无容光。"丈夫身在远方，闺房里已没有他的音容笑貌。诗歌细致描写了闺妇的日常生活："襟怀拥虚景，轻衾覆空床。""虚景"，即虚影，指月影。月影婆娑，闺妇怀中相拥的竟是虚影，轻衾覆盖的只是空床。以"虚景"代指月影，甚为巧妙：月影本为虚物，比喻恰当；虚影与空床相对，对仗工巧；而且，闺妇所"拥"的，不独是"虚"的月影，更有昔日欢爱的幻影。闺妇痴情的幻想与冷酷的现实形成了鲜明的对照，构成妙境。"居欢惜夜促，在戚怨宵长"，虽然同样是夜晚，但是产生了强烈的心理落差,原因主要在于心爱的人是否在身边。只有经历过酸甜苦辣的人,才会有这种人生况味。而眼前的现实是,闺妇已经忍受了长久的孤独,还要无限期地煎熬下去。"拊枕独啸叹,感慨心内伤",通过动作描写,将闺妇的哀伤真实生动地表达出来。

第四首诗较理性地叙述闺妇与丈夫的分居生活,赞扬了二人忠贞不渝的爱情。一个在"北海阳",一个在"江南阴",两地相距遥远,又有山高川深的阻隔,但是,既然有缘结成了夫妻,这些困难又算什么呢?"万里托微心",哪怕是相距万里,也彼此心意相通,人生无悔。

第五首诗从游子的角度写他对妻子的相思。先写景,再抒情。男子伫立野外,引颈远望,只见清溪潺潺,兰蕙丛生,他情不自禁地伸手去摘花朵,心里却又一想:"佳人不在兹,取此欲谁与?"妻子不在身边,摘下这朵花儿又能送给谁呢?这一心理活动,深切地表达出游子对妻子的思念之情。接着,诗歌通过议论来抒情:"巢居知风寒,穴处识阴雨。不曾远别离,安知慕俦侣?"巢居的鸟儿能感知风寒,穴处的虫子能预知阴雨,只有身临其境,切身体验,才能够知道其中的滋味。因此,不曾经历别离的人,怎么能知道这思念爱人的痛苦呢?这四句诗由物及人,以物比心,写出了"离人"的共同感受。整首诗从生活细节出发,写出了人类的普遍感情,写景、抒情、议论,有机结合在一起,情真意切,感人至深。清代学者沈德潜称赞它"油然入人"(《古诗源》)。

(汤克勤　李丽荣)

感 婚 诗

张　华

驾言游东邑,东邑纷禳禳①。婚姻及良时,嫁娶避当梁②。窈窕出闺女,嬿婉姬与姜③。素颜发红华,美目流清扬。韡炜众亲盛④,于我犹若常。譬彼暮春草,荣华不再阳⑤。

【注释】①纷禳禳:繁忙的样子,形容婚礼场面热闹。②当梁:指不吉祥的年岁、日子。旧时以子、午、卯、酉年为当梁年,认为不宜婚嫁。③嬿婉:形容女子漂亮。姬、姜:古时候的大姓,这里指大户人家的闺女。④韡(wěi)炜:盛大的样子。⑤荣华:盛开的花,比喻美好的容颜或青春年华。

【鉴赏】此诗作于张华十八岁与散骑常侍刘放之女成婚之时,叙写了结婚盛事,描绘了新娘的美丽,抒发了人生幸福的感情。

开头四句总写,叙述结婚的地点在东邑,结婚的场面热闹繁华,结婚的时间选在良辰吉时,避开了当梁之年。中间四句特写新娘的美貌和出身的不平凡,她的窈窕、嬿婉的美貌,以"素颜发红华,美目流清扬"来着意加以描绘,反映出诗人内心满满的幸福感。最后四句是议论抒情,抒发了作者因结婚而产生的感慨与联想。时间流逝,人总是要变老的,要懂得珍惜青春岁月,不可虚度时光。诗歌展现出与众不同的人生境界。作者借结婚这一人生喜事,有所寄托,有所申发。

(李丽荣)

潘岳　潘岳(247—300),字安仁,荥阳中牟(今河南省中牟县)人。西晋文学家。少以才颖见称,号为"奇童"。先后任河阳令、著作郎、给事黄门侍郎等职,后被赵王司马伦和孙秀杀害。擅长诗赋诔文,与陆机并称"潘陆",有"陆才如海,潘才如江"之誉。

悼亡诗三首　　　　潘　岳

其一

荏苒冬春谢①,寒暑忽流易。之子归穷泉②,重壤永幽隔。私怀谁克从③,淹留亦何益?黾勉恭朝命④,回心反初役⑤。望庐思其人,入室想所历。帏屏无仿佛⑥,翰墨有余迹。流芳未及歇,遗挂犹在壁。怅恍如或存⑦,周遑忡惊惕⑧。如彼翰林鸟⑨,双栖一朝只。如彼游川鱼,比目中路析。春风缘隙来⑩,晨霤承檐滴⑪。寝息何时忘,沉忧日盈积。庶几有时衰,庄缶犹可击⑫。

其二

皎皎窗中月,照我室南端。清商应秋至⑬,溽暑随节阑。凛凛凉风升,始觉夏衾单。岂曰无重纩⑭,谁与同岁寒?岁寒无与同,朗月何胧胧。展转盼枕席,长簟竟床空⑮。床空委清尘,室虚来悲风。独无李氏灵,仿佛睹尔容⑯。抚衿长叹息,不觉涕沾胸。

沾胸安能已,悲怀从中起。寝兴目存形,遗音犹在耳。上惭东门吴^⑰,下愧蒙庄子^⑱。赋诗欲言志,此志难具纪。命也可奈何,长戚自令鄙。

其三

曜灵运天机^⑲,四节代迁逝^⑳。凄凄朝露凝,烈烈夕风厉。奈何悼淑俪,仪容永潜翳^㉑。念此如昨日,谁知已卒岁。改服从朝政,哀心寄私制。茵帱张故房,朔望临尔祭。尔祭讵几时,朔望忽复尽。衾裳一毁撤,千载不复引。亹亹期月周^㉒,戚戚弥相愍^㉓。悲怀感物来,泣涕应情陨。驾言陟东阜,望坟思纡轸^㉔。徘徊墟墓间,欲去复不忍。徘徊不忍去,徙倚步踟蹰。落叶委埏侧,枯荄带坟隅。孤魂独茕茕,安知灵与无。投心遵朝命,挥涕强就车。谁谓帝宫远,路极悲有余。

【注释】①荏苒:时间流逝。谢:去。②之子:那个人,指妻子。穷泉:深泉,指地下。③私怀:私心,指悼念亡妻的心情。克:能。从:顺从。④俛俛:勉力。朝命:朝廷的命令。⑤回心:转念,指心从哀悼亡妻的情绪中脱离出来。初役:原任官职。⑥帏屏:帐幔和屏风。仿佛:相似而不真切的样子。⑦怅恍:神情恍惚。如或存:好像还活着。⑧周遑:惶恐。悚:忧。惕:惧。⑨翰林鸟:展翅飞于林中的鸟。翰,羽毛,作动词用,飞翔。⑩隟:同"隙",指门窗的缝隙。⑪霤(liù):屋檐上流下来的水。⑫庄:指庄子。缶:瓦盆,古时一种打击乐器。⑬商:秋风,西风。⑭纩(kuàng):丝绵。⑮簟(diàn):竹席。⑯睹:看见。⑰东门吴:春秋战国时一个魏国人。东门,复姓。《列子·力命》曰:"魏人有东门吴者,其子死而不忧。"⑱蒙庄子:即庄子,宋国蒙(今河南省商丘市)人。⑲曜(yào)灵:指太阳。运:运转。⑳四节:指春、夏、秋、冬四季。代迁:交替变迁。㉑潜翳:隐蔽,隐藏。㉒亹亹(wěi):缓慢流动,形容时间消逝。㉓愍(mǐn):忧伤。㉔纡轸(yū zhěn):心内的隐痛、郁结。

【鉴赏】潘岳与妻子杨氏,自幼订婚,婚后恩爱,大约在潘岳五十二岁时,杨氏病逝。妻子死后一周年,潘岳写下了这三首悼诗。按古代礼制,妻子死了,丈夫应服丧一年。诗中所说冬春寒暑节序的变易,说明时间已过去一年。《悼亡诗》三首,分别写了三个时令:春、秋、冬,在春秋代序、寒暑交替的岁月中,作者的丧妻之痛并没有被冲淡,反而越来越深重。

这三首诗都写得缠绵悱恻,情深意长,催人泪下。第一首是作者服丧一年后准备赴任而悼念亡妻的诗。诗分为三部分,前八句为第一部分,交代妻子逝世已一周年,作者要离家赴任。从"私怀"与"朝命"的公私矛盾写出了作者的心理活动,心中有难以排解的忧愁。中间八句为第二部分,从睹物思人这一角度写对亡妻的深切思念。作者就要离开家乡去任所,可是眼前的一切让他想起了亡妻,物在人亡,怎不让他心痛? 他看到房屋便想起妻子,走进室内又想起妻子的点点滴滴。妻子用过的屏风还在,写过的字还在,把玩的器物还挂在墙上,甚至妻子的气味还残留在衣服上。眼前的一切,都没有改变,作者神志恍惚,感觉妻子还活着。忽然醒悟过来,她已离开了人世,作者心中不免怀有几分惊惧。这一段心理描写,细腻地表达出作者思念亡妻的感情,真挚动人,是全诗的精彩之处。清代陈祚明《采菽堂古诗选》卷十一道:"情至凄惨。'望庐'六句,千古悼亡至情。"最后十句为第三部分,写作者丧偶的孤独和悲哀。"翰林鸟"和"比目鱼",皆成双成对,而今妻子已去,人不如物,空留下作者影只形单,何等凄凉! 又写"春风缘隙来,晨霤承檐滴",不仅点出季节,更是表现出作者的忧愁和思念,他的思念就像春风春雨一样缘隙来、承檐滴,让他防不胜防,即使睡觉时也不能忘怀,在梦里也无法忘记妻子。最后作者想效法庄周,以达观的态度来消愁,但那只是一厢情愿,因为他对妻子的感情实在是太深了,他根本无法战胜这种相思之愁。此诗深切地写出作者思念亡妻的痛苦。

第二首写对亡妻的思念和人去屋空的悲凉。秋夜,作者孤枕难眠,看着月光照进房间,凉风习习,他想着夏天的薄被已无法应付秋天的凉意了。不知是这秋风、明月,还是这夏被,又勾起了作者对妻子的思念。作者从日常琐事写起,表达他对妻子的思念从未消减。接着,作者描写月色朦胧,衬托人去楼空的凄清。在景物铺垫之后,作者直接抒情,写自己辗转难眠,孤单寂寞。情与景有机地交融在一起,如行云流水般自然。最后,作者引用汉武帝和李夫人的典故,写出自己与妻子阴阳两隔无法相见的哀怨和无奈;并引用"东门吴"与庄子的典故,以他们的旷达反衬自己对这份感情的沉溺和难以纾解的愁苦。

第三首作者写在任职前来到妻子的墓前道别。冬天,清晨起床,西风烈烈,亡妻的离去恍在昨日,但实际上已过了一年多。自妻子死后,作者恍恍惚惚,如同生活在梦里,每天都处在痛苦之中。然而"改服从朝政",作者要去朝廷任职,因此向妻子的亡灵告别,今后怕连亡灵也见不到了。他怎么能忍心离去呢?他在坟前"徘徊","欲去复不忍","徙倚""踟蹰",难舍难分。最后,作者表达"谁谓帝宫远,路极悲有余",将"帝宫远"、"路极"与"悲有余"进行对照,可见悲愁到死都悲不尽。作者将无奈、矛盾的心情和对妻子深沉的爱,真切地表达了出来。

潘岳的这三首《悼亡诗》,如泣如诉,痛断肝肠,写出了他对妻子的思念之情,令人感动。清代沈德潜的《古诗源》选录其一、其二,总评曰:"兹特取《悼亡》二诗,格虽不高,其情自深也。"值得注意的是,潘岳的《悼亡诗》书写重心落在悼亡主体上,而不是对象(亡妻)上,这对后世的悼亡诗产生了深远的影响,成为后世悼亡诗的范式。   (廖艳爱　汤克勤)

苏伯玉妻　苏伯玉妻,姓名、籍贯、生卒年均不详,晋人。苏伯玉出仕蜀地,久而不归。其妻居住长安,作《盘中诗》以寄,倾诉对丈夫的思念之情。

盘 中 诗   苏伯玉妻

山树高,鸟鸣悲。泉水深,鲤鱼肥。空仓雀,常苦饥。吏人妇,会夫希①。出门望,见白衣②。谓当是,而更非。还入门,中心悲。北上堂,西入阶。急机绞③,杼声催。长叹息,当语谁。

君有行,妾念之。出有日,还无期。结中带,长相思。君忘妾,天知之。妾忘君,罪当治。妾有行,宜知之。黄者金,白者玉。高者山,下者谷。姓为苏,字伯玉,作人才多智谋足。家居长安身在蜀,何惜马蹄归不数?羊肉千斤酒百斛,令君马肥麦与粟。今时人,智不足,与其书,不能读,当从中央周四角。

【鉴赏】"盘中诗"，是将诗句写在盘中，呈螺旋式回旋，从中央起句，
回环盘旋至四角，正如此诗所说的"当从中央周四角"，故称为盘中体，属
于回文诗体的一种。它以晋苏伯玉妻的《盘中诗》得名。当年苏伯玉赴蜀
地做官，久久未归，杳无音讯，其妻居于长安，日夜牵挂，作此诗抒发她的
思念之情。全诗二十七韵，一百六十八字，主要为三字句，后面加入七字
句，整齐中有灵活，语言质朴，情感真挚缠绵。

开头借自然景物来抒发"吏人妇"因"会夫希"而产生的痛苦之情。
山中树木高，鸟儿鸣声悲；泉水深，鲤鱼肥；空仓里的鸟雀，常常苦痛挨饥
饿。做官吏的妻子十分痛苦，因为她与丈夫聚少离多。接着具体写"吏人
妇"孤苦寂寞的生活。出门远眺，看见穿吏役白服的人，以为是自己的丈
夫归来，可是仔细一看却是别人。失望地走入屋门，在厅堂中徘徊，内心
悲伤。为了排遣失落之情，她飞快地绞纱织布。由于心中烦闷，似乎连这
织布机也不听她使唤了。杂乱的机杼声，声声催人老，她叹息着，想要找
人倾诉，可是又有谁能听她诉说呢？诗通过动作和心理描写，表达出妻子
对丈夫的绵绵思念和满腔心事无人诉说的愁苦之情。

接下来话锋一转，不再表达妻子对丈夫的思念，而是对丈夫的质问。
丈夫远行，妻子思念，那么他也会像自己这样思念对方吗？他为什么"出
有日，还无期"呢？因为丈夫久久不归，妻子产生了被抛弃的感觉。妻子
绝不会忘记丈夫，而丈夫久久不归，恐怕已经把妻子忘记了。怀着这种疑
虑与担忧，妻子直接揭示丈夫的姓名，称丈夫"作人才多智谋足"。她许诺
丈夫，若他骑马归来，必以"羊肉千斤酒百斛"来欢迎他。结尾交代这封诗
休书信怎么读——"当从中央周四角"。据说苏伯玉接到"盘中诗"后，有
所转变，对远在长安的妻子表达了他的思念。

关于此诗，清人沈德潜《古诗源》道："使伯玉感悔，全在柔婉，不在怨
怒，此深于情。"又道："似歌谣，似乐府，杂乱成文，而用意忠厚。千秋绝
调。"明人胡应麟称它"绝奇古"。

（李丽荣　汤克勤）

张协 张协(? —307),字景阳,安平(今河北省安平县)人,西晋文学家。富有诗才,与兄张载、弟张亢并称"三张"。曾任河间内史。晚年辞官归隐,以吟咏自娱。其诗用语清新,富有情趣,风格挺拔,多抒写个人情怀。

杂诗十首(其一) 张 协

秋夜凉风起,清气荡暄浊①。蜻蜊吟阶下②,飞蛾拂明烛。君子从远役,佳人守茕独。离居几何时,钻燧忽改木③。房栊无行迹④,庭草萋以绿。青苔依空墙,蜘蛛网四屋。感物多所怀,沉忧结心曲⑤。

【注释】①清气:清爽的空气。荡:涤荡。暄(xuān)浊:这里指湿热烦浊的空气。②蜻蜊(liè):蟋蟀一类的昆虫。③钻燧(suì):钻木取火。改木:古人钻木取火,随季节更迭而选用不同的木材。这里形容季节变换。④房栊(lóng):窗户,这里指房屋。⑤沉忧:深沉的忧愁。心曲:内心深处。

【鉴赏】张协的《杂诗》有十首,不是在同一时间作的,却共同抒发了对世俗生活的不满,表达忧虑苦闷的心情。这里选的是第一首,描写闺妇思夫的悲愁。

一开始写景,秋夜刮起了阵阵清爽的风,将懊热闷浊一扫而空,蟋蟀在台阶下低吟,飞蛾掠过燃烧的蜡烛。这幅凄清冷落的秋夜图,为全诗奠定了凄凉的感情基调。"秋风""蜻蜊""飞蛾"等动的事物,衬托出夜的宁静,也衬托出闺妇心境的清冷。

接着交代原因,"君子从远役,佳人守茕独",丈夫远出行役,留下妻子在家独守空房。关于妻子独居的环境,诗歌进行了突出描写。丈夫离家很久了,季节不知变换了多少次。屋里没有丈夫的行迹,院子里杂草丛生,绿意萋萋,青苔沿着空墙长出来,蜘蛛网结满了房屋的四角。通过冷落惨淡的环境描写,展现出妻子孤寂无聊的生活。"杂草茂盛""青苔丛生""蜘蛛布网",暗示出妻子无心打理庭院,对丈夫的思念严重地影响到了她的正常生活。

最后写闺妇触景生情,"感物多所怀,沉忧结心曲",直截了当地点明闺妇思夫的忧郁、沉闷之情。眼前景物的萧条衰落，丈夫的远行未归，让她的内心郁结了万千忧思。

诗从闺妇的角度进行叙述，闺妇眼前所见之景，心内所感之痛，感情抒发之悲，皆源于丈夫"从远役"而久未归。诗以哀景衬哀情，情与景和谐一体，充满了悲凉的情绪。 　　　　　　　　　　　（陈漾　汤克勤）

陆机　　陆机（261—303），字士衡，吴郡吴县华亭（治今上海市松江区）人。西晋文学家，东吴丞相陆逊之孙、大司马陆抗之子，与其弟陆云合称"二陆"，被誉为"太康之英"。吴亡后出仕晋朝，历任平原内史、祭酒、著作郎等职，陷入晋朝贵族的内部斗争，最终被杀，世称"陆平原"。所作诗文讲求辞藻和排偶，开六朝文学风气。有《陆士衡集》。

拟兰若生春阳诗　　　　　　陆 机

　　嘉树生朝阳，凝霜封其条。执心守时信，岁寒终不凋。美人何其旷①，灼灼在云霄。隆想弥年月②，长啸入风飙③。引领望天末，譬彼向阳翘。

【注释】①美人：指所思的人。旷：遥远。②隆想：深思。弥：满。③风飙：暴风。

【鉴赏】《兰若生春阳》是一首怀念情人的诗，相传为汉朝一位女子所作，载于《玉台新咏》。《拟兰若生春阳诗》是陆机根据《兰若生春阳》而作的一首拟古诗，流露出诗人对心上人的思念，欲罢不能却又无可奈何。

前四句借嘉树表达作者虽历经艰苦，但情意如旧。嘉树生长在春天，但就算冬天的凝霜冻住了树的枝条，它也屹立不倒。它秉持一颗真心，遵守诺言，经历严霜寒风而不凋败。作者以嘉树自喻，表明自己虽历尽艰辛却始终不改初心，不忘旧爱。

后六句表达作者所思念的人远在天边，相见无由，他忧思累积，达到几乎发狂的境地。他想念的人极其遥远，如在云端，可望而不可即；想念心上人，过了一年又一年，沉重的相思之情好像长啸的狂风，难以停息。

作者用夸张的手法将相思之情比喻为狂风呼啸,新颖生动。作者寄情于景,将思念之情表达得淋漓尽致。最后,作者望向天边,期盼自己有朝一日能见到心上人,对未来充满了期盼。

诗歌运用比喻、夸张的修辞手法,以嘉树自喻,以风飙比喻沉重的思念,以云霄形容遥远的距离,十分形象生动。 （陈漾 汤克勤）

为顾彦先赠妇①二首 陆 机

其一

辞家远行游,悠悠三千里。京洛多风尘②,素衣化为缁③。修身悼忧苦,感念同怀子。隆思乱心曲④,沉欢滞不起。欢沉难尅兴⑤,心乱谁为理。愿假归鸿翼,翻飞浙江氾⑥。

其二

东南有思妇,长叹充幽闼⑦。借问叹何为?佳人眇天末⑧。游宦久不归,山川修且阔。形影参商乖,音息旷不达。离合非有常,譬彼弦与筈⑨。愿保金石躯,慰妾长饥渴。

【注释】①顾彦先:三国吴丞相顾雍之孙,吴郡吴县人(今江苏省苏州市),名荣,字彦先。吴亡,与陆机、陆云一起入洛阳,任晋朝尚书郎。312年病卒。②京洛:指西晋的京都洛阳。风尘:指旅途劳累辛苦。③素衣:白色的衣服。缁(zī):黑色。④隆思:形容思想杂乱。隆,盛,多。心曲:心的深处。⑤尅(kè):克制,约束。⑥氾(sì):由主流分出再汇合的河水。这里指顾荣的家乡吴县。⑦幽闼(tà):庭院深处,指闺妇居住的内室。闼,门内。⑧佳人:这里指妻子对顾荣的称呼。眇:通"渺",遥远。天末:天的尽头,即天边。⑨筈(kuò):箭尾扣弦的部分。

【鉴赏】东汉末年,在文人中开始兴起一种代人作诗的风气。《为顾彦先赠妇二首》是陆机代好友顾彦先而作的诗,作于他入洛为官时期。诗被收录于《文选》。唐代李善《文选注》曰:"上篇赠妇下篇答,而俱云赠妇,又误也。"

第一首诗从顾彦先的角度来写,通过描写顾彦先入洛途中的遭遇和心绪,表达他对闺中妻子的思念之情。

开头"辞家远行游,悠悠三千里",描写顾彦先辞家入洛去求官,路途遥远。接着用"多风尘"凸显路途的艰辛,连出门穿的白色衣服也变成了黑色。以路途的遥远、艰辛引出他对妻子的思念,奠定了全诗的感情基调。

顾彦先一路风尘来到了洛阳,修身之时仍不忘想念妻子。因为心事繁多、心绪杂乱,始终"沉欢滞不起",对其他事情提不起兴趣,然而没有谁来安慰他。他一心"愿假归鸿翼,翻飞浙江汜",凭借鸿雁的翅膀,飞回到三千里之遥的家中,与妻子团聚。

诗按照时间顺序来写,先写入洛途中,后写到达洛阳之后。入洛途中,因旅途艰辛引起对妻子的牵挂,到洛阳以后,因人生地不熟,诸事不顺,加深了对妻子的思念。诗句"隆思乱心曲……心乱谁为理",两个"乱"字将主人公的相思之情推到极致,在辗转反侧之间幻想着长出双翅,飞回到家乡亲人的身边,情感达到了高潮。

第二首诗从顾彦先妻子的角度来写,表达妻子对外出游宦丈夫的相思之情。

开头交代东南有一位思妇,即顾彦先之妻,在幽深的庭院里叹息。先故意设问:"叹何为?"马上回答:妻子在家盼望丈夫回来,可是丈夫游宦在几千里之外。

丈夫久久未归,外面山高水长,夫妻俩本应如影随形,朝夕相伴,谁知事与愿违,二人如参、商两星一般此出彼没,不得相见,音讯不通。夫妻的离别和相会没有常规,就像那弦与筈一样,暂时相会,马上就要分开。

最后,妻子许下心愿:"愿保金石躯,慰妾长饥渴。"希望丈夫在外保重身体,永远像金石那样坚硬结实,她就心满意足了。这两句与上一首"愿假归鸿翼,翻飞浙江汜"相互照应,把夫妻双方相互思念的深情强烈地表达出来。形影、参商、弦筈,形象生动地表现出夫妻俩的处境和感情。

(陈漾　汤克勤)

陆云　陆云(262—303),字士龙,吴郡华亭(今上海市松江区)人。西晋文学家,与其兄陆机合称"二陆"。曾任中书侍郎、清河内史,世称"陆清河"。其诗重藻饰,其文雅好清省。

为顾彦先赠妇往返诗四首　　陆　云

其一

我在三川阳^①，子居五湖阴^②。山海一何旷，譬彼飞与沉。目想清惠姿，耳存淑媚音。独寐多远念，寤言抚空衿。彼美同怀子，非尔谁为心？

其二

悠悠君行迈，茕茕妾独止。山河安可逾，永路隔万里。京师多妖冶，粲粲都人子。雅步袅纤腰，巧笑发皓齿。佳丽良可美，衰贱焉足纪。远蒙眷顾言，衔恩非望始。

其三

翩翩飞蓬征，郁郁寒木荣。游止固殊性，浮沉岂一情。隆爱结在昔，信誓贯三灵。秉心金石固，岂从时俗倾。美目逝不顾，纤腰徒盈盈。何用结中欵^③，仰指北辰星。

其四

浮海难为水，游林难为观。容色贵及时，朝华忌日晏^④。皎皎彼姝子，灼灼怀春粲。西城善雅舞，总章饶清弹。鸣簧发丹唇，朱弦绕素腕。轻裾犹电挥，双袂如霞散。华容溢藻幄，哀响入云汉。知音世所希，非君谁能赞。弃置北辰星，问此玄龙焕。时暮复何言，华落理必贱。

【注释】①三川：指黄河、洛水和伊水。阳：古代称水的北面为阳，水的南面为阴。②五湖：一说指洞庭湖、彭蠡湖、震泽湖、巢湖和鉴湖。③中欵：指内心。欵，同"款"。④华：同"花"。

【鉴赏】顾彦先去洛阳求官，妻子留在家乡，夫妻分离。陆云作《为顾彦先赠妇往返诗四首》，第一、第三首诗模拟丈夫赠给妻子，第二、第四首假托妻子回答丈夫，表达出夫妻间的深情厚谊。

第一首诗，作者首先交代夫妻俩各自所处的地方，用一个飞在天上，一个沉在地底来形容夫妻俩相距遥远。在这种情形下,丈夫总是思念妻子,"目想清惠姿,耳存淑媚音",妻子美好的容貌、声音宛在他的眼前、耳边。他想象妻子独寝梦见自己,醒来后她抚摸空空的床被,满腔幽怨。其实这正是他自己思念妻子而睡不着呢。两人心意相通,便是这世间最美好的感情。他心中只有妻子,谁也夺不走他的爱。第三首诗是针对妻子的担心(第二首诗)所作的回应。时光飞逝,人生飘转不定,用"翩翩飞蓬征,郁郁寒木荣"来形象地比喻、形容。丈夫虽然总在外游荡浮沉,但是他对妻子的爱和曾经许诺的海誓山盟,永远铭记在心。此心堪似金石般牢固啊,绝不会因时俗变化而迁移。妻子,放心吧!外面再多的美女,他根本不会看上一眼。什么东西能够代表他的一颗真心呢?只有天上的北极星。

第二、第四诗表达了妻子对丈夫的担心和牵挂。第二首诗,妻子表达,丈夫越走越远,留下她孑然一身,独守空房。想要去丈夫的身边,必须要跋山涉水,行走万里,这是她一个弱女子办不到的。丈夫去的地方是京城,生活浮靡奢华,俊男靓女花枝招展,特别是那些妙龄少女,"雅步袅纤腰,巧笑发皓齿",极富诱惑力。她已经年老色衰,相形之下,已不值得一提。丈夫从远方捎来了他的思念,然而对丈夫给予的恩义,她都不敢奢望能够有始有终。由于距离的遥远,妻子对丈夫产生了深深的担忧。第四首诗是针对丈夫表达真心(第三首诗)而所作的回应。妻子非常忌讳自己年老色衰,"容色贵及时,朝华忌日晏",女为悦己者容,但丈夫不在身边,让她哀怨不已。通过描绘一个年轻、清丽的女子能歌善舞,婀娜多姿,表达出她对青春美丽的留恋和珍惜。她肯定了丈夫对她的真心,确认了丈夫是她的知音。

这四首诗以赠答的方式,将夫妻分别后两人真挚的感情、相思的痛苦,尤其是妻子对丈夫的担忧,生动地表现出来,感人至深。　　　　(汤克勤)

杨方　杨方,生卒年不详,字公回,会稽(今浙江省绍兴市)人。东晋诗人。出身寒微,少好学。历官东安太守、司徒参军、高凉太守。年老弃官归乡,卒于家。《玉台新咏》存其诗五首。

合欢诗五首(其一)　　　　杨　方

　　虎啸谷风起,龙跃景云浮①。同声好相应,同气自相求。我情与子亲,譬如影追躯。食共并根穗,饮共连理杯。衣用双丝绢②,寝共无缝裯③。居愿接膝坐,行愿携手趋。子静我不动,子游我不留。齐彼同心鸟,譬此比目鱼。情至断金石,胶漆未为牢。但愿长无别,合形作一躯。生为并身物,死为同棺灰。秦氏自言至,我情不可俦④!

　　【注释】①景云:彩云。②双丝绢:用双丝线织成的绢。③无缝裯(chóu):指被面、被里都用一块布料制成的单被。裯,指单被。④俦(chóu):同类,相比。

　　【鉴赏】《合欢诗》共五首,这里选的是第一首。此诗运用白描手法,通过衣食住行的细节表现,抒发了妻子对丈夫深挚的爱恋之情。

　　第一、二句"虎啸谷风起,龙跃景云浮"运用比兴手法,虎的吟啸与山谷风的刮起,龙的腾跃与彩云的出现,这种事物的相互关联,既揭示出事物普遍联系的规律,又借喻为夫妻间的息息相关。"同声好相应,同气自相求",这一千古名句表达出志同道合的人一定会走到一起。妻子与丈夫亲密无间,情投意合,就好像影子追随身体,密不可分。

　　接着运用夸张的手法,突出表现了夫妻俩的恩爱之情。夫妻俩吃的粮食是同根长出的穗,喝水用连在一起的杯。白天穿的衣服是用双丝线织成的绢,晚上睡觉盖的是没有缝隙的单被。两人坐时愿意膝挨着膝,走路时愿意手牵着手,同进同出,同动同静。这种日常生活的描写,虽属夸张,但极合情理,生动地表现出夫妻俩的亲密无间,恩爱情深。

　　诗又用"同心鸟""比目鱼"来比喻夫妻俩的同心协力,其真挚的感情可使金石断裂,比胶漆还要牢固。妻子最后信誓旦旦地表明心意:"但愿长无别,合形作一躯。生为并身物,死为同棺灰。"但愿夫妻俩长久团圆,不会分别,两人的身体合成一个躯体。活着时两人相连相依,死后也要合葬在同一个棺材里。这种夫妻情谊,感人至深。

此诗运用比喻和夸张，形象生动，感情真切，语言流畅，明白如话，颇具文学色彩。

（陈漾　汤克勤）

王献之　王献之（344—386），字子敬，小字官奴，琅邪临沂（今山东省临沂市）人。王羲之第七子，晋简文帝女婿。官秘书郎、建威将军、中书令等。书法精妙，善草隶，与其父并称"二王"。

桃叶歌三首

王献之

其一

桃叶映红花，无风自婀娜。春花映何限，感郎独采我。

其二

桃叶复桃叶，桃树连桃根。相怜两乐事，独使我殷勤。

其三

桃叶复桃叶，渡江不用楫。但渡无所苦，我自迎接汝。

【鉴赏】《桃叶歌》是东晋乐府"清商曲辞·吴声歌曲"中的一个曲调，《乐府诗集》引《古今乐录》说，该曲调系东晋王献之所作。王献之爱上一个名叫"桃叶"的女子，遂以"桃叶"为名写了这三首诗。

第一首："桃叶映红花，无风自婀娜。春花映何限，感郎独采我。"写"桃叶"自抒其怀。前两句以桃花之美，映衬桃叶的婀娜。世人只看到桃花的美丽，却没有看到桃叶的婀娜，不失为一种遗憾，诗人却发现了桃叶之美，他爱桃花，更爱桃叶。桃叶相比较桃花，处于陪衬的地位，这里暗示名叫"桃叶"的女子，可能身份卑下，她不像桃花一样绚丽多彩，但她也有自己的美丽。相较于桃花，桃叶身形优美，朴素柔静，并且风姿婀娜，这种美丽不同于桃花，桃花是大家闺秀之美，而桃叶是小家碧玉之美。后两句写"桃叶"的感受，表达被诗人喜爱的感激之情：春天百花盛开，姹紫嫣红，可是郎君唯独喜爱我，采撷我，此情此意多么令我感动。这里不难看出，"桃叶"在得到诗人的爱慕后，丝毫没有自卑，她感恩诗人的爱，决心冲破

121

一切束缚,接受诗人的求爱。此诗赞颂了诗人与"桃叶"的爱情不为世间俗情所干扰,他们爱得大胆而真挚。

第二首,是诗人的自我抒情,抒情口吻由"桃叶"转到了诗人自己。"桃叶复桃叶,桃树连桃根。"第一句重复桃叶,有两层含义,既加强恳切的语气,又带有埋怨的口吻。"桃叶啊桃叶,难道你还不了解我吗?"自己爱的是桃叶,而不是桃花。第二句写"桃树连桃根",诗人实际要说的是,桃花和桃叶都是从桃根长出来的,本质上并无分别,不应该对她们有门户之见。"相怜两乐事,独使我殷勤。"相爱是两个人的事,与别人无关,只要两情相悦,在一起开心快乐,就够了。在诗人眼中,只有"桃叶"才让他爱得真挚,爱得殷勤。这种直率而大胆的表白,具有民歌的特点。

第三首,写诗人与"桃叶"约定了婚期。诗人向"桃叶"保证,让她放心,他一定会来迎娶"桃叶"。"桃叶复桃叶,渡江不用楫。但渡无所苦,我自迎接汝。"桃叶漂在水中,渡过江去,不需要用船只,说明桃叶非常轻盈。"桃叶"啊,你大胆地渡过河去吧,等你渡过河时,我已经站立在河边,等候迎接你了。

王献之与"桃叶"的故事,真假已无法考证,但这个传说一直流传了下来。在今天南京利涉桥遗址附近的秦淮河上,真的有一个叫"桃叶渡"的地方,据说,这就是当年王献之在渡口迎娶爱妾"桃叶"的地方。

(陈庆之 汤克勤)

桃叶 桃叶,东晋王献之的爱妾。

答王团扇歌三首

桃 叶

其一

七宝画团扇[①],灿烂明月光。与郎却暄暑,相忆莫相忘。

其二

青青林中竹,可作白团扇。动摇郎玉手,因风托方便。

122

其三

团扇复团扇，持许自障面。憔悴无复理，羞与郎相见。

【注释】①七宝：泛指多种宝物。画：这里指装饰的意思。团扇：圆形有柄的扇子。

【鉴赏】桃叶的《答王团扇歌三首》，是对王献之《桃叶歌三首》的答词。一唱一答，充分表达出两人真挚的爱情。

《答王团扇歌》三首围绕着"团扇"起兴、生发，写出夫妻俩的感情，颇具匠心。团扇，不仅能为人解暑，更是一种传递情感的工具，寄托了有情人厚重的情谊。这三首诗根据团扇驱赶炎热、握于郎手、自障其面等特点，抒写桃叶对王献之的爱恋之情。

第一首写用"七宝"装饰团扇，显示出团扇的名贵、华丽。团扇圆圆如月，颜色洁白，光彩夺目，可以给郎君解除暑热，带来清凉。作者借团扇来表达对郎君的一片痴情。作者一心一意地奉献，希望对方回报同样的爱，最后一句"相忆莫相忘"道出了她的心愿。

第二首写竹林中青翠的竹子，可以砍下来制作白团扇。白团扇握在郎君洁白如玉的手中，轻轻地摇动，扇起了阵阵清风。清风啊，给我方便，将我思念郎君的情意，传递给他吧。桃叶自离开郎君以后，仍关心他的冷暖，可见她的深情。

第三首写桃叶在与郎君分别后，承受着相思的煎熬，容颜憔悴了。她看着团扇，睹物思人，念叨着"团扇啊团扇"，担心郎君看见她的憔悴容颜，便拿着团扇自遮其面，羞于与郎君见面。这一细节，生动地揭示出桃叶复杂、矛盾的心理。

这三首诗语言质朴，明白晓畅，读来清新自然，饶有趣味。

（魏丽根　汤克勤）

陶渊明　陶渊明(365—427)，名潜，字元亮，私谥"靖节"，世称靖节先生，浔阳柴桑(今江西省九江市)人。东晋末至南朝宋初伟大的诗人、辞赋家。曾任江州祭酒、镇军参军、彭泽令等职，后厌恶官场污浊，弃职而去,归隐田园。是中国第一位田园诗人,诗风质朴、平淡,语言精练自然,被称为"古今隐逸诗人之宗",有《陶渊明集》。

拟古九首(其一)

陶渊明

荣荣窗下兰,密密堂前柳。初与君别时,不谓行当久。出门万里客,中道逢嘉友。未言心相醉,不在接杯酒。兰枯柳亦衰,遂令此言负①。多谢诸少年②,相知不忠厚。意气倾人命,离隔复何有?

【注释】①言:指临别誓约。负:违背,背弃。②多谢:多多告诫。

【鉴赏】"拟古",即模拟古诗,陶渊明的《拟古》诗却是"用古人格作自家诗"(清方东树《昭昧詹言》)。其《拟古》诗共九首,写于宋武帝刘裕代晋后。陶渊明忧国伤时,在诗中抒写易代之际世事多变、交情不终的感慨,讽喻追求荣华富贵、背信弃义的人。诗感情低回含蓄,语言朴素自然。

此诗描述一个久离家乡的男子,在外面轻率地结交新人,寻花问柳,背弃旧人,忘记盟誓。在家的妻子虽然没有表现出极大的愤懑和痛苦,但是,她理智地告诫自己和别人,要预防"相知不忠厚"之徒,不可为他"意气倾人命",徒劳地付出痴情而丢掉性命。

此诗叙事简洁,表面叙写夫妻情事,同时也表达出朋友之义等更为广泛的社会、人性内容,感情抒发较为克制。

(相慧玲 汤克勤)

南 北 朝

谢灵运 谢灵运(385—433),名公义,字灵运,陈郡阳夏(今河南省太康县)人。东晋名将谢玄之孙,袭封康乐公,曾任永嘉太守、侍中、临川内史等职,因反抗刘宋王朝被杀。喜欢游山玩水,是中国诗史上第一个创作了大量山水诗的作家,打破了东晋诗坛上玄言诗的统治。有《谢康乐集》。

东阳溪中赠答二首

谢灵运

其一

可怜谁家妇,缘流洗素足。明月在云间,迢迢不可得。

其二

可怜谁家郎,缘流乘素舸①。但问情若为,月就云中堕。

【注释】①素舸:没有装饰的白色的船。

【鉴赏】《东阳溪中赠答二首》是南朝宋诗人谢灵运作的五言诗,属于爱情诗。大约作于宋少帝景平元年(423),当时谢灵运辞官,从永嘉郡返回故乡上虞南乡。途经东阳溪时,看到青年男女用对歌的形式来表达爱情,他根据对歌的内容,创作了这两首诗。东阳溪即东阳江,也就是今天的金华江,流经浙江东阳、金华一带。

第一首是男子唱给女子听的,对照第二首,我们不难看出,这名男子应该是东阳溪一带的渔夫或船工。他在船上看见岸边正洗脚的女子,心生爱慕之情,用调戏的口吻唱道:"可怜谁家妇,缘流洗素足。明月在云间,迢迢不可得。"意思说,好可爱啊,这是谁家的姑娘,在清清的河水中洗着她那白皙的双脚。溪边的美女啊,就像明月在云间,可望而不可即。杜甫《壮游》曾云:"越女天下白。"东阳溪一带是古之越国,越女以白皙而闻名。男子撑船在东阳溪上经过,看到岸边少女白皙的脚,心生爱慕之情,但他没有直接表达自己的爱慕,而是借天上的明月作比,把女子比作云间的明月,"迢迢不可得"一句,表达出男子爱而欲得,又觉得难以得到,或者不知怎么得到的焦灼心情。

第二首,是溪边洗脚的女子对表达爱慕的男子的应答。"可怜谁家郎,缘流乘素舸。但问情若为,月就云中堕。"意思是说:好可爱啊,这是谁家的小伙子,顺着溪水在河中驾驶着白色的帆船。只要你感情真切,一心一意地追求,天上的月亮就会从云中为你坠落下来。女子以"明月"自比,对应着前一首男子的情诗,表达只要小伙子敢于真心追求,她就会投入他的怀抱。她对男子的求爱并不拒绝。还有一种说法,"月就云中堕"指月落天黑之时,女子暗示男子:在月落天黑之时,你可以来约我呀。不管是哪一种说法,姑娘对男子的求爱大胆应答,颇具民歌风味。其中饱含深情,女子接受男子的爱慕,也给予他爱意,此情此景,温馨动人。

这两首诗以男女赠答的方式表达爱情,朴素清新,热情大方,毫无扭怩作态之感。

(陈庆之　汤克勤)

鲍照　鲍照(约414—466),字明远,南朝宋东海(郡治今山东省郯城县)人。家世寒微,历任永安、秣陵、海虞诸县令,后为临海王刘子顼前军参军,世称"鲍参军"。诗、赋、骈文均有很高成就。与颜延之、谢灵运合称为"元嘉三大家",与江淹并称"江鲍",与北周的庾信并称"鲍庾"。有《鲍参军集》。

代春日行 鲍　照

献岁发①,吾将行。春山茂,春日明。园中鸟,多嘉声。梅始发,柳始青。泛舟舻,齐棹惊。奏《采菱》,歌《鹿鸣》。风微起,波微生。弦亦发,酒亦倾。入莲池,折桂枝。芳袖动,芬叶披。两相思,两不知。

【注释】①献岁:一年开始,指正月。

【鉴赏】《春日行》属古乐府《杂典歌辞》,"代","拟",仿作。《代春日行》是鲍照创作的一首三言乐府诗。分为三部分,前八句为第一部分,"献岁发,吾将行。春山茂,春日明。园中鸟,多嘉声。梅始发,柳始青",描写春天到来,大家相约去郊游踏青的情景。新的一年到来,初春时节,大家相约一起,郊外游玩。春天的山林树木茂盛,郁郁葱葱,阳光明媚,园林中,许多鸟儿在嬉戏飞翔,听,它们的啼鸣如此婉转动听。红梅花绽放了,杨柳叶变绿了。诗人把春游时看到的景色化作三言诗句,写得生机盎然,充满了春天的气息,我们仿佛从中看到了春天的景象,听到了鸟儿的叫声,闻到了春天的味道。

九至二十句,是第二部分,"泛舟舻,齐棹惊。奏《采菱》,歌《鹿鸣》。风微起,波微生。弦亦发,酒亦倾。入莲池,折桂枝。芳袖动,芬叶披"。"采菱"是曲名,江南菱熟时,男女相与采摘,作歌相和,名曰"采菱曲";"鹿鸣"指《诗经·小雅》中的《鹿鸣》篇,是一首宴飨诗。第二部分的意思是:泛舟在江上,大家一起举桨划船,船儿晃来晃去,担心落水,又喜又惊。奏起欢快的《采菱曲》,唱起动听的《鹿鸣》歌,清风徐来,水面上泛起圈圈波纹。拨动怀中的琴弦,斟满手中的酒杯,划船进入莲花丛中,伸手去攀折那倾入水面的桂枝。挥动着艳丽的花袖,拨开那满是芳香的叶子。这一部分与第一部分不同,已不在陆地游玩,而是泛舟水面。由于人的活动,本来盎然的春色更增添了许多活力和生机,男女青年划着船,在水上嬉戏,时而打闹,时而唱歌,时而采荷,时而摘桂,画面欢快活泼,充满了生活情趣,洋溢着青春的气息。

若不是诗的最后两句,这首诗会被归类为春游写景诗。最后两句,"两相思,两不知",是全诗的第三部分,是点睛之笔,揭示了全诗的主题。一起春游的青年男女,都钟情于对方,都有怀春之思,却又都不知道对方的心思。春游的青年男女彼此产生了爱慕之情,却都没有点破。诗歌到此为止,给读者留下了无尽的想象空间。

通篇采用三言句法,这是源于民歌的写法,多出于吴地,例如吴王夫差时的"吴宫秋,吴王愁"。魏晋以后,文人的三言诗比较少见,读起来别具一格。通篇三言,隔句押韵,句短拍促,节奏明快,给人赏心悦目之感;曲终奏雅,画龙点睛,又给人峰回路转之感。

(陈庆之　汤克勤)

鲍令晖　鲍令晖，生卒年不详，东海（郡治今山东省郯城县）人，鲍照妹。南朝宋女诗人。诗多写思妇别离之愁，清婉精巧。原有诗集，已佚，《玉台新咏》辑得其诗七首。

拟客从远方来

　　客从远方来，赠我漆鸣琴①。木有相思文，弦有别离音。终身执此调，岁寒不改心。愿作阳春曲，宫商长相寻②。

【注释】①漆鸣琴：漆饰的古琴。②宫商：五音"宫商角徵羽"中的两个音，泛指音律。

【鉴赏】《拟客从远方来》是鲍令晖创作的一首五言古诗。鲍令晖是南朝宋、齐两代唯一留下作品的女作家，著有《香茗赋集》，今已散佚，现存有《拟青青河畔草》《古意赠今人》《代葛沙门妻郭小玉诗》等七首诗。《古诗十九首》有《客从远方来》，鲍令晖拟作而成此诗。

　　前两句"客从远方来，赠我漆鸣琴"，模仿《客从远方来》的头两句"客从远方来，遗我一端绮"，将"一端绮"换成"漆鸣琴"。"一端绮"可以做"合欢被"，"漆鸣琴"可以演奏音乐。"鸣琴"是古琴的代称。

　　"木有相思文，弦有别离音。"这一把漆饰的古琴非常别致，是用有相思文的木头制作的。"相思文"典出南朝任昉所著《述异记》："昔战国时，魏苦秦之难，有以民从征，戍秦久不返，妻思而卒。既葬，冢上生大木，枝叶皆向夫所在而倾，因谓之相思木。"文，同"纹"，指木上的纹理。作者用"相思文"，暗指这把琴是远在他乡的情人捎带来的。情人远在他乡，用这把琴弹奏出来的自然是相思之曲。"弦有别离音"，这把琴弹奏出的音乐，一弦一音，皆有别离之感。

　　"终身执此调，岁寒不改心。"女子在得到这把琴后，发誓要用一辈子来弹奏相思曲调，任岁月流转，四季变换，永远也不改变自己的心意。"此调"指对远方情人的相思之调，其深意是，女子发誓永不变心，永远等着情人的归来。"执此调""不改心"，表达女子对爱情的忠贞。

　　最后两句，"愿作阳春曲，宫商长相寻"，"阳春曲"是楚国的一种音韵乐理高雅的歌曲，成语"阳春白雪"便代表高雅的音乐。"寻"是连续不断

128

之意。两句诗的意思是：但愿能作一支高雅悠扬的曲子，让音律常有这种美妙的琴音。"宫商长相寻"，还有另一层深意，"宫商"是古代五音中两个紧紧相挨的音，寓意女子与情人虽然天各一方，但是心与心紧紧相连，就像宫、商两个音连在一起一样。古代夫妻感情深，称为"琴瑟和谐"，在这里，诗人拿音乐作比，愿她与心上人像宫商音阶一样，永远融合在高雅的乐曲之中。

此诗第一、二句叙事，点明女子与情人天各一方，情人托客赠琴，半是相思，半是安慰。第三、四句思妇抚琴奏曲，引出对情人的相思之情和别离之苦。第五、六句是女子的盟誓，执此调，不改心，表明永远等着情人归来。最后两句，是女子对爱情的畅想和祝愿，希望她和情人能像宫商一样，永不分离。构思巧妙，语言清新真挚，显示出钟嵘《诗品》所称道的"嵚新清巧"的诗风。

（陈庆之　汤克勤）

代葛沙门妻郭小玉诗二首（其一）　　鲍令晖

明月何皎皎，垂横照罗茵①。若共相思夜，知同忧怨晨。芳华岂矜貌，霜露不怜人。君非青云逝，飘迹事咸秦。妾持一生泪，经秋复度春。

【注释】①横（huǎng）：指帷幔、屏风一类的东西。

【鉴赏】从题目《代葛沙门妻郭小玉诗》可知，这是鲍令晖代葛沙门的妻子郭小玉所作的诗，本有两首，这里选一首。葛沙门是何许人也，已经不可考。"沙门"本是僧侣的代称，但从诗的内容来看，葛沙门是一个普通的人名。

前两句"明月何皎皎，垂横照罗茵"，以明月起兴，横指帷幔，罗茵指轻软有细孔的坐垫。在一个明月皎洁的晚上，郭小玉坐在窗前的坐垫上，月光透过帷幔，照在她的身上，她孤独地坐着，思念远方的丈夫。皎皎的明月是圆的，然而月圆人不圆，明月无言，女子无语。

"若共相思夜，知同忧怨晨。"在无数个夜晚，郭小玉思念远方的丈夫，而远方的丈夫是否也在思念她呢？"若"是"假如"的意思，假如你和我一样，在长夜思念对方，那你便会和我一样地忧伤埋怨到清晨。

"芳华岂矜貌，霜露不怜人。"这是郭小玉的自怜之句。流年似水过，花样年华又能保持多久，岁月无情，从来不会怜惜人。花无百日红，更那堪风霜雪露。"霜露"两字点出此时已是深秋。当深秋的霜露降临之日，便是芳歇香消之时！岁月无情亦如霜露，它对于人们青春的消逝，是不会怜悯的。

"君非青云逝，飘迹事咸秦。"这里点出郭小玉的丈夫葛沙门的身份，他之所以远在他乡，是因为"事咸秦"。咸秦指秦国国都咸阳，"事咸秦"就是入朝为官。"青云逝"指许由让天下的典故，据《琴操·箕山操》记载，许由"采山饮河""放发优游"，尧愿以天下相授，他断然拒绝，道："吾志在青云，何乃劣为九州伍长乎？"作为妻子的郭小玉埋怨丈夫，认为他应该像许由一样，不在乎世间的功名利禄，放弃官位，不再为朝廷的事到处漂泊而音讯全无，应该回到家乡与妻子长相厮守，不使她独守空房。

"妾持一生泪，经秋复度春。"最后两句承接前两句，让丈夫学许由弃官回家，是不现实的，作为妻子的她，只能每日以泪洗面，等待丈夫归来，春去秋来，年复一年，这样的等待漫无边际，或许她的一生，注定要一直流泪。"一生泪"三字极其沉痛，血泪斑斑。丈夫贪图功名，妻子独守空房，孤独到老，这样的真实故事，在古代很常见。《红楼梦》中林黛玉因爱情破灭而泪尽而亡，《枉凝眉》唱道："想眼中能有多少泪珠儿，怎禁得秋流到冬尽，春流到夏！"即从中代出。

郭小玉与鲍令晖熟识，委托她代写诗，寄给在外为官的丈夫。不知葛沙门收到诗后，会不会回心转意，不再为了功名仕途继续"飘迹"，而是回到妻子的身边。

（陈庆之　汤克勤）

古意赠今人

鲍令晖

寒乡无异服，毡褐代文练。日月望君归，年年不解绽①。荆扬春早和②，幽冀犹霜霰③。北寒妾已知，南心君不见。谁为道辛苦？寄情双飞燕。形迫杼煎丝，颜落风催电。容华一朝尽，惟余心不变。

【注释】①解绽(yàn)：缓解，松懈。②荆扬：荆州、扬州，泛指南方。③幽冀：

幽州、冀州,泛指北方。

【鉴赏】《玉台新咏》收录《古意赠今人》时,将作者确定为鲍令晖。"古意"是拟古诗,以古喻今。

这是一首思妇怀人诗。前四句为第一部分,"寒乡无异服,毡褐代文练。日月望君归,年年不解绽"。"毡"指羊毛做的毡子,"褐"指粗布或粗布衣服,"文练"指有花纹的熟丝织品,代指精美的衣服,"绽"通"延",是延缓、松懈的意思。妻子在家里思念远方的丈夫,丈夫正身处严寒的北国,北国没有精致合身的衣服,为了取暖,他一定身穿羊毛毡子和粗布做的短衣吧。妻子日日夜夜、岁岁年年地盼望着丈夫归来,她对丈夫的思念丝毫没有缓解,反而愈来愈强烈。这一部分,主要写妻子怀念远在北地的丈夫,忧心他在寒冬里穿得不暖和,挨冻受饿。妻子日夜盼着丈夫归家,思念和期盼与日俱增。

第五至第十句,是第二部分,"荆扬春早和,幽冀犹霜霰。北寒妾已知,南心君不见。谁为道辛苦?寄情双飞燕"。点明妻子和丈夫分别以后各自所处的地方,妻子在荆扬,即荆州、扬州一带,丈夫在幽冀,即幽州、冀州一带,这里是泛指,一个在南方,一个在北方。妻子所在的南方已经春暖花开,而丈夫所在的北方仍是冰天雪地。北国的寒冷妻子知道,可丈夫知道妻子的思念吗?"南心"指妻子的心。"谁为道辛苦?"妻子心中的苦楚能说给谁听呢?她只好把相思之情寄托给那成双的飞燕,希望它们能把她的思念带给远方的丈夫。

最后四句为第三部分,"形迫杼煎丝,颜落风催电。容华一朝尽,惟余心不变"。"杼"是指织布机的梭子。自从丈夫离家以后,家里家外的事都要她一个人操劳,生活过得就像织布机上的梭子一样,奔波不停。常年的劳累,加上对丈夫的思念,使她的容颜老夫,美丽的容颜,就像风雨中的雷电,一闪而过,转眼即逝。诗运用了两个比喻:一是用织布机上的梭子比喻生活的艰辛忙碌,二是用风雨中的闪电比喻容颜易老。妻子最后表达,就算是芳华一下子逝去,她对丈夫的思念和爱恋,永远都不会改变。

这首思妇抒情写怀的诗,突出的艺术特点在于叙事蕴含着浓郁的情意。这种事因情生,事中含情,情事相融的手法,对中国古代叙事诗影响深远。

(陈庆之　汤克勤)

沈约　沈约（441—513），字休文，吴兴武康（今浙江省德清县）人。历仕南朝宋、齐、梁三代，官至尚书令、太子少傅，封建昌县侯，卒谥曰隐。学问渊博，精通音律。提倡"四声八病"说，和谢朓、王融等讲求诗歌音律的和谐，开创"永明体"，对后来律诗、绝句的确立产生了重要影响。有《宋书》《四声谱》等，诗文有《沈隐侯集》。

夜 夜 曲

沈　约

河汉纵且横[1]，北斗横复直。星汉空如此，宁知心有忆？孤灯暖不明，寒机晓犹织。零泪向谁道？鸡鸣徒叹息。

【注释】①河汉：银河。

【鉴赏】《夜夜曲》是乐府杂曲歌辞的一种，其创始人是沈约。这是一首思妇怀人诗。《乐府解题》云："《夜夜曲》，伤独处也。"

分为两部分，前四句为上半部分，后四句为下半部分。"河汉纵且横，北斗横复直。星汉空如此，宁知心有忆？"开头两句，借银河中星座的变换北斗星方位的变迁，来暗喻时间的流逝。实际上是写思妇在漫漫长夜，孤枕难眠，只好面对天上的星星，排解相思之苦。她感叹道：天上的银河纵横，川流不息，北斗星的位置在夜空中慢慢流转，星汉灿烂，夜空如此虚无缥缈，星星哪里会知道，我一夜无眠，一直在思念远方的爱人呢。思妇的相思和苦闷，无法向人诉说，只能眼望着浩瀚星空，独自流泪，暗自伤神。古代诗歌常用星辰位置的变换来衬托思妇心中的愁苦。

后四句，"孤灯暖不明，寒机晓犹织。零泪向谁道？鸡鸣徒叹息"，描写思妇回到房内，无法入睡，在昏暗的灯光中，哪怕天寒地冻，她也要辛勤劳作，要夜以继日地踏动织布机，纺织布匹。她是一个普通的劳动妇女，纺织是她的生计，也是她在漫漫长夜打发寂寞的方式。这种清贫的生活，永无止境的相思苦，又能向谁诉说呢？鸡鸣声传来，漫漫长夜即将过去，思妇唯有一声叹息。

此诗描写思妇彻夜不眠，从仰望星空，到空房孤灯下独自纺织，最后发出一声叹息，她盼望丈夫归来，失望，绝望，最后惆怅自怜。语言凝练，具有浓厚的民歌色彩。

（陈庆之　汤克勤）

江淹　江淹(444—505)，字文通，济阳考城(今河南省民权县)人。出身孤寒，沉静好学，历仕宋、齐、梁三朝，官至金紫光禄大夫，封醴陵伯。诗风幽深奇丽，长于拟古。赋以《恨赋》《别赋》传诵最广。晚年有"江郎才尽"之讥。有《江文通集》。

古 离 别

江 淹

　　远与君别者，乃至雁门关。黄云蔽千里，游子何时还？送君如昨日，檐前露已团。不惜蕙草晚①，所悲道路寒。君在天一涯，妾身长别离。愿一见颜色，不异琼树枝。菟丝及水萍，所寄终不移。

【注释】①蕙草：一种香草，俗名"佩兰"。

【鉴赏】《古离别》是南朝诗人江淹作的一首五言诗，是其《杂体诗》三十首的第一首。受当时主流文风和时代世风的影响，诗歌力求新变，体现个性，希望产生"惊魂动魄"的艺术效果。

　　此诗是一首思妇怀人诗。第一二句"远与君别者，乃至雁门关"，点明丈夫远行，家中的妻子思念他。雁门关在今山西，是军事重地。丈夫应该是被征入伍的士兵。这一别归期无期，有可能是生死之别。

　　"黄云蔽千里，游子何时还？"天上的黄云遮蔽了千里之地，地上的黄沙与之相连，整个天地都昏沉沉的。远方的游子啊，你什么时候才能回来？这两句诗，前一句表面写景，实际上是写思妇的心情，自从丈夫走后，她的心就阴沉沉的，忍受着思念的煎熬。她在心底呼唤："游子何时还？"可惜没有答案。

　　"送君如昨日，檐前露已团。"妻子想起送别丈夫的情景，好似昨日般历历在目，其实他俩分离很长时间了。屋檐下露水已经凝结成团，说明深秋已至。"不惜蕙草晚，所悲道里寒。"深秋时节，蕙草枯萎凋零，在妻子看来，悲秋之心无关紧要，万木萧条也没什么好可惜的，她心中唯一牵挂的是远方的丈夫，他穿得暖不暖，吃得饱不饱？

　　"君在天一涯，妾身长别离。"丈夫远在天之涯，与妻子天各一方，不能

133

相聚,这样的别离何其漫长,不知道哪天才能团圆。待到相聚的那一天会怎样呢?"愿一见颜色,不异琼树枝。"妻子希望自己容颜不老,就像那琼树枝一样,依旧那么美丽,那么光彩照人。

"菟丝及水萍,所寄终不移。"菟丝、水萍,古代常用来比喻缠绵的爱情。妻子希望她和丈夫就像菟丝、水萍一样,缠绵在一起,永不分离。"终不移"是矢志不渝的意思,表达了妻子对爱情的忠贞。

此诗充分发挥了艺术想象,将思妇对远行丈夫的思念写得淋漓尽致,读来情真意切,感人肺腑。 （陈庆之 汤克勤）

谢朓 谢朓(464—499),字玄晖,陈郡阳夏(今河南省太康县)人。南朝齐梁诗人,曾任宣城太守、尚书吏部郎等职。善写山水诗,善用音律,风格自然秀逸。与谢灵运齐名,并称为"二谢",时人亦称其为"小谢"。有《谢宣城集》。

江 上 曲

谢 朓

易阳春草出,踟蹰日已暮。莲叶尚田田[①],淇水不可渡。愿子淹桂舟,时同千里路。千里既相许,桂舟复容与。江上可采菱,清歌共南楚。

【注释】①田田:形容荷叶相连的样子。

【鉴赏】《江上曲》是谢朓创作的一首爱情诗,五言,以少女的口吻写作而成。"易阳春草出,踟蹰日已暮。"易水在今河北省西部,源出易县。易阳,即易水北岸。一位妙龄少女,迈着婀娜多姿的脚步,踏着青青的春草,正徘徊在易水之滨。"踟蹰",指徘徊,心有犹豫,要走不走的样子。这位少女徘徊了很久,此时太阳已经下山,天色已晚。她为什么徘徊呢? 因为她在想念身处远方的心上人。

"莲叶尚田田,淇水不可渡。"这两句解释了少女徘徊的原因。"田田"形容荷叶相连的样子。少女的思念与徘徊,从"春草出"至"莲叶田田",暗写时间的迁移,从春天到夏天。是什么烦恼让她徘徊这么久? 因为"淇水不可渡"。淇水和前文的易水，并非实指，而是一种隐喻。"淇水"典出《诗经·卫风·氓》，诗中三次说到淇水，后世用淇水代表男女的爱情，与"巫山"类似。"淇水不可渡"，并非这条名叫淇水的河渡不过去，而是爱情这条河渡不过去，隐喻爱情受阻。

"愿子淹桂舟，时同千里路。"这里的"子"指男子，少女的心上人，"淹"，即停留，"桂舟"是对船的美称。少女对爱情满怀希望，她希望心上人驾着桂舟停靠在她的身旁，载着他俩渡过千山万水。从这两句开始，诗写少女对爱情的憧憬，并非真正发生的事情。"千里既相许，桂舟复容与。"少女与心上人浪迹天涯，走过千山万水，只要彼此在一起，即使是小小的桂舟也让他们觉得容优自如。少女心中的爱情是纯粹的，她不在乎社会地位，也不在乎金钱财富，只要两情相悦，与相爱的人在一起，哪怕是只有一"桂舟"，乘着它四处漂流，也是甜蜜的。"江上可采菱，清歌共南楚。"少女与心上人划船去江中采菱角，一起唱着歌，甚至去很远的南楚之地。她完全陶醉在爱河之中。

这首爱情诗，活泼生动，描写少女对浪漫爱情的憧憬，两人同舟共济，一边采莲一边唱歌，走过千山万水，浪迹天涯海角，永不分离。语言生动清新，灵动婉转，充分体现出谢朓诗的艺术风格。　　（陈庆之　汤克勤）

何逊　何逊（？—约518），字仲言，南朝梁代东海郯（今山东省郯城县）人。官任安成王参军兼尚书水部郎、庐陵王记室，被称为"何水部"或"何记室"。诗善于写景，工于炼字，与阴铿齐名，世称"阴何"。文与刘孝绰齐名，世称"何刘"。有《何记室集》。

和萧咨议岑离闺怨诗　　　何　逊

晓河没高栋①，斜月半空庭。窗中度落叶②，帘外隔飞萤。含情下翠帐，掩涕闭金屏③。昔期今未返，春草寒复青。思君无转易，何异北辰星④？

【注释】①晓河：清晨的银河。没：隐没。高栋：高大的房屋。②度：越过，飘落。③金屏:华丽的屏风。④北辰星:北极星。

【鉴赏】"闺怨",指闺妇对丈夫离家远去而产生的思念和哀怨之情。在古代社会,男子往往由于战争、徭役、仕途等原因,远离家乡,妇女则在家独守空房,孤独地忍受着思念和等待的煎熬。这种因夫妻分离而妻子备受相思折磨的内容,是古代诗歌的一个重要题材。何逊的这首诗从虚处着笔,情景交融,情感哀怨而富于坚贞,在闺怨诗中别具特色。

前四句主要写景,东方欲晓,银河隐没在高楼后,一轮斜月,挂在天边,月光如水铺了半个院子。窗外,枯叶缓缓飘落;帘外,萤火虫飞来飞去,闪闪发亮。通过"晓河""斜月""落叶""飞萤"等事物的描写,暗示时间在流逝,四季在更替。从环境描写中,读者可以想象,思妇一夜未眠,眼睁睁地看着这些事物移动,孤独地盼望着丈夫归来,一日接一日,一年又一年。这一虚处着笔,让读者感受到闺妇心情之孤寂、悲伤,相思之深刻、真切。

中间四句具体写人,通过闺妇的动作、神态和心理描写,表现闺妇的相思之情。"含情下翠帐,掩涕闭金屏",一个忧愁悲伤的思妇形象,跃然纸上。"下""闭"两个动词,生动地表现出闺妇的内心世界,具有双关含义。以前约好了回家的日期,现在时间已经到了,可为什么丈夫还没有回来呢?野草在冬天枯萎,又在春天返青,丈夫什么时候能够回家呢?具体的动作和心理描写,使闺妇的形象具体可感。

最后两句在前面悲愁的情绪上拓开一笔,表达了闺妇对爱情的忠贞与执着。无论时光怎么流转,事物怎样变化,闺妇永远思念自己的丈夫,等待丈夫归来,就像北极星一样不会有任何改变和转移。这两句升华了诗的主题,使闺怨上升为表达爱情忠贞的主题上来,闺妇对丈夫的深情厚意得到了充分表现。

这首诗借助客观事物,抒发了闺妇的思想情感,情景交融。信手拈来,毫不费力,却表达得情真意切,令人感动。

(黄楷　汤克勤)

苏小小　苏小小,生卒年不详,南朝齐代著名的歌伎,钱塘(今浙江省杭州市)人。

苏小小歌

苏小小

妾乘油壁车①,郎骑青骢马②。何处结同心? 西陵松柏下。

【注释】 ①油壁车:用油彩涂饰车壁的小车,古代专为女子所乘。②青骢 (cōng)马:毛色青白相间的马。

【鉴赏】《苏小小歌》最早见于徐陵编选的《玉台新咏》,题目叫《钱塘苏小歌》。《乐府广题》记载:"苏小小,钱塘名倡也,盖南齐时人。西陵在今钱塘江之西,歌云'西陵松柏下'是也。"钱塘就是今天的杭州,西陵又称西泠,在西湖孤山的西北侧。古代的西陵原本是一处渡口,从北山一带到孤山都要在这里摆渡,后建桥相连,即西泠桥。

苏小小,南朝齐代著名歌伎,当时被称为钱塘第一名伎,出身士大夫家庭,从小接受了良好的教育,能书善诗,文采斐然,后不幸父母双亡,家道中落,流落坊间为伎。她洁身自爱,不随波逐流,钟情于西湖山水,自制了一辆油壁马车,在西湖山水间游玩。一日邂逅了一个叫阮郁的青年,一见钟情,私定终身。后来阮郁回归故里,音讯全无,苏小小苦等无果,伤心欲绝。数年后,苏小小又遇上一名叫鲍仁的贫苦书生,他的形貌酷似阮郁,她欣赏鲍仁的才华,同情他的遭遇,慷慨解囊,资助他上京赴试(民间传说有误,后代隋朝才有科举考试)。不久,苏小小身染重病,临终前,对身边的人嘱咐道:"我别无所求,只愿死后埋骨西泠。"应试登科的鲍仁,回到钱塘来找苏小小,遵照苏小小"埋骨西泠"的遗愿,在西泠桥畔将她埋葬,墓前立一石碑,上书"钱塘苏小小之墓"。关于苏小小的传说,始于南北朝,后来地方志和传奇、戏曲作品将苏小小进一步演绎成一个性格丰满的形象。有人认为,苏小小是"中国版的茶花女"。

此诗以第一人称写作,表现苏小小与她的情郎沉醉在甜蜜的爱情当中。"妾乘油壁车,郎骑青骢马。"我乘坐油壁车,情郎骑着青骢马,我们在风景如画的西湖边徐徐而行,一路欢笑。"何处结同心? 西陵松柏下。"我俩决定终生相爱,找一个地方过着幸福的生活。在哪里呢? "西陵松柏下。"为什么要选在"松柏"下? 这也许与松柏的习性有关,古人认为松柏耐寒常绿,象征着坚贞不渝的品性,"西陵松柏"寓意爱情的坚贞不渝。

此诗以苏小小的爱情故事,表达出对自由爱情的歌颂,对坚贞爱情的向往。

(陈庆之　汤克勤)

萧衍　萧衍(464—549),字叔达,小字练儿,南兰陵中都里(今江苏省常州市)人。南北朝梁朝政权的建立者,即梁武帝,庙号高祖。在位四十八年,勤政爱民,政绩显著。博学能文,为"竟陵八友"之一。曾钦令编《通史》六百卷,亲自撰写赞序。明人辑有《梁武帝御制集》。

河中之水歌

萧　衍

河中之水向东流,洛阳女儿名莫愁。莫愁十三能织绮,十四采桑南陌头。十五嫁为卢家妇,十六生儿字阿侯。卢家兰室桂为梁,中有郁金苏合香①。头上金钗十二行,足下丝履五文章②。珊瑚挂镜烂生光,平头奴子擎履箱③。人生富贵何所望,恨不嫁与东家王。

【注释】①郁金、苏合:两种贵重香料。前者产于大秦国(古罗马帝国),后者产于大食国(古波斯帝国)。②五文章:纵横交错的花纹。五,通"午",一纵一横为午。③平头奴子:戴着平头巾的奴仆。

【鉴赏】在《玉台新咏》和《艺文类聚》中,《河中之水歌》的作者均为无名氏,实际上是梁武帝萧衍创作的一首爱情诗。

此诗以莫愁女为描写对象,莫愁在南北朝时很有名,许多文献皆有记载。萧衍认为莫愁是洛阳人,采用《孔雀东南飞》中"十三能织素,十四学裁衣,十五弹箜篌,十六诵诗书,十七为君妇"的写法以及《相逢行》《长安有狭斜行》等乐府诗极力铺叙的手法,围绕"莫愁"其名,着力刻画出一位"人生富贵何所望"的洛阳佳丽。

诗分为三部分,前六句为第一部分。"河中之水向东流,洛阳女儿名莫愁。"黄河水不停地向东流,洛阳城里有一个美丽的姑娘名字叫莫愁。"莫愁十三能织绮,十四采桑南陌头。"莫愁十三岁就能织出华美的丝绸,十四岁就拎着篮子去南边田间采桑叶。"十五嫁为卢家妇,十六生儿字阿侯。"莫愁十五岁嫁到了卢家,十六岁生了一个儿子,小名叫阿侯。她勤劳美丽,善于织布,又工于农事,嫁作人妇,生育儿子,婚姻生活很美满,一切都完美。

第七至十二句为第二部分,描写莫愁的婚后生活,着重写莫愁夫家富贵的生活。"卢家兰室桂为梁,中有郁金苏合香。"卢家的房屋富丽堂皇,闺房兰馨雅洁,桂木为梁,四处散发着郁金、苏合的芳香。"头上金钗十二行,足下丝履五文章。"莫愁头上戴的首饰光彩熠熠,金钗排成了十二行。脚上穿着丝绣鞋,鞋上花纹交错光彩夺目。"珊瑚挂镜烂生光,平头奴子擎履箱。"珊瑚枝镶嵌的妆台上,青铜镜璀璨生光。戴着平头巾的奴仆,提着履箱往来,供她驱使。作者将卢家描写得极为富贵,表现出莫愁婚后的生活非常奢华。

最后两句是第三部分,"人生富贵何所望,恨不嫁与东家王",道出了莫愁的本心。人生的荣华富贵并不是莫愁所希望的,她其实很后悔,没有嫁给儿时住在家东头的邻居姓王的小伙子,那才是莫愁的真爱。诗歌刻画出莫愁不贪恋富贵,真心向往纯粹爱情的超俗性格。

此诗首先描写莫愁的美貌,接着描写莫愁婚后生活的优裕,让人艳羡不已。最后却诗笔急转,一句"恨不嫁与东家王",点明主旨。诗歌格调明快,文辞富艳,含蓄有致,对偶工整,明显带有文饰的痕迹。

(陈庆之　汤克勤)

有 所 思 萧　衍

谁言生离久,适意与君别①。衣上芳犹在,握里书未灭。腰中双绮带,梦为同心结。常恐所思露,瑶华未忍折。

【注释】①意:同"忆"。

【鉴赏】《有所思》是梁武帝萧衍所作的一首五言诗。《有所思》本为汉代乐府诗"铙歌"名,以首句"有所思"作篇名,描写女子与情人诀别时的悲思。铙歌本是军中乐歌,传说为黄帝、岐伯所作,在汉乐府中属鼓吹曲,常于马上奏之,用以激励士气,也用于大驾出行、宴享功臣和奏凯班师之时。

第一二句以设问开始，"谁言生离久，适意与君别"，谁说离别很久了，我怎么感觉刚刚才与你分别。这两句诗，包含两层意思：一是才刚刚离别，我却感觉与你分别很久了，用分别的短暂来突出对情人思念的绵长，表明不能分开；二是离别真的很久了，但情人的一颦一笑、一言一行，仿佛仍在眼前，分别的情形宛如昨日发生，用分别的漫长、难忘情人来表达对情人思念之深厚。

第三四句，"衣上芳犹在，握里书未灭"，承接上文，我与你刚刚分别，还能闻到衣服上存留着你的香味，而你给我的情书，上面的墨迹还未干。通过闻衣香、见书信，睹物思人，把与情人相处和分别时的点点滴滴，揉捏在两句之中，读来清新自然，毫不做作。

第四五句，"腰中双绮带，梦为同心结"，我腰襟上佩戴的两条丝带，在梦中化作了同心结。"同心结"，指锦带编成的连环回文样式的结子，用以象征专一的爱情。女子希望与情人结为夫妻，像同心结一样，双宿双飞，永不分离。诗直接抒情，既表达出女子对情人的爱慕，也表达出情人是她可以托付终身的对象，他俩的爱情一定会开花结果。

最后两句，"常恐所思露，瑶华未忍折"，感情有所收敛，女子害怕她对情人的爱恋被别人看出来，不敢折瑶华赠给情人。"瑶华"，这里既指鲜花，也代指情人。这两句，心理描写非常细腻，虽然女子对情人爱得热烈、真挚，但她与生俱来的害羞与矜持，使她在那种社会环境中，不得不将心中的爱抑制住，隐藏起来。

此诗书写女子对情人的深爱，从缠绵、怀恋，到炽热、压抑，表现出女子对爱情的渴望和所受到的约束，写得层层转折，细腻含蓄。

（陈庆之　汤克勤）

子夜歌二首 萧　衍

其一

恃爱如欲进，含羞未肯前。朱口发艳歌，玉指弄娇弦。

其二

朝日照绮窗，光风动纨罗。巧笑蒨两犀[①]，美目扬双蛾。

140

【注释】①蒨：同"倩"，美好的样子。两犀：指上下两排牙齿。

【鉴赏】《子夜歌》是南朝民歌"吴声"中的一支，是五言四句小诗，相传为晋代女子子夜首创，故名。现存《子夜歌》四十二首，被郭茂倩《乐府诗集》定为"晋宋齐辞"，归入"清商曲辞"类。其中这两首诗，据徐陵《玉台新咏》认为，乃梁武帝萧衍所作。这两首诗都写女人，一为歌女，一为闺中少女，通过对她们局部肢体特征的描绘，写出了人的整体美，表现出作者对她们的喜爱之情。

第一首写歌女怀着爱意想要走进来，忽然心生羞怯不肯迈步。她那嫣红的嘴唇唱出艳丽的歌曲，晶莹纤细的手指弹出美妙的乐章。作者带着喜爱的心情，以欣赏的目光观看歌女的姿态和弹唱表演。前两句以形写神，以"如欲进"与"未肯前"描写歌女"恃爱"与"含羞"的神态。后两句正面描写她的歌唱与弹奏，用特写镜头展现她的口唱与指弹两个动作。"朱口"，口唇红润；"玉指"，手指白净。这美的肢体，令人联想到歌女是一位年轻貌美的可人。歌为"艳歌"，弦称"娇弦"，表现出弹唱的动人。一个"弄"字，将歌女动作的纯熟和曲调传递的热烈而细腻的感情，生动地表现出来。

第二首写早晨太阳照着美丽的窗户，微风吹动洁白的丝绸。闺中少女开怀地笑着，露出洁白的牙齿，她的蛾眉飞扬，美目顾盼生辉。前两句写少女的生活环境，"朝日""光风"，视野开阔，色调明快；"日照""风动"，富于动感；从"绮窗"写到"纨罗"，视线由窗外转入室内。后两句具体描写女子的美貌，"巧笑""两犀""美目""双蛾"：她甜甜一笑，露出两排漂亮的牙齿；她秋波流转，扬起一对好看的眉毛。作者集中笔墨描写她最富于青春光彩的笑容与眼睛，令人联想到《诗经·卫风·硕人》所写的美女，"齿如瓠犀，蝤首蛾眉。巧笑倩兮，美目盼兮"。此诗从环境写到人，在色调明快的背景下映衬出闺中少女美的形象。

（庄陆彬　汤克勤）

柳恽　柳恽（465—517），字文畅，河东解县（今山西省运城市）人。历仕齐、梁，官至吴兴太守、广州刺史。善弹琴弈棋，工诗。

江 南 曲

柳 恽

汀洲采白蘋^①,日暖江南春。洞庭有归客,潇湘逢故人。故人何不返?春花复应晚。不道新知乐,只言行路远。

【注释】①汀洲:水边或水中的陆地。白蘋:一种多年生浅水草本植物。

【鉴赏】《江南曲》是柳恽在汉乐府的影响下创作的一首五言诗。柳恽是宫廷诗人,大半生是在宫廷和贵族生活中度过的,他的诗句难免为了附和君主贵族的兴趣。诗中描绘宫廷花草、树木、服饰等,来满足皇帝贵族的娱乐需要。梁武帝每次举行宴会,总要让他赋诗,他们互相唱和,以诗助兴。

这首闺怨诗分为两部分,前四句为上半部分,描写江南女子盼夫归来,遇到一个从洞庭来的商客,便询问丈夫的消息。"汀洲采白蘋,日暖江南春。"女子在江中的沙洲上采摘白蘋,白蘋是一种水草,谷雨时始生,夏秋间开小白花。江南晚春,天色将晚,夕阳西下,阳光洒在春江上,分外美丽。"采蘋"是相思的起兴,最早出自《诗经·召南》。古诗中,经常用采蘋来比喻女子的相思之情。"洞庭有归客,潇湘逢故人。"女子碰到了一个从洞庭湖回来的归客,他曾在潇湘之畔遇到过故人。这里的"故人"特指女子的丈夫。这部分以叙事为主。

后四句为下半部分,以对话的方式展开。"故人何不返?春花复应晚。"女子问归客,我的丈夫为什么还不回来啊?春天的花凋谢了,又一个春天将要过去,再不回来就晚了。一个"复"字,点出女子等待丈夫归回是年复一年,从侧面反映出女子焦急万分的盼夫心态。"春花晚",不但实写春花将落,时间已晚,也隐喻女子的青春芳华在年复一年的等待中慢慢逝去,红颜消损,美人迟暮。归客的回答却让人费解:"不道新知乐,只言行路远。""新知"意思是新欢。归客隐瞒了她的丈夫在潇湘之畔有了新欢的事实,而是善意地谎称她丈夫之所以没有回来,是因为路途遥远。这无疑表现了一个爱情悲剧,妻子在家日夜等待丈夫归来,而远在他乡的丈夫却结交了新欢,忘记了家中的妻子,女子由思妇变成了弃妇。其实女子何尝不知道丈夫有了新欢,行路虽远,但归客能回,丈夫为何不能?这种善意的谎言,是欺骗不了女子的,只是她不愿意拆穿,更不愿意接受被抛弃的命运罢了。

这首爱情诗的前两句描绘江南景致,点明时间,引起下文,后六句写女主人公偶遇归客,向他询问丈夫的情况,表达出一位江南女子对远在他乡的丈夫的思念和久不见其归来的忧虑。全诗借作问答,语言朴素,音节浏亮。描写女子的相思之情,辞意婉转,与比兴相结合,显得含蓄而富于风情。诗借乐府旧题写闺怨,颇有江南民歌清新流丽的特点。

(陈庆之　汤克勤)

张率　张率(475—527),字士简,梁代吴郡吴县(今浙江省苏州市)人。曾入晋安王萧纲(即梁简文帝)幕府凡十年,后任新安太守。梁武帝称赞他:"相如工而不敏,枚皋速而不工,卿可谓兼二子于金马矣。"

长相思二首

张　率

其一

长相思,久离别,美人之远如雨绝。独延伫①,心中结。望云云去远,望鸟鸟飞灭。空望终若斯,珠泪不能雪。

其二

长相思,久别离。所思何在苦天垂,郁陶相望不得知。玉阶月夕映罗帷,罗帷风夜吹。长思不能寝,坐望天河移。

【注释】①延伫:久立,形容盼望深切。

【鉴赏】这是南朝梁代诗人张率创作的爱情组诗,共两首,是写相思之苦的杂言诗,都以女子的口吻来写,写得幽怨缠绵。

第一首开头,"长相思,久离别,美人之远如雨绝"。"美人"指具有美德的人,即道德高尚的人,这里指抒情主人公的情人。长长的相思,久久的别离,我的心上人离开了我,他离我之遥远,似在天边雨水断绝之地。"独延伫,心中结。"我孤独地伫立在那里,翘首以盼,心中的愁绪凝成了心

143

结。"望云云去远,望鸟鸟飞灭。"遥望天边的云彩,云彩远远地飘走;远望天上的飞鸟,鸟儿也飞得无影无踪。写景中寓含着惆怅的感情。"空望终若斯,珠泪不能雪。"我空空地遥望着,最终还是失望,眼角的泪水滴答成串,怎么也擦不干。"雪"是擦拭的意思。这首诗描写女子思念远方的爱人,独自站立在那里,久久地、孤独地等待着他的归来,连天上的云彩和飞翔的鸟儿都不陪伴她。她终于明白,爱人不可能回来了,她的盼望变成了绝望,泪水止不住地流了下来。诗中那种孤苦无依和无限忧伤的凄凉感,让人不禁感伤。诗由相思写到别离,由思念爱人写到孤独伫立,又由远望写到空望,最后以珠泪难雪作结,将常见的相思离愁,如剥笋般层层写来,极尽悱恻缠绵之能事。

第二首与第一首的风格和内容大体相似,只是把景物更换了。"长相思,久别离。所思何在苦天垂,郁陶相望不得知。"长长的相思,久久的别离,我所思念的人,苦在遥远的天边,我的忧愁和欢乐对他来说,是可望而不可即的,他也不知晓我对他的思念。"郁陶",郁者忧也,陶者喜也。"玉阶月夕映罗帏,罗帏风夜吹。"在有月亮的晚上,我思念着他,月光映照在罗帏上,微风吹过,轻抚罗帏,也轻抚我。在无数个夜晚,我就这样思念他,独自一人伤心地度过。"长思不能寝,坐望天河移。"长夜漫漫,对他的思念让我无法入睡,我望着天上的银河,慢慢地移动。日子就这样一天天过去,我也一天天老去。这首诗由相思写到别离,由人在天边写到苦乐皆不知,又由月照玉阶写到晚风抚罗帏,最后以坐望天河为结,相思离愁,在生活的点点滴滴中体现,娓娓道来,极尽幽怨反复之能事。

这两首诗表面上通过雨、云、鸟、月、罗帏、风等意象写痴男怨女相思不相见的离愁别绪,实际上,诗人表达出怀才不遇的曲折心情,颇有《离骚》之风。诗语淡意深,情调蕴藉,三、五、七言句交替使用,灵活自然,兼有音律回旋和情韵起伏之美,深见诗人的艺术功力。

(陈庆之　汤克勤)

庾肩吾　庾肩吾(487—约552),字子慎,南阳新野(今河南省新野县)人,世居江陵(今湖北省江陵县),南朝梁代诗人。历任东宫通事舍人、太子中庶子、度支尚书等职。诗风靡丽,为"宫体诗"创始人之一。

咏得有所思

庾肩吾

佳期竟不归,春日坐芳菲①。拂匣看离扇②,开箱见别衣。井梧生未合③,宫槐卷复稀。不及衔泥燕,从来相逐飞。

【注释】①坐:空,徒然。②离扇:离人(指丈夫)用过的扇子。③井梧:井边的梧桐树。

【鉴赏】此诗以通畅的语言,写一位女子怀念离家已久的丈夫,写她在春日的所见所感,表达出她的相思之情。

前两句写女子盼望丈夫归回而不得的哀怨。"佳期",指丈夫许诺的归家的日子。现在佳期已到,丈夫却没能如约而归。"竟"字很好地把意外和失望表达了出来。本来丈夫约在春天回家,春天到了,该多幸福啊,然而丈夫却未归来,那明媚的春光,盛开的百花,都白费了。心情一郁闷,再美的景色也难以让人舒心。这两句诗为全诗奠定了忧伤的感情基调。女子拂拭匣子,看见丈夫用过的扇子;打开箱子,看见丈夫穿过的衣服。睹物思人,更加惆怅。诗歌虽然没有表现女子的内心活动,但是读者不难想象她的相思之痛。她深爱着她的丈夫,将他的东西好好地珍藏。这些东西是丈夫用过的物品,寄托着她的感情。作者通过女子的动作描写,传达出她深沉而细腻的感情。

丈夫离别时,井边的桐木还小,没有合抱之粗。其言外之意在于,现在,桐木已经长大,她与丈夫分离的时间太久了。房屋前的槐树,树叶生长了出来,又渐渐卷曲凋落了,越来越稀少。通过自然界的变化,木能合抱,叶荣叶落,暗示时间流逝得太快,月复一月,年复一年。木犹如此,人何以堪?丈夫长期未归,女子长期形单影只,以至于她由衷地羡慕成双成对相逐而飞的衔泥的燕子。人不及燕的感叹,真切地表现出女子的哀怨和相思之苦。结尾写得既形象,又含蓄,令人动容。 (黄楷 汤克勤)

萧子显 萧子显(489—537),字景阳,南兰陵(今江苏省常州市)人。梁代历史学家。齐高帝萧道成之孙,入梁后累官国子祭酒、侍中、吏部尚书、吴兴太守。博学能文,撰《后汉书》一百卷等,今存《南齐书》。其诗情辞清丽。

春别四首(选二) 萧子显

其一

翻莺度燕双比翼,杨柳千条共一色。但看陌上携手归,谁能对此空相忆?

其四

衔悲揽涕别心知,桃花李花任风吹。本知人心不似树,何意人别似花离?

【鉴赏】萧子显生活在南齐末年至梁武帝时期,是宫廷文坛的创作主力。当时永明体正过渡为宫体诗,诗风由清新秀丽变为绮靡浮艳。

萧子显的《春别》有四首诗,是与简文帝萧纲、元帝萧绎的唱和之作,这里选的是其中第一、第四首。

第一首是以回忆的方式写青年男女恋爱的幸福时光。前两句描绘了一幅美景:晴空下,莺儿燕儿成双结对,比翼翩翩;柳枝千万条,摇曳在春风里。古代诗歌常用双飞同栖的飞燕来比喻美好的姻缘和恩爱的夫妻,例如《诗经·邶风·燕燕》,以"燕燕于飞"起兴,写女子出嫁,赞颂美满的婚姻。柳,谐音"留",暗示欢乐的爱情只留下留恋与怀念了。后两句直接表达对爱情的渴望、怀念——只见柳荫掩映的田间小路上,一对青年男女携手同归,这种动人的图景,谁会不心动呢?谁会不触动对美好往事的回忆呢?

第四首写有情人分别时的痛苦感受。"衔悲揽涕"一词,具体描写情人分别的痛苦表情。其凄惨景象好似"桃花李花任风吹",这一比喻很形象,为后两句诗张本。"本知人心不似树,何意人别似花离",虽然人不是树,但是人的别离就像花的离去一样无可奈何。全诗充满了惆怅忧伤的感情。

这两首诗在表达向往或回忆爱情的欢快以及与情人分别的悲伤之情时,都采用借景抒情的手法,达到了情景交融的艺术境界。尤其是"其四"诗,在寓情于景中又借景生发出许多感慨,艺术水平较高。

(黄楷 汤克勤)

春闺思

萧子显

金羁游侠子①，绮机离思妾②。春度人不归，望花尽成叶。

【注释】①金羁：金饰的马络头，代指马。②绮机：装饰美丽的织机。

【鉴赏】《春闺思》是一首篇幅短小的四句五言诗，语言简朴明丽，具有民歌的特点。

开篇以并列的方式举出男女主人公，形成对照。男子是"金羁游侠子"，女子是"绮机离思妾"；男子骑着高贵的马云游在外，侠气纵横，女子则在华丽的织机前思念丈夫，独守寂寞。诗人通过白描手法，用"金羁""绮机"两词，形象生动地勾勒出游子和闺妇的典型形象。

题目"春闺思"决定了诗歌的重心在于抒发女子的相思之情。后两句"春度人不归，望花尽成叶"，突出表达了女子绵绵不绝的苦苦相思。春花落尽，春天已逝，绿叶葱茏，丈夫仍未归回。日夜思念丈夫的女子，情何以堪？女子落寞悲哀的感情虽然没有被直接写出，但是不言而喻，随着花落春去，绿叶成荫，时间流逝不仅消逝了春光，也将女子的妙龄和她的美丽容颜消失殆尽。女子叹息春去花谢，实际上叹息自己的青春年华的虚度。这种双关的写法，情寄景中，富有新意，给人余味无穷。　　（黄楷　汤克勤）

周弘正　周弘正（496—574），字思行，汝南安成（今河南省汝南县）人。十岁通《老子》《周易》。南朝梁武帝时为太学博士，后迁国子博士。入陈，先后任太子詹事、侍中、尚书右仆射等职。博学，善谈玄，精占卜，曾预言侯景将乱，后果然。著述颇多，有《周易讲疏》等。

看新婚诗

周弘正

莫愁年十五①，来聘子都家②。婿颜如美玉，妇色胜桃花。带啼疑暮雨，含笑似朝霞。暂却轻纨扇③，倾城判不赊④。

【注释】①莫愁:古代美妇名,这里指新娘。②聘:出嫁。子都:古代美男子名,这里指新郎。③却:推却,抛弃。④倾城:形容女子极美。判:分明。赊:差,欠。

【鉴赏】从题目《看新婚诗》看,诗人是以旁观的角度,欣赏新婚中的新人,表达出对新郎、新娘的祝贺以及对美好生活的赞颂。

前两句叙事,叙述新娘嫁给新郎,直接点题。诗人以"莫愁""子都"这两个古代有名的美女、美男的名字,指代新娘、新郎,借以表达对新人的喜爱和赞美。新娘年轻貌美,十五岁,正当妙龄,她比艳丽的桃花还美丽。她嫁的新郎正好与她匹配,容貌相当。"婿颜如美玉",以美玉比喻新郎,不仅写出他的青春潇洒,也暗示他的品德纯洁高尚。这真是一对让人喜爱、羡慕的"可儿"。

在婚礼中,新娘是主角,焦点往往聚集在她的身上,诗歌后半部分着重表现新娘。对女人来说,婚嫁是她人生中的一件大事。所嫁的那个要托付终身的男人,她并不了解,因此她的心情极其复杂:既有喜悦,又有担忧;既充满憧憬,又瞻前顾后。诗歌用"带啼疑暮雨,含笑似朝霞"来形容她此时的复杂心理,哭泣时宛如黄昏雨蒙蒙,欢笑时却像朝霞明艳艳,一啼一笑,一悲一喜,以自然现象来比喻新娘的两种矛盾的情绪状态,恰当妥帖。看似矛盾,却都是新娘发自内心的真情流露,使得她美丽真实。这种写法生动形象,又含蓄蕴藉,富于想象,意味深长。作者最后赞美新娘:新娘啊,你暂抛轻纨小团扇,无须用它遮脸面,你与那些倾城倾国的美人相比,丝毫没有逊色。

此诗在众多新婚诗中显得很有特色。首先,以"看"的视角来布局谋篇,一切都是旁人所见,这种写法较少。诗人通过朴实自然的语言,写出一个旁观者由衷的喜悦,既包括对新婚夫妇天作之合的赞美,也表达对美满爱情的羡慕,艳而不靡,别开生面。其次,善于用典,不露声色。开篇的"莫愁""子都"都有出处,"莫愁"是南朝时著名的美妇,梁武帝萧衍在《河中之水歌》中写道:"河中之水向东流,洛阳女儿名莫愁。"而"子都"则是古代美男子的名字,《诗经·郑风·山有扶苏》有"不见子都,乃见狂且"。诗结尾出现的"倾城"一词,源于《汉书》李夫人的故事。最后,对仗工整妥帖,用喻巧妙形象,既有明快之喻,如"婿颜如美玉,妇色胜桃花",又有含蓄之喻,如"带啼疑暮雨,含笑似朝霞"。此诗的艺术水平较高。

(张建泽　汤克勤)

萧纲　萧纲(503 — 551)，字世缵，南兰陵(今江苏省常州市)人。南朝梁武帝第三子，初封晋安王，后被立为太子，被侯景立为帝，即梁简文帝，后被废，不久遇害。主张"文章且须放荡"，其诗轻艳，号"宫体诗"。有《梁简文帝集》。

折 杨 柳

萧　纲

　　杨柳乱成丝，攀折上春时①。叶密鸟飞碍，风轻花落迟。城高短箫发，林空画角悲②。曲中无别意，并是为相思。

【注释】①上春：孟春，即农历正月。②画角：古代军中乐器。长五尺，形如木筒，本细末大，以竹木、皮或铜制作，外加彩绘，故称画角。

【鉴赏】"折杨柳"，属乐府"鼓角横吹曲"，多为伤春惜别之辞。萧纲此诗也意在抒发男女伤别相思之情。

　　头两句点出时间和事件。时间为早春，风拂杨柳，绿绦散丝，袅袅依依。一个"乱"字，描绘出柳条缠绕交错无序的状态，也暗示女子在送别情人时内心混乱复杂的心态。一对情人即将分别，她攀折杨柳，准备赠给远行的人。折柳送行是古代习俗，柳谐音为"留"，以示留恋惜别，深情不忘。诗歌在点出送别之事后不再展开，而是具体地描写四周的环境。树叶茂密，妨碍了鸟儿飞行；风儿轻轻，落花飘飘，迟迟地落到地上。这些写景内容暗示光阴流转，春天将逝。"碍""迟"二字，隐含着女子在与情人分别后度日如年的煎熬情状。高高的城墙上突然短箫吹起，声音幽怨，空荡的树林里传出了画角悲鸣。短箫的声音悠远呜咽，因城墙高更显其清厉；画角的声音哀厉高亢，因树林空愈显其悲凉。借"短箫""画角"的音乐，诗歌最后回到了送别的事件上，突出了主题，"曲中无别意，并是为相思"。结句如同重槌击钟，将相思之情全都撞进了有情人的心中，无限愁苦在此时缠绕万千，全化作"相思"二字。

　　此诗淡写事件，重点写景，借景抒情，形成含蓄有味、委婉缠绵的艺术效果。

（张建泽　汤克勤）

149

咏内人昼眠

萧 纲

北窗聊就枕,南檐日未斜。攀钩落绮障①,插捩举琵琶②。梦笑开娇靥,眠鬓压落花。簟文生玉腕③,香汗浸红纱。夫婿恒相伴,莫误是倡家。

【注释】①绮障:有花纹的丝帐。②捩(lì):拨弄琵琶弦的工具。③簟(diàn)文:即簟纹,指人身上留下的席纹的印迹。簟,苇席或竹席。

【鉴赏】萧纲的《咏内人昼眠》是宫体诗的代表作之一,历来饱受非议。有人认为用诗歌这种高尚的文体来描写女性在白日卧睡之态,不免过于轻薄放荡。当时咏物诗已经兴盛,主要歌咏山水自然之物,但萧纲由歌咏山水之美转向挖掘人体之美,不失为一种大胆的创新。他将创作深入到生活各个角落的探索精神,值得肯定。从客观的角度看《咏内人昼眠》,它在思想上并无色情可言,虽然格调不高,但也不能贬为低级庸俗。

开篇点明了时间地点,作者的妻子在靠近北窗的房间睡觉,南边屋檐上的太阳还未西斜,正值中午时分。一个"聊"字可见她卧睡时的娇柔和慵懒。接着作者插叙妻子午睡前的准备,先攀高拿掉挂钩,让床边华美的丝帐落下,后插好琵琶的拨子,托举着放置好琵琶。这种描写让人想象到精致细薄的帷帐缓缓垂落,优美的琵琶声刚才还在屋内回荡的情景。这几个动作描写,显示出妻子的从容优雅,也包含着丈夫温柔的情意。接着四句描绘妻子入睡后的各种情态。先写妻子的神态和动作,"梦笑开娇靥,眠鬓压落花",也许妻子梦见了开心事,她娇艳的面容笑出了酒窝,黑亮的发鬓轻轻地压住了从窗外飘入的落花。发鬓的乌黑柔顺和落花的娇嫩鲜艳,形成了鲜明的对比,在此背景上,妻子的笑容显得更加美艳动人。这一睡梦图,展现出女人的美丽和幸福。接着,作者刻画妻子渐浓的睡意,"簟文生玉腕,香汗浸红纱",妻子洁白纤细的手腕印上了竹席的纹痕,散发香气的汗水浸湿了身上红色丝绸织成的薄衣。这种细致入微的描写,可见作者观察仔细,以及对妻子的爱意之深。一次普通的午睡,被作者表现得充满了美的气息。最后两句表达了作者的内心想法,"夫婿恒久伴,莫误是倡家",作为丈夫,作者一直陪伴在妻子身边,千万不要误会她是娼妓啊！这两句表面上看，有些轻薄，但仔细一想，这不过是丈夫对妻子开的一句玩笑话罢了，这更加显现出夫妻间的感情深厚。

此诗生动形象地描绘出一幅美人卧睡图，从中可见夫妻情深。虽然格调不高，但不至低俗，是对夫妻普通生活的精彩刻画，也是萧纲"文章且须放荡"创作思想的鲜明体现。诗并未使用过多的手法，只有细致的观察和直接的描摹，角度多样，有动有静，有色有味，既有对仗工整之句，也有活泼多变之处，在追求章法严整的同时不失自然活泼。

（张建泽　汤克勤）

春 江 曲　　　萧　纲

客行只念路，相争度京口①。谁知堤上人，拭泪空摇手。

【注释】①度：同"渡"。京口：古渡口，在今江苏省镇江市。

【鉴赏】古代描写送别情景的诗词甚多，多表现送者和行者之间的深情厚意，抒发缠绵不舍之情。此诗却一反常态，前两句写行者匆匆赶路，只想早点离去，在人潮拥挤的渡口拼命地往前挤，而后两句却写送者静静地站在堤岸上，望着行者的背影，默默地擦拭眼泪，使劲摇手向他告别，可是他始终没有回过头来看一眼。这首诗突出表现了这一矛盾冲突，揭示出薄情与痴情的对立。

此诗虽然未点明这是男女分别，但是在古代远行者一般为男性，而"堤上人"的形象被写得柔弱无助，似乎更像女性，不妨将此诗看作是写女子送别情郎的作品。开篇用一个"只"字，表明行者已将送者抛之脑后，心里只有赶路远行的念头；而"相争"二字，则表现渡口人潮汹涌、拥挤喧嚣的景象。两句相互映衬，用渡口喧闹拥挤的场景凸显出行者争先恐后的情状。接下来笔锋一转，用"谁知"二字，引出寂寞孤独的"堤上人"，其反问语气显示她的存在根本无人关心。接着进一步描写送者的动作："拭泪""摇手"。送者在堤上流泪，并自己擦去，又摇手向情郎告别。她的动作，她的感情，却无人关心，"空"字恰切地表达了这一点。在现实生活中，女子往往会面对那个匆匆离去的背影，泪流满面，满腔柔情，却无人关注她的感情，她只能软弱无力地等待，热泪与滚滚东流的江水一起逝去。行者的匆忙,送者的孤守,渡口的喧闹,堤上的孤寂,一动一静,一急一悲,一远离一不舍,一寡义一多情,鲜明地对比出来。

此诗敏锐地捕捉到送别的这一特殊情景,超越了对一般男女情爱的描写,给读者留下新鲜的人生感受。也许男子只知赶路,争渡京口并非薄情;也许当时人群潮动,他无暇回头告别;也许这次远行对他意义重大,不得不一往无前,义无反顾。但总体看来,诗中还是透露出一种淡淡的哀伤,题目中"春江"一词本应预示万物复苏,生机盎然,给人明快温暖之感,但是诗写离愁别绪"恰似一江春水向东流",离愁包含着痴情,痴情反衬出无情,传达出一种难以言喻的惆怅,含蓄委婉,言尽意深。

(张建泽　汤克勤)

徐陵　徐陵(507—583),字孝穆,东海郯(今山东省郯城县)人。历仕南朝梁、陈二朝。梁时任东宫学士,陈时官至吏部尚书、中书监、太子少傅。宫体诗人,称"一代文宗",与庾信齐名,并称"徐庾"。有《徐孝穆集》《玉台新咏》。

<h2 align="center">关山月二首(其一)　　徐　陵</h2>

关山三五月①,客子忆秦川。思妇高楼上,当窗应未眠。星旗映疏勒②,云阵上祁连。战气今如此,从军复几年?

【注释】①关山:泛指关隘山川,这里指征人所在的边塞之地。②星旗:即旗星,星宿名,古人认为此星征兆战争。

【鉴赏】此诗是南朝梁陈时期著名诗人徐陵创作的一首五言爱情诗,分为两部分,前四句为上半部分,后四句为下半部分。

"关山三五月,客子忆秦川。""关山"指边境要塞之地,特指征人所在地,"三五"指阴历十五,"秦川"指关中地区,泛指今陕西、甘肃的秦岭以北平原地带。十五的夜晚,圆圆的月亮照在关山上,在异乡戍边的战士怀念着他的故乡秦川。"思妇高楼上,当窗应未眠。"他想象妻子,正伫立在高楼之上,对着窗户遥望边关,因为思念丈夫,她现在还没有睡觉。诗用十五月圆起兴,描写思妇怀念远方的丈夫,丈夫也惦记着家中的妻子。两人相隔万里,从关山到高楼,异地同时,好像两幅画交融在一起,情景交融,历历在目。

下半部分,不像是爱情诗,倒像是边塞诗。"星旗映疏勒,云阵上祁连。""旗"是星名,"星旗"就是旗星。《史记·天官书》言:"(房、心)东北曲十二星曰旗。"古代人认为旗星代表战争。"疏勒"是汉代西域诸国之一,国都疏勒城在今新疆维吾尔自治区疏勒县。"祁连"是山名。战争的旗帜飘扬在疏勒城上,行军布阵像浓密的乌云笼罩在祁连山侧。"战气今如此,从军复几年?""战气"指战争气氛。战争的气氛非常浓烈,局势很紧张,从军征战已经那么多年,不知道什么时候征人才能回故乡?下半部分从高楼上的思妇写到戍边的征夫,战事犹酣,解甲归田恐怕是遥遥无期,恰好对应着思妇在高楼遥望边疆而无眠,企盼相聚而无望。这种结构安排很巧妙,包含了多种感情:对战争的怨恨,对夫妻离别相思的同情。

这首诗的创作与徐陵的一段经历有关。梁武帝太清二年(548),徐陵奉命出使东魏,后因侯景之乱,被迫留在邺城达七年之久,不得南归,其诗风因此有所变化,不同于以往的宫体诗。《关山月》就是这一时期的作品。诗歌通过将士们征战四方的经历,表达出其思家念亲之情,以及反对战争,向往和平的思想。

(陈庆之 汤克勤)

江总 江总(519—594),字总持,济阳考城(今河南省民权)人。历仕梁、陈、隋,梁代任明威将军,陈代任吏部尚书、尚书仆射、尚书令,入隋后,授上开府。宫体诗的代表诗人之一,其前期诗浮艳靡丽,内容贫弱,后期诗凭吊故土,有悲凉之音。有《江令君集》。

闺 怨 篇　　　　　　江 总

寂寂青楼大道边,纷纷白雪绮窗前。池上鸳鸯不独自,帐中苏合还空然[①]。屏风有意障明月,灯火无情照独眠。辽西水冻春应少,蓟北鸿来路几千。愿君关山及早度,念妾桃李片时妍。

【注释】①苏合：苏合香。然：同"燃"。

【鉴赏】《闺怨篇》是江总创作的一首七言闺怨诗，是唐代七言排律体的开启之作。

分为两部分，前六句为上半部分，后四句为下半部分。上半部分叙写思妇冬夜独守空房，触景伤情，思念远方的丈夫，夜不能寐。"寂寂青楼大道旁，纷纷白雪绮窗前。"大路旁，高楼寂静地伫立着，思妇独自依靠在锦绣的窗前，看着窗外纷纷飘落的白雪。"青楼"，指涂饰青漆的楼房。曹植《美女篇》云："青楼临大路，高门结重关。"显然，此诗首句化用了曹植的这两句诗。青楼原是车马喧嚣之地，这里用"寂寂"，化景为情，映射出思妇寂寥的心情。"池上鸳鸯不独自，帐中苏合还空然。"池塘里的鸳鸯成双成对，令人羡慕，空荡荡的闺房里，罗帐中的苏合香默默地燃烧。"苏合"指苏合香，是古人用的一种熏香，由波斯进口而来。"然"，同"燃"。从这两句诗中不难看出，思妇的家庭条件十分富足，但是，丈夫不在她的身边，她的精神世界一片空虚。这里用池上鸳鸯，来对照思妇的独守空房。"苏合空然"，营造出一种空寂孤独的气氛，也衬托出思妇孤单寂寞的情怀。"空"字用得生动传神。"屏风有意障明月，灯火无情照独眠。"屏风故作好心，遮住了那引人愁绪的月光；无情的灯火，照得闺房通明，照见思妇无眠。一个"独"字，道出了思妇的苦闷。在这寂寞的重压下，她反而感谢那道屏风解人情意，将那撩人愁思的窗外明月遮障，令她不至于由于月圆人不圆而弥加哀怨。她的心情相当矛盾，明明害怕黑暗孤寂，不敢熄灯，她又恨那盏青灯冷酷无情，惨淡的灯火直照着孤眠之人，使其形影相吊、茕独凄惶。"屏风有意""灯火无情"，运用拟人的手法，移情入景，将思妇的凄楚，写得委婉曲折。

后四句为下半部分，写思妇思念的人的情况。"辽西水冻春应少，蓟北鸿来路几千。"原来思妇的丈夫正身在辽西、蓟北等边关之地，可以推测，她的丈夫是从军戍边的军人。丈夫所处的塞外，与思妇所居的内地，相隔千里。这两句诗一跃千里之外，将景致拓展到边塞，边塞正天寒地冻。思妇从眼前的"纷纷白雪"，联想到边关的严寒，从丈夫长久的了无音讯，联想到路途之远，鸿信之难。最后两句，"愿君关山及早度，念妾桃李片时妍"，是思妇的内心独白，她盼望战争早一天结束，丈夫能早一日回家。她就像春天的桃花李花一样，只有片时的艳丽，希望丈夫珍惜。"关

154

山及早度"化用了《木兰辞》中的"万里赴戎机,关山度若飞"的诗句。"桃李片时妍"用桃花、李花花期的短暂,隐喻韶华易逝。

这首描写闺中少妇思念远征丈夫的诗,表达出一种离别独处的哀怨之情,既表达思妇的忧愁,也表达对战争的反感,对和平的向往。诗的主题并不新鲜,但出语自然,刻画细腻,对仗工整,形式独特,对后世的七言律诗,有深远的影响。

(陈庆之 汤克勤)

陈叔宝 陈叔宝(553—604),字元秀,小名黄奴,吴兴郡长城县(今浙江省长兴县)人。陈朝末代皇帝,即陈后主,荒废朝政,耽于酒色,醉心诗文和音乐,国亡于隋,被俘,病死,追赠为大将军、长城县公。

自君之出矣六首

陈叔宝

一

自君之出矣,霜晖当夜明^①。思君若风影,来去不曾停。

二

自君之出矣,房空帷帐轻^②。思君如昼烛,怀心不见明。

三

自君之出矣,不分道无情。思君若寒草,零落故心生^③。

四

自君之出矣,尘网暗罗帷。思君如落日,无有暂还时。

五

自君之出矣,绿草遍阶生。思君如夜烛,垂泪著鸡鸣^④。

六

自君之出矣,愁颜难复睹。思君如檗条^⑤,夜夜只交苦^⑥。

【注释】①霜晖:白霜的光辉,指月光。②帷帐:门帷和床帐,即帷幔与帐幔。③故心:旧情。④著(zhuó):到。⑤檗条:黄檗的枝条。黄檗,也叫"黄柏",落叶

155

乔木,树心苦涩,木材坚硬,茎可制黄色染料,树皮入药。⑥交苦:痛苦交集。

【鉴赏】《自君之出矣》是乐府旧题,源于东汉末年徐幹的《室思》诗:"自君之出矣,明镜暗不治。思君如流水,无有穷已时。"后来模拟之作甚多,不仅题名直接取自徐幹的诗句,技法也相仿照。陈叔宝的《自君之出矣六首》就属于这一类。

陈叔宝的《自君之出矣六首》基本上保持徐干诗的形式与内容,即都是五言四句,首句为"自君之出矣",次句写一件日常俗事,第三、四句则以"思君如(若)××"引出各种喻体。因叙事与设喻的不同,此类同题诗呈现出丰富多彩、摇曳多姿的意趣之美。陈叔宝的这组诗,设喻妥帖传神,描写的不仅仅是单纯的思念,更多的是女子由于思念时间之长、程度之深而产生心烦意乱的情绪,表现出思妇对外出未归的丈夫的深切思念。

第一首写,自从你外出后,月亮充当了夜晚的明灯。我想念你,就好像那风的影子,来来去去不曾停歇。以风之影比喻思念的情绪纷纭绵长,杂乱无绪,真切而生动。

第二首写,自从你外出后,房屋空荡荡的,门帷和床帐静悄悄的。我想念你,就好像那白昼的蜡烛,心里想念却显不出光亮。"房空帷帐轻",表现出丈夫远行之后女子的日常生活和空落落的心境。"昼烛"的比喻,形象地表达出她思念的徒劳无功。

第三首写,自从你外出后,我内心不平,念叨你无情无义。然而我又忍不住想念你,我好像那寒霜中的野草,零落枯黄,我的旧情却潜滋暗长。"寒草"的形象,生动地表现出女子的容颜枯槁,但她的思念却有顽强的力量,扼杀不了。

第四首写,自从你外出后,沾满灰尘的蛛网挂在帷幔上,暗淡无光。我想念你,就好像那西下的夕阳,不能返回。"尘网暗罗帷",表现出思妇独守空房,生活没有生气。"落日"的比喻,充满了哀怨无奈之情。

第五首写,自从你外出后,碧绿的青草遍布台阶生长。我想念你,就好像那晚上的蜡烛,烛泪滴滴,一直滴到早上公鸡啼鸣。晚上点燃的蜡烛垂泪的形象,分明就是思妇哀伤的形象。

第六首写,自从你外出后,我忧愁的颜容你难以再看见。我想念你,就好像那黄檗的枝条,夜夜都痛苦地交集在一起。

六首诗,六个比喻,属于"不似之似",修辞学上称为"曲喻"。这些比喻巧妙,不仅化无形为有形,增强了诗的形象性,而且给读者提供了广阔的想象天地。一个个苦情的比喻,表现出闺中少妇对丈夫的深深思念,以及对夫君归期无望的痛苦无奈,令人感伤。 （庄陆彬 汤克勤）

徐德言 徐德言,生卒年不详,南朝陈人。陈后主时为太子舍人,乐昌公主之夫。

破 镜 诗 徐德言

镜与人俱去,镜归人未归。无复姮娥影,空留明月辉。

【**鉴赏**】这首诗涉及的破镜重圆的故事与作者徐德言的真实事迹有关。陈朝灭亡时,驸马徐德言对陈后主妹乐昌公主说,以公主的才色,国破必入权豪家。乃破镜,各执其半,约正月望日市镜于集市,冀复相见。陈亡,公主果然为隋大臣杨素所得。德言辗转至京师,于约期果遇一苍头卖半镜。合之,而知公主下落,再见渺茫,乃题诗一首于镜上,悲泣不食。后被杨素所知,召德言归其妻,使二人还江南终老。

此诗语言通俗,言短情深,含蓄有味,令人伤感。前两句明白如话,镜子与人一起离去了,但现在镜子已归回,人却没有回来。叙述了从破镜分离到破镜重圆的过程,包含了作者离别的悲凄、重逢的喜悦以及亲人无法团聚的无奈,表达得较为平缓、隐晦。后两句在叙事的基础上抒情,曾经照过乐昌公主倩影的镜子,再也照不见乐昌公主的身影了,空留下明月的光辉。"姮娥",即嫦娥,比喻乐昌公主,突出乐昌公主的貌美如仙。一个"空"字表达出徐德言内心复杂的感受:内心的孤独与寂寞,获知妻子的处境却不能团圆的无奈,以及对妻子的思念和对爱情的忠贞,等等。其痛苦之情溢于言表。

好在结局还算美好,有情人终成眷属。据说,杨素召徐德言还其妻时,令乐昌公主作诗。公主作《饯别诗》:"今日何迁次,新官对旧官。笑啼俱不敢,方验作人难。"如实写下了两难的感受,给了杨素面子,又表达不忘旧情,真实而得体,终于得归团圆。 （庄陆彬 汤克勤）

陈少女 陈少女，生平不详，约为陈末隋初人。

寄　夫

陈少女

自君上河梁，蓬首卧兰房。安得一樽酒，慰妾九回肠？

【鉴赏】这是一首闺妇写给丈夫表达思念之情的诗。从题目的"寄"字，可见她的丈夫远在他乡，很长时间没有回家了。

第一句点到的"河梁"，原是河上桥梁之义，后引申为送别之地。如旧题汉李陵《与苏武》诗之三："携手上河梁，游子暮何之？"第二句中的"蓬首"，指蓬乱的头发，说明闺妇无心梳妆打扮。闺妇为什么如此？因为丈夫一去不返，女为悦己者容，她盼夫思夫，已心灰意懒。这一肖像描写，表达出闺妇思夫之心。《诗经·伯兮》中的"自伯之东，首如飞蓬"，即是这个意思。"卧"字，体现出闺妇对爱情的忠贞，也表现她毫无生趣的日常生活，以及盼望丈夫归回的殷殷期待。后两句"安得一樽酒，慰妾九回肠"，强烈地表达出闺妇思念丈夫的忧愁痛苦。借酒浇愁愁更愁，酒也无法慰藉闺妇的"九回愁肠"。最后，感情像火山一样喷发出来，令人动容。

（庄陆彬　汤克勤）

温子昇 温子昇（495—547），字鹏举，济阴冤朐（今属山东省菏泽市）人。北魏至东魏的大臣、文学家。历任中书舍人、散骑常侍、中军大将军。其诗文在北朝颇有声誉，与邢邵齐名，时称"温邢"；又与邢邵、魏收合称"北地三才"。有《温侍读集》。

捣　衣

温子昇

长安城中秋夜长，佳人锦石捣流黄①。香杵纹砧知远近②，传声递响何凄凉。七夕长河烂，中秋明月光。蟋蟀塞边绝候雁③，鸳鸯楼上望天狼④。

158

【注释】①锦石:精美的捣衣石。流黄:黄色的丝织品,这里指衣料。②香杵(chǔ):用香木制成的捣衣木棒。纹砧(zhēn):有花纹的捣衣石,即上句所说的"锦石"。③蠮螉(yē wēng)塞:居庸关的别名,又名军都关,古时九塞之一,在今北京市昌平区西北。因关上筑土室以观望,状似蠮螉用土筑起的蜂房,故称。蠮螉,细腰蜂。④天狼:星宿名,又名犬星。古人以为天狼星出则预示战争。

【鉴赏】捣衣,有两种意思:一是古代服饰民俗,妇女先将衣料放在石砧上用木棒轻捣,使之柔软以裁制衣服,称为"捣衣"。二是将洗过头次的脏衣放在石板上用杵捶击,去浑水,再清洗,使其洁净,也称"捣衣"。捣衣题材进入文学作品始于汉代班婕妤的《捣素赋》。温子昇的这首诗,是较早歌咏捣衣的诗歌,表现了妇女们轻捣布帛好给丈夫缝制寒衣的情景。

前四句主要采用客观描写的方法,开头交代了捣衣发生的地点、时间、人物:长安城,秋夜,美丽的妇女在精美的捣衣石上捣捶着衣料,准备为远戍边塞的丈夫缝制御寒的衣裳。这显示出一种凄凉的境界。"秋夜长"的"长"字,道出了妇女的无限惆怅。接着特写捣衣的声音,有远有近,次第传来,十分凄凉。捣衣的不只是一个妇女,而是一群妇女。她们的捣衣声,此起彼伏,相互应和,捣衣声中包含着她们对战争的哀怨和对丈夫的柔情。

后四句主要是抒情,借景物和动作描写抒发了妇女对远戍边塞的丈夫的深切思念。七月初七夜,银河分外灿烂;八月中秋节,月光分外明亮。这两个特殊的节日,更容易引起人们对团圆的向往。而牛郎织女相会的故事和中秋家人团圆的习俗,却反衬出捣衣妇女独居生活的凄凉。

最后两句寓意更加明确。天气渐渐冷了,一年又将过去,候雁音讯断绝,丈夫不能归来,戍役遥遥无期。妇女在居处的楼上观察天狼星的动向,盼望战争停止,丈夫能早日回家团圆。她的这一动作描写,将其焦虑、凄苦的内心揭示出来,令人断肠。

诗共八句,前后四句各为一层,意思连贯,浑然一体,语言华丽,情感深沉。

(丘娴　汤克勤)

裴让之　裴让之(?—555),字士礼,河东闻喜(今属山西)人。东魏时,为屯田主客郎中,又任高澄大将军主簿兼中书舍人,入北齐,封宁都县男,出为清河太守。颇有政绩,以诗文知名于世,有"能赋诗,裴让之"的美誉。

有 所 思

裴让之

梦中虽暂见,及觉始知非。展转不能寐,徙倚独披衣[1]。凄凄晓风急,晻晻月光微[2]。室空常达旦,所思终不归。

【注释】①徙倚:徘徊,流连。②晻(àn)晻:昏暗不明。

【鉴赏】此诗刻画了一位愁苦幽怨的思妇形象,诗歌感情强烈、深沉。

思妇日日思念的丈夫终于进入了她的梦中,正所谓"日有所思,夜有所梦"。对远行亲人刻骨铭心的思念,才有如此美好的梦境。然而美梦是短暂的,她醒来后才知道丈夫根本不在身边。梦境越美好,越增添了醒来后的惆怅。"展转不能寐,徙倚独披衣",孤枕不能再眠,在床上一味地翻来覆去,最后只好披衣下床在屋里屋外走来走去,徘徊不已。凄凄的晓风急,暗暗的月光微,环境的微弱变化,思妇敏感地感受到了。"凄凄""晻晻",凸显出环境的惨淡悲凉,看似写景,却渲染出思妇的感伤之情,揭示出她痛苦的内心世界。思妇独守空房,常常夜不能寐,挨着时光到天亮,她盼望的人,总是不能回来。思妇心中有无限的思念和长久的无奈,她独自扛着这愁怨,前路迷茫,没有尽头。

此诗将思妇的思念记叙得较完整,如泣如诉,真挚朴实。在注重渲染环境的同时,也通过动作描写将思妇内心幽微的情绪表现得细腻生动,展现出思妇悲喜交集、孤独无依的心情。

(丘娴　汤克勤)

庾信　庾信(513—581),字子山,南阳新野(今河南省新野县)人。初仕梁东宫学士、建康令、御史中丞、右卫将军等职,与父庾肩吾及徐摛、徐陵父子出入宫廷,善作宫体诗,风格华艳,时称"徐庾体"。后出使西魏,被强留北方。仕西魏、北周,累迁骠骑大将军、开府仪同三司、洛州刺史,长期只授有勋官、戎号,而无职事,世称"庾开府"。其诗文风格转为苍劲沉郁,多表现故国之思和羁宦北国的悲愤之情。杜甫《戏为六绝句》评云："庾信文章老更成，凌云健笔意纵横。"其艺术成就，集六朝之大成，对唐代诗赋产生较大影响。著有《庾子山集》。

乌 夜 啼

庾 信

促柱繁弦非《子夜》①，歌声舞态异《前溪》②。御史府中何处宿？洛阳城头那得栖？弹琴蜀郡卓家女③，织锦秦川窦氏妻④。讵不自惊长泪落，到头啼乌恒夜啼。

【注释】①促柱：急促的音柱，支弦的柱移近则弦紧，故称。繁弦：繁杂的琴声。频繁拨弄琴弦，琴音急促。子夜：指《子夜歌》，琴曲名。②前溪：指《前溪曲》，古乐府吴声舞曲。③卓家女：指卓文君，寡居，因闻司马相如弹琴而与他私奔。④织锦：织锦回文。秦川：泛指今秦岭以北陕西、甘肃等平原地带。窦家妻：指前秦窦滔之妻苏蕙。窦滔曾为秦州刺史，后徙敦煌，苏蕙织锦作回文诗寄于他。

【鉴赏】《乌夜啼》，乐府诗题之一，多写闺怨题材。庾信的这首诗，写女子听到乌鸦夜啼而引起了离愁别恨。

先写《乌夜啼》不同于《子夜歌》，用促柱繁弦奏出短促、凄厉、繁密的乐曲；也不同于《前溪》，歌舞的声腔和姿态不一样。《乌夜啼》具有仿效乌鸦夜啼的特点，其艺术效果让人格外哀怨、悲伤。

乌鸦曾经在西汉御史府（台）的树上歇宿，因此御史台也称乌台。乌鸦也曾在东汉国都洛阳的城墙上栖息。今夜，乌鸦飞来飞去，到底到哪里歇脚呢？《乌夜啼》乐曲，让人浮想联翩。

《乌夜啼》让人联想起西汉蜀郡临邛富商卓王孙的女儿卓文君，她在新寡时听到才子司马相如有意挑逗的琴声，便大胆地和他夜间私奔。后来司马相如想要纳妾，卓文君作诗《白头吟》进行讽喻，使司马相如打消了念头。《乌夜啼》也让人联想起前秦秦州刺史窦滔的妻子苏蕙，窦滔徙任敦煌时与她话别，誓不另娶，后来却违背誓言，移情别恋。苏蕙织锦缎编写回文诗，寄给他，最终使他回心转意。像卓文君、苏蕙这样的风流才女，都曾一度遭受丈夫抛弃。

诗中抒情女主人公听到了乌鸦夜啼的声音，怎么能不暗自心惊、泪流满面呢？但是，乌鸦不管这些人间俗事，总是夜夜哀啼。作者通过乌鸦夜啼，表达出女性普遍存在的人生缺憾，她们的命运完全系于男子(丈夫)身上，不能自主。诗歌充满了哀伤忧郁的感情。

庾信的《乌夜啼》"开唐七律"(刘熙载《艺概》)，它在声律、对偶方面的尝试，对唐代格律诗的形成产生了较大影响。　　　　(丘娴　汤克勤)

怨　歌　行　　　　　　　庾　信

　　家住金陵县前①，嫁得长安少年②。回头望乡泪落，不知何处天边。胡尘几日应尽③？汉月何时更圆？为君能歌此曲，不觉心随断弦。

　　【注释】①金陵：古邑名，今南京的别称。战国楚威王七年(前333)灭越国，在今南京清凉山(石城山)设金陵邑。②长安少年：指慷慨从军的年轻人。汉武帝时，多选良家少年宿卫建章宫，称为"长安少年""羽林少年"。长安，今陕西省西安市。③胡尘：泛指西北少数民族发动的侵略战争。

　　【鉴赏】《怨歌行》是乐府《相和歌辞·楚调曲》名。庾信的这首诗语言浅俗，采用旧题，写一个远嫁女子思念故乡亲人，爱情成分较淡，作者借以抒发自己的伤感和对南方故园的思念。

　　开头两句交代女子远嫁，从金陵嫁到长安，一南一北，比喻作者本为南朝之臣，出使北朝而被羁留在北方，不能回国。"住"与"嫁"，其命运发生很大变化。"望乡"便成了女子每日的主要事情，也是作者念念不忘的心结。"何处天边"的疑问，拓展了想象与思念的空间。"泪落"自然是唯一的结果。悲伤之情洋溢在字里行间。

　　接下来提出两个问题：战争何时能完结？明月何时能再圆？表明女子对未来有无限的期许。她的丈夫——长安少年，为国出征，身在边塞，抵御外敌，她独守闺房，盼望战争结束，盼望丈夫早日归家。然而，这两个问题都没有答案，问句中充满着愤慨的情绪。女子，其实就是作者，盼望和平与团圆，却难以实现。"胡尘"与"汉月"并举，褒贬显豁，对仗工整。

　　最后两句，"君"这个女子热恋的人，表面指丈夫，实际上象征着作者的南方故园。作者表明为故国动情弹唱，因心情激动而把弹奏的琴弦给拨断了。以"断弦"作结，不仅揭示出现实处境的绝望无奈，也产生了余音袅袅的艺术效果。

（丘娴　汤克勤）

南北朝乐府民歌　南朝乐府民歌现存约有四百多首，几乎全部收录在宋朝郭茂倩编辑的《乐府诗集·清商曲》中。大多产生于晋、宋、齐时期的民间，由朝廷乐府机关采集，经过润色加工，配上乐曲，用于演唱。多描叙爱恋相思和离愁别恨的内容，一般为五言四句，常用双关隐语，风格清新婉丽，语言朴实活泼。

北朝乐府民歌现存六十多首，基本上收在郭茂倩编辑的《乐府诗集·梁鼓角横吹曲》中，是北朝少数民族的民间之作。思想内容较丰富，除情歌之外，还表现战争、游牧生活等内容，风格雄健豪放，抒情泼辣率真，语言质朴生动。

子夜歌二十四首（选四）
晋朝民歌

其三

宿昔不梳头①，丝发被两肩。婉伸郎膝上，何处不可怜②？

其七

始欲识郎时，两心望如一。理丝入残机，何悟不成匹。

其九

今夕已欢别，合会在何时？明灯照空局③，悠然未有期。

其二十八

夜长不得眠，明月何灼灼。想闻欢唤声④，虚应空中诺。

【注释】①宿昔：夜晚。②怜：爱。③局：棋盘或棋局。④想闻：指想象听到。

【鉴赏】《子夜歌》是晋朝一个名叫子夜的女子所作的五言诗，现存四十二首，歌咏男女恋情，宋代郭茂倩《乐府诗集》将之归入"清商曲·吴声歌曲"类。"吴声歌曲"是吴地产生的歌曲，包含了许多曲调。这里选录四首。《子夜歌》流行于南朝时期,南朝乐府民歌《子夜四时歌》便是据此诗变化而成,故选此诗四首收录于此,以相对照。

第一首写女子不把头发梳成发髻,而让青丝一样的秀发散披于两肩。发丝婉转伸展在情郎的膝盖上,处处让人爱怜。这是女子自我表白与情郎亲昵怜爱的一首情歌,借秀发柔丝表达出缠绵不尽的恩爱之情。艳而不俗,风情万种。

第二首写女子追求爱情失败后的苦闷之情。女子先回忆当初与情郎相识的情形,希望两心同一。这是爱的大胆表白。可是,自从恋爱以后,发现对方并不是自己的心上人,就像把理好的丝线输入破织机中,根本织不成布匹。"何悟",怎么知道,表达女子的懊悔之情。"丝"是"思"的谐音,它与"匹",都是双关语,以织丝不成布匹来比喻情人不成匹配。诗歌先扬后抑,感情跌宕鲜明,运用双关和比喻,含蓄有味,让人感到一股淡淡的哀伤。

第三首写欢罢别离后的痛苦心情。"合会在何时?"这一问句直抒胸臆,感情强烈,欢会后的分离让人产生再见渺茫无期的感觉。这种痛苦与怅惘之情,正好用"明灯照空局,悠然未有期!"加以表现。"空局",即"未有棋",谐音"未有期",两句相扣;"悠然",思念的样子,谐音"油燃",也紧扣上句的"明灯"。双关隐语,隐曲有致。情人已去,明灯照着空荡荡的棋盘,主人公面对棋盘情思悠悠,思念至极,茫然若失。这两句情景交融,意境凄凉,读后只觉"状难写之景,如在目前;含不尽之意,见于言外"。

第四首写一位女子因为痴想心上人而出现幻觉之事。长夜漫漫,女子独守空房,辗转难眠,她眼睁睁地望着白花花的月光,心里装得满满的是情人的音容笑貌。恍惚间,他仿佛出现在她的眼前,向她亲切地呼唤,她情不自禁地答应了一声。"想闻""虚应"的失常举止,这一奇特的传神之笔,把女子痴迷的情态生动地刻画出来,令人动容。　　（丘娟　汤克勤）

子夜四时歌七十五首(选四) 南朝乐府民歌

春歌二十首(其二十)

自从别欢后,叹音不绝响。黄蘖向春生[①],苦心随日长。

夏歌二十首(其十四)

青荷盖渌水^②,芙蓉葩红鲜^③。郎见欲采我,我心欲怀莲。

秋歌十八首(其十七)

秋风入窗里,罗帐起飘飏。仰头看明月,寄情千里光。

冬歌十七首(其一)

渊冰厚三尺,素雪覆千里。我心如松柏,君情复何似?

【注释】①黄檗:落叶乔木,树皮可入药,味苦。檗,同"檗"。②渌水:清澈的水。③葩:待开的花朵。这里作动词,开花。

【鉴赏】南朝乐府民歌《子夜四时歌》简称《四时歌》,又称《吴声四时歌》,是从《子夜歌》变化出来的一种歌唱四时的歌曲。宋代郭茂倩编《乐府诗集》载录其七十五首,其中春歌、夏歌各二十首,秋歌十八首,冬歌十七首,都描写男女爱情。此四首诗分别从春歌、夏歌、秋歌、冬歌中选出一首。

第一首"春歌"写,自从与亲爱的你分别后,我哀叹的声音就没有停歇过。黄檗向着春天生长,它的苦心随着时间日日增长。这首诗反映出夫妻分别后妻子的寂寞痛苦生活,以及她对丈夫的无限相思。前两句写与丈夫分别后妻子悲叹不已,直接叙写她的无穷悲伤。后两句运用比喻手法,以心有苦味的黄檗逢春生长,越长越高,苦味也越来越多,来喻示妻子随着离别的岁月增加,她的悲痛愈来愈重,对丈夫的思念也越来越深。比喻贴切自然。

第二首"夏歌"写,青青的荷叶覆盖着碧绿的水面,荷花绽放,红艳艳。情郎见了想把我(荷花)采摘,我心相恋也怀莲(怜)。这首诗表现出心有灵犀的男女私订终身。前两句描绘一幅明丽的夏日荷花图,后两句即景传情,通过采莲的动作,表达出有情男女两情相悦、你怜我爱的爱情。诗歌充满了欢快的感情。

第三首"秋歌"写,秋风吹入窗来,丝帐随风飘扬。思妇仰头遥望皎洁的明月,希望月光将她的相思之情,传递给千里之外的丈夫。这首诗表现女子在夫妻分别后秋夜难眠,寄情于明月。一轮明月,千里清光,使一对分处两地的夫妻心意相通。秋风、罗帐和明月三种物象,关联着思妇的怀远之情,共同组成了一种情调优美、意境悠远的境界。诗歌想象奇特新颖,别开生面。唐代李白作诗"我寄愁心与明月,随风直到夜郎西",显然受了它的影响。

第四首"冬歌"写,深潭冰封三尺,白雪覆盖着千里原野。我的心坚贞如松柏,经寒不凋谢。你的情意可以用什么比拟呢?这首诗写闺妇坚贞不渝的爱情,流露出对丈夫情移意变的担忧。闺妇向丈夫表白自己坚贞不移的爱情,以寒冬中的松柏自比,令人肃然起敬。结尾她对丈夫的询问,虽然没有给出答案,却令人思索,给人余音袅袅之感。诗歌成功地运用了环境烘托和对比的艺术手法,语言清丽,情感细腻。

《子夜四时歌》分别抓住一年四季景物的不同特点,借以表达作者的思想感情,对男女感情进行多维度思考。诗歌以景抒情,情景交融,具有较高的艺术成就。

(张丽馨　汤克勤)

欢闻变歌六首 南朝乐府民歌

其一

金瓦九重墙,玉壁珊瑚柱。中夜来相寻,唤欢闻不顾[①]。

其二

欢来不徐徐,阳窗都锐户。耶婆尚未眠,肝心如推橹[②]。

其三

张罾不得鱼[③],鱼不橹罾归。君非鸬鹚鸟,底为守空池?

其四

刻木作班鸠[④],有翅不能飞。摇著帆樯上,望见千里矶。

其五

锲臂饮清血[⑤],牛羊持祭天。没命成灰土,终不罢相怜。

其六

驶风何曜曜,帆上牛渚矶。帆作繖子张[⑥],船如侣马驰。

【注释】①唤欢:呼唤喜欢的人。②推橹:推动船橹,比喻不平静,忐忑不安。

166

③罾(zēng):用木棍或竹竿做支架的方形渔网。④班鵁(jiāo):斑鸠一类的鸟。
⑤铗臂:割臂刺血。古代订盟约时用以表示坚定不移。⑥缴子:雨伞。缴:同
"伞"。

【鉴赏】《欢闻变歌》组诗共有六首,正如题目所示,叙写一对男女本
来相互喜爱,但由于条件限制而分手,有情人不得成眷属。六首诗按照时
间顺序叙写情人约会、受阻、分离的过程,抒发爱情不如意的忧伤和恋恋
不舍的感情。

第一首写女子的生活环境和情人深夜来约会却遭受冷遇的事情。金
色的宫瓦,九重宫墙,玉石装饰的墙壁和珊瑚装饰的楹柱,这是女子生活
的居室。由此可见她是一个贵族女子。她的情郎深夜偷偷地跑来幽会,
悄悄地呼唤她的名字,她听到了却假装没听见,不理会。这是为什么呢?

第二首交代了原因。原来她担心情郎急匆匆来,不小心会受到"锐
户"(锐利的窗户)的伤害,她的父母("耶婆")又还未睡,容易发现他俩的
私情。女子表面假装不理睬,内心却急似烈火,又好似在水中摇动的船
桨,摇摆不定,忐忑不安。上一首诗中的"欢"指女子,这一首诗中的"欢"
指男子,说明两人彼此相爱。在这个特殊时刻,爱情出现了波折,并不是
女子移情别恋,而是受到外在条件的限制。显然他俩是私自生情,没有经
过父母之命媒妁之言的。

第三首诗采用比喻、拟人的手法,写女子与情郎爱而难成的境况。张
开渔网捕鱼,却得不到鱼;划着橹船捕鱼,鱼不愿意被捕同归。这一比喻
喻示男女追求爱情不成功。于是女子劝告男子:你不是那鸬鹚鸟,为什么
要固守这一方空空的水池呢? 这一比喻意思是劝他不要在一棵树上吊
死,天涯何处无芳草! 女子对爱情其实并不十分坚定,没有爱到刻骨铭心
的地步,也反映外在因素的阻碍强大,难以克服。

第四、五、六首诗写情郎被迫离去,女子怀着难舍难分的感情目送他
远去。"刻木作班鵁,有翅不能飞",这一比喻说明两人的爱情徒劳无益。
情郎一旦远去,从此便山高水长,不再相见。虽然女子愿意与他"铗臂饮
清血",海誓山盟,但是"没命成灰土",两人注定命中无缘,即使相互怜爱
也无望。情郎登上船只,扯上风帆,如伞张盖,顺风而驰,一艘艘船只像并
驱的骏马一般风驰电掣而去。这一切都映在女子的眼中,绝望已成定局,
爱情最终失败。

（邓苏鹏　汤克勤）

167

华山畿二十五首（选三） 南朝乐府民歌

其一

华山畿①，君既为侬死②，独生为谁施？欢若见怜时，棺木为侬开！

其二

啼著曙，泪落枕将浮，身沉被流去。

其二十

奈何许！天下人何限，慊慊只为汝③。

【注释】①华山：在今江苏省句容市北。畿：山边。②侬：我，吴地方言。③慊（qiàn）慊：空虚，痛苦。

【鉴赏】《华山畿》是"吴声歌曲"之一，传说南朝宋少帝时一士子途经华山边，邂逅一女子并爱上她，却不能如愿，抑郁而死。女子得知后极为感动，当男子灵车过其门时，她歌唱《华山畿》，棺木应声而开，女子入棺，棺合后再也无法打开，便合葬，被称为"神女冢"。这就是歌名的由来。《乐府诗集》载录二十五首，大多写男女的相思和爱情不能如愿的痛苦。这里选录三首。

第一首诗即是这个神话故事的诗歌版。诗歌省略了一些事件和细节，而以女子的激情澎湃、沉痛悲壮的呼唤一气呵成，以女子的誓愿和决心作为中心内容，表达出男女生死与共、生死不渝、惊天地泣鬼神的爱情。诗歌感情激烈，形成了震撼人心的艺术效果，让人联想起焦仲卿与刘兰芝连理枝、鸳鸯鸟的爱情和梁山伯与祝英台双彩蝶的爱情，哀惋不已。

第二首诗写的主人公虽然没有明确，但一般认为是女性。她一直啼哭到天亮，泪水流成河，枕头将飘浮在河面上，她沉重的身子，也被泪的洪流冲向远方。她的悲痛被渲染得无以复加，形象可感。诗歌只写痛哭，不写其他，可谓惜墨如金，让人浮想联翩，她为什么哭得这么伤心？如果不是深哀巨痛的爱情，她就不会这么伤心难过吧？

第三首诗以一声哀叹先声夺人，"怎么办啊？"，设置了悬念。接着交

168

代原因,天下人千千万万,我却只为你一个人弄得如此空虚、痛苦! 我深陷在爱情的深渊里不能自拔。"慊慊只为汝",你让我欢喜让我忧,这五个字语短情深,言有尽而意无穷,道出了爱情的真相。

从这三首诗中可见《华山畿》的诗句非常少,如同断章,往往破空而出,不涉及故事的始末和前因后果,感情喷薄而出,撼人心魄,余韵悠长。

(汤克勤　邓子钺)

石城乐(三首) 南朝乐府民歌

一

布帆百余幅①,环环在江津②。执手双泪落,何时见欢还。

二

大艑载三千③,渐水丈五余④。水高不得渡,与欢合生居。

三

闻欢远行去,相送方山亭。风吹黄蘗⑤藩,恶闻苦离声。

【注释】①布帆:指代船。②江津:江边渡口。③艑(biàn):船。④渐水:浸泡水中。⑤蘗:同"檗"。

【鉴赏】《石城乐》现存五首,属于"西曲歌",有写男女爱恋的欢乐,也有写情人离别的痛苦,往往以女子的口吻表达,缠绵凄恻。这里选录三首。

第一首描写男女恋人分别的情景。一百多艘帆船环聚在江边渡口,即将远行,呈现出繁忙喧嚣的景象。场面混乱嘈杂,犹如情人分离时的内心世界。两人执手相对落泪,依依惜别,已经说过了不知多少话,此刻女子满腔的话语汇成了一句:亲爱的,你什么时候能够回来?诗歌前两句交代分离的地点,渲染分别的场景,造成一种"催发"的紧张气氛,为后面抒发离情蓄势。后两句集中抒发恋人之间难舍难分的感情,突出了主题。

第二首笔锋一转,造成峰回路转的艺术效果。远行之船的体积和载重都很大,本来整装待发,但是江水突涨,高达一丈五余,阻碍了开船,于是情人们得以暂时团聚，而不分离。诗歌采用了反衬的写法，不直接写分离之苦，而以偶然事件导致的团聚反衬出有情人厮守的不容易。"合生居"，合该生活在一起，这说明两人聚少离多的生活常态。全篇没有一个字写离愁，只突出表现了女主人公倍加珍惜这来之不易的短暂的相聚时光。读者自然会想到，江水还会消退的，分离一定会到来的，那时情何以堪呢！

第三首再次叙写送别情人的情景。一个"闻"字耐人寻味，暗示出两人不是正式夫妻，可能是私自爱慕的情人关系。听说亲爱的你将要远行，我送你到方山亭。风吹动着黄檗编的篱笆，发出"苦离"之声，我讨厌听到这种声音。黄檗的树皮味苦，"藩"就是篱笆，黄檗做的篱笆也叫苦篱，谐音"苦离"。诗歌把"黄檗藩"和"苦离"结合在一起，融情入景，渲染出凄苦的离别气氛，真切地表达出女主人公痛苦的别离之情，构思巧妙。

（汤克勤　侯慧敏）

懊侬歌十四首（选四）　南朝乐府民歌

其二

江中白布帆，乌布礼中帷。撣如陌上鼓①，许是侬欢归。

其四

寡妇哭城颓②，此情非虚假。相乐不相得，抱恨黄泉下③。

其六

我与欢相怜，约誓底言者。常叹负情人，郎今果成诈。

其七

我有一所欢，安在深阁里。桐树不结花，何由得梧子④。

【注释】①撣（dǎn）：同"掸"。②城颓：城墙崩塌。颓，崩坏，倒塌。③黄泉：指人死后埋葬的地方，或指阴间。④梧子：梧桐子。双关"吾子"。

【鉴赏】《懊侬歌》也名《懊恼歌》，属于"吴声歌曲"，《乐府诗集》收录十四首。这里选四首。

第一首先描写归帆破江而来的景象,白布船帆在江上飘扬,船舱则围着黑布。这一黑一白的景象,极易引起盼望情人归来的女子的注意。女子在江边遥望归船,内心擂起像小鹿奔跑似的鼓点,心想爱人可能真的回来了。当时的男子多坐船外出谋生,重回故乡几乎遥遥无期,女子只能在孤寂中度日,一看到船只就止不住地期待是亲人归来。

　　帆布被风吹得鼓起来,发出很大的响声,好像是社鼓敲打的声音。女子期待情人归来,内心充满喜悦,因此联想起节日敲锣打鼓的喜庆气氛。这敲锣打鼓的喜庆,正是为了迎接她的爱人归来。这声音又像是敲打在她的心上,她担心回来的不是自己的爱人,或者说近君情怯吧。对于一个日夜思念情人、盼望他早日归家的女子来说,此时的心情相当复杂。最后一句的"许"字用得好,将她忐忑不安的心理揭示出来。此诗前两句是真实描写,后两句是想象,表达出女子对爱人归来的强烈期盼。

　　第二首的抒情主人公是一个"寡妇",她为死去的丈夫痛哭,心情沉重。为什么她在坍塌破败的城墙那里大哭呢? 或许是丈夫被充作苦役,筑城而死,或许是丈夫战死沙场,她的悲痛无处诉说,只好对着废弃的城墙宣泄。后两句写妇人的心理活动,她回想起夫妻感情深厚和曾经的生活美满,而今却阴阳两隔,越发悲痛,恨不得下黄泉去与丈夫团聚。寡妇对丈夫的追思和痛悼,情真意切,撕心裂肺。一个痴情妇女的悲苦形象跃然纸上,读者不仅为她的悲惨遭遇心生同情,也被她想要为爱殉情的心愿而感动。

　　第三首写女子遭受爱情的背叛,与她海誓山盟的男子竟然是一个奸诈无信的小人。诗歌采取对比的手法,先写爱情带来的幸福,我与情郎相爱相连("怜"谐音"连"),他就是那个发誓与我白头偕老的人。后写爱情带来的痛苦,我常常愤慨天下负心的人,没想到我的情郎也是一个负心汉。两相对照,作者对负心人的谴责十分强烈。"常""果"字,说明在古代女子常遭受男子的负心背叛,她们的爱情难以保障。在爱情生活中,她们战战兢兢,如履薄冰,令人同情。

　　第四首的前两句写女子有了一个心悦之人,想把他安置在闺阁中。这是一种大胆的想法,可见女子对恋人爱得狂热。但两人的爱情似乎并不顺利,后两句用梧桐树的意象暗示出这一点。梧桐又叫青桐,开花结果后才能见到种子。诗歌说梧桐树没有开花,见不到种子。"梧子"谐音

"吾子",指情人。用梧桐树不开花结子隐喻爱情受到了阻碍,没有结果。有可能是男子薄情辜负了女子,也有可能是父母反对导致爱情的夭折,这一暗示表现出热烈的爱情破灭后的心痛。诗歌语言质朴,用梧桐间接地抒发了失恋之痛,歌颂了女子对爱情的大胆追求,想象丰富,构思巧妙。

(侯慧敏　汤克勤)

七日夜女歌九首　　南朝乐府民歌

其一

三春怨离泣①,九秋欣期歌。驾鸾行日时,月明济长河。

其二

长河起秋云,汉渚风凉发。含欣出霄路,可笑向明月。

其三

金风起汉曲,素月明河边。七章未成匹,飞燕起长川。

其四

春离隔寒暑,明秋暂一会。两叹别日长,双情若饥渴。

其五

婉娈不终夕②,一别周年期。桑蚕不作茧,昼夜长悬丝。

其六

灵匹怨离处③,索居隔长河。玄云不应雷,是侬啼叹歌。

其七

振玉下金阶,拭眼瞩星阑。惆怅登云轺④,悲恨两情殚。

其八

风骖不驾缨,翼人立中庭。箫管且停吹,展我叙离情。

其九

紫霞烟翠盖,斜月照绮窗。衔悲握离袂,易尔还年容。

【注释】①三春:指孟春(正月)、仲春(二月)和季春(三月)。②婉娈:形容

172

缠绵。③灵匹：神仙匹偶，指牵牛、织女二星。④云轺（yáo）：传说中仙人所乘的车。

【鉴赏】《七日夜女歌九首》，收录在《乐府诗集》中的"吴声歌曲"。七日夜，指农历七月初七夜，即七夕之夜。相传相爱的牛郎织女被分隔在银河两边，不能团聚，只有到七夕时喜鹊在银河上搭桥，他们才能一年相聚一次。这个民间故事，被诗歌反复咏唱。《七日夜女歌九首》便是其中之一，主要从织女的角度写牛女盼而聚，聚而别，始终无法厮守的悲哀。

第一首写赴会前的心情。开篇抒情，由于长时间分离，织女哀怨哭泣，盼望七夕相聚的时刻。终于等到这一天，她欢欣歌唱。情感由悲转喜，久别之悲愈加衬托出暂聚之喜。接着想象与爱人相会的情景：白天驾着鸾车，晚上渡过银河。明明还未出发，她就计划好行程，可见心里多么期待。诗虚实结合，开阔了意境，增强了感染力。

第二首写银河秋云弥漫，秋风习习，为人物出场渲染出轻快的气氛。"起""发"的动词，赋予了这幅长河秋景图以动态美，秋意渐浓。织女心情喜悦，缓缓地走出来，踏上云霄，走向明月。"含欣""可笑"，显示出织女欢喜娇美的形象。一切景语皆情语，以乐景写欢情，十分和谐美好。

第三首仍描写银河的环境。"金风"即秋风，李善《文选注》有言："西方为秋而主金，故秋风曰金风也。"河曲风起，河边月明，描绘出秋天清爽明朗的景象，为夫妻相会营造出美好的氛围。相会的日子即将来临，织女虽然仍在织布，但一天下来"七章未成匹"，连七匹布都没织成，可见满腔的思念和欢喜使她无法静下心来织布。她身在织机前，心却化作了飞燕飞去了银河。诗很好地表现出织女在相聚前的心理活动。

第四首写牛郎织女正式会面。一年的离别，跨越寒暑，经春历夏，秋天七夕终于得以相会；"暂"，指相聚时间的短促。离别时间之长，相聚时间之短，对比鲜明。因为分别太久，两人才有如饥似渴的感觉。"两叹""两情"，两人心心相印，都饱受相思之苦。短促的一次相会并不足以让他们尽情倾诉衷肠，慰藉他俩深重的离愁别根。诗歌深切地表现出有情人相爱却不能厮守的辛酸无奈。

第五首叙写即将分别的不舍和遗憾。那美好缠绵的相会还没有持续一个晚上，却又要分别整整一年。牛郎织女在短暂甜蜜的重逢后又要面临新一轮分别，多么令人留恋和惆怅啊！桑蚕吐丝结茧本是它的天性，但

173

是它却不作茧了，原因是它日夜悬着一条长长的丝线。"丝""思"谐音，"悬丝"即"悬思"，意思说织女自从与爱人分离后，就像那不作茧的桑蚕，日夜思念牵挂。这一比喻来自生活，贴切生动，意味深长。

第六首直接抒发离别时的痛苦。牛郎织女是一对佳偶，却被无情地拆散，心中充满了幽怨。他俩被银河分隔在两岸，冷清孤寂地度日。"索居"指单独居住。这时天上布满了乌云。乌云是实景，也是虚景，既是天上的，又是织女心上的，乌云渲染出压抑的气氛。那隆隆的响声不是雷鸣，那是什么呢？"是侬啼叹歌。"是女子因相思而发出的啼哭和叹息的声音。把啼叹声说成是雷声，显然采用夸张的手法，突出声音之大、传播之远、震动之烈，从而淋漓尽致地表达织女痛苦深挚的感情。

第七首写离别时的情景。前两句叙事写景，织女身上的玉佩因为下台阶而振动作响，她擦拭了眼泪，注视着星空。这表现出织女依依惜别，哀怨凄清的形象。后两句叙事抒情，织女即将登车而去，临行前两人无限惆怅，心情沉重。

第八首仍写离别时的情景。吹拂的风儿，像脱了缰的马儿一样难以驾驭；翼从之人，站在庭院中，等待着织女动身。这时传来了箫管吹奏的声音。将要离别的织女牛郎没有心思去欣赏，而是希望它"停吹"，好让他俩诉说恋恋不舍的情话。

最后一首开头描绘了美丽缥缈的场景，紫色的烟霞笼罩着翠羽华盖，一钩斜月照上了雕有花纹的窗户。这是分别前的环境，显得艳丽浮华，与人物内心的哀伤形成对照。后两句写两人分别，"衔"字用得巧妙，将无形的悲伤写得好像是含在嘴里，极为苦涩，一张口就要呕吐而出。织女牵着牛郎的衣袖，叮嘱他保养好身体，不要因为思念而憔悴，这其实也是对自己的期许。她的动作、语言，传达出绵绵无尽的情意。

这组诗分为三部分：一写重聚前，二写相聚，三写分离，结构完整，层层递进，表达出深厚的缠绵相思之情。表面上写牛郎织女的爱情故事，实际上喻示出人间女子与其远征久役的丈夫聚少离多的悲惨现实，令人同情。

（侯慧敏　汤克勤）

莫愁乐二首

南朝乐府民歌

其一

莫愁在何处？莫愁石城西①。艇子打两桨,催送莫愁来。

其二

闻欢下扬州②,相送楚山头。探手抱腰看,江水断不流。

【注释】①石城:今湖北省钟祥市。②扬州:晋时扬州治所在建业,即南京市。

【鉴赏】《莫愁乐二首》在《乐府诗集》中属于"西曲歌",一说其是《石城乐》的变曲,因《石城乐》中"妾莫愁"的歌词而衍生成曲;一说其来自石城西一位名叫莫愁的歌姬。《古今乐录》云:"《莫愁乐》者,本石城乐妓,而有此歌。石城西有女子名莫愁,善歌谣。"二说并存。"西曲歌"与"吴歌"并称为南朝两大乐府曲。"西曲歌"主要流行于江陵、金陵等长江中下游以及汉水一带,均为豪商巨贾云集的繁华之地,许多歌儿舞女寄生于此。石城歌姬莫愁乃其中一员。

第一首描绘男女主人公相会的快乐。开头一二句以对唱方式的自问自答,点出女主人公莫愁的来历,说明故事发生的地方即"石城西"。三四句写得生动活泼,富有趣味。小艇仿佛具有生命力,一听到男主人公在岸边呼唤,就奋力地拨动双桨,催着、带着莫愁,从远处劈波斩浪而来。"艇子",一种玲珑轻便的小舟,便于水上划行。"打"和"催送"两个动词,形容小艇的快速,也刻画出男主人公急切的心情。"艇子"和"打"都具有方言特色,诗中出现三次"莫愁",使这首诗呈现出淳朴、欢快的风味和浓郁的地方色彩。

第二首描写渡口送别,哀愁的情感并不多,更多的是大胆的情感吐露和奇特的想象。莫愁听说情人要去扬州,将他送到楚山头。楚山,泛指楚地的山岭,山下是滚滚奔流的江水。"探手抱腰看",三个动词连用,言简意丰地表现出一对热恋中人依依不舍的亲密动作和情态。他们看什么呢? 他们看江水,江水为他们的离愁而感动,竟然凝住不再流动。这当然是奇特的想象。作者以拟人化的写法,突出了有情人难舍难分的爱情。"青山遮不住,毕竟东流去",一对有情人最终会分离,但他们的爱情感天动地。

两首诗都采用叙事中含有抒情的写法,情景交融,自然流畅。运用拟人的手法,新颖奇特,想象丰富。

（黄瀚玉　汤克勤）

采 桑 度　　南朝乐府民歌

春月采桑时,林下与欢俱。养蚕不满箔①,那得罗绣襦②?

【注释】 ①箔:竹器。②罗绣襦:绣花丝棉袄。

【鉴赏】《采桑度》在《乐府诗集》中属于"西曲歌",流行于长江中下游和汉水一带,描写的多是荆楚地区农家女子采桑劳作的情景以及其恋爱生活,具有较高的历史文化价值。

此诗表现女子春天采桑与情郎相会在桑林中的美好,他俩甜蜜的爱情体现在采桑的劳作中。"春月采桑时,林下与欢俱",这是民间青年男女特有的爱情生活。他们相聚在一起,即使艰辛的劳动也是快乐的,他们的情话离不开实际的现实生活。蚕不养满箔,哪来的罗绣襦呢?美好的生活靠劳动创造,甜蜜的爱情靠真心付出。《采桑度》巧妙之处在于:将采桑养蚕的劳动与爱情自然地交融在一处。

此诗语言清新纯朴,简洁明快,情感表达亲切泼辣,爽朗直率。

（黄瀚玉　汤克勤）

那呵滩六首（选二）　　南朝乐府民歌

其三

闻欢下扬州,相送江津湾①。愿得篙橹折,交郎到头还②。

其五

篙折当更觅,橹折当更安。各自是官人,那得到头还。

【注释】①江津:在今湖北省江陵县。②交:同"教"。到:同"倒"。

【鉴赏】"那呵滩",滩名,"西曲歌"之一,通常由女性首唱,男对唱,接着男女轮流唱下去。《乐府诗集》载其六首,都是男女间的情歌。这里选的是其中两首,表现出一对有情人在渡口依依惜别的情景。

第一首先点明时间、地点和感情发生的契机。女子听说情郎顺水路要去扬州,便出门相送,送到"江津湾"。诗歌省略了送行的情节,一路上两人是相对垂泪、默默无言呢,还是絮絮诉说绵绵情话呢?不得而知。送君千里,终有一别,此时女子的情绪忽然爆发:"愿得篙橹折,交郎到头还!"但愿情郎船上的竹篙、橹都被折断了,那该多好啊,船就不能出发了,情郎就能留下来! 这种突发奇想,表现出女子的天真幼稚,也表现出她的狂热、痴情。这正是民歌经常运用的想象夸张,让人动容。

第二首诗写男子的回答,充满了理性。他不是不爱她,而是现实太残酷。他的爱更多地体现在为生计奔忙的责任上。竹篙、橹即使折断了,也阻滞不了他的远行,因为会立刻更换新的。他是官家的人,身不由己,哪有中途返回来的? 这说明人无法主宰自己的命运,颠沛流离,有情人也不能厮守在一起,这就是生活。

这两首民间歌谣,以对唱的方式,描绘一对情人分别时的情景,塑造出两个性格截然不同的人物形象,语言质朴泼辣,感情强烈,耐人寻味。

(张丽馨　汤克勤)

拔蒲二首　　　南朝乐府民歌

其一

青蒲衔紫茸①,长叶复从风。与君同舟去,拔蒲五湖中。

其二

朝发桂兰渚②,昼息桑榆下。与君同拔蒲,竟日不成把。

【注释】①蒲:又名香蒲,水生植物。可制作蒲席,嫩者可食。②桂兰渚:指生长着桂树、兰草的水中小块陆地。

【鉴赏】《拔蒲》,出自《乐府诗集·清商曲辞》,属于"西曲歌",仅存两首。主要写女子与情郎共同拔蒲的欢乐情景。

第一首写出发,以景物衬托心情。妙在前两句,青青的香蒲衔着紫色的绒茸,长长的蒲叶随风摆动,这一普通常见的景色,在此时女子的眼中竟然是那么美好,她的喜悦溢于言表。为什么她那么高兴呢?后两句交代原因,"与君同舟去,拔蒲五湖中"。原来与心爱的人同游、劳作,使她的内心充满了欢乐,就连司空见惯的蒲草也显得格外可爱。这就是如王国维《人间词话》所说的"以我观物,故物皆著我之色彩"。

第二首写收获,以劳动收获甚少,反衬出恋情的浓烈。开头两句承接着上一首诗,"朝发""昼息",补充叙述行程和沉醉在爱情中的欢乐心情。后两句极妙,写两人"同拔蒲"劳动了整整一天,收获却"不成把"。"竟日",强调时间之长。诗写拔蒲劳动,表面上没有一字涉及爱情,但实际上与爱情关涉得很紧密,之所以拔蒲不多,是因为这一对热恋中人沉醉在爱河中,根本无心拔蒲。诗歌表达爱情很别致。

古代写劳动与爱情结合的诗歌屡见不鲜。唐代张祜有《拔蒲歌》:"拔蒲来,领郎镜湖边,郎心在何处,莫趁新莲去。拔得无心蒲,问郎看好无。"可与这两首《拔蒲》诗参看。

(张丽馨　汤克勤)

西 洲 曲 南朝乐府民歌

忆梅下西洲,折梅寄江北。单衫杏子红,双鬓鸦雏色[1]。西洲在何处?两桨桥头渡。日暮伯劳飞[2],风吹乌臼树。树下即门前,门中露翠钿[3]。开门郎不至,出门采红莲。采莲南塘秋,莲花过人头。低头弄莲子,莲子青如水。置莲怀袖中,莲心彻底红。忆郎郎不至,仰首望飞鸿。鸿飞满西洲,望郎上青楼[4]。楼高望不见,尽日栏杆头。栏杆十二曲,垂手明如玉。卷帘天自高,海水摇空绿。海水梦悠悠,君愁我亦愁。南风知我意,吹梦到西洲。

【注释】①鸦雏色:像小乌鸦羽毛的颜色,形容乌黑发亮。②伯劳:鸟名,仲夏爱鸣叫,喜欢单栖。③翠钿:用翠玉镶嵌的首饰。④青楼:青色的楼房,古代指女子的居所,后引申指妓院。

【鉴赏】《西洲曲》收录在《乐府诗集》"杂曲歌辞"中,是南朝乐府民歌中最长的一首抒情诗,被视为南朝乐府民歌的代表作。全诗共三十二句,通过四季变换的描写,表达出一个少女对所爱男子的深切思念。

少女与情郎曾在某个春天去西洲赏梅,今年梅花又开了,她想去西洲折一枝梅花寄给远在江北的情郎。夏天,她穿着一件杏红色的单衣,挽着乌黑发亮的双鬟,十分漂亮。西洲在哪里呢?不远。摇着小船的两支桨一下子就到达了西洲桥头的渡口。黄昏,伯劳鸟在空中飞舞,风吹拂着乌柏树。忽然,树下的屋门打开了,露出了一个少女的头,她头上戴着美丽的翠钿。她开门不见情郎,就出门去采红莲。秋天南塘的莲花,高过人头。她低头拨弄莲子,莲子色青如绿水。她把莲花放在袖子里,莲心通红。她想着郎君还不归来,就仰头望天,天上正飞翔着一两只鸿雁。不久,西洲的天空中飞来了越来越多的鸿雁。冬日,她登上青色的阁楼,希望能望见情郎。阁楼虽然很高,但是仍然望不见他,她整日倚着栏杆叹息。栏杆弯曲回环,她的手明润如玉。她卷起珠帘,望见高远的天空,楼前的江水摇动绿波。江水悠悠,梦境悠悠,她的情郎正发愁,她也发愁。南风如果知道她的心思,把她吹送到西洲,让她能与情郎相会,那该多好啊。

西洲,作为少女与情郎定情幽会的地方,充满了浪漫和温馨的色彩。随着四季景物的变化,少女的感情也不断变化,细腻而缠绵。少女一连串的动作,"下西洲""折梅花""弄莲子""上青楼",这些动作都围绕着她思念情郎、憧憬美好爱情的心理而展开。诗运用比喻、象征和双关的手法,如"莲子"即怜子(爱你),"莲心"即怜爱之心,"青如水"即情如水,呈现出较成熟的艺术技巧。此诗对初唐张若虚的《春江花月夜》、刘希夷的《代悲白头翁》影响较大。

(曹立妹 汤克勤)

长 干 曲①

南朝乐府民歌

逆浪故相邀,菱舟不怕摇。妾家扬子住②,便弄广陵潮③。

【注释】①长干:古代建康的一条里巷名,借指南京市。②扬子:即扬子江,长江中的一段,在今江苏省。③广陵潮:指扬子江中的潮水。

【鉴赏】《长干曲》收录在《乐府诗集》"杂曲歌辞"中,是南京一带的民歌,内容多写江上渔家的生活。此诗仅二十字,将一位英姿飒爽的女子刻画得栩栩如生。她不是闺中优雅多愁的少妇,也不是秋千旁天真烂漫的少女,而是一位出没波涛、敢于追求爱情的年轻女子。驾舟出没于风浪中,只有江南水乡的女子才有这般豪情吧。此诗具有江南水乡的独特风情。

让这个江南采菱女心旌摇动的,是她的情郎。两人相约良辰相见,即使江上波涛汹涌,她也要逆浪而上,不负邀约,用实际行动来表达她对他的深情厚谊。诗歌没有直接指明"相邀"是何人,"相邀"为何事,但是读者很容易明晓。也许江边的人见了波涛汹涌,劝她停舟上岸,也许情郎知道了波涛汹涌,劝她暂时取消约会,但是,她不以为然,坚定地说:"菱舟不怕摇!"我的采菱船是不怕风浪摇晃的!其实是她自己不畏风浪。"故"字,透露出她作为水乡女子对江上风浪的习惯和对驾船本领的自信,也显示出她作为痴情女子想与情郎相会的急切心情。她的这种自信从何而来?最后两句诗交代她从小居住的环境:家住在扬子江上,从小弄惯了广陵潮。"广陵潮"很有名,汉代枚乘在《七发》中专门描述它的壮观,说涨潮时"波涌而云乱""遇者死,当者坏""状如奔马""声如雷鼓"。她从小谙习驾船腾浪的本领,这让她有足够的底气追求爱情。在诗中,一个生活技能高超、敢爱敢作的又略显俏皮的女"弄潮儿"形象,跃然纸上。

诗歌情调活泼明快,语言质朴清新,不加雕琢而情境俱佳,三言两语,便点染出江南水乡女子敢于风里来、浪里去的精干以及对爱情的执着、热烈和痴情。

(林珮东　汤克勤)

三洲歌三首 南朝乐府民歌

其一

送欢板桥弯,相待三山头①。遥见千幅帆,知是逐风流。

其二

风流不暂停,三山隐行舟。愿作比目鱼,随欢千里游。

其三

湘东酃醁酒^②，广州龙头铛^③。玉樽金镂椀^④，与郎双杯行。

【注释】①三山：山名，在建康（今南京）西南长江南岸，上有三峰。②酃醁（líng lù）酒：美酒名。③龙头铛（chēng）：温酒用的器具，下面有三个马蹄形足，左侧有一个半圆形流，腹壁上有一个龙头把手。④玉樽：玉石做成的酒樽。金镂：在黄金器物上雕刻镂空。

【鉴赏】《三洲歌》又名《三洲曲》，属于"西曲歌"，流行于巴陵地区。"三洲"，指巴陵三江口的三个小洲。这三首诗分别描绘女子"送欢""盼欢""见欢"的情景，表达她与情郎分别时的依恋、分别后的思念和重逢时的喜悦之情。

第一首写"送欢"，开头点明送别的地点"板桥弯"。据南宋景定年间的《建康志》记载："板桥，在城南三十里。"女子送别情郎，从城内一直送到城外三十里的板桥弯，可见她的情深意重、依依不舍。两人约好了下次相聚的地点为"三山头"。情郎坐船远去了，她一直望着千百艘船扬帆启航，顺风而行，随水流越行越远。"风流"一词，表面上写流水随风催船而行，实际上寓含双关之意，暗示男子在外寻花问柳，追逐风流韵事。这表现出女子送行情郎的复杂心理。

第二首写"盼欢"，开头采用顶真的手法，紧接第一首的"风流"写起。情郎坐的船没有停止，随风随水远去了。从此，女子爱爬上三山头眺望，看着"过尽千帆皆不是"，不见情郎的归船。女子等待得焦灼不安，日甚一日地失望。诗歌虽然没有这么明写，但是读者可想而知。女子刻骨铭心的相思之情，通过她的一个愿望强烈地表达出来："愿作比目鱼，随欢千里游。"她希望与情郎能像比目鱼一样常伴左右，同游天涯。女子盼郎的煎熬、欲与情郎相伴相游的愿望，令人同情。

第三首写"见欢"。情郎终于归来了，女子与他相会。湘东的酃醁酒，盛在广州的龙头铛里，两人久别重逢，双双端起精美的酒杯行令畅饮。诗中表现出满满的喜悦。

三首诗格调清新自然，语言通俗明快，音韵和谐响亮，形式整齐严谨，对后来的绝句、律诗的形成产生一定的影响。　　　　（林珮东　汤克勤）

折杨柳歌辞五首（其二） 北朝乐府民歌

腹中愁不乐，愿作郎马鞭。出入擐郎臂①，蹀座郎膝边②。

【注释】①擐（huàn）：系，拴。②蹀（dié）座：行和坐。蹀，行。座，同"坐"。

【鉴赏】《折杨柳歌辞》属于"梁鼓角横吹曲"，《乐府诗集》载其五首，此乃第二首。古时送行有折柳的习俗，表示挽留之意，柳谐音为"留"。

此诗写热恋中的女子对情郎表白感情。因为情到深处，她愿意与情郎长相厮守，须臾不离，然而现实是两人聚少离多。分离致使女子心中愁闷不乐，于是她直接表达愿望，愿意像马鞭一样，依伴在情郎的身边，形影不离，出入时挽在郎臂上，行坐时靠在他的膝盖旁。诗中感情直接爽朗，明白如话，具有快人快语、豪爽质朴的特点。"马鞭"是具有北方地区特色的物品，显然诗中的女子是北方人。

此诗是北朝民歌，呈现出与南朝民歌不同的风格，后者含蓄婉转，而前者以刚健之笔写温婉之情，爽健中寓含缠绵之意。北朝民歌对情爱的追求显得大胆、直露。与此诗相类的一首北朝民歌《地驱歌乐辞》"侧侧力力，念君无极。枕郎左臂，随郎转侧"，亦是如此。　　（黄怡宁　汤克勤）

折杨柳枝歌四首（选三） 北朝乐府民歌

其二
门前一株枣，岁岁不知老。阿婆不嫁女，那得孙儿抱？

其三
敕敕何力力①，女子临窗织。不闻机杼声，只闻女叹息。

其四
问女何所思，问女何所忆？阿婆许嫁女，今年无消息。

【注释】①敕敕、力力：叹息之声。

182

【鉴赏】《折杨柳枝歌》属于"梁鼓角横吹曲",《乐府诗集》载其四首。这里选的三首诗都是以少女的口吻抒发她对爱情婚姻的向往和追求。语言浅显易懂,朴实无华,情感坦率真挚,意趣盎然。

第一首开头说家门前有一株枣树,一年年过去,不知道有没有变老。"枣"谐音"早",起反衬的作用,枣树不知道变老,但女儿知道年纪和容貌是会老的。她是想提醒母亲岁月易逝,人生易老,希望母亲能"早"点允许女儿出嫁。有意思的是后两句说,如果母亲不让女儿出嫁,哪里有外孙抱呢?诗逻辑紧密合理,饶有趣味。

第二首写女子靠在窗边纺织,未听见纺车发出的织布的声音,却听见不停的叹息声。"敕敕何力力",叹息声不间断。诗的开头很突兀,设下了悬念。女子叹息是因为内心渴望爱情,憧憬婚后的幸福,却又无法违背母亲不肯嫁女的意愿。诗将声音与图画结合起来,生动地表现出女子怕耽误青春的忧愁。

第三首的前两句用问话的方式强调女子忧愁的情状。后两句揭示原因,女子之所以有所思有所忆,是希望可以早日出嫁。母亲明明答应了,但一年快到头,仍没有给出确切的准信,难怪女子苦恼。"问女何所思,问女何所忆"和"其三"诗"不闻机杼声,只闻女叹息",与《木兰诗》的诗句相似,不知哪一首诗写得更早。

(黄怡宁 汤克勤)

捉搦歌^①四首(其二) 北朝乐府民歌

谁家女子能行步,反著袂襌后裙露^②。天生男女共一处,愿得两个成翁姬^③。

【注释】①捉搦(nuò):捉拿,男女相捉为戏。②袂:夹衣。襌(dān):单衣。③翁姬:指夫妻,含有白头偕老的意思。

【鉴赏】《捉搦歌》是一组乐府诗,郭茂倩《乐府诗集》将之归入"梁鼓角横吹曲",共四首。都属于爱情诗,表现了北方劳动人民纯朴健康的爱情婚姻追求。这里选其中一首。

写青年男女捉拿嬉戏,表达愿为夫妻、白头偕老的情意。女子疾步如飞,反穿着夹衣单襦,并把后裙外露。这样的装束、动作,表现出劳动女子

183

的青春活力和活泼调皮。她与男子沉浸在游戏之中,开心放松。她毫不遮掩自己的内心,她的愿望脱口而出:男女天生就要共同生活在一处,愿我俩结成夫妇、白头偕老吧。女子的爱情表白直截了当,真挚强烈,毫无江南女子的含蓄羞涩、扭怩作态,显示出北方劳动人民对爱情追求的质朴诚挚、爽朗大方。

从劳动男女对爱情的大胆追求看,他们的爱情追求是以养家糊口、生儿育女为目的的。诗中少了份缠绵旖旎,多了种淳朴真实的生活气息和乡土氛围。

(黄怡宁 汤克勤)

隋　　唐

薛道衡　薛道衡（540—609），字玄卿，河东汾阴（今山西省万荣县西南）人。历仕北齐、北周，入隋为内史舍人，迁吏部侍郎，转番州刺史，拜司隶大夫，世称薛司隶。《隋书·房彦谦传》称之为"一代文宗"。有《薛司隶集》。

昔 昔 盐

薛道衡

　　垂柳覆金堤①，蘼芜叶复齐②。水溢芙蓉沼，花飞桃李蹊③。采桑秦氏女④，织锦窦家妻⑤。关山别荡子，风月守空闺。恒敛千金笑，长垂双玉啼⑥。盘龙随镜隐⑦，彩凤逐帷低⑧。飞魂同夜鹊，倦寝忆晨鸡。暗牖悬蛛网⑨，空梁落燕泥。前年过代北，今岁往辽西。一去无消息，那能惜马蹄？

【注释】①金堤：指堤岸。堤之土黄而坚固，故用"金"字修饰。②蘼芜：香草名。③桃李蹊：桃李树下的小路。④秦氏女：指秦罗敷。⑤窦家妻：指窦滔之妻苏蕙。窦滔曾任秦州刺史，被谪戍流沙，其妻苏蕙织锦作回文诗寄赠。⑥双玉：指两行眼泪。⑦盘龙：铜镜背面所刻的龙纹。⑧彩凤：锦帐上绣的彩色凤凰花纹。⑨牖（yǒu）：窗户。

【鉴赏】《昔昔盐》是一首思妇思念远征丈夫的闺怨诗。"昔昔"，是"夜夜"的意思；"盐"，是曲的别名。全诗铺排中有起伏，工稳中有流动，轻靡中有超逸，绮丽中有清俊。情思轻靡，画面绮丽，意象绵密，构思精巧，情韵连绵。

　　前四句，用"垂柳、蘼芜、芙蓉、飞花"等景物，描画出一幅岁月静好、时光无忧的美好图景。可是，正如宋代词人柳永的《雨霖铃》所写"应是良辰好景虚设，便纵有千种风情，更与何人说"那般，此诗中的"思妇"由于丈夫不在身边,这一美景对她而言并没有意义。诗以折杨柳送别、采芙蓉求欢等民间习俗暗示出思妇思念丈夫的心理。美景与愁思巧妙地融合在一起。

接着四句明写思妇独守空闺的愁苦心理。先以"秦罗敷采桑"的典故表明思妇拥有姣好的容貌,后以苏惠织锦的典故表达思妇对丈夫的相思。典故运用,简明易懂。"荡子",指出门在外无法归家的丈夫。"关山",代表距离遥远。思妇和丈夫相距遥远,突出了相思的凄凉之感。"风月守空闺",勾勒出思妇无心欣赏大自然的风月美景,而独守空房的孤独寂寞的画面。

再接下来的八句主要巧用景物来衬托思妇的情感。"恒敛千金笑,长垂双玉啼",写心爱的人不在身边,开心不起来,唯有以泪洗面而已。"盘龙随镜隐,彩凤逐帷低",通过描写思妇房间的陈设,侧面表现思妇的忧愁。思妇无心梳妆打扮,也懒得整理房间,因此,镜子藏了起来,帷帐老是低垂。"飞魂同夜鹊,倦寝忆晨鸡",将思妇的内心世界形象化了,"夜鹊"和"晨鸡"代表昼夜的更替,表现思妇日夜思念丈夫。"暗牖悬蛛网,空梁落燕泥",以动衬静,从"悬蛛网"和"落燕泥"这两个细微的动态描写,渲染出思妇独守空房的孤寂,也衬托出思妇懒得打理房间的幽怨。这两句写景绘声绘色,景中含情,深得人们的称赞。

最后四句描写思妇对丈夫的呼唤。"前年"和"今岁"对照,说明分别时间长;"代北"和"辽西"并举,说明分别距离远。情到深处,思妇禁不住对丈夫呼问:你一去无消息,什么时候能归来呢?"那能惜马蹄",指征人怎么能因爱惜马蹄而不肯归家。此句反用东汉苏伯玉妻《盘中诗》"何惜马蹄归不数"的句意。

《昔昔盐》表达了古代诗歌一个常见的题材——闺中怀远。它的辞藻、意象体现了六朝追求华丽的风习,但其中包含的真挚的情感,一扫六朝"华而不实"的诗风,对后世影响较大。

(黄怡宁　刘一增)

侯夫人　侯夫人(?—610),隋炀帝的宫女。隋炀帝建造迷楼,选数千名美女纳于楼中。侯夫人未被选入,不堪冷落,作诗后自缢身亡。

自 伤 诗

侯夫人

初入承明日,深深报未央①。长门七八载②,无复见君王。春寒入骨清,独卧愁空房。飒履步庭下,幽怀空感伤。平日亲爱惜,自待聊非常。色美反成弃,命薄何可量? 君恩实疏远,妾意徒彷徨。家岂无骨肉,偏亲老北堂③。此身无羽翼,何计出高墙? 性命诚所重,弃割良可伤④。悬帛朱栋上,肝肠如沸汤。引颈又自惜,有若丝牵肠。毅然就地死,从此归冥乡。

【注释】①未央:指未央宫,汉宫殿名,汉高祖刘邦所建。②长门:汉宫名。相传汉武帝皇后陈阿娇不甘心被废于长门宫,千金买赋,得司马相如所作《长门赋》,期望汉武帝能回心转意。后长门宫成为冷宫的代名词,"长门怨"指失宠宫妃的哀怨。③偏亲:指寡母。北堂:指士大夫家主妇的居室,代称母亲。④弃割:指自杀。

【鉴赏】《自伤诗》分为两个部分,第一部分从开头至"妾意徒彷徨",首先叙述作者的悲惨遭遇,入宫多年,得不到君王的宠幸。接着描摹作者的日常生活,以环境的清寒衬托其内心的凄寒。从开始的"爱惜"到后来的"聊非常",命运发生了变化,形成对比,显示作者内心的孤苦。"色美反成弃",叙说其在宫中遭受的嫉妒和冷遇。"命薄何可量?"这句不甘心的质问,将感情推向了高潮,体现出作者作为女性的独立意识的觉醒。"君恩实疏远,妾意徒彷徨",承上启下,为前半部分叙述宫廷生活作结,为后半部分倾诉其内心活动、表达自杀的决心作引。

第二部分首先从家庭角度控诉朝廷对普通女子、普通家庭的摧残。"家岂无骨肉,偏亲老北堂",对母亲来说,女儿进入宫廷,骨肉分离,生死不知;对女儿来说,母亲被阻隔在宫墙之外,无人照顾,怎能不让人担心?骨肉分离的惨剧,为接下来的问询和行动作了铺垫。"此身无羽翼,何计出高墙?"表明作者对朝廷开始反抗,她不再期待君王的宠爱,想要自由,像飞鸟一样离开这冷漠的宫廷。然而,人怎么能长出鸟的翅膀呢? 一个女子又怎能从这华丽的监牢中逃离呢? 走出高墙的美好愿望与无计可施的残酷事实形成了尖锐的矛盾。作为一个有才华的女子,她认为自尽确实可悲可怜,但无情的宫廷把她逼入了了无生趣的境地。她难道不害怕死亡吗?不,在死亡的边缘,她感到"肝肠如沸汤"。在这世间她难道没有留恋吗?不,在临死之际,她有牵挂,"有若丝牵肠"。但是,无论她多么热爱生命,有再多的恐惧和留恋,她都无计可施,她没有别的路可以走,她的自尊、思想让她选择一个有尊严的结束,于是"毅然就地死,从此归冥乡",她决然赴死,离开这个冷漠无情的宫廷。

这是侯夫人的绝命诗,在临死的呐喊中,她终于将那长久的愤懑、悲苦倾吐出来,以一种决绝的姿态进行反抗,虽无华丽的词语,却字字泣血。

(叶阳紫梧　陈嘉玉)

张碧兰　张碧兰,隋代女诗人,生卒年、事迹均不详。

寄 阮 郎 　　　　　　张碧兰

郎如洛阳花①,妾似武昌柳②。两地惜春风,何时一携手?

【注释】①洛阳花:唐宋时专指牡丹。借指芳华美丽的意思。②武昌柳:晋代陶侃在武昌种柳,故名。形容婀娜多姿。

【鉴赏】郎啊,你风度翩翩,玉树临风,就像那洛阳人见人爱的牡丹;我则是种在武昌的杨柳,姿态婀娜,风情万种。我们虽然生活在不同的地方,但是都珍爱这美好的春风,互相思念,我们什么时候能够携手走在一起呢?

"洛阳花"与"武昌柳",形容男女双方的风采,也指两人居住在不同的地方。将情郎比为华贵的"牡丹",将自己比为平凡的"柳",用意实为精妙,隐喻两人身份的差距。"柳"有"留"之意,显示女子对爱人的感情留恋。

"两地惜春风",即使是分隔两地,有情人也心有灵犀,珍爱那美好的春风。春风拂过,万物复苏,"春风"暗喻爱情的美好。"何时一携手?"这一哀伤的疑问,通过询问"何时"表达女子愿与情郎"携手"的渴望,显示出她对两人无法牵手的哀怨。

188

此诗含蓄隽永,情思缠绵。分隔两地的情人彼此思念却不能相聚,女子对爱的渴望,令人感叹。

(丘鑫琳　汤克勤)

苏蝉翼　苏蝉翼,隋代女诗人,生卒年、事迹均不详。

因故人归作

苏蝉翼

郎去何太速,郎来何太迟? 欲借一尊酒[1],共叙十年悲。

【注释】[1]尊:同"樽",酒器,杯。

【鉴赏】郎啊,你为什么离开得那么快,又回来得那么迟呢? 我想借一杯酒,让我们共同倾诉离别十年的悲苦吧。前两句一"去"一"来",一"速"一"迟",对比强烈,将有情人离别的悲苦寓含其中。这一直接的质问,透露出女子的率真热情,她埋怨爱人的情态跃然纸上。但对爱人的深情,又使她的语气缓和下来。"欲借一尊酒",借酒干什么呢?"共叙十年悲",交代谜底,借酒浇愁,互诉衷肠。离别十年的悲苦,只有酒才化得开。"一尊酒""十年悲",少与多,对比强烈。

诗语言平实,具有口语化的特点,既直率火热,又含蓄蕴藉,反映出男女双方对美好爱情的执着坚守和坚毅贞洁。

(叶阳紫梧　林锦兰)

陈叔达　陈叔达(? —635),字子聪,吴兴长城(今浙江省长兴县)人。由隋入唐,封江国公。《全唐诗》存其诗九首。

自君之出矣(二首)

陈叔达

一

自君之出矣,红颜转憔悴。思君如明烛,煎心且衔泪[1]。

二

自君之出矣,明镜罢红妆。思君如夜烛,煎泪几千行。

189

【注释】①煎心：使内心煎熬。衔泪：泪水不断。

【鉴赏】《自君之出矣》是乐府旧题，取名于东汉末徐幹《室思》诗句，自六朝至唐代，拟作不少，此便是其中之一。

第一首写，自从夫君外出，思妇的美好容颜逐渐憔悴。思妇思念夫君，就像蜡烛在燃烧，不仅内心煎熬，还泪水流不断。

第二首写，自从夫君外出，明镜闲置着，思妇懒得化妆打扮。思妇思念夫君，就像夜里燃烧的蜡烛，泪水流下了几千行。

这两首诗最大的艺术特点是：比喻生动。将思念夫君的思妇比喻成正在燃烧的蜡烛，将蜡烛燃烧流泪的形象比喻思妇备受思念的煎熬，以有形的物象比喻无形的情思，立意委婉，设喻巧妙，含蓄有味。

（曹立妹　陈嘉玉）

武则天　武则天（624—705），名曌，并州文水（今山西省文水县）人。十四岁入宫，为唐太宗才人，赐号"媚娘"。唐高宗时被封为昭仪，后为皇后，尊号为"天后"。后废唐睿宗自立为皇帝，定都洛阳，改称"神都"，改国号为"周"，建立武周王朝。

如 意 娘
武则天

看朱成碧思纷纷，憔悴支离为忆君。不信比来长下泪①，开箱验取石榴裙②。

【注释】①比来：近来。②石榴裙：指红色裙子，借指女性美妙的风情。

【鉴赏】这首传递相思爱意的七言绝句，是武则天在感业寺出家为尼姑、思念唐高宗李治而作的，较好地表达出相思愁苦，描写曲折有致，含蓄有味。

首句"看朱成碧思纷纷"，写痴情的作者由于相思过度，将朱红色看成了碧绿色。"朱"与"碧"，颜色反差极大，作者却因相思过度而将之看错，这种写法给人惊奇之感。"思纷纷"，形容思念之感繁复、杂乱。"憔悴支离为忆君",表现被相思愁苦折磨的女子形象。"支离"一语双关,即写出媚娘与唐高宗两地分离,又突出媚娘憔悴的容貌。"为忆君",点出诗的主旨,交代作者相思的对象和原因。

"不信比来长下泪,开箱验取石榴裙",如果你不相信近来我因思念而流下许多眼泪,那就打开箱子验看我石榴裙上的斑斑泪痕吧。作者运用"石榴裙"这一美好的事物,希望唤起唐高宗的好感。这两句与李白的《长相思》诗"不信妾肠断,归来看取明镜前",构思相似,有异曲同工之妙。

(叶阳紫梧　林锦兰)

徐彦伯　徐彦伯(？—714),名洪,兖州瑕丘(今山东省济宁市)人。七岁能文,对策高第,先后任永寿尉、蒲州司兵参军、给事中、齐州刺史、修文馆学士、工部侍郎、太子宾客等官职。

采 莲 曲

徐彦伯

妾家越水边,摇艇入江烟。既觅同心侣,复采同心莲①。折藕丝能脆,开花叶正圆。春歌弄明月,归棹落花前②。

【注释】①同心莲:也叫合欢莲、嘉莲,常比喻男女恋情。②归棹:归舟。

【鉴赏】江南吴、越之地,水道纵横,池塘遍布,多植莲藕。夏秋之际,少女多乘小舟出没于莲荡之中,轻歌互答,采摘莲子。徐彦伯这首《采莲曲》写的便是女子摇艇泛江,折藕采莲之事,勾勒出的画面令人神往。

开头"妾家越水边,摇艇入江烟","妾家"一词表明诗是以女子的视角展开描写的,我家住在越水边,我轻快地摇着小船,驶入雾气缭绕的江面。这是一幅美好的夏日江景图,清晨宁静的水面被船桨轻轻地拨开,雾水烟气中出现了一只小船,划过了层层水波,一名灵动可爱的女子坐在船上,张望着寻找莲蓬。

第三、四句"既觅同心侣,复采同心莲",揭示女子对爱情的憧憬。她通过寻觅同心莲的方式,期许能找到同心侣。这两句诗将女子微妙的心理表达得真切动人。

第五、六句"折藕丝能脆,开花叶正圆",伸手折断莲藕却有许多丝相连,夏日的莲花开得正艳,碧绿的荷叶滚圆。这种藕断丝连、花叶相依的景物描写,象征着男女美好的爱情。

最后两句"春歌弄明月,归棹落花前",采莲女怀春的歌声轻幽缠绵,连天上的明月也为她欣喜。或许是她今日采摘的莲蓬多,又或许是她找到了同心莲,她欢快地唱着歌,船划过月色朦胧的江面,在一片落花中归去。

作者没有采用复杂的写作手法,而是自然畅快地将女子的情意与夏日美景融合在一起,使采莲少女与美丽的大自然融为一体,通过对莲藕和莲花的描写,表现出女子对美好爱情的追求与向往,含蓄生动,景中赋情,给读者留下了广阔的想象空间。

(郭宝蔓　马文晓)

沈佺期　沈佺期(656—713),字云卿,相州内黄(今河南省内黄县)人。唐高宗上元二年(675)进士,任考功员外郎、给事中、中书舍人、太子少詹事等官。长于律诗,格律谨严精密,为律诗的奠基人之一。与宋之问齐名,并称"沈宋"。

巫 山 高
沈佺期

巫山峰十二,合沓隐昭回①。俯眺琵琶峡②,平看云雨台。古槎天外倚,瀑水日边来。何忍猿啼夜,荆王枕席开③。神女向高唐,巫山下夕阳。裴回作行雨④,婉娈逐荆王。电影江前落,雷声峡外长。霁云无处所⑤,台馆晓苍苍。

【注释】①合沓:重叠,攒聚。昭回:星辰光耀回转。②琵琶峡:峡名,地处巫山,形同琵琶。③荆王:即楚王,指楚襄王。传说楚襄王游高唐,倦而昼寝,梦遇巫山神女自荐枕席。④裴回:彷徨,徘徊不进。⑤霁云:雨后的云彩。

【鉴赏】《巫山高》为汉代"鼓吹铙歌"十八曲之一,《乐府诗集》存有《巫山高》歌辞。作者借用乐府旧题,描写巫山景色,通过楚襄王与神女的爱情故事,赋情于景,展现楚王与神女的爱情的神奇色彩。

此诗分为两部分。第一部分为前六句,写巫山的自然景色。"巫山峰十二,合沓隐昭回",巫山有十二座山峰,重重叠叠地排列着,星辰隐没其间。这一描写突出了巫山的神奇风光。"俯眺琵琶峡,平看云雨台",从视觉角度具体描绘巫山的景点。"俯眺",从上往下看,将形如琵琶的峡谷尽收眼底。"云雨台",即宋玉《高唐赋》中的阳台。"古槎天外倚,瀑水日边来",古老的木筏如倚天外,瀑布高挂,似乎从日边垂下,突出表现了巫山的雄奇之美。作者不断变换视角,由俯眺到平视,描绘巫山之美,将传说与景色融合在一起,为下文叙写楚襄王与巫山神女的爱恋作铺垫。

后十句为第二部分,着重写楚王与神女的情事。"何忍猿啼夜,荆王枕席开",楚襄王游高唐时,不忍听猿猴夜晚断肠般的哀鸣,倦而昼寝。"神女向高唐,巫山下夕阳",日暮时分,巫山笼罩在夕阳的余晖中,神女走向了高唐。"裴回作行雨,婉娈逐荆王",这两句诗具体描绘了神女与楚襄王缠绵的情景:行云降雨,婉娈徘徊,形影不离。突然,"电影江前落,雷声峡外长",一道闪电劈过,疾电的影子落在江上,雷声响彻整个峡谷,传向远方。"霏云无处所,台馆晓苍苍",风止雨霁,晴空无云,台馆上方,碧空如洗。诗歌就此结束,情感寄寓在景物中,含蓄有味。(丘鑫琳　汤克勤)

杂诗三首

沈佺期

其一

落叶惊秋妇,高砧促暝机①。蜘蛛寻月度,萤火傍人飞。清镜红埃入,孤灯绿焰微②。怨啼能至晓,独自懒缝衣。

其二

妾家临渭北,春梦著辽西③。何苦朝鲜郡,年年事鼓鼙④。燕来红壁语,莺向绿窗啼。为许长相忆,阑干玉箸齐⑤。

其三

闻道黄龙戍⑥,频年不解兵。可怜闺里月,长在汉家营。少妇今春意,良人昨夜情。谁能将旗鼓,一为取龙城⑦?

【注释】①高砧:响亮的捣衣声。暝机:指夜晚织布。机,织布机。②绿焰:

萤火虫的光。③著：同"贮"，堆积。④鼓鼙(pí)：指大鼓和小鼓，借指战争。⑤玉箸：本指玉做的筷子，借指思妇的眼泪。⑥黄龙：故址在今辽宁朝阳市，借指边地。⑦龙城：在今蒙古国境内，借指敌方要地。

【鉴赏】《杂诗》三首是写闺情闺怨的五言律诗，从一个侧面反映出初唐连年征战人们遭受的痛苦，反映了作者希望军中有良将，早日结束战争的厌战心理。以闺情写边塞题材，以闺中思妇为主，兼及边塞征夫，写夫妻异地相思之苦，良将靖边之愿。

第一首第一句中的"落叶"与"秋妇"，点明季节和抒情主人公。"落叶"，反映出秋天万物衰败凋零的萧瑟景象。落叶落地无声，却"惊"动了思妇，落叶声被放大到了令人心惊的地步，这说明思妇生活环境的寂静与清冷。响亮的捣衣声催促着夜晚的织布声，思妇日复一日、年复一年地做着洗衣、织布的事情，生活单调无趣。没有丈夫的关爱和陪伴，思妇总是心怀愁绪。

接着四句写景，衬托出思妇的孤寂生活。蜘蛛在月光中爬过，萤火虫在身旁闪烁。通过蜘蛛和萤火虫的"寻"与"傍"，间接写出了思妇的寂寥。思妇以前用来梳妆打扮的镜子，如今蒙上了尘埃，不再明亮。房中的孤灯，发出微光。思妇无心打扮，因为丈夫不在身边，她无法为悦己者容，只能在灯火阑珊处，暗自发愁。

最后写鸟儿哀怨的啼叫持续到天明，思妇独自在房中意兴阑珊地缝着衣服。思妇之所以知道鸟儿一直啼叫到天明，是因为她一夜无眠。鸟儿的啼鸣本身并不哀怨，只因思妇的心境凄怨，才觉得鸟鸣悲凄。思妇孤独无眠，就连用缝衣服打发时间都没有心情了，"懒"字突出了她无精打采、百无聊赖的样子。诗最后一句与开头相互照应，结构浑圆。

第二首首联写思妇的家临近渭河北，她的梦常驻辽河西，因为她魂牵梦萦的丈夫在那戍边。"渭北"与"辽西"相距千里，她只能依靠虚幻的梦境以解相思之苦。

颔联以无奈的口吻道出边疆战火不断的状态。"何苦"表露思妇对战争的反感和对边疆百姓的同情；"年年"可见战争持续了很长时间，边疆的百姓与将士们为战争所累。从中表达出对停止战争的殷切期盼。

颈联将镜头从丈夫所在的辽西转向思妇所居的渭北。此时渭北已是春天，燕子对着红墙低语，莺儿向着绿窗啼鸣，呈现出一幅欢快的画面。春天生机勃勃、莺飞燕舞，却丝毫不能消减思妇内心的苦闷。这是以乐景衬哀情的写法。

尾联写思妇对丈夫的思念达到极致,绵延不绝。她在栏杆旁,流下了思念的泪水。"长",突出了思妇对丈夫的朝思暮想,长久相思。"相忆",采用虚写的手法,思妇想象丈夫也和她一样思念对方,这深化了夫妇之间真挚的思念之情。思妇站在栏杆旁,凭栏远眺,或许是想到与丈夫分别的那一天,或许是想到丈夫在边疆凶多吉少,她不禁悲从中来,潸然泪下。

第三首诗首联交代背景,在黄龙戍一带,战乱不断,而少妇的丈夫正戍守在那里。这让少妇多么揪心!

颔联"可怜闺里月,长在汉家营",可怜闺中少妇只能孤独地看着月亮,她的心早已随风飘去了丈夫的营地。少妇与丈夫分隔两地,只有月亮才能将他们联系起来。月,寄托了夫妻相思之情。清人黄生在《唐诗摘钞》中评论道:"三四即景见情,最是唐人神境。"

颈联对仗工整,少妇的"意"与丈夫的"情"皆为绵绵不绝的相思之情。夫妻两人对彼此的思念,心灵契合,发生在无数个昨天和今天。清人顾安《唐人消夏录》道:"五六就本句看,极是平常;就通首看,则无限不可说之话尽缩在此两句内,初唐人微妙至此。"

尾联"谁能将旗鼓,一为取龙城",表达出对早日停止战争的强烈盼望。百姓们都希望有杰出的武将能够率领军队,打败敌人,结束战争,因为只有这样,无数个因战争而残缺的家庭才能重归完整,百姓才能安居乐业。结尾给人希望。屈复《唐诗成法》曰:"'长在'又止用'情''意'二字收住,并不是说怨恨,而怨恨已极,方逼出七八不可必之想法,细极。"体会细腻。

《杂诗》三首从思妇角度着笔,借女子对丈夫的思念表达出百姓厌战的心理,以及对和平的期盼,对有一个完整幸福家庭的奢望。诗言简意深,情景交融,含蕴有味。

（郭宝蔓　丘鑫琳）

独 不 见

沈佺期

卢家少妇郁金堂,海燕双栖玳瑁梁①。九月寒砧催木叶②,十年征戍忆辽阳。白狼河北音书断③,丹凤城南秋夜长④。谁谓含愁独不见,更教明月照流黄⑤。

195

【注释】①海燕:又名越燕,燕的一种。玳瑁(dài mào):一种海生龟。②寒砧:指寒秋捣衣,准备冬服。砧,捣衣石。③白狼河:又名大凌河,在今辽宁省境内。④丹凤城:指长安。⑤流黄:黄紫色相间的丝织品,此指帷帐,或指衣裳。

【鉴赏】此诗又名《古意》,或名《古意呈补阙乔知之》,作于武后万岁通天元年(696)。这一年,乔知之以左补阙随军出征契丹,作者叙思妇思念征夫之苦,以诗赠之。古意,拟古乐府诗题"独不见"而作。

卢家少妇居住在郁金香四溢的房屋内,海燕飞来,成双成对地栖息在精美的玳瑁梁上。九月寒风吹,捣衣声开始响起,落叶随即在空中翻飞。少妇百感交集,愁绪万千,思绪飘到远征辽阳十年的丈夫那里。关于白狼河战役的家书、音信早已被阻断,少妇独自一人守着空房,感觉夜晚实在是太漫长了。她哀叹:我到底为谁发愁呢?难道怕我忧愁的样子没人看见,于是让皎洁的月光照进我的床帏吗?

作者描写离别相思,以海燕双栖起兴,从环境气氛的渲染中表现出思妇孤独的处境与忧郁的心情。诗中的思妇住在四壁由郁金香和泥涂饰、顶梁用玳瑁壳装点的闺房,生活华贵舒适,但她的精神空虚。海燕飞来在梁上双栖,正反衬出她的孤单寂寞。

九月,是深秋时节,京城长安西北风飒飒送寒,捣衣声一片,落叶翻飞飘零。"寒砧催木叶",乃"木叶催寒砧"的倒装,即时序催人之意。秋风瑟瑟,落叶纷纷,正是给戍边将士们准备过冬寒衣的时候。"征戍忆辽阳",乃"忆辽阳征戍"之意,丈夫出征辽阳十年未归,思妇面对此情此景,思夫之情油然而生。

"白狼河北音书断,丹凤城南秋夜长",远征辽阳的丈夫长久没有音讯,还能不能归来?何时能归来?存亡未卜,恐怕凶多吉少。独居长安城南的思妇在深秋的漫漫长夜,无法安然入睡。

思妇的忧愁无人可诉无人可见只有自知,她处于孤单寂寞之中,夜空的明月却格外皎洁,透过窗纱把流黄帏帐照得明晃晃,叫人愁上添愁。"谁谓含愁独不见,更教明月照流黄",这是思妇愁苦已极的独白,她不胜其愁而迁怒于明月。怪罪于天上皎洁的明月,一改人们望月怀远的意境,更衬托出思妇的不幸。

这首诗抒发闺怨,塑造出一位空阁独居的思妇形象,运用比兴、反衬、对偶、用典等多种手法,委婉含蓄地写出了思妇孤独愁苦的情状。辞藻秾丽,意境流动,对后来唐代律诗,尤其是边塞诗影响很大,历来评价甚高。明胡应麟评为"初唐七律之冠"。清姚鼐说它"高振唐音,远包古韵,此是神到之作,当取冠一朝矣"。清王夫之曰:"从起入颔,羚羊挂角;从颔入腹,独茧抽丝。第七句狮吼雪山,龙含秋水;合成旖旎,韶采惊人。古今推为绝唱,当不诬。"

(丘鑫琳　汤克勤)

张若虚　张若虚(约660—约730),扬州(今江苏省扬州市)人。曾任兖州兵曹。初唐诗人,因《春江花月夜》著名,与贺知章、张旭、包融并称为"吴中四士"。诗描写细腻,音节和谐,清丽开宕,富有情韵,在初唐诗风转变中起到重要作用。

春江花月夜

张若虚

春江潮水连海平,海上明月共潮生。滟滟随波千万里[①],何处春江无月明!江流宛转绕芳甸[②],月照花林皆似霰[③]。空里流霜不觉飞[④],汀上白沙看不见。江天一色无纤尘,皎皎空中孤月轮。江畔何人初见月?江月何年初照人?人生代代无穷已,江月年年只相似。不知江月待何人,但见长江送流水。白云一片去悠悠,青枫浦上不胜愁[⑤]。谁家今夜扁舟子[⑥]?何处相思明月楼[⑦]?可怜楼上月徘徊,应照离人妆镜台。玉户帘中卷不去,捣衣砧上拂还来。此时相望不相闻,愿逐月华流照君。鸿雁长飞光不度,鱼龙潜跃水成文。昨夜闲潭梦落花,可怜春半不还家。江水流春去欲尽,江潭落月复西斜。斜月沉沉藏海雾,碣石潇湘无限路[⑧]。不知乘月几人归,落月摇情满江树。

【注释】①滟(yàn)滟:月光在水面荡漾的样子。②芳甸:芳草丰茂的原野。甸,郊外草地。③霰(xiàn):小雪粒。比喻月光下春花晶莹洁白。④流霜:飞霜,古人以为霜和雪都是从空中降落的,故称流霜。这里比喻月光皎洁、流荡。⑤青枫浦:地名。泛指游子思妇分离的地方。⑥扁舟子:指飘荡江湖的游子。扁舟,小

197

舟。⑦明月楼：月夜下的闺楼。这里代指闺中思妇。⑧碣石：山名，在今河北省乐亭县，这里代表北方，游子的所在地。潇湘：水名，潇水源出湖南九嶷山，湘水源出广西海阳山。两水在湖南省零陵县合流，北入洞庭湖。这里代表南方，思妇的所在地。一北一南，路途遥远，相聚无望。

【鉴赏】《春江花月夜》是乐府旧题，属"清商曲·吴声歌"，相传为陈后主创制，隋炀帝亦作此题。张若虚采用此题，赋予了它全新的内容，将春、江、花、月、夜五个意象在特定的时空下组成一幅绝美的画面。此诗没有停留在对景物的单纯赞美上，也没有局限于世间的爱恨情仇，而是融入了宇宙之思与人生哲理，塑造出辽阔宏大的意境，被闻一多誉为"以孤篇压倒全唐之作"，是"诗中的诗，顶峰上的顶峰"（《唐诗杂论》）。

《春江花月夜》共三十六句，分为三层。第一层为前八句。开头两句"春江潮水连海平，海上明月共潮生"，描写春江的潮水与大海连成一个平面，一轮明月随潮水而冉冉上升。这两句由近及远，自下而上，展现出一个阔大浩远的空间，勾勒出一轮明月从水天相接处冉冉升起的绝美画面。"滟滟随波千万里，何处春江无月明"，月光随着春江波浪荡漾开千万里，江水流经处，都有月亮散布的粼粼光辉。"江流宛转绕芳甸，月照花林皆似霰"，江水曲折环绕着芳草丰茂的原野，月光照耀下的花林，到处是细密洁白的水珠，晶莹剔透。"空里流霜不觉飞，汀上白沙看不见"，皎洁的月光倾泻下来，像是天空中飘落下一层层白霜，汀上白沙隐没在月光中看不见了。这一层，诗人运用白描的手法描写月光，既有"皆似霰"的明喻，又有"空里流霜"的暗喻，再以"白沙看不见"反衬月光的皎洁，让读者进入到空明澄澈的境界。

中间六句为第二层。"江天一色无纤尘，皎皎空中孤月轮"，江水和天空浑然一色，没有一点纤细的灰尘，明亮的天空中悬挂着一轮孤月。空明的天地宇宙，很容易引起了诗人的遐思冥想："江畔何人初见月？江月何年初照人？"江岸上什么人最早看见这一轮明月？这一轮明月又是什么时候第一次照到了人？诗人由下而上，再由上及下，转入对人生哲理与宇宙奥妙的思索之中，把诗歌带到了一个更深层次的境界。"人生代代无穷已，江月年年只相似"，人生一代又一代，无穷无尽，而江上的月亮一年一年总相似。这一句和刘希夷的名句"年年岁岁花相似，岁岁年年人不同"（《代悲白头翁》）异曲同工。

最后二十二句为第三层。"不知江月待何人,但见长江送流水",不知江上的明月在等待何人,只见长江滚滚,送走一波又一波潮水。诗人的感慨由这两句过渡到第三层,对拥有真情却又分离的男女给予同情。有谁不想和自己相爱的人长相厮守呢?但现实很残酷,相爱的人总是长时间天各一方。月明之夜,更容易触发他们的痛苦和悲哀。"白云一片去悠悠,青枫浦上不胜愁",悠悠的一片白云飘向了远方,青枫浦的游子不胜其愁。在春江花月的夜晚,"谁家今夜扁舟子?何处相思明月楼",谁家的游子如一叶扁舟飘荡在外呢?何处的闺妇站在月夜的楼台思念丈夫呢?

从"可怜楼上月徘徊"一句开始到"鱼龙潜跃水成文"八句,诗人集中刻画了思妇对游子的深切思念。一轮明月当空照,不仅照在离家的游子身上,也照着思妇的梳妆台。恼人的月光,照进玉户帘中卷之不去,照在捣衣砧上拂去又来。"卷"与"拂"分别对应"帘"与"砧",这是思妇的动作,看似月光恼人,实是她内心的愁思恼人。月光既然无法拂去,何不借助月光与只"相望不相闻"的丈夫相见?"愿逐月华流照君",月光照见了丈夫,思妇便借月光看见了他。鱼和雁无法传递游子的音讯,波光撰就的书信能随月光传送远方。

最后八句,诗人站在游子的角度,写他思乡却不得归的惆怅。"昨夜闲潭梦落花,可怜春半不还家",游子昨夜梦见潭边的花儿开始凋零,春天过了大半,他却迟迟不能返家。"江水流春去欲尽,江潭落月复西斜",江水流去,春天逝去,月落潭中,时间消逝得飞快,他和妻子的大好年华将要逝去。游子何尝不想归家呢?因为道路遥远,诗人用渤海的"碣石"和湖南的"潇湘"来暗示夫妻分离、相距遥远。斜月已西沉,两人的团聚之日就好似月光藏进了海雾,迷蒙一片。"不知乘月几人归,落月摇情满江树",不知有几人能在月色下赶回家,游子只能将思念之情寄托在江边的树林上。惆怅之情寄寓在景物之中,含蓄蕴藉,余音绕梁。

此诗融诗情画意与人生哲理于江月之中,展现出空间的广阔、时间的无限、人生的短暂和相思的愁苦。全诗四句一韵,平仄交错,在委婉和谐的音节之中展现出初唐全新的诗风。

（刘一增　卓薇）

张九龄　张九龄(673 或 678—740)，一名博物，字子寿，谥文献，韶州曲江(今广东省韶关市)人。武则天长安二年(702)进士，调校书郎。唐玄宗开元时历官中书侍郎、同中书门下平章事、中书令。在朝直言敢谏，为唐代有名的贤相之一。后被排挤出朝，贬为荆州刺史。诗风清淡，情致深婉，对扫除唐初沿袭的六朝绮靡诗风，贡献尤大，被誉为"岭南第一人"。著有《曲江集》。

望月怀远　　　　　　　　　　　张九龄

　　海上生明月，天涯共此时。情人怨遥夜①，竟夕起相思②。灭烛怜光满③，披衣觉露滋。不堪盈手赠，还寝梦佳期。

　　【注释】①遥夜：长夜。②竟夕：通宵，整夜。③怜：爱惜。

　　【鉴赏】望月而思亲念远，是古代文人的共同情思，佳作甚多，张九龄的《望月怀远》是其中的名篇。

　　首联"海上生明月，天涯共此时"，是千古传诵的佳句。"海上生明月"是诗人望月之所见，看似平平无奇，但细品之下，却能勾勒出一幅宏阔的景象。月亮从海平线上升起，作者用"生"而不是"升"，因为前者将明月自海中缓缓吐露、富有生命活力、海天相接水天一色的诗意和意境，完美地展现出来。"天涯共此时"，由眼前之景转写心中之情，由"望月"而产生"怀远"。月光照耀分居两地的情人，牵起两颗同样相思的心。情人可以"共此时"，却不能"共一处"，只有明月，将他们的遗憾抚平。这两句诗勾勒出一幅宏大、凄美的画面：明月，既发射着皎洁静穆的光芒，又蕴含着缠绵动人的情思。

　　月色入户，引得相思之人更为痛苦，因为世界最遥远的距离，是"不在身边却在心里"，这距离在月光的照耀下更为刻骨。由于整夜想念，情人"悠哉悠哉，辗转反侧"，无法入眠，故有"怨恨"。作者采用对仗，以"情人"连接"相思"，以"遥夜"呼应"竟夕"，上承起首两句，下启后文四句，过渡自然流畅。

　　久久不能入睡，是烛光耀眼，影响睡眠了吗？于是灭烛。谁知入户的月光因烛光熄灭而益发明亮。索性披衣出门望月，唯觉风清露浓，夜色寒凉。"怜"和"觉"两个动词,突出表现了未眠人的心理。

因思念远方的情人,想捧起满手月光赠给她。这里化用了陆机《拟明月何皎皎》的诗句"照之有余辉,揽之不盈手"。然而,相思难寄,只好返回睡乡,希望在梦里与情人相会。诗歌在失望和希望的交集中戛然结束,韵味悠长。

《望月怀远》以望月起笔,由望月而思人,思人再望月,处处不离明月,句句不离怀远,情景交融,把月写得那么柔美,把情写得那么缠绵深沉。

(刘一增 汤克勤)

赋得自君之出矣① 张九龄

自君之出矣,不复理残机②。思君如满月,夜夜减清辉。

【注释】①赋得:凡摘取古人成句为诗题,题首多冠以"赋得"。后将"赋得"作为一种诗体,用于应制、酬唱和即景赋诗,以"赋得"为题。②残机:没有织完丝线的织布机。

【鉴赏】"自君之出矣"是乐府旧题,来自建安诗人徐幹的《室思》。张九龄模拟其四句的形式,抒写思妇的哀怨。

开头两句,诗人延续同题诗一贯的表达,以"不复理残机"暗示妇人心中的思念。通过对织机残落织物的描写传递出寂寞冷清的气氛,表现自夫君离开后,思妇心神不宁、百无聊赖,无心纺织的情态。诗人并未直接描写妇人对夫君的思念,而通过被冷落的织布机来侧面表现思妇寂寞、无生气的生活。

"思君如满月,夜夜减清辉",以明月比喻相思,别开生面。思妇对夫君的爱情就像这皎洁的月光,美好无邪。她的思念之情,随着这月光广布人间,也流到夫君所在的地方。诗人以圆月一天天残缺、清辉一夜夜减弱表现思妇因日夜思念而憔悴的形象。"夜夜减清辉",不仅指圆月由盈转亏,更指思妇日益消瘦。相比较古诗《行行重行行》"相去日已远,衣带日已缓"的诗句,张九龄的表达更含蓄婉转。这一比喻自然浑成,符合逻辑,巧妙妥帖,得到了人们称赞。

(刘一增 汤克勤)

张渐　张渐,生卒籍贯不详。唐玄宗天宝年间,被杨国忠辟为幕佐,杨国忠败,坐诛。《全唐诗》载其诗一首,即《朗月行》。

朗 月 行

张 渐

　　朗月照帘幌①,清夜有余姿。洞房怨孤枕,挟琴爱前墀②。萱草已数叶,梨花复遍枝。去岁草始荣,与君新相知。今年花未落,谁分生别离?代情难重论③,人事好乖移④。合比月华满,分同月易亏。亏月当再圆,人别星陨天。吾欲竟此曲,意深不可传。叹息孤鸾鸟,伤心明镜前。

　　【注释】①帘幌:门帘,帷帐。②前墀:屋前的台阶。③代情:指相亲相爱的情义。④乖移:愿望相违背。乖,违背。

　　【鉴赏】这是一首闺怨诗,借一轮清朗的圆月,抒发独守空房的女子寂寞痛苦的情怀。诗中没有具体交代她的郎君的下落,从诗中"人别星陨天"推想,也许他已经去世。

　　开头"朗月照帘幌,清夜有余姿",明亮的月光照射在帘幕上,清静的夜晚有观赏不尽的曼妙舞姿。独守空闺的女子寂寞冷清,根本感受不到这份美好。她的生活怎样呢?"洞房怨孤枕,挟琴爱前墀",她在房里守着孤枕,孤独寂寞。她爱抱着琴坐在门前的台阶上,弹琴遣怀。

　　"萱草已数叶,梨花复遍枝",萱草长得茂盛,梨花也开满枝头。女子看到这种情景,忍不住想起"去岁草始荣,与君新相知",去年草刚转青时,她和他初次相识。女子由景及情,表达对与丈夫相爱时光的怀念。

　　然而,现实冰冷、残酷,"今年花未落,谁分生别离?"今年花还没有掉落,谁料他们就生生地分离! 时间之快出人意料。这种变故实在太大了,她只能感慨:"代情难重论,人事好乖移。"再难谈相亲相爱了,愿望与现实总是相违背。

　　"合比月华满,分同月易亏",采用比喻和对比的手法,以月亮的盈与缺作比喻,将合与分作对比。团圆时,就像圆月;分离时,就像残月。"亏月当再圆,人别星陨天",残月还有再圆的时候,但人一旦离别了,就像那陨落的星星,没有可能再重逢! 用形象的事物来比拟,生动地表现出两人复合的渺茫。

诗最后写道:"吾欲竟此曲,意深不可传。叹息孤鸾鸟,伤心明镜前。"我想把这支曲子弹奏完,它蕴含的深意任何语言都表达不了。感叹那孤独的鸾鸟,只能在镜子前对影伤心悲鸣。无奈的悲伤之情完全占据了她的心头。

这首诗的心理刻画细致入微。诗人善于捕捉抒情女主人公敏感、丰富的内心世界,细腻地刻画她的离情。时间上选用"去岁""今年"的节点,空间上选取前墀、洞房等环境,自然物象选择月亮、落花等,器物意象使用孤枕、长琴等,通过比兴衬托、借物抒情、借景抒情等手法,渲染烘托出女子的悲怨愁情,创造出情味丰赡的艺术境界。　　　　(黄晓灵　马文晓)

王昌龄　王昌龄(? —756),字少伯,太原(今山西省太原市)人,一说京兆长安(今陕西省西安市)人。唐玄宗开元十五年(727)进士,初任秘书省校书郎,后任汜水县尉、江宁县丞,又贬为龙标县尉。世称"王江宁"或"王龙标"。擅长五言古诗和五七言绝句,多作边塞、闺怨、送行诗,有"诗家夫子王江宁""七绝圣手"之誉。

闺　　怨

王昌龄

闺中少妇不知愁,春日凝妆上翠楼①。忽见陌头杨柳色,悔教夫婿觅封侯②。

【注释】①凝妆:盛妆。翠楼:华美的楼台。②觅封侯:从军建功封爵。

【鉴赏】"闺怨",指闺中女子的哀怨。诗写闺中少妇本来无忧无虑,在一个风和日丽的春日,盛装打扮,兴高采烈地登上高楼。忽然,她看见路边的杨柳春色,不由后悔当初让丈夫去从军,追求建功封侯。

此诗鲜明地表现少妇从"不知愁"到"悔"的情感变化。开头"闺中少妇不知愁,春日凝妆上翠楼",刻画出一个无忧无虑的少妇形象。她看见春日融融,便要登楼赏春,出门前还不忘细心打扮自己,可见她心情轻松愉快。"春日凝妆上翠楼"是对她"不知愁"的证明。这一描写少妇"不知愁",与"闺怨"题意相反,这是欲抑先扬的写法,可以引起读者的好奇心,为她后面的情感转变作铺垫。后两句"忽见陌头杨柳色,悔教夫婿觅封侯",情感急转直下,她看见路边的杨柳,不由触景生情,杨柳在人们的潜意识中是离愁别绪的象征,它一下子激发了少妇的思夫之情。她想起当初与丈夫分离、折柳相送的情景,想到丈夫从军边塞、征战沙场的艰难和危险,不禁后悔了,产生"悔教夫婿觅封侯"的懊悔。诗的情感发生了转折,呼应了题目,表达了富贵荣华不如夫妇朝夕相处的思想,匠心独运,耐人寻味。

(孙晓玲 陈嘉玉)

春　　怨　　　　　王昌龄

　　音书杜绝白狼西,桃李无颜黄鸟啼^①。寒雁春深归去尽,出门肠断草萋萋。

【注释】①桃李无颜:形容闺中思妇容颜憔悴。

【鉴赏】戍守边疆的丈夫一直杳无音讯,妻子因思念过度,容颜憔悴。大雁随着春天的到来都返回到它们的家乡了,而我的丈夫呢？妻子出门看见芳草萋萋,不由肝肠寸断。

　　"音书杜绝白狼西",丈夫戍守在白狼城之西,生死未卜,妻子得不到他的任何音讯,连一封书信都没有见过。从这一句可见夫妻音讯断绝,题目"春怨"实际上是写闺怨。"桃李无颜黄鸟啼",妻子因思念丈夫,每日以泪洗面,以致容颜憔悴。"黄鸟"化用《诗经·黄鸟》的诗意,表达悲鸣的含义。"桃李"在这里比喻妻子,也暗示春天。"寒雁春深归去尽",春天到来,大雁纷纷返回它们温暖的家乡,"尽",突出大雁都归去了。相形之下,丈夫却总不见归家,人不如鸟,妻子多么悲愁。"出门肠断草萋萋",通过细节,生动地刻画出妻子的悲痛之情。春草茂盛,本可怡人,但妻子见之断肠,这是乐景写哀愁。

　　此诗的感情悲切,凄怨动人,叙写妻子的思夫哀愁,却将她置于大好春光之下,愈增其哀。

(孙晓玲 陈嘉玉)

王维 王维(701？—761)，字摩诘，号摩诘居士，河东蒲州(今属山西省永济市)人，祖籍太原祁州(今山西省祁县)。唐玄宗开元九年(721)进士及第，官至尚书右丞，世称王右丞。唐朝著名诗人，画家，通晓音律。参禅悟理，优游山水，多咏山水田园诗，与孟浩然合称"王孟"，有"诗佛"之称。有《王右丞集》，存诗约400首。北宋苏轼评云："味摩诘之画，画中有诗；味摩诘之诗，诗中有画。"

相　思

王　维

红豆生南国①，春来发几枝？劝君多采撷②，此物最相思。

【注释】①红豆：又名相思子。相传古时有征人死于边地，其妻哭死于红豆树下。因此，红豆被当作爱情的象征。②采撷(xié)：采摘。

【鉴赏】此诗又名《江上赠李龟年》，实为怀念友人之作，后为爱情诗名作。据载，天宝末年安史之乱时，李龟年流落江南曾演唱此诗，听者掩泣。可知此诗于安史之乱前所作。

此诗歌咏红豆，揭示其相思的象征喻义。开篇点明红豆。"南国"，说明红豆的产地在南方，也暗示友人所在之地，为下文抒发相思之情奠定基础。"春来发几枝"，表面上问红豆在春天发了几枝，实际上表达相思之情。

诗人希望友人"多采撷"，为什么多采摘红豆呢？因为"此物最相思"。为什么说红豆"最相思"呢？原来，红豆结实鲜红浑圆，晶莹如珊瑚，常被用以镶嵌饰物。传说，古代有一位女子，因丈夫死于边地，在红豆树下哭泣而死，于是红豆被称为"相思子"。诗人希望友人多采撷红豆，意思是托红豆寄寓相思之情。

此诗朴素无华，自然入妙，借咏物寄相思，将相思表达得强烈突出。宋人编《万首唐人绝句》，曾将此诗的"多"改作"休"，变成"愿君休采撷，此物最相思"。这一改虽然能反衬出离情之苦，能道出"因相思流转而害怕相思"之意，但脱离了作者王维的本意。王维精通佛理，超然物外，"不因物喜，不以己悲"，其诗少"凄苦"之句，他用"多"而不用"休"，表达出积极乐观的思想。

（刘一增　龚莉）

伊 州 歌 　　　王 维

　　清风明月苦相思,荡子从戎十载余①。征人去日殷勤嘱,归雁来时数附书。

【注释】①荡子:指丈夫。

【鉴赏】"伊州",曲调名,盛传于梨园。此诗用平易的语言,将思妇的愁思娓娓道来。面对清风明月的良辰美景,思妇却陷入苦苦的相思中,她相思从军十多年了的丈夫,从没有回过家。此种情况正如宋代词人柳永所唱:"此去经年,应是良辰美景虚设。便纵有千种风情,更与何人说。"思妇苦于相思的原因还不止于此,后两句道出了更深的原因。

　　夫妻分别时,妻子反复嘱咐,千言万语化成一句:"当大雁南归时,你可要多寄书信啊!"然而十多年过去了,丈夫并没有做到这一点,这才是思妇"苦"相思的根由。在兵荒马乱的年代,丈夫或是因为距离遥远,或是因为"烽火连三月"而无法"数附书",又或者,他已经战死沙场。思妇何尝没有想到这一点。她得不到丈夫的音信,"清风明月"的美景就跟她没有关系了。

　　诗人故意安排清风徐来,明月朗照的背景,将思妇十余年独自望远的相思和分别时妻子反复叮咛丈夫的情景叠加在一起,两个时空互为映衬,表现出思妇的凄苦命运。 　　　　　　　　　(刘一增　龚莉)

息 夫 人① 　　　王 维

　　莫以今时宠,难忘旧日恩。看花满眼泪,不共楚王言。

【注释】①息夫人:原为息国国君的夫人,公元前680年,息国被楚国灭亡了,楚王将她霸占。她为楚王生了两个孩子,但始终默默无言,不与楚王说一句话。

【鉴赏】唐代孟棨《本事诗》记载,唐明皇的哥哥宁王李宪霸占了卖饼人之妻,一日宴客,将卖饼人召入府,其妻见夫,凄然泪下。就此事,王维

206

写下了这首诗。

此诗以"莫以今时宠,难忘旧日恩"开头,以息夫人的口吻叙述,不会因为现在楚王对她的宠爱,而忘记昔日息国国君对她的恩情。"莫以"、"难忘",具有口语色彩,明白清楚地将息夫人的尴尬命运揭示出来,表明即便是权威和富贵,也无法彻底征服一个不忘旧恩的人。

"看花满眼泪,不共楚王言",息夫人在雍容华贵的楚宫里,看见娇艳的花朵开放,满眼含泪。她始终克制自己,不对占有她的楚王说一句话。在这种沉默中,息夫人埋在心底的怨愤和抑郁显得格外深沉。诗歌成功地塑造出一个忍受屈辱、重情重义、默默抗争的妇女形象。

作者歌咏历史人物息夫人,以史事设喻,实际上揭示出卖饼人之妻的悲惨命运,揭露了统治阶级强占民女、无法无天的罪恶。(刘一增 龚莉)

沈如筠 沈如筠,生卒年不详,句容(今江苏省句容县)人。约生活于武则天至唐玄宗开元年间,曾任横阳主簿。善诗能文。

闺 怨
沈如筠

雁尽书难寄,愁多梦不成。愿随孤月影,流照伏波营[1]。

【注释】[1]流照:指月光如水,照耀天地。伏波营:指东汉伏波将军马援的军营。这里指唐朝征讨南诏的军营。

【鉴赏】此诗表达了思妇对征戍在外的丈夫的深切思念。

开头两句"雁尽书难寄,愁多梦不成",运用汉代苏武大雁传书的典故,表达思妇思念征夫、无法传递相思之情。典故翻出新意,大雁都飞走了,思妇的书信无法寄出。思妇想借助梦境与丈夫团聚,却因"愁多"而无法入眠,连梦都做不成,更别奢望与夫君在梦中相会了。这两句诗深切地表达了思妇的哀愁。

思妇抬头望见一轮孤月悬挂在天上,产生了一个愿望:"愿随孤月影,流照伏波营。"她多么希望自己能追随那无处不在的月光,将自己的思念随着月光照耀夫君所在的军营啊!"月""孤",正表现思妇的孤寂之感。

"伏波营",借用东汉名将马援的典故,表明丈夫戍守在南方边境。思妇的愿望,被刻画得凄楚动人。

(孙晓玲　马文晓)

崔颢　崔颢(？—754),汴州(今河南省开封市)人。唐玄宗开元十一年(723)进士,曾任太仆寺丞、司勋员外郎等职。其边塞诗慷慨豪迈,气势宏伟,小诗接近民歌,淳朴生动。有《崔颢诗集》。

长干曲四首　　　　崔　颢

其一

君家何处住？妾住在横塘①。停舟暂借问,或恐是同乡。

其二

家临九江水,来去九江侧。同是长干人,生小不相识。

其三

下渚多风浪,莲舟渐觉稀。那能不相待,独自逆潮归？

其四

三江潮水急,五湖风浪涌。由来花性轻,莫畏莲舟重。

【注释】①横塘:古堤塘名。三国吴筑于建业(今江苏省南京市)城南淮水(今秦淮河)南岸,靠近长干里。

【鉴赏】这是一组歌颂自由恋爱的诗,共四首,前两首模仿民歌的对唱形式,男女主人公一问一答,写出互生好感的他俩相识的过程。第三、四首写男女主人公经历风浪的考验,真心相爱的故事。

第一首写一个年轻的姑娘,在泛舟时看见邻船的一个青年男子,心生好感,便贸然相问:"你家住在哪里？我家住在横塘。"话一出口,姑娘觉得有点唐突,毕竟素昧平生,于是巧加掩饰地解释道:"暂停船来问一声,恐怕我们是同乡吧。"他乡遇乡音,多一份热情是容易让人理解的。通过语言描写,隐曲地揭露出女子的内心世界,一个天真活泼、热情率真的年轻女子形象跃然纸上。

第二首是男子的回答:我家住在长江边上,常在长江附近走动。我们虽然同是长干人,却从小并不相识。遗憾与欣喜混杂在男子的回答中,反映出他诚实厚道,也暗含他相见恨晚之情。"妹有意郎有情",通过两人的对话表达出来。

第三首写江上风浪越来越大,采莲的船越来越少。女子想,心上人仍划船前往,我怎能不真心待他呢? 我怎能独自离去呢? "莲"谐音"怜",表达怜爱之意。他俩显然相爱了,面对眼前困难,她愿与他共同承担。

第四首写他们面对爱情的考验,坚贞不渝。前两句"潮水急""风浪涌",具体形象地描写爱情经历的种种风波。后两句,表明他俩坚守爱情,坚定地面对各种挑战。

这组诗歌,浪漫而热烈,朴实而自由,男女真挚的感情和面对风浪的不离不弃,令人感动。

(林家宜 刘若珊)

李白 李白(701—762),字太白,号青莲居士。祖籍陇西成纪(今甘肃省天水市)。幼时随家迁居绵州昌隆(今四川省江油市)青莲乡,青年时漫游全国各地。天宝初,被玄宗征召至长安,供奉翰林,故世称李翰林。因得罪权贵,不到三年被赐金放还。安史之乱起,因参加永王李璘幕府,被牵累,流放夜郎,途中遇赦。晚年漂泊东南一带,病殁于安徽当涂。李白是唐代伟大的浪漫主义诗人,被誉为"诗仙",与杜甫并称为"李杜"。有《李太白集》。

长干行二首 李 白

其一

妾发初覆额,折花门前剧①。郎骑竹马来,绕床弄青梅②。同居长干里,两小无嫌猜。十四为君妇,羞颜未尝开。低头向暗壁,千唤不一回。十五始展眉,愿同尘与灰。常存抱柱信③,岂上望夫台。十六君远行,瞿塘滟滪堆④。五月不可触,猿声天上哀。门前迟行迹,一一生绿苔。苔深不能扫,落叶秋风早。八月胡蝶黄,双飞西园草。感此伤妾心,坐愁红颜老。早晚下三巴⑤,预将书报家。相迎不道远,直至长风沙⑥。

其二

忆妾深闺里,烟尘不曾识。嫁与长干人,沙头候风色。五月南风兴,思君下巴陵⑦。八月西风起,想君发扬子。去来悲如何,见少离别多。湘潭几日到,妾梦越风波。昨夜狂风度,吹折江头树。淼淼暗无边,行人在何处?好乘浮云骢⑧,佳期兰渚东。鸳鸯绿蒲上,翡翠锦屏中。自怜十五余,颜色桃花红。那作商人妇⑨,愁水复愁风。

【注释】①剧:游戏。②床:指坐具。③抱柱信:指守信约。典出《庄子·盗跖》,尾生与一女相约桥下,女未到而水突涨,尾生守信不肯离去,抱着柱子终被水淹死。④滟滪堆:三峡之一瞿塘峡峡口的一块大礁石,农历五月涨水没礁,船只易触礁翻沉。⑤三巴:地名,即巴郡、巴东、巴西,在重庆地区。⑥长风沙:地名,在今安徽省安庆市的长江边上,距南京约700里。⑦巴陵:唐代为巴陵郡,今湖南省岳阳市。⑧浮云骢:骏马。西汉文帝有骏马名"浮云"。⑨那:"奈何"的合音,怎么。

【鉴赏】长干,南京秦淮河南面的一条巷子,商业发达。商人经商往返于长江上下游,往往一去累月,商妇独守空房、相思丈夫成为当时较为普遍的社会现象。李白的这两首诗以商妇独白、自述的手法,按年龄和季节的变换,揭示出商妇的成长、婚姻和命运,反映了古代商妇的生活与情感,是唐诗中较早反映市民生活的诗作。

第一首,写商妇与其丈夫婚前、婚后的生活。她与后来成为她丈夫的男子同住长干里,两小无猜,度过了愉快的童年。她额前覆盖着刘海,有一天在门前折花玩耍,那个男孩骑着竹马过来,两人一起玩,绕着坐具互相追逐,一起采摘青梅。"青梅竹马"和"两小无猜"这两个成语来自此诗,形容从小生活在一起,具有男女朦胧的美好的感情。开头的六句诗表现出女主人公幸福欢乐的少年时光,洋溢着追忆美好生活的幸福感受。

接下来八句以细腻的笔触描述两人婚后两年的甜蜜生活。她十四岁时,嫁给了"青梅竹马"的玩伴,虽然彼此熟悉,但她仍带着羞涩。尽管丈夫千呼万唤,她低头向着暗壁,不回一声。这一动作描写,把新娘羞涩的心理刻画得惟妙惟肖。婚后一年,两人完全磨合好,坠入爱河里,情感炙热。"展眉"二字,既是外貌描写,也是心理刻画,表现新娘享受着幸福的爱情。这对小夫妻"愿同尘与灰",许下了要像尾生那样生死与共、长相厮守的誓言。

然而,不遂人愿的事终究发生了。她十六岁时,长干里浓厚的经商环境使丈夫踏上了外出行商的道路,她不得不登上望夫台。丈夫经商必经长江三峡那样充满危险的道路,她想象丈夫经过凶险的滟滪堆、听到哀怨的猿啼,心中为他担惊受怕。"门前迟行迹"以下八句,通过不同时间的景物描写,具体刻画商妇对丈夫的思念之情。丈夫留在门前迟迟不肯远行的足迹,已被青苔覆盖,落叶飘零,又覆盖了一层。这反映小两口当初分别是多么难舍难分,而且,分别之后的时间又匆匆流逝。黄蝶在西园双双飞舞,让商妇触景生情。蝴蝶成双成对,而她形单影只。她年轻美丽的容颜在刻骨相思中逐渐憔悴老去。诗的感情基调由欢快幸福变成了悲伤欲绝。最后四句,商妇寄语丈夫,你无论什么时候归来我都愿意等待,希望你回家前先捎回信来,我好去迎接,哪怕去七百里远的"长风沙",我也在所不辞。

此诗条理清晰,按婚前两小无猜、结婚羞涩、婚后分离三个层次展开叙述,展现商妇的心理成长历程,刻画出商妇情深义重的形象。清代《唐宋诗醇》评论此诗道:"儿女子情事,直从胸臆间流出,萦迂回折,一往情深。"诚如所言。

第二首,重点叙写商妇盼望丈夫归来的种种情状。在出嫁前,商妇不知何为烟尘,现如今,因为盼望丈夫归来,她风尘仆仆地来到长风沙等候。夫妻俩聚少离多,她对丈夫思之如狂,整颗心都牵挂着丈夫的归期。五月吹南风,想象丈夫卜巴陵;八月刮西风,想象丈夫从扬子江出发;就连在梦里,也随着丈夫渡水越江。昨夜狂风大作,吹折了江边的树,江水森森,昏暗无边,丈夫在何处?商妇茫然无措。她希望骑上骏马"浮云",与丈夫相会在开着兰花的小洲上,在那里,鸳鸯嬉戏于绿蒲上,翡翠鸟飞翔在锦屏似的空中。这种美好的希望,不过是商妇的一个美梦罢了。当梦醒以后,她顾影自怜,想想自己十五岁的年纪,正是"颜色桃花红"的美好时节,哪里料到成了商人妇,真是要风无风,要雨无雨,愁绪满怀! 商妇心中充满了对命运的哀怨和感慨。

第二首诗相比较第一首诗,情感更加凄婉。第一首诗虽写及夫妻分离的忧伤,但青梅竹马的快乐,琴瑟和谐的恩爱,使整首诗的感情色彩较为欢快。第二首诗着重写商妇盼望丈夫归来的心理,感情偏向沉重、哀伤。两首诗的写法也不相同。第一首诗从夫妻两人的童年生活写起,再写到商妇对丈夫的思念,这种写法与一般闺怨诗不同,也与第二首诗重点写商妇的思念之情不同。第二首诗属于一般闺怨诗的写法和基调,艺术上相对较为平庸。

（郭宝蔓　汤克勤）

寄远十二首(选四)　　　　李　白

其一

三鸟别王母①,衔书来见过。肠断若剪弦,其如愁思何。遥知玉窗里,纤手弄云和②。奏曲有深意,青松交女萝。写水山井中③,同泉岂殊波。秦心与楚恨,皎皎为谁多。

其二

青楼何所在④,乃在碧云中。宝镜挂秋水,罗衣轻春风。新妆坐落日,怅望金屏空⑤。念此送短书,愿同双飞鸿。

其三

本作一行书,殷勤道相忆。一行复一行,满纸情何极。瑶台有黄鹤⑥,为报青楼人。朱颜凋落尽,白发一何新。自知未应还,离居经三春。桃李今若为,当窗发光彩。莫使香风飘,留与红芳待。

其四

玉箸落春镜⑦,坐愁湖阳水⑧。闻与阴丽华⑨,风烟接邻里。青春已复过,白日忽相催。但恐荷花晚,令人意已摧。相思不惜梦,日夜向阳台⑩。

【注释】①三鸟:即三青鸟,传说是西王母的使者,常指爱情信使。②云和:

212

指琴、瑟，泛指音乐。③写：同"泻"。④青楼：指豪门显贵家的闺阁。⑤金屏：华丽的屏风。⑥瑶台：昆仑山神仙的居处。⑦玉箸：指眼泪。⑧湖阳：唐县名，在今河南省唐河县南湖阳镇。⑨阴丽华：东汉光武帝刘秀之妻。刘秀未做皇帝时，听说阴丽华美丽，说："娶妻当得阴丽华。"⑩阳台：借指相会之地。

【鉴赏】从题目"寄远"看，这组诗是远在他乡的诗人思念故乡和亲人所作的。共十二首诗，这里选四首。这四首诗借景物和人事来抒发相思之苦，表情达意深切细腻，写景状物传神动人。

第一首，前四句写三青鸟替诗人之妻传送书信，信中抒发相思之愁。中间四句写诗人想象妻子正在闺房中纤纤手指拨弄琴弦，奏出饱含深情的音乐，寄寓着青松被女萝缠绕的夫妻情意。后四句借泻入井中的水泛起相同的波纹，比喻诗人与妻子真挚不变的感情。此诗巧妙运用神话和典故，表达夫妻异地，相思同心，忧愁齐多的现实。

第二首，从妻子的角度落笔，通过想象妻子思念自己，来写自己对妻子的相思深情。妻子住在高耸入云的富丽堂皇的高楼，拥有精美贵重的家具和质地优良的衣裳，然而她终日郁郁寡欢，无心梳妆打扮。她相思怅望，因为丈夫远在他乡，长年未归。她希望能传书信给丈夫，愿意和丈夫像飞鸿一样双飞双宿。诗人写妻子的相思之状，实则表达自己的思念之情，曲折有致，情韵悠长。

第三首，写诗人本想用一行字表达思念，却写了一行又一行，直到一张纸写满，还道不尽对妻子的深情。纵使有黄鹤将书信送给妻子，可随着年华逝去，自己的容颜已衰老，青丝变白发。诗人三年未归，不知家中的桃李树长成什么模样，只能想象它们"当窗发光彩"。末尾诗人将自己比作裹挟花香的风，把妻子比喻红花，希望能吹拂到妻子的身边。此诗表达诗人长久漂泊在外，无法与妻子团圆的悲哀现实。

第四首，写妻子对镜垂泪，愁对湖阳水，她想起了东汉光武帝之妻阴丽华，阴丽华和自己一样与丈夫长久分离。时光飞逝，青春不再。荷花凋谢了，让她感到悲哀。出于对丈夫强烈的思念，她毫不吝惜地花费宝贵且易逝的时间去睡觉，希望像楚王与巫山神女梦中欢会那样，能在梦中与丈夫相见。"日夜"二字，突出表现了妻子对丈夫的朝思暮想、魂牵梦萦。

这组诗抒发了诗人对妻子的深切相思，纯粹而热烈，采用对写的手法，转换不同的抒情对象，将夫妻间的深情表达得曲折悠长。诗将思念写得越深挚,越让读者感慨现实生活中夫妻难以团圆的处境,诗歌具有浓厚的悲剧色彩。

(郭宝蔓 刘一增)

春　思　　　李白

燕草如碧丝①,秦桑低绿枝②。当君怀归日,是妾断肠时。春风不相识,何事入罗帏③?

【注释】①燕:指今河北一带,也泛指北部边地。②秦:指今陕西一带。③罗帏:丝织的帘帐,这里指闺房。

【鉴赏】丈夫戍守燕地,天气还没回暖,草露出了丝丝嫩芽,而妻子居住的秦地家乡,大地早已回春,桑树的枝叶翠绿茂盛。丈夫与妻子相距千里。丈夫看见芳草想起了家中妻子,这时正是妻子思念丈夫断肠之时。一阵春风吹入罗帐,妻子不由斥责道:我们并不认识,你为何进入我的帘帐呢?

开头两句"燕草如碧丝,秦桑低绿枝",以相隔遥远的燕、秦两地的春天起兴,颇为别致。"燕草如碧丝",是女子想象燕地的春景,"秦桑低绿枝",才是她真正看到的春天。作者把她看不到的远景与眼前的近景联系起来,巧妙地透露出女子无时不在思念自己的丈夫。与此同时,远在燕地的丈夫看见了春草,也产生对妻子的思念之情。两地的春景,是征夫思妇相思的环境和情感的触发点。"碧丝"和"绿枝",作为春天的象征,隐喻夫妻俩萌发的春心,相互思念的情思。"丝"谐音"思","枝"谐音"知",运用了谐音双关的手法。人们往往见春草而思归,这是人之常情,如《楚辞·招隐士》云:"王孙游兮不归,春草生兮萋萋!"

接下来两句"当君怀归日,是妾断肠时",也落笔于女子及其丈夫。丈夫思念妻子、盼望归家的时候,正是女子思念丈夫、断肠之时。异地同心同情,让人凄怆。元代萧士赟曾说:"燕北地寒,生草迟。当秦地柔桑低绿之时,燕草方生,兴其夫方萌怀归之志,犹燕草之方生,妾则思君之久,犹秦桑之已低绿也。"意思是说,如果丈夫怀归之思像刚刚生长的燕草那般,那么女子对丈夫的思念之情就像秦桑那样蓬勃了。

最后两句"春风不相识,何事入罗帏",语出突兀,细思则合乎情理。

女子盼望丈夫回家,丈夫却杳无音信,反倒是不该入罗帐的春风进来了。女子对春风的责问实际上是对丈夫的发问:"连无情的春风都吹进了我的罗帏,我那么想念你,你什么时候才能回来呀?"这一发问,表明女子心地贞洁,对爱情忠诚,绝不会受到外物的引诱。春风撩人,春思缠绵,思妇训斥春风,正是明志自警。一个痴情的、对爱情忠贞不渝的思妇形象树立起来。以此作结,出人意料,又使人赞叹。无理而妙是古典诗歌常见的艺术手法。此诗看似无理,实则有理,妙趣横生。

(孙晓玲　刘一增)

春　　怨　　　　　　李　白

白马金羁辽海东①,罗帷绣被卧春风。落月低轩窥烛尽,飞花入户笑床空。

【注释】①辽海东:泛指辽河流域以东的地区,南临大海,故称辽海。代指征人从军远行之地。

【鉴赏】此诗以思妇的口吻表达春日独居的孤寂,借春怨表达闺怨,将丝丝怨气撒在"春风""落月""飞花"上,别出心裁,富有特色。

首句交代"怨"的缘由,丈夫骑着"金羁白马",远赴"辽海东",不能陪伴在她的左右。次句描叙思妇的生活,"罗帏绣被",可见思妇衣食无忧,生活舒适。"卧春风",亦见其生活安逸,也反映爱人不在身边,她寂寞地与春风为伴。这为思妇的"春怨"奠定了基础。这两句一写征人,一写思妇,记叙了离别之事。

一种相思,两处离愁,不得已的分别令思妇饱受其苦。后两句运用拟人手法,表现出思妇的愁苦。月光低低地照进轩窗内,似乎窥探屋内即将燃尽的烛火;落花飞入屋内,似乎嘲笑那空荡荡的床帏。这一"窥"一"笑",将春月和春花写活了。"窥"和"笑",实际上表现出思妇的孤独、寂寞、愁怨的心理。思妇思念征夫,独守空房,通过景物描写,别具一格地表现出来。

(刘一增　汤克勤)

长 相 思

李 白

长相思，在长安。络纬秋啼金井阑①，微霜凄凄簟色寒②。孤灯不明思欲绝，卷帷望月空长叹，美人如花隔云端。上有青冥之长天，下有渌水之波澜。天长地远魂飞苦，梦魂不到关山难。长相思，摧心肝。

【注释】 ①络纬：昆虫名，指莎鸡，俗称纺织娘。金井阑：精美的井栏。②簟：竹席。

【鉴赏】 李白的《长相思》有两首，这里选一首，是李白离开长安后回忆往事而作的，豪放飘逸中兼具含蓄隽永之致。诗人通过对秋虫、秋霜、孤灯、秋月、美人等的描绘，表达男子对女子的相思之情，抒发求而不得的无奈、忧愁。诗以"美人如花隔云端"为界，分为两个部分，前半部分写景写实，后半部分写情写虚。

前半部分开头"长相思，在长安"，六个字平实精练，简洁直白，富于韵律，直接点明相思人所在的地点。暮秋的夜晚，井栏边的纺织娘凄切地鸣叫；霜冻渐起，竹席泛着丝丝寒意。这些景物描写，表现出相思人内心的凄凉和寒冷。他在昏黄的孤灯下，卷起帷帐，望着天上那轮明月，幽怨地长叹。"美人"，指他思念的那个人。她像花儿一样，隔在遥远的云端，可望而不可即。

后半部分用夸张的手法写对思念之人的追求。他梦魂飞扬，上天入地寻找他思念的人。然而，天高地远，上有难以企及的青天，下有波澜动荡的江水，关山阻挡，连梦魂都难以到达。最后，以沉重的一叹作结："长相思，摧心肝。"六个字短促有力，表现出绵长的思念有摧人心肝的力量，与开头呼应，突出了诗歌相思的主题。

"美人如花隔云端"，是全诗的中心句，即使抒情主人公与她相隔云端，遥不可及，但他仍锲而不舍地追求，刻骨地思念着她。相思苦情被表现得淋漓尽致。

（刘一增　汤克勤）

夜 坐 吟

李 白

　　冬夜夜寒觉夜长,沉吟久坐坐北堂。冰合井泉月入闺①,金釭青凝照悲啼②。金釭灭,啼转多。掩妾泪,听君歌。歌有声,妾有情。情声合,两无违。一语不入意,从君万曲梁尘飞③。

　　【注释】①冰合井泉:指天寒井水结冰。②金釭:铜制的灯盏。③梁尘飞:相传汉朝人虞公擅长歌唱,发声清哀,振动梁尘。

　　【鉴赏】"夜坐吟",是乐府古题,南朝宋人鲍照曾作诗《代夜坐吟》,宋朝郭茂倩《乐府诗集》将之归入"杂曲歌辞"类。李白借乐府旧题自创此诗,表达情意未通的单相思者的痛苦,希望男女爱情建立在平等、情投意合的基础上。

　　开篇写一位女子在寒冷的冬夜久坐沉吟,感觉寒夜漫长,显然她满怀心事,满腹忧愁。"冬夜""北堂"点明时间和地点。冬夜寒冷,因其寒冷难受而愈觉夜晚漫长,但女主人公不管寒夜,久坐"北堂"沉吟。这是为什么呢?下句"冰合井泉"承接"夜寒"而写,"月入闺""金釭青凝"承接"久坐"而作,寒泉结冰,冷月入闺,烛火散发清冷的寒光,这些都照映出女子满面的泪痕。随着时间流逝,女子情难自持,由先前的"沉吟"转为"悲啼"。烛火终究抵挡不住寒风而被吹灭了,女子更感凄凉,哭得更加悲切,"啼转多"了。为什么她这么悲伤呢?

　　这时,外面传来了一位男子的歌声,女子慢慢地停止哭泣,"掩泪听歌"。歌声对女子产生了明显的效果,使她那悲伤难抑的情绪得到了平复。"歌有声,妾有情",歌曲传达出一种与女子相通的感情,将女子从痛苦的状态中唤出,让她感受到美好的爱情,那就是两个相爱的人,彼此心无间隙,两颗心紧紧地贴合在一起。至此,读者明白,女子之所以"沉吟""悲啼",原因是她没有得到心心相印的爱情。"情声合,两无违",这是女子憧憬的美好爱情,也是普通人向往的美好爱情。作者最后强调,如果歌声中有一丝虚情假意,那么就算对方歌唱一万首,这位女子也会不屑一听的。这从反面强调了真诚无瑕的爱情的可贵。

　　这首诗步步设疑,层层递进,引人入胜,"沉着婉转,曲尽闺思",表达

217

出情投意合的爱情观,在思想和艺术上有一定价值。 （刘一增　汤克勤）

乌 夜 啼　　　　　　　　　李 白

　　黄云城边乌欲栖,归飞哑哑枝上啼①。机中织锦秦川女②,碧纱如烟隔窗语。停梭怅然忆远人③,独宿孤房泪如雨。

　　【注释】①哑哑:乌鸦啼叫声。②秦川女:原指晋朝苏蕙,这里泛指思妇。③梭:织布用的织梭。

　　【鉴赏】"乌夜啼"为乐府古题,多写男女离愁别恨。李白的这首诗描绘闺中思妇的幽怨情思。开头两句绘出一幅啼鸦暮归图。黄云漫天,夕曛渐淡,余晖洒在城外的树林中,归巢的乌鸦成群地盘旋着,哑哑地啼叫,纷纷落在树枝上。这一图景渲染出一种嘈杂纷乱的氛围,容易引起思妇的愁绪。

　　第三四句转向写人,诗人对思妇不作任何描绘,只是点出前秦窦滔之妻苏蕙来比拟思妇。在暮色弥漫中,她透过轻烟般的碧纱窗远望,听见窗外的归鸟哑哑地啼叫,似乎突然被什么击中了。

　　结尾两句,诗人刻画思妇的动作、表情,揭示出她愁苦的内心世界。她停下手中的织梭,思念身在远方的丈夫,想着自己独宿空房那么久,不禁潸然泪下。

　　此诗起句布景,绘景寓情;中间绘人,绘影绘声;结尾点题,韵味悠长。清人沈德潜评论道:"蕴含深远,不须言语之烦。"作者运用环境烘托、动作描写等手法,刻画出一个命运愁苦的思妇形象,表达出对女子独宿空房的深切同情。　　　　　　　　　　　　（刘一增　林婉青）

秋 浦 寄 内　　　　　　　李 白

　　我今寻阳去①,辞家千里余。结荷倦水宿,却寄大雷书②。虽不同辛苦,怆离各自居。我自入秋浦,三年北信疏。红颜愁落尽,白发不能除。有客自梁苑③,手携五色鱼④。开鱼得锦字,归问我何如。江山虽道阻,意合不为殊。

【鉴赏】此诗是李白写给妻子宗氏的"寄内诗"。天宝九载两人结婚,婚后宗氏居住在宋城梁苑,而李白漫游各地,聚少离多。天宝十四载秋,李白离开秋浦,前往寻阳,给妻子写了这首诗。诗采取自述的方式,语言平实,饱含深情。

前六句为第一部分。诗人先点明自己的行踪,他要动身去寻阳,离家千余里的地方。他厌倦了水边结荷而睡的生活,厌倦了漂泊的日子,像当年鲍照写信给妹妹,他也给妻子写信。虽然妻子没有与他受奔波之苦,但分离的愁苦是一样的。诗表达出诗人对妻子的思念,又将两人的离别之苦揭示出来。

后十句为第二部分。诗人追叙,到达秋浦以后,三年双方书信来往稀少。可能因为相距遥远,书信来往不便,诗人满腹的相思不能通过书信倾诉,无奈之极。离别的愁苦耗尽了他的青春,白发如雪。有人突然从梁苑来,捎来了妻子的信。在信中,妻子殷切地询问他的现状,什么时候回家?妻子的款款深情让诗人更加思念她。即使相隔万水千山,道路阻碍,夫妻俩的心意相通,任何都阻隔不了。

诗以"我"为叙述对象,平实地叙述了夫妻分离相思的痛苦,借书信表达出夫妻深厚的感情。

(刘一增　汤克勤)

南流夜郎寄内　　　　　李　白

夜郎天外怨离居,明月楼中音信疏。北雁春归看欲尽,南来不得豫章书①。

【鉴赏】唐肃宗乾元二年春,李白被流放夜郎,途中给居住在豫章的妻子宗氏写了这首诗。

开篇一个"怨"字,揭示出诗人因遭流放而产生愤懑不平的情绪,点明夫妻分居两地的哀怨和忧愁。前两句形成对照:夫在夜郎天外,妻在明月楼中;夫"怨离居",妻"音信疏"。两句诗饱含了沉郁悲愁的情感。由"离居"产生的幽怨,因"音信疏"而更深一层。

春天,流放往南的诗人看见大雁纷纷北归,飞尽了,却一直没有收到妻子的书信。"看欲尽",反映诗人内心的渴望。他多么希望大雁能够带来妻子的信,但始终没有等到,十分失望。

李白一生潇洒旅行,少有顾家顾妻之诗,晚年流放夜郎途中,却写出了满怀深情的寄内诗,可见他内心柔软的一角。妻子是他遭受重大打击后最迫切思念的人,只有妻子,是他灵魂皈依的港湾。但是,在现实生活中,妻子的爱和关心,他感受不到,他的内心多么凄凉。此诗语浅情深,运用典故自然妥帖。

(刘一增　郑雪琪)

崔国辅　崔国辅,生卒年不详,吴郡(今江苏省苏州市)人。开元十四年(726)进士,历任山阴尉、许昌令、礼部员外郎、集贤直学士等职,后贬晋陵司马。其诗篇幅短小,多拟南朝乐府,写个人日常生活。

采 莲 曲

崔国辅

玉溆花争发①,金塘水乱流。相逢畏相失,并著木兰舟②。

【注释】①溆(xù):水边。②木兰舟:用木兰树做的船。后为船的美称。

【鉴赏】诗人是吴郡人,生活在江南水乡,熟悉采莲男女的生活和性格,此诗写采莲年轻男女对纯洁爱情的追求。

第一二句写碧玉般的水塘边,美丽的花儿竞相开放,水塘在阳光下金光闪闪,水波回旋激荡。"玉""金"二字,展现出一幅春光明媚的美好画卷。"争""乱"二字,呈现出百花齐放,采莲人轻舟竞采的盎然活力。这两句点明地点和活动的背景。

第三四句表现采莲男女的爱情。年轻男女一"相逢",便互生情愫。

他们害怕水流将对方冲散，便努力让两只船儿紧紧地靠在一起，齐头并进。"畏相失"三字，很好地表达有情人害怕分离、你侬我侬的心情。

诗没有直接描写采莲的劳动场景，而是写池塘的碧绿，波光的闪耀，花的竞放，水的荡漾和船的移动，将互生情愫的年轻男女的心理巧妙融入，表现出浓厚的生活气息。其中纯真含蓄而又热烈的男女感情，令人心动。

（郑雪琪　刘若珊）

小长干曲 　　　　崔国辅

月暗送湖风，相寻路不通。菱歌唱不彻①，知在此塘中。

【注释】①菱歌：采菱之歌。不彻：不断。

【鉴赏】这首情歌写一个青年男子对一位采菱姑娘的爱慕与追求。"月暗送湖风"点明故事发生的时间（夜晚）与地点（湖滨）。夜晚月色朦胧，湖滨凉风徐徐。"送"字运用得生动灵巧，赋予了月色生命，展现了风的情态。在这样美的夜色中，一个年轻男子正在寻找他心爱的姑娘，可是他迷失了方向，找不着路。就在不知该如何是好的时候，远处飘来了优美动听的菱歌，断断续续，不绝如缕。男子侧耳细听，歌声正是他的心上人唱的，她就在这方池塘之中。"知"字，表现出男子由焦急到惊喜的心理变化，说明他对心上人十分了解。

此诗起承转合，井然有序。首句以"月暗送湖风""起"兴，开门见山，交代了时间和起因。次句"承"，男子在首句描述的环境里，陷入"相寻""路不通"的窘境。三句"转"，菱歌不断，打破了"路不通"的僵局。末句"合"，交代结局，合拢全诗。语言清新自然，含蓄委婉，耐人寻味。

（刘若珊　汤克勤）

储光羲　储光羲（约707—约762），润州延陵（今江苏省丹阳市西南）人。唐开元十四年（726）进士，授冯翊县尉，后转任汜水、安宜、下邽等地县尉。曾隐居终南山。复出任太祝，世称储太祝。安史之乱中，受伪职，乱平后被贬谪岭南而死。擅长山水田园诗。

钓 鱼 湾

储光羲

　　垂钓绿湾春,春深杏花乱。潭清疑水浅,荷动知鱼散。日暮待情人,维舟绿杨岸①。

【注释】①维舟:用缆系船。维,系。

【鉴赏】此诗是储光羲《杂咏》五首中的第四首。组诗《杂咏》作于储光羲仕宦失意,隐居终南山之时。其第四首写一个年轻人借"钓鱼"之名在钓鱼湾等待情人来约会,写得清新隽永。

　　暮春时节,杏花纷纷扬扬地飘落。黄昏时,一个年轻人驾着一叶扁舟来到了钓鱼湾,摆弄钓竿垂钓。"绿"字,描绘钓鱼湾草木葱茏的春色。"乱"字,表现杏花纷乱地飘落,渲染春意浓郁,还一语双关,形容内心思绪的烦乱。年轻人看到潭水清澈,担心水太浅了,没有鱼儿会上钩。荷叶摇动,水中的鱼儿会受惊游散。这两句对仗精工,一静一动,组合巧妙,表达含蓄委婉,将年轻人心神不定、有所期待的恋爱心理很好地表现出来。年轻人的确无心垂钓,他在等待情人来赴会。他将小船系在岸边的杨柳上,耐心地等待着……

　　诗情景交融,刻画出一个痴情等待的年轻人形象,语言清新流丽。

(刘若珊　汤克勤)

李冶　李冶(? —784),字季兰(或秀兰),乌程(今浙江省湖州市吴兴区)人。女道士,善于弹琴。因献诗叛将朱泚,为唐德宗所杀。擅长五言诗,诗风清丽,多酬赠、遣怀之作。

明月夜留别

李　冶

　　离人无语月无声,明月有光人有情。别后相思人似月,云间水上到层城①。

【注释】①层城:古代神话中的天庭。《淮南子》载,昆仑山有层城九重,最高层名天庭,为太帝所居。这里借指美好、幸福的地方。

【鉴赏】"离人无语月无声,明月有光人有情",月光无声地笼罩着大地,也洒落在即将分离的情人身上。有情人,默默对视。月亮发出明亮的光辉,情人内心中充满汹涌的情感。前一句两个"无",呈现出一幅无声无语的月夜离别图;后一句两个"有",道出月明情美的景象。两者对比,凸显出有情人在月夜分离的凄美和缠绵。两句好似山与山相连,具有起伏感、层次感和美感。

"别后相思人似月,云间水上到层城",自离别后,情人间的相思绵绵不绝。情人好似月亮,不管飘在云中,照在水上,还是升到层城,都在彼此的心中。

此诗看似写人与月两种独立的意象,实则将人与月合二为一来写,以相思为媒介,月便是人,人即是月,饶有趣味,生动别致。

(刘若珊　汤克勤)

杜甫　杜甫(712—770),字子美,自号"少陵野老",世称"杜少陵""杜拾遗""杜工部",巩县(今河南省巩义市)人。青年时游历吴越、齐赵,应试不第。向唐玄宗献《三大礼赋》,被召待制集贤院。安史之乱,奔赴凤翔行在,被唐肃宗授左拾遗。后贬官,漂泊四川,被剑南节度使严武聘为幕府,荐为检校工部员外郎。后出峡,漂泊江湘,病死于长沙至岳阳的小舟中。唐代伟大的现实主义诗人,其诗全面深刻地反映唐代由盛转衰的历史,被称为"诗史"。各体皆精,诗风沉郁顿挫。被尊为"诗圣",与李白合称"李杜"。

月　夜

杜甫

今夜鄜州月①,闺中只独看。遥怜小儿女,未解忆长安。香雾云鬟湿②,清辉玉臂寒。何时倚虚幌③,双照泪痕干?

【注释】①鄜(fū)州:唐代州名,今陕西省富县。②云鬟(huán):妇女高耸的环形发髻。③虚幌：轻薄透明的帷幔。

【鉴赏】天宝十五载（756），安史叛军攻占长安，杜甫携家避难于鄜州。他在奔赴肃宗灵武行在的途中，被叛军俘虏，押入长安。杜甫望月思念妻儿，作此诗却写妻子对月想念自己。这种转换对象的写法，独具匠心，使作者怀念妻儿的感情更曲折、深刻。

首联"今夜鄜州月，闺中只独看"，作者由自己思念家人而想到妻子也在思念他。今晚的月亮，妻子在鄜州独看，作者在长安独看，明月将分处两地的夫妻俩联系起来，相思之情随着月光流向对方。

颔联"遥怜小儿女，未解忆长安"，可怜幼小的儿女们，未谙世事，还不懂得思念的辛酸，不能理解大人们的悲欢离合，不懂得母亲看月的心境和"忆长安"的心思。"未解"反衬出妻子闺中"独看"月的寂寞与凄苦。

颈联"香雾云鬟湿，清辉玉臂寒"，蒙蒙雾气沾湿了妻子的鬟发，清冷的月光让她的玉臂更加寒冷。"湿""寒"二字，突出表现了妻子望月之久、思念之深，将妻子孤苦的心境渗透其中。

尾联"何时倚虚幌，双照泪痕干"，作者想到妻子一个人泪流满面，夜不能寐，忧心忡忡，不禁也流下了泪水。他渴望：什么时候我和妻子并肩倚靠着帷幔，让月光将两人的泪痕照干呢？作者表达出欲与家人团聚的美好愿望和对战乱平息、国家太平的渴望。

此诗构思奇妙，章法严密，明白如话，情真意切，恰如清代浦起龙《读杜心解》所云："心已驰神到彼，诗从对面飞来，悲婉微至，精丽绝伦，又妙在无一字不从月色照出也。"

（罗朝昵　刘若珊）

佳　人

杜　甫

绝代有佳人，幽居在空谷。自云良家子，零落依草木。关中昔丧乱①，兄弟遭杀戮。官高何足论，不得收骨肉。世情恶衰歇，万事随转烛。夫婿轻薄儿，新人美如玉。合昏尚知时②，鸳鸯不独宿。但见新人笑，那闻旧人哭。在山泉水清，出山泉水浊。侍婢卖珠回，牵萝补茅屋。摘花不插发，采柏动盈掬。天寒翠袖薄，日暮倚修竹。

【注释】①关中:指函谷关以西的地区,这里指长安。丧乱:死亡和祸乱,这里指安史之乱。②合昏:指夜合花,花儿朝开夜合。

【鉴赏】此诗塑造了一位绝代佳人的形象,她有不幸的命运,但品性坚贞,有气节。诗共二十四句,分为三部分,每部分为八句。第一部分写佳人因安史之乱而家破人亡的不幸遭遇。第二部分写佳人泣诉夫君另娶新人,抛弃自己的不幸。第三部分赞美佳人虽遭遇不幸,却能坚守高洁的情操。

"绝代有佳人,幽居在空谷。自云良家子,零落依草木。"以第三人称的客观描述开头,首句点题,写佳人容貌绝代。第二至第四句写其居住环境与身世,设置悬念:为何作为良家女子的绝代佳人独自居住在深山空谷呢?"空"与"零落",表现出佳人的孤寂凄苦,点出佳人的命运之悲,处境之难。

"关中昔丧乱,兄弟遭杀戮。官高何足论,不得收骨肉。"倾诉佳人的悲惨遭遇。天宝十五载(756),安史之乱爆发,长安沦陷,佳人的兄弟们惨遭杀戮。当时即使官居高位者也没有用,连亲人们的尸骨也不能收殓。这是佳人遭遇的第一重不幸。

"世情恶衰歇,万事随转烛。夫婿轻薄儿,新人美如玉。"佳人感慨世情凉薄恶劣,世事转变如风中飘摇的烛光。她的夫君是无良小人,两人的恩爱仿佛还在昨日,今日他却怀抱新人,抛弃旧爱。这是佳人遭遇的第二重不幸。

"合昏尚知时,鸳鸯不独宿。但见新人笑,那闻旧人哭。"用朝开夜合的夜花和雌雄成对飞宿的鸳鸯来反衬,凸显出负心丈夫的无情绝义。一"新"一"旧"、一"笑"一"哭",负心汉与新欢卿卿我我,而致旧爱陷入痛苦悲伤之境,对比强烈,感情冲击力强。

但佳人并没有被不幸击倒。"在山泉水清,出山泉水浊。侍婢卖珠回,牵萝补茅屋。"佳人居住在简陋的山林茅屋中,环境清幽,她靠变卖珠宝首饰来维持清贫的生活。"在山泉水清,出山泉水浊"出自于《诗经·小雅·四月》中的诗句:"相彼泉水,载清载浊。"历代文人对"清浊"的含义有多种解释,有以新人旧人为清浊,有以前华贵后憔悴为清浊,有以守贞为清、改节为浊。还有人认为:佳人以泉水自喻,以在山喻夫婿之家,妇人为夫所爱,便是清;为夫所弃,便是浊。也有人认为这是佳人怨其夫之辞：人处空谷幽寂之地，就像泉水在山，没有什么能影响其清澈；她的丈夫出山，随物流荡，便是浊泉；她宁肯受饥寒，也不愿再嫁，是要成为那清泉。

"摘花不插发，采柏动盈掬。天寒翠袖薄，日暮倚修竹。"佳人摘花不戴在头发上，可见其朴素；采柏只手握一把，可见其贞洁。天气寒冷，佳人穿着单薄；傍晚，佳人倚着挺拔的翠竹，可见其清高。经寒不凋的翠柏与挺拔劲节的青竹，都是高洁情操的象征，这正是佳人清贫孤高、绝世独立形象的写照。诗以景结情，不直接写佳人的美貌，而以"翠袖""修竹"衬托其身材、品格，使其女性美、形态美与品格美，给人留下深刻印象。

诗通过"赋比兴"的手法，描写佳人悲苦的生活，赞美她高洁的品格，寄寓作者对政治失意、国家危亡的感慨，抒发了诗人在国家残破时的无奈与悲凉之情。

（刘若珊　汤克勤）

新 婚 别 杜 甫

兔丝附蓬麻①，引蔓故不长。嫁女与征夫，不如弃路旁。结发为君妻，席不暖君床。暮婚晨告别，无乃太匆忙！君行虽不远，守边赴河阳②。妾身未分明③，何以拜姑嫜④？父母养我时，日夜令我藏。生女有所归⑤，鸡狗亦得将。君今往死地，沉痛迫中肠⑥。誓欲随君去，形势反苍黄⑦。勿为新婚念，努力事戎行。妇人在军中，兵气恐不扬。自嗟贫家女，久致罗襦裳⑧。罗襦不复施，对君洗红妆。仰视百鸟飞，大小必双翔。人事多错迕，与君永相望。

【注释】①兔丝：即菟丝子，一种蔓生的植物，依附在其他物体上生长。②河阳：古郡名，治今河南孟州市西，当时是唐军与安禄山叛军作战的军事前线。③身：身份，指在新家中的名分地位。唐代习俗，嫁后三日，始告庙上坟，才算成婚。新娘仅宿一夜，婚礼尚未完成，故身份不明。④姑嫜(zhāng)：公婆。旧时称丈夫的母亲为"姑"，丈夫的父亲为"嫜"。⑤归：指女子出嫁。⑥中肠：内心。⑦苍黄：同"仓皇"，匆促，慌张。引申为不便，麻烦。⑧襦：短衣。裳：下衣。

【鉴赏】此诗是新婚少妇的内心独白，分为三部分，三部分并非并列,而是逐层深入、回环曲折的关系。这是抒情主人公心情复杂所致的结果。

第一部分从"兔丝附蓬麻"到"何以拜姑嫜",写新娘子诉说新婚的不幸。首句采用比兴的手法,表达自己好似依附夫君而生存的菟丝。无奈地嫁给了征夫,命运更加不幸。床席还没有睡暖,成亲礼节还没有完成,这对新人,洞房花烛夜便成了生离死别时。一"暮"一"晨",时间紧迫,对比鲜明,以至于她的身份还没有明确,拜见公婆时显得尴尬。这显示出新娘子无奈、凄凉的心情。造成新婚别离的缘由,是丈夫要奔赴河阳,参加战争,军情紧急。这揭示出战争导致了人们不幸的命运。

第二部分从"父母养我时"到"兵气恐不扬",新娘子回顾父母养育之恩,具有嫁夫随夫的观念,表达出对丈夫的忠贞和关心。所谓"嫁鸡随鸡,嫁狗随狗",无论丈夫去往何处,娘子都应当生死相随。但新娘子理智地考虑到,军队不允许有妇人的出现,以免影响军队的士气。因此,新娘子忍痛叮嘱夫君:"勿为新婚念,努力事戎行。"一个深明大义、甘于牺牲的新娘子形象得以凸显。

第三部分从"自嗟贫家女"到最后"与君永相望"。新娘子经过一番痛苦的倾诉和内心激烈的斗争以后,最终从个人的不幸、对丈夫的关切中跳了出来,从容平静地面对夫妻别离这一不幸。为了使丈夫一心英勇杀敌,她表示不会再穿美丽的衣裳,并洗掉了脸上的脂粉。虽然天上的鸟儿成双成对地飞翔,但人生常有不如意之事,她和丈夫被迫分离,她会永远为丈夫守望。从新娘子的动作、心理可见她是一个识大体、明大义的人,她为了国家,勇敢地作出牺牲。她的"与君永相望"的爱情表白,是人间最美好的爱情誓言。

此诗是一首思想和艺术完美结合的作品。结婚第二天丈夫就要赶赴战场,新娘虽悲痛得心如刀割,但她认识到,丈夫的生死、爱情的存亡与国家民族的命运不可分割,在国家存亡面前,个人必须作出牺牲。诗歌从新妇的角度,模拟新妇的口吻自诉怨情,表明大义,感情细腻,生动逼真。通过心理、动作等描写,一韵到底,一气呵成,塑造出成功的人物形象:一个有血有肉、深明大义的新妇形象。

(刘若珊 汤克勤)

岑参 岑参(约715—770),江陵(今属湖北省荆州市)人,郡望南阳(今河南省南阳市)。天宝五载(746)进士,曾任右内率府兵曹参军。两次从军边塞,先在安西节度使高仙芝幕府掌书记,后入北庭节度使封常清幕府任判官。唐代宗时,官嘉州刺史,世称"岑嘉州"。卒于成都。其诗多描写边地风光及戎马生涯,奇情壮采,与高适同为唐代边塞诗派代表诗人。

春 梦

岑 参

洞房昨夜春风起,故人尚隔湘江水①。枕上片时春梦中,行尽江南数千里。

【注释】 ①故人尚隔湘江水:另一版本为"遥忆美人湘江水"。

【鉴赏】 根据诗题以及诗中"洞房""春风""枕上""春梦"等词语来看,其抒情主人公为女性,此诗是一首爱情诗。

前两句写梦前之思。昨夜,春风吹进了深幽的闺房,让闺中人惊觉春天悄然而至。闺中人由自身的孤独凄清联想到大好春光,满园春色不免使人黯然神伤,因为她所牵挂的人,远在数千里之外的湘江。在这美好的时节,两人不能共度春光。

后两句写思后之梦。由于白天的思念,闺中人因忆成梦,在梦中片刻时间里,她已行走数千里到达了江南。"片时"与"数千里",形成强烈的对比,衬托出主人公的思念之深。

此诗起笔突兀,洞房忽起春风,极为反常,但因是梦中春风,则合理。梦中千里寻人,可见思念深切。诗人"反常合道",表现出真切动人的感情。以梦境的恍惚,传达出感情的真挚,用时间之短和空间之广,进行对比,凸显出感情的强度和思念的深度。这首细腻缠绵的诗,可见岑参除擅长奇情壮采的边塞诗外,还有多方面的写作才能。 （刘若珊 汤克勤）

题苜蓿峰寄家人　　岑　参

苜蓿峰边逢立春①,胡芦河上泪沾巾。闺中只是空相忆,不见沙场愁杀人②。

【注释】①苜蓿(mù xù)峰:山名,在玉门关外。峰,一作"烽"。②杀:同"煞",表示程度深。

【鉴赏】乍暖还寒的春天和萧条肃杀的秋天,总容易引起人的孤独寂寞之感,顿起思亲念友之情。诗人在边塞行役,到达苜蓿峰、胡芦河,适逢立春,眺望远方,不禁潸然泪下,于是提笔作诗,抒发思念家人的感情。

前两句照应题目"苜蓿峰"。春风吹到了苜蓿峰、胡芦河,诗人瞭望边地景物,不由泪下沾巾。点出地点与时间。"苜蓿峰""胡芦河",作为边地地名,说明诗人与家人相去甚远。眼前之景,触发了诗人之情。"泪沾巾",直接揭示了诗人的悲痛之感。

后两句照应题目"寄家人",写诗人对家人尤其是妻子的思念。诗人使用曲笔,不写自己思念"妻子",而想象"妻子"思念自己。妻子在家里思念丈夫,只能是空想,她看不见沙场中人归来,愁肠欲断。"空",白白地、徒劳地意思。妻子对我的思念,和我对妻子的思念,都是徒劳的。这种思念无法消解,无法满足,因为亲人无法团聚。

此诗语言朴实自然,直抒胸臆,感情真挚深切,表达出边疆将士的思乡之情,令人心酸。

(练仙凤　刘若珊)

钱起　钱起(约720—约782),字仲文,吴兴(今浙江省湖州市)人。天宝九载(750)进士,授秘书省校书郎,后任蓝田县尉、司勋员外郎、考功郎中等职,世称"钱考功"。大历十才子之一,与郎士元齐名,称"钱郎"。诗多送行赠答之作,新奇清赡。

省试湘灵鼓瑟

钱 起

善鼓云和瑟①，常闻帝子灵②。冯夷空自舞③，楚客不堪听。苦调凄金石，清音入杳冥④。苍梧来怨慕⑤，白芷动芳馨。流水传湘浦，悲风过洞庭。曲终人不见，江上数峰青。

【注释】①云和瑟：古时琴瑟等乐器的代称。②帝子：指湘水的神灵娥皇、女英，她们是帝尧的女儿，舜的妻子。③冯夷：水神名。④杳冥：遥远的地方。⑤苍梧：山名，也叫九嶷山。传说舜南巡，死于苍梧。

【鉴赏】唐代进士考试由尚书省礼部主持，故称"省试"。天宝九载(750)，进士考试诗的题目是《湘灵鼓瑟》，出自《楚辞·远游》"使湘灵鼓瑟兮，令海若舞冯夷"。此诗是钱起应试时作的一首试帖诗。一般试帖诗写不出好诗，因受时间、题目、句数、字数、押韵等限制，但钱起写出了一首难得的好诗。

"善鼓云和瑟，常闻帝子灵。冯夷空自舞，楚客不堪听。"常常听说湘水女神擅长鼓瑟的传说，她翩然降临在湘水之滨，轻抚云和瑟，弹奏出如泣如诉的乐曲。动听的瑟声引来了水神冯夷，他忍不住在空中起舞；那些远游至湘水的"楚客"，对乐声中的哀怨感同身受，悲从中来，不忍卒听。

"苦调凄金石，清音入杳冥。苍梧来怨慕，白芷动芳馨。"进一步描摹音乐，着意渲染瑟声的感染力。曲调深婉哀痛，金石为之凄凉；曲调清亢响亮，传至遥远的地方。如此美妙的乐曲，让安葬在苍梧山的舜帝都感到哀怨，生出思念之情，也让生长的白芷吐出更多的芬芳。草木为之动情，天地为之悲苦。

"流水传湘浦，悲风过洞庭。曲终人不见，江上数峰青。"悠扬的曲调随着流水一直传到遥远的湘江，化作悲风掠过广阔的洞庭湖。一曲终了，不见演奏乐曲的湘江女神，只见江边静静矗立着几座黛青色山峰。乐曲在高潮中戛然而止，诗境从虚幻世界猛然拉回到现实世界，弥漫着浓厚的爱情悲剧气息。

诗以湘水女神出现为开始，以湘水女神消失而告终，首尾圆合，形成一个有机的整体。尾联二句,以景结情,余音袅袅,韵味深长,历来为人们所激赏。明代李东阳《麓堂诗话》说:"钱起《湘灵鼓瑟》结句,若奏金石以破蟋蟀之鸣,岂易得哉!"

人们为此附会了许多故事。《旧唐书》卷168《钱徽传》载有一则故事:"父起,天宝十年登进士第。起能五言诗。初从乡荐,寄家江湖,尝于客舍月夜独吟,遽闻人吟于庭曰:'曲终人不见,江上数峰青。'起愕然,摄衣视之,无所见矣,以为鬼怪,而志其一十字。起就试之年,李暐所试《湘灵鼓瑟》诗题中有'青'字,起即以鬼谣十字为落句,暐深嘉之,称为绝唱。"

(邓丽萍　陈嘉玉)

李端　李端生卒不详,字正己,赵州(今河北省赵县)人。大历五年(770)进士,任秘书省校书郎,后为杭州司马。曾隐居衡山,自号衡岳幽人。长于弈棋,工于诗歌,多应酬之作,对社会现实有所反映,喜作律体,为"大历十才子"之一。

闺　情

李　端

月落星稀天欲明,孤灯未灭梦难成①。披衣更向门前望,不忿朝来鹊喜声②。

【注释】①梦难成:辗转反侧,不能成眠。②不忿:不平。鹊喜声:古人认为鹊声能预报喜事。

【鉴赏】这首闺怨诗,以清新朴实的语言,把闺中少妇彻夜不眠、怨愤丈夫不能归家的心情,表现得含蓄细腻,真切生动。

"月落星稀天欲明,孤灯未灭梦难成",点明时间。月落星稀,天将变亮,然而少妇一夜未眠,闺房内的孤灯一直闪烁着荧荧的光芒。诗人没有直接描写少妇辗转反侧,不能成眠的情状,而是以"梦难成"侧面表现出少妇因思念丈夫而无法入眠,"孤"字暗示少妇内心的孤寂。

"披衣更向门前望",少妇不等天亮就披衣出门张望。"更"字突出少妇迫不及待的心理。她一夜辗转未眠在等谁? 她迫不及待出门而望在望谁？诗人没有交代，读者自然明白。"不忿朝来鹊喜声"，黎明那声声悦耳动听的喜鹊叫声，把她引出门去张望。喜鹊叫，贵客到，预兆她日夜思念的丈夫要回来了吧。可是，少妇并没有等到，喜鹊让她空欢喜一番。"不忿"二字，表现出少妇由欣喜到失望，由失望到不平的心路历程。她对鸟儿不平，恰恰说明她对丈夫的深情。

这首诗生动地刻画出一位思妇的形象。她由"静"到"动"，再到"静"，其真纯质朴的品格被表现出来。结句新颖别致，富于多层内涵。

（黄晓灵　马文晓）

拜 新 月　　　　李 端

开帘见新月,便即下阶拜。细语人不闻,北风吹裙带。

【鉴赏】拜新月是唐代风俗,女子拜新月祈愿青春永驻,爱情美满,家庭幸福等。此诗即写这一内容。

"开帘见新月,便即下阶拜。"撩开门帘,只见夜空悬挂一轮新月,便走下台阶,双手合在胸前,虔诚下拜。拜新月的应是一位闺中女子,"开""见""下""拜"等几个连续动作,写出她急切的内心世界。她掀起门帘时应是惊讶的,以至于急切地下阶去拜月。内心积聚了许多心事急欲倾诉,一见新月便真情流露,迫不及待。"细语人不闻,北风吹裙带。"她对着新月喃喃细语,旁人并不能听见她说什么;北风凛冽,吹起了她纤柔的裙带。"细语"二字,可见她不想让旁人知道她的心事。北风大,她也不怕,专注地拜月祈愿,可见她内心炽热。她究竟在祈祷何事？诗人没有交代,只以"北风吹裙带"的情景作结。裙带,即女子束裙裳的腰带,也称罗带。在古代诗歌中,女子的罗带总与情人或者思念联系在一起。女子在寂静的庭院,临风拜月,以虔诚之心倾诉心中积郁之事,喃喃细语,读者权当她祈祷想要找到如意郎君吧。

此诗纯用白描手法勾勒人物,通过女子娴熟优美的动作、轻柔的细语和亭亭玉立、裙带飘扬的倩影,将人物的一片虔诚纯真之情表现出来,刻画出一位祈求如意郎君、内心娇羞隐秘的女子形象,意境含蓄,风格清新。清代黄叔灿《唐诗笺注》卷七道:"上三句写照心事已是传神,但试思'细语人不闻'下如何下转语？工诗者于此用离脱法，'北风吹裙带'，此诗之魂，通首活现矣。"

（邓丽萍　陈嘉玉）

听　筝

李　端

鸣筝金粟柱①，素手玉房前②。欲得周郎顾，时时误拂弦。

【注释】①金粟：古称桂为金粟，这里指精细华美的弦轴。柱：定弦调音的短轴。②玉房：指玉制的筝枕。

【鉴赏】这是一首描写恋情的诗。通过少女弹筝一个富有意味的动作"误拂弦"的描写，生动地刻画出一个娇羞含情的少女形象。

第一、二句描写少女弹筝的情景。桂柱之筝华贵，纤纤素手在筝上弹拨，发出优美的声音。诗人听着筝声，目光落到一双正在筝弦上跳动的洁白如玉的素手上。侧面写出了少女的美丽。

第三、四句刻画少女的爱情心理。她为了引起心上人的注意，故意频频错拨筝弦。"周郎"，即三国名将周瑜，他精通音律，即使在喝了三盅酒以后，只要弹奏者有些微的差错，他也能觉察到，立即扭头去看那个出错者。这就是"曲有误，周郎顾"的典故。这里的周郎特指女子的心上人。女子故意"误拂弦"，并不是因为技艺低下，而是想引起情郎的注意。她的真情以一种特殊的方式流露出来，这种微妙的心理和机巧的心眼让诗歌充满了喜剧意味。

（邓丽萍　陈嘉玉）

天宝宫人　天宝宫人，生平不详。

题洛苑梧叶上

天宝宫人

旧宠悲秋扇①，新恩寄早春。聊题一片叶，将寄接流人②。

【注释】①秋扇：西汉班婕妤被君王厌倦，失宠，作《团扇歌》。比喻妇女年老色衰而被厌弃。②接流人：指宫外的人。

233

【鉴赏】天宝宫人,是古代宫女的一个代表,被困于深宫,虚度青春。宫内宫外,有不可逾越的高墙阻隔,宫女向往宫外的自由。洛苑深宫有一棵高大的梧桐树,其叶阔大。宫女有时会题诗梧桐叶上,以寄托感情,并置于流水,让它飘出宫外。

此诗前两句写君王的恩宠随着宫女的年老色衰而消失。"旧宠""新恩",揭示出一般宫女的不幸命运。就连西汉汉成帝的宠妃、才女班婕妤,都遭到了遗弃的命运,何况他人。"秋扇"见捐,"早春"被爱,对比鲜明,现实就是如此残酷。

失宠的宫女,沉陷于深宫中不能自拔,非常向往宫外广阔的天地。她们将心思题写在梧桐叶上,聊以寄托,希望流水将梧桐叶带出宫外,好被宫外的人看到,就当是"寄"给他吧。"寄"字,反映出宫女的内心渴望。

此诗反映了被禁锢在深宫的宫女身上的压力和内心的悲苦是多么巨大,她们对爱情和自由的渴望是多么强烈,她们的命运令人同情。

(林家宜　刘若珊)

刘方平　刘方平(约720—约780),洛阳(今属河南)人。应举不第,从军未成,终生未仕,隐居于颍水、汝河一带。善画。与皇甫冉为诗友,被萧颖士赏识。诗多咏物写景,擅长绝句,诗风清丽。

春　怨
刘方平

纱窗日落渐黄昏,金屋无人见泪痕[①]。寂寞空庭春欲晚,梨花满地不开门。

【注释】①金屋:华美的宫室。汉武帝刘彻有"金屋藏娇"的典故。

【鉴赏】此诗并非怨春之作,而是一首宫怨诗,写宫女因暮春梨花满地而生失宠后的怨恨之情。

"纱窗日落渐黄昏,金屋无人见泪痕",点明时间、地点和人物,给全诗确定暗沉的基调,渲染出凄凉冷寂的氛围。纱窗外的太阳渐渐西落,黄昏渐渐来临,室内的光线越来越昏暗。金屋的主人公——宫女,在富丽堂皇

234

的深宫中孤独地等待皇帝,却一直盼不来,无人看见她流下的伤心泪。

"寂寞空庭春欲晚,梨花满地不开门",点明环境,交代宫女悲伤的原因。庭院深深,空寂无人,春天即将逝去,院子里百花凋零。宫女封闭在这种凄凉衰飒的环境中,注定会以泪洗面。洁白的梨花飘零,铺满了庭院,宫殿的大门紧闭着,不打开。"春欲晚"不仅指春天消逝,也暗指宫女的容颜衰老,青春不再。梨花凋零,实际上是以花写人,象征宫女那美丽的容颜和青春年华的凋零。

此诗借景抒情,写深宫晚春之景,抒人物哀怨之情。以花喻人,以凋落的春花比喻失宠的宫女,喻示宫女的不幸和凄苦。作者借一个在深宫被人遗忘的宫女形象,表达出自己不遇的抑郁牢骚。　　　(邹韵　汤克勤)

顾况　顾况(约730—806后),字逋翁,号华阳山人,海盐(今属浙江)人。唐肃宗至德二载(757)进士,官著作佐郎。因作诗嘲笑权贵而被贬为饶州司户参军。后隐居于茅山。善画山水。其诗平易流畅,反映社会现实。

叶上题诗从苑中流出　　　顾　况

　　花落深宫莺亦悲,上阳宫女断肠时①。君恩不闭东流水②,叶上题诗寄与谁?

【注释】①上阳:唐宫殿名,故址在洛阳西洛水北岸。②君恩不闭:一作"帝城不禁"。

【鉴赏】这首宫怨诗表现了宫女的寂寞生活,对她们的不幸命运寄予了同情。

"花落深宫莺亦悲",点明时间。春天将逝,深宫里的花儿凋落,本来声音婉转的黄莺发出了悲伤的啼叫。以落花比喻宫女苍老的容颜和消逝的青春;以黄莺悲鸣,表现宫女们悲惨的生活。"上阳宫女断肠时",直接揭示宫女们的痛苦生活。

"君恩不闭东流水","君恩"实际上是反话,表达君王残暴的权威。君威再大也阻止不了御沟水东流。御沟水从宫内流出,象征自由。君王虽然拥有至高无上的权力,但也无法阻止宫女向往自由和爱情的心。

然而,"叶上题诗寄与谁?"宫女在树叶上题诗,要寄给谁呢? 能寄给谁呢? 这一问句,揭示出真相:宫女们的痛苦命运实际上无法改变,她们逝去的青春无法挽回。

此诗具有很强的现实批判性,表达对封建王朝的不满,也表达对宫女这个群体不幸命运的同情。

(刘若珊　汤克勤)

韩氏　韩氏,生卒年不详,唐宣宗时的宫女。

题 红 叶

韩　氏

流水何太急,深宫尽日闲。殷勤谢红叶[①],好去到人间。

【注释】①谢:告,嘱咐。一说辞别。

【鉴赏】这是一首典型的宫怨诗。"流水何太急,深宫尽日闲","急",指流水速度快,也含忙碌之意。"闲",指后宫生活无所事事,空虚无趣。流水奔流不息,富有活力,而宫女心如死灰,热情被冰冷的深宫消磨殆尽,初入宫时的对君王的仰慕之情早已荡然无存,剩下的只有怨恨。"急"与"闲"形成了鲜明对比,流水的"急忙"与宫女的"闲懒"对比,凸显出宫女的不幸命运。流水可以自由地流入宫内,也可以自由地流出宫外,而宫女被限制了人身自由,只能在深宫里年复一年地度过死水般的日子。宫女对宫廷生活的愤懑、不满,正是源于对流水自由的羡慕和对宫外广阔天地的渴望。

"殷勤谢红叶,好去到人间",将自己被困于深宫的苦闷抑郁和渴望走出高高的宫墙的梦想寄托在一片红叶上。"深宫"与"人间"相对,一墙之隔,一面是牢笼,一面是自由。作者对后宫生活的厌恶和对宫外世界的向往,由此可见。

此诗是古代大多数宫女生活的真实写照。"一入皇宫深似海",她们受到非人性的摧残。诗语言通俗易懂,运用直接抒情的手法,控诉了皇权对宫女的迫害。

关于此诗,有一个"红叶题诗"的故事。范摅《云溪友议》卷十记载,唐宣宗时,显宦子弟卢渥上京应举,偶然经过通往皇宫的御沟边,见到上面漂着一片红叶,上有《题红叶诗》,就拿起,收藏于巾箱内。后来宣宗裁减宫女,准许宫女嫁人。卢渥娶了宫女韩氏。一日,韩氏见到箱内的这片红叶,叹道:"当时偶然题诗红叶,让它随水流去,想不到郎君收藏在此。"对验字迹,果真如此。"红叶题诗"后常用作巧结良缘的赞语。

(邹韵　刘若珊)

张潮　张潮(约726—约789),一作张朝,曲阿(治今江苏省丹阳市)人。大历年间处士。善诗,被唐代殷璠评为"委曲怨切,颇多悲凉"。

江 南 行

张　潮

茨菰叶烂别西湾[①],莲子花开不见还。妾梦不离江水上,人传郎在凤凰山。

【注释】①茨菰(cí gū):即慈姑,水生宿根性植物,春生球茎,萌芽生叶,夏开白色小花,抽梗,秋熟,冬初叶烂。西湾:在今江苏省扬州市瓜洲附近。

【鉴赏】此诗写一名商妇对在外经商的丈夫的思念。"茨菰叶烂别西湾",在西湾离别时,茨菰的叶子烂了。"茨菰叶烂",点明时间是秋末冬初,这给离别的感伤增添了凄清萧瑟的氛围。"别西湾",分别的地点是西湾,暗示丈夫沿江而去。这表现出丈夫行踪不定的特点,也为妻子梦不离江水做了铺垫。

"莲子花开不见还",与首句呼应,莲子花(即荷花)开放的时候,丈夫依旧没有回家。莲子花开,表明是第二年的夏天,这可能是夫妻约定团圆的时间。然而,不见丈夫回来。夫妻俩分别的时间长久,妻子对丈夫思念之情甚深。茨菰叶烂是在用悲景衬哀情,莲子花开是在用乐景衬哀情,两句共同表达妻子对丈夫的思念之苦。

"妾梦不离江水上",妻子梦见丈夫都没离开过江水。这一表达看似突兀,实际是合情合理,因为她与丈夫分离的地点是在"西湾"。由此可见,她爱丈夫真挚而深沉。

最后一句"人传郎在凤凰山"却笔锋一转,不写妻子梦中所见,而写人们传说她的丈夫在凤凰山。凤凰山,在江宁(今南京市)南门内,与西湾仅一江之隔,并不远。"人传",这一消息并非是丈夫自己捎来的。丈夫离去的时间之久,离去的距离并不远,久而无信,近而不回,这的确让一往情深的妻子遭到了猝然一击,其情何以堪。诗人对此不置一词,诗到此戛然而止,留给读者无穷的想象。这一结句非常巧妙,妙在出乎意料,又在情理之中,言有尽而意无穷。

(刘若珊　汤克勤)

戴叔伦　戴叔伦(732—789),字幼公,一作次公,润州金坛(今江苏省常州市金坛区)人。曾任抚州刺史、容州刺史兼御史中丞、容管经略使,世称戴容州。晚年上表自请为道士。其诗多表现隐逸生活和闲适情调,也有反映民生疾苦之作,诗风婉约清丽。

相 思 曲

戴叔伦

高楼重重闭明月,肠断仙郎隔年别。紫箫横笛寂无声,独向瑶窗坐愁绝[1]。鱼沉雁杳天涯路,始信人间别离苦。恨满牙床翡翠衾,怨折金钗凤凰股。井深辘轳嗟绠短[2],衣带相思日应缓。将刀斫水水复连[3],挥刃割情情不断。落红乱逐东流水,一点芳心为君死。妾身愿作巫山云,飞入仙郎梦魂里。

【注释】①瑶窗:用玉装饰的窗,泛指美丽的窗户。②辘轳(lù lu):机械上的绞盘。绠(gěng):汲水用的绳子。③斫(zhuó):用刀斧砍。

【鉴赏】高楼重重叠叠,遮住了天上的明月。与郎君多年分离,思念的痛苦如同肠断,悲痛到极点。这么一个漆黑寂寥的夜晚,紫箫、横笛都不发出声音,我独自向着瑶窗坐着,望向黑夜,满腹愁苦。分离了好久,什么

238

消息都没有，才信人间有一种痛苦叫别离。"恨"可以铺满床和翡翠被衾，"怨"可以折断凤凰金钗的钗股。井实在太深了，不得不感叹辘轳上的绳子太短。日夜思念，我的身体消瘦，以致衣带越来越宽松。用刀砍水砍不断，水会相融在一起；挥刀割情思，情思也相连。花朵凌乱地飘落在水中，顺着流水向东去，我的一颗芳心完全放在丈夫身上，甚至可以为他而死。我愿意化作一朵巫山的云，飞进丈夫的梦里。

这首闺怨诗写得情真意切，思致绵邈。注重人物丰富多变的内心世界，描写细致入微，风格绮艳悲恻。善用典故，运用"明月""横笛""沉鱼""杳雁""流水""巫山云"等意象，极具画面感，表达出思妇无穷的思念与愁情。

（刘若珊　汤克勤）

织 女 词　　　　　　戴叔伦

凤梭停织鹊无音，梦忆仙郎夜夜心。难得相逢容易别，银河争似妾愁深。

【鉴赏】作者借用牛郎织女的民间故事，描绘织女在天宫织霞、思念情郎的场景，表达人间夫妻分离的痛苦。

首句"凤梭停织鹊无音"，描绘一个寂寥的夜晚，"凤梭"停止了织巧，"鹊"停止了鸣叫，一切都静止下来。第二句交代原因，"梦忆仙郎夜夜心"，织女无心纺织，原来是夜夜牵挂她的"仙郎"——牛郎。最后，织女发出感慨："难得相逢容易别，银河争似妾愁深。"相见那么难，离别却那么易。阻隔我们相逢的银河深不见底，却没有我的离愁深啊！

第一句中的"停织""无音"与第二句中的"夜夜"，表现织女非常思念牛郎，以至于忘记手头的活儿，听不到喜鹊的叫声。第三句中相逢的"难"与离别的"易"进行对比，突出织女与牛郎分离的"愁"。第四句运用"银河"的意象，反衬出织女深而广的思念与愁怨。语言平易畅达，对比、映衬强烈，感情充沛连绵，具有强烈的艺术效果。

（刘若珊　汤克勤）

闺　怨　　　　　　　　　戴叔伦

　　看花无语泪如倾，多少春风怨别情。不识玉门关外路，梦中
昨夜到边城。

　　【鉴赏】这首闺怨诗，表达思妇对征戍在外的丈夫的思念，表达作者
对战争局势的无奈和对思妇的同情。

　　思妇静静地凝视着眼前的花朵，无语凝噎，泪如雨下。这一句细致地
描绘出思妇的深思遐念和无人倾诉的隐恨。自古及今，多少情侣都怨恨
离别。思妇与她的丈夫，就是其中之一。思妇根本不认识去玉门关的路，
但是昨夜梦到自己到了边城，来到了丈夫从军的地方。梦中是惊喜的，梦
醒后是凄凉的。

　　诗采用直接抒情的手法，将思妇对征夫的思念和对战争导致夫妻分
离、不得相见的怨恨明白地表达出来。语言平易畅达，"花""泪""春风"
等意象的运用，为诗增添了一份缠绵柔情、伤感悲愁。（刘若珊　汤克勤）

李益　李益(748—约829)，字君虞，陇西姑臧(今甘肃省武威市)人。
大历四年(769)进士，历任郑县尉、侍御史、都官郎中、中书舍人、河南
少尹、秘书少监等职，多次担任节度使幕僚，后官至右散骑常侍，以礼
部尚书致仕。多以七绝、七律写边塞诗，慷慨悲壮。

江　南　曲　　　　　　　李　益

　　嫁得瞿塘贾①，朝朝误妾期。早知潮有信，嫁与弄潮儿②。

　　【注释】①瞿塘贾：指经瞿塘峡去巴蜀经商的商人。②弄潮儿：指篙师、舵工
一类在水上讨生活的人。

　　【鉴赏】唐代闺怨诗主要内容有两类：一是思征夫，一是思商夫。

　　此诗抒写商妇长期独守空房而产生的怨恨。商妇伫立在长江边，望

眼欲穿,好像一座望夫石,盼望丈夫归回。她天天盼望天天失望。她将丈夫称为"瞿塘贾",因为丈夫常去蜀地经商,夫妻俩不能团聚,耽误了她的青春年华。"朝朝误妾期",直率地写出她内心的寂寞与怅恨,不假外饰,直白浅露。她后悔了:早知商人如此重利无情,不守约定,还不如嫁给弄潮儿;弄潮虽然危险,但是潮水有信,涨潮时来,退潮时去,能信守约定,比嫁给商贾强多了。"潮来有信而郎去不归,喻巧而怨深。"(俞陛云《诗境浅说·续编》)这里反衬出商人丈夫的"无信"。"早知"二字,巧妙地将商妇的怨恨转为悔恨。商妇由最初的盼望到失望而生怨恨,再到后来的悔恨,表现出她心理的变化和矛盾。

白居易《琵琶行》表现商妇——琵琶女的凄惨命运,提到"商人重利轻离别,前月浮梁买茶去。去来江口守空船,绕船月明江水寒",可见当时"商人重利轻别离"是普遍现象。"嫁与弄潮儿",既是痴语也是苦语,由于想入非非,于是发乎情,忘于理,所谓"无理而妙者"。商妇的怨恨,反映出她对丈夫强烈的思念以及对美好爱情、幸福生活的向往和渴望。明代钟惺《唐诗归》卷二七评论道:"荒唐之想,颇中肯綮。"(刘晓珊 刘若珊)

鹧鸪词 李 益

湘江斑竹枝①,锦翅鹧鸪飞②。处处湘云合,郎从何处归?

【注释】①湘江斑竹枝:传说舜的二妃娥皇、女英,因舜南巡死于苍梧,悲伤泪下沾竹。这种染上斑斑泪痕的竹子,称为"湘妃竹",又称"斑竹"。后人以"斑竹"寓相思之情。②鹧鸪:鸟名,叫声忧伤凄切。

【鉴赏】此诗的抒情主人公是一位生活在湘江边的女子,当她看到湘江两岸生长着有斑斑泪痕的竹子,又看到长着锦色羽毛的鹧鸪振翅高飞,湘江上空的云都聚拢到一起时,她愁绪满怀地问苍天:我的丈夫会从何处归回呢?

前两句没有直接描写主人公内心的愁绪,而是用景物来侧面烘托。"湘江斑竹枝"的典故,鹧鸪的凄惨啼鸣,都强烈地表现出她的悲愁。

"处处湘云合",运用比喻的手法,以笼罩在天空中的乌云来比喻主人公内心沉重的愁绪。"郎从何处归?"直接抒情,表达主人公对丈夫的思念和盼郎归的心情。这一发问,可见她并不知道她的丈夫身在何处,她的悲愁特别沉重。诗由写景转为抒情,向苍天发问,令人震动。

诗触景生情,通过"湘江""湘云""斑竹""鹧鸪"等意象,描绘出一幅有静有动的画卷,营造出一种沉重又凄清的意境,抒发了悲愁之情。

(刘若珊 汤克勤)

于鹄 于鹄(约750—约805),曾隐居汉阳(今湖北省武汉市)山中,后入山南东道、荆南节度使幕府。其诗语言朴实清新,题材多描写隐逸生活。

江 南 曲 于 鹄

偶向江边采白蘋,还随女伴赛江神①。众中不敢分明语,暗掷金钱卜远人。

【注释】①赛:祭祀。

【鉴赏】此诗写一名女子在祭祀时思念远在他乡的心上人,写得含蓄隐晦,耐人寻味。"偶向江边采白蘋,还随女伴赛江神",通过"采白蘋""赛江神"等事情表现出女子的江南水乡生活,点题。从"偶向""还随"两词可以看出,女子做这些事心不在焉,她心事重重。

"众中不敢分明语,暗掷金钱卜远人",交代了女子心不在焉的原因:她正承受着相思之苦。她的心事通过掷钱占卜揭示出来。她不敢公开表明自己的心事,"不敢"二字,反映了她的娇羞与内敛。"暗"字,既生动又传神,与"不敢"相呼应。"远人",虽未明确指出,但可以领会,指她的心上人。为他掷钱币占卜,为他祈福,这表现出女子的一片深情。

诗用语朴素,描写日常生活:采白蘋、赛江神和占卜,表现出女子的痴心深情,耐人咀嚼。

(刘若珊 汤克勤)

题 美 人 　　　　于 鹄

　　秦女窥人不解羞①,攀花趁蝶出墙头。胸前空带宜男草②,嫁得萧郎爱远游。

　　【注释】①秦女:原指秦穆公之女弄玉。她偷看善吹箫会凤鸣的萧史,嫁给了他。后泛指美女或仙女。②宜男草:指萱草,又名忘忧草,古人迷信,认为孕妇佩戴则生儿子。

　　【鉴赏】此诗借秦女弄玉嫁与萧郎萧史的典故,写一名女子大胆追求爱情却并不幸福的故事,表达对她的同情。

　　开头写女子一见钟情。"窥",偷偷地看人。女子初次见到一名男子就喜欢上他,大胆地偷看他。"不解羞",不感到害羞。这和弄玉爱上善于吹箫的萧史相似。

　　接着,写女子大胆追求爱情的种种表现:采摘花朵,追逐蝴蝶,探身出墙头。以这些动作表明女子热烈地追求爱情。在"父母之命,媒妁之言"的社会里,她竟然成功了。胸前佩戴预示生男孩的宜男草,说明她嫁人了。然而,她嫁的那个人爱远游,不能与她长相厮守,不能给她幸福。"空"字表明她的婚姻并不美满。

　　作者写自由恋爱结局的不美满,显然受到时代的局限,他并不赞成男女自由恋爱。

　　　　　　　　　　　　　　　　　　　　（曾惠清　刘若珊）

彭伉　彭伉,生卒年不详,袁州宜春(今江西宜春)人。唐德宗贞元七年(791)进士,官大理评事。《全唐诗》存诗3首。

寄 妻 　　　　彭 伉

　　莫讶相如献赋迟①,锦书谁道泪沾衣。不须化作山头石,待我堂前折桂枝②。

【注释】①相如献赋:西汉辞赋家司马相如作《子虚赋》,受到皇帝重用。② 折桂枝:比喻科举考试金榜题名,登科及第。

【鉴赏】这是作者写给妻子张氏的诗。作者在京城忙于科举考试,一 天接到妻子寄来的信,读后百感交集,泪落沾衣,于是作此诗表达对妻子 的思念,宽慰妻子。

首句引用司马相如献赋的典故,布衣司马相如旅居梁国时,写下了 《子虚赋》,汉武帝读后很赏识,委任他做官。作者借此表达自己也能得 到朝廷重用,取得功名。"莫讶""迟",希望妻子对他有信心。第二句 表达对妻子的柔情。作者感受到妻子的温柔与关心,他一直奋斗的、刚 强的心变得柔软了。"泪沾衣",感情控制不住,泪水打湿了衣服,于是 提笔写诗给妻子。"你不要太过于思念我,像那望夫石一样;等我考取 功名后,就马上回来与你团圆。"

全诗无一"思"字,语言直白,巧用典故,感情浓厚。

(丘鑫琳　汤克勤)

孟郊　孟郊(751—814),字东野,湖州武康(今浙江省德清县)人。早 年隐居嵩山,唐德宗贞元十二年(796)中进士,曾任溧阳县尉、水陆转 运从事、试协律郎。有"诗囚"之称,与贾岛齐名,人称"郊寒岛瘦";又 与韩愈齐名,并称"韩孟"。

征 妇 怨　　　　孟　郊

良人昨日去①,明月又不圆。别时各有泪,零落青楼前。君 泪濡罗巾,妾泪满路尘。罗巾长在手,今得随妾身。路尘如得 风,得上君车轮。渔阳千里道,近如中门限。中门逾有时,渔阳 长在眼。生在绿罗下,不识渔阳道。良人自戍来,夜夜梦中到。

【注释】①良人:古时夫妻互称良人,后多用于妻子称丈夫。

【鉴赏】此诗是一首闺怨诗,描述闺中少妇对远去戍边的丈夫的不舍与思念。采用"君""妾"对举并写的方式,从征妇的角度言说,表现出闺中少妇自丈夫戍边后的相思之情,尤其抓住"泪""渔阳"等意象大做文章,突出相思之深切。

开头描述分别时的情景。丈夫昨日离去,天上的月亮像一弯镰刀,不圆满。以月亮的不圆象征夫妻的分离,借月来写离愁。夫妻俩洒泪告别,泪水滴落在楼房前。丈夫的泪水打湿的罗巾,成了我的信物,常伴在我身边,让我睹物思人;我的泪水打湿的"路尘",乘风而行,随着丈夫的车轮远去。

后面描写分别后的情景。丈夫去了千里之外的渔阳,可是在我眼里,渔阳好像家里的中门槛。我每一次跨过中门槛,就好像看见了身在渔阳的丈夫。生在绿罗下的我,原来根本不知道渔阳怎么走,但自从丈夫戍边以来,我夜夜梦到了渔阳。渔阳成了丈夫的象征。

此诗通过"君""妾"两相对照,写出夫妻分离的痛苦,"泪"是最鲜明的体现,最后通过"渔阳"的意象,道尽思妇思念丈夫的深情。诗不避琐碎、重复,将依恋、相思之情充分地倾泻出来。　　　　（严颖　汤克勤）

古 怨 别

孟　郊

飒飒秋风生,愁人怨离别。含情两相向,欲语气先咽。心曲千万端①,悲来却难说。别后唯所思,天涯共明月。

【注释】①心曲:内心深处,心事。

【鉴赏】这是一首描写恋人分别的诗。首联交代时间和分别的主题。时间是萧瑟的秋天。秋风飒飒,满腹悲愁的一对恋人含怨告别。悲景、悲情,为全诗奠定了浓重的哀愁基调。颔联具体描写分别时两人的情绪、表情和动作。在这肝肠寸断的时刻,两人眼含热泪互看对方,想要说点什么,可千言万语哽在喉咙口。"含情""相向""欲语""气咽",生动传神地表现出情人离别时的情状。宋代词人柳永《雨霖铃》中"执手相看泪眼,竟无语凝咽"两句,显然脱胎于此。颈联说明"欲语气先咽"的原因,因为分别的悲伤太过浓烈,不舍、安慰、叮嘱等万千心曲,一时无法说出口。尾联写恋人分别后的相思,两人身虽隔天涯,心却寄同一轮明月。

这首诗描绘恋人难舍难分的离别情景,运用环境烘托、动作和心理描写,将离别的痛苦表现得淋漓尽致。 (陈莹莹 马文晓)

崔护 崔护(？—831),字殷功,蓝田(今属陕西)人。唐贞元十二年(796)进士,任京兆尹、御史大夫、岭南节度使等官。其诗精练婉丽,语言清新。

题都城南庄 崔 护

去年今日此门中,人面桃花相映红①。人面不知何处去,桃花依旧笑春风。

【注释】①人面:指姑娘的脸。

【鉴赏】去年清明,崔护在京城参加进士考试,落第后去郊外南庄游玩,百花盛开,莺歌燕舞,好一派春光。他放眼望去,只见一间房屋,屋前桃花朵朵,缀满枝丫。突然,门里闪出了一位年轻的姑娘,她俏丽的面容与盛开的桃花交相辉映,红霞灿烂。崔护被这一幅美景惊呆了。今年清明,他怀着兴奋的心情重返故地,可是那位姑娘不知踪迹了,唯有桃花依旧在枝头红艳艳,笑迎春风。

此诗四句,描绘出前后两个相互映照、一喜一悲的画面。"去年""今日",点明两个不同的时间,形成对照。"此门",点明地点相同。桃花很美,映衬着姑娘俏丽的面容,姑娘更加光彩动人。一个"红"字,耀眼醒目,将"人面桃花"的美强烈地凸显出来,使"人面桃花"成为经典的形象,成为令人爱慕而不可亵玩、不可再得的美。当这种美不再重现时,"人面不知何处去,桃花依旧笑春风",就令人震撼,留给人的遗憾与落寞就极其沉重深远。

此诗蕴含了深刻的人生哲理:人生中遇见的美好,如果被忽略而不知珍惜,那么当它消失后就会留下深长的遗憾。此诗给人以美的享受,又令人深思,所以它广为流传,妇孺皆知。 (丘鑫琳 汤克勤)

权德舆 权德舆(759—818),字载之,天水略阳(今甘肃省秦安县)人。少时有文名,由谏官累升至礼部尚书、同中书门下平章事。诗文雅正,为一代宗匠,谥号为"文",后人称为"权文公"。

玉 台 体

权德舆

昨夜裙带解^①,今朝蟢子飞^②。铅华不可弃^③,莫是藁砧归^④。

【注释】①裙带解:旧俗,女子的裙带松弛解开,被认为是丈夫要回来的喜兆。②蟢子:长脚蜘蛛。③铅华:指铅粉,泛指胭脂粉黛类的化妆品。④藁(gǎo)砧:切草的砧石,代指丈夫的隐语。藁,同"稿"。

【鉴赏】南朝徐陵编选的诗歌总集《玉台新咏》,多香艳诗,后世称这一类诗为"玉台体"。权德舆仿"玉台体"作诗12首,多写闺情,感情真挚,朴实含蓄,可谓俗不伤雅,乐而不淫。这是其中较为出名的一首。

这首描写女子等待丈夫归回的闺怨诗,前两句写女子的裙带昨夜自动解开了,今早她又看见蟢子飞来。她欣喜万分,想着日夜思念的丈夫就要回家了。民俗认为,裙带自解是喜兆,蟢子飞来也是喜兆。当然,裙带不小心松了其实也是常事,但是多情的女子会联想到裙带自解的喜兆。唐代诗人王建的《宫词》"忽地下阶裙带解,非时应得见君王",表达的就是这个意思。"裙带解",也表现出女子因思念丈夫日渐消瘦的形态,刻画出一个身体瘦弱、楚楚可怜的思妇形象。"蟢子飞",蟢,谐音"喜",蟢子本是长脚蜘蛛,不会飞,这里用"飞",说明将有难得一遇的好事发生。通过对这两种喜兆的描写,作者把思妇对丈夫的思念、期待和激动、欣喜等复杂心理表现得生动可感。

后两句写女子急忙描眉擦粉梳妆打扮,想着丈夫快要回来,要把自己最美的一面展现给他看。"铅华",铅粉,借指妆容。原来丈夫没在家的时候,女子无心打扮,因为打扮了也无人欣赏,现在丈夫要回来了,她认真地梳妆打扮,好迎接丈夫。女子的心理与动作发生了明显的变化,原因就是丈夫回家。"藁砧",切草的砧石和铁斧,斧与"夫"谐音,因此藁砧被当作丈夫的隐语。

此诗借用习语、隐语把思妇独守闺房,寂寞难耐,胡思乱想的心理刻画出来,塑造出一个内心敏感、痴心望夫的思妇形象,写得细腻感人。至于这是否真的是喜兆? 丈夫到底有无归来? 作者不写,留给读者去想象。

(丘鑫琳 汤克勤)

舟行见月

权德舆

月入孤舟夜半晴,寥寥霜雁两三声。洞房烛影在何处? 欲寄相思梦不成。

【鉴赏】清白的月光照进孤舟内,夜半时分,天晴气清,寒风中传来了秋雁几声哀鸣。我想起新婚之夜的情景,洞房烛影,可惜现在无处寻觅;我想把相思寄托在梦中,可是辗转无眠,入梦不成。

这首诗,写"月""孤舟""霜雁""烛影"这些孤单冷清的意象以表达作者在外漂泊的孤独感和对爱人的思念之情。"月""孤舟""夜半晴",营造出一种清爽却又孤寂的氛围。秋雁时不时地哀鸣几声,打破了画面的宁静,更增添了几分孤寂凄凉。美好的洞房花烛,如梦幻一般消失了。温馨之中愈显惆怅。

诗以简练素雅的语言,孤傲冷清的意象,描绘出一幅月夜舟行的唯美画面,表达出作者对妻子的思念,情真意切,缠绵悱恻。

(陈莹莹 丘鑫琳)

张籍 张籍(约767—约830),字文昌,吴郡(今江苏省苏州市)人,少时侨居和州乌江(今安徽省和县乌江镇)。贞元十五年(799)进士,历任太常寺太祝、国子助教、国子博士、水部员外郎、主客郎中、国子司业等职。世称"张太祝""张水部""张司业"。师承韩愈,其乐府诗多揭露时弊,反映民生疾苦,风格质朴自然。与王建齐名,并称"张王"。

节 妇 吟

张　籍

君知妾有夫,赠妾双明珠。感君缠绵意,系在红罗襦。妾家高楼连苑起,良人执戟明光里①。知君用心如日月,事夫誓拟同生死。还君明珠双泪垂,恨不相逢未嫁时。

【注释】 ①执戟明光:指供职朝廷,侍奉皇帝。明光,汉代宫殿名,在未央宫之西。

【鉴赏】 此诗表面上是一首拒绝第三者诱惑的哀怨凄美的爱情诗,实则是一首政治诗。诗题下原注有"寄东平李司空师道",李师道乃平卢淄青节度使,又冠以检校司空、同中书门下平章事的头衔,其势炙手可热。中唐后,藩镇割据,各节度使用各种手段,勾结、拉拢文人和中央官吏,以增声威与朝廷对抗。张籍主张维护国家统一,反对藩镇割据,此诗便是他婉拒李师道而写的。

在诗中,"妾"暗指作者,"君"暗指李师道。开头写你明知道我已有丈夫,偏还要赠给我一对明珠。通过写男子对有夫之妇的追求,暗示李师道明知我忠于朝廷却仍想收买我的意思。

接着写我感激你的深情厚意,我把明珠系在红绸衫上。这种表达以退为进,先让对方面子上过得去。继而写我家的高楼连着宫苑,我的丈夫拿着长戟守卫宫门。表明作者的富贵和地位,是朝廷的官员,不可能因诱惑、收买而变心。诗写得堂堂正正,暗含拒绝之意。

后面又写道,虽然我知道你对我的真心像日月,但我已发誓要侍奉我的丈夫,与他同生共死。这种表达既满足了对方的虚荣,又明确了自己的立场,表明作者拒绝李师道的诱惑和忠于朝廷的决心。

最后说,归还你送我的这对明珠,我泪流不止,只遗憾在我未嫁之前没能先遇见你。与前面"赠妾双明珠"相呼应,用"还"表示拒绝。描写归还时泣涕涟涟的样子,赋予了感情,别有一种韵味。作者语言委婉,态度却坚决,举止得体。

此诗字面上写一位贞节的妻子拒绝一个多情男子的追求,实际上是一首政治诗,表达作者拒绝李师道收买,忠于朝廷的政治态度。比喻新颖奇特,恰如其分,写来情意绵绵,又立场坚定,拿捏得准而稳,结构清晰完整,情感跌宕起伏,幽默风趣。

(李泳楷　汤克勤)

望 行 人　　　　　　张　籍

　　秋风窗下起,旅雁向南飞。日日出门望,家家行客归。无因见边使①,空待寄寒衣。独倚青楼暮,烟深鸟雀稀。

【注释】①无因:即无因缘。边使:从边塞派回来的使者。

【鉴赏】此诗写丈夫戍边远行,妻子欲寄寒衣,倚楼望归。题目中的"望",笼罩全诗。

　　首联"秋风窗下起,旅雁向南飞",写窗外刮起秋风,大雁向南迁徙,呈现一片萧瑟的景象。颔联"日日出门望,家家行客归",天天出门盼望丈夫归回,却只见别人家的亲人回来。将自己的丈夫不归与别人家的征人归回作对比,凸显出自己的悲愁、凄凉,情与景相融合。颈联"无因见边使,空待寄寒衣",无缘见到从边地回来的使者,只好空等着,无法把寒衣寄给丈夫。无法将倾注爱意的寒衣寄出去,这让思妇极其焦灼。尾联"独倚青楼暮,烟深鸟雀稀",写日落西山,思妇孤独地伫立在青楼之上,只见烟霭深深,倦鸟纷纷归巢。思妇的惆怅之情寄寓在这苍茫的景色中,含蓄有味,意蕴深长。

　　此诗将秋季的萧瑟之景和思妇的悲愁之情交融在一起,生动形象地把思妇望夫而夫不归的忧愁、寂寞表现出来。"望"虽然在诗中仅出现一次,但读者处处感受到"望"的存在。

(李泳楷　汤克勤)

邻妇哭征夫　　　　　　张　籍

　　双鬟初合便分离①,万里征夫不得随。今日军回身独殁②,去时鞍马别人骑。

【注释】①双鬟:古代女子未嫁时梳双鬟,嫁则合之。②殁:死亡。

【鉴赏】这是一首极度哀伤的诗歌,通过写邻妇之夫从军而死,表达作者对百姓不幸命运的深切同情。

"双鬟初合便分离",女子刚嫁为人妇,正处于新婚蜜月中,丈夫便被朝廷征召,立刻奔赴前线,分离随即发生。新婚燕尔与夫妻分离形成强烈对比,个人的幸福在动荡的社会中无法得到保障。丈夫行军万里,新妇无法伴随左右。"万里"突出丈夫与妻子分离的距离极其遥远,暗含生离死别之意。丈夫一去,新妇的心亦随之而去,她盼着、等着他回来。终于,今日军队凯旋,却不见丈夫回来,他战死在沙场了。点题"邻妇哭征夫",揭示出邻妇痛哭的原因。丈夫"独殁"对邻妇打击有多大?作者没有展开叙述,而是接着写"去时鞍马别人骑",丈夫出征时骑的战马,现在已成了别人的坐骑,这一细节将悲伤渲染到极致,真切可感。作者没有使用轰烈悲壮的词语,而是以平淡的语言写之。语淡而情深,这是张籍诗的特点,王安石曾赞誉道:"看似寻常最奇崛,成如容易却艰辛。"(《题张司业集》)。

此诗以小见大,以一对新婚夫妇的生离死别,反映出社会的动荡和老百姓的悲苦命运,令人悲痛。

(李泳楷　汤克勤)

王建　王建(约767—约830),字仲初,许州(今河南省许昌市)人。《唐才子传》称其大历十年(775)进士及第。曾为节度使幕僚,历任昭应县丞、渭南县尉、太府丞、秘书郎、太常丞、陕州司马等职,世称王司马。乐府诗与张籍齐名,世称"张王乐府"。

望 夫 石 王 建

望夫处,江悠悠。化为石,不回头。山头日日风复雨[①],行人归来石应语。

【注释】①风复雨:指风雨交加。

【鉴赏】望夫石的传说广为人知。南朝宋刘义庆《幽明录》最早记载:"武昌北山有望夫石,状若人立。古传云:昔有贞妇,其夫从役,远赴国难,携弱子饯送北山,立望夫而化为立石。"历代文人以"望夫石"为题咏诗甚多,其中王建的《望夫石》别出心裁,被推为第一。

滔滔江水千古奔流不息,望夫的妇人伫立在江水之畔,凝望着丈夫离去的方向。江水悠悠,思念悠悠,遗恨悠悠。水的动,石的静,动静结合,构成一幅沉重的画面。望夫石是怎么形成的?那位盼望丈夫归回的女子,痴痴地等,热热地望,经风历雨,久而久之,化身为石,永不回头。望夫石应该具备了人的感情,人的愿望吧。它日日夜夜,风雨不动地守在那儿,只为等待心上人归来。如果她的丈夫有一天真的从远方回来,化身为石的她,应该会重新说话的,会向丈夫倾诉她满腔的相思衷肠。作者的这一想象,化石为人,给读者以无穷的感慨。

此诗将女子望夫化身为石,夫归化身为人叙写出来,既写景物,又写情感,语淡情深,平中见奇,将女子对爱情的忠贞不渝、一往情深深刻地表现出来,构思巧妙,独具匠心。

（李婕　汤克勤）

晁采　晁采,女,字试莺,唐大历时人,生卒年不详。少有才名,能诗,与邻家书生文茂相爱,常相唱酬,后结为夫妻。

雨中忆夫二首

晁　采

其一

窗前细雨日啾啾①,妾在闺中独自愁。何事玉郎久离别,忘忧总对岂忘忧。

其二

春风送雨过窗东,忽忆良人在客中。安得妾身今似雨,也随风去与郎同?

【注释】①啾啾:象声词,指鸟兽虫等发出尖细凄切的声音。

【鉴赏】晁采与邻家书生文茂青梅竹马,文茂送给她莲花作为定情信物,后来两人结为夫妻。丈夫外出后,晁采思念他而作了这两首诗。

第一首描绘一幅窗前听雨思夫图。窗外,细雨绵绵,整日不歇,细碎凄切的声音,扰人心碎,她孤独地坐在闺房里,愁绪满怀。她为什么忧愁呢?她的丈夫离家很久了,不知何事耽搁在外,一直没有归回。她想忘却对丈夫的思念,可又怎么能忘记呢?她深爱丈夫,一直牵挂他。一个忠于爱情的思妇形象凸显出来。

第二首顺接第一首而写。第一首诗对丈夫还有点埋怨,这首诗则表达她对丈夫的关心和想与丈夫同甘共苦的心愿。春雨连绵,凄风苦雨,女子在房里观雨,而丈夫人在旅途,寄身客中,会更多一番辛苦。她愿意化作春雨随风而去,与丈夫同甘共苦。

这两首诗虽都写"愁",但基调并不悲伤。"也随风去与郎同",表达出"在天愿作比翼鸟,在地愿为连理枝"的夫妻深情。　(林家宜　李泳楷)

薛涛　薛涛(?—832),字洪度,长安(今陕西省西安市)人。幼时随父入成都,曾居浣花里与碧鸡坊,为乐妓。与剑南西川节度使韦皋、诗人元稹先后相恋。创制深红小笺用以写诗,人称"薛涛笺"。后人辑录她与李冶的诗为《薛涛李冶诗集》。

春望词四首

薛　涛

其一

花开不同赏,花落不同悲。欲问相思处,花开花落时。

其二

揽草结同心①,将以遗知音。春愁正断绝,春鸟复哀吟。

其三

风花日将老,佳期犹渺渺。不结同心人,空结同心草。

其四

那堪花满枝,翻作两相思。玉箸垂朝镜②,春风知不知?

【鉴赏】《春望词》四首是薛涛脱离乐籍恢复自由之身时写的。她在浣花里着一身素袍,无人分享她这一份难以言表的喜悦,她作此组诗,由花入诗,切春之题,表达对爱情的看法。

第一首,"花开"时的美好,没有与情人一同欣赏;"花落"时的悲伤,也没有与情人一同分担。若问相思在何时? 就是在花开花落时,两人在两地对对方的思念。此诗写出了情人分别后的相思之情,别致有趣。

第二首,采来同心草做成一个同心结,准备送给我的知心人。"结同心""遗知音",作者直白地将心思说出来,真挚而大胆。但是她知道"空结同心草"的不幸,在现实生活中,知音难觅呀! 伤春之愁已令人断肠,何况又听见子规的啼血哀鸣,更让人不堪。这种情景描写,暗示出知音难觅。

第三首,春花在春风的吹拂下日益凋零,可是与爱人约会的良辰仍遥遥无期。找不到一个同心的爱人,结成同心结也是无用的。这首诗明确表达找不到知心人相爱的愁苦。

第四首,花儿开满了枝头,可相爱的人分离在两地,思念着对方。清晨,面对镜子,眼泪从脸颊淌下。春风啊,你可知道我的满怀愁绪?

薛涛恢复自由之身,可以大胆地追求爱情,但她又清楚知音难觅。在春天,她渴望爱情,憧憬爱情,希望找到一个同心人,她借春花、春草、春风,抒发"结同心"的愿望以及自己孤寂的感情。 (李泳楷　汤克勤)

赠远二首 薛 涛

其一

芙蓉新落蜀山秋,锦字开缄到是愁①。闺阁不知戎马事②,月高还上望夫楼。

其二

扰弱新蒲叶又齐,春深花落塞前溪。知君未转秦关骑③,月照千门掩袖啼。

【鉴赏】《赠远》二首,写思妇对征夫的思念和征夫迟迟未归的悲伤。第一首开头写芙蓉花凋落,秋意渐浓,思妇将写给丈夫的信笺打开了又合上,心头萦满着忧愁。秋天的悲凉引起了思妇的愁绪,情景交融。作为闺阁中人,思妇根本不了解戎马兵革之事,只是在夜深月高时,还登上高楼,眺望丈夫所在的方向。此诗写出了闺阁中人的寂寞和对服兵役的丈夫的思念。第二首写思妇又一次抚摸门前菖蒲的新叶,看见暮春花儿凋落,塞满了门前的溪流。时光易逝,丈夫多年未归,思妇心里悲伤。"知君未转秦关骑",当得知丈夫没能回到关中的消息时,思妇在清辉的月夜、深深的宅院中,唯有掩袖而泣。感情寄托在景物中,韵味悠长。

据说,《赠远》二首是作者薛涛写给她相爱的人元稹的。元稹当时以监察御史的身份入川,与作者相恋,不久因工作调动离开了四川,后来又被贬至荆州一带。在这种背景下,作者作诗,假托一位思妇苦等在边疆征战的丈夫,表达出对爱人被贬黜的担忧和思念,含蓄隽永。

(钟钰娴　李泳楷)

送郑眉州　　　　　　　　　薛　涛

雨暗眉山江水流,离人掩袂立高楼①。双旌千骑骈东陌②,独有罗敷望上头。

【注释】①袂(mèi):衣袖。②双旌:州郡太守等官吏出行,持双旌双节。旌,旗杆顶用彩色羽毛装饰的一种旗帜。骈:两马并列。

【鉴赏】此诗为送别诗,运用景物描写,表达出情人凄凉悲伤的离别之情。"雨暗眉山江水流,离人掩袂立高楼。"送别那天大雨瓢泼,昏天黑地,眉山隐在雨雾中模糊不清,滔滔江水流向远方,送行的人站在高楼上掩面哭泣。"双旌千骑骈东陌,独有罗敷望上头。"前面并排两面彩旗,领着队伍浩浩荡荡地向东远去,高楼上的佳人,目光一直望着渐行渐远的队伍,盯着队伍最前头的那个人,那是她的爱人。"掩袂""望",将一位伫立高

255

楼泪眼婆娑送别爱人的痴情女子表现出来。诗把高楼佳人比作罗敷,罗敷,是汉乐府《陌上桑》塑造的一位忠于爱情的女子。薛涛以罗敷自比,暗示她与被送者郑眉州是情人关系。

此诗的环境描写突出,很好地烘托出离愁,把作者送别心上人的依依不舍之情和对爱情的坚守之志表达出来,情意缠绵,令人感动。

(李泳楷　汤克勤)

牡　　丹 薛　涛

去春零落暮春时,泪湿红笺怨别离。常恐便同巫峡散①,因何重有武陵期②?传情每向馨香得,不语还应彼此知。只欲栏边安枕席,夜深闲共说相思。

【注释】 ①巫峡:指楚襄王梦中和巫山神女幽会之事。②武陵:指晋代陶渊明《桃花源记》中武陵渔人发现桃花源之事。

【鉴赏】 从诗题看,这是一首咏物诗。作者将牡丹拟人化,把牡丹当作自己热恋的情人,通过男女离别的相思之情表达出对牡丹的热爱,新颖别致。

首联,从去年的牡丹写起:"去春零落暮春时,泪湿红笺怨别离。"去年暮春,牡丹花凋零,花瓣随风飘落。我鼻子一酸,泪水夺眶而出,打湿了书桌上的红笺。世间没有不散的筵席,离别实在让人伤悲。一个"怨"字,突出了别离之痛。

颔联,"常恐便同巫峡散,因何重有武陵期",常担心像楚襄王与巫山神女一样,离散难以重会,又像武陵渔人那样没有机缘再进桃花源。这两个典故写出易散难聚的人生况味。意思是,我担心牡丹凋谢后,与它重会无期,但是牡丹又在新的一年春光里绽放,我非常高兴。"因何"写出了作者的惊喜。

颈联,"传情每向馨香得,不语还应彼此知",重新散发出馥郁芳香的牡丹与我互传情愫,即使默默相对也情意相通。

尾联,"只欲栏边安枕席,夜深闲共说相思",我想在牡丹花边安置枕席,白天,相思情话没有说完,哪怕夜深也要继续诉说。作者想象奇特,把自己与牡丹相亲相爱之情,推向了高潮。后来对苏轼写《海棠》诗"只恐夜深花睡去,故烧高烛照红妆"显然受到了启发。

此诗从牡丹的凋零写起,写到第二年牡丹再开,写出作者与牡丹的关系就像恋人一样,分别时伤心,重逢时欢喜,作者愿与牡丹长相厮守,共话相思。这种表达反衬出作者极其孤单寂寞的情怀。慰作者之情者,唯有牡丹。

(袁凡雅　汤克勤)

韩愈　韩愈(768—824),字退之,河阳(今河南省孟州市)人,祖籍昌黎(今属河北),世称"韩昌黎"。贞元八年(792)进士,历任节度推官、监察御史、阳山令、国子博士、刑部侍郎等职,后贬为潮州刺史,晚年任吏部侍郎、京兆尹,又称"韩吏部"。谥号"文",被称为"韩文公"。唐代古文运动的倡导者,与柳宗元并称"韩柳"。提出"文道合一""气盛言宜""务去陈言""文从字顺"等古文写作理论,被尊为"唐宋八大家"之首。诗长于铺陈,以文为诗,风格奇崛雄伟,亦有怪诞之弊。诗与孟郊齐名,并称"韩孟"。

青青水中蒲

韩　愈

青青水中蒲,叶短不出水。妇人不下堂,行子在万里①。

【注释】①行子:游子,指远出在外的丈夫。

【鉴赏】《青青水中蒲》原有三首,是韩愈贞元九年(793)写给妻子卢氏的诗,模仿妻子的口吻,表面上写妻子想念自己,实际上表达他对妻子的绵绵思念,"寄内而代为内人怀己之词"(清陈沆《诗比兴笺》)。这里选的是第三首。前两首诗写道:"青青水中蒲,下有一双鱼。君今上陇去,我在与谁居?""青青水中蒲,长在水中居。寄语浮萍草,相随我不如。"通过人与鱼的对比,并寄语浮萍,表达夫妻分别后妻子孤独、不自由的心境。

第三首开头"青青水中蒲,叶短不出水",仍以水中青青的蒲草起兴,渲染出离别的气氛。翠绿欲滴的蒲草叶太短不能露出水面,就好似妻子不能出门随夫君远游，只得将无奈与思念埋于心底。"妇人不下堂，行子在万里"，古代社会，女子一般不能走出家门，男子则可以远行万里，夫妻俩生活面的宽窄对比鲜明。随着丈夫越走越远，家中妻子内心的凄苦与思念也越来越深。诗没有写相思语，却蕴含相思意。语言朴实通畅，一唱三叹，感情深沉，所谓"炼藻绘入平淡"。

（钟钰娴　汤克勤）

张仲素　张仲素（约 769—819），字绘之，符离（今安徽省宿州市）人，郡望为河间（今河北省献县）。贞元十四年（798）进士，中博学宏词科，历任礼部郎中、翰林学士、司勋员外郎、中书舍人等职。擅长乐府诗，写闺情细腻委婉，写边塞气势雄阔。

春 闺 思

张仲素

袅袅城边柳，青青陌上桑。提笼忘采叶，昨夜梦渔阳[①]。

【注释】 ①渔阳：今北京市密云区一带，代指边地。

【鉴赏】 此诗写征妇之思，通过春景的衬托、征妇的忘神和梦境表现出来。

前两句描绘美丽的春景：城墙边的绿柳袅袅的枝条随风摆动，田间小径上的桑树青翠诱人。城边、陌上的绿柳、青桑构成一幅美好的春郊图。善用叠字，"袅袅"写出柳条纤长摇摆的婀娜之姿，"青青"是嫩桑喜人的颜色，两个叠词渲染出春天融和骀荡的无边春意。这两句是征妇出城去郊外见到的自然美景，为后文她采桑叶、思征人作铺垫，与王昌龄《闺怨》"忽见陌头杨柳色，悔教夫婿觅封侯"的感情基调一致。

后两句由写景转为写人。征妇手提竹篮立于桑树下，却忘记采摘桑叶。她这种"呆痴"的神态，好像一尊美丽的雕像！最后一句点明"忘采叶"的原因："昨夜梦渔阳。"昨夜梦见在渔阳戍边的丈夫，现在仍回味梦境，陷入忘神的境地。这就是本诗的主题。"渔阳"是丈夫征戍之地，是她魂牵梦萦的地方，也是丈夫的象征。结尾含蓄，留下想象空间，塑造出一位痴情的思妇形象。

（李泳楷　汤克勤）

秋 夜 曲　　　　　　　　张仲素

丁丁漏水夜何长^①，漫漫轻云露月光。秋逼暗虫通夕响^②，寒衣未寄莫飞霜。

【注释】①丁丁：水滴落的声音。漏水：古代滴水计时的器具叫漏，又称漏刻。漏中水有规律地滴下来，显示相应的时间，叫漏水。②暗虫：躲在暗处的秋虫。

【鉴赏】此诗通过环境、心理描写，刻画出在秋夜牵挂丈夫、辗转未眠的征妇形象。

开头"丁丁漏水夜何长，漫漫轻云露月光"，用"丁丁"模拟漏壶滴水的声音，用"漫漫"形容云的无边无际，烘托出秋夜漫长。描写秋夜长，目的在于衬托征妇思念戍边丈夫的寂寞与凄凉。

结尾"秋逼暗虫通夕响，寒衣未寄莫飞霜"，随着月光渐渐洒满大地，作者把笔转到对秋虫和人物的描写上。"逼"字用得妙，不仅显露出气候变化，深秋寒气给秋虫带来威胁，冷得它们通宵哀鸣，也映衬出征妇孤寂悲伤的愁绪，为她祈望"莫飞霜"作铺垫。秋虫被冻得哀号的声音，使征妇真切地感受到天冷了，不由想到戍边的丈夫衣裳单薄，该赶快寄寒衣给他了，于是希望寒衣未寄到之前天不要降霜冻。"寒衣未寄莫飞霜"，是点睛之笔，揭示出诗的主题。

此诗前三句写景，后一句写人，在清冷、凄凉的景物描写中，表现出征妇思念、关切丈夫的温暖之情，情景交融，意韵悠长。　（袁凡雅　汤克勤）

燕子楼诗三首　　　　　　张仲素

其一

楼上残灯伴晓霜，独眠人起合欢床^①。相思一夜情多少，地角天涯未是长。

其二

北邙松柏锁愁烟^②，燕子楼人思悄然。自埋剑履歌尘散，红袖香销已十年。

其三

　　适看鸿雁洛阳回,又睹玄禽逼社来③。瑶瑟玉箫无意绪,任从蛛网任从灰。

　　【注释】①合欢床:双人床。合欢,古代一种象征爱情的花纹图案。②北邙:山名,泛指墓地。北邙山在河南省洛阳市东北,自汉魏以来,王侯贵族多葬于此。③玄禽:指燕子。

　　【鉴赏】燕子楼,位于江苏省徐州市。唐贞元年间,尚书张愔镇徐州,筑此楼安置家妓关盼盼。张愔死后,关盼盼并没改嫁,独居此楼十余年。对此,张仲素与白居易唱和作诗,每人各作三首《燕子楼诗》。这里是张仲素的三首。

　　第一首写,燕子楼的蜡烛燃了一夜,破晓时只剩下一截残烛闪烁火星,楼外的朝露凝成一片白霜。独守空楼的人起床了。她一夜绵绵的情思谁知道多少呢?天涯与地角之间的距离非常遥远,但是与她的绵长情思相比又算得了什么呢?前两句"残灯""晓霜"等意象,表现出燕子楼内外的寒冷凄清,为主人公的出场渲染出清冷的氛围。"合欢床",象征爱情,与"独眠",造成鲜明反差,反衬出主人公的孤独寂寞。后两句直接抒情,点明主人公辗转反侧了一夜,相思了一夜。此诗先写早起,再写失眠;不写梦中会情人,而写相思无法入梦,刻画主人公的心理活动极为传神。

　　第二首写,北邙山上的松柏被惨雾愁烟重重封锁,好像独居燕子楼的主人公,被相思重重包裹,日日凄凉惨淡似的。自从爱人死后,她不再唱歌跳舞,红袖起舞已经停了十年。此诗虚实结合,通过想象张愔墓地"愁烟"笼罩的景色,实写关盼盼对他十年来的深深怀念。关盼盼在张愔死后便"歌尘散""红袖香消",表现出她对爱情的忠贞和寂寞坚守。

　　第三首写,瞥见大雁从洛阳飞回,又目睹燕子在春社日前纷纷飞来。主人公提不起任何兴致去鼓瑟吹箫,任凭这些乐器埋没在蛛网灰尘里。此诗也采用虚实结合的手法,前两句为虚,鸿雁在秋天自北向南飞,鸿雁不可能来自洛阳,但张愔的墓在洛阳,主人公之所以想象鸿雁从洛阳飞来,是希望它能带来心爱之人的书信,但爱人已经死去,鸿雁是无法带来爱人的消息的,主人公于是更加悲伤,更加对他思念了。"玄禽"指燕子,它们总是双宿双飞,常用来代指恩爱的夫妻。关盼盼现今只剩一人,身旁再无相伴之人,难免悲从中来。后两句真实地表现她的枯寂的生活。此诗融情于景,展现出关盼盼的孤独和深情。

此三首诗先写关盼盼一夜未眠,辗转反侧的情景,继写她联想张愔的墓地,冷寂度日,最后写她再无闲情逸致歌舞,过着孤寂的生活,表现出她对爱情的忠贞不移,对所爱之人的深切怀念。作者对她寄予了同情。

(李泳楷　汤克勤)

秋闺思二首　　　张仲素

其一

碧窗斜日蔼深晖①,愁听寒螀泪湿衣②。梦里分明见关塞,不知何路向金微③。

其二

秋天一夜静无云,断续鸿声到晓闻。欲寄征衣问消息,居延城外又移军④。

【注释】①碧窗:蒙着碧纱的窗户。蔼深晖:云雾遮蔽阳光。蔼,同"霭",云气。②寒螀(jiāng):寒蝉。③金微:山名,即今阿尔泰山,其一部分在我国新疆维吾尔自治区内。④居延城:在今内蒙古自治区额济纳旗东南。

【鉴赏】《秋闺思》二首表达征妇对久戍不归的丈夫的关心和思念。时间在秋天,两诗选用了"寒螀""秋天""鸿声""征衣"等与秋天相关的事物。

第一首写白天,征妇梦醒后流下了思夫泪。采取倒装的写法,先写梦醒后的情形:"碧窗斜日蔼深晖,愁听寒螀泪湿衣。"梦醒后,只见碧纱窗外日头西斜,云雾重重,遮蔽了阳光。征妇听见寒蝉悲鸣,不由愁绪满怀,流下的泪水打湿了衣裳。接着交代梦中的情形:"梦里分明见关塞,不知何路向金微。"刚才在梦里清楚地见到了关塞,但丈夫所在的金微山不知道怎么走。"分明""不知",显示梦中的景象扑朔迷离,也展现出欢喜与焦灼的情绪瞬息变化,将征妇的心理活动细腻地表达出来。

261

第二首写夜晚。"秋天一夜静无云,断续鸿声到晓闻。"秋天的夜晚格外安静,夜空万里无云,空中传来鸿雁断断续续的哀鸣,一直到东方破晓。征妇显然一夜未眠。"欲寄征衣问消息,居延城外又移军。"征妇由大雁归来知道天气将寒,准备为丈夫寄征衣,可一打听,才知道丈夫所在的居延城外的驻军已换防调走了,丈夫不知道调去了哪儿。寒衣自然无法寄出去。这一结尾出人意料,增加了悲剧意味,深化了主题。

两首诗将征妇对戍边丈夫的思念和牵挂写得一波三折。第一首写现实生活中两人相隔两地,只能在梦中相见,然而就是在梦里,竟也找不到去丈夫那里的道路。第二首诗写征妇欲寄征衣,打听到丈夫所在的军队已换防的消息,却不清楚具体调走的地址,征衣也就不知往哪儿寄了。每一波折都因征妇的相思而起,但波折过后则对丈夫更加牵挂与担忧,读者不由为她掬一把同情泪。

(罗婧 李泳楷)

王涯 王涯(约764—835),字广津,太原(今山西省太原市)人。贞元八年(792)进士,初授蓝田尉,后召为翰林学士,任宰相、盐铁转运使等职。在"甘露事变"中被宦官仇士良所害。博学,善诗文。

秋思赠远二首　　　　　　王 涯

其一

当年只自守空帷①,梦里关山觉别离。不见乡书传雁足,唯看新月吐蛾眉。

其二

厌攀杨柳临清阁,闲采芙蕖傍碧潭②。走马台边人不见,拂云堆畔战初酣③。

【注释】①只自:独自。②芙蕖(qú):荷花。③拂云堆:地名,在今内蒙古自治区包头市西北。

【鉴赏】《秋思赠远》两首诗表达作者对妻子深挚的思念之情。《唐才

262

子传》载,王涯对妻子情深意真,虽做高官也"不蓄妓妾"。从这两首诗可见一斑。

第一首开头"当年只自守空帷","只自"是唐人口语,即"独自",表达非妻不爱,甘愿独处的意思。作者回忆当年立下的誓言:对妻子诚挚专一,宁肯独守"空帷",也决"不蓄妓妾"。他与妻子分别后,对妻子思念至切,正所谓"日有所思,夜有所梦",所以接着写"梦里关山觉别离"。几年来,作者的梦魂不知有多少次飞越关山,回到爱妻的身边,甜情蜜意如胶似漆。但醒来唯见空空床帷,凄清孤寂,分外感受到别离的痛苦。这两句从时间、空间的角度着笔,"当年"点出分别的时间之久,"关山"点出分隔的距离之远,使"守空帷"的处境之苦和"觉别离"的心境之悲向纵横两极延伸,写得情思绵邈,意境深远。

在这种背景下,后两句写所见。作者知道,两地相距遥远,夫妻相见不可能,转而求其次盼见家书,希望大雁传书来。可是"不见乡书传雁足",他的失望之大也就可想而知。家书不见,但见一轮新月"吐蛾眉"。新月弯如美女的蛾眉,这一比喻新颖贴切,唤起作者对娇妻的美好回忆。此句以景结情,意境清丽、凄婉。这首诗表达出作者缠绵、执着、纯洁的感情。

第二首,头两句写想躲避思念之苦却躲避不开的情景。"杨柳"是古人送别相赠之物,作者用"厌"字,表明怕因攀折杨柳而引起对往日依依惜别之情景的回忆,以至于连"清阁"也不敢登临。为了排遣愁绪,作者去绿波荡漾的"碧潭"边闲逛,看到荷花亭亭玉立,明丽动人,信手采摘一朵,忽然又想起面如荷花的娇妻来。清潭中显出作者面容憔悴、形单影只的形象,这使他更加愁闷。本欲排愁,却处处生愁。这两句写得曲折细腻,表现作者情思恍惚。后两句写将情思断然排遣掉。作者作为一个边关统帅,应以国家大事为重,须将儿女私情放置一边。"走马台",指章台,在今陕西长安城西南隅,战国时建。台下有章台街,汉时很繁华,因京兆尹张敞常在街上乘马游逛,故名走马街,章台也名走马台。"走马台边人不见",指曾画眉的张敞看不见了,意思是要效仿张敞画眉已不可能,因为作者此时正率领千军万马在突厥的腹地与敌军激战。"拂云堆",在今内蒙古自治区包头市西北,建有神祠,突厥如有行军大事,先要去那里祭祀求福。这首诗作者从反面着笔,先说结果,后交代原因,一起一落,把念亲之

263

情和爱国之心结合起来，表达得真切感人。

这两首诗将叙事、写景、抒情三者结合起来，水乳交融。第一首由"自守空帷"而日有所思、夜有所梦，进而盼望乡书不成，以致"唯看新月"，事件的情节因感情动力的促进而发展，感情的力度随着事情的发展而加强，炽烈的感情又寓于景物描写中，含蓄形象，耐人品味。第二首由"厌攀"到"闲采"，事件与感情的发展脉络清晰可见，后二句突然以出奇、壮阔之景加以反衬，使事情与感情的发展脉络似断实连，于是，深情绵邈与雄奇豪放和谐地统一在一起。

（王丽婷　李泳楷）

刘禹锡　刘禹锡（772—842），字梦得，洛阳（今属河南省）人。贞元九年（793）进士，登博学宏词科，曾任太子校书、渭南县主簿、监察御史，参与王叔文集团整顿财政，被贬朗州司马，迁连州刺史。后为太子宾客分司东都，加检校礼部尚书，世称"刘宾客"。诗文俱佳，涉猎题材广泛，有"诗豪"之称，与柳宗元并称"刘柳"，与白居易并称"刘白"。

竹枝词（选二）

刘禹锡

一

山桃红花满上头，蜀江春水拍山流。花红易衰似郎意，水流无限似侬愁①。

二

杨柳青青江水平，闻郎江上唱歌声。东边日出西边雨，道是无晴还有晴②。

【注释】①侬：女子自称，我。②晴：与"情"谐音双关。

【鉴赏】《竹枝词》是刘禹锡任夔州刺史时模仿民歌而创作的组诗，共11首。从多个侧面表现劳动人民的生活和风俗人情，展现巴蜀地区的节物风光，将当地青年男女的爱情生活表现得别致新颖。这里选其中两首。

第一首描写鲜红的桃花开满山头，蜀江的春水拍打山崖向东流淌。

桃花红颜容易凋谢,就像郎君的情意容易衰减;春水长流,恰似我的忧愁绵绵不尽。女主人公看见春天山上的美景,触发了内心深处的情感,既有少女的春思,又有难以排遣的愁情。诗托物起兴,描绘出一幅山艳水流的画面。在此基础上设喻,"花红"照应"红花","水流无限"照应"蜀江春水","花红易衰"比喻男子对爱情的易变,"水流无限"比喻少女对爱情前景的无限忧虑。主人公微妙、细腻而复杂的心理被刻画出来。

第二首描写江堤上杨柳青青,一江春水宽又平,春风中传来了船上情郎的歌声。东边太阳亮,西边雨纷纷,说是天没晴,偏偏又有晴。"青青"二字,写出杨柳的碧绿和风姿;"平"字,写出江水的平缓。最后两句"东边日出西边雨,道是无晴还有晴",巧妙地运用谐音双关的手法,以天气"有晴""无晴"的变幻不定,表示情人"有情""无情"的捉摸不定,将女子阴晴不定、忽喜忽忧、爱怨交织的复杂心理形象地表现出来,妙趣横生,成为千古名句。

这两首诗运用托物起兴、双关比喻的手法,景中含情,情寓景中,巧妙地表现了女子对爱情的微妙感受。在语言上,既有民歌的活泼明快,又有文人诗的精当优美,两者韵味交融,呈现出明朗、自然、轻快的特点。

(李结儿　马文晓)

望 夫 山　　　　刘禹锡

终日望夫夫不归,化为孤石苦相思。望来已是几千载,只似当时初望时。

【鉴赏】妻子天天盼望丈夫归来,总是一场空,最后化作一块孤石岿然不动。她苦苦相思,在这里望夫已过了几千年,却还是初望时的那个样子。

此诗紧扣题目,通篇三次写到"望"字,诗意被推进了三层。首句从"望夫山"的传说开始,"终日"即从早到晚,又含有日复一日、时间久远的意思。由此可见"望"者(妻子)一往情深。"望夫"而"夫不归",道出了妻子化石的原因。"夫"字叠用,意转声连,音韵悠扬。次句重在"苦相思"三字,表现出女子对爱情的坚贞。这是第一层。第三句"望来已是几千载"比"终日望夫"意思递进一层。望夫石守候山头,风雨不动,几千年如一日,表现出她对感情的执着。"望夫"的题意至此表达得淋漓尽致。末句继续写"几千载"久望之后,仍是"初望时"的姿势,在情理之中,给人以震撼。久望仍如初望,强烈地表达出相思情的真挚和深切。第三次出现"望"字,把诗情引向新的高度。此诗虽然情感一波三折,但给人一气呵成之感。

(王丽婷　陈嘉玉)

踏　歌　行

刘禹锡

春江月出大堤平,堤上女郎连袂行①。唱尽新词欢不见,红霞映树鹧鸪鸣②。

【注释】①连袂(mèi):手牵手。袂,衣袖。②鹧鸪:鸟名。其鸣声似"行不得也哥哥",凄切悲凉。

【鉴赏】手挽手唱歌,以足踏地作节奏,名为"踏歌"。刘禹锡在夔州作了四首《踏歌行》,此为第一首。

春江的天空升起了一轮明月,大堤宽广平坦,女郎们在堤岸上牵手同行,唱尽了新词却不见情郎们出现回唱,只见红霞映染在树上,鹧鸪开始啼唱,发出"行不得也哥哥"的声音。

此诗看似简单,实则很有深意。第一句中的"平"字,本指大堤宽阔平坦,为后面写女郎们牵手同行作铺垫。女郎们边走边唱情歌,少女的情思在歌声中荡漾,这是巴渝一带的民风民俗。女郎们唱歌意在吸引小伙子们来一同歌舞,可是奇怪得很,这一晚竟没有得到小伙子们的任何回应。"尽"字,表现出女子们的窘况,她们唱歌的时间长,唱完时不是江月初升时,而是"红霞映树"的天明之际。鹧鸪的啼鸣更是刺激了女郎们的心,因为鹧鸪喜爱雄雌对啼,其鸣声令人浮想联翩。当女郎们新词唱尽时,没有一个年轻男子回应,却响起了一片"行不得也哥哥"般的鹧鸪声,这是多么令人伤感的事情呀。

此诗以景开头又以景结束,景物描写为人物活动提供了特定的环境。以女性口吻表达出对爱情的追求和期待,抒发了淡淡的忧伤。

(李结儿　陈嘉玉)

杨 枝 词

刘禹锡

　　巫峡巫山杨柳多,朝云暮雨远相和①。因想阳台无限事,为君回唱竹枝歌。

　　【注释】①朝云暮雨:即巫山神女所云"旦为朝云,暮为行雨"。

　　【鉴赏】《杨枝词》借巫山杨柳渲染朝云暮雨,叙述一个美丽动人的爱情传说。"巫峡巫山杨柳多,朝云暮雨远相和。"巫峡巫山长着很多杨柳,它们与早晨的云、傍晚的雨互相映衬,十分和谐。传说巫山神女旦为行云,暮为行雨,故云"朝云暮雨"。这两句描写巫峡巫山婀娜多姿的杨柳,以"朝云暮雨"作为背景,将杨柳形象融入其中,呈现出自然和谐之美。"多"字,展现出杨柳遍布,柳条儿随风飘拂的景象。"因想阳台无限事,为君回唱竹枝歌。"因为想起传说中楚襄王与巫山女神阳台相会的故事,人们用曲折而委婉的声调唱起了《竹枝》歌。"无限事",指巫山神女与楚襄王幽会之事。《竹枝》歌曲调缠绵悱恻,多抒发男女爱情,即所谓"含思宛转,有《淇澳》之艳音"。"回"字,让人感受到歌声韵律曲折委婉。

　　此诗通俗流畅,极富民歌浪漫气息,通过一个动人的传说,使人对神秘而甜蜜的爱情产生向往之情。　　　　　　　　　　(李结儿　马文晓)

欧阳詹　欧阳詹(755—800),字行周,泉州晋江(今福建省晋江市)人。自幼勤学善文,贞元八年(792)考中进士,同榜进士有韩愈、李观、李绛、王涯、崔群等人,时称"龙虎榜"。任国子监四门助教、博士。

初发太原途中寄太原所思

欧阳詹

　　驱马觉渐远,回头长路尘。高城已不见,况复城中人?去意自未甘,居情谅犹辛。五原东北晋,千里西南秦。一屦不出门①,一车无停轮。流萍与系匏②,早晚期相亲。

267

【注释】①屦:麻、革等制成的单底鞋。②系匏:被系住的葫芦,比喻旅途停滞或仕途不顺。

【鉴赏】传说欧阳詹游太原,与一歌妓相好,分别后约定,他回长安即派车接她,后却因事耽搁。歌妓相思得病,剪断头发,交代姐妹:"欧阳生至,可以为信。"作绝命诗曰:"自从别后减容光,半是思郎半恨郎。欲识旧来云髻样,为奴开取缕金箱。"欧阳詹重回太原时,得知真相,从此愧疚一生。此诗是欧阳詹第一次离开太原,途中思念情人所作。

前四句写到,作者驱马离开太原,恍惚中发觉越走越远。回头一看,路漫长,尘飞扬,高高的城墙看不见了,更不要说城中人啦。作者平铺直叙自己与情人离别的愁绪,语言虽平淡,但依依不舍的愁绪仍表达得充分。

中间四句写道,作者离开太原并非情愿,情人留在太原定会痛苦。太原在长安东北,长安在太原西南,两地相距千里,两人分离后实难相见。作者简单交代了事件的起因,表达与情人分离的痛苦。

后四句写道,留守太原的情人不能出闺房,而自己乘车渐渐远去。一个闺居不动,一个乘车远离,两人的距离越来越远,就像那浮萍和系匏随水漂移。但是作者相信,将来总有一天,两人会团聚的。结尾的这一希望,多多少少冲淡了离别的悲伤。

此诗写作者驱车离开太原时思念情人的心路历程,并写及路上的景色,表现出强烈的相思之情,角度新颖,情真意切。　　　　(马颖诗　麦子晴)

白居易　白居易(772—846),字乐天,号香山居士,又号醉吟先生,下邽(今陕西省渭南市)人。唐德宗贞元十六年(800)进士,先后任盩厔尉、翰林学士、左拾遗、京兆府户曹参军,被贬为江州司马,转任忠州刺史。后历任司门员外郎、主客郎中、知制诰、中书舍人,出为杭州刺史、苏州刺史。后为秘书监及刑部侍郎,以太子少傅分司东都,终以刑部尚书致仕。谥文,世称"白傅""白文公"。诗文创作,提倡"文章合为时而著,歌诗合为事而作",要求诗歌能"补察时政""泄导人情"。与元稹共同倡导新乐府运动,并称"元白"。晚年与刘禹锡齐名,并称"刘白"。诗歌题材广泛,形式多样,语言平易通俗。代表诗作有《长恨歌》《卖炭翁》《琵琶行》等。

长 恨 歌

白居易

　　汉皇重色思倾国[①]，御宇多年求不得。杨家有女初长成[②]，养在深闺人未识。天生丽质难自弃，一朝选在君王侧。回眸一笑百媚生，六宫粉黛无颜色。春寒赐浴华清池，温泉水滑洗凝脂。侍儿扶起娇无力，始是新承恩泽时。云鬓花颜金步摇[③]，芙蓉帐暖度春宵。春宵苦短日高起，从此君王不早朝。承欢侍宴无闲暇，春从春游夜专夜。后宫佳丽三千人，三千宠爱在一身。金屋妆成娇侍夜，玉楼宴罢醉和春。姊妹弟兄皆列土[④]，可怜光彩生门户。遂令天下父母心，不重生男重生女。骊宫高处入青云[⑤]，仙乐风飘处处闻。缓歌慢舞凝丝竹[⑥]，尽日君王看不足。

　　渔阳鼙鼓动地来[⑦]，惊破霓裳羽衣曲。九重城阙烟尘生[⑧]，千乘万骑西南行。翠华摇摇行复止[⑨]，西出都门百余里。六军不发无奈何，宛转蛾眉马前死。花钿委地无人收，翠翘金雀玉搔头。君王掩面救不得，回看血泪相和流。

　　黄埃散漫风萧索，云栈萦纡登剑阁[⑩]。峨嵋山下少人行，旌旗无光日色薄。蜀江水碧蜀山青，圣主朝朝暮暮情。行宫见月伤心色，夜雨闻铃肠断声[⑪]。天旋日转回龙驭[⑫]，到此踌躇不能去。马嵬坡下泥土中，不见玉颜空死处。君臣相顾尽沾衣，东望都门信马归。归来池苑皆依旧，太液芙蓉未央柳。芙蓉如面柳如眉，对此如何不泪垂？春风桃李花开日，秋雨梧桐叶落时。西宫南内多秋草[⑬]，落叶满阶红不扫。梨园弟子白发新，椒房阿监青娥老[⑭]。夕殿萤飞思悄然，孤灯挑尽未成眠。迟迟钟鼓初长夜，耿耿星河欲曙天。鸳鸯瓦冷霜华重[⑮]，翡翠衾寒谁与共[⑯]？悠悠生死别经年，魂魄不曾来入梦。

　　临邛道士鸿都客[⑰]，能以精诚致魂魄。为感君王辗转思，遂教方士殷勤觅。排云驭气奔如电，升天入地求之遍。上穷碧落下黄泉^⑱，两处茫茫皆不见。忽闻海上有仙山，山在虚无缥缈间。楼阁玲珑五云起，其中绰约多仙子。中有一人字太真，雪肤花貌参差是。金阙西厢叩玉扃，转教小玉报双成^⑲。闻道汉家天子使，九华帐里梦魂惊^⑳。揽衣推枕起徘徊，珠箔银屏迤逦开。云髻半偏新睡觉^㉑，花冠不整下堂来。风吹仙袂飘飘举，犹似霓裳羽衣舞。玉容寂寞泪阑干，梨花一枝春带雨。含情凝睇谢君王："一别音容两渺茫。昭阳殿里恩爱绝，蓬莱宫中日月长。回头下望人寰处，不见长安见尘雾。惟将旧物表深情，钿合金钗寄将去。钗留一股合一扇，钗擘黄金合分钿。但教心似金钿坚，天上人间会相见。"临别殷勤重寄词，词中有誓两心知。七月七日长生殿，夜半无人私语时。在天愿作比翼鸟，在地愿为连理枝。天长地久有时尽，此恨绵绵无绝期！

【注释】①汉皇：本指汉武帝，借指唐玄宗李隆基。倾国：绝世美女。②杨家有女：即杨玉环，本为寿王李瑁（唐玄宗之子）的王妃，27岁成了唐玄宗的贵妃。③金步摇：首饰名，用金银丝盘成花枝形状，上面缀垂着五彩珠玉，插在发髻上，行则摇动。④列土：即裂土，分封土地。⑤骊宫：即骊山华清宫，在今陕西省西安市临潼区。⑥凝丝竹：指弦乐器和管乐器伴奏出舒缓的旋律。⑦鼙（pí）鼓：军队用的小鼓，借指战争。⑧九重城阙：指京城长安，皇宫有九道门，称九重。⑨翠华：皇帝仪仗队中用翠鸟羽毛装饰的旗帜，代指皇帝车驾。⑩云栈：高入云霄的栈道。萦纡（yíng yū）：曲折回旋。剑阁：又称剑门关，在今四川省剑阁县北，是秦入蜀的要道。⑪夜雨闻铃：郑处海《明皇杂录·补遗》载："（明皇）于栈道雨中闻铃，音与山相应。上既悼念贵妃，采其声为《雨霖铃》曲，以寄恨焉。"⑫天旋日转：指时局好转。唐肃宗至德二载(757)，郭子仪军收复长安。⑬西宫：指太极宫，在大明宫西。南内：指兴庆宫，在皇城东南。⑭椒房：后妃居住的宫殿，因以花椒粉和泥抹墙，故名。这里指杨贵妃住处。阿监：宫中的侍从女官。青娥：年轻的宫女。⑮鸳鸯瓦：一俯一仰构成一对的瓦片。⑯翡翠衾：布面绣有翡翠鸟的被子。⑰鸿都：东汉时皇家藏书之所。道士被称为鸿都客，是美称其为博学之士。⑱碧落：道家对天的称谓。⑲小玉：吴王夫差之女。双成：姓董，传说中西王母的侍女。这里都借指杨贵妃的侍女。⑳九华帐：用九华图案绣成的鲜艳华美的帐子。㉑新睡觉：刚睡醒。

【鉴赏】元和元年(806)，白居易与好友陈鸿、王质夫同游仙游寺，有感而作《长恨歌》。《长恨歌》是一篇长篇叙事诗，运用叙事与抒情相结合的手法描述唐玄宗与杨贵妃的爱情故事，通过塑造艺术形象，再现李杨爱情的真实和想象，是现实主义与浪漫主义成功结合的典范。

第一段从开头到"尽日君王看不足"，描述杨玉环从杨家女蜕变成"三千宠爱在一身"的杨贵妃。开篇第一句统领全诗，事件的发生，都以"汉皇重色思倾国"为前提。"重色"，揭示唐玄宗的人性弱点。"杨家有女初长成"后四句，撇开杨氏本是寿王妃之事，对唐玄宗与杨贵妃的爱情故事加以铺陈润色。描写唐玄宗给予杨贵妃极致的宠爱，荒废朝政，终日作乐，为后来"长恨"埋下了伏笔。

第二段从"渔阳鼙鼓动地来"到"回看血泪相和流"，叙述安史之乱爆发导致唐玄宗与杨贵妃纵情享乐生活的终结，唐明皇出奔、杨贵妃惨死，造成无可修复的"长恨"结局。关于"安史之乱"，诗歌仅写了两句，可见《长恨歌》写的是爱情悲剧而非政治悲剧。杨贵妃的死是李杨爱情的一个重要转折点，两人的爱情破灭，成了"长恨"的开始。

第三段从"黄埃散漫风萧索"到"魂魄不曾来入梦"，描写杨贵妃死后，唐玄宗对她的无尽思念。通过描写暗淡、凄凉的景色，渲染出玄宗的悲伤、寂寞、空虚的心情，情景交融。"长恨"被描写得细腻真切。

第四段从"临邛道士鸿都客"到"此恨绵绵无绝期"，展开浪漫的想象。为了缓解"长恨"之痛、相思之苦，临邛道士鸿都客为君王寻找贵妃的魂魄，使君王与贵妃在蓬莱仙山上相见。贵妃含情脉脉，赠予信物。"在天愿做比翼鸟，在地愿为连理枝"，进一步深化了"长恨"的主题，加重"长恨"的分量。"天长地久有时尽，此恨绵绵无绝期"，渲染出"长恨"绵绵没有尽头，给读者留下了深深的遗憾。

《长恨歌》将史实和传说有机结合，写得婉转细腻，结构完整，将人物形象刻画得丰满；以叙为主，具有浓郁的抒情气氛，用词富丽堂皇，华美大气，将一个悲剧爱情故事写得荡气回肠，可歌可泣，充满浪漫主义色彩，被后人评为"千古绝作"(清·赵翼《瓯北诗话》)。白居易在诗成之后，名声大振，被呼为"《长恨歌》主"。

(麦子晴　汤克勤)

采 莲 曲

白居易

菱叶萦波荷飐风①,荷花深处小船通。逢郎欲语低头笑,碧玉搔头落水中②。

【注释】 ①飐:摇曳。②碧玉搔头:一种玉制的簪子,可作首饰插发,也可用来搔头痒。

【鉴赏】《采莲曲》,乐府旧题,盛行于江南一带,内容多描写江南水乡风光,采莲女的劳作情景,以及她们对纯洁美好爱情的追求。这首《采莲曲》是白居易出任杭州刺史时作的,描绘旖旎的江南风光,表现青年男女情窦初开、羞涩相见的有趣情景。

菱叶在水波上漂浮,荷叶在风中摇曳。荷花深处,采莲女驾着小船轻快地前行。突然,遇见了一只小船,抬头一望,竟是自己的心上人。想跟他打招呼说话又怕被人笑话,便害羞地含着笑,低下头。一不小心,竟把头上的碧玉簪掉落到水里。

此诗塑造出采莲女的美好形象。她生活在风光秀美的江南水乡,勤劳、活泼、善良。偶遇情郎,"欲语低头笑",这一细节,生动传神地表现出采莲女的娇羞、欣喜、紧张的心情。"碧玉搔头落水中"的细节,很好地表现出少女初恋时的羞涩、慌乱的情态,出人意料,又合乎情理,饶有情趣。

(周齐齐　丘鑫琳)

燕子楼三首

白居易

其一

满窗明月满帘霜,被冷灯残拂卧床。燕子楼中霜月夜,秋来只为一人长。

其二

钿晕罗衫色似烟,几回欲著即潸然。自从不舞霓裳曲,叠在空箱十一年。

其三

今春有客洛阳回,曾到尚书墓上来①。见说白杨堪作柱,争教红粉不成灰。

【注释】①尚书墓:指张愔的墓。张愔官至尚书,葬于洛阳。

【鉴赏】张仲素曾作《燕子楼》三首,咏唱关盼盼:"楼上残灯伴晓霜,独眠人起合欢床。相思一夜情多少,地角天涯未是长。""北邙松柏锁愁烟,燕子楼中思悄然。自埋剑履歌尘散,红袖香消已十年。""适看鸿雁洛阳回,又睹玄禽逼社来。瑶瑟玉箫无意绪,任从蛛网任从灰。"白居易和作了这三首诗。

第一首和诗,前两句描写关盼盼深夜难以入睡,独守寒冷的空床,孤寂凄惨。天气严寒,帘子结满了霜花,窗外白白的月光透过帘隙洒在了合欢床上。"被冷""灯残",写出了关盼盼生活的孤苦与凄凉。后两句描写关盼盼的失眠。漫漫秋夜,月光似霜,她守着残灯,思念爱人,感受到秋夜如此漫长。此诗通过环境描写细腻而真实地表达出关盼盼在漫漫寒夜独守空房的愁苦。

第二首和诗,写关盼盼因爱人张愔去世,毫无心思打扮自己,也不愿再跳舞唱曲。女子爱打扮是人之常情,可是关盼盼几次想穿戴钿晕罗衫,打扮自己,却又想起了张愔,不由得眼泪扑簌簌地流。她不再跳《霓裳羽衣舞》,首饰衣服叠在箱里已经有十一年。"空"字,表面写箱子空,实际上指关盼盼精神的空虚与孤寂,即心空。此诗表现了关盼盼对过去美好生活的追惜,感伤年华已逝、爱人不再,流露出浓烈的孤独感。

第三首和诗,先用白描的手法叙述今年春天,有客人从洛阳回来,他曾到张愔坟墓前祭拜过。他说:坟边的白杨树已经长得又粗又高,可以做柱子,可见时间过去了很久。这么长的时间,足以使美丽的红颜变成灰土。作者从张愔坟墓旁长高的白杨树,感叹岁月终会使关盼盼这一美丽的女子化成灰土。

白居易的这三首和作,遵循严格的唱和要求,题材相同,诗体相同,韵脚也相同。张仲素的原唱,是代关盼盼抒发其"念旧爱而不嫁"的生活和感情,白居易的唱和则是抒发对关盼盼的生活和感情的同情,以及对今昔盛衰的感叹。白居易与张仲素的诗歌唱和,成了诗坛佳话,成就了关盼盼忠

于爱情的美好形象,她的悲剧命运,令人同情、泪下。 　　（谭楚盈　马文晓）

施肩吾　施肩吾(780—861),字希圣,号东斋、栖真子,睦州分水(今浙江省桐庐县)人。唐宪宗元和十五年(820)进士,隐居于洪州西山,好神仙之术,世称"华阳真人"。著有诗集《西山集》,诗风奇丽。

夜 笛 词 　　　　施肩吾

　　皎洁西楼月未斜,笛声寥亮入东家。却令灯下裁衣妇,误剪同心一片花[①]。

　　【注释】①同心一片花:即"一片同心花"。

　　【鉴赏】《夜笛词》描写一个月色皎洁的夜晚,独守家园做女红的闺妇听到远处传来的悠扬笛声,心有所感,不由剪出了一个同心花。

　　"皎洁西楼月未斜",采用"西楼"和"月"的意象,点明时间,营造出柔美而凄凉的氛围,衬托出闺妇独守空房的愁苦和幽怨。"笛声寥亮入东家",闺妇听见了悠扬嘹亮的笛声从远处飘来,心也飘向了远方。这是她误剪同心花的触机。她在月光朗照的深夜,为什么还没有睡? 给谁裁衣? 笛声为什么能让她走神? 她为什么剪出了同心花? 显然,笛声与同心花之间有一种深层的联系。读者很容易联想,笛声引起了闺妇对丈夫的思念,对丈夫的思念使她剪出了同心花。她的丈夫很有可能是戍守边塞的征人,他们常常吹响思乡的笛声。"同心花"反映出闺妇有一颗忠于爱情的坚贞之心。

　　此诗言简意赅地描画了一个深夜闺妇裁衣、闻笛思夫、误剪同心花的故事,叙事与写景相结合,意蕴丰富,含蓄有味。 　　（倪妍　陈嘉玉）

湘川怀古 　　　　施肩吾

　　湘水终日流,湘妃昔时哭。美色已成尘,泪痕犹在竹。

　　【鉴赏】《湘川怀古》,称扬湘妃娥皇和女英对舜帝的坚贞爱情。娥皇和女英是舜帝的两个爱妃,她们听说舜帝在苍梧病故的消息后,伤心痛哭,眼泪洒在洞庭湖边的竹子上,形成美丽的斑纹,后人称之为"斑竹"。她们最后投身湘江,为舜帝殉情。

此诗写了两组对比:一组是"湘水终日流,湘妃昔时哭"。湘水绵绵不绝地从过去流到现在,表明时间之长河永远不停歇,而娥皇、女英为舜帝流下眼泪,是过去某个短暂的时间发生的,两者对比显出大自然和时间之永恒,以及社会人事之须臾,给湘妃为舜帝痛哭的传说增添了悲剧性。另一组是"美色已成尘,泪痕犹在竹"。现在娥皇和女英的美貌已化作了灰土,不可再现,但是当年她们流在竹子上的泪痕依然存在。对比,让人感受到生命虽然短暂易逝,真情却永恒难消。

"湘水"与"湘妃"、"终日流"与"昔时哭"、"美色"与"泪痕"、"已成尘"与"犹在竹",此诗从内容到形式都具有一种对仗美。

(倪妍　汤克勤)

望 夫 词　　　　　施肩吾

手爇寒灯向影频①,回文机上暗生尘。自家夫婿无消息,却恨桥头卖卜人。

【注释】①爇(ruò):点燃。

【鉴赏】《望夫词》描写闺妇因得不到远行丈夫的消息而百无聊赖的孤苦生活。

开头叙写闺妇寒夜点亮灯火,不断地回头看自己的影子,以为身后有人到来。闺妇为何如此急切不安呢?显然她是在盼望夜归人。这一句照应了诗题中的"望"字。接着描写织机上布满了灰尘,借苏蕙织回文诗的典故,巧妙地点出闺妇盼望的是丈夫。"暗生尘",表明闺妇因思念外出的丈夫而生活得毫无生气,也说明丈夫外出时间长久。

丈夫何时归家?闺妇可能去桥头找算卦人卜算过,也许卖卜人告诉她的丈夫今日会回来。于是她一直等,等到晚上点灯,丈夫还是一点消息也没有。她开始怨恨起那个卖卜人。一个"却"字,隐晦地表现出闺妇的愿望落空,她心里爱恨交织。桥头卖卜人的出现,拓展了诗的内容,对闺妇的日常生活和内心世界有了更多的揭示。

此诗使用"寒""频""暗""恨"等词,用词精准。通过环境描写以及主人公的动作、心理描写,闺妇的形象饱满了起来。　（麦子晴　汤克勤）

崔郊　崔郊,生卒年、籍贯不详,唐代元和年间秀才。

赠　婢
崔　郊

公子王孙逐后尘^①,绿珠垂泪滴罗巾^②。侯门一入深如海,
从此萧郎是路人^③。

【注释】①后尘:车后扬起的灰尘,形容公子王孙竞相追求的情景。②绿珠:
西晋富豪石崇的宠妾,貌美,善吹笛。这里比喻婢女。③萧郎:原指风流多才的梁
武帝萧衍,泛指女子爱恋的男子。这里是作者自谓。

【鉴赏】《赠婢》描写作者所爱的人被权豪夺走之后的悲苦心境。此
诗源于一件真实的事情。作者与姑母的婢女相爱,婢女后来被卖给了一
个姓于的权贵,崔郊对她念念不忘。一次两人邂逅,崔郊百感交集,写下
了这首诗。

前两句写公子王孙竞相追求美丽的婢女,婢女流的眼泪湿透了罗巾。
公子王孙们的追求,烘托出婢女的容貌美丽。"逐后尘",形容追求的人很
多。绿珠,是西晋富豪石崇的宠妾,传说她"美而艳,善吹笛"。赵王司马
伦专权时,他手下的孙秀倚仗权势向石崇索取绿珠,遭到了拒绝。石崇因
此被下狱而死,绿珠为了维护贞节,坠楼而死。借"绿珠"典故,喻示婢女
容貌艳丽,多才多艺,也喻示婢女被权贵强夺的悲惨遭遇。"垂泪滴罗
巾",表现出婢女无法为自己的婚姻命运做主的痛苦与悲凉。同时,也委
婉地表达出作者对婢女的同情和对自己无能的悲哀。

后两句写婢女自进入幽深如海的侯门以后,两个钟情的人便成了陌
路人。侯门,指权豪势要之家。萧郎,作者自指。作者将侯门比作幽深的
大海,形象地刻画出封建制度等级之森严。"一入""从此"两词,揭示出
作者内心难以平复的痛苦。"侯门一入深如海,从此萧郎是路人",不仅表

现出作者一己之悲痛,也反映出豪门权贵约束人身自由、践踏人的感情的残酷现实和等级社会普通人的悲惨命运,具有普遍意义。

据说崔郊是幸运的,《云溪友议》记载:"(于)公睹诗,令召崔生。及见郊,握手曰:'"萧郎是路人"是公作耶?何不早相示也!'遂命婢同归。"崔郊终于与婢女喜结连理。 (倪妍 麦子晴)

刘皂 刘皂,生卒年不详,咸阳(今陕西省咸阳市)人。生活在唐德宗贞元年间,诗人。

长门怨三首

刘 皂

其一

雨滴长门秋夜长①,愁心和雨到昭阳②。泪痕不学君恩断,拭却千行更万行。

其二

宫殿沉沉月欲分,昭阳更漏不堪闻。珊瑚枕上千行泪,不是思君是恨君。

其三

蝉鬓慵梳倚帐门③,蛾眉不扫惯承恩。旁人未必知心事,一面残妆空泪痕。

【注释】①长门:汉宫名,汉武帝之陈皇后失宠后在此居住。后世作为冷宫的代名词。②昭阳:汉殿名,汉成帝皇后赵飞燕居于此。后世指宠妃的居所。③蝉鬓:古代妇女的一种发式,两鬓薄如蝉翼,故名。这里借指妇女。

【鉴赏】刘皂的三首《长门怨》,表达失宠宫妃的哀怨之情,揭露古代社会的不合理之处。

第一首,借雨抒发宫怨。首句"滴"字,写出秋雨的连绵之形和滴答之

277

声。由秋雨的绵长和淅沥,凸显出秋夜的漫长。长门宫里的宫妃应景生情,外界的凄凉之景与内心的凄苦之情相互激荡,寂寞、冷清、漫长的感受,致使她辗转难眠,度夜如年。次句"愁"字,与题目中的"怨"相呼应,表达出宫妃的凄苦之情。愁心与秋雨动静结合,雨在飘,心发愁,情景交融,将无形之"愁"写得真切可感。"长门"与"昭阳"作对比,突出了长门宫的凄冷,表达出失宠的宫妃既怀念以前的受宠生活又对现在皇帝的薄情寡恩充满哀怨。此情此景,令宫妃泪流不止。第三四句"泪痕"直接写宫妃哭泣。将"泪痕"与"君恩"进行对比,眼泪流不止而君恩说断就断,形成鲜明的对照,表现出失宠宫妃哀怨之深沉,揭露了君王的寡恩无情。这两句给人耳目一新之感,令人击节赞赏。

第二首,进一步表达对君王的怨恨,先描写环境,后抒情。宫殿巍峨深邃,月亮西沉,无眠之夜将逝,天将放亮。昭阳殿传来了更漏之声,让长门宫妃不堪听闻。一夜无眠,盛衰无常,致使失宠宫妃泪流不止。"珊瑚枕上千行泪","珊瑚枕",显示出即使是在冷宫,仍见皇家气象;"千行泪",夸张之词,说明怨恨之深。最后一句"不是思君是恨君",直接抒发宫妃的怨恨之情,强烈而决绝。

第三首,仍诉说失宠宫妃的满腔哀怨。先描绘宫妃懒于梳妆打扮,任蝉鬓慵梳,蛾眉不扫。后交代懒于梳妆的原因:哀怨皇恩不至,失宠。守着偌大的宫殿,她天天以泪洗面,即使化了妆也会被泪水模糊,造成残妆。失宠宫妃的哀怨,只有她自己明了。

自汉以来,诗人常以"长门怨"为题抒发失宠宫妃的哀怨。刘皂的《长门怨》是其中的佼佼者,三首诗都用"泪"的意象,表达失宠宫妃对君王的哀怨。都先写景叙事,后抒情,情景事交融在一起,产生很好的艺术效果。

(黄楠　丘鑫琳)

张祜　张祜(约785—约852),字承吉,清河(今河北省清河县)人。早年寓居姑苏,得令狐楚荐举至长安,遭元稹排挤,寓居淮南,晚年隐居于曲阿(今江苏省丹阳市)。诗取材广泛,纯熟工整,自然流丽,情趣盎然。

题苏小小墓 张　祜

　　漠漠穷尘地,萧萧古树林。脸浓花自发,眉恨柳长深。夜月人何待,春风鸟为吟。不知谁共穴,徒愿结同心。

　　【鉴赏】苏小小,南朝时钱塘(今浙江省杭州市)著名歌妓,死后葬于西湖畔的西陵之下。其貌美,其才卓,其情贞,其命苦,历来被文人墨客歌咏。张祜此诗是其中的名作。

　　首联描写苏小小的埋葬之地。烟尘迷蒙的偏僻之地和萧瑟的古树林,苏小小死后就被埋葬在这般凄寂之地,渲染出凄清、悲寂的氛围,令人同情。此联对仗工整,用词浅白。

　　颔联描写苏小小的美貌。她的容颜浓艳明丽,花儿看见了都会自觉绽放,柳条嫉恨她的眉毛又长又深。苏小小娇艳的美貌,与她凄凉的命运形成了对比,彰显出红颜薄命,让人叹息。

　　颈联描写苏小小在月夜不知道等待何人,苦等不来,连春风里的鸟儿也为她鸣不平。委婉地表现了苏小小的悲剧一生,诉说其悲凉的心情。

　　尾联表达对苏小小的美好祝愿。不知道她和谁葬在一起,只希望他们能永结同心,幸福快乐。

　　此诗语言通俗、清新,通过写景抒情,浓缩了苏小小一生的不幸,表达出作者对她的同情和祝福。　　　　　　　　　　(麦子晴　汤克勤)

莫愁乐 张　祜

　　侬居石城下,郎到石城游。自郎石城出,长在石城头。

　　【鉴赏】《莫愁乐》是唐代流行音乐,《旧唐书·音乐志》云:“《莫愁乐》出于《石城乐》。石城有女子名莫愁,善歌谣。故歌云:莫愁在何处,莫愁石城西。艇子打两桨,催送莫愁来。”张祜此诗是旧题新作。

　　此诗工于用拙。诗中出现“石城”四次,“郎”两次,虽字词重复,但许多内容被省掉了。前两句简单交代了两件事:我在石城住,郎来石城游。

至于这两件事的关联,诗歌没有展开说明,读者自会明白,其间必定发生了一些故事。女主人公专门提到这两件事,可见对她而言这是她人生中的大事。她的生活从此改变,变得有色有香有味了。

后两句又写了两件事:郎离开了石城,我总在石城的城头眺望。显然,她在盼郎归来。从前两句到后两句,中间省略了许多情事。无须赘言,读者自可意会。"石城"一词反复出现,容易让读者联想许多关于石头与爱情的故事。因为石头坚固耐久,一向被当作爱情盟誓的取证之物,如"君当作磐石,妾当作蒲苇"(《焦仲卿妻》),"海枯石烂不变心"等,尤其女子望夫化石的民间传说,令人难以忘怀。此诗的女主人公长久地站在城头,恐怕也将化成望夫石了。

此诗讲究剪裁之功,删去了许多情节,着重抓住"侬居石城下"和"长在石城头"的变化,刻画郎来石城前后"侬"的变化,以少总多,语淡情浓,令人浮想联翩。方言"侬"的运用,平添了许多乡土气息。复叠修辞,唱来缠绵悱恻。

(黄海滢　马文晓)

元稹　元稹(779—831),字微之,别字威明,洛阳(今属河南)人,生于长安。自幼丧父,随母刻苦自学。贞元九年(793)明经登第,十九年登书判拔萃科,元和元年(806)登才识兼茂明于体用科。曾任监察御史,因得罪权贵被贬江陵府士曹参军。后依附宦官,擢祠部郎中、知制诰,迁中书舍人,充翰林院承旨,以工部侍郎同平章事。居相位三个月,出为同州刺史,历任浙东观察使、尚书左丞、武昌军节度使。其诗与白居易齐名,同倡新乐府,风格相近,并称"元白",号为"元和体"。著传奇《莺莺传》,为元杂剧《西厢记》的故事蓝本,影响较大。有《元氏长庆集》。

遣悲怀三首

元　稹

其一

谢公最小偏怜女,嫁与黔娄百事乖①。顾我无衣搜荩箧②,泥他沽酒拔金钗③。野蔬充膳甘长藿,落叶添薪仰古槐。今日俸钱过十万,与君营奠复营斋。

其二

　　昔日戏言身后意,今朝都到眼前来。衣裳已施行看尽,针线犹存未忍开。尚想旧情怜婢仆,也曾因梦送钱财。诚知此恨人人有,贫贱夫妻百事哀。

其三

　　闲坐悲君亦自悲,百年都是几多时。邓攸无子寻知命④,潘岳悼亡犹费词⑤。同穴窅冥何所望,他生缘会更难期。惟将终夜长开眼,报答平生未展眉⑥。

【注释】①黔娄:战国时齐国的一位贫士。这里是作者自喻。乖:违背,不如意。②荩箧(jìn qiè):用荩草编织的箱子。③泥(nì):缠着,求着。④邓攸:字伯道,西晋人。曾为河东太守,在兵乱中为救侄子,舍弃亲生子,后来再没有生过儿子。⑤潘岳:字安仁,西晋诗人。其妻去世,作《悼亡诗》三首,情意凄切,传诵于世。⑥展眉:眉头舒展,心情愉快。

　　【鉴赏】《遣悲怀》是元稹悼念亡妻韦丛的组诗,共三首。韦丛是太子少保韦夏卿的小女儿,二十岁嫁给时任秘书省校书郎的元稹,生活贫穷。韦丛很贤惠,勤俭持家,体贴丈夫,七年后元稹升为监察御史,她却病故了。元稹对亡妻难以忘怀,写了许多悼亡诗。《遣悲怀》大约写于韦丛去世十三年后、元稹任宰相的期间。诗中言"今日俸钱过十万",即可佐证。遣悲怀,即排遣悲伤的情怀。

　　第一首,作者追忆妻子嫁来后甘受贫苦、勤俭持家的贤惠,表达对她早逝的悲伤。首联使用典故进行对比,交代亡妻的出身与婚嫁状况。韦丛作为官宦千金,好似东晋宰相谢安最偏爱的侄女谢道蕴,原来衣食无忧,生活优裕,但嫁给我后,就像嫁给黔娄似的,百事都不如意。颔联、颈联用富有特点和情趣的细节叙述夫妻俩贫穷而恩爱的生活。韦丛看见元稹没有像样的衣服,翻遍了陪嫁带来的衣箱;元稹想喝酒,对妻子软磨硬缠,韦丛拔下了头上的金钗去买酒;韦丛心甘情愿地吃野菜、豆叶度日,烧火做饭用古槐树的落叶。韦丛贤惠的形象被刻画得生动传神。尾联,作者落笔于现在,自己身为宰相,俸钱已超过十万,可惜妻子死了,无缘享用，只好设祭办道场，超度她的亡灵。这是作者人生中最深的遗憾。作者发自肺腑的感慨，脱口而出的心声，令人心酸，催人泪下。

第二首，承接上一首的悲凄情调，写妻子死后作者的"百事哀"。首联采取叙述的手法，描写妻子生前向作者言及先死之事，不料一时戏言，竟成了事实。颔联、颈联具体描写人亡物在、触物感怀的许多往事。作者将妻子生前穿过的衣裳几乎全部施舍给别人，把妻子生前做过的针线封存，以免睹物伤神。一"施"一"存"，看似矛盾，实则无法割舍对妻子的感情，极为悲伤。作者每当看见妻子原来的仆婢，也情不自禁产生哀思，对仆婢产生哀怜之情。因为梦见妻子，他曾去庙里布施钱财，为她祈求冥福。尾联总结道：虽然夫妻生离死别是人生常恨之事，但是对于贫贱夫妻而言，尤其令人断肠，因为只同贫贱共患难却未曾共享过富贵。作者对于往日情感的痛惜，令人动容。

第三首，首句承上启下，用"悲君"概括前两首诗的内容，用"自悲"开启下文，自伤身世。即使自己活一百年，人生也是那么短暂。颔联引用邓攸、潘岳两个典故。西晋人邓攸在战乱中舍子保侄，心地如此善良，却终生无子，这难道不是命运的安排吗？潘岳的《悼亡诗》写得再好，对于死者来说，也是白费笔墨。作者以邓攸、潘岳自喻，表达自己无子、丧妻的深切痛苦。颈联运用反问的手法，从绝望中转出希望来，寄希望于死后夫妇同葬，以及来生再作夫妻。可是，地下幽暗，即使同穴，又有什么值得期望呢？来生结为夫妻，虚无缥缈，难以期待啊。一切希望皆虚妄，就更加绝望了。作者无法报答妻子的恩情，只好以终夜不合眼来报答妻子的"平生未展眉"——她嫁给我后不曾有过舒展眉头的舒心日子。作者退而求其次，以此表达对妻子的愧疚。末篇末句的"未展眉"，照应首篇的"百事乖"和中篇的"百事哀"，丝丝入扣，结构浑然。

《遣悲怀》(三首)，以"悲"字作为题眼，突出了诗的主题。情调悲哀深痛，语言质朴感人，善于抓住日常生活中的细节琐事来写，感情渗透在字里行间，具有很高的艺术魅力。陈寅恪《元白诗笺证稿》云："夫微之悼亡诗中其最为世所传诵者，莫若《三遣悲怀》之七律三首。……所以特为佳作者，直以韦氏之不好虚荣，微之之尚未富贵，贫贱夫妻，关系纯洁，因能措意遣词，悉为真实之故。夫唯真实，遂造诣独绝欤！"

（麦子晴　汤克勤）

282

离思五首

元　稹

其一

自爱残妆晓镜中,环钗漫篸绿丝丛①。须臾日射胭脂颊,一朵红苏旋欲融。

其二

山泉散漫绕阶流,万树桃花映小楼。闲读道书慵未起,水晶帘下看梳头。

其三

红罗著压逐时新②,吉了花纱嫩曲尘③。第一莫嫌材地弱,些些纰缦最宜人④。

其四

曾经沧海难为水,除却巫山不是云。取次花丛懒回顾⑤,半缘修道半缘君。

其五

寻常百种花齐发,偏摘梨花与白人⑥。今日江头两三树,可怜和叶度残春。

【注释】①篸(zàn):同"簪"。②著压:一种织布工艺。③吉了(liǎo):又称秦吉了,即八哥。嫩曲:酒曲一样的嫩色。④纰(pī)缦(màn):指经纬稀疏的布帛。⑤取次:随便,草率地。⑥白人:皮肤洁白的人。这里指亡妻。

【鉴赏】元稹的《离思》五首,都是追悼亡妻韦丛而作的,回忆夫妻恩爱生活的细节,表达对亡妻的喜爱与怀念之情。

第一首回忆妻子晨妆时的可爱情态。通过描写晓镜残妆来表达对妻子的喜爱和对她美貌的赞赏。镜中的她并没有华丽的妆容,钗簪参差不齐地穿插在凌乱的发丝间。太阳出来了,明亮的朝阳洒在她涂有胭脂的面颊上，脸庞红润透亮，像一朵鲜红的花儿绽放，又仿佛要融化了一样。前两句似乎没有描写妻子的明艳动人，而是通过"残妆"含蓄地表现出妻子的慵懒闲适，可见夫妻俩生活恩爱美满。将红花比作妻子，她的美给人留下了深刻的印象。

第二首回忆往日的闲适生活和闺房之乐，表达对妻子的深切思念。前两句写人物生活的环境。山泉绕着台阶缓缓流淌，万树桃花掩映着小楼，景色优美。后两句写夫妻俩悠闲、幸福的生活。他俩闲适地翻看道家书籍，慵懒地卧在床上。他有时在水晶帘下欣赏妻子对镜梳妆。"闲""慵""看"等词，描写出夫妻俩的优雅生活和深厚感情。

第三首运用暗喻的手法，写"著压"的红罗总是追逐时髦新颖的花样，绣着秦吉了花纹的纱布染着酒曲一样粉嫩的颜色。不要嫌纱布的材质太薄，只有经纬稀疏的素帛才最宜人。诗中将其他美女比作红罗，将妻子比作素帛。通过比较时尚鲜艳的红罗和经纬稀疏的素帛，将妻子与其他美女对比，表现出妻子具有典雅淡泊、贤惠端庄的美。作者真挚地表达出对妻子的喜爱。

第四首表达作者对妻子的忠贞之情。曾经观赏过沧海，就觉得其他地方的水相形见绌；曾经见过巫山的云彩，就觉得其他地方的云黯然失色。沧海之水与巫山之云，是世间至真至美之物，正像自己的爱妻一样。除了爱妻，再也没有其他女子能让作者动情。即使身处万花丛中，作者也懒得回头看一眼。作者用"半缘修道"和"半缘君"说明原因：一是要修道向学，二是因思念亡妻而神思恍惚。其实"修道"也是因为思念亡妻过甚而采取的一种排遣手段。这表达出作者对亡妻极度的哀思和忠贞。此诗用水、云、花比拟人，写得曲折委婉，含蓄有味，意境深远。

第五首写当百花盛开时，我偏偏摘了一朵白色的梨花送给你，你皮肤洁白，你就是那洁白的梨花。我如今就像那江边两三株树似的，残叶飘零，凄凉地度过残春。运用比喻手法，将梨花比作妻子，自己比作树叶，用梨花的洁白比拟妻子高贵的品质，用残叶的萧瑟比拟自己孤苦伶仃，由此抒发作者对亡妻的无尽怀念和妻亡后自己的凄凉悲伤。

（陈嘉玉　黄海滢）

折枝花赠行　　　　元　稹

樱桃花下送君时，一寸春心逐折枝。别后相思最多处，千株万片绕林垂。

【鉴赏】诗把离别的场景安置在樱桃花下，在歌咏樱桃花的同时，紧扣送别情人的题旨。

明媚的春天，在一片雪白、淡红的樱桃花下，诗人将与情人分别，两情依依，缱绻难舍。触目所见，唯有"千株"怒放的樱桃花。诗人举手折取一枝，珍重地送给情人，以作留念。这枝鲜花代表着诗人的情爱，"一片春心逐折枝"，"逐"字，表明诗人的情爱附在这枝花上，伴随情人远行。这一份离情，因这枝花而平添了些许旖旎色彩，这是"乐景写哀愁"的写法。

分离之际，两人四目相对，不由想象别后的情形。问：别后相思能有几多呢？答：我对你的相思之情，就像这千树万片的樱桃花！"千株万片"，既是写樱桃花的茂盛绽放，也是写两人感情的热烈缠绵；"绕林垂"，比喻感情的深沉厚重。诗人把相思之情与樱桃花相比拟，佳句天成，妙手偶得，极贴切形象。

此诗采用虚实结合的手法。第一句实写送别场景。第二句实写折花相送，"春心"一词化实为虚，表达情爱。第三句引申为相思之情，为虚写。第四句实写花之繁、盛、密、垂，可比拟为情之浓、烈、深、沉。樱桃花，蕴含着作者说不完的相思离情。构思巧妙，别具匠心。　　　（林锦兰　汤克勤）

杨衡　杨衡，生卒年不详，字仲师，吴兴（今浙江省湖州市）人。曾与符载、崔群、宋济隐居于庐山。后登进士第，官至大理评事。诗多写山寺景色和方外之情，佳句较多。

春　梦　　　　杨　衡

空庭日照花如锦，红妆美人当昼寝。旁人不知梦中事，唯见玉钗时坠枕。

【鉴赏】空无一人的庭院里,阳光照着艳丽如锦的鲜花,鲜花的绚丽与庭院的空寂形成了鲜明对比。打扮漂亮的美人正在午睡,"红妆"与"锦花"相呼应,表现出女主人公安逸、富足的生活情态。她正在做什么梦呢?旁人无法知晓,只见她发髻上的玉钗时不时地点到枕头上。

明媚的春光里,美人独自一人午睡,还着"红妆",这让人产生猜测。也许美人盛妆是等待约会之人,那人她朝思暮想,因此精心打扮自己,让他看了欢喜。可是他迟迟不来,美人在寂寞等待时,不禁困乏入睡。她在睡着时依然惦记着他,以致睡得并不安稳。"春梦",即美人的怀春梦。

诗留下了许多疑问:美人是否真的入梦?美人希望梦见谁?作者坦言"旁人不知梦中事",这是给读者留白。这种隐约委婉的表达,营造出"此时无声胜有声"的艺术效果。将美好的春光、空寂的庭院、似锦的鲜花和榻上瞌睡的美人放在一起,形成了一幅和谐而又冲突的画面,传达出难以言说的"春梦"情思,让人回味无穷。　　　　　(麦子晴　汤克勤)

皇甫松　皇甫松,生卒年不详,字子奇,自号檀栾子,睦州新安(今浙江省淳安县)人。工部侍郎皇甫湜之子,宰相牛僧孺之甥。举进士不第,终生布衣。

采 莲 子　　　　　　　　皇甫松

船动湖光滟滟秋①,贪看年少信船流。无端隔水抛莲子,遥被人知半日羞。

【注释】①滟滟:水光荡漾的样子。

【鉴赏】诗题为《采莲子》,却没有描写采莲的过程,也没有描写采莲女的容貌服饰,而是通过采莲女的眼神、动作和心理,表现出她热烈追求爱情的勇气和初恋少女的羞涩,描绘出一幅江南水乡的风物人情画,富有民歌风味。

采莲船缓缓划过,湖水荡漾,满目秋色。采莲女任小船随波漂流,因为她正"贪看"一位英俊少年郎。"贪看"二字,充分刻画出采莲女情窦初开,大胆天真的形象。突然,她情不自禁地向少年郎抛去了一颗莲子。"莲"谐音"怜",表示爱恋之意。"无端",透露出姑娘冲动莫名的心理状态。她抛莲子的冒失举动被人远远地看见了,她很难为情,羞红了脸,低下头大半天。从"遥"字可知,离她很远的人不一定能看见,这只是采莲女自己的猜测,她便羞涩不已。这表现出一个初恋少女特有的羞怯之情。采莲女大胆求爱却又害羞娇痴的形象,显得丰满可爱。

此诗刻画人物形象生动,风格清新爽朗,音调和谐,既有文人诗的含蓄委婉,又有民歌的大胆质朴,自然天成。　　　　　　（廖琼洁　麦子晴）

朱庆余　朱庆余,生卒年不详,名可久,越州(今浙江省绍兴市)人。宝历二年(826)进士,官秘书省校书郎。

闺意献张水部①

朱庆余

洞房昨夜停红烛,待晓堂前拜舅姑。妆罢低声问夫婿,画眉深浅入时无②?

【注释】①张水部:指诗人张籍,曾任水部员外郎。②入时:合于时宜。

【鉴赏】《闺意献张水部》是朱庆余在应进士试前,呈献给水部员外郎张籍的行卷诗,表达作者欲入仕的意图。

表面上写新婚刚入洞房的新妇,内心忐忑不安,不知第二天拂晓去大堂拜见公婆时,能否让公婆喜欢,便精心地打扮。梳妆完毕后,她低声羞涩地问新郎:眉毛画得可好?是深是浅?是否得体?一句"画眉深浅入时无",表明新妇十分紧张,非常在乎公婆对自己的看法。"低声问夫婿",将新妇的羞涩和小心翼翼表现得栩栩如生。实际上,作者是以新妇自比,将张籍比作新郎,将进士考试的主考官比作公婆,新妇参拜公婆前忐忑不安的心理与作者参加进士考试的紧张不安是一致的,低声问夫婿与作诗征求张籍的意见也是一致的。作者通过新妇的表现,委婉地表达自己能否进入仕途,这比简易直白的表达更恰当入微,余味无穷。此诗情节完整,词句优美动人,采用新奇、恰当的比喻,颇有情趣,令人忍俊不禁,不由人不佩服作者的才华。

张籍显然读出了作者的用意,并欣赏他的才华,作答诗《酬朱庆余》道:"越女新妆出镜心,自知明艳更沉吟。齐纨未是人间贵,一曲菱歌敌万金。"其诗也采用比喻技巧,暗示朱庆余不必担心,他这个"越女"自是光彩照人,才华出众,在进士考试中定能脱颖而出。后来朱庆余果然高中进士。

朱庆余与张籍的这两首诗,赠诗妙,答诗亦妙,珠联璧合,成为诗坛佳话。

（麦子晴　汤克勤）

李贺　李贺(790—816),字长吉,福昌(今河南省宜阳县)人。居福昌昌谷,人称李昌谷。唐皇室远支,终生不应科举,曾为奉礼郎。中唐浪漫主义诗人,有"诗鬼"之称,与李白、李商隐被称为"唐代三李"。

七　夕

李　贺

别浦今朝暗①,罗帷午夜愁。鹊辞穿线月,花入曝衣楼。天上分金镜,人间望玉钩。钱塘苏小小,更值一年秋②。

【注释】①别浦:指银河。浦,水边。②更:《全唐诗》作"又"。

【鉴赏】诗人李贺借七夕牛郎织女的故事,抒发他对天上人间爱情的看法,情绪较悲凉。

首联"别浦今朝暗,罗帷午夜愁",七夕,在天河鹊桥上,牛郎与织女一年一度相逢,互诉思念深情,享受团圆之乐。相形之下,在人世间,一个孤独的女子卧于帷幔中,寂寞忧愁,因思念情人,辗转无眠。两相对比,表现出天上人间不同的爱情生活。

颔联"鹊辞穿线月,花入曝衣楼",仙鹊离开穿线织云的仙女,纷纷向天河飞去搭桥。桥搭好后,牛郎织女可以相会,美好的时刻就要到来,令人十分憧憬。而人间呢,晒衣楼上陈列着鲜花美果,妇人们穿七孔针以乞巧。这联诗,平行地叙事写景,冷静、客观。

颈联"天上分金镜,人间望玉钩",天上半边金镜终于团圆了,而人间百姓眺望月儿弯弯。这里采用陈代徐德言与妻子乐昌公主分镜的故事(《本事诗》),表达牛郎织女团圆的幸福。然而人间的情人并不能团聚,就像那弯弯的月亮没有团圆。显然,人间情人比天上一年只相聚一次的牛郎织女还要不幸。

尾联"钱塘苏小小,更值一年秋",借钱塘名妓苏小小的芳华虚度,表达人间情人的分离是常态,都是在孤单寂寞中度过了一年又一年。作者从牛郎织女的浪漫想象回到了残酷的现实之中,抒发对牛郎织女无限向往、对人间爱情无限惆怅之情。

此诗采取天上人间爱情对比、互为映衬的方法,构思新奇,抒情细腻。从夜半到天明,从天上到人间,从牛郎织女到人间情侣,相互映衬,生动融合,显出诗人高超的作诗技巧。

(邓素梅　汤克勤)

三月过行宫

李　贺

渠水红繁拥御墙①,风娇小叶学娥妆。垂帘几度青春老,堪锁千年白日长。

【注释】①渠:指御沟。红:指红蓼。繁:即"蘩",白蒿。御墙:宫墙。

【鉴赏】《三月过行宫》写作者李贺路过行宫所见之景,表达对宫女青春虚度的同情。

前两句欲抑先扬,描写阳春三月,御沟行宫,一派欣欣向荣的景象。御沟中,红蓼繁茂,白蒿簇拥;宫墙上,淡红柔绿,风姿娇柔。"风娇小叶学娥妆"运用拟人的修辞手法,写红蓼白蒿的新叶在春风中摇曳,好像在学宫女梳妆打扮。这一描写,因地制宜,自然工巧,富有神韵。

后两句抒情,宫中的垂帘几次更换,宫中人的青春转瞬即逝,美人已迟暮。锁在高墙深院之内,孤苦寂寞,一个白日堪比千年长,不堪忍受。"几度"和"千年"形成对照,写出宫女在现实与精神上受到的折磨。她们虽然也曾像这春景般美丽迷人,容颜娇嫩,但最终在寂寞深宫中孤苦终老。作者对宫女们寄予了深切同情,同情她们宝贵的青春被消耗在深宫内,孤苦寂寞,永无绝期。

　　此诗从御沟红蓼、白蒿绕高墙的盎然春景,联想到宫女那娇美的容颜,再联想宫女终日锁于深宫,孤独终老。由所见之景引发无限情思,写景抒情,由实而虚,以小见大,不落俗套。　　　　　　　　　　（邓素梅　马文晓）

房千里　　房千里,生卒年不详,字鹄举,河南人。唐文宗太和初登进士第,官国子博士、高州刺史。作传奇《杨倡传》,撰《南方异物志》等书。

寄妾赵氏　　　　房千里

　　鸾凤分飞海树秋①,忍听钟鼓越王楼。只应霜月明君意,缓抚瑶琴送我愁。山远莫教双泪尽,雁来空寄八行幽。相如若返临邛市,画舸朱轩万里游②。

　　【注释】①鸾凤:指鸾和凤,比喻夫妻或情侣。②朱轩:红漆的车子。古代为显贵所乘。

　　【鉴赏】《寄妾赵氏》有序云:"余初上第,游岭徼。有进士韦滂者,自南海邀赵氏而来,为余妾。西上京都,调于天官,余乃与赵别,约中秋为会期。赵极怅恋,余乃抒诗寄情。"交代作诗的背景和目的:作者安慰赵氏,表达对她的依恋之情。

　　首联写分别。"鸾凤"比喻作者与赵氏,形容夫妻恩爱。鸾与凤在秋天分飞,表达夫妻分别的凄凉。作者不忍听越王楼传来的钟鼓声,暗示受命为官不得不分离的原因。首联交代作者与赵氏分离的背景,为下面抒发离愁别绪做了铺垫。

　　颔联写赵氏送"我"之情。"明君意""送我愁",表达赵氏送别夫君的离愁别意。"霜月"的意象,很好地寄托了相思之情。抚"瑶琴",抒发了赵氏依依不舍之情。颔联突出表现了赵氏的离情。

　　颈联写作者对赵氏的劝慰。作者与赵氏分隔千山万水,赵氏,请你不要流泪,我会寄信写诗表达相思心意的。颈联从作者角度,表达对赵氏的爱意。

尾联设想将来夫妻团聚、快意生活的情景。借司马相如与卓文君临邛相会的典故,表达作者定会与赵氏团圆的心愿。那时,他会与她乘着画船,坐着马车,四处游玩,享受夫妻团聚的快乐生活。尾联抒发对未来的美好期待,借以消解现实生活中夫妻分别的愁苦。

此诗真实自然地表达了夫妻分别的痛苦和对美好未来的向往,语短情长,毫无做作,发自肺腑。

(麦子晴　汤克勤)

杜牧　杜牧(803—853),字牧之,号樊川居士,京兆万年(今陕西省西安市)人。唐文宗大和二年(828)进士,授弘文馆校书郎。赴江西宣歙观察使幕,转淮南节度使幕,入朝为监察御史,分司东都。后任宣州团练判官,复回京任左补阙,转膳部、比部员外郎,出为黄州、池州、睦州等地刺史,擢司勋、吏部员外郎,出为湖州刺史,入为考功郎中、知制诰,迁中书舍人。唐代杰出的诗人、散文家,与李商隐并称"小李杜"。诗以七言律诗、七言绝句、五言古诗著称,内容以咏史抒怀、感发时事、直议朝政为主,也有渲染声色之作。文识见超卓,笔力遒劲。有《樊川文集》。

有　寄　　　　杜　牧

云阔烟深树,江澄水浴秋。美人何处在,明月万山头。

【鉴赏】杜牧是一位感情细腻、情感丰富的诗人,从其五绝《有寄》,可见一斑。

开头两句描绘出一幅辽阔、优美的深秋图。天高云阔,云烟缥缈,显得树林更加幽深。大江澄澈,江水悠悠,把秋天洗涤得更加清丽。好一幅秋高气爽、云阔江澄的景色,充满了宁静、深沉。在这种深秋的背景下,诗人思念着美人——他的心上人。天远地阔,美人在何方?诗人没有直接回答,而是蕴含在景物之中。他对美人的思念之情,就像那明月光,笼罩着千山万水,说明他的相思之情幽远深邃。后两句,借景抒情,情在景中。

诗人站在秋风里、明月下,眺望大江,想念远方的美人,用真诚的心,为美人守候。他的悲愁之情深挚,相思之情浓烈,景远情挚,令人回味无穷。

(李佳瞳　汤克勤)

赠别二首 杜　牧

其一

娉娉袅袅十三余[①],豆蔻梢头二月初[②]。春风十里扬州路,卷上珠帘总不如。

其二

多情却似总无情,唯觉樽前笑不成[③]。蜡烛有心还惜别,替人垂泪到天明。

【注释】 ①娉娉袅袅:形容女子体态轻盈美好。②豆蔻:多年生常绿草本植物。初夏方开花,二月初尚未开花,故用喻处女,后称十三四岁少女为豆蔻年华。③樽:盛酒的器具。

【鉴赏】 835 年,杜牧由淮南节度使掌书记升任监察御史,离扬州赴长安,他写下组诗《赠别》,赠给扬州结识的、相爱的歌妓。这里选两首,内容虽不相同,感情却联系紧密。

第一首重在颂美。前两句生动形象地描绘情人美好的形态与外貌。她身姿婀娜、轻盈,正当十三岁多的青春年华,好像二月初含苞待放的豆蔻花。"十三余""二月初",用具体的数字,显示情人的年轻、娇嫩;"豆蔻"花,比喻情人的纯洁、美丽,比喻形象贴切。以花喻人,显示作者非凡的艺术创新。后两句运用衬托的手法,表现情人的娇艳出众。在美女如云的十里扬州城,没有谁能比得上她。"卷上珠帘总不如",作者不惜贬低扬州所有美人来突出情人的美,产生众星捧月的艺术效果。

第二首重在惜别。前两句写与情人分别的情景。在离别的宴会上两人沉默相视,想笑却笑不出来,似乎显得冷漠无情,实际上却是真情、多情的表现,反衬出离别的痛苦、凄凉。这种复杂的心境,展现出作者细腻的情感与离别时的凄楚。后两句采取拟人的手法借物抒情,蜡烛——有心——垂泪——到天明,层层翻进。在作者眼里,蜡烛的芯变成了情人"惜别"的心,蜡烛因燃烧而流落的烛泪,也像极了情人离别流下的眼泪;漫漫长夜,蜡烛垂泪,这不正形象地表现出作者与情人分离的悲伤、彻夜不眠和依依惜别吗? 感情真挚,比喻形象贴切,令人动容。　　　　(李佳瞳　汤克勤)

留　赠　　　杜　牧

舞靴应任闲人看,笑脸还须待我开。不用镜前空有泪,蔷薇花谢即归来。

【鉴赏】《留赠》运用平铺直叙的方式,直白地表达作者对所爱歌妓的惜别之情。

前两句看似对比,实际上揭示出女子的身份和对"我"的喜爱之情。"舞靴""笑脸"都关乎这个女子。"舞靴"让人联想她穿着精美的舞鞋,在众目睽睽下翩翩起舞,身段优美。人们可以随意欣赏她的舞姿,作为歌伎、舞伎,她的身份因此得到落实。"笑脸"表现她的欢喜,她只对"我"一个人展开笑颜,只有"我"才能独享她千金难买的一笑。这说明他们心灵契合、相通,爱情是具有排他性的。

后两句写分别之际"我"对她的安慰。由于分别将至,她对着铜镜默默流泪。"我"劝慰她不必如此,"不用""空",表达劝解之意。怎么才能劝解开呢?"我"向她作出承诺:"蔷薇花谢"后,"我"就会回来。这一承诺,使分离造成的痛苦得到了宽解,对未来甜蜜的憧憬又充溢于心间。

此诗表达男女真挚的、排他性的美好感情,即使有痛苦的分离,也是暂时的;因为对团聚的期许,使爱情更加甜蜜。　　　　(李佳瞳　汤克勤)

叹　花　　　杜　牧

自是寻春去校迟[1],不须惆怅怨芳时。狂风落尽深红色,绿叶成阴子满枝[2]。

【注释】①校:同"较"。②绿叶成阴:比喻女子出嫁了。阴,同"荫"。子满枝:一语双关,指花落结子,也指女子结婚生子。

293

【鉴赏】《叹花》又名《怅诗》，据说来自一则真实的故事：杜牧游玩湖州时，认识一个十几岁的民间女子，相约过十年后来迎娶她。可等过了十四年，杜牧任湖州刺史时才去寻她。她已经嫁人三年了，生了两个儿子。杜牧很是感慨，作此诗，借寻春迟到、花儿已落、绿叶成荫、子满枝头，来抒发他的惆怅懊丧之情。

前两句"自是寻春去校迟，不须惆怅怨芳时"，"春"与"芳"字，都指鲜花；"迟"表达自责之意，懊悔去的时间太晚了；"不须惆怅"，不必怨嗟。这是作者的自我宽慰，也是无可奈何的表达。

后两句"狂风落尽深红色，绿叶成阴子满枝"，表面上写风雨使鲜花凋零，红芳褪尽，绿叶成荫，结子满枝，果实累累，实际上写自己心仪的女子已经嫁人生子的事实。这一事实成了定局，无法改变，徒唤奈何。

此诗采取比喻的手法，形象生动，含蓄自然，耐人寻味。以自然界的花开花谢、绿树成荫、子满枝头来比喻少女的妙龄已过，结婚生子。题目中的"叹"字，明确地表达诗的主题，作者叹春归太早，叹寻春太迟，叹狂风无情，叹落红遍地，叹绿叶成荫、子满枝头。感叹的情绪不断发生变化，体现出作者的遗憾越来越深，痛苦越来越大，让人深深地感喟："有花堪折直须折，莫待无花空折枝。"（杜秋娘《金缕衣》）　　　（刘怡　李佳瞳）

秋　夕 杜　牧

银烛秋光冷画屏，轻罗小扇扑流萤。天阶夜色凉如水①，卧看牵牛织女星。

【注释】①天阶：露天的石阶。

【鉴赏】这是一首宫怨诗，也是人间孤独女子的哀怨之作。诗人通过阴冷寂寞的环境描写，表现出女子孤单凄凉的生活，具有孤寂幽怨的情思。通篇未写一个"愁"字，但愁情浓郁，意在言外，委婉含蓄。

秋天的夜里，银白色的蜡烛发出微弱的光芒，给屏风上的图画增添了几分暗淡而幽冷的色调。一个孤单的宫女用小团扇扑着飞来飞去的萤火虫。夜深了，天寒了，该进屋去睡吧，可是宫女依旧靠卧在石阶上，仰望着天河两旁的牵牛星和织女星。

首句中的"冷"字,写出环境的冷清和心境的凄冷。第二句"轻罗小扇扑流萤",含有多层意思:一,腐草化萤,萤火虫生活在荒凉的草丛间,宫女居住的庭院有萤火虫飞动,可见宫女生活的凄凉;二,从宫女扑萤的动作可见她的寂寞无聊,显然她以扑萤来打发时间;三,宫女拿的轻罗小扇具有象征意义,扇子本是夏天用来扇风取凉的,秋天就没用了,古诗常以秋扇比喻弃妇,在这首诗里象征着持扇宫女被遗弃的命运。最后两句写宫女不顾夜深寒冷,痴望牵牛织女星。牛郎织女的故事也许触动了她,让她产生许多遐想,包括对真挚爱情的向往,以及自己不如牛郎织女命运的悲哀。诗中没有明说,留给读者想象。

此诗构思巧妙,纯用写景和叙述手法描写两个场景和主人公的两个动作。语言质朴流畅,感情蕴藉婉约,艺术感染力强。(林锦兰　汤克勤)

温庭筠　温庭筠(约801—866),原名岐,字飞卿,太原祁(今山西省祁县)人。才思敏捷,每入试,凡八叉手而八韵成,时号"温八叉"。因得罪权贵,屡试不第,终生不得志,曾任隋县尉、方城尉、国子助教等官。其诗与李商隐齐名,并称"温李"。擅长作词,为花间词派的鼻祖。后人辑有《温庭筠诗集》《金荃词》。

偶　　游　　温庭筠

曲巷斜临一水间,小门终日不开关。红珠斗帐樱桃熟,金尾屏风孔雀闲。云鬓几迷芳草蝶,额黄无限夕阳山①。与君便是鸳鸯侣,休向人间觅往还。

【注释】①**额黄**:古代妇女在额头上涂抹黄色为妆饰。

【鉴赏】《偶游》一诗,写作者邂逅一位女子,描绘她的生活环境和美貌,表达对她的爱慕之情,希望与她结为夫妻。

弯曲的小巷,斜靠河边的一户人家,终日关门闭户。屋内的斗帐上绘着如红珠般的樱桃,屏风上画着金尾开屏的孔雀。"熟""闲"两字,将两幅图画写活了。通过屋内陈设的描写,可见主人生活优裕。主人生活在如此神秘、富足的环境里,她到底是一个什么样的人呢?作者接着描写她的芳容,真是美丽无比:"云髻几迷芳草蝶,额黄无限夕阳山。"作者只提及她的"云髻""额黄",以衬托和比喻的手法进行描绘,蝴蝶都被她美丽的发髻迷倒,她额头上的额黄好像夕阳映照下的山峦,时尚动人。窥一斑而知全豹,女子美得令人神往。作者最后表达愿与她结为"鸳鸯侣",在此隐居终老。诗歌水到渠成,曲终奏雅。

这一场爱的邂逅,极具浪漫色彩,表达作者对美人的爱慕与追求。当然,这位神秘的美人,也许具有某种象征意义。 （汤克勤　罗水娇）

新添声杨柳枝词二首　温庭筠

其一

一尺深红蒙曲尘①,天生旧物不如新。合欢桃核终堪恨②,里许元来别有人。

其二

井底点灯深烛伊,共郎长行莫围棋③。玲珑骰子安红豆④,入骨相思知不知?

【注释】①一尺深红:一块深红色的丝绸布。指女子结婚时盖头的红巾,称"盖头"。曲尘:酒曲生菌,呈暗黄色,如尘土。②合欢桃核:夫妇好合恩爱的象征物。③长行:长行局,古代的一种博戏,盛行于唐代。这里语带双关,指长途旅行。围棋:谐音"违期"。④骰(tóu)子安红豆:骰子上的红点被喻为相思的红豆。

【鉴赏】《新添声杨柳枝》,又作《新声杨柳枝》,唐教坊曲原有《杨柳枝》,咏杨柳,加上"新添声""新声",可能由于乐曲增添了和声,所咏内容超出了咏柳范围,而歌咏其他事物。温庭筠的这两首《新添声杨柳枝词》是爱情诗。

第一首表达对喜新厌旧的怨恨。前两句写一块原来很鲜艳的红丝绸,蒙上了灰尘。这"一尺深红"的丝绸,是女子当年新婚时用的"红盖头"。红盖头蒙了灰尘,喻示婚姻出了问题。俗话说"衣不如新,人不如故",诗人以"衣不如新"来反衬"人不如故"。后两句写"合欢桃核"里有了另外一个"人"。"合欢桃核"是夫妇好合恩爱的象征物,"人"是"仁"的谐音,借之反讽丈夫移情别恋,心里已有他人。即使"天生旧物不如新",但在爱情上男子喜新厌旧,是不道德,应批判的。此诗采用比兴、暗示、谐音双关的手法,加强了抒情效果,含蓄婉转,饶有趣味。

第二首表达女子对远行情郎的相思眷恋。前两句,是叮嘱之辞。"井底点灯深烛伊","井底点灯"歇后"深烛伊","深烛"谐音"深嘱"。作者运用歇后与谐音的手法,使表达富有趣味和深意。"共郎长行莫围棋","长行""围棋"本是两种游戏工具,这里语带双关,采用谐音的方式,"长行"指长途旅行,"围棋"是"违期"的谐音。情郎此番远行,千万不要误了归期;我牵挂你的心也会与你长相随。后两句从"长行"游戏引出"骰子",由骰子上的颗颗红点,联想到"最相思"的红豆,由红豆生发出她对情郎的刻骨相思。"知不知"三字,把女子离别相思之情,强烈地表现出来。此诗层次丰富,利用谐音、联想等方法,将女子的入骨相思生动地表现出来,构思新颖独特,别开生面,具有民歌风味。　　（丘鑫琳　蒋秋燕）

李商隐　李商隐(813—858),字义山,号玉谿生,祖籍怀州河内(今河南省沁阳市),出生于郑州荥阳。唐文宗开成二年(837)登进士第,受牛党令狐楚赏识,又娶李党王茂元之女为妻,卷入牛李党争,沉沦下僚,曾任秘书省校书郎、弘农尉、盐铁推官等职。其诗与杜牧齐名,世称"小李杜",又与温庭筠并称"温李"。多忧国讽时、感慨身世之作,构思新奇,风格秾丽,尤其是爱情诗和无题诗写得缠绵悱恻,意境朦胧,令人激赏。有《李义山诗集》。今人刘学锴、余恕诚编《李商隐诗歌集解》,收集最为完备。

夜雨寄北　　　李商隐

　　君问归期未有期,巴山夜雨涨秋池。何当共剪西窗烛[①],却话巴山夜雨时。

【注释】①剪西窗烛:剪烛,剪去燃焦的烛芯,使烛光明亮。形容深夜秉烛长谈。

【鉴赏】《夜雨寄北》又名《夜雨寄内》,诗所寄之"君",即"内",作者之妻。诗写得一往情深,被认为"即景见情,清空微妙,玉溪集中第一流也"(清·屈复《玉溪生诗意》卷七)。

作者滞留于蜀,不得北归,思念妻子,诗的开头却写妻子对他的思念、关切,别开生面,反映了夫妻情深。摆出了一个不可化解的矛盾:"归期"的希望与"未有期"的失望,两相对立。两个"期",一为妻问,一为己答,呼应之间突出归期无望的惆怅。

第二句写景点题,独在异乡的巴山,秋天,又是大雨之深夜,这一情境令人多愁善感,将"归期未有期"的沉痛情绪,渲染得更加浓郁。尤其是"雨涨秋池",绵绵的秋雨,使池子都涨满了,秋池里涨的仿佛不是秋水,而是作者难以解脱的思念。愁绪如夜雨,思情似秋池,将相思写得具体可感。一、二句富于跳跃性,看似没什么联系,其实两者表现的情绪是一致的。

第三句宕开一笔,从眼前跳跃到将来,从巴山跳跃到北方长安,从夜雨自己的孤独凄凉跳跃到夫妻共剪烛的团圆温馨,写出了作者对未来相聚的遐想。"何当"二字,意思是"什么时候能够",照应首句"未有期",既有热切的盼望,又有难以料定的惆怅。

第四句承接"共剪西窗"而来,犹如顺流之舟。西窗剪烛夜话,一个重要的话题是现在"巴山夜雨"的愁闷。再次出现"巴山夜雨",并无单调重复之嫌,反而诗意更加曲折深厚。清代王尧衢《古唐诗合解》卷六道:"此诗内复用'巴山夜雨',一实一虚。"前者写实景,后者写虚拟情怀;眼前"巴山夜雨"的实景会变为将来回忆的话题,而且妻子是听者,红袖添香,那么,"巴山夜雨"的内涵就大大改变、丰富了,由苦涩凄凉变为甘甜温馨。

此诗即兴写来,思绪在现实——想象——想象中的现实间流动,回环往复,曲折缠绵,结构奇巧,给人语短情深、尺幅千里之感,被誉为"水精如意玉连环"(何焯《李义山诗集辑评》卷上)。此诗千百年来深得无数读者的喜爱,令人百读不厌。

(罗水娇　汤克勤)

无 题

李商隐

相见时难别亦难,东风无力百花残。春蚕到死丝方尽①,蜡炬成灰泪始干②。晓镜但愁云鬓改,夜吟应觉月光寒。蓬山此去无多路③,青鸟殷勤为探看④。

【注释】①丝:谐音"思",含相思之意。②泪:指蜡烛燃烧时流下的油,比喻相思的眼泪。③蓬山:蓬莱山,传说中海外三仙山之一。这里指女子的住处。④青鸟:神话中西王母的使者,这里借指传递消息的人。

【鉴赏】诗人不愿标明题目,故意用"无题"作题,这与原来有诗题、后来脱落而标为"阙题"或"失题"的情况不同。此《无题》诗描写被迫与情人分离,情思缱绻,在暮春悲凉的情绪中表达出对爱情的执着和忠贞,缠绵真挚。

诗的重点在于描写爱情心理,在失恋之悲伤中含有隐忍渴盼的感情。首联写爱情受到阻隔,相见困难,分别也难。两个"难"字,表达出短暂的相会和长久的分离一样难,一改"别易会难"的传统看法,翻出新意,写出了细腻的人生感受。被认为"言情至此,真可以惊天地而泣鬼神"(清·赵臣瑗《山满楼笺注唐诗七言律》卷四)。分离的愁怨,东风为之神伤,百花为之凋残。上下两句情景交融,心中的离情别恨与暮春的百花凋残相互衬托,呈现出一幅暮春送别图,形成哀艳凄迷的意境,成为千古名句。颔联通过两个贴切形象的比喻,将生死不渝的恋情表达得惊心动魄。"春蚕到死丝方尽",以春蚕作比,春蚕吐丝,丝尽身亡,"丝"谐音"思",蚕丝象征相思,表达对情人的绵绵思念,至死方休。"蜡炬成灰泪始干",以蜡烛作比,蜡烛燃烧,泪尽成灰,烛泪象征相思痛苦之泪,表达对情人的感情生死不渝。这两个比喻,极具悲情色彩,包含缠绵不尽的情意和心诚志坚的品格,千古流传,被广泛运用。颈联具体描绘分离所造成的痛苦。"云鬓改",因思念而辗转难眠,以至于头发失去光泽,容颜憔悴;因思念而反复沉吟,愈益觉得月光寒冷。尾联写分离后的企望。情人住的地方不远吧?请青鸟前去帮我探探路。"蓬山""青鸟",两个具有神话色彩的事物,给诗句增添了恍惚迷离的色彩,无法给人现实的把握感,耐人寻味。

此诗抒写男女生死与共的爱情和铭心刻骨的相思,寄托了作者对理想抱负的追求,悲怆的情感蕴含着持之以恒的韧性。清代孙洙《唐诗三百首》道:"一息尚存,志不少懈,可以言情,可以喻道。"(杨谨溪 李佳瞳)

无 题

李商隐

飒飒东风细雨来,芙蓉塘外有轻雷。金蟾啮锁烧香入①,玉虎牵丝汲井回②。贾氏窥帘韩掾少③,宓妃留枕魏王才④。春心莫共花争发,一寸相思一寸灰。

【注释】①金蟾:一种蟾蜍状的香炉。②玉虎:用玉石装饰的虎状辘轳。③贾氏:西晋贾充之女。韩掾:韩寿。掾,僚属。这里用韩寿与贾充之女的爱情故事,表达追求爱情的愿望。④宓妃:伏羲氏女,相传溺死于洛水,为洛水之神。这里指甄后。魏王:魏国曹植,初封东阿王,后改封陈王。用甄后与曹植的爱情故事,表达对爱情的追求。

【鉴赏】这是一首描写深闺女子感怀伤春的诗,表现出她对爱情的渴望和烦恼。

首联以风、雨、雷等景物起兴,烘托女子的忧思怀人之情。飒飒东风,绵绵细雨,环境凄清。芙蓉塘即莲塘,隐隐约约传来了雷声。莲塘,在南朝乐府和唐人诗作中,常是男女谈情说爱之地。轻雷响起,细雨飘洒,打扰了情人约会。首联暗示出爱情的不如意。

颔联写女子住处的幽静寂寥。"金蟾",指状如蟾蜍、烧香用的熏炉。金蟾咬住香炉鼻钮的状貌,给人封闭、严密之感。"烧香",比喻男女欢会。金蟾啮锁引出"香",玉虎辘轳连接"丝",谐音"相"与"思"。这些景物委婉地表达出女子深藏于心的相思之情。

颈联借用两个典故写女子对爱情的向往。先写贾氏与韩寿的爱情。贾氏是西晋贾充的女儿,韩寿被贾充征用为司空掾。贾氏在门帘后窥见韩寿,爱慕他年少俊美,两人私通。坠入爱河的贾氏将皇帝赐给贾充的异香送给了韩寿,被贾充发现,贾充便将女儿嫁给了韩寿。后写甄后与曹植的爱情。传说曹植曾求娶甄氏,曹操却将她许给了曹丕。甄后被谗死后,曹丕将她的遗物——玉带金镂枕送给曹植。曹植离京经过洛水,梦见甄后对他说:"我本托心君王,其心不遂。此枕是我在家时从嫁,前与五官中郎将,今与君王。"曹植感其事,遂作《感甄赋》,后改名为《洛神赋》(句中"宓妃"即洛神,代指甄后)。这两个典故,从贾氏窥帘的青涩懵懂到宓妃留枕的款款深情,从喜结良缘到长恨相续,无论哪一种爱情,女子都勇敢地追求,她们唤起了诗中女主人公追求爱情的勇气,然而心中燃起的爱情之火使她身心憔悴。

尾联表达女子憔悴内心的呼喊:春心不要和春花竞相萌发,寸寸相思都会化成灰烬。将"春心"与"花"对照,"春心"仿佛花一般娇嫩与脆弱;将"相思"与"灰"对照,"相思"犹如灰烬一般的渺小与虚无。这是锁于深闺的女子内心最深切的感受,这一感受,用形象性的比喻表达,令人震撼,引人同情。作者化抽象为具象,用比喻、对照的方式表现出美好事物毁灭的姿态,给这首诗添上了动人心弦的悲剧美和余音绕梁的韵味。

(钟滢　李佳瞳)

无　题　李商隐

来是空言去绝踪,月斜楼上五更钟。梦为远别啼难唤,书被催成墨未浓。蜡照半笼金翡翠^①,麝熏微度绣芙蓉^②。刘郎已恨蓬山远^③,更隔蓬山一万重。

【注释】①**蜡照半笼**:烛光昏暗,不能照及全屋。金翡翠:用金线绣成翠鸟图案的被子。②**麝熏**:指麝香气味。绣芙蓉:绣有芙蓉花的帐子。③**刘郎**:东汉时的刘晨。相传他与阮肇入天台山采药,遇二仙女,资质妙绝,被邀至家,同居半年,后还乡,其子孙已历七世。

【鉴赏】这首爱情诗,以"梦"为线索,写一位男子对远方恋人的相思,情感哀伤。

首联写男女分别已久,曾经许诺相见是空话,分别后便杳无踪迹。今夜入梦,忽而相见,梦醒时听见五更钟敲响,一轮弯月正斜挂在楼头。顿时,空寂冷清的氛围弥漫开来,包裹住男子。

颔联补叙做梦,并写梦醒后急于写信。"梦为远别啼难唤",清晰地描绘出梦中的情境——远别。佳人虽然出现在梦中,但马上又分隔在万水

301

千山。哭泣、呼唤都徒劳。梦中再现的分离,加深了醒后心中的悲伤。在强烈的感情驱动下,男子写信以抒情,奋笔疾书的他顾不得墨未磨浓,"书被催成"后,才发现"墨未浓",足见他的感情之急切。

颈联写梦醒书成之际的房间环境。残烛昏暗的余光半照着用金线绣成的翡翠帷帐,麝熏的幽香隐约地浮动在芙蓉被上。通过视觉和嗅觉,诗营造出一种朦胧虚幻、温馨舒适的环境。"金翡翠"和"绣芙蓉",本是往昔爱情生活的见证,此时物在人去,远隔千里,显示出男子独居生活的寂寞和惆怅。

尾联借用典故,将男子哀伤的情绪彻底地倾诉出来。刘郎重入天台寻觅仙侣不遇的故事,点醒世人,分离常在,相聚实难。"已恨"与"更隔",层层递进,将会合无期的主题凸显出来,间接地表明所写的信无法寄达。

诗围绕"梦"来写离别之恨。用巧妙的笔法,将现实与梦境糅合在一起,形成了虚实相生的境界,具有凄迷哀婉的特点。　　(林锦兰　汤克勤)

嫦　娥　　　李商隐

云母屏风烛影深,长河渐落晓星沉。嫦娥应悔偷灵药①,碧海青天夜夜心。

【注释】①灵药:不死之药。

【鉴赏】此诗写嫦娥偷食不死灵药奔月,陷入孤独寂寞而心生懊悔之情,表达出两情长相伴的爱情观。

广寒宫中,烛光投射在云母屏风上,影子愈来愈黯淡;夜空中,灿烂的银河逐渐隐没,启明星沉入了天幕的深处。嫦娥又枯坐了一晚。她自偷吃不死药升天,独守月宫后,天天面对碧海青天,夜夜以泪洗面。因为孤独寂寞,她后悔了。"应"字,表明作者是以人间之常情来揣测嫦娥"夜夜心"的,正如宋人谢枋得所道:"意谓嫦娥有长生之福,无夫妇之乐为悔。前人未道破。"此诗的后两句成了千古传诵的名句。　　(杨谨溪　汤克勤)

马嵬二首　　李商隐

其一

　　冀马燕犀动地来^①，自埋红粉自成灰。君王若道能倾国，玉辇何由过马嵬^②。

其二

　　海外徒闻更九州，他生未卜此生休。空闻虎旅传宵柝，无复鸡人报晓筹。此日六军同驻马，当时七夕笑牵牛。如何四纪为天子^③，不及卢家有莫愁？

【注释】①**冀马燕犀**：冀、燕皆指河北，冀地的战马，燕地的犀甲，代指安史叛军。②**马嵬**：地名，即马嵬坡，在今陕西省兴平市西，唐时设有驿站。天宝十四载(755)安史之乱爆发，次年六月陷潼关，唐玄宗带领杨贵妃等人仓皇奔蜀，至马嵬驿，将士哗变杀死杨国忠，迫使皇帝缢杀杨贵妃。③**四纪**：四十八年。岁星十二年一周天为一纪，唐玄宗在位四十五年，约为四纪。

【鉴赏】唐玄宗李隆基与贵妃杨玉环的爱情故事发生在唐代由盛转衰的时期，他们的爱情悲怆动人，令人嗟叹，发人深省，历来被文人反复咏唱。李商隐的两首《马嵬》诗，是其中之一，咏叹马嵬事变，讽刺唐玄宗，同情杨贵妃。

　　第一首是绝句。开头写安史之乱爆发后，唐玄宗仓皇逃蜀，至马嵬驿，在护驾将士们的强烈要求下，被迫下令赐死杨贵妃。不久他自己也郁郁而终。"冀马燕犀"，代指安史叛军。"动地来"，表明叛军声势浩大、人数众多。这给唐玄宗造成极大的压力，成了唐玄宗下令处死杨贵妃的导火线。两个"自"，道出了唐玄宗自作自受，自食其果。他下令赐死"红粉"杨贵妃，成了杀害自己心爱之人的凶手，最终因无尽的思念与愧疚郁郁而死。唐玄宗对杨贵妃用情深，愧疚重。这两句诗表达作者对李杨爱情悲剧的同情。接着，作者表达对此事的看法。作者认为安史之乱的罪魁祸首不是杨贵妃，而是君王。君王如果明白什么才是真正导致亡国的原因，那么他的玉辇就不会经过马嵬，逃往四川了。杨贵妃显然是替罪

303

羊,白白死了。诗表达了作者对杨贵妃的同情,批判了晚年唐玄宗贪图享乐、荒淫误国。

第二首是律诗。首联写杨贵妃死后,唐玄宗派方士到处寻找她的魂魄,但是九州已变,四海翻腾,听闻杨贵妃已魂归海外,无从再见。今世已了,来生之愿也难以实现。这两句表现唐玄宗对杨贵妃的刻骨相思,以及唐玄宗内心的绝望与崩溃。颔联通过"空闻""无复"等词描绘出马嵬之夜军情严峻、天翻地覆的情势:只听见巡逻的军士敲出急促的梆子声,不再有报晓的宫人发出轻松的报筹声。两者对比,可见唐玄宗内心强烈的仓皇和失落。颈联也采取对比的手法,表现"此日"与"当时"的巨大反差。"此日",六军同时驻扎不前进,强谏唐玄宗赐死宠妃杨玉环。"当时",指当年,唐玄宗与杨贵妃在七夕之夜嘲笑牵牛织女一年只能相会一次,他俩发出盟誓要世世相守。可如今杨贵妃已死,他们连一年相见一面的机会都没有了。他俩的爱情更悲惨。这是因为唐玄宗违背了自己的誓言。尾联作者诘问:为何当了四十五年皇帝的唐玄宗,不能保全自己的爱妃杨玉环呢?他还不如平民百姓能够保住自己的妻子啊。这种鲜明对比,突出了唐玄宗与杨贵妃爱情的悲剧性。爱情美满与身份地位没有关系,即使贵为帝王妃子,也不一定能真正拥有幸福美满的爱情。

这两首诗表达的感情相同,但侧重点不同,第一首侧重批判唐玄宗晚年荒淫误国的行为,第二首侧重感叹唐玄宗与杨贵妃不幸的爱情结局。

(李佳瞳 汤克勤)

鸳 鸯

李商隐

雌去雄飞万里天,云罗满眼泪潸然。不须长结风波愿,锁向金笼始两全。

【鉴赏】此诗意思浅显,题目《鸳鸯》,写失去雌鸳鸯的雄鸳鸯独自飞向高空,望见密布如云的罗网,却不见伴侣的身影,止不住潸然泪下。不求双双翱翔在风云波浪之上,只愿长相厮守,终生为伴,哪怕双双被关锁在笼子里。此诗是诗人悼念亡妻王晏媄而作的。他孤身一人在人生中浮沉,感怀妻子的美好,宁愿长相伴,胜过风云便。

304

前两句运用比喻的手法,把自己比作雄鸳鸯,将妻子比作雌鸳鸯,用失偶的鸳鸯,表达失去配偶的悲凉。雄鸳鸯独自在高空中飞行,象征作者独自在人生旋涡中浮沉。"云罗",罗网像笼罩天空的阴云,象征人生、官场的险恶。原先在仕途坎坷、人生艰难时,总有妻子陪伴,可以排解心中的郁闷,而如今"雌鸟已去",作者只身一人自哀自怜。这突显出作者在妻亡后的凄凉之境。后两句直抒胸臆,表达作者为了与妻子双宿双栖宁愿被关在笼子里,也不愿在名利场中闯荡。作者对爱妻的思念以及辜负了妻子、没有与她相守的懊悔,令人同情。

(李思维　李佳曈)

刘得仁　刘得仁,生卒年事迹均不详。

贾 妇 怨

刘得仁

嫁与商人头欲白,未曾一日得双行。任君逐利轻江海,莫把风涛似妾轻。

【鉴赏】丈夫是商人,我嫁给他打算与他恩爱到白头,可是现在我的头发快斑白了,却还没有与他同进同出过一天。任他追逐钱财在江海上闯荡,只希望他不要像轻视我一样看轻那风浪波涛。

此诗语言朴实无华,情感内涵丰富充沛,言浅意深,塑造出一位哀怨愁苦、饱含深情的贾妇形象。她对丈夫既怨又爱、既无奈又关心,令人感慨万千。

丈夫与传统商人并无二致,都"重利轻别离",终日在外奔波做生意,赚取更多的钱财,而忽视在家独守空房的妻子,致使原本容颜俏丽的妻子在日复一日、年复一年的盼望中,越来越苍老。"花无重开日,人无再少年",贾妇心中充满了哀伤、怨愤。"嫁与商人头欲白","头欲白"三字,令人心酸,一则说明时光匆匆,时不我待,二则说明女子芳华不再,已白发苍颜,惨不忍睹。"未曾一日得双行",没有一日能与丈夫一同出行。可见贾妇命运悲惨,也反映出商人的感情淡漠。"任君逐利轻江海",揭示商人"逐利"的本性,和"轻江海"的冒险精神。最后一句

"莫把风涛似妾轻",贾妇仍不忘嘱咐丈夫不要像轻视她一样轻视风浪。可见贾妇虽然对丈夫怀有怨愤,但仍对丈夫真挚关怀,显示出她又爱又恨的复杂心理。

此诗先抑后扬,塑造出一个对丈夫既恨又爱的贾妇形象。她的不幸以及善良,令人同情、尊敬。

(丘鑫琳　汤克勤)

钱珝　钱珝,生卒年不详,字瑞文,吴兴(今浙江省湖州市吴兴区)人。善诗文。唐昭宗乾宁二年(895)由宰相王溥荐举知制诰,后以尚书郎得掌诰命,升中书舍人,后贬为抚州司马。

未展芭蕉

钱　珝

冷烛无烟绿蜡干,芳心犹卷怯春寒①。一缄书札藏何事? 会被东风暗拆看。

【注释】①芳心:这里比喻芭蕉心。

【鉴赏】这是一首咏物诗,也是一首怀春诗。将未展开的芭蕉比喻成深藏心事的娇羞少女,创造出一个别具新意的艺术形象。比喻新颖,构思巧妙,韵味悠长。

首句将未展开的芭蕉比喻成未点燃的绿色蜡烛,细致描绘出它的形状、色泽。蜡烛给人带来温暖,此诗以"冷""绿"形容它,暗示早春的寒意,突出环境的清幽和人心的孤寂。次句将少女的"芳心"比喻芭蕉心,将未展之芭蕉比作芳心未开的少女。芭蕉心害怕料峭春寒,卷成烛状不敢展开。"怯"字,运用拟人的手法,把芭蕉娇怯羞涩宛若少女的神态生动地展现出来。将未展芭蕉人格化,将芳心未开的少女物化,从而达到人、物浑然一体的境界。

第三句写芳心犹卷的芭蕉好像一卷书札,不知其内蕴藏了多少心事。古代的书札卷成圆筒形,与未展芭蕉相似。"藏"字,突出情窦初开的少女的娇羞含蓄,她害怕别人知道她的心事,故意掩藏。最后一句使用拟人的手法,写东风吹拂芭蕉,似乎要将它的心事悄悄拆看。这两句通过"藏何事"的设问和"东风暗拆看"的想象,展现出一种新的意境,给人留下了无限的遐想。

(刘钰琳　马文晓)

刘采春　刘采春,生卒年不详,淮甸(今江苏省淮安市)人,一作越州(今浙江绍兴市)人。歌伎,伶人周季崇之妻,擅长参军戏。

啰唝曲六首
刘采春

其一
不喜秦淮水,生憎江上船。载儿夫婿去,经岁又经年。

其二
借问东园柳,枯来得几年。自无枝叶分,莫恐太阳偏。

其三
莫作商人妇,金钗当卜钱。朝朝江口望,错认几人船。

其四
那年离别日,只道住桐庐①。桐庐人不见,今得广州书。

其五
昨日胜今日,今年老去年。黄河清有日,白发黑无缘。

其六
昨日北风寒,牵船浦里安。潮来打缆断,摇橹始知难。

【注释】①桐庐:县名,今属浙江。

【鉴赏】刘采春是唐代歌伎,元稹很赏识她,曾作诗《赠刘采春》赞赏她道:"新妆巧样画双蛾,谩里常州透额罗。正面偷匀光滑笏,缓行轻踏破纹波。言辞雅措风流足,举止低回秀媚多。更有恼人肠断处,选词能唱望夫歌。"其中提到的"望夫歌",即《啰唝曲》,是刘采春作的组诗,共六首,语意清新,不事雕琢,情真意切,抒写商妇盼望行商丈夫早日归来的相思之情,哀怨缠绵。

第一首直接表达商妇对与丈夫长期分离而产生的怨憎之情。前两句写她对"秦淮水""江上船"的厌恶态度,设置悬念,引起读者对其"不喜""生憎"原因的好奇。后两句揭示谜底:正是这水这船,载着她的丈夫远去,多少年没有回来。孤独寂寞的情绪无处发泄,她就怪罪流水和江舟,看似无理,实则合情,表现出商妇对丈夫深深的思念。

第二首借东园枯柳表达商妇的孤苦凄凉。自从枯柳不再有枝条让人折取送别,它就不再忧恐太阳西斜所带来的凄凉。这其实是反话,反衬出商妇的孤独寂寞。

第三首写商妇的懊悔之情。"重利轻别离"的商人离家后,久不归回,让商妇独守家门。商妇虽然愤慨、哀怨,但仍对丈夫忠贞、牵挂,她天天清晨守在江口,盼望丈夫归来。她曾将"金钗当卜钱",占卜丈夫的归期;多次误认丈夫的归船,空欢喜一场。商妇的懊悔是一时愤激之词,她对丈夫的牵挂、思念是一往情深的。

第四首描写商人行踪不定,令商妇悬望。商人离别时,曾交代说去桐庐经商,虽然他一直未归,但毕竟桐庐不远,相聚的希望很大。可是,今日收到了丈夫的来信,他说人已到了广州,那可是远在天边的地方啊,让人产生绝望的感觉。

第五首写时间流逝太快,丈夫未归,商妇无奈。商妇独守空闺,一任流年似水,青春空负,不禁发出一年老于一年的哀叹。浑浊的黄河还有清澈的可能,但人一旦白头,白发再也没有可能转黑。"黄河清有日,白发黑无缘",对比强烈,令人唏嘘。

第六首写商妇体会到行商的艰难,表达商妇对丈夫的关心和同甘共苦的心理。昨日北风呼啸,天寒地冻,商妇将船划到浦里去安身。谁知浪潮将缆绳打断了,要控制船身就必须摇橹。这个时候,商妇才知道行船的艰难,而丈夫外出经商经常会碰到这种情况。由于对丈夫行船经商的艰难有了感同身受,商妇虽然对丈夫有所抱怨,但更多的是对丈夫的理解、心痛和牵挂。

(钟滢　陈嘉玉)

赵嘏　赵嘏(约806—约852),字承祐,楚州山阳(今江苏省淮安市楚州区)人。唐武宗会昌四年(844)进士,任渭南县尉。诗赡美,善七律,多警句。

风月守空闺

赵　嘏

　　良人犹远戍,耿耿夜闺空。绣户流宵月,罗帷坐晚风。魂飞沙帐北,肠断玉关中①。尚自无消息,锦衾那得同。

【注释】①玉关:即玉门关。

【鉴赏】此诗写闺妇月夜思念征人丈夫的情形,情景交融,情感动人。

　　首联写夫妻俩的两种生活:丈夫驻守遥远的边疆,妻子则独守空房,月夜难眠。"良人"二字,似乎是妻子在深情地呼唤丈夫,透露出强烈的思念之情。颔联将这种思念寄寓在环境描写当中:华丽的居室,月光如水;丝制的帷幔,晚风习习。景物暗示出思妇对丈夫的深深牵挂,一夜未眠。颈联直接抒发思妇的思念之情:魂魄飞到边疆,肠断玉门关。"魂飞""肠断",不仅写出对丈夫的思念,更有对丈夫安危的担忧。尾联写丈夫一直没有消息传回,同丈夫共盖一床被子的愿望哪里能实现呢?

　　此诗以妻子的口吻写她对戍边丈夫的牵挂和思念,饱含着浓浓的愁绪和担忧,令人动容。

(罗月琳　马文晓)

高骈　高骈(821—887),字千里,幽州(今北京市)人。出身于禁卫世家,任首任静海军节度使,后任天平、西川、荆南、镇海、淮南等五镇节度使,多次重创黄巢起义军。晚年重用术士,嗜好装神弄鬼,致使上下离心,被部将所杀。

赠 歌 者

高　骈

　　公子邀欢月满楼,双成揭调唱伊州①。便从席上风沙起,直

309

到阳关水尽头。

【注释】①双成：仙女名，相传是西王母的侍女，善吹笙。这里指歌女。揭调：高调。伊州：曲调名，商调大曲。

【鉴赏】这是一首赠诗，写给一个流落到阳关的歌女，赞美她嘹亮动听的歌声，同情她漂泊的不幸命运。

通过对比的方式，表现歌女的不幸。当年，歌女生活欢快奢华，被王孙公子邀请到月下楼头，把酒联欢。歌女像仙女双成，高唱着大曲《伊州》，歌声响入云霄，优美动听。如今却命运悲惨，漂泊异乡。好似宴席上突然刮起了一阵狂风，飞沙走石，把歌女卷起，刮到了阳关外的大漠戈壁，即作者的军队驻扎的地方。

第一句描绘月色满楼的楚馆，一个令人迷恋的良宵，以公子的高贵衬托出歌女奢华的生活，以月光的皎洁映衬出歌女美丽的容颜。第二句采用比喻的手法赞美歌女的弹奏歌唱水平，仙女双成弹唱绝佳，用来比喻歌女，表达出作者对她的赞赏。第三、第四句陡起风波，转到对歌女不幸命运的描写。作者设想出奇，以突然刮起的一阵狂风将歌女卷到了边塞绝地、大漠荒陬，省略了许多事件，形象简明，令人惊异，表达出作者对歌女不幸命运的同情。

作者与歌女只是萍水相逢，但她嘹亮婉转的歌喉，赛似仙女下凡的容貌，以及坎坷漂泊的命运，引起作者对她的关注、同情，写诗赠她，显示出作者的善良之处。

（汤克勤　林锦兰）

赵鸾鸾　赵鸾鸾，生卒年不详，平康名妓。

云　鬟

赵鸾鸾

扰扰香云湿未干①，鸦翎蝉翼腻光寒②。侧边斜插黄金凤，妆罢夫君带笑看。

【鉴赏】 此诗描绘美人出浴后梳妆打扮的情景,表现出温馨甜蜜的爱情生活。"云鬟",指高耸的环形发髻,泛指乌黑秀美的头发。

美人出浴后,刚洗完的湿淋淋的头发散发出迷人的香味,浓密如云,随意披散。美人的头发如鸦翎般乌黑,双鬓梳成蝉翼的样子。美人风姿绰约,天生丽质。她对着镜子理云鬟,画蛾眉,将黄金凤钗斜插在盘好的发髻上。一切都梳洗完毕后,她忽然发现:夫君正笑盈盈地注视着她,眼中满是柔情蜜意。

此诗极富生活趣味,从描写美人出浴梳妆的生活琐事,再到写与夫君琴瑟和谐地相处,恩爱夫妻的日常生活跃然于纸上。作者从女性的角度描绘女子的发丝、梳妆等的美好,并没有男性视角的"淫"的意味。诗清新婉丽,展现出美人出浴、鸾凤和鸣的美好图景。 　　　　　(杨紫维　林锦兰)

五　代

韦庄　韦庄(约836—910)，字端己，长安杜陵(今陕西省西安市)人。乾宁元年(894)登进士第，授校书郎，迁左补阙等职。天复元年(901)入蜀，劝王建称帝，以功拜相，卒谥文靖。工诗善词，与温庭筠齐名，并称"温韦"。著有《浣花集》。其作《秦妇吟》，颇负盛名，人称"秦妇吟秀才"。《秦妇吟》与《孔雀东南飞》《木兰诗》并称"乐府三绝"。

悼亡姬　　　　　　　　　韦　庄

凤去鸾归不可寻，十洲仙路彩云深①。若无少女花应老，为有姮娥月易沉。竹叶岂能消积恨，丁香空解结同心。湘江水阔苍梧远，何处相思弄舜琴？

【注释】①十洲：古代传说中仙人居住的十座岛屿。

【鉴赏】此诗是诗人悼念逝去的美姬而作的。凤凰离去，青鸾归回，美姬的踪迹已无法找寻，就像十洲的仙路隐在彩云深处，难以辨明。如果没有花季少女相伴，鲜花就容易老去；因为考虑孤寂的嫦娥，月亮很快沉落大地。竹叶怎么能消除累积的遗恨呢，丁香枝条纠结在一起，能永结同心吗？湘江宽阔，苍梧遥远，在对美姬的相思中，哪里去寻找舜琴，抚琴寄情呢？

首联为诗营造了一种神圣缥缈的仙界景象，给人震撼。颔联进入主题，诗人没有直接描绘"亡姬"有多美，而是借用"花应老""月易沉"来侧面烘托，引人联想。颈联是全诗的核心。"竹"指湘妃竹，它和"丁香"共同表达的哀怨之情，寄托对美姬逝世的遗恨难消。尾联进一步表达对亡姬的思念，情感寄寓在传说和景物中，格外深沉、悠远。

(曾文浩　林锦兰)

梁意娘　梁意娘,生卒年不详,湖南湘阴人,生活在五代后周时期。

述　怀

梁意娘

　　踪迹浮萍落五湖,一番相别一番疏。不知此去从何处,还许春风得见无①。

【注释】①还许:或许。

【鉴赏】梁意娘与表哥李生青梅竹马,互生情愫,在一个中秋月圆之夜,他俩私订了终身。竟被她的父母发现,梁父大怒,赶走了李生,不许两人相见。从此,梁意娘以弹琴写诗来寄托对李生的思念之情。这首《述怀》诗就是在这一背景下写的。

　　头两句将作者与李生的曲折感情以及她满腹的无奈、悲愁一语道出。两人真挚的感情遭到无情的打击,好像随水漂流的浮萍漂泊不定。一旦分别,便疏远难以见面了。后两句表达作者对未来的迷惘和希望。他俩的爱情像浮萍随风飘荡,要想相聚几乎不可能。她多么希望追随着情郎,与他待在一起。或许春风能吹起浮萍(即她自己),让他们得以相见吧。

　　此诗以浮萍为中心意象,贯穿全诗,富有意蕴,凄婉动人。

　　传说,李生读到了梁意娘的这首诗,请人游说梁父,梁父终于同意了他俩完婚,一对有情人终成眷属。两人的爱情故事,传为佳话。

(陈敏虹　丘雯娟)

冯延巳　冯延巳(903—960),一名延嗣,字正中,广陵(今江苏省扬州市)人。曾任南唐左仆射、同平章事。工诗,善书法,尤以词著称。词多写男女离愁别恨,表现士大夫的思想情趣,对北宋初期的词人有较大影响。有词集《阳春集》。

舞春风曲

冯延巳

　　严妆才罢怨春风,粉墙画壁宋家东。兰蕙有恨枝犹绿,桃李无言花自红。燕燕巢时帘幕卷,莺莺啼处凤楼空。少年薄倖知何处,每夜归来春梦中。

　　【鉴赏】《舞春风曲》在表现爱情相思的苦闷中,渗透着女性的生命意识。

　　"严妆才罢怨春风,粉墙画壁宋家东。"少妇在闺房里认真打扮,盛装出场。屋外春风吹拂,万物复苏,百花盛开。本来身上收拾得很美,外面环境也美,她心里应该舒适惬意,可是她陡然生出了"怨"念,令人莫名其妙。"粉墙画壁",可见她家的生活条件不错。显然她的心理出了问题。是什么问题呢?

　　"兰蕙有恨枝尤绿,桃李无言花自红。""兰蕙""桃李"是春天常见的事物,"枝尤绿""花自红"写出了春意盎然,生机勃勃。然而,美景乐景给少妇的感受是:"有恨""无言"。这种感受将她的"怨"落到了实处。原来她的哀怨是因为有恨意,这种恨说不清道不明。美好的春光,漂亮的红妆,却无法排遣她内心的愁怨。她的愁怨是什么呢?

　　"燕燕巢时罗幕卷,莺莺啼处凤楼空。"燕子在挂着罗幕的楼阁中做巢,黄莺婉转地啼唱,一派燕飞莺啼的美好景象,让人产生家的温馨之感。然而,"卷"与"空"似乎暗示出一种不谐和。帘"卷"盼人来,楼"空"断人肠。少妇幽怨的谜底似乎呼之欲出。

　　"少年薄倖知何处,每夜归来春梦中。"最后将答案和盘托出。原来,少妇的丈夫薄倖无情,不知花心到哪里去了,少妇只能在梦中才盼得他归回。一方面埋怨丈夫薄情寡义,一方面又在梦中与他团圆,共度春宵。这是少妇的复杂心态,既憧憬浓烈的情爱,又感受无边的寂寞。这就是她无端兴奋("严妆")、无端烦恼("怨")的原因。

　　作者在诗中表现出女性的生命意识。春光的美好,爱情的甜蜜,是人生极其向往的,但如果缺失了爱情,春光再好也唤不起人的幸福感。尤其对古代女性来说,女为悦己者容,爱情就是她生命的全部。盛妆本为情人设,情人不在痛心肠。

(汤克勤　李嘉敬)

宋　代

杨亿　杨亿(974—1020)，字大年，建州浦城(今属福建省)人。七岁能文，年十一，宋太宗闻其名，试以诗赋，授秘书省正字。淳化三年(992)，赐进士及第。曾为翰林学士兼史馆修撰，官至工部侍郎，谥文。主持编撰《历代君臣事迹》(即《册府元龟》)，编诗集《西昆酬唱集》，为"西昆体"的代表诗人。

泪
杨　亿

锦字梭停掩夜机^①，白头吟苦怨新知^②。谁闻陇水回肠后，更听巴猿拭袂时。汉殿微凉金屋闭，魏宫清晓玉壶敧^③。多情不待悲秋气，只是伤春鬓已丝。

【注释】①锦字梭停：指苏蕙织锦为回文诗事。②白头吟苦怨新知：指司马相如与卓文君的故事。《西京杂记》卷三："相如将聘茂陵人女为妾，卓文君作《白头吟》以自绝，相如乃止。"新知，指将聘的茂陵人女。③魏宫清晓玉壶敧：指魏文帝曹丕将所爱美人薛灵芸选入宫之事。

【鉴赏】情有悲喜，泪有辛甘。综观杨亿《泪》诗，每一句离不开"泪"，而又不明写"泪"。

第一句"锦字梭停掩夜机"，写苏蕙织锦事，表达妻子对丈夫的思念之泪。苏蕙，始平(今陕西兴平)人，颇有文采。丈夫窦滔在前秦苻坚时任秦州刺史，因罪被徙流沙，苏蕙思念不已，织锦为《回文璇玑图诗》，寄赠窦滔。第二句"白头吟苦怨新知"，运用司马相如与卓文君之事，描写埋怨丈夫喜新厌旧之泪。司马相如将要娶茂陵人女作妾，"卓文君作《白头吟》以自绝，相如乃止"。第三句"谁闻陇水回肠后"，借汉乐府《陇头歌辞》之意，写漂泊者之泪。《陇头歌辞》云："陇头流水，鸣声幽咽，遥望秦川，心肠断绝。"第四句"更听巴猿拭袂时",借猿声凄怆,写断肠人之泪。郦道元《水经注·江水》云:"每至晴初霜旦,林寒涧肃,常有高猿长啸,属引凄异,空谷传响,哀转久绝。故渔者歌曰:'巴东三峡巫峡长,猿鸣三声泪沾裳。'"第五句"汉殿微凉金屋闭",用汉武帝废陈皇后之事,写失宠者之泪。汉武帝年幼时曾说:"若得阿娇作妇,当作金屋贮之也。"即位后,立阿娇为陈皇后。后陈皇后被汉武帝废居于长门宫。第五句"魏宫清晓玉壶欹",用薛灵芸被魏文帝选入宫中之事,写别亲者之泪。《拾遗记》卷七:"灵芸闻别父母,歔欷累日,泪下沾衣。至升车就路之时,以玉唾壶承泪,壶则红色。既发常山,及至京师,壶中泪凝如血。"最后两句"多情不待悲秋气,只是伤春鬓已丝",写悲秋、伤春之泪。宋玉《九辩》曰:"悲哉秋之为气也,萧瑟兮草木摇落而变衰。"表达对年华流逝、生命力衰弱的悲伤。

此诗运用与泪相关的一些典故,辞采华丽,体现出西昆体的特点。

(李嘉敬　丘雯娟)

梅尧臣　梅尧臣(1002—1060),字圣俞,宣州宣城(今安徽省宣城市)人。宣城古名宛陵,故称宛陵先生。出身农家,科场失意,以叔父的门荫补太庙斋郎,历任桐城、河阳等县主簿以及建德、襄城等县令。宋仁宗皇祐三年(1051),召试学士院,赐同进士出身。因欧阳修等人推荐,为国子监直讲,累迁尚书都官员外郎,世称"梅直讲""梅都官"。工诗,诗风平淡,与苏舜钦齐名,并称"苏梅",与欧阳修并称"欧梅",被誉为宋诗的"开山祖师"(刘克庄《后村诗话》)。有《宛陵先生文集》。

往东流江口寄内

梅尧臣

艇子逐溪流,来至碧江头。随山知几曲,一曲一增愁。巢芦有翠鸟,雄雌自相求。擘波投远空,丹喙横轻鲦①。呼鸣仍不已,共啄向苍洲②。而我无羽翼,安得与子游。

【注释】①丹喙:指鸟兽红色的嘴。鲦:古同"鲦",白鲦鱼。②苍洲:水中有苍翠植被的岛。

316

【鉴赏】此诗写于宋仁宗景祐二年（1035），梅尧臣漂泊在外，思念家中的妻子，有感而作。

诗分三部分，每四句为一部分。第一部分写诗人前往江口的过程和心情。开篇具有流动感，小船随着溪流快速行驶，"逐"字表现出小船行驶速度快捷，侧面表现出溪流的湍急。船行驶得自由畅快，随溪流漂到了碧绿的江头。水随山转，不知有多少弯曲，一个弯曲让人增添一分忧愁。

第二部分写到达江口后所见的景象。正当愁绪上涌时，忽然看见江边有一个芦苇做的巢，里面是喳喳闹的小翠鸟。诗人将视角拉近，发现雄鸟与雌鸟正在相互追求。"雄雌"二字，让人联想到诗人与他的妻子。现实生活中诗人不用再"相求"，因为他早已拥有贤良淑德、琴瑟和鸣的妻子。"擘波投远空，丹喙横轻鲦"，描写雄雌二鸟的动态，雄鸟奋力展翅向远空飞去，江面竟被带起了一阵波澜。雌鸟灵敏，一下子叼住了滑溜轻快的鲦鱼。雄鸟外出拼搏，雌鸟勤劳持家，象征着夫妻和睦，家庭幸福。这反映出诗人对妻子的深情和眷恋。

第三部分写诗人由雌雄双鸟的恩爱转到自己不能与妻子团聚的惆怅，表达出诗人对妻子的无限思念。"呼鸣仍不已，共啄向苍洲"，雌雄双鸟不停地相互呼鸣，是共同生活在一起而发出的欢喜合鸣。它们共同飞向了绿洲。"共啄"让诗人羡慕。诗人用鸟儿相守来反衬自己在外漂泊，与妻子分离的处境。"而我无羽翼，安得与子游"，直接抒发作者不能和妻子一起翱翔、共同生活的悲伤。

诗歌用反衬的手法，由雌雄二鸟合鸣、共啄反衬出诗人不能与妻子团聚的悲伤，由景触情，真挚动人。

（黄涵　邹欣）

悼亡三首

梅尧臣

其一

结发为夫妇，于今十七年。相看犹不足，何况是长捐①！我鬓已多白，此身宁久全？终当与同穴，未死泪涟涟。

其二

每出身如梦，逢人强意多。归来仍寂寞，欲语向谁何？窗冷孤萤入,宵长一雁过。世间无最苦,精爽此销磨^②。

其三

从来有修短,岂敢问苍天? 见尽人间妇,无如美且贤。譬令愚者寿,何不假其年? 忍此连城宝^③,沉埋向九泉!

【注释】①长捐:永别,死亡。捐,弃。②精爽:精神。③连城宝:指价值连城的宝物,这里指爱妻谢氏。

【鉴赏】梅尧臣与妻子谢氏于天圣六年(1028)结婚,庆历四年(1044)谢氏去世,夫妻生活了十七年。这三首诗写于妻子死的当年,深切地表达了梅尧臣的亡妻之痛。

第一首回顾妻子嫁过来后的岁月,表达了妻亡时的悲痛和与妻同穴的心愿。从"结发为夫妇"到现在妻子死去,共"十七年"岁月。十七年的时间里,作者与妻子相亲相爱,相守相知,由"相看犹不足"可知。而妻子"长捐",永远地离开了,"我"是多么不舍,多么悲痛啊! 想着自己两鬓斑白,"此身宁久全?"自己在这世上活着也不会长久,"终当与同穴",最终死了要与妻子合葬在一起。只是现在自己还没死,所以想着妻子,泪流不止。全诗语言平淡,没有华丽的辞藻,但感情倾注其中,情真意切,哀婉悲凉。

第二首写作者在妻子死后的痛苦状态。按一天生活的顺序"出—归—宵"来描写,具体表现一个丧妻之人的孤独寂寞。"身如梦"表示精神无法集中,身体像"梦"一般轻盈,也如"梦"一般恍惚,用"梦"的特征准确地表现自己的身心状况。"强意多",勉强应对人际交往,打不起精神。"欲语向谁何?"在妻子死后,再也没人可以与自己谈心。可见平日作者视妻子为知己,尊重妻子,坦诚以待。"窗冷孤萤入,宵长一雁过",长夜漫漫,一窗一萤一雁一人。"窗冷""宵长"渲染出寂寞的气氛。"孤萤入""一雁过",是寂寞长夜中的动景,与孤独静默的作者相映衬,动静结合,颇具画面感,衬托出环境的清冷寂静,突出了作者内心的悲凉。作者内心思绪的起伏与夜晚的寂静形成强烈的对比,更显出作者的痛苦、挣扎。"雁"的意象,尤其让人联想,雁是鸟类中"挚情"的典型,大雁如果失去伴侣,再不会找新的伴侣,多哀鸣不绝,甚至殉情而死。"雁"暗指作者自己,寓有深意。最后以"世间无最苦,精爽此销磨"作结,人世间最痛苦的事情莫过于此,由于失妻痛切心扉,自己的生命将消磨殆尽。作者直抒胸臆,使全诗更添一层悲凉。刻骨铭心的爱无法忘怀,妻亡的悲伤沉重深远,作者真切地表达出对亡妻的怀念和深受思念折磨之苦。

第三首写作者"问天""责天",表达出对妻子逝去的痛惜与不甘之情。作者虽然知道生死有命,寿命的长短冥冥中早已注定,不敢质问苍天,但是,妻子是那么美好贤能,愚陋之人尚可长寿,为何苍天不让她多活几年呢?怎么忍心让她这个"连城宝",沉埋于九泉之下呢?作者对苍天的一连串责问,表达出对命运不公的愤懑与无奈。"连城宝"是作者对爱妻的昵称,大胆直白、宠爱有加、令人感动。

(黄涵　丘雯娟)

梦　感　梅尧臣

生哀百十载,死苦千万春。何为千万春?厚地不复晨①。我非忘情者,梦故不梦新。宛若昔之日,言语寻常亲。及寤动悲肠②,痛逆如刮鳞。

【注释】①厚地:大地。②寤:睡醒。

【鉴赏】古代悼亡诗多以记梦的形式,描写作者与亡妻梦中相会的情景,借以表达对亡妻的伤悼与思念。梅尧臣悼念亡妻谢氏的诗歌多以"梦"字为题,可见他俩感情深厚。

作者对妻子的逝去痛苦万分,这份痛苦一直漫延到梦中。夜里梦见自己日思夜想却又阴阳相隔的人,除了一丝欣喜,就只剩下无限的悲凉哀楚。后来,梅尧臣与刁氏结婚,刁氏与谢氏一样出身名门,端庄贤淑,待作者很好,就像昔日谢氏待他一样。新婚后不久,作者又一次梦见了发妻谢氏,可见作者仍把亡妻当作心灵的寄托,发妻的离世是他一生中难以走出的伤痛。

"生哀百十载,死苦千万春。"生与死,哀与苦,对比强烈,生指作者自己,死指亡妻,"百十载""千万春",表明时间的短与长,生短暂,死漫长。"何为千万春?厚地不复晨。"妻子死后,身处黄泉,那里将不复有晨光。作者梦见了前妻,说明他的感情持久、忠贞。但是作者又觉得对继妻有愧。在梦中,前妻"宛若昔之日,言语寻常亲",她仍像生时一样,说话特别

319

亲切。当作者梦醒后,肝肠寸断,这种悲痛如同鱼被刮鳞一般,痛入骨髓。这一比喻,特别形象生动,令人痛心。

此诗风格深挚,语言通俗,感情沉痛,令人感慨唏嘘。

(黄涵　林洁虹)

王安石　王安石(1021—1086),字介甫,抚州临川(今江西省抚州市临川区)人,世称"临川先生"。晚年退居江宁(今江苏省南京市),居半山园,自号"半山"。封荆国公,谥号"文",世称"王荆公""王文公"。宋仁宗庆历二年(1042)进士,曾任签书淮南判官,知鄞县,通判舒州,知常州,提点江南东路刑狱。后召为翰林学士,擢参知政事,拜宰相,主持变法。其文简洁峻切,论点鲜明,逻辑谨严,说理透彻,笔力雄健,名列"唐宋八大家"之一。其诗擅长说理与修辞,晚年以绝句为多,雅丽精绝,含蓄清新,称"王荆公体"。词作不多,写物咏怀吊古,意境空阔苍茫,形象淡远纯朴。有《临川先生文集》《王文公文集》等。

一日归行

王安石

　　贱贫奔走食与衣,百日奔走一日归。平生欢意苦不尽,正欲老大相因依。空房萧瑟施繐帷①,青灯半夜哭声稀。音容想像今何处,地下相逢果是非。

【注释】①繐(suì)帷:设于灵柩前的帷幕,也作"繐帐"。

【鉴赏】此诗写一个老人怀念离世的妻子,极为悲凄。妻子在世时,家里贫穷,为了一家人填饱肚子,穿暖衣裳,他终日在外奔忙。"百日奔走一日归","百"与"一"对比,突出辛劳。年复一年,日日如此。妻子也跟着自己受了许多苦。欢乐的日子那么少,贫穷哀愁却无穷无尽。年岁已大,准备与老妻相依相守,安度余生,妻子却撒手而去了。房屋空空,只有那用麻布缝成的灵帐。青灯暗淡,凄惨的哭声到半夜越来越稀少。妻子的音容笑貌仿佛犹在,可该到哪里去追寻呢?只能到黄泉地下相逢吧。此诗表达出老人对亡妻深沉的思念和愧疚之情。

此诗按时间顺序将过去与现在依次写来。前四句回忆过去奔波劳累、挨饿受冻的日子,第五、六句叙述眼前所见之景:灵帐与凄惨的哭声,最后两句写将来之设想,若要见到妻子,只能等到自己死后入黄泉了。叙事与写景结合,将老人的生平、生活和心理描写得丰富生动,表现了"贫贱夫妻百事哀"的悲惨命运和同甘共苦、相濡以沫的深厚感情。

(杨军燕　钟嘉敏)

苏轼　苏轼(1037—1101),字子瞻,号东坡居士,眉州眉山(今四川省眉山市)人。与父苏洵、弟苏辙合称"三苏"。宋仁宗嘉祐二年(1057)进士,先后任杭州通判,密州、徐州、湖州等知州,因"乌台诗案"被贬为黄州团练副使。后迁翰林学士,出知杭州、颍州,又贬惠州,再贬儋州。后赦还内地,病逝于常州。南宋时追谥"文忠"。其文与欧阳修并称"欧苏",名列"唐宋八大家"之一;诗与黄庭坚并称"苏黄",代表宋诗最高成就;词与辛弃疾并称"苏辛",开创"以诗为词"作法和豪放词风。诗文集有《东坡七集》等,词集有《东坡乐府》。

於潜女
苏　轼

青裙缟袂於潜女[1],两足如霜不穿屦。鰄沙鬓发丝穿柠[2],蓬沓障前走风雨。老濞宫妆传父祖[3],至今遗民悲故主。苕溪杨柳初飞絮,照溪画眉渡溪去。逢郎樵归相媚妩,不信姬姜有齐鲁。

【注释】①缟袂:白色衣服。於潜:古县名,在今浙江省杭州市西二百多里处。②鰄(zhā)沙:张开。形容鬓发翘起。柠:字当作"杼"。织布机上穿纬线的筘。③老濞:指汉初被封为吴王的刘濞,这里指五代吴越王钱氏。

【鉴赏】苏轼的《於潜女》,描写於潜女的天然美貌,以及夫妻俩在山水间从事劳作,恩爱美满。於潜女身穿青裙白衣,赤脚行走,双足洁白似霜。她在风雨中匆匆奔走,鬓发翘起,头发上插着大银栉(即蓬沓),好似丝线穿过杼一般。她的妆扮是从五代吴越王时传下来的,至今没有改变,

321

这反映出当地百姓仍在怀念吴越王。溪边杨柳飞絮,女子走到江边,对溪画眉,然后渡溪过去。路上恰逢她的夫君砍樵归来,两人夫唱妇随,生活幸福,真不相信富贵华美的齐鲁姬姜会比他们更幸福。

前八句着重描绘於潜女的外在形象和生活情趣,用一些细节,如:"青裙缟袂""两足如霜不穿屦""鬌沙鬓发丝穿柠(杼)""老濞宫妆"等服饰、形貌描写,"蓬沓障前走风雨""照溪画眉渡溪去"等动作描写,刻画於潜女美丽自然的形象,自具一种山野清泉般的天然美。

后两句"逢郎樵归相媚妩,不信姬姜有齐鲁",将於潜女内在的心灵美以及她的夫妻关系描画出来。她不贪图齐鲁姬姜的富贵华美生活,愿意与樵夫结为夫妻,夫唱妇随,自得其乐。於潜女夫妻俩的朴实纯洁的恩爱生活,通过诗人描画,令人羡慕向往。

(张映霞　林洁虹)

孔平仲　孔平仲(1044—1111),字义甫,一作毅父,新喻(今江西省新余市)人。与兄文仲、武仲合称"清江三孔"。治平二年(1065)进士,曾任秘书丞、集贤校理、户部郎中、提举永兴路刑狱等官。因"党籍"案遭罢免。长于史学,工文词,诗豪放流丽,富于辞藻。

寄　内

孔平仲

试说途中景,方知别后心。行人日暮少,风雪乱山深。

【鉴赏】诗人在被贬惠州途中,黄昏降临,暮霭沉沉,山道上,行人稀疏,大风呼啸,白雪飘飘。诗人想告诉妻子途中所见之景,突然发觉妻子不在身边,原来两人早已分别。此诗"寄内",就是写给妻子的诗。

先不写景,而是写看到景色后的反应。他试图将所见的景色告诉妻子,这在以前常常如此,现在猛然醒悟过来,由于自己遭贬谪,夫妻俩分离,妻子远在家乡。诗人独自咀嚼分别后的所见所感,心情落寞痛苦。开头提到"别后心",却没有展开述说,读者可以想象出他此刻的酸楚心情。后两句补充所见的"途中景",景物加剧了诗人的痛苦之情。"乱"字,既写景,又抒情,将自然景物和人的心情浑然融为一体,具有双关含义。凄

惨的景象,将"别后心"揭示出来、活化出来。诗人痛苦的离愁,寓含在景物中,增添了诗的韵味。 （蓝蔚　钟嘉敏）

詹光茂妻　詹光茂妻,有贤德,生平事迹不详,宋仁宗时人。

寄　　远　　　　　詹光茂妻

　　锦江江上探春回,消尽寒冰落尽梅。争得儿夫似春色,一年一度一归来。

　　【鉴赏】锦江,游春赏景的好地方,那里寒冰消融,寒梅落尽,春回大地,万物欣欣向荣。我探春回来后,禁不住感叹,春回人间,春光每年必定如约而至。然而,我那远行的丈夫哟,却多年不见回家,如果你能像那守信的春色,哪怕一年一次,也该多好啊。

　　"锦江"点明女主人公"探春"的地方;"探春",点明时间是春天。她热爱春天,对美十分向往,这为下文因丈夫未归而生哀怨埋下了伏笔。

　　眼前美好的春色自然让她想起远在他乡、是她精神寄托的丈夫。把丈夫比作春色,水到渠成,十分新颖。她希望丈夫像春色"一年一度一归来",已是极其可怜的要求了。这一要求折射出现实的残酷无情,把她对丈夫的想念和希望表达出来。"争得"一词,既是表达对丈夫归来的期盼,也是对丈夫归来无期的怨念,爱与怨交织其中。这种运用比喻的含蓄表达,令人回味。

　　语言明快,简练传神,欢快与悲愁交替在字里行间,尤其是凄凉惆怅之情更加动人。 （邓咏琪　丘雯娟）

韩驹　韩驹(1080—1135),字子苍,号牟阳,陵阳仙井(今四川省仁寿县)人,人称陵阳先生。宋徽宗政和初,赐进士出身,除秘书省正字。历官洪州分宁知县、著作佐郎、中书舍人兼权直学士院、江州知州等。写诗讲究韵律,锤字炼句,好用典故,为江西诗派中人。有《陵阳集》。

九绝为亚卿作(选二)

韩 驹

其二

君去东山踏乱云,后车何不载红裙?罗衣浥尽伤春泪,只有无言持送君。

其五

君住江边起画楼①,妾居海角送潮头。潮中有妾相思泪,流到楼前更不流。

【注释】①画楼:以绘画作装饰的楼,即华美的楼。

【鉴赏】这两首七言绝句选自韩驹为好友葛亚卿所作的诗,原有十首,现存九首。葛亚卿曾与一位风尘女子相爱,分别时恋恋不舍。韩驹模仿女子的口吻,表达两人难舍难分的情意。语言质朴,表达细腻,通俗易懂。

第一首写两人在春天分离。女子责问情郎:你远去东山,何不带上我呢?眼泪把我的罗衣都打湿了,我只有默默无言地送你远行。

诗刻画出一个情感细腻、愿与情郎长相厮守、同甘共苦的女性形象。她得知情郎要远行,第一反应是希望情郎能带她同去。女子冲口而出的愿望,夹杂着一丝埋怨。但知道愿望不能实现后,便默默地承受,将流下的伤别之泪假称为"伤春"之泪。诗不写男子的回答,也不交代两人分别的原因,只写女子一路默默地哭泣。女子的痛苦被充分地表达出来,由"罗衣浥尽",衣服被眼泪全打湿可知悲痛多么深重!女子坚持送行祝愿,她是坚强的,仍强作平静,强作欢颜,送情郎远行,愿他一路平安。一个为他人着想、知情识礼的女性形象,呼之欲出了。

第二首写两人分居两地,女子表达对情郎的相思之情。前两句交代分居两地,一个住在江边画楼,一个居于海角潮头,不能相逢团圆。两地相距遥远,女子饱受相思之苦。因两地有水相连,女子产生了一个大胆的想法:"潮中有妾相思泪,流到楼前更不流。"女子为情郎流下了绵绵的相思泪,希望这相思泪随潮水流到情郎居住的楼前就不再流动了,这样,女子就可以看见情郎,情郎也可以知道她的一片相思之情了。结尾想象奇特,饱含深情,令人动容。

（杨军燕　林洁虹）

张耒　张耒(1054—1114),字文潜,号柯山,楚州淮阴(今属江苏省淮安市)人。宋神宗熙宁六年(1073)进士,任临淮、寿安、咸平等县主簿、知县。后任秘书省正字、著作郎、起居舍人等职,知润州、宣州。贬监黄州酒税,后贬为房州别驾、黄州安置。与黄庭坚、秦观、晁补之并称"苏门四学士"。以文风平易明畅、流丽自然著称。有《柯山集》。

偶题二首　　　张　耒

其一

相逢记得画桥头①,花似精神柳似柔。莫谓无情即无语,春风传意水传愁。

其二

春水长流鸟自飞,偶然相值不相知②。请君试采中塘藕,若道心空却有丝。

【注释】①画桥:雕饰华丽的桥梁。②相值:相遇。

【鉴赏】偶题指偶尔作诗。第一首诗人应景而作,有感而发,表现爱情产生了误会,情感寄托在景物中,平淡悠远。前两句回忆相遇相恋时的情景。当时我们在画桥上相遇,周围花儿鲜艳绚丽,生机盎然,柳枝袅袅依依,特别娇柔。这幅图景多么美好,特别欢快。"花似精神柳似柔",表面上描写花儿鲜艳、柳枝娇柔,实际上是借物喻人,比喻女子不仅有花儿一样的容貌、生机,又有柳条一样的温柔、缠绵。后两句写相恋后产生一点误会。不要以为我无语就是无情,其实我的情意深沉,无处不在,犹如春风传递我的心意,流水传达我的哀愁。此诗描写春天的美好,借以表达爱情的美好。"花""柳""春""风",以及"画桥""流水",营造出美好爱情的环境,即使有点误会也能马上消除。表达相恋男女之间甜蜜而具有波折的爱情,既委婉又唯美。

第二首诗人借物传情，表现单相思的境遇。春水不停地流淌，鸟儿自在地飞翔，到处充满了生机和自由。人的感情很奇妙，不会因邂逅而相爱相知。但是我已一见钟情，你如果不相信，你试着采摘池塘中的莲藕吧，莲藕的心虽是空的，但有许多丝相连。巧妙地利用谐音，如"藕"谐音"偶"，"丝"谐音"思"，表达偶然的相遇，产生一见钟情的相思，充满了浪漫色彩。

这两首诗通俗易懂，不尚雕琢，巧用比喻、双关等手法，形象风趣。

（刘咏诗　汤克勤）

李清照　李清照（1084—约1151），号易安居士，齐州章丘（今属山东省济南市）人。丈夫赵明诚，宋代金石学家。靖康之乱后，南下逃难，丈夫逝世，晚年孤苦无依，转徙浙东、浙西各地，郁郁而终。善诗文，能书画，尤以词闻名于世，被称为"易安体"。词创作以南渡为界分为两个时期，前期词反映了闺中生活和思想感情，多写自然风光和离别相思；后期词写国破家亡后的凄凉身世，情调感伤。有词集《漱玉词》。

偶　　成

李清照

十五年前花月夜，相从曾赋赏花诗。今看花月浑相似，安得情怀似往时？

【鉴赏】此诗主要采取对比的手法，将过去夫妇赏花赋诗的恩爱欢乐与眼下仅剩未亡人的孤寂愁苦进行对照，把作者李清照的青年幸福、晚年悲惨的命运表现出来。

诗一落笔写的是十五年前花前月下、夫唱妇随的幸福生活，夫妇共赏花月夜的美好风光，共享吟诗作赋的美好生活。这是作者刻骨铭心的生活片段，夫妻俩曾经相敬如宾的恩爱甜蜜现在仍滋润着作者。

然而，眼前的现实是"今看花月浑相似，安得情怀似往时"！花月依然是当年的花月，但是相爱的那个人已经去世了，同样美丽的景物唤不回当年那种美好的情怀了。"浑"字，强调了美景依旧，"安得"两字，强调了情怀无法回复如初。诗采取问句的方式,让读者浮想联翩。这种用乐景反衬哀情的方式,取得了很好的艺术效果。

此诗构思巧妙,将作者的哀思愁绪表现得鲜明而强烈,令人感叹。

(汤克勤)

春　残　李清照

春残何事苦思乡?病里梳头恨发长。梁燕语多终日在,蔷薇风细一帘香。

【鉴赏】诗人写此诗的时间不详,从诗中"春残""梁燕""蔷薇"等词推断应作于南渡后的某个暮春时节。诗中充满了对故乡的深沉思念和对死去丈夫的悼念之情,表现出作者被病痛与颠沛流离的生活折磨得身心交瘁的寡居状态。

"春残何事苦思乡?病里梳头恨发长。"暮春时节,我为什么苦苦地思念故乡呢?偏又生病了,梳头时,恨头发那么长。这两句诗可见诗人南渡后客居他乡,颠沛流离,身心受到了严重的伤害,她对故乡的思念就更强烈。"残"与"恨"等字,表现出诗人悲惨的命运和郁结的情绪。"恨发长"与李白"白发三千丈,缘愁是个长"异曲同工,感受相同,反映出愁绪绵长的状况。

"梁燕语多终日在,蔷薇风细一帘香。"栖息在梁上的雌雄双燕整天相守在一起,知心话儿说个不停,微风一吹,透过帘子,送来满屋蔷薇花的清香。这幅美好的晚春画卷,诗人实际上并没有从中得到快乐。这是乐景写哀情的手法。燕子雌雄相伴,整日呢呢喃喃地说情话,反衬出诗人的孤苦伶仃,寄寓了作者的悼亡之情。

(陈翠淋　刘咏诗)

朱淑真　朱淑真,生卒年不详,号幽栖居士,钱塘(今浙江省杭州市)人。生于仕宦家庭,才女。所嫁非人,抑郁而终。其诗词大胆抒写对自由爱情的渴望以及对不幸命运的抗争。有诗集《断肠集》、词集《断肠词》。

元　夜　　朱淑真

　　火烛银花触目红，揭天鼓吹闹春风①。新欢入手愁忙里，旧事惊心忆梦中。但愿暂成人缱绻，不妨常任月朦胧。赏灯哪得工夫醉，未必明年此会同。

【注释】 ①揭天鼓吹：形容鼓声等响得惊天动地。

【鉴赏】 此诗描写元宵佳节一对初坠爱河的情人相亲相爱的情景。

　　首联"火烛银花触目红，揭天鼓吹闹春风"，从色彩和声音的角度描绘出元宵夜热闹喜庆的景象。这两句是从《南齐书·礼志上·晋傅玄朝会赋》"华灯若乎火树，炽百枝之煌煌"、唐代苏味道《正月十五夜》诗"火树银花合，星桥铁锁开"中化出，表现出人们享受佳节的愉悦之情，交代了特定的背景，为下文情侣相聚作铺垫。

　　颔联"新欢入手愁忙里，旧事惊心忆梦中"，写初涉爱河的情侣克服困难，今夜终于相聚。他们为了等待今日的欢会，送走了多少愁苦的日子，苦尽甘来的欢会显得更加珍贵、难得。这说明这对情侣相见并不容易。他们此刻相见仿佛在梦中。

　　颈联"但愿暂成人缱绻，不妨常任月朦胧"，写情侣只愿意相聚在一起，根本不在乎元宵节的热闹繁华，反而希望月色朦胧，环境幽静。"暂"字，突出了情侣相聚的时间短暂，进一步突出了相见机会的难得。

　　尾联"赏灯哪得工夫醉，未必明年此会同"，元宵节最吸引人的是赏灯，但这对情侣没有时间，也没有心思去赏灯，只想两人待在一起，因为明年还不知道有没有这样难得的机会相聚。尾联表达出要珍惜相聚时光，及时行乐的心理，反过来说明其中含有无限的悲凉与惆怅之情。

　　此诗突出的艺术特点在于对比，前四句极力写元宵节的热闹，后四句却写情侣尽量避开热闹，去享受幽会的乐趣，形成鲜明的艺术张力，让人感受他们真挚、热烈的感情，又为他们现实处境的不自由寄予同情。

（刘晓茹　丘雯娟）

刘氏 刘氏,生卒年事迹不详,蒲阳(今福建省莆田市)人,生活在北宋后期。

寄 衣 诗
刘 氏

　　情同牛女隔天河,又喜秋来得一过。岁岁寄郎身上服,丝丝是妾手中梭。剪声自觉和肠断,线脚那能抵泪多。长短只依先去样,不知肥瘦近如何。

　　【鉴赏】此诗描写思妇为服兵役的丈夫制衣、寄衣,表达出对丈夫的深切思念,塑造出一位贤惠、凄苦的思妇形象。

　　首联交代思妇与丈夫分隔两地的现实处境,她与丈夫像牛郎织女一样相隔两地。牛郎织女尚且一年可以团聚一次,而她与丈夫已经好多年没有相见了。牛郎织女"喜"于一年一度的团聚,反衬出思妇与其丈夫无法团圆的悲凉。颔联、颈联写思妇给丈夫缝制衣服的情景。她年年给丈夫缝衣、寄衣。新衣是她拿梭一针一线编织而成的,缝入了她满腔的思念。"剪声自觉和肠断,线脚那能抵泪多",用细节刻画出思妇勤劳、悲苦、痴情的形象。剪断布料的声音让人感觉肠被剪断,这一表达令人惊心动魄;线脚虽多却比不上相思泪多,联想丰富,新颖别致。这两句使用了夸张的手法,恰切地表现出思妇的孤苦生活。两联对仗工整,音律和谐,极富表现力。尾联交代制的衣服还是当年丈夫离家时的大小,暗示丈夫多年未归,思妇根本不知道他目前的胖瘦情况。诗中寓含了无限的凄凉和惆怅。

　　此诗借牛郎织女被银河相隔的神话,形象地表现出思妇与丈夫的现实处境。通过缝衣的动作来寄托思妇对丈夫的相思之情,表现出她的凄苦生活,极具真实感,令人唏嘘、同情。

　　　　　　　　　　　　　　　　　　　　　　　　(黎玉婷　邹欣)

陆游 陆游(1125—1210),字务观,号放翁,越州山阴(今浙江省绍兴市)人。宋高宗绍兴二十四年(1154)试礼部,名在前列,为秦桧所黜。宋孝宗赐进士出身,历官镇江、隆兴、夔州通判,先后参王炎、范成大幕府,提举福建常平茶盐公事,知严州。被弹劾罢官,归居故里。著名的爱国诗人,与尤袤、杨万里、范成大并称南宋"中兴四大诗人"。诗歌今存九千多首,内容极为丰富。有《剑南诗稿》《渭南文集》《老学庵笔记》等。

十二月二日夜梦游沈氏园亭(二首) 陆 游

其一

路近城南已怕行,沈家园里更伤情。香穿客袖梅花在,绿蘸寺桥春水生。

其二

城南小陌又逢春,只见梅花不见人。玉骨久埋泉下土,墨痕犹锁壁间尘①。

【注释】①墨痕:指陆游写于沈园墙壁上的词《钗头凤》。

【鉴赏】沈园,南宋绍兴名园,在今浙江省绍兴市内木莲桥洋河弄。据南宋周密《齐东野语》卷一云:"陆务观初娶唐氏,闳之女也,于其母夫人为姑侄。伉俪相得,而弗获于其姑。既出,而未忍绝之,则为别馆,时时往焉。姑知而掩之。虽先知挈去,然事不得隐,竟绝之。亦人伦之变也。唐后改适同郡宗子士程。尝以春日出游,相遇于禹迹寺南之沈氏园。唐以语赵,遣致酒肴。翁怅然久之,为赋《钗头凤》一词,题园壁间云:……。实绍兴乙亥岁也。……未久,唐氏死。"陆游题于沈园壁上的词《钗头凤》曰:"红酥手,黄縢酒,满城春色宫墙柳。东风恶,欢情薄。一怀愁绪,几年离索。错,错,错。　春如旧,人空瘦,泪痕红浥鲛绡透。桃花落,闲池阁。山盟虽在,锦书难托。莫,莫,莫!"传说唐婉也在墙壁上和作一首《钗头凤》:"世情薄,人情恶,雨送黄昏花易落。晓风干,泪痕残,欲笺心事,独语斜阑。难,难,难!　人成各,今非昨,病魂常似秋千索。角声寒,夜阑珊,怕人寻问,咽泪装欢。瞒,瞒,瞒!"两首《钗头凤》,蕴含着陆游与唐婉相同的哀怨和无奈,诉说着一个凄婉的爱情故事——沈园情梦。

陆游与唐婉的爱情,以悲剧结局,这让陆游终生难忘。他一回想起来便情动于中,悲伤不已,就连在梦中,也会重回沈园,缅怀往事,悼念前妻,倾诉对她的绵绵怀念之情和痛苦无奈之感。《十二月十二日夜梦游沈氏园亭》作于陆游八十一岁时。

第一首前两句写道,路上犹豫徘徊,愈靠近城南,诗人心里愈害怕,沈园是他一辈子的伤心地!"已怕行""更伤情",表现出诗人的情感状态,层层递进,步步加深。后两句写道,多少年后,沈园里的梅花依然繁盛,清香飘在游客的衣袖上;那座别致的寺前小桥映着水色,桥下春水涨了。风景依旧美丽,而佳人已消逝无踪,明丽之景愈加衬托出诗人满腔的哀情。这是物是人非、阴阳两隔的悲叹。

第二首前两句写,城南小路春又到,梅花盛开,却不见当年在此相逢的亲人。物是人非,美好的景色唤起了沉痛的心情。这种乐景写哀情的手法,尤让人沉重。后两句照应"只见梅花不见人",前妻唐婉早已香消玉殒,玉骨化为黄泉的尘土。当年两人写在沈园墙壁上的《钗头凤》词,墨迹快让尘土给遮盖了。"久""犹"两字,突出了时间过去之久,物在人亡之悲。但是情溢词外,唐婉的身影以及《钗头凤》的题词,都被诗人牢牢地刻在心上,永远不会磨灭。

这两首诗,第一首写诗人尚未走进园门便思绪翻涌,入园后更是触景生情;第二首把镜头锁定在"壁间墨痕"上面,表达出诗人对已亡人久久不泯的思念之情。两诗写得哀婉深挚,凄楚感人。　　　　(陈翠淋　杨诗妍)

沈园二首

陆　游

其一

城上斜阳画角哀,沈园非复旧池台。伤心桥下春波绿,曾是惊鸿照影来。

其二

梦断香消四十年①,沈园柳老不吹绵。此身行作稽山土②,犹吊遗踪一泫然。

【注释】①梦断香消:指唐婉亡故。②行作:即将化作。稽山:会稽山,在今

331

浙江省绍兴市东南。

【鉴赏】 沈园,是陆游的伤心地,一触碰便痛彻心扉。陆游本是一个豪气干云的伟丈夫,渴望"上马击狂胡,下马草军书"(《观大散关图有感》),去抗金战场杀敌报国,即使"僵卧孤村不自哀,尚思为国戍轮台"(《十一月四日风雨大作》),念念不忘"王师北定中原日"(《示儿》)。但是,在他的内心深处有一处柔软的角落,那就是沈园,那个他与结发妻子唐婉离异后唯一一次相见的地方。虽然陆游在人生路途上饱经风霜、伤痕累累,但是一有机会他还是要故地重游,抚摸遗迹,凭吊往事,感受那份永不逝去的甜蜜与悲伤。宋宁宗庆元五年(1199),75岁高龄的陆游,仍徘徊在沈园的土地上,悼念唐婉,写下了两首情深意长的"伤心"诗。

其一回忆与唐婉在沈园相逢之事,诗人的悲伤之情无法抑制。那时,沈园被惨淡的夕阳笼罩,画角(一种彩绘的管乐器)吹奏的凄怆之音传过来,沈园里淤积着一重化不开的悲凉。诗人面前的沈园不再是当年的沈园,池塘楼台不再是从前的模样,沈园已多次换了主人。物是人非,已让人伤心,更何况物非人亦非呢?在这个"陌生"的环境里,分明又是一睹前妻芳容的地方,陆游多么想重温旧梦,哪怕是退而求其次,一池一台仍然保持当年的模样也好啊!当然无法否认,这又是一个"熟悉"的地方。陆游竭力寻找似曾相识的东西,终于发现"桥下春波绿"还一如往昔,让他得到如见故人的感觉。但是这一景色引起的不是喜悦,而是"伤心"的回忆:"曾是惊鸿照影来。"当年与唐婉离异后的不期而遇,她是那么温婉动人,又是那么凄婉欲绝,恰似曹植《洛神赋》描绘的"翩若惊鸿"的仙子凌波微步在春波之上。唐婉已经香消玉殒了,"玉骨久成泉下土",那照影惊鸿也一去不复返了。但是,只要陆游不死,那"影"便永远留在他心中。此诗构思奇特,以"美丽的影子"作为构思中心,今昔对比,令人感慨,令人浮想联翩。

其二写诗人对爱情的坚贞不渝。作者感叹唐婉逝世已四十年(实际上已死去四十四年了),太久的时光,连沈园的柳树都老了,不再飞绵(飘柳絮)。自己也年逾古稀,即将死去,将葬在会稽山下化作黄土。虽然如此,"犹吊遗踪一泫然",凭吊故妻,伤心落泪,仍对唐婉保持一份坚贞不渝的感情。"犹"字,使诗意得到了升华;"泫然",泫然流泪,其中包含了许多复杂的感情,有爱,有恨,有悔。作者点到为止,让读者去体味。

这两首诗感动了后世无数人。诚如清代陈衍《宋诗精华录》卷三所言："无此绝等伤心之事，亦无此绝等伤心之诗。就百年论，谁愿有此事？就千秋论，不可无此诗。"

（汤克勤）

徐照 徐照(？—1211)，字道晖，一字灵晖，号山民，永嘉(今浙江省温州市)人。家境贫寒，终身布衣。与徐玑(灵渊)、翁卷(灵舒)、赵师秀(灵秀)并称为"永嘉四灵"。诗风承袭晚唐诗人姚合、贾岛，题材狭窄，刻意炼字炼句。有《芳兰轩集》。

自君之出矣三首

徐 照

其一

自君之出矣，心意远相随。拆破唐人绢，经经是双丝。

其二

自君之出矣，玉鉴生尘垢①。莲子种成荷，曷时可成藕②？

其三

自君之出矣，懒妆眉黛浓。愁心如屋漏，点点不移踪。

【注释】①玉鉴：镜的美称。②曷时：何时。

【鉴赏】"自君之出矣"是古乐府杂曲歌辞名。徐照借乐府古题作此三首诗，表达了妻子思念丈夫的感情。三首诗的前两句都是实写，表现夫妻离别后妻子的生活和心理，后两句都是虚写，借用其他事物巧妙地表达妻子对丈夫的情意。

第一首的后两句："拆破唐人绢，经经是双丝。"虚写女子拆破唐代的手绢，发现经线都是用双丝织成的。"双丝"既指绢，也指女子对丈夫的思念。"丝"谐音"思"，表达妻子对丈夫的深情厚意。第二首，"玉鉴生尘垢"，写镜子因长期不使用而蒙上了一层灰尘，说明妻子自从丈夫出门后，连梳妆打扮的心思都没有了。这是"女为悦己者容"的心理导致的。后两句"莲子种成荷,曷时可成藕",写莲子发芽长大成荷,又结成藕。"藕"谐音"偶",表示成双成对的意思。通过发问,妻子盼望丈夫早日归家,与她成双成对。第三首后两句:"愁心如屋漏,点点不移踪。"将女子绵延不绝的忧愁比作连绵不断的雨水,雨水都滴落在同一个地方,就像忧愁总是从心里爆发出来一样。比喻新颖巧妙,生动地表现出妻子对丈夫的思念绵长而执着。

这三首诗都没有直接写相思,但是通过谐音、比喻的方式,字里行间处处流露出妻子对丈夫的深切思念。　　　　　（刘咏诗　汤克勤）

姜夔　姜夔(约 1155—1209),字尧章,号白石道人,饶州鄱阳(今属江西省)人。一生未仕,辗转江湖,客游达官贵人之门。精通音律,工诗词,善书法。词多感慨时事,述怀旧游,状物写景等,意境清空,格律精严,音韵谐婉,炼字精工。有《白石词》《白石道人诗集》等。

过 垂 虹①

姜　夔

　　自作新词韵最娇,小红低唱我吹箫②。曲终过尽松陵路③,回首烟波十四桥。

【注释】①垂虹:吴江县(今江苏省苏州市吴江区)的一座桥。②小红:范成大赠给姜夔的一个歌女的名字。③松陵:当时吴江县的别名。

【鉴赏】传说,姜夔在好友、高官范成大家里创作了两首新词《疏影》《暗香》,音律优美,词旨遥深。范成大的歌伎——色艺俱佳的小红吟唱它们,歌中含情。范成大大为赞赏,兴之所至,竟将小红赠给了姜夔。姜夔携小红乘船归回湖州,经过吴江县的垂虹桥,写下此诗。

　　诗写道,我新作的词音韵谐美,小红低声吟唱,我吹箫伴奏。乐曲终了,小船载着我和小红,摇过了吴江县。我回头一望,水面烟波苍茫,不知不觉中已驶过了十四桥。

对如此艳遇的感恩以及自己才华的自信，作者在如歌如画的自然风光中写下了这首诗，将幽情雅韵一一寄予其间。"曲终过尽"，说明行船轻快，也暗示作者的心情欢快。最后一句"回首烟波十四桥"，可谓神来之笔，在优美的意境中将诗人此刻的心情表现出来，言有尽而意无穷。

（林洁虹　李玲）

戴复古　戴复古（1167—？），字式之，台州黄岩（今属浙江省台州市）人，居南塘石屏山，自号石屏、石屏樵隐。布衣，浪迹江湖，为南宋江湖诗派代表诗人。有《石屏诗集》等。

寄　兴
戴复古

黄金无足色，白璧有微瑕。求人不求备，妾愿老君家。

【鉴赏】 此诗语言浅白，直抒胸臆地表达出一个女子的心愿，意思是：世间黄金没有成色十足的，白玉也有细微的瑕疵；对人也不应该求全责备啊，我愿意在你家终老一生。

"妾愿老君家"是女子直白的愿望，希望婆家能够应允她。而婆家能否接受她，要看婆家是否"求人不求备"。人非圣贤，孰能无过？求全责备实际上就是挑剔，不能够容人。为了说服婆家接受她，她用"黄金无足色，白璧有微瑕"来打比方。诗按照倒过来的顺序看，并不突兀，但这样安排，却见匠心，设下悬念，引人入胜。

此诗也可以这样理解：女子对丈夫的小缺点也并不介意，她明白，人无完人，金无足赤，她愿意同丈夫相携相伴、白头偕老。

此诗直接道出了爱情的真谛：爱在包容。

（李玲　林洁虹）

何应龙　何应龙（1174？—1238？），字子翔，钱塘（今浙江省杭州市）人。嘉泰进士，知汉州。著有《橘潭诗稿》。

采莲曲

何应龙

采莲时节懒匀妆，月到波心发棹忙①。莫向荷花深处去，荷花深处有鸳鸯。

【注释】①波心：水中央。棹：船桨。

【鉴赏】《采莲曲》，属乐府《清商曲辞·江南弄》之一。此诗前两句写采莲女采莲时的隐蔽心理和天色已晚时的慌乱动作。她为什么"懒匀妆"呢？因为她满怀心事、魂不守舍。她为什么"发棹忙"呢？因为"月到波心"，天色已晚。后两句交代采莲女的真实内心。"莫向荷花深处去"，原因是："荷花深处有鸳鸯。"最后一句语义双关，荷花深处有成双的鸳鸯，这里的"鸳鸯"，也可能指成双成对正在约会的热恋中人。采莲女怕撞见约会的恋人们，引起自己的伤感。因为她孤身一人，形影相吊啊！

此诗用浅显通俗的语言，描写采莲女的心理和动作，表现出她慌乱而羞惭的爱情心理，细腻生动，朦胧含蓄。

（廖碧华　钟嘉敏）

罗与之　罗与之(1217？—1279？)，字与甫，一字北涯，号雪坡，螺川(今江西省吉安市)人。屡试不第，隐居乡间，晚年潜心性命之学，多写诗学道。有《雪坡小稿》。

寄衣曲三首

罗与之

其一

忆郎赴边城，几个秋砧月。若无鸿雁飞，生离即死别。

其二

愁肠结欲断，边衣犹未成。寒窗剪刀落，疑是剑环声。

其三

此身傥长在①，敢恨归无日。但愿郎防边，似妾缝衣密。

【注释】①傥:同"倘",倘若。

【鉴赏】罗与之生活在南宋后期,正逢蒙古族威胁南宋政权,战火不断。《寄衣曲》三首就是在这一时代背景下写的,描写征妇捣衣、制衣、寄衣的过程,刻画出一个情深意重、具有奉献精神的思妇形象。

第一首开头一个"忆"字,揭示了征妇伤感的缘由。"几个秋砧月",说明时间之长,丈夫已离家多年。最后两句写道,要不是鸿雁可以传书,她和丈夫的生离就如同死别,揭示出征妇对丈夫的思念和牵挂只能寄托在鸿雁传书上。此语沉痛,表现出征妇与丈夫山河阻隔、生离死别的痛苦,为下面征妇制衣奠定基础。

第二首写征妇为丈夫赶制征衣,愁肠欲断。她满腹愁肠,因为征衣还没有完成。恍惚间窗边的剪刀掉落,哐啷的响声让她误认为是丈夫的剑环发出来的。"寒窗"一词,说明征妇处境的悲凉,渲染独守空房的寂寞凄凉。"剑环"谐音"见还",从剪刀掉落的声音中她似乎看到了丈夫归来的希望。这一虚无的希望,暂时安慰了她。

第三首写征妇从恍惚的心态中重新燃起希望的信念。只要自己好好地、长久地活着,就会等到丈夫归回的日子。希望丈夫好好戍守边疆,就像我织征衣那样严密合缝。这个比喻天然工巧,寄寓了严密防守、保家卫国的思想,将思妇的品格一下子提升到爱国的高度,令人肃然起敬。

(罗伟凤　汤克勤)

林景熙　林景熙(1242—1310),字德阳,号霁山,温州平阳(今属浙江省)人。南宋度宗咸淳七年(1271)以太学上舍第一释褐,任泉州教授。迁礼部架阁,转从政郎。入元后隐居故里,教授生徒,从事著述,名重一时。诗多写南宋遗老的故国之思,为南宋遗民诗人的代表。有《霁山集》。

商 妇 吟

林景熙

良人沧海上,孤帆渺何之。十年音信隔,安否不得知。长忆相送处,缺月随我归。月缺有圆夜,人去无回期。回期傥终有,白首宁怨迟。寒蛩苦相吊^①，青灯鉴孤帏^②。妾身不出帏，妾梦驰万里。

【注释】①寒蛩：深秋的蟋蟀。②青灯：指油灯。孤帏：孤单的床帐。

【鉴赏】《宋诗纪事》在此诗题下注云："寓思君之意。"林景熙在南宋任官，入元不仕，以义行著称。元初杨琏真伽发掘宋陵，林景熙化装成乞丐，收高、孝二陵的遗骨于竹笾中，分贮两函，移葬于东嘉，他是一个忠于宋室的遗民。此诗以商妇自比，借良人（丈夫）不归而寓思君之意，通过夫妻关系的描写表达了作者忠于故国之情。

此诗采用第一人称自述的方式娓娓道来。独守空房的"妾"（妻子）哀叹道：我的丈夫啊！你漂泊在苍茫的大海上，孤单的船帆缥缈，不知何往。我和你十年音信阻隔，不知你现在是否安在。我常常回忆送别你的情景，残月伴随我孤单而回。残缺的月亮还有圆满时，你离开后却再也没有归回。如果你总有一天会回来，我就是等到白发苍苍也不会怨恨。深秋的蟋蟀凄凉地鸣叫着，油灯的光亮照在我孤寂的床帐上。虽然我的身体没有离开床帐，但是我在梦里万里奔驰与你相会。

此诗以夫妇喻君臣，一方面成功地塑造了一个血肉饱满的思妇形象，一方面又有暗含思君之意，委婉深曲，感情深挚，摇曳生姿。

（罗伟凤　钟嘉敏）

郑会　郑会，生卒年不详，字文谦，一字有极，号亦山，贵溪（今江西省贵溪市）人。宋宁宗嘉定四年（1212）进士，擢礼部侍郎。后引疾归里。有《亦山集》。

题邸间壁

郑　会

茶蘼香梦怯春寒，翠掩重门燕子闲。敲断玉钗红烛冷，计程应说到常山。

【鉴赏】此诗是作者旅行到常山思念家人的作品。作者不写自己思念家人,却写妻子想念自己,角度奇特,更深一层地表达了作者的思家念亲之情。

作者想象荼蘼花开,在妻子的梦中绽放,妻子孤寂一人独卧空床,在春寒料峭的深夜,怯于寒冷。"怯"字道出了妻子独卧畏寒的生活状态,显示出丈夫对妻子的无限牵挂,感同身受。荼蘼作为一个美好的形象,出现在妻子的香梦中,暗示外在的春寒孤寂侵扰不了妻子内心的甜蜜美好,因为她有爱的温暖。

作者熟谙家中的环境,"翠掩重门燕子闲",翠叶掩映重门,燕子悠闲飞来,妻子正生活在这一幽静的环境里。这种环境,容易让人产生"倍思亲"的情绪。

作者接着用两个典型细节来表现妻子对他的思念:一是敲断烛花,"敲断玉钗红烛冷";二是计算行程,"计程应说到常山"。敲断烛花,表明夜深人静,妻子思念丈夫,夜不成寐;妻子对丈夫的行程推算准确,说明她的心一直伴随着丈夫远行。这两个细节,虽是作者的揣想,却真切地表达出妻子对作者的爱,作者对妻子的思念。

此诗以奇特的构思、丰富的想象、换位移情的手法,表现出作者思妻怀乡的绵绵之情,寓情于景,情景交融,笔触细腻而生动,意远而思深。

(陈麒羽　汤克勤)

王镃　王镃,生卒年不详,字介翁,号月洞,处州平昌(今浙江省遂昌县)人。宋末时,官金溪(今江西省抚州市)尉。宋亡后,遁迹为道士,归隐湖山。有诗集《月洞吟》。

裁 衣 曲 王　镃

烧罢心香午夜阑[①],玉纤轻捻剪刀寒。衣成恐不如郎意,独著灯前照影看。

【注释】①心香:佛教语。比喻虔诚的心意。阑:将尽,残尽。

【鉴赏】此诗写女子深夜忍寒裁衣,恐怕不如郎意而细心检查,表达出她对丈夫深深的爱。

"烧罢心香午夜阑,玉纤轻捻剪刀寒。"夜深人静,女子心事重重,忧思难眠,她焚香虔诚地祷告,祈求上天保佑在外的丈夫平安,更祈祷丈夫能够早日归回与家人团聚。天气渐渐转凉了,她想起丈夫会不会受冻? 于是赶快制作寒衣。在瑟瑟秋风中,她伸出纤纤玉手,轻轻握住冰冷的剪刀,裁剪布帛……"寒"字,突出天气凉,剪刀冷,也形容女子孤寂落寞的心。这两句刻画出妻子痴情、操劳的形象。

"衣成恐不如郎意,独著灯前照影看。"心灵手巧的女子很快做好寒衣。但她担心缝制的衣服不能让丈夫称心满意,便拿起衣服,对着灯光反复打量。"独"字将女子的孤独鲜明地表现出来了。她将一片炽热的真心,一针一线,密密麻麻,全都缝进了寒衣里…… （陈敏虹 刘咏诗）

郭晖妻 郭晖妻,生平事迹不详。其丈夫郭晖为士人。

答　外

郭晖妻

碧纱窗下启缄封,尺纸从头入尾空。应是仙郎怀别恨,忆人全在不言中。

【鉴赏】据说郭晖给妻子寄信时,误将一张白纸当作信寄了出去。他的妻子接到信后,拆开一看,竟是白纸。她作了这首诗,寄给丈夫,表达她对丈夫的信赖与深情。

前两句写拆信看的情景。她收到丈夫的来信,心情激动,在碧纱窗下忙拆开看。她希望看到丈夫思念她的情话,看到丈夫报平安的消息。可是信从头到尾竟是一张白纸。她惊呆了,这是怎么回事呢?

愣怔之间,她想,或许是丈夫特别想念我吧,他的相思犹如滔滔江水,难以用言语表达吧。她这么一想,全然没有怨恨,依然对丈夫怀着无比的信任和爱。

一般来说,误会容易制造矛盾,造成隔阂,但是郭晖的妻子善解人意,信任丈夫,她的这种处理方式,对当今人们处理夫妻间的矛盾和误会,有着积极的借鉴意义。

（邓咏琪　钟嘉敏）

陈梅庄　陈梅庄，江西提点刑狱陈仲微之女，新昌（今属浙江省）县丞胡某之妻。生活在南宋庆元至嘉定（1195—1224）年间。

述　怀

陈梅庄

　　一片愁心怯杜鹃，懒妆从任鬓云偏。怕郎却起阳关意，常掩琵琶第四弦。

　　【鉴赏】此诗以"愁"为线索，集中描写闺中少妇的忧愁，通过心理和动作描写，表达她难以排遣的愁绪。丈夫决定着她的悲欢，她小心翼翼地维护夫妻团圆。

　　前两句"一片愁心怯杜鹃，懒妆从任鬓云偏"，写少妇心情愁闷，怕听到杜鹃的凄凉啼鸣，也懒得梳妆打扮，听任鬓发随意散乱。后两句"怕郎却起阳关意，常掩琵琶第四弦"，写她忧愁的原因，原来是怕丈夫生出离家戍边的念头，因此她弹琵琶常常不弹第四弦。第四弦的高音容易让人听出杀伐之声，起高远之志。

　　诗采用的意象很好地表情达意。例如"杜鹃"，以杜鹃鸟的哀鸣，衬托出少妇的哀愁；又如"阳关"，喻示边塞他乡；再如"琵琶"，渲染愁怨。这些悲怨的意象，奠定了诗歌的感情基调，让人感受到少妇愁怨的心情。

（陈诗华　邹欣）

元　代

元淮　元淮(1130—?),字国泉,号水镜,抚州临川(今江西省抚州市)人。元初率军平定闽中地方武装,授武德将军,任福建邵武知府。工诗文,有《水镜集》。

春　闺　　　　　　元　淮

　　杏花零落燕泥香,闲立东风看夕阳。倒把凤翘搔鬓影①,一双蝴蝶过东墙。

【注释】①凤翘:凤形首饰。

【鉴赏】此诗写一位孤独的少妇在闺房里百无聊赖地看着外面杏花落、夕阳归,其忧愁幽怨之情溢于纸上。

　　杏花凋落飘零,燕子衔起掺和着花香的泥丸筑巢。这一幅暮春图宁静温馨,富有深意。美好的春天将要逝去,景色中寄寓了少妇的惜春之情,容易让少妇产生青春易逝、红颜易老的自怜之意。燕子衔泥筑巢,让她想起家的感觉,而她现在形影相吊,很渴望家的温暖。她百无聊赖地迎立在东风中,看着夕阳慢慢地落下山,心中充满了惆怅。"闲"字,显出她内心的寂寞空虚。她手倒持凤形首饰搔着鬓发,显示出她的慵懒、无聊。突然,一对蝴蝶翩翩地从她的眼前飞过,飞越东墙,引起了她无限的遐想,增添了她满腔的愁怨。最后一句,点明诗的主旨:她孤独地渴望爱情。

　　此诗虽然通篇未著一个"怨"字,但是展现出一个女子的哀怨之情。意境优美,委婉含蓄,耐人寻味。

　　　　　　　　　　　　　　　　　　　　　　(曾雪榆　钟嘉敏)

萨都刺　萨都刺(约1307—1359后),字天锡,号直斋,雁门(今山西省代县)人。元泰定四年(1327)进士,授翰林应奉,官至南台侍御史,后弃官隐于安庆司空山。善绘画,精书法,诗词多游山玩水、归隐赋闲、慕仙礼佛等内容,清丽俊逸,兼有豪迈奔放。有《雁门集》。

竹　枝　词

萨都刺

　　湖上美人弹玉筝,小莺飞度绿窗楞。沈郎虽病多情在①,倦倚屏山不厌听。

【注释】①沈郎:指南朝梁代诗人沈约,多病而腰瘦。这里代指情郎。

【鉴赏】此诗写情人沉醉在爱情的幸福中。湖上,一位美丽的女子正在弹玉筝,旋律悠扬动听,吸引了一只小黄莺飞越船上的绿色窗楞。她的情人虽然病了,但是仍倚靠着屏风痴情地听,虽显倦容,却不知满足。音乐使他们的心灵达到了契合,成为相知相守的知己。

　　此诗描绘出一幅恋人和谐相处的美好画面,展现出恋人之间纯粹、甜蜜的感情。这幅图画的背景是湖,一个整体宁静的环境,绿色的窗楞和屏风,又增添了画面的颜色。在宁静的图画中,流动着一股活泼的灵动,犹如潺潺溪流,那是美人在弹玉筝,黄莺在穿越窗楞,沈郎在听筝声。这些动作温柔舒缓,动中有静,呈现出优雅温馨的情趣。这是一幅富有诗意和情感的图画,高雅而优美,让人感受到爱情的纯洁和美好。

(陈麒羽　廖丽英)

杨维桢　杨维桢(1296—1370),字廉夫,号铁崖,又号铁笛道人,晚号东维子,诸暨(今属浙江)人。元泰定四年(1327)进士,官至建德路总管府推官。工诗,独具一格,被称为"铁崖体"。

西湖竹枝歌九首（其八）　　　　　杨维桢

　　石新妇下水连空，飞来峰前山万重。妾死甘为石新妇，望郎忽似飞来峰。

　　【鉴赏】杨维桢的《西湖竹枝歌》共九首，这里选其第八首。

　　此诗描述女子为了等待情郎归来，甘愿化作伫立的石新妇，希望情郎像飞来峰般归来，强烈地表达女子对团圆的渴望。石新妇，即新妇石。宋代林小山作《新妇石》云："瘦骨峻嶒立海湄，绿苔曾是嫁时衣。江郎去作三衢客，目断天涯竟未归。"左纬也作《新妇石》曰："烟萝为髻雾为巾，独立江边经几春。无故被人呼作妇，不知谁是画眉人。"飞来峰，传说天外飞来的一座山峰。此诗前两句，描写石新妇、飞来峰的山水风光。后两句在此基础上表达了女子的愿望："妾死甘为石新妇，望郎忽似飞来峰。"一则表达女子为情郎痴情守候，二则表达女子对情郎归回的渴望。一静一动，形象鲜明，感情喷涌。这种幻想，极具浪漫色彩，强烈地表达出女子对情郎的思念。

（廖丽英　丘雯娟）

　　贡师泰　贡师泰（1298—1362），字泰甫，号玩斋，宣城（今属安徽省）人。元泰定四年（1327）进士，先后任吏部侍郎、兵部侍郎、礼部尚书、户部尚书等职。有《玩斋集》《东轩集》等。

西湖竹枝词　　　　　贡师泰

　　芙蓉叶底双鸳鸯，飞来飞去在横塘。人生多少不如意，水远山长难见郎。

　　【鉴赏】荷花叶下有一对鸳鸯，在横塘上飞来飞去，自由自在。人生却有许多不如意，就像我，很难见到我的情郎，他在那水远山长遥远的地方。

语言通俗,用横塘上自由飞翔的鸳鸯与相隔千山万水的夫妻进行对比,对比强烈,写出了人生的凄凉。

(林洁虹　廖丽英)

傅若金　傅若金(1303—1342),字与砺,一字汝砺,新喻官塘(今江西省新余市)人。少贫,学徒编席,发愤读书,因异才荐于朝廷。元统三年(1335),奉命以参佐出使安南(今越南),归后任广州路学教授。有《傅与砺诗文集》。

悼亡四首

傅若金

其一

惊飙吹罗幕①,明月照阶庑②。春草忽不芳,秋兰亦同死。斯人蕴淑德,夙昔明诗礼。灵质奄独化,孤魂将安止?迢迢湘西山,湛湛江中水。水深有时极,山高有时已!忧思何能齐,日月从此始。

其二

皇天平四时,白日一何遽!勤俭毕婚姻,新人忽复故。衾裳敛遗袭③,棺椁无完具。送葬出北门,徘徊怛归路。玉颜不可恃,况乃纨与素!累累花下坟,郁郁茔西树。他人亮同此,胡为独哀慕。

其三

新婚誓偕老,恩义永且深。旦暮为夫妇,哀戚奄相寻。凉月烛西楼,悲风鸣北林。空帷奠巾栉,中房虚织纴。辞章余婉娈,琴瑟有余音。眷言瞻故物,恻怆内不任。岂无新人好?焉知谐我心!掩穴抚长暮,涕下沾衣襟。

其四

人生贵有别,室家各有宜。贫贱远结婚,中心两不移。前日良宴会,今为死别离。亲戚各在前,临诀不成辞。傍人拭我泪,令我要裁悲。共尽固人理,谁能心勿思!

【注释】①惊飙:狂风。②阤(shì):台阶两旁所砌的斜石。③遗袭:给死者加穿衣服。

【鉴赏】 傅若金娶妻孙蕙兰,蕙兰时年二十三岁,聪慧秀丽,擅长五七言诗,著有《绿窗遗稿》。嫁过来五个月就病逝了,傅若金伤心不已,作《悼亡》诗四首。

第一首写妻子的突然去世对作者的打击。狂风突然刮起了帘幕,喻示妻子的遽然离世。月光照在冰冷的石阶上,渲染出作者凄凉的心境。"春草忽不芳,秋兰亦同死。"将"春草"与"秋兰"分别比喻妻子和作者,妻子的突然离世令他心如死灰,愿意与她同死。妻子那么贤良淑德,知书达理,如今这个美丽的灵魂孤独地安息在哪里呢? 绵远的湘西群山,深湛的江中流水,山高水深都会有极点,而他对妻子的思念却没有终点,从此他沉浸在忧愁思虑中,不能自拔。语言朴实,借景抒情,沉重地表达出作者对亡妻的思念和悲痛之情。

第二首写妻子刚新婚就去世以及被埋葬的情形。先写时间流逝的迅疾,妻子刚做新娘即亡故,这给作者沉痛的打击。给她穿上了寿衣,可是棺椁并没准备好。从北门把她抬出去埋葬,作者在归回的路上久久徘徊,悲伤痛苦。把妻子留在这个荒凉的地方,她的玉颜和衣饰都将化为虚无。花朵累累覆盖住了坟墓,墓旁西边是郁郁苍苍的松柏,替他守护妻子。他人面对这种情况早已看开,为何只有作者如此悲痛?

第三首写妻子被埋葬后作者的回忆和现实处境。作者回忆新婚时夫妻俩立下白头偕老的誓言,恩义永久而深切。谁料夫妻仅在旦暮之间便永诀了,时间如此短暂,从此悲哀痛苦伴随着作者左右。冰冷的月光照着西楼,悲风呼啸,在树林中回响。空荡荡的帷帐里,放置着妻子的手巾和木梳,作为祭奠;房中的织机闲置,已无人使用。妻子的诗文表现出她美好的形象,她的琴声还在房间余音绕梁。作者依恋地抚摸妻子的遗物,心内凄怆,难以自持。世间再也无人像妻子那么好,因为她是他的知心人。作者掩埋坟墓,面对漫漫长夜,眼泪打湿了他的衣服。

第四首写妻子死后亲人们对作者的安慰。作者明白,人生自有离别,各家自有各家的命运。他与妻子是贫贱夫妻,两人相爱绝不会改变。谁知刚刚结婚,却马上生离死别。亲戚们前来吊唁,作者与妻子诀别时泣不成辞。亲戚们替作者拭去眼泪,劝他节哀。但夫妻俩患难与共,在天人永隔之际,谁能做到不相思呢?

这四首《悼亡》诗一再叙写新婚妻子的遽然离世,给作者带来了无尽的痛苦忧伤。妻子的美好留存在作者的记忆中,诀别的悲伤深入骨髓。语言朴实,感情真挚。

(陈麒羽　郑泽慧)

陈基　陈基(1314—1370),字敬初,台州临海(今浙江省临海市)人。任经筵检讨,后隐居吴中凤凰山。张士诚召为江浙右司员外郎,为其撰书檄。入明后,明太祖召入修元史,书成赐金放还。著有《夷白斋稿》。

裁 衣 曲

陈 基

殷勤织纨绮,寸寸成文理①。裁作远人衣,缝缝不敢迟。裁衣不怕剪刀寒,寄远惟忧行路难。临裁更忆身长短,只恐边城衣带缓。银灯照壁忽垂花,万一衣成人到家。

【注释】①文理:同"纹理",指花纹。

【鉴赏】闺中人思念远行的丈夫,是古代诗歌永恒的主题,从《诗经》以来,代有佳作。此诗写得清新真切,生动细致,不失为一首好诗。选取闺中人为丈夫缝制寒衣的角度,表达闺中人对远行丈夫的思念和关心。不着"思念"二字,却处处体现出思念。

闺中人辛勤地为远在边塞的丈夫缝制寒衣,编织有花纹的衣服,这体现出她的细心与爱意。"裁作远人衣""寄远惟忧行路难","远"字,表达出闺中人与她的丈夫相距遥远,因距离远,分别久,闺中人对丈夫产生了浓烈的思念之情。因为担心丈夫天寒受冻,所以她不敢推迟缝衣,不怕深夜剪刀的寒冷,只是担心路途遥远,将做好的衣服寄给丈夫的艰难。"不怕"与"惟忧",对比鲜明。她按照丈夫离家时的身材裁剪,又担心丈夫瘦了,衣服做得宽松了。忽然看见墙壁上的银灯垂下灯花,不由地想这是个好兆头,说不定衣服一做好丈夫就回家了。结尾出人意料,充满喜剧的想象,揭示出闺中人对丈夫的极度思念,对夫妻团圆的极度渴望,令人产生喜极而泣的感觉。

此诗通过闺中人的心理变化将她对丈夫的思念表达得淋漓尽致,尤其是结尾,把思妇盼夫归来的心理表现得很充分。构思巧妙,合情合理。

(刘晶晶　钟嘉敏)

马稷　马稷,字民立,吴郡人,生卒年事迹不详。

和西湖竹枝词 马　稷

与郎别久梦相思,不作西园蝴蝶飞①。化作春深鹈鴂鸟②,一声声是劝郎归。

【注释】①西园蝴蝶飞:指梁祝化蝶的传说。②鹈鴂(tí jué):即杜鹃鸟。

【鉴赏】此诗语言浅白,构思巧妙,借蝴蝶、杜鹃鸟,强烈地表达出女盼郎归的深情。

女子与她的情郎分别甚久,只有在梦里倾诉她的相思。她不愿意像梁祝一样死后化作蝴蝶双宿双飞,她渴望与情郎好好地生活在一起。杜鹃鸟的凄凉啼叫,似乎是唤郎归似的,呼唤情郎快快回家。

女子发自内心的真情呼唤,直接、直白、强烈,令人感动。

(胡良晓　邹欣)

明　代

宋濂　宋濂(1310—1381),字景濂,号潜溪,别号玄真子,祖籍金华(今浙江省金华市),后迁居浦江(今浙江省浦江县)。明初,任江南儒学提举,给太子讲经,兼任顾问。历任修纂《元史》总裁官、翰林院学士、国子司业、礼部主事等。被誉为"开国文臣之首",论文主张"文道合一""辅政翼教",为文"醇深演迤""雍容浑穆"(《四库全书总目》),诗清新,著有《宋学士文集》等。

越　歌

宋　濂

恋郎思郎非一朝,好似并州花剪刀①。一股在南一股北,几时裁得合欢袍②?

【注释】①并州:在今山西省太原市一带,以产刀、剪著名。②合欢袍:指绣有合欢图案的婚服,象征美满、吉祥。

【鉴赏】此诗采用越歌(浙江一带民歌)形式,用形象的比喻,直白地道出女子思念情郎、渴望婚姻的心理。

女子与情郎相恋、相思并非一朝一夕那般短暂,而是经历了长时间的洗礼,就像并州有名的刀剪经过了长时间的锤炼。这一比喻新颖别致,不仅表明男女相恋时间久,而且其爱情像锤炼过的刀剪般坚固。后两句根据剪刀的形象,生发出两人分离,一个在南一个在北,不能像剪刀一样合成两股,因此不能剪裁出合欢袍来。"几时裁得合欢袍?"这一发问,强烈表达出女子渴望与情郎结合的心理,也暗含两人分别太久、相距遥远,难以结合的惆怅哀伤之情。

此诗采用新颖生动的比喻,写出了古代妇女向往婚姻自由的渴望,令人赞叹。

(胡良晓　杨诗妍)

于谦 于谦(1398—1457),字廷益,号节庵,钱塘(今浙江省杭州市)人。明永乐十九年(1421)进士,历任监察御史,河南、山西巡抚,兵部尚书。守卫京师,取得战功。后以"谋逆罪"被冤杀,谥忠肃。有《于忠肃集》。

寄　内　　　　　　　　　于　谦

结发为夫妻,恩爱两相好。生男与育女,所期在偕老。我生叨国恩,显宦亦何早。班资忝亚卿①,巡抚历边徼②。自愧才力薄,无功答穹吴。勉力效驱驰,庶以赎天讨③。汝居辇毂下④,闺门日幽悄。大儿在故乡,地远音信杳。二女正娇痴,但索梨与枣。况复家清贫,生计日草草。汝惟内助勤,何曾事温饱。而我非不知,报主事非小。忠孝世所珍,贤良国之宝。尺书致殷勤,此意谅能表。岁寒松柏心,彼此永相保。

【注释】①班资:按照资历。亚卿:古代高级爵位的称谓。②边徼:边塞。③天讨:指帝王禀承天意惩罚有罪之人,或亲自带兵讨伐。④辇毂下:指京城。

【鉴赏】此诗是于谦写给妻子的诗。叙写自己才力薄却叨受国恩,于是勤于国事,家事则托付给妻子,妻子任劳任怨,安贫勤勉,作者表达出对她的感激和牵挂之情。

开头四句直接明了地写作者与妻子的恩爱生活。两人结为夫妻后,相亲相爱,生儿育女,期望白头偕老。接着八句写作者叨受国恩,受到重用,因此勉力驱驰,为君分忧。作者对自己为官作宰,极为谦虚,"自愧才力薄",于是更加尽职尽责,为国家、百姓多做贡献,家事则托付给妻子。后面十句写妻子苦心操持家事。居住在京城,作者常为公事外出,妻子则闭门理家。大儿子留在遥远的故乡,音信稀少。二女儿尚未懂事,一味要吃要穿。家中清贫,作者很少为日常生计考虑,全靠妻子勤劳能干。作者赞扬妻子勤劳贤惠的美德。最后八句写作者寄信的用意。希望妻子能体谅他"报主"的用心,明晓"忠孝世所珍,贤良国之宝"的道理,坚守"岁寒松柏心"的操守。

在寄给妻子的这首诗中,作者表达出为朝廷效力、建功立业的心愿,赞扬并感激妻子独力操劳家事、养育子女的贤良品德。夫妻俩的深明大义,以及妻子对丈夫的支持和丈夫对妻子的感激,让人看到了古代模范夫妻的光辉形象。

(叶秋萍　钟嘉敏)

唐寅　唐寅(1470—1524),字伯虎,一字子畏,号六如居士,别号桃花庵主、逃禅仙吏等,吴县(今属江苏省苏州市)人。少负才名,明弘治十一年(1498)举乡试第一,世称"唐解元"。次年入京会试,因科举案受牵连入狱,于是丧失功名心,游荡江湖,以诗画度日。诗作才情奔放,挥洒自如,具有天然之趣。有《六如居士全集》。

妒 花 歌

唐　寅

昨夜海棠初着雨,数朵轻盈娇欲语。佳人晓起出兰房,折来对镜化红妆。问郎花好奴颜好,郎道不如花窈窕。佳人见话发娇嗔,不信死花胜活人。将花揉碎掷郎前,请郎今夜伴花眠。

【鉴赏】此诗通过写佳人折花,与花比美,嗔怪郎君,表现出佳人的爱情心理,刻画出一个天真任性、沉醉爱河的女性形象。

此诗采用小说的写法,用语言、动作来叙事,刻画人物形象。当佳人问花好看还是她好看时,郎君没有投其所好,或是出于呆傻或是故意捉弄,回答道:"你不如花窈窕。"佳人听了,佯装生气,撒娇并骄傲地说:"我不信一枝死花能比我漂亮!"说完,她将手中的花揉碎,扔到郎君的面前,说:"今晚那就请郎君与花一起睡吧!"诗戛然而止,让人回味无穷。读者可以想象,郎君看到了佳人的娇痴天真,定会哈哈大笑。一对小夫妻甜蜜而有误会的生活,被表现得别致有趣。

(李璇　丘雯娟)

杨慎　杨慎(1488—1559),字用修,号升庵,自号博南山人、金马碧鸡老兵,新都(今四川省成都市新都区)人。明正德六年(1511)状元,授翰林院修撰,后谪戍云南永昌卫,终老于斯。能诗、文、词、散曲,论古考证之作广博。后人辑为《升庵集》。

江陵别内

杨 慎

同泛洞庭波,独上西陵渡。孤棹溯寒流,天涯岁将暮。此际话离情,羁心忽自惊。佳期在何许,别恨转难平。萧条滇海曲,相思隔寒燠①。蕙风悲摇心,茵露愁沾足②。山高瘴疠多,鸿雁少经过。故园千万里,夜夜梦烟萝③。

【注释】①燠:热。②茵(wǎng)露:茵草上的露水,有毒。茵,茵草,一种生长在田里的草,可作饲料。亦称"水稗子"。③烟萝:藤萝茂盛,形容深山幽居之处。

【鉴赏】明嘉靖三年(1524)秋,杨慎因"大礼议"而触怒明世宗朱厚熜,又因跪门哭谏而遭下狱廷杖,旋被谪戍云南永昌卫。他续娶的妻子——工部尚书黄珂的女儿黄峨伴送他出京南下,由潞河向南,再溯江西上至江陵,方分手相别,一归蜀地,一赴滇所。此诗作于江陵分别后。"内",即妻子。

杨慎与妻子曾一同泛舟洞庭湖,现在妻子要独自前去西陵峡了。前两句叙事平平,为后面的抒情蓄势。当分别确切地摆在面前时,作者的羁旅之心才猛然惊醒:天寒岁暮,环境凄清,孤舟溯寒流而上,从此两人便是天涯海角。相会的佳期在何时呢?几乎没有机会了。作者内心翻涌出无限的离愁别恨,让他久久难以平息。"羁心忽自惊",这一心理出人意料,又合乎情理。正是这一惊觉,感情便风起云涌,似大雨倾盆而下。

诗的后半部分,就是这一狂飙感情的绵延。作者在与妻子忍痛分别后,想象自己贬谪去的蛮荒之地环境恶劣:那里在滇池附近,遥远萧条,道路曲折。他与妻子的相思之情,就像寒冷与炽热一样被隔绝。蕙草上的风摇动着作者悲苦的内心,正如屈原《九章·悲回风》所云:"悲回风之摇蕙兮,心冤结而内伤。"茵草上的露水有毒,脚若触碰,即皮肉溃烂。沿途山高险峻,瘴疠之气多,连大雁都很少飞过。鸿雁不来,自然无法传递作者与妻子互通的书信。故乡远在千万里之外,作者夜夜在梦里才能见到妻子居住的藤萝缠绕的地方。以梦境结尾，给人留下了无穷的余味。

此诗叙事、写景、抒情有机结合，以"羁心忽自惊"为关口，串联起现在和未来，将现实与想象融会在一起，表现夫妻分离的凄苦命运，令人同情。

（叶秋萍　汤克勤）

黄峨　黄峨(1498—1569)，字秀眉，遂宁（今四川省遂宁市）人。明代工部尚书黄珂之女，翰林修撰杨慎之妻。

寄　　外
黄　峨

雁飞曾不度衡阳，锦字何由寄永昌？三春花柳妾薄命，六诏风烟君断肠①。曰归曰归愁岁暮，其雨其雨怨朝阳。相怜空有刀环约②，何日金鸡下夜郎③！

【注释】①**六诏**：唐西南夷中乌蛮六个部分的总称。这里指作者丈夫杨慎所贬谪的云南永昌。②**刀环**：暗指归还，归回。"环"与"还"同音。③**金鸡下夜郎**：指赦免。古代大赦时，竖长竿，顶立金鸡，集合民众、罪犯，击鼓，宣读赦令。李白《流夜郎赠辛判官》诗云："我愁远谪夜郎去，何日金鸡放赦回？"

【鉴赏】《寄外》是作者黄峨回赠其丈夫杨慎《江陵别内》（以下简称《别内》）而作的。两者可以结合起来对读。

此诗首联"雁飞曾不度衡阳，锦字何由寄永昌"与《别内》"山高瘴疠多，鸿雁少经过"相对接。不是我不给你写信啊，是因为鸿雁无法传递给你。衡阳有座回雁峰，据说，大雁南飞至此就不再往南飞了。而丈夫贬谪的地方在衡阳之南的永昌。大雁传书，无法到达瘴疠之地，夫妻俩只好天各一方，音讯隔绝。首联活用大雁传书的典故，贴切作者与丈夫的处境，令人感伤。

颔联"三春花柳妾薄命，六诏风烟君断肠"，"三春花柳"比喻作者的青春年华，美好，却短促易逝，经不起漫漫人生的风风雨雨，故曰"薄命"。"六诏风烟"与《别内》诗"萧条滇海曲，相思隔寒燠。蕙风悲摇心，菌露愁沾足"相对应。边地苦辛，"六诏风烟"令人愁肠百转，故曰"断肠"。颔联对仗工整且写法各异。"妾薄命"与"君断肠"相对,给人"一种相思,两处闲愁"的感觉;上以实比虚,用具象的花柳比作抽象的命运;下联以虚写实,用无形的风烟比作边远艰险的环境。

颈联"曰归曰归愁岁暮,其雨其雨怨朝阳",上联化用《诗经·采薇》的诗句:"曰归曰归,岁亦莫止。"回家吧,回家吧,一年快过完了,表达戍卒的怨念。"岁暮"是游子远归、离人团聚、共享天伦之乐的好日子,可是作者的丈夫却远在异乡,归回无望。一个"愁"字,情怀双关,既为自己形单影只而黯然神伤,又为丈夫在异乡孤苦而牵肠挂肚。下联化用《诗经·伯兮》的诗句:"其雨其雨,杲杲日出。"盼望下雨,却见到烈日炎炎的大晴天,令人失望。作者盼望丈夫归家,同样失望,此句写出了作者的凄怨之情。

尾联"相怜空有刀环约,何日金鸡下夜郎",运用典故,使相思盼归之情愈发浓烈。"刀环约"出自《汉书·李陵传》,汉朝的使臣示"刀环"暗示李陵还归,"环"与"还"同音。"空有刀环约",指空许还归之期。"金鸡下夜郎"指赦免,古代皇帝颁布赦免诏书之日,竹竿顶端放置金鸡。作者借用此典故希望朝廷颁布赦免诏令。尾联蕴含着作者无限的念远之意和对丈夫殷切的关注之情,也是作者对《别内》诗的委婉酬答。

作者把思念伤别之情表达得十分细腻,她对丈夫的思念和牵挂真挚深切。作者表达的伤别,绝非一般意义上的思夫,而是患难夫妻的生死离别,格外沉甸甸,令人痛心。

(曾定思 陈麒羽)

谢榛 谢榛(1495—1575),字茂秦,号四溟山人、脱屣老人,临清(今属山东省)人。布衣,任侠重义,善作诗。与李攀龙、王世贞、徐中行、梁有誉、宗臣、吴国伦等结社交游,世称"后七子"。后与李攀龙交恶,从"后七子"中削名。其诗沉练雄伟,法度森严。有《四溟山人全集》。

远 别 曲

谢 榛

阿郎几载客三秦,好忆侬家汉水滨。门外两株乌柏树,叮咛说向寄书人。

【鉴赏】此诗以女性的口吻,含蓄委婉地表达女子对远在他乡的情郎的思念。她诉说思念的契机,是遇上了一个"寄书人"。

开头两句点题。"三秦""汉水",两个地方相距遥远,表明情郎客游,与女子远别。"几载",时间不确指,表明分别时间长。"好忆",表面上写情郎,实际上表达出女子对情郎的思念。

这种长期压抑的思念之情,终于找到了一个抒发的机会。有人将要去情郎所在的地方,女子请他做寄书人。但是,她不识字,不会写信,心里不知念叨过多少遍的情话,又无法当面向他人明说,只好再三叮嘱,一定要告诉她的情郎:家门外的那两株乌桕树,已经长高了。"乌桕树"被视为相思树、故乡树,"两株"说明连乌桕树都成双成对,而她形单影只。话中的深意,情郎一定会明白,明白她痴心等待、盼望情郎早日归回的渴望。

运用借景抒情的手法,含蓄表达了一个思妇的哀怨和渴望,富有浓郁的生活气息,隽永有味。

(曾定思　刘咏诗)

呼文如　呼文如,生卒年不详,明万历年间江夏(今湖北省武汉市)营妓。能诗文,善琴画,尤善画兰。与潮州知府丘谦之相爱,两人的唱和之作被合辑为《遥集编》。

追丘生于临皋道中

呼文如

武昌东下水茫茫,一日扁舟远自将。莫怪人疑桃叶渡,从来难得有心郎。

【鉴赏】万历四年(1576),丘谦之调任潮州知府,赴任途中经过湖北江夏,宴会上遇见能诗文、善琴画的营妓呼文如。两人一见倾心,私订终身。丘谦之给父母写信,恳请父母答应他娶呼文如为妻。但是遭到了他父亲的坚决反对。呼文如得知后,写了许多诗,将满腔的哀怨、悲痛以及义无反顾追求爱情的决心都倾泻在诗中。经过一番磨难,呼文如和丘谦之终于生活在一起。

此诗语言直白,写作者独自追寻情人,任扁舟置于波涛之上,即使世上难得有心郎,她对有情郎的追求也绝不放松。先写武昌城下的长江水滚滚向东流,"茫茫"一词,将水势汹涌表现出来,也寓示了作者对前途感到迷茫。此句寓情于景,情为景增。再写扁舟一叶,在波涛中远行,表明她为了追求远方的爱人,再大的困难都不畏惧,显示出她对爱情的大胆追求。最后交代原因,世上难得有知心人,她的知心人使她不畏困难、大胆追求,是她不竭的精神动力。"桃叶渡",据说是东晋王献之迎娶爱妾桃叶的渡口,因年代久远,人们怀疑这一佳话是否真的存在。作者借之表达,人们怀疑真挚的爱情,因为知心人在现实生活中确实稀少。但是,作者有了丘生这个知心人,她一定会追求到底,再大的困难都不怕。题目"追",显示她是一个敢于追求真爱的奇女子。

(李璇　陈麒羽)

袁宏道　袁宏道(1568—1610),字中郎,号石公,湖广公安(今湖北省公安县)人。与其兄袁宗道、弟袁中道并有才名,合称"公安三袁"。万历二十年(1592)进士,历任顺天府教授、国子监助教、礼部主事、吏部检讨司主事、吏部稽巡司郎中等职。文学创作主张"独抒性灵,不拘格套",为公安派的代表人物。有《袁中郎全集》。

妾 薄 命

袁宏道

　　落花去故条,尚有根可依。妇人失夫心,含情欲告谁?灯光不到明,宠极心还变。只此双蛾眉,供得几回盼?看多自成故,未必真衰老。辟①彼数开花,不若初生草。织发为君衣,君看不如纸。割腹为君餐,君咽不如水。旧人百宛顺,不若新人骂。死若可回君,待君以长夜②。

　　【注释】①辟:通"譬"。②长夜:这里指死亡,人死如同处于漫长的黑夜。

　　【鉴赏】此诗诉说一个弃妇的悲苦,她的丈夫喜新厌旧,将她抛弃。

　　开头四句用比兴的手法,将落花、枝条被芟除,比喻女子失去了丈夫的欢心;花落、枝去还有根可以依靠,而女子失去丈夫的欢心就什么都没有了。中间十四句写丈夫的变心。女子未必真的年老色衰,是因为丈夫没有新鲜感而嫌弃她,正如开过几次花的树,远不如初生的草。尽管女子百依百顺,也得不到丈夫对她的爱。其中两个细节"织发为君衣""割腹为君餐",令人震撼,鲜明地表现出女子为丈夫付出的真爱、痴心,可换不来丈夫的一丝看重。"君看不如纸""君咽不如水",极见丈夫的薄情寡义、冷血无情。最后两句写如果能换回丈夫的爱,女子即使去死也是愿意的。可见她虽然遭受遗弃但不能割舍对负心丈夫的感情。

此诗写得缠绵悱恻,哀婉感人。主要采用对比的手法:一是落花与女子的对比,二是丈夫对女子前后态度的对比,喜新厌旧,三是女子对丈夫的爱和丈夫抛弃她的对比,四是女子与新人的对比,女子的百般温顺比不上新人对丈夫的责骂。通过这些对比,女子悲苦的命运被揭示出来,含蓄地表达出作者对世态炎凉的不满。

(黎玉婷　林洁虹)

明代民歌　明代民歌广为流行,十分繁荣。明人卓人月认为:"我明诗让唐,词让宋,曲让元,庶几《吴歌》《挂枝儿》《罗江怨》《打枣竿》《银绞丝》之类,为我明一绝耳。"(陈鸿绪《寒夜录》引)许多文人士大夫进行民歌整理、创作与传播,例如陈所闻选辑《南宫词纪》、冯梦龙编辑《挂枝儿》《山歌》等。

锁 南 枝

明代民歌

傻俊角①,我的哥,和块黄泥儿捏咱两个。捏一个儿你,捏一个儿我,捏的来一似活托②,捏的来同床卜歇卧。将泥人儿摔碎,着水儿重和过。再捏一个你,再捏一个我。哥哥身上也有妹妹,妹妹身上也有哥哥。

【注释】①傻俊角:傻瓜,表示亲密的昵称。②活托:形象逼真。

【鉴赏】《锁南枝》见于陈所闻选辑的《南宫词纪》。

"傻俊角,我的哥。"称呼亲昵,语气率真。一个"傻"字,既暗示两人关系亲密,也表现出少女诙谐娇嗔。"和块黄泥儿捏咱两个",少女在捏两

357

个人的泥人。"捏一个儿你,捏一个儿我",动作轻盈快捷,神态纯真可爱,勾勒出一位处于热恋而又稚气未脱的少女形象,她手上的两个泥人儿将她的恋爱心理展露无遗。以女娲抟土造人的神话作为背景,男女以"你""我"加以区分,预示男女是纯粹、纯洁的爱情关系。

"捏的来一似活脱",捏的泥人惟妙惟肖,可见少女心灵手巧,对恋人情深意切,因为恋人的形象已深深印在她的脑海。"捏的来同床上歇卧",少女让捏的泥人儿同床共枕,这表明她渴望早日与恋人蒂结连理,反映了她对爱情的大胆追求。

然而,同床共枕并不是她的最终目的,她终极追求的是更高层次的不分你我的精神共通、血肉相连。于是,她"将泥人儿摔碎,着水儿重和过。再捏一个你,再捏一个我。哥哥身上也有妹妹,妹妹身上也有哥哥",直白明了的话语将女子最深层次的爱情追求表达出来,大胆而炙热。

这首民歌描绘出少女的痴情,感情真切,想象奇特,具有浓郁的民间气息;反映了民间开放的风气、劳动人民追求自由爱情的迫切愿望和健康的审美情趣。男女之间纯粹、真挚的爱情,是明代百姓被理学思想束缚压迫已久的一次解放,是对封建爱情观的一次挑战,反映了人们对美好爱情大胆直接的追求;不含有任何功利目的,充分展现出劳动人民在两性关系上的追求和理想。

(杨诗妍　邹欣)

错　认 明代民歌

月儿高,望不见我的乖亲到①。猛望见窗儿外,花枝影乱摇,低声似指我名儿叫。双手推窗看,原来是狂风摆花梢。喜变做羞来也,羞又变做恼。

【注释】①乖亲:对情人的爱称。

【鉴赏】《错认》出自冯梦龙编辑的民歌集《挂枝儿》,写女子在等待情人时的一个误会,她当时焦急不安,误认为"狂风摆花梢"是情人呼唤她的名字,弄得她由喜变羞再变恼。此诗描写年轻男女美好而又青涩的爱情,表现女子复杂多变的恋爱心理。

诗以女性的口吻展开描写,一开始描写环境,营造出一种朦胧幽深的氛围,为错认奠定了环境基础。"月儿高,望不见我的乖亲到。"月亮升起老高了,可是亲爱的情郎迟迟没有露面。我俩约定夜晚相会,可是左等右等就是看不见我那心心念念的人,心情开始焦躁了。"月儿高",可见夜色已深,时间很晚,女子还在苦苦地等待;"乖亲"是女子对情郎的爱称,可见两人之间的亲昵;"望不见",刻画女子急切、痴情地盼望情郎。这一叙述看似平淡,实际上刻画出女子等待的焦躁心理,为后面女子"错认"作了铺垫。

"猛望见窗儿外,花枝影乱摇,低声似指我名儿叫。"焦躁之间,女子猛然望见窗外,花影晃动、树枝摇摆,好像是情郎来了,还轻声呼唤她的名字呢。她连忙推开窗户去回应,却不见情郎,只见狂风正在摇摆花梢。"双手推窗看",表现出女子的欣喜和激动。"原来是狂风摆花梢",这一真相令她多么失望和落寞。错把外面的影子和声音认为是情郎的,这一幻觉真切地反映出女子渴望情郎来相会的心理。

最后两句将女子内心世界的细微变化描写得细致生动。欢喜变成害羞,害羞又变作恼恨,都缘于情郎该来而不来。作者用通俗朴素的语言,生动准确地表现出女子内心情感的瞬间变化,生动真切,别致有趣。

（刘咏诗　汤克勤）

分　离 明代民歌

要分离,除非是天做了地;要分离,除非是东做了西;要分离,除非是官做了吏。你要分时分不得我,我要离时离不得你。就死在黄泉,也做不得分离鬼。

【鉴赏】《分离》出自冯梦龙编辑的民歌集《挂枝儿》,赞颂了永不分离、永远在一起的生死不渝的爱情。想象奇特,野性十足,酣畅淋漓,表现出对爱情誓死捍卫的抗争精神。

语言质朴直白,感情奔放强烈。首先采用排比句,设想三件不可能发生的事情,表达出情人不可能"分离"。"要分离,除非是天做了地;要分离,除非是东做了西;要分离,除非是官做了吏。""天做了地",指宇宙永久存在的事物发生了巨变;"东做了西",指自然界永恒的定律发生了突变;"官做了吏",指社会固化的等级次序发生了改变。抒情主人公从未见过这三件事情发生颠倒改变,因此脱口而出,深信它们绝无可能改变。这几句运用排比、重复的修辞手法,气势磅礴,强烈、直接地表达出抒情主人公对爱情的坚守。最后,直接抒发抒情主人公的思想和感情。"你要分时分不得我,我要离时离不得你。就死在黄泉,也做不得分离鬼。"语言干脆利落,掷地有声,将恋人之间生死不渝、至死不屈的爱情意志,酣畅淋漓地表达出来。

诗中表达的爱情,超越了生死界线,达到了天长地久的永恒。抒情主人公以第一人称的口吻将自己的情感世界毫无保留地展现在人们面前,没有丝毫的含蓄和掩饰,具有振聋发聩的艺术效果。　　（温嘉怡　刘咏诗）

素　帕　　　　明代民歌

　　不写情词不写诗,一方素帕寄心知。心知接了颠倒看,横也丝来竖也丝。这般心事有谁知?

【鉴赏】《素帕》出自冯梦龙辑的民歌集《山歌》,用横竖都是丝织成的素帕,向情人表达内心难以直言的思念之情。主要运用谐音双关的手法,"丝"即"思",构思巧妙,取得很好的艺术效果。

"不写情词不写诗,一方素帕寄心知",起句平实。女子不写情词,也不写情诗,只寄一块白手帕给情人。"心知",即心爱的人。素帕,既是爱情的信物,又寄托了她对情人的思念。"心知接了颠倒看,横也丝来竖也丝。这般心事有谁知?"运用细节描写,想象情人接到素帕时的情景:情人拿着素帕颠来倒去地看,看到横也是丝,竖也是丝。女子把她的相思之情全寄托在素帕上,也许情人并不明白她的心思,"唉,她的心事谁能够知道呢?"也许他什么都明白,才颠来倒去,爱不释手吧。"颠倒看"的细节,反映出情人对她的重视,对她的真心。"横也丝来竖也丝",表明了满满的相思之情。

此诗语言通俗,表达委婉,运用谐音,寓情于物,意象鲜明,体现了民歌声口毕肖、轻快活泼的特色。　　　　　　　　（温嘉怡　刘咏诗）

清　代

钱谦益　钱谦益(1582—1664),字受之,号牧斋,晚号蒙叟、绛云老人、东涧遗老,人称虞山先生,江南常熟(今江苏省常熟市)人。明万历三十八年(1610)进士,崇祯初官至礼部侍郎,南明弘光时任礼部尚书。清兵入南京,投降,任礼部右侍郎管秘书院事,充修《明史》副总裁。后托病告归,秘密从事抗清活动。明末东林党领袖,亦为文坛领袖。论诗主张抒写真情实感,以杜甫为宗,其诗风格沉郁藻丽。著有《初学集》《有学集》《投笔集》等。

柳絮词为徐于作

钱谦益

白于花色软于绵,不是东风不放颠①。郎似春泥侬似絮,任他吹着也相连。

【注释】①放颠:放纵癫狂。指柳絮恣意飘飞,比喻爱得热烈。

【鉴赏】徐于是钱谦益的朋友。钱谦益模仿乐府歌词《杨柳枝》而翻作《柳絮词为徐于作》,共六首,这里选的是第三首。

此诗借柳絮的形态特征表达一位女子对爱情的热烈执着。先写柳絮如花白,如绵软,比喻女子颜色身姿的曼妙美丽。接着写柳絮在东风吹拂下放纵癫狂的姿态,比喻女子沉醉在爱河里热烈痴狂。"不是东风不放颠",既写出女子爱得痴迷,也写出女子依恃"东风"的清高矜持。最后写春泥与柳絮任风吹也相连的关系,比喻女子与情郎永远血肉相连、感情相系的爱情。"郎似春泥侬似絮",比喻新颖形象,令人耳目一新;"任他吹着也相连"的真挚深厚的感情,令人感动。

诗中表达女子为郎"放颠"的爱情幸福和永远"相连"的爱情坚贞,揭示出美好爱情的甜蜜与坚贞不渝,令人向往。

此诗虽是写给朋友徐于的，但是诗中表达的爱情观又与钱谦益相恋的柳如是有千丝万缕的联系，也许诗题中之"柳"，暗指柳如是吧。

（曾宝怡　陈麒羽）

柳如是　柳如是（1618—1664），本名杨爱，字如是，号河东君，浙江嘉兴人。明末清初女诗人，著名歌妓，为"秦淮八艳"之一。嫁给明末东林党领袖、大才子钱谦益为侧室。明亡时，劝钱谦益殉国，未成。入清后，密谋复明之举。在钱谦益死后，自缢而死。有《湖上草》《戊寅草》等。

春日我闻室作呈牧翁　　　　柳如是

裁红晕碧泪漫漫[①]，南国春来正薄寒。此去柳花如梦里，向来烟月是愁端。画堂消息何人晓，翠帐容颜独自看。珍重君家兰桂室，东风取次一凭阑。

【注释】①裁红晕碧：语出唐代欧阳詹的《春盘赋》："晕碧裁红，巧助春情。"古时立春日，取红绿生菜、果品置于盘中为食，取迎新之意。

【鉴赏】诗题《春日我闻室作呈牧翁》，意思是：春日，在"我闻室"作诗，呈献给钱谦益。钱谦益特意为柳如是筑一小楼，取名"我闻室"。柳如是号我闻居士。牧翁，指钱谦益，其字牧斋。此诗写南国初春乍到，寒意依然，携带寒意的春风，裁削了花红柳绿，让人为之感伤，泪流不断。自离开家乡后，江南柳絮只在梦中相见，岫烟弯月都是忧愁的源头。我在雕梁画栋中的情况你根本不知道，我在翠色幕帐里孤芳自赏。我很珍惜身处在你家的兰桂之室，凭栏赏春，随意潇洒，但心中的寂寞只有我自己知道罢了。

一代名妓柳如是被钱谦益为她筑楼、命名为"我闻室"而感动，面对钱益谦如此用情深挚，原本内心渴望真情的她自然难以抵挡。他俩年岁、地位相差悬殊，但他们大胆地结合在一起，不顾世俗的偏见，当时成了文坛佳话。他俩一同浅吟低唱、寒舟垂钓、赏雪观花，情趣相投。但是，见惯了

362

世间人情冷暖、逢场作戏的柳如是,她的爱是卑微的,她的内心是不安稳的。她总有一种忧郁气质,即使春天到来时,仍感受到春寒料峭,"裁红晕碧泪漫漫"。她忧伤的情感融入萧瑟的风景中,难以自拔。

柳如是将她的爱藏于心灵深处,纵使对家乡有千般不舍,也只能含泪离别。"此去柳花如梦里,向来烟月是愁端。"一别之后,江南柳絮、向来烟月,都在梦里,惹烦牵愁。此联对仗工整,很好地表达出愁绪,暗嵌"柳如是"三字,构思巧妙,传达出她对未来生活的一丝憧憬,更有一种难以言说的不安。这就是写诗"呈牧翁"的原因。钱谦益阅后,心领神会,曾和诗一首,名为《河东君春日诗有梦里愁端之句,怜其作憔悴之语,聊广其意》,进行抚慰。

柳如是身入"画堂""兰桂室",享受了荣华富贵,能随意凭栏观赏春景,她很知足,也很珍惜。但是,她的心里仍怀有一丝不安与困扰,使也忧虑的是:她的"消息"不能被牧翁知晓,她躲在"翠帐"里只能消磨岁月无事可干。这种感情真挚凄苦,自然是一代风尘女子渴求安稳又怕安稳、怕不得安稳的真实反映。

此诗不含艳情,借景抒情,充满凄苦,是因柳如是的特殊身世和钱柳的独特结合所决定的。

(陈麒羽 曾婕)

李渔 李渔(1611—1680),字笠鸿,号笠翁,别署笠道人、觉世稗官、随庵主人、新亭樵客、湖上笠翁等,金华兰溪(今浙江省兰溪市)人。少年任侠,以才子称。多次参加乡试不第,以布衣终老。曾以卖赋糊口,后蓄养家姬,教习歌舞戏曲,逢迎公卿大夫,以为生计。著有杂著《闲情偶寄》、传奇《风筝误》《比目鱼》等十六种和小说《回文锦》《十二楼》《无声戏》等。

断肠诗哭亡姬乔氏

李 渔

各事纷纷一笔销,安心蓬户伴渔樵。赠予宛转情千缕,偿汝零星泪一瓢。偕老愿终来世约,独栖甘度可怜宵。休言再觅同心侣,岂复人间有二乔!

【鉴赏】乔氏,名复生,山西人。出身贫寒,是李渔家庭戏班中重要的旦角,十三岁成了李渔的姬妾,两人感情很好,十九岁因产后失调去世。李渔作《断肠诗哭亡姬乔氏》二十首,悼念她。这里选的其中第五首。

自乔氏去世以后,我把纷纭俗事一笔勾销,不再理会,身处于蓬草搭成的陋室心如止水,就像渔夫樵夫一样隐居生活。我那体贴温柔的乔氏啊,你曾经给予我万千情意;而我今日偿报你的,仅是零星稀少的一瓢眼泪。今世我们不能白头偕老,我愿和你来生再续白头之约,今生我情愿一个人长夜独宿,度过可怜之宵。不要说让我再去找一个同心的伴侣吧,我认为在这茫茫人世间不会再有像你那样的好人了!

这首悼念亡妻的七言律诗,写得情真意切,伤心欲绝。失去了乔氏如同失去了一切,李渔欲将人世间所有的事情都一笔勾销。乔氏是李渔人生的精神支柱,也是他生活的盼头。失去了乔氏,让他万念俱灰,即使是荣华富贵他也无心享用了。"赠予宛转情千缕,偿汝零星泪一瓢。"此联对仗工整。"宛转情""零星泪","千缕""一瓢",含义深厚,对比鲜明。乔氏逝世,无法还报给她爱,他多么悔恨和痛苦。于是,他祈愿来世再践偕老约,今世则甘愿孤独地度过漫漫长夜。

这首悼亡诗,是作者感情的自然迸发,末尾与开头相呼应,中间皆是前写乔姬后写自己,字里行间无不透露出深挚的悲伤。　　（曾婕　陈麒羽）

顾炎武　顾炎武(1613—1682),原名绛,后改名炎武,字宁人,号亭林,自署蒋山佣,人称亭林先生,江苏昆山人。明诸生,参加抗清斗争,失败后游历山东、河北、山西、陕西等地考察关塞山川形势,以作反清复明准备,并致力于学术研究,提倡经世致用,开清代朴学风气,著有《天下郡国利病书》《日知录》《音学五书》等。诗风沉郁坚苍,有《顾亭林诗文集》。

悼　亡
顾炎武

贞姑马鬣在江村[①],送汝黄泉六岁孙。地下相逢告公姥[②],遗民犹有一人存。

【注释】①贞姑:指作者嗣母王贞女。姑,婆婆,这是针对亡妻而言的。马鬣(liè):即马鬣封,孔子的封葬,这里指作者亡母的封葬。②公姥:即公婆,这里是偏义复词,指婆。

【鉴赏】清康熙十九年(1680)十一月,顾炎武在山西汾州接到家乡昆山原配夫人王氏逝世的讣告,悲痛万分,情不能已,写下《悼亡》诗五首。这里选的是第四首。前三首,作者抒发对王氏的悲悼、歉疚之情。这首诗由亡妻入葬,联想起亡妻将入黄泉与亡母相见,不由想起顺治二年(1645)七月十四日至三十日,嗣母因清兵攻下昆山城而绝食死去,她在临终时嘱咐顾炎武不要出仕清廷之事,于是叮嘱亡妻转告亡母,请她放心,明朝遗民还剩下最后一人,这个人就是他顾炎武。

前两句"贞姑马鬣在江村,送汝黄泉六岁孙",写作者嗣母王贞女葬在江村,而给亡妻送葬的只是年仅六岁的嗣孙顾世枢。这两句看似平淡,实际上充满着对嗣母与亡妻的深厚感情,表达家族不幸的伤感。后两句"地下相逢告公姥,遗民犹有一人存",特别叮嘱亡妻托话给亡母,那是一句很要紧的话。嗣母作为忠于故国的刚烈老人,对这个世界最关切的是:她的儿子是否坚守气节。三十多年来,顾炎武牢记嗣母的遗言,完全做到了不在清廷出仕。因此,托亡妻告慰地下的亡母。据《清国史·儒林传·顾炎武传》载:"康熙十六年,诏举博学鸿儒科,又修《明史》,大臣争荐之,并辞未赴。"顾炎武坚持做大明的遗民,他与亡母的民族气节,令人起敬。

此诗托亡妻传话,构思奇特,感人肺腑。作为悼亡诗,此诗的内容不沉溺于夫妻私情,而是显示出作者作为明遗民的"乾坤清气",是"宇宙不可磨灭文字"(郭曾炘《杂题国朝诸名家诗集后》),使悼亡诗达到了一个新的高度。

(李凯虹 钟嘉敏)

董以宁 董以宁,约1666年前后在世,字文友,武进(今江苏省常州市武进区)人。明末秀才。能诗文,工填词。有《正谊堂诗集》。

闺　怨　董以宁

　　流苏空系合欢床，夫婿长征妾断肠。留得当时临别泪，经年不忍浣衣裳。

　　【鉴赏】此诗首句写景，闺房里，五彩鲜艳的流苏挂在合欢床上。合欢床，是夫妻恩爱的见证。如此装饰，本可以为闺房增添喜庆的气氛，可是，诗人用一个"空"字，点出少妇孤独的处境，暗示她思夫的哀怨之情。

　　次句叙事，交代少妇独守空房的原因。丈夫被朝廷征召前去遥远的边塞服役，留下妻子独守空房。这怎不令她断肠悲伤！

　　末尾两句，以典型细节表现少妇对丈夫的深厚感情。想当年夫妻离别时，两人泪眼相对，落下的眼泪将衣裳都打湿了。此后妻子一直等候丈夫归家，一年又一年。她深情款款地原样保存着那件沾满了泪痕的衣裳，不忍心浣洗，因为这件衣裳是她与丈夫情意的见证。少妇对丈夫忠贞不渝，她坚强、孤苦地等待，她怨恨的不是久盼不归的丈夫，而是专制的朝廷。

　　这首闺怨诗，以明白晓畅的语言将少妇的思夫之情表达得真挚动人。首句是以乐景写哀情，而倍显其哀。结句深沉含蓄，形象生动，耐人寻味。清沈德潜评论道："诗人写泪者多，无写到此者。"　　　　　（李凯虹　陈麒羽）

　　吴嘉纪　吴嘉纪（1618—1684），字宾贤，号野人，江南泰州（今属江苏省）人。明末秀才，入清不仕，以教书卖文和好友接济为生。工诗，多反映百姓贫苦的生活，语言质朴。有《陋轩诗集》。

内人生日　吴嘉纪

　　潦倒丘园二十秋①，亲炊葵藿慰余愁②。绝无暇日临青镜③，频过凶年到白头。海气荒凉门有燕，溪光摇荡屋如舟。不能沽酒持相祝，依旧归来向尔谋。

【鉴赏】此诗作于清顺治十五年（1658），妻子王睿于明崇祯十一年（1638）嫁给诗人，已二十年了。在这二十年中，他们居住在乡村，过着穷困潦倒的生活，妻子安于贫贱，毫无怨言，每日亲调菜蔬维持生计，给诗人以慰藉。在妻子生日之际，诗人作此诗，称赞妻子长期勤俭持家、任劳任怨的美德，并为自己没能尽到丈夫的责任而羞愧。

诗纯用白描手法，如家常絮语，语言质朴无华，将夫妻情感写得真挚朴实，感人至深。在真情而哀怨的叙说中，蕴含着诗人对生活的无限沉痛和叹惋，表达出对妻子的一片深情。

此诗起调苍凉辛酸，妻子与诗人过了二十年劳苦贫困的日子，不但没有怨言，反而多方安慰诗人。一个"亲"字，展现出妻子的勤劳，也暗含诗人的愧疚。中间两联实写妻子的劳苦以及家庭的贫穷。妻子一天到晚忙碌，没有时间照镜打扮，她陪伴诗人度过了很多饥荒凶年，两人携手到白头。作者用"海气荒凉""屋如舟"等词表现生活的荒凉、动荡和穷困潦倒。"屋如舟"的比喻特别新颖，紧承"溪光摇荡"，化静为动，将敝屋之状描绘得如在目前。结尾归结到妻子的生日，诗人无钱买酒来庆祝，还要回家与妻子商量怎么过生日。"依旧"一词，表明夫妻两人有商有量，感情深厚，也再一次表明生活潦倒的处境。

在妻子生日的那天，诗人无法通过物质的方式对妻子表达爱意，只通过写诗的途径庆贺妻子的生日。真是贫贱夫妻百事哀，患难夫妻见真情。诗人对妻子的内疚和爱，都寓含在诗里。

（纪素萍　林洁虹）

朱彝尊　朱彝尊（1629—1709），字锡鬯，号竹垞，又号金风亭长，晚号小长芦钓鱼师，秀水（今浙江省嘉兴市）人。曾图谋抗清复明。康熙十八年（1679）被荐应试博学鸿词科，授翰林院检讨，充《明史》纂修官。后辞官归里，专心著述。为清代浙派诗开山之祖，诗风雄健赡博，与王士禛合称"南朱北王"。作词风格清空醇雅，为清代浙西词派的创始人，与陈维崧并称"朱陈"。编有《明诗综》，著有《曝书亭集》等。

鸳鸯湖棹歌一百首（选二）　　朱彝尊

一

　　莲花细步散香尘，金粟山门礼佛频①。一种少年齐目断，不知谁是比肩人。

二

　　长水②风荷叶叶香，斜塘惯宿野鸳鸯。郎舟爱向斜塘去，妾意终怜长水长。

　　【注释】①金粟山门：即金粟寺，在今浙江省嘉兴市海盐县西南。②长水：即长水塘，注入鸳鸯湖的河流。

　　【鉴赏】鸳鸯湖，在今浙江省嘉兴市西南，又名南湖。棹歌，即船歌。朱彝尊作《鸳鸯湖棹歌》一百首，反映了江南水乡多彩的生活，内容丰富。这里选其中两首。

　　其一写妙龄少女妙足如莲，小步轻摇，脚下的尘土也散发出香气。她常去金粟寺礼佛，祈求佛的保佑。她发现少年郎们齐刷刷地注视着她，心想其中有谁会是她的并肩而行、相亲相爱的人呢？前两句主要通过动作描写，写出女子的外貌和心灵的美好。后两句主要通过心理描写，侧面写出女子的美丽，以及少女的恋爱心理，写得别有情趣。

　　其二写夏风吹动长水中的荷花，飘来荷叶阵阵香气。斜塘一带经常有青年男女在那里幽会偷欢。她的情郎喜欢划舟去斜塘和她约会，但她更喜欢爱情像长水一样悠长而永久。前两句动静结合，展现出夏日夜晚美好的生活画卷。后两句采用对比的手法，将男子和女子对待爱情的不同态度揭示出来：男子追求的是肉欲，而女子追求的是情感。

　　两首诗都语言通俗，情景交融，通过日常生活场景的描绘，表现出男女爱情的多样性，或甜蜜或忧伤，令人向往、感叹。　　（刘书颖　陈麒羽）

屈大均　　屈大均（1630—1696），初名邵隆，字介子，又字翁山，广州府番禺县(今广东省广州市番禺区)人。明诸生,曾参加抗清斗争。失败后削发为僧,更名今种,中年还俗,北游各地,联络志士,参加吴三桂反清行动,不久失望辞归。诗多写民生疾苦,抒发爱国感情,风格高浑雄肆,富有浪漫精神。与陈恭尹、梁佩兰并称"岭南三大家"。著有《翁山诗外》《翁山文外》《广东新语》等。

杂　诗　　　　　　　　　屈大均

赠子槟榔花①,杂以扶留叶②。二物合成甘,有如郎与妾。

【注释】①槟榔花:槟榔树开的花,象征爱情。②扶留:藤名。

【鉴赏】屈大均是岭南人,他运用槟榔花、扶留叶这些岭南特有的事物来比喻相爱的男女,极具特色,别有风味。

开头写抒情主人公将槟榔花和扶留藤当作礼物,赠给自己的心上人。槟榔树高大挺拔,没有旁枝,花果飘香可食;扶留藤缘木而上,枝繁叶茂,婀娜多姿。前者比作阳刚的男子,后者比作柔婉的女子。接着写将这两个事物合成美味,正像郎君与女子结合过上甜美的生活。甘,美味。妾,女子的谦称。诗以女子的口吻写出。用槟榔花和扶留叶引出男女融洽的爱情,比喻贴切,新颖生动。

此诗层次清晰,内涵丰富。从槟榔花和扶留叶起兴,将藤树缠绕的缠绵形态比喻男女相爱的幸福生活,表达出人们对美好爱情的向往。语言简洁明快,纯朴自然。

(纪素萍　杨诗妍)

王士禛　王士禛(1634—1711),字子真,一字贻上,号阮亭,别号渔洋山人,世称王渔洋,新城(今山东省桓台县)人。清顺治十五年(1658)进士,授扬州推官,官至刑部尚书,谥文简。康熙朝诗坛盟主,标举"神韵"。著述丰富,著有《带经堂集》《带经堂诗话》《池北偶谈》等。

悼亡诗哭张宜人作 王士禛

陌上莺啼细草薰,鱼鳞风皱水成纹。江南红豆相思苦,岁岁花开一忆君。

【鉴赏】张宜人是王士禛的妻子。当妻子死后,王士禛以愧悔的心情回忆她,作组诗《悼亡诗哭张宜人作》,共三十五首。这里选的是其中第三十三首。

走在田间小路上,莺声悦耳,青草细密,清香扑面而来;风吹湖面,皱起一圈圈波纹,好像鱼鳞一般,在阳光下闪闪发亮。天气这般美好,生活如此惬意,可是作者的妻子已经不在人世了。这是以乐景衬托哀情的写法。接着借物抒情,江南红豆最令人相思,当它年年开花时,作者格外思念亡妻。思念极其凄苦。

此诗描写的美好景色,让人联想到作者亡妻的美好形象。诗中渲染的岁月静好,反衬出作者深挚的相思之苦。 (刘书颖 林洁虹)

袁枚 袁枚(1716—1798),字子才,号简斋,又号仓山居士、随园老人,钱塘(今浙江省杭州市)人。清乾隆四年(1739)进士,授翰林院庶吉士。历任溧水、江浦、沭阳、江宁等地知县。晚年归隐江宁,从事著述,奖掖后进。论诗主性灵,求创新,为性灵诗派的领袖,与蒋士铨、赵翼并称"乾隆三大家"。著有《小仓山房诗文集》《随园诗话》《子不语》等。

马 嵬 袁枚

莫唱当年长恨歌,人间亦自有银河。石壕村里夫妻别,泪比长生殿上多。

【鉴赏】《马嵬》是作者于乾隆十七年(1752)赴陕西任知县途中写的,

共四首。这里选其中第四首。马嵬,即马嵬坡或马嵬驿,在今陕西省兴平市西。唐代安史之乱起,唐玄宗李隆基率后宫、贵族从长安逃往成都,经过马嵬时,禁军哗变,杀死宰相杨国忠,并强迫唐玄宗赐贵妃杨玉环自缢。杨贵妃死后,唐玄宗对她日夜思念。唐玄宗与杨贵妃悲欢离合的爱情故事,令文人墨客津津乐道。白居易的《长恨歌》是同情、赞美李杨爱情的代表作品,其中写及李杨的生离死别:"六军不发无奈何,宛转蛾眉马前死。……君王掩面救不得,回看血泪相和流。"袁枚却别出心裁,开头以"莫唱当年长恨歌"表明自己的独特观点,不要同情李杨爱情,设置悬念,引人深思。

为什么"莫唱"《长恨歌》呢?作者接着分析原因:一是"人间亦自有银河"。人间普遍存在像皇帝妃子那样的悲欢离合。在人间,有多少夫妻像牛郎织女那样被阻隔两地,不能团聚啊。二是"石壕村里夫妻别,泪比长生殿上多"。石壕村是唐代杜甫诗《石壕吏》中的一个村庄,因为战乱和兵役,石壕村的一位老妇人被迫与老翁分别,去服兵役。石壕村是人间百姓生离死别的一个缩影。长生殿是长安华清宫里的一座宫殿,见证了李杨爱情的海誓山盟。作者认为,石壕村老百姓流下的泪水比长生殿李杨流下的泪水要多得多,因此,老百姓的生离死别比帝妃的悲剧更值得同情。

诗借咏史以抒情,通过议论的方式,表达老百姓的苦难远比帝妃悲剧更深巨,从而表达了作者对底层百姓生活疾苦的同情。情理相融,感叹遥深,用典贴切,如盐入水,思想与艺术俱佳。 （高麒琪　丘雯娟）

陈灿霖　陈灿霖,生卒年不详,字雨岩,江南长洲（今江苏省苏州市）人。诸生。

古　　怨

陈灿霖

独卧绣窗静,月明宿鸟啼。不嫌惊妾梦,羡汝是双栖。

【鉴赏】安静的夜晚,女子独自躺卧,窗外月光如水。忽然,栖息的鸟儿啼唱起来,吵醒了女子。女子不嫌厌鸟儿惊扰了她的好梦,反而羡慕它们能够双双对对地歇卧……

题目中的"怨"字,确定了诗的感情基调,女子不满孤单的现状,怨恨于心。"独卧绣窗静",可见她生活得很孤独,尤其夜深人静时,忍受着生活的孤寂。她"怨"什么呢? 不是吵醒她的"月明宿鸟啼"。月夜下一对对归巢鸟儿的啼唱,一唱一和,好不亲密,她并没有厌恶,而是心生向往。羡慕鸟儿成双结对,自己却形只影单。这种幽怨,不怨鸟,而怨自己,怨无人是她的知音,或者,怨情郎久久不归……"怨"的具体内容,诗没有交代,读者不得而知。女子羡慕归巢鸟儿的成双结对、相向和鸣,让读者为她的孤寂生出同情之心。

(李思慧 丘雯娟)

陈祖范 陈祖范,生卒年不详,字亦韩,号见复,常熟(今属江苏省)人。雍正元年(1723)举人。朝廷举荐经学通儒,被列于榜首,因年老不就职,赐国子监司业。

悼亡(二首) 陈祖范

一

我辈钟情故自长,别于垂老更难忘。不如晨牝兼狮吼[1],少下今朝泪几行。

二

悲思三月损容肌,霜益粘须鬓益丝。恐负平生怜我意,从今不忍复相思。

【注释】[1]晨牝:母鸡报晓,喻指悍妇。狮吼:宋人陈慥(字季常,号龙邱先生)之妻柳氏凶悍。苏轼作诗相戏:"忽闻河东狮子吼,拄杖落手心茫然。"后以河东狮、河东狮吼,喻指悍妇或悍妇的发怒。

【鉴赏】这两首诗是陈祖范在妻子死后作的,以正话反说的方式,表达出对妻子贤惠的缅怀和念念难忘的深情。

第一首首先交代作者与妻子的深厚感情。"我辈钟情故自长","我辈"特指"我与妻子",夫妻俩感情好,所以幸福久长。风雨同舟,共同生活到年老,妻子先撒手而去,"别于垂老更难忘",作者怎么不悲痛,怎么能忘记呢?"故"与"更"两字,将晚年失妻的悲凉推进一层。最后作者假设,假如你当年像悍妇一样对我凶狠一点,我现在就会少为你流下痛心之泪。"不如"两字,表面上说温柔贤惠不如凶悍妒忌,实际上更反衬出妻子贤良美好的形象。正话反说是此诗的妙处。

第二首先落笔于自身的容貌衰减。爱妻去世后三个月,作者因日夜思念,渐渐消瘦,形销骨立,鬓发花白了。形貌的变化,深切地反映出作者对爱妻的深厚感情以及失妻之痛对他的残酷打击。后却跳开一笔,说从此不再思念妻子,因为相思弄坏了身体,就会辜负妻子平生对我的恩爱照顾了。"恐负"和"不忍",写出妻子生前对我的百般照顾,如果她看见我如今的模样,定会十分伤心。诗虽然没有直接描写亡妻的贤惠,但字里行间透露出妻子温柔贤良的影像。

这两首悼亡诗独辟蹊径,一反前人追忆夫妻相亲相爱的生活情景,故意从反面落笔,写出了夫妻俩深厚的感情以及妻亡对作者的沉重打击。构思精巧,别开生面。

(李思慧 邹欣)

黄景仁 黄景仁(1749—1783),字汉镛,一字仲则,号鹿菲子,武进(今江苏省常州市)人。乾隆二十九年(1764)应郡童子试,于三千考生中居榜首,次年补博士弟子员,后屡试不第。为谋生计,奔走四方。后应乾隆东巡召试献诗,名列二等,充武英殿书签官。后授县丞,未及补官即病死他乡。诗多抒其穷愁不遇、寂寞凄怆的情怀,也有反映现实、愤世嫉俗之作,风格哀怨婉丽。有《两当轩集》。

别　　意

黄景仁

别无相赠言,沉吟背灯立。半晌不抬头,罗衣泪沾湿。

【鉴赏】乾隆三十六年(1771),黄景仁离家赴安徽谋事,与妻子赵氏告别,临别时作了此诗。题目《别意》点明诗的中心,抒写分别的情意和意态。当与丈夫告别时,妻子什么话也没有说,只是背对着灯光沉吟。她站在那儿呆呆地,好久不抬头,她穿的丝质衣服却被泪水打湿了。这种无言的意态,包含了丰富的情意。所谓此时无声胜有声,一切都在不言中。

此诗刻画出一个多情而又含蓄的女性形象。她在特定的离别销魂时刻,内心潮水奔涌,外表却静默无声,唯有泪水沾湿了罗衣将她的痛苦暴露无遗。她哀婉沉吟,别具一种楚楚动人之姿,低回缱绻,集万种风情于一身,显示出无言之美。艾治平《历代绝句精华全解》评论道:"诗写得十分朴素,没有雕饰,更无描绘,诗人似乎只是如实地摄下人物的侧影,但却觉满纸离情,一怀愁绪,深深地感染着读者。" (刘晓珊 丘雯娟)

陈端生 陈端生(1751—约1796),字云贞,又字春田,钱塘(今浙江省杭州市)人。出生于官宦之家,其夫范秋塘因科场案谪戍,后遇赦而归,未至家而陈端生卒。清代弹词女作家,诗人。著作《再生缘》,与《红楼梦》并称"南缘北梦"。

寄　外
陈端生

未曾蘸墨意先痴,一字刚成血几丝。泪纵能干犹有迹,语多难寄反无词。十年别绪春蚕老,万里羁愁塞雁迟。封罢小窗人尽悄,断烟冷露阿谁知。

【鉴赏】《寄外》,是才女陈端生写给丈夫的诗。"外",即丈夫。丈夫当时谪戍新疆伊犁,诗人借诗表达对丈夫的相思之情,诉说自己孤苦的生活。

首联倾泻对丈夫的相思,"未曾蘸墨意先痴,一字刚成血几丝",写得极其沉痛。"一字"与"血几丝",对比强烈,营造出悲怆的情感氛围。中间颔联、颈联,对仗精工,表达出离愁别恨,十分形象。"泪纵能干犹有迹,语多难寄反无词",通过矛盾的词语"泪干""有迹""语多""无词",将作者内心千回百转的感情揭示出来。"十年别绪春蚕老,万里羁愁塞雁迟",

以时间之长、空间之广，表达夫妻分离两地的痛苦。"春蚕老""塞雁迟"两个比喻，形象地表达出羁愁别绪，契合夫妻俩当时的生活实际。尾联"封罢小窗人尽悄，断烟冷露阿谁知"，描述诗人孤独寂寞的生活。

诗人22岁嫁给丈夫，夫妻和睦。丈夫被发配去伊犁，诗人忍受罪人之妻的污名，将思念寄托于诗中，欲说还休，通过形象的比喻、强烈的对比表达出来，让人感受到一代才女的痛苦心境和不幸命运。

（刘晓珊　林洁虹）

林则徐　林则徐（1785—1850），字元抚，一字少穆，晚号竢村老人、竢村退叟、七十二峰退叟、瓶泉居士、栎社散人等，侯官（今福建省福州市）人。嘉庆十六年（1811）进士，历官翰林编修、江苏按察使、东河总督、江苏巡抚、湖广总督等职。道光十九年（1839），以钦差大臣身份赴广东禁烟，强迫外国商人交出鸦片，并于虎门销毁。第一次鸦片战争爆发后，被构陷革职，发配新疆戍边。二十五年（1845）重获起用，历任陕甘总督、陕西巡抚、云贵总督等职，加太子太保。三十年（1850），奉命镇压拜上帝会，病逝于潮州普宁，赠太子太傅，谥号"文忠"。爱好诗词、书法，有《云左山房文钞》《林文忠公政书》等。

<h2 align="center">寄　内</h2>

林则徐

古驿寒宵梦不成，一灯如豆逐人行。泥翻车毂随肠转①，风送驮铃贴耳鸣。好月易增圆缺感，断云难绾别离情②。遥知银烛金闺夜，数到燕南第几程？

【注释】①车毂（gū）：车轮中心插轴的部分，泛指车轮。肠：指羊肠小道。②断云：片云。绾：系，挂。

【鉴赏】嘉庆二十四年（1819），作者被任命为云南乡试主考。在南下旅途中的一家驿站，作者写下了这首给妻子郑夫人的诗。

首联"古驿寒宵梦不成，一灯如豆逐人行"，通过环境描写，表现驿站的僻陋和作者思念亲人的感情。在古老的驿站，夜晚挡不住寒风，作者冷得睡不着，无法做梦梦见遥远的亲人；客栈内一盏孤灯，灯光如豆般微小，灯影随着人的移动而晃动。环境描写凄惨动人，给全诗奠定了一种凄怆的感情基调。

颔联"泥翻车毂随肠转，风送驮铃贴耳鸣"，写旅途的艰难，对仗工整而别致。沾满泥浆的车轮在羊肠小道上艰难地转动，山风送来驼铃声，好像就在耳边叫唤。作者跨过万水千山，与妻子越来越远了。

颈联"好月易增圆缺感，断云难缩别离情"，由旅途中的景色生发出离情。看见月亮，由月亮的阴晴圆缺想起亲人间的团圆分离；看见天上一片片白云，白云难以寄托自己的离愁别绪。两句诗景中含情，达到情景交融的妙趣。

尾联"遥知银烛金闺夜，数到燕南第几程"，展开想象，从在家妻子的角度，想象她在夜晚同样无眠，正在心里盘算着我的行程到达哪里。从对方的角度落笔，更深一层地表达作者的思念之情，更加深挚动人。

这首诗使我们看到，林则徐不仅有豪放的爱国诗，也有缠绵的思亲之作，诗人的情感十分丰富。

（蔡桂萍　刘咏诗）

龚自珍　龚自珍（1792—1841），字璱人，更名易简，字伯定，号定庵、羽琌山民，仁和（今浙江省杭州市）人。嘉庆二十三年（1818）举人，道光九年（1829）进士，历官内阁中书、宗人府主事和礼部主事等。后辞官归隐，两年后卒于丹阳云阳书院。主张"更法""改图"，反对外国侵略，揭露统治者的腐朽。诗文洋溢爱国热情，被柳亚子誉为"三百年来第一流"。有《定庵文集》等，今人辑为《龚自珍全集》。

后　游
龚自珍

破晓霜气清，明湖敛寒碧。三日不能来，来觉情瑟瑟。疏梅最淡冶，今朝似愁绝。寻常苔藓痕，步步生悱恻。寸寸蝤蛴枝[①]，几枝扪手历？重重燕支蕾[②]，几朵挂钗及？花外一池水，曾照低鬟立。仿佛衣裳香，犹自林端出。前度未吹箫，今朝好吹笛。思之不能言，扪心但先热。我闻色界天，意痴离言说。携手或相笑,此乐最为极。天法吾已受③,神亲形可隔。持以语梅花,花颔略如石。归途又城闉,朱门叩还入。袖出三四花,敬报春消息。

【注释】①蚴蟉(yǒu liú):树木盘曲纠结的样子。这里形容梅树枝条的姿态。②燕支蕾:像胭脂一样红的花蕾。燕支,同"胭脂"。③天法:上天的法度。这里指佛法。

【鉴赏】《后游》,是龚自珍追忆年轻时的一段恋情而写的一首诗。他先写了《纪游》一诗,三天后重游西湖,没能见到那位他钟情的女子,便睹景思人,无限惆怅,再作此诗。诗通过写梅花,借物喻人,传达出一种难言的情愫。

一开始描写景色,用"霜气清""敛寒碧""情瑟瑟"等词语,寓情于景,描绘出冬日天刚亮时凄冷、萧瑟的景象,表达作者独自重游的孤寂感,为全诗奠定了凄凉的基调。接着,着重描绘"疏梅"的景象,借景抒情。梅树枝条稀疏,在作者看来像是哀愁至极的样子。苔藓上留下的寻常脚印,每一步都令人心烦意乱,使忧伤的情感不断增长。梅树纵横的枝条,有哪几枝是她用手抚摸过的呢?层层叠叠的红色花蕾,有哪几朵被她插在头上金钗旁呢?这两个问句,将有关往事的记忆唤起,当时的情景历历在目:"花外一池水,曾照低鬟立。仿佛衣裳香,犹自林端出。"梅花树下静静的池水,曾经照见过她羞涩低头站立的倩影;缕缕的芳香,从她的衣裳里,也从梅花林中飘了过来。运用动静结合的手法,描述作者与女子同游的温馨场景。女子的娇羞和芳香,令作者心动、回味不已。

作者引用了两个典故:"前度未吹箫,今朝好吹笛。""吹箫",指春秋时善吹箫的萧史,与秦穆公的女儿弄玉成婚的故事。"吹笛",关于西晋文人向秀的故事,他是嵇康的邻居、好友,嵇康被司马昭杀害后,他在一个冬日回到老家,听见吹笛声,笛声哀怨,就作了一篇《思旧赋》。作者借这两个典故表达未能与女子结成姻缘的遗憾,留下深深的追念。用典自然贴切,情思隽永。

作者无法用语言表达他的懊悔,抚摸心头,仍热血荡漾。在悲伤难以解脱之际,作者利用佛教思想来自我安慰。在佛教的色界天,作者能够和她携手前行,会心而笑,那是多么美好的时刻。作者已经感受过什么是生离死别,只要在精神上能够与她亲近,就算肉体分离也没关系。作者这么一想,便从悲伤中振作起来。结尾,作者写道,我对梅花倾诉我的思念,梅花听了频频点头;我把梅花带回家,梅花象征春天来到了人间。

此诗追忆往事,将梅花的美好与女子的情影叠加在一起,通过情景交融的手法,表达出作者悲喜交集的情感流向,具有动人的艺术魅力。

(刘咏诗　汤克勤)

己亥杂诗(三百一十五首选三) 龚自珍

其二〇〇

灵箫合贮此灵山①,意思精微窈窕间。丘壑无双人地称,我无拙笔到眉弯。(祈墅②。)

其二四八

小语精微沥耳圆,况聆珠玉泻如泉。一番心上温馨过③,明镜明朝定少年。

其二五二

风云材略已消磨④,甘隶妆台伺眼波⑤。为恐刘郎英气尽⑥,卷帘梳洗望黄河。

【注释】 ①灵箫:龚自珍在袁浦遇到的妓女,晚年将她纳为妾。②祈墅:在别墅有所企求、祝愿。③温馨(nún):温暖芳香。④风云材略:叱咤风云的才能谋略。⑤伺眼波:看眼色行事,伺候之意。⑥刘郎:指刘禹锡(772—842),字梦得,河南洛阳人。中唐著名文学家,有政治理想,少负志气,至老仍壮心不已。作者借以自况。

【鉴赏】 道光十九年(1839)己亥年,龚自珍辞去礼部主事的官职,南归故里,后来又北上接还眷属。在南北往返途中,创作了《己亥杂诗》组诗,共315首绝句。诗内容丰富,主要表现作者的"心迹",既有现时的观感,又有往事的回忆;既包括对个人身世、事业、理想的感慨,又包括对国家安危、民生疾苦、时政得失的关切。这里所选的三首,集中表达他与灵箫一见倾心的感情。灵箫美丽多情,让作者欢喜;灵箫的刚烈才气,让他晚年能够振作。

在返乡途中袁浦的一次筵席上,龚自珍与青楼女子灵箫一见钟情。

他回到昆山后,修复别墅羽琌山馆,打算替灵箫赎身,安置到别墅中。他在别墅祈愿,灵箫窈窕优美,实在是适合居住在羽琌山馆。别墅优美无双,人曼妙无比,正是绝配。她的眉弯非常美,我的拙笔无法加以描摹。作者以自谦的说法,对灵箫做了极高的评价。他的金屋藏娇的想法,显示出他对灵箫十分喜爱。

龚自珍离开羽琌山馆,赴京迎接家属,当重回袁浦时,与灵箫相处了十余日,写下了著名的"瘤词"(即《己亥杂诗》第二四五至二七一首)。这里选了两首。

其二四八描述灵箫的声音美,表达作者对她的爱恋。灵箫的细语听起来精微圆润,何况她滔滔不绝,如珠玉泻泉般清快流沥。她在我耳旁温软地说着娇媚情话,我老寂的心重新焕发出少年般的激情与活力。作者宛如热恋中的男子,被心爱女子的一颦一笑所牵动,在得到爱的滋润后,重新焕发了青春。

其二五二写灵箫不同于一般耽于私情的女子,她不乏刚烈之气,颇有巾帼不让须眉之豪。她看见作者眷恋女色,壮志消磨,便设法不时激励、启迪。她卷起帘子,遥望窗外的滚滚黄河梳妆,有意让作者看到外面的壮阔天地,希望他重振旗鼓。"卷帘梳洗望黄河",将灵箫写活了,表现她是一个兼有美貌与才志的奇女子。此诗借儿女私情抒发忧患之情,表达作者的雄心未泯,仍想在广阔复杂的天地中干出一番事业。

(周春苗 杨诗妍)

王闿运 王闿运(1833—1916),字壬秋,又字壬父,号湘绮,世称湘绮先生,湖南湘潭人。咸丰二年(1852)举人,曾任肃顺家庭教师,后入曾国藩幕府。1880年入川,主持成都尊经书院。后主讲于长沙思贤讲舍、衡州船山书院、南昌高等学堂。授翰林院检讨,加侍读衔。辛亥革命后任清史馆馆长。有《湘绮楼诗文集》等。

春思寄妇

王闿运

近来离别惯,归梦不能多。每听流莺语,知君敛翠蛾①。春生杨柳外,江隔洞庭波。思与落花去,浮沉可奈何?

【鉴赏】从题目《春思寄妇》看，此诗写于春天，是寄给妻子的一首诗。

首联"近来离别惯，归梦不能多"，正话反说，写出离别的辛酸与思念的深切。"惯"道出了离别的经常，已习惯；"不能多"，写出作者在极力克制想回家的梦想，反而加重了思念的程度。颔联"每听流莺语，知君敛翠蛾"，具体描写思念的对象。人们常说睹物思人，作者却"听声思人"，由黄莺流利的鸣叫声，想起妻子正在家里思念他而皱起眉头。"每"意为经常，说明作者想家的频繁；"知"即知道，作者深知妻子对他的思念之情。由"流莺语"而沟通起夫妻相向流动的思念之情，笔法别致。颈联"春生杨柳外，江隔洞庭波"，点题"春思"，在美好的春天，夫妻俩相距千里之外，情感寓含在景物中。尾联"思与落花去，浮沉可奈何"，一个反问句写出作者在外漂泊的凄凉无奈，心情沉重，情绪低落，令人长叹。

从诗的思想感情看，情感逐层推进，思念逐层加深，作者对妻子的思念由克制到无奈，令人心酸。从艺术手法看，情景交融，虚实结合，内涵丰富，令人回味。

（胡良晓　钟嘉敏）

黄遵宪　黄遵宪(1848—1905)，字公度，号人境庐主人，嘉应州(今广东省梅州市)人。光绪二年(1876)举人，历任驻日使馆参赞、美旧金山总领事、英使馆参赞、新加坡总领事。后任国内江南洋务局总办、湖南盐法道道员，署湖南按察使。晚年被革职，放归故里。诗歌创作主张"我手写吾口"，喜以新事物熔铸入诗，为"诗界革命"的一面旗帜。著有《人境庐诗草》《日本杂事诗》《日本国志》等。

今别离四首

黄遵宪

其一

别肠转如轮，一刻既万周①。眼见双轮驰②，益增中心忧。古亦有山川，古亦有车舟。车舟载离别，行止犹自由。今日舟与车，并力生离愁。明知须臾景，不许稍绸缪③。钟声一及时，顷刻不少留。虽有万钧柁，动如绕指柔。岂无打头风？亦不畏石尤④。送者未及返，君在天尽头。望影倏不见，烟波杳悠悠。去矣一何速，归定留滞不⑤？所愿君归时，快乘轻气球。

其二

朝寄平安语，暮寄相思字。驰书迅已极，云是君所寄。既非君手书，又无君默记。虽署花字名⑥，知谁箝缄尾⑦？寻常并坐语，未遽悉心事。况经三四译，岂能达人意？只有斑斑墨，颇似临行泪。门前两行树⑧，离离到天际。中央亦有丝⑨，有丝两头系。如何君寄书，断续不时至？每日百须臾，书到时有几？一息不相闻，使我容颜悴。安得如电光，一闪至君旁！

其三

开函喜动色，分明是君容。自君镜奁来，入妾怀袖中。临行剪中衣，是妾亲手缝。肥瘦妾自思，今昔得毋同？自别思见君，情如春酒浓。今日见君面，仍觉心忡忡。揽镜妾自照，颜色桃花红。开箧持赠君，如与君相逢。妾有钗插鬓，君有襟当胸。双悬可怜影，汝我长相从。虽则长相从，别恨终无穷。对面不解语，若隔山万重。自非梦来往，密意何由通！

其四

汝魂将何之？欲与君追随。飘然渡沧海，不畏风波危。昨夕入君室，举手搴君帷。披帷不见人，想君就枕迟。君魂倘寻我，会面亦难期。恐君魂来日，是妾不寐时。妾睡君或醒，君睡妾岂知。彼此不相闻，安怪常参差⑩！举头见明月，明月方入扉。此时想君身，侵晓刚披衣。君在海之角，妾在天之涯。相去三万里，昼夜相背驰。眠起不同时，魂梦难相依。地长不能缩，翼短不能飞。只有恋君心，海枯终不移。海水深复深，难以量相思。

【注释】①既:完成。此两句本自唐孟郊《远游联句》:"别肠车轮转,一日一万周。"②双轮:指火车的飞轮。③绸缪:缠绵,流连。④石尤:指石尤风,即打头逆风。元伊世珍《琅嬛记》引《江湖纪闻》载:"石尤风者,传闻为石氏女嫁为尤郎妇,情好甚笃。为商远行,妻阻之不从。尤出不归,妻忆之病亡。临亡长叹曰:'吾恨不能阻其行,以至于此。今凡有商旅远行,吾当作大风,为天下妇人阻之。'自后商旅发船值打头逆风,则曰此石尤风也,遂止不行。"⑤不:音意为"否"。⑥花字名:签署名字,古称押字,又曰花字。⑦箝緘尾:指电报封口。箝,夹住,即封住。⑧两行树:指两行电线杆。⑨丝:指电线。⑩参差:错过。

【鉴赏】光绪十六年(1890),黄遵宪在伦敦任驻英使馆参赞,以乐府杂曲歌辞《今别离》旧题,作诗四首,分别歌咏火车与轮船、电报、照相等新事物以及东西半球昼夜相反的自然现象,巧妙地将近代出现的新事物、新现象,与传统游子思妇的题材融为一体,以别离相思之苦写新事物和科学技术的昌明,是当时"诗界革命"以"旧风格含新意境"的代表性作品之一,被认为是"千年绝作"(陈三立语)。

四首诗各自独立成篇,第一首写轮船、火车载人远去,以轮船和火车的快速与准时,表达现代人比古人更为浓烈的离情别绪。第二首写用电报向家人报平安,表达男女别情。第三首写寄相片以慰离愁。第四首写思妇欲与情郎梦魂相见,可因东西半球昼夜相反,眠起不同,而佳期难梦。四首诗在内在逻辑上一致,都因结合近代的科学技术而使传统的男女离情被表现得别开生面,令人耳目一新。

四首诗主要运用古今对比和烘托的手法,构思巧妙,感情强烈,涉笔成趣。例如以古代舟车的缓慢、自由,来对比近代轮船、火车的快速和受限,给人强烈的印象,使人感受到离别的无情与无奈。以古代书信来对比近代电报的利与弊,烘托出离别的焦虑和相思之苦。

《今别离》取得很高的艺术成就。何藻翔《岭南诗存》赞曰:"《今别离》四章,以旧格调运新思想,千古绝作,不可有二。" (李凯虹 杨诗妍)

山　歌　　黄遵宪

催人出门鸡乱啼,送人离别水东西。挽水西流想无法,从今不养五更鸡。

【鉴赏】《山歌》是黄遵宪采集加工的一组民间情歌。《人境庐诗草》存其九首。这些情歌语言朴实率直,感情真挚热烈,想象新奇有趣。这里选其中一首。

开头借用"五更鸡"、流水的形象,表达出分离的急迫和无情。雄鸡啼个不停,流水自西往东,眼看着情郎被催促着远行,两人各自西东。送行的女子特别悲伤和恼怒。后面写她的愿望,她知道要挽住流水让它向西流,这是无法做到的,但以后不养五更鸡,却能办到。这种心理看似无理却有趣,足见女子对情郎恋恋不舍之情和长相厮守的愿望。

(邹欣　李凯虹)

梁启超　梁启超(1873—1929),字卓如,号任公,别号饮冰室主人,广东新会(今江门市新会区)人。光绪十五年(1889)举人,曾任上海《时务报》主编,襄助其师康有为发动维新变法,失败后流亡日本,游历南洋、澳大利亚、美洲等地,创办《清议报》《新民丛报》《新小说》等报纸杂志。辛亥革命后,出任北洋政府司法总长、币制局总裁,与其弟子蔡锷发动倒袁护国运动。晚年专事著述和讲学。倡导"诗界革命""文界革命""小说界革命"。其诗以旧风格反映新现实,风格豪放,多表现爱国主义情怀。有《饮冰室合集》。

台湾竹枝词

梁启超

韭菜花开心一枝,花正黄时叶正肥。愿郎摘花连叶摘,到死心头不肯离。

【鉴赏】《台湾竹枝词》是梁启超 1911 年考察台湾时,听到当地居民"相从而歌",心有所感,遂译作、改编了十首诗,"为遗黎写哀尔"。这是在民歌基础上创作的一组情歌。这里选其中一首。

诗说,韭菜花开,只有一根茎枝,花儿开得黄灿灿,枝叶又肥又绿。希望郎君摘花时连着叶子一起摘去,花和叶要在一起,到死不分离呀。运用比喻的手法,将韭菜花和叶连在一起,比喻相恋的情人不分离。大胆、率真和火辣辣的感情,洋溢诗间。

(赖淑婷　刘咏诗)

苏曼殊 苏曼殊(1884—1918)，原名戬，后改名玄瑛，字子谷，法号曼殊，广东香山(今中山市)人，出生于日本横滨。在日本留学时，加入拒俄义勇队。归国后任教于苏州吴中公学，参加上海《国民日报》《太平洋报》工作。加入南社，能诗善画，在诗歌、小说领域取得成就。柳亚子等将其著作编成《苏曼殊全集》。

本 事 诗

苏曼殊

乌舍凌波肌似雪，亲持红叶索题诗。还卿一钵无情泪，恨不相逢未剃时[①]。

【注释】 ①剃：这里指剃度。剃度，佛教用语，指给出家的人剃去头发，使之成为僧尼。

【鉴赏】 苏曼殊的《本事诗》共十首，据说为他所爱的日本歌妓百助枫子所作。这里选其中一首。

苏曼殊作为僧人，知道他俩相爱，终归不能结成连理，此诗表达出一种哀婉无奈之情，透露出生命的感伤。"乌舍凌波肌似雪"，是以印度传说中的神女乌舍来比喻百助，赞美她步履轻盈如凌波仙子，肌肤如雪似玉。"亲持红叶索题诗"，指百助对他才华的热爱，用"红叶题诗"的典故暗示百助曾向他求婚。然而，诗人已出家为僧，心中的苦衷不能尽道，虽然他也钟情于她，却只好婉拒这个曼妙女子，能给予她的仅是一钵眼泪。泪本是有情之物，诗人偏把它说成是无情的；相逢是爱的开始，却留下了恨的遗憾。诗人模仿唐人诗句"还君明珠双泪垂，恨不相逢未嫁时"，改"未嫁"为"未剃"，恰如作者的身份。其感伤之情"浓得化不开"，具有"其哀在心，其艳在骨"(南社诗人高旭语)的特点。

苏曼殊的《本事诗》，给世人留下了一个多情而无奈的"诗僧"形象，令人怅惋。

(陈麒羽　张美芳)

图书在版编目（ＣＩＰ）数据

历代爱情诗鉴赏辞典 / 汤克勤主编． -- 武汉 ：崇
文书局，2023.11
ISBN 978-7-5403-7441-9

Ⅰ．①历… Ⅱ．①汤… Ⅲ．①爱情诗－诗集－中国
Ⅳ．① I227.2

中国国家版本馆 CIP 数据核字 (2023) 第 219382 号

出 品 人　韩　敏
责任编辑　曾　咏　杨子琪
责任校对　董　颖
装帧设计　甘淑媛
责任印制　李佳超

历代爱情诗鉴赏辞典
LIDAI AIQINGSHI JIANSHANG CIDIAN

出版发行　长江出版传媒 | 崇文书局
地　　址　武汉市雄楚大街 268 号 C 座 11 层
电　　话　(027)87677133　邮政编码　430070
印　　刷　武汉市卓源印务有限公司
开　　本　880㎜×1230㎜　　1/32
印　　张　12.5
字　　数　340 千
版　　次　2023 年 11 月第 1 版
印　　次　2023 年 11 月第 1 次印刷
定　　价　39.80 元